A CASA
DOS ESPÍRITOS

DA AUTORA:

Afrodite: Contos, Receitas e Outros Afrodisíacos
O Amante Japonês
Amor
O Caderno de Maya
Cartas a Paula
A Casa dos Espíritos
Contos de Eva Luna
De Amor e de Sombra
Eva Luna
Filha da Fortuna
A Ilha sob o Mar
Inés da Minha Alma
O Jogo de Ripper
Longa Pétala de Mar
Meu País Inventado
Muito Além do Inverno
Paula
O Plano Infinito
Retrato em Sépia
A Soma dos Dias
Zorro
Mulheres de Minha Alma
Violeta

AS AVENTURAS DA ÁGUIA E DO JAGUAR

A Cidade das Feras (Vol. 1)
O Reino do Dragão de Ouro (Vol. 2)
A Floresta dos Pigmeus (Vol. 3)

ISABEL ALLENDE

A CASA DOS ESPÍRITOS

Tradução
Carlos Martins Pereira

2ª edição

Rio de Janeiro | 2025

CIP-BRASIL. CATALOGAÇÃO NA PUBLICAÇÃO
SINDICATO NACIONAL DOS EDITORES DE LIVROS, RJ

A428c
2ª ed.

Allende, Isabel, 1942-
   A casa dos espíritos / Isabel Allende; tradução de Carlos Martins Pereira. - 2ª ed. - Rio de Janeiro: Bertrand Brasil, 2025.

   Tradução de: *La casa de los espíritus*
   ISBN 978-65-5838-182-2

   1. Ficção chilena. I. Pereira, Carlos Martins. II. Título.

23-82161

CDD: 868.99333
CDU: 82-3(83)

Meri Gleice Rodrigues de Souza - Bibliotecária - CRB-7/6439

Copyright © Isabel Allende, 1998

Título original: *La casa de los espíritus*

Design de capa: Penguin Random House Grupo Editorial / Marta Pardina

Imagem de capa © Amanda Arlotta

Adaptação de capa: Elmo Rosa

Imagem de miolo: Maritime_m / Adobe Stock

Texto revisado segundo o Acordo Ortográfico da Língua Portuguesa de 1990.

Todos os direitos reservados.
Não é permitida a reprodução total ou parcial desta obra, por quaisquer meios, sem a prévia autorização por escrito da Editora.

Direitos exclusivos de publicação em língua portuguesa somente para o Brasil adquiridos pela:
EDITORA BERTRAND BRASIL LTDA.
Rua Argentina, 171 — 3º andar — São Cristóvão
20921-380 — Rio de Janeiro — RJ
Tel.: (21) 2585-2000,
que se reserva a propriedade literária desta tradução.

Seja um leitor preferencial. Cadastre-se no site www.record.com.br e receba informações sobre nossos lançamentos e nossas promoções.

Atendimento e venda direta ao leitor:
sac@record.com.br

À minha mãe,
à minha avó e às outras mulheres
extraordinárias desta história.

I. A.

Quanto vive o homem, afinal?
Vive mil anos ou um só?
Vive uma semana ou vários séculos?
Por quanto tempo morre o homem?
O que significa para sempre?

PABLO NERUDA

I

Rosa, a Bela

Barrabás chegou à família por via marítima, anotou a menina Clara com a sua delicada caligrafia. Já nessa época, tinha o hábito de escrever as coisas importantes e mais tarde, quando ficou muda, escrevia também as trivialidades, sem suspeitar que, cinquenta anos depois, seus cadernos me serviriam para resgatar a memória do passado e sobreviver a meu próprio terror. O dia em que Barrabás chegou era Quinta-Feira Santa. Vinha num indigno engradado coberto pelos próprios excrementos e urina, com o olhar extraviado de preso miserável e indefeso, adivinhando-se, porém, pelo porte real da cabeça e pelo tamanho do esqueleto, o gigante lendário que veio a ser. Era um monótono dia de outono, que em nada fazia imaginar os acontecimentos que a menina registrou para serem recordados e que ocorreram durante a missa das 12, na Paróquia de São Sebastião, à qual assistiu com toda a família. Em sinal de pesar, os santos estavam cobertos com os panos roxos que as beatas desempoeiravam anualmente do roupeiro da sacristia, e, sob os lençóis de luto, a corte celestial parecia um amontoado de móveis esperando mudança, sem que as velas, o incenso ou os gemidos do órgão pudessem atenuar esse lamentável efeito. Vultos ameaçadores erguiam-se no lugar dos santos de corpo inteiro, com seus rostos idênticos, de expressão abatida, suas elaboradas cabeleiras de cabelo de morto, seus rubis, pérolas e esmeraldas de vidro pintado e seus trajes de nobres florentinos. O único favorecido com o luto era o padroeiro da igreja, São Sebastião, porque a Semana Santa poupava aos fiéis o espetáculo de seu corpo retorcido em postura indecorosa, atravessado por meia dúzia de flechas, gotejando sangue e lágrimas, como um homossexual sofredor, cujas chagas, milagrosamente frescas graças ao pincel do padre Restrepo, faziam Clara estremecer de nojo.

Era uma longa semana de penitência e jejum; não se jogava carta, não se tocava música que incitasse à luxúria e à distração, e observavam-se, na medida do possível, as máximas tristeza e castidade, apesar de, justamente nesses dias, o aguilhão do demônio tentar com mais insistência a débil carne católica. O jejum consistia em tenros pastéis de massa folhada, saborosos guisados de legumes, delicadas omeletes e grandes queijos trazidos do campo, com que as famílias recordavam a Paixão do Senhor, tendo o cuidado de não provar o menor pedaço de carne ou peixe, sob pena de excomunhão, como insistia em afirmar o padre Restrepo. Ninguém se atreveria a lhe desobedecer. O sacerdote era provido de um grande dedo incriminador para apontar os pecadores em público e de uma língua treinada para alvoroçar os sentimentos.

— Tu, ladrão que roubaste o dinheiro do culto! — gritava do púlpito, apontando um cavalheiro, que simulava ocupar-se com qualquer cisco em sua lapela para não o encarar. — Tu, desavergonhada que te prostituis no cais! — e acusava dona Ester Trueba, inválida em consequência de artrite e beata da Senhora do Carmo, que arregalava os olhos, espantada, sem saber o significado daquela palavra nem onde ficava o cais. — Arrependei-vos, pecadores, carcaças imundas, indignos do sacrifício de Nosso Senhor! Jejuai! Fazei penitência!

Levado pelo entusiasmo de seu zelo vocacional, o sacerdote precisava conter-se para não desobedecer frontalmente às instruções dos superiores eclesiásticos, arejados pelos ventos da modernidade, que se opunham ao cilício e à flagelação. Era partidário de vencer as fraquezas da alma com uma boa chicotada na carne. Famoso por sua oratória desenfreada, os fiéis o seguiam de paróquia em paróquia, suavam ao ouvi-lo descrever os tormentos dos pecadores no inferno, as carnes estraçalhadas por engenhosas máquinas de tortura, os fogos eternos, os garfos que trespassavam os membros viris, os répteis asquerosos que se introduziam pelos orifícios femininos e outros suplícios que incorporava a cada sermão para espalhar o temor a Deus. O próprio Satanás era descrito em suas mais íntimas anomalias na pronúncia galega do sacerdote, cuja missão neste mundo era sacudir a consciência dos indolentes mestiços.

Severo del Valle era ateu e maçom, mas, tendo ambições políticas, não podia dar-se ao luxo de faltar à missa mais concorrida dos domingos e dias de festa, para que todos pudessem vê-lo. Nívea, sua mulher, preferia entender-se com Deus sem o auxílio de intermediários, desconfiava profundamente das sotainas e se aborrecia com as descrições do céu, do purgatório e do inferno, mas acompanhava o marido em suas ambições políticas, na esperança de que, conseguindo ele um lugar no Congresso, ela pudesse obter o voto feminino, pelo qual lutava há dez anos, sem que suas seguidas gravidezes a fizessem desanimar. Naquela Quinta-Feira Santa, o padre Restrepo tinha levado os ouvintes ao limite da resistência com suas visões apocalípticas, e Nívea começou a sentir enjoo. Perguntou-se se não estaria grávida mais uma vez. Apesar das abluções com vinagre e das esponjas com fel, dera à luz quinze filhos, dos quais, entretanto, só onze estavam vivos, e tinha razões para supor que o amadurecimento a aquietara, afinal, pois sua filha Clara, a mais nova, já estava com 10 anos. Parecia que, por fim, acabara o ímpeto de sua fantástica fertilidade. Procurou atribuir sua indisposição ao momento do sermão do padre Restrepo em que ele a apontou, referindo-se aos fariseus que pretendiam legalizar os bastardos e o casamento civil, desarticulando a família, a pátria, a propriedade e a Igreja, dando às mulheres posição equivalente à dos homens, em franco desafio à lei de Deus, que, nesse aspecto, era muito precisa. Nívea e Severo ocupavam com os filhos toda a terceira fileira de bancos. Clara estava sentada ao lado da mãe, que lhe apertava a mão com impaciência quando o discurso do sacerdote insistia exageradamente nos pecados da carne, sabendo que isso induzia a menina a imaginar aberrações que iam além da realidade, como evidenciavam as perguntas que fazia e às quais ninguém sabia responder. Clara era muito precoce e tinha a transbordante imaginação que todas as mulheres da família herdaram por via materna. A temperatura da igreja aumentara, e o cheiro penetrante das velas, o incenso e a multidão apinhada contribuíam para a fadiga de Nívea. Ansiava pelo encerramento da cerimônia para regressar ao frescor de sua casa, sentar-se na alameda das samambaias e saborear a jarra de orchata que a Nana preparava nos dias de festa. Observou seus filhos; os mais novos estavam cansados, rígidos em suas roupas de domingo, e os mais velhos começavam a se distrair. Pousou os olhos em Rosa, a mais velha das filhas vivas, e, como sempre, admirou-se. Sua estranha beleza tinha uma qualidade perturbadora à qual nem ela escapava; parecia ter sido feita de um material diferente do da raça humana. Nívea soube que Rosa não era deste mundo antes mesmo de trazê-la à luz, tendo-a visto em sonhos; por isso, não lhe causou surpresa o grito da parteira ao vê-la. Quando nasceu, Rosa era branca, lisa, sem rugas, como uma boneca de porcelana, com o cabelo verde e os olhos amarelos, a criatura mais formosa nascida na Terra desde os tempos do pecado original, como disse a parteira, benzendo-se. Desde o primeiro banho, a Nana lavou seu cabelo com infusão de camomila, o que lhe atenuou a cor, dando-lhe tonalidades de bronze velho, e a punha nua ao sol, para fortalecer sua pele, translúcida nas áreas mais delicadas do ventre e das axilas, onde se adivinhavam as veias e a textura secreta dos músculos. Esses truques de cigana, no entanto, não foram suficientes, e depressa correu o boato de que lhes nascera um anjo. Nívea supôs que as ingratas fases do crescimento trouxessem algumas imperfeições à sua filha, mas isso não aconteceu, e, bem pelo contrário, aos 18 anos Rosa não tinha engordado e não lhe haviam brotado espinhas; entretanto, acentuara-se, isso, sim, sua graça marítima. O tom da pele, com reflexos azulados, e o do cabelo, a lentidão dos movimentos e o caráter silencioso evocavam um habitante da água. Tinha qualquer coisa de peixe e, se tivesse uma cauda com escamas, seria certamente uma sereia, mas suas pernas punham-na no limite impreciso entre a criatura humana e o ser mitológico. Apesar de tudo, a jovem levara uma vida quase normal, tinha um noivo e um dia se casaria, com o que a responsabilidade de sua formosura passaria a outras mãos. Rosa inclinou a cabeça, e um raio filtrou-se pelos vitrais góticos da igreja, dando-lhe um halo de luz ao perfil. Algumas pessoas voltaram-se para olhá-la e cochicharam, como frequentemente acontecia à sua passagem, mas Rosa parecia nada perceber; era imune à vaidade e, naquele dia, estava mais ausente do que de costume, imaginando novos animais para bordar em sua toalha, metade pássaro, metade mamífero, cobertos de plumas matizadas e providos de cornos e cascos, tão gordos e com asas tão curtas que desafiavam as leis da biologia e da aerodinâmica. Raras vezes pensava em seu noivo, Esteban Trueba, não por falta de amor, mas por seu temperamento dispersivo e porque dois anos de separação são uma grande ausência. Ele estava trabalhando nas minas do Norte. Escrevia-lhe metodicamente, e Rosa respondia-lhe de vez em quando, mandando-lhe versos copiados e desenhos de flores a nanquim, em papel-pergaminho. Mediante essa correspondência, que Nívea violava regularmente, inteirou-se dos sobressaltos do ofício de mineiro, sempre ameaçado por desabamentos, perseguindo veios fugidios, pedindo créditos por conta da boa sorte, acreditando que acabaria por aparecer um maravilhoso filão de ouro, que lhe permitiria fazer rápida fortuna e regressar para levar Rosa de braços dados ao altar, tornando-se, assim, o homem mais feliz do universo, como sempre dizia no final das cartas. Rosa, no entanto, não tinha pressa em casar-se, quase esquecera o único beijo que haviam trocado na despedida e também a cor dos olhos desse noivo persistente. Por influência dos romances açucarados, que eram sua única leitura, gostava de imaginá-lo com botas de couro, a pele queimada pelos ventos do deserto, cavando a terra em busca de tesouros de piratas, dobrões espanhóis e joias dos incas, e era inútil Nívea tentar convencê-la de que as riquezas das minas estavam encravadas nas pedras, porque, para Rosa, era impossível Esteban Trueba recolher toneladas de penhascos na esperança de que, ao submetê-los a iníquos processos crematórios, cuspissem um grama de ouro. Entretanto, esperava-o sem se aborrecer, imperturbável na gigantesca tarefa que impusera a si: bordar a maior toalha do mundo. Começou com cães, gatos e borboletas, mas logo a fantasia se apoderou de seu trabalho, e foi surgindo um paraíso de animais impossíveis, que nasciam de sua agulha diante dos olhos preocupados do pai. Severo considerava que era tempo de sua filha sair do devaneio e pôr os pés na realidade, aprender algumas tarefas domésticas e preparar-se para o casamento, mas Nívea não compartilhava essa inquietação. Preferia não atormentar a filha com exigências terrenas, pois pressentia que Rosa era um ser celestial, que não fora destinado a durar muito no tráfego grosseiro deste mundo; por isso, deixava-a em paz com os seus fios de bordar e não contestava aquele jardim zoológico de pesadelo.

Uma barbatana do espartilho de Nívea quebrou-se, cravando-se-lhe uma ponta entre as costelas. Sentia-se sufocar dentro do vestido de veludo azul, a gola de renda demasiadamente alta, as mangas muito estreitas, a cintura tão apertada que, quando tirava o cinto, passava uma boa meia hora sentindo convulsões na barriga até as tripas se acomodarem em sua posição normal. Muitas vezes, ela e as amigas sufragistas haviam discutido o assunto, chegando à conclusão de que, enquanto as mulheres não encurtassem as saias e o cabelo, e não despissem as anáguas, pouco importava que pudessem estudar medicina ou tivessem direito a voto, porque de fato não se animariam a fazê-lo, embora ela mesma não mostrasse coragem para ser uma das primeiras a abandonar a moda. Notou que a voz da Galiza havia parado de lhe martelar o cérebro. Estava numa das longas pausas do sermão, recurso que o padre, bom conhecedor do efeito de um silêncio incômodo, empregava com frequência. Seus olhos ardentes aproveitavam esses momentos para observar os paroquianos, um a um. Nívea largou a mão de Clara e procurou um lenço na manga para enxugar uma gota de suor que lhe escorria pelo pescoço. O silêncio tornou-se pesado, o tempo pareceu parar dentro da igreja, mas ninguém se atreveu a tossir ou ajeitar-se no banco, para não atrair a atenção do padre Restrepo. Suas últimas frases ainda vibravam entre as colunas.

E nesse momento, como Nívea recordou anos mais tarde, em meio à ansiedade e ao silêncio, ouviu-se com absoluta nitidez a voz da pequena Clara.

— Psiu! Padre Restrepo! Se essa história do inferno for pura mentira, nós todos nos chateamos...

O dedo indicador do jesuíta, que já estava no ar para assinalar novos suplícios, ficou suspenso como um para-raios sobre a sua cabeça. As pessoas pararam de respirar, e quem estava cochilando acordou. O casal del Valle reagiu antes de todos, ao se sentir invadido pelo pânico e ver que seus filhos começavam a agitar-se, nervosos. Severo deu-se conta de que precisava agir antes que explodisse o riso coletivo ou se desencadeasse algum cataclismo celestial. Pegou a mulher pelo braço e Clara pela nuca, e saiu a passos largos, arrastando-as, seguido pelos outros filhos, que se precipitaram em tropel para a porta. Conseguiram alcançá-la antes que o sacerdote pudesse invocar um raio que os transformasse em estátuas de sal, mas, do umbral da porta, ouviram sua voz terrível de arcanjo ofendido.

— Endemoninhada! Soberba endemoninhada!

Essas palavras do padre Restrepo permaneceram na memória da família com o peso de um diagnóstico, e, nos anos seguintes, tiveram ocasião de recordá-las frequentemente. A única que não voltou a pensar nelas foi a própria Clara, que se limitou a registrá-las em seu diário e logo as esqueceu. Seus pais, entretanto, não puderam ignorá-las, apesar de concordarem que a possessão demoníaca e a soberba eram dois pecados excessivamente grandes para uma criança tão pequena. Temiam a maledicência do povo e o fanatismo do padre Restrepo. Até aquele dia, não tinham dado nome às excentricidades de sua filha mais nova nem as haviam relacionado a influências satânicas. Tomavam-nas como uma característica da menina, equivalente ao coxear de Luís e à beleza de Rosa. Os poderes mentais de Clara não perturbavam ninguém e não provocavam maiores transtornos; manifestavam-se quase sempre em assuntos de pouca importância e na estrita intimidade do lar. Algumas vezes, à hora da refeição, quando estavam todos reunidos na grande sala de jantar da casa, sentados em absoluta ordem de autoridade e poder, o saleiro começava a vibrar e logo se deslocava sobre a mesa, contornando copos e pratos, sem a mediação de qualquer fonte de energia conhecida nem truque de ilusionismo. Nívea dava um puxão nas tranças de Clara e, com esse sistema, conseguia que a filha abandonasse seu passatempo lunático e devolvesse à normalidade o saleiro, que imediatamente recuperava sua imobilidade. Os irmãos estavam organizados para, no caso de haver visitas, quem estivesse mais perto segurar firme e imediatamente o objeto que deslizasse sobre a mesa, antes que os estranhos percebessem e se assustassem. A família continuava a comer, sem comentários. Também se haviam habituado aos presságios da irmã mais nova. Ela anunciava os tremores de terra com alguma antecipação, o que se demonstrava muito conveniente naquele país de catástrofes, pois permitia pôr a louça a salvo e deixar ao alcance da mão os chinelos para escapar durante a noite. Aos 6 anos, Clara previu que o cavalo iria derrubar Luís, que, entretanto, se negou a escutá-la e, desde então, tinha um quadril deslocado. Com o tempo, sua perna esquerda encurtou, e ele teve de usar um tipo de sapato especial, de plataforma alta, que ele próprio confeccionava. Nessa ocasião Nívea inquietou-se, mas a Nana tranquilizou-a, afirmando que muitas crianças voam como as moscas, adivinham sonhos e falam com as almas, mas que tudo isso passa quando perdem a inocência.

— Ninguém se torna adulto com essa característica — explicou. — Espere que lhe venha a manifestação e verá que a menina perde a mania de ficar movendo móveis e anunciando desgraças.

Clara era a preferida de Nana. Ajudara-a a nascer e, de fato, era a única pessoa que compreendia a natureza excêntrica da menina. Quando Clara saiu do ventre da mãe, Nana a embalou, lavou-a e, desde esse momento, amou desesperadamente aquela criança frágil, com os pulmões cheios de catarro, sempre à beira de perder o fôlego e arroxear, e que o calor de seus grandes peitos reanimara muitas vezes, quando lhe faltava o ar, porque sabia ser esse o único remédio para a asma, muito mais eficaz do que os xaropes licorosos do doutor Cuevas.

Naquela Quinta-Feira Santa, Severo caminhava pela sala, preocupado com o escândalo que sua filha desencadeara durante a missa, argumentando que só um fanático como o padre Restrepo poderia acreditar em possuídos pelo diabo em pleno século XX, o século das luzes, da ciência e da técnica, no qual o demônio se tornara definitivamente desprestigiado. Nívea interrompeu-o para dizer que não se tratava dessa questão. Grave era o fato de que, se as proezas de sua filha transcendessem as paredes da casa e o padre começasse a investigar, todos tomariam conhecimento.

— Vai começar a chegar gente para olhá-la, como se ela fosse um fenômeno — disse Nívea.

— E o Partido Liberal vai para o caralho — completou Severo, percebendo o prejuízo que poderia causar à sua carreira política ter uma possessa na família.

Estavam nisso quando chegou a Nana arrastando suas alpargatas, com o frufru das anáguas engomadas, anunciando que, no pátio, alguns homens descarregavam um morto. Assim era. Entraram numa carroça de quatro cavalos, ocupando todo o primeiro pátio, pisoteando as camélias e sujando de bosta o piso reluzente, num turbilhão de pó, empinar de cavalos e maldições de homens supersticiosos, que faziam gestos contra o mau-olhado. Traziam o cadáver do tio Marcos com toda a sua bagagem. Aquele tumulto era dirigido por um homenzinho melífluo, vestido de preto, de sobrecasaca e chapéu exageradamente grande, que iniciou um discurso solene para explicar as circunstâncias do caso, sendo, entretanto, brutalmente interrompido por Nívea, que se lançou sobre o ataúde empoeirado contendo os restos de seu irmão mais querido. Nívea gritava que abrissem a tampa, para vê-lo com os próprios olhos. Já lhe coubera enterrá-lo em ocasião anterior, e, por isso mesmo, era cabível a dúvida de que, tampouco dessa vez, sua morte fosse definitiva. Seus gritos atraíram a multidão de empregados da casa e todos os filhos, que acudiram correndo ao ouvir o nome do tio, pronunciado com lamentações de luto.

Havia dois anos que Clara não via seu tio Marcos, mas lembrava-se dele muito bem. Era a única imagem perfeitamente nítida de sua infância e, para evocá-la, não necessitava sequer consultar o daguerreótipo do salão, que o mostrava em trajes de explorador, apoiado num modelo antigo de espingarda de dois canos, o pé direito sobre o pescoço de um tigre da Malásia, na mesma atitude triunfante que ela observara na Virgem do altar-mor pisando o demônio vencido em meio a nuvens de gesso e anjos pálidos. A Clara, bastava fechar os olhos para ver o tio em carne e osso, curtido pelas inclemências de todos os climas do planeta, magro, com bigodes de flibusteiro, entre os quais assomava seu estranho sorriso com dentes de tubarão. Parecia impossível que ele estivesse naquele caixão negro, no centro do pátio.

A cada visita que Marcos fez à casa de sua irmã Nívea, lá ficou por vários meses, para a alegria dos sobrinhos, especialmente de Clara, provocando uma verdadeira tempestade, na qual a ordem doméstica perdia os horizontes. A casa se abarrotava de baús, animais embalsamados, lanças indígenas, fardos de marinheiro. Por todos os lados tropeçava-se em seus utensílios indescritíveis e apareciam bichos jamais vistos que haviam viajado de terras remotas para acabar esmagados sob a implacável vassoura da Nana em algum canto da casa. As maneiras de tio Marcos eram as de um canibal, como dizia Severo. Passava a noite fazendo movimentos incompreensíveis na sala. Soube-se mais tarde que eram exercícios destinados a aperfeiçoar o domínio da mente sobre o corpo e melhorar a digestão. Fazia experiências de alquimia na cozinha, enchendo toda a casa de fumaceiras fétidas, e estragava as panelas com substâncias sólidas, impossíveis de desgrudar do fundo. Enquanto todos tentavam dormir, arrastava suas malas pelos corredores, ensaiava sons agudos com instrumentos selvagens e ensinava um papagaio cuja língua materna era de origem amazônica a falar espanhol. Durante o dia, dormia numa rede que esticara entre duas colunas do corredor, sem mais proteção do que a de uma tanga, o que deixava Severo de péssimo humor, mas que Nívea desculpava, porque Marcos a convencera de que era assim que o Nazareno pregava. Clara lembrava perfeitamente, apesar de ser muito pequena naquela ocasião, a primeira vez que seu tio Marcos chegou àquela casa, retornando de uma de suas viagens. Instalou-se como se fosse para sempre. Ao fim de pouco tempo, entediado de apresentar-se em tertúlias de senhoritas em que a dona da casa tocava piano, jogar cartas e driblar a pressão de todos os parentes para que tomasse juízo e começasse a trabalhar como auxiliar no escritório de advogados de Severo del Valle, comprou um realejo e saiu pelas ruas com a intenção de seduzir sua prima Antonieta e, ao mesmo tempo, alegrar o público com sua música de manivela. A engenhoca não passava de um caixote sujo provido de rodas, mas ele o pintou com motivos marítimos e lhe aplicou uma falsa chaminé de barco, dando-lhe o aspecto de um fogão a carvão. O realejo alternava uma marcha militar e uma valsa, e, a cada volta da manivela, o papagaio, que aprendera espanhol, embora mantivesse o sotaque estrangeiro, atraía o público com gritos agudos e, com o bico, pegava papeizinhos de uma caixa para vender a sorte aos curiosos. Os papéis, cor-de-rosa, verdes e azuis, eram tão engenhosos que indicavam sempre os mais secretos desejos do cliente. Além dos papéis da sorte, vendia bolinhas de serragem para divertir as crianças e pós contra a impotência, que comercializava a meia-voz com os transeuntes afetados por esse mal. A ideia do realejo surgira como um último e desesperado recurso para atrair a prima Antonieta, depois de falharem outras formas mais convencionais de cortejá-la. Imaginou que nenhuma mulher em perfeito juízo ficaria impassível a uma serenata de realejo. Foi isso que fez. Postou-se embaixo de sua janela ao entardecer, tocando sua marcha militar e sua valsa, enquanto a prima tomava chá com um grupo de amigas; Antonieta não se deu por achada até que o papagaio começou a chamá-la pelo nome de batismo e então chegou à janela. Sua reação, porém, não foi a que o enamorado esperava. As amigas encarregaram-se de espalhar a notícia por todos os salões da cidade, e, no dia seguinte, as pessoas começaram a passear pelas ruas centrais, esperando ver com os próprios olhos o cunhado de

Severo del Valle tocando realejo e vendendo bolinhas de serragem com um papagaio depravado, simplesmente pelo prazer de constatar que, também nas melhores famílias, havia boas razões para se envergonhar. Em face do constrangimento familiar, Marcos teve de desistir do realejo e escolher métodos menos conspícuos para atrair a prima Antonieta, mas não desistiu de assediá-la. De qualquer modo, não foi bem-sucedido, porque a jovem se casou da noite para o dia com um diplomata vinte anos mais velho, que a levou para um país tropical cujo nome ninguém conseguiu gravar, mas que sugeria negritude, bananas e palmeiras, onde ela conseguiu superar a recordação do pretendente que arruinara seus 17 anos com uma marcha militar e uma valsa. Marcos ficou profundamente deprimido durante dois ou três dias, ao fim dos quais anunciou que jamais se casaria e que iria dar a volta ao mundo. Vendeu o realejo a um cego e deixou o papagaio de herança para Clara, mas a Nana, incapaz de suportar seu olhar lascivo, suas pulgas e seus gritos desregrados oferecendo papeizinhos da sorte, bolinhas de serragem e pós contra a impotência, envenenou-o secretamente com uma superdose de óleo de fígado de bacalhau.

Aquela foi a mais longa viagem de Marcos. Regressou com um carregamento de enormes caixas que ficaram armazenadas no último pátio, entre o galinheiro e o depósito de lenha, até acabar o inverno. No começo da primavera, mandou levá-las para o Parque dos Desfiles, um enorme descampado onde o povo se reunia para assistir às paradas militares, durante as festas cívicas, os soldados marchando em passos de ganso, imitando os prussianos. Abertas as caixas, viu-se que continham peças soltas de madeira, metal e tela pintada. Marcos passou duas semanas montando as peças de acordo com as instruções de um manual em inglês, que ele decifrou com sua imbatível imaginação e um pequeno dicionário. Quando o trabalho ficou pronto, descobriu-se que se tratava de um pássaro de dimensões pré-históricas, com o rosto de uma águia furiosa pintado na parte da frente, asas móveis e uma hélice no lombo, provocando um grande alvoroço. As famílias da elite esqueceram o realejo, e Marcos tornou-se a novidade da temporada. As pessoas faziam excursões aos domingos para ir ver o pássaro, e os vendedores de quinquilharias e os fotógrafos ambulantes tiraram a barriga da miséria. Em pouco tempo, contudo, o interesse do público começou a esgotar-se. Marcos anunciou, então, que, mal o tempo desanuviasse, pensava levantar voo no pássaro e atravessar a cordilheira. A notícia correu em poucas horas e converteu-se no acontecimento mais comentado do ano. A máquina jazia com a pança assente em terra firme, pesada e inútil, mais parecendo um pato ferido do que um dos modernos aeroplanos que começavam a ser fabricados na América do Norte. Nada em sua aparência permitia supor que pudesse mover-se, muito menos levantar voo e atravessar as montanhas cobertas de neve. Jornalistas e curiosos chegaram em bandos. Marcos sorria, imperturbável, diante da avalancha de perguntas e posava para os fotógrafos sem oferecer nenhuma explicação técnica ou científica a respeito de como pretendia realizar sua proeza. Houve quem viajasse do interior para ver o espetáculo. Quarenta anos depois, seu sobrinho-neto Nicolás, que Marcos não chegou a conhecer, desencavou a iniciativa de voar, que sempre estivera presente nos homens de sua linhagem. Nicolás teve a ideia de fazê-lo com fins comerciais, numa salsicha gigantesca cheia de ar quente, que levaria impresso um anúncio publicitário de bebidas gasosas. Na época em que Marcos anunciou sua viagem de aeroplano, porém, ninguém acreditava que aquele invento pudesse servir para algo útil. Ele o fazia por espírito aventureiro. O dia marcado para o voo amanheceu nublado, mas havia tanta expectativa que Marcos não quis adiar a data. Apresentou-se pontualmente no local e nem sequer passeou o olhar pelo céu, que se cobria de nuvens cinzentas. A multidão, atônita, encheu as ruas circundantes, empoleirou-se nos telhados e nas varandas das casas próximas, e comprimiu-se no parque. Nenhuma concentração política conseguiu reunir tanta gente até meio século depois, quando o primeiro candidato marxista aspirava, por vias totalmente democráticas, a ocupar a cadeira da Presidência. Clara recordaria durante toda a sua vida esse dia de festa. As pessoas vestiram-se de primavera, antecipando-se um pouco à inauguração oficial da temporada, os homens com ternos de linho branco e as senhoras com chapéus de palhinha italiana, que fizeram furor naquele ano. Grupos de alunos e professores desfilaram, levando flores para o herói. Marcos recebia as flores e gracejava, recomendando-lhes que esperassem sua queda para então lhe levar flores ao enterro. O bispo em pessoa, sem que ninguém lhe tivesse pedido, apareceu com dois turiferários para benzer o pássaro, e a banda da polícia tocou música alegre e despretensiosa, ao gosto popular. Os policiais, a cavalo e com lanças, tiveram dificuldade em manter a multidão afastada do centro do parque, onde estava Marcos, usando macacão de mecânico, grandes óculos de automobilista e capacete de explorador. Para o voo, levava, como complemento, bússola, binóculos e estranhos mapas de navegação aérea que ele próprio desenhara com base nas teorias de Leonardo da Vinci e nos conhecimentos astrais dos incas. Contrariando qualquer lógica, na segunda tentativa, o pássaro elevou-se sem problema e até com certa elegância, em meio aos estalidos de seu esqueleto e aos estertores de seu motor. Subiu movendo as asas e se perdeu nas nuvens, despedido por uma explosão de aplausos, assobios, lenços, bandeiras, acordes musicais da banda e aspersões de água-benta. Em terra, ficou o comentário da deslumbrada plateia e dos homens mais instruídos, que tentaram explicações racionais para aquele milagre. Clara continuou olhando o céu até muito tempo depois de o tio ter-se tornado invisível. Acreditou vê-lo dez minutos mais tarde, mas tratava-se apenas de um pardal que passava. Três dias depois, desvanecera-se a euforia provocada pelo primeiro voo de aeroplano no país, e ninguém voltou a lembrar-se do episódio, exceto Clara, que observava incansavelmente as alturas.

Sem notícias do tio voador durante uma semana, supôs-se que tivesse subido até se perder no espaço sideral, e os mais ignorantes especulavam sobre a ideia de que chegaria à Lua. Severo decretou, entre triste e aliviado, que o cunhado teria caído com sua máquina em alguma garganta da cordilheira, onde jamais seria encontrado. Nívea chorou inconsolavelmente e acendeu velas a Santo Antônio, padroeiro das coisas perdidas. Severo opôs-se à ideia de mandar rezar algumas missas, porque não acreditava nesse recurso para ganhar o céu e, muito menos, para voltar à terra, e defendia o ponto de vista de que as missas e as promessas, assim como as indulgências e o comércio de santinhos e escapulários, constituíam um negócio desonesto. Em face dessa reação, Nívea e a Nana puseram todas as crianças para rezar o terço às escondidas, durante nove dias. Enquanto isso, grupos de exploradores e montanhistas voluntários procuraram-no incansavelmente por picos e quebradas da cordilheira, percorrendo, uma a uma, todas as passagens acessíveis, até que, afinal, regressaram, triunfantes, e entregaram à família os restos mortais dentro de um caixão lacrado, negro e modesto. Sepultaram o intrépido viajante com um grandioso funeral. Sua morte converteu-o em herói, e seu nome esteve por vários dias nas manchetes dos jornais. A mesma multidão que se reunira para despedir-se dele no dia em que levantou voo no pássaro desfilou diante de seu ataúde. Toda a família o chorou como ele merecia, menos Clara, que continuou esquadrinhando o céu com uma paciência de astrônomo. Uma semana depois da inumação, apareceu no umbral da porta da casa de Nívea e Severo del Valle o próprio tio Marcos, de corpo presente, com um alegre sorriso entre os bigodes de pirata. Graças às rezas clandestinas das mulheres e das crianças, como ele próprio admitiu, estava vivo e em posse de todas as suas faculdades, aí incluído seu bom humor. Apesar da nobre origem de seus mapas aéreos, o voo fora um fracasso; perdera o aeroplano, sendo obrigado a regressar a pé, mas não quebrara nenhum osso e mantinha intacto seu espírito aventureiro. O episódio consolidou para sempre a devoção da família a Santo Antônio e não serviu de advertência às gerações futuras, que também tentaram voar por diversos meios. Legalmente, porém, Marcos era um cadáver. Severo del Valle teve de aplicar todo o seu conhecimento das leis no sentido de devolver a vida e a condição de cidadão ao cunhado. Ao abrir o caixão, diante das autoridades competentes, comprovou--se que se havia enterrado um saco de areia. Esse fato manchou o prestígio, até então imaculado, dos exploradores e montanhistas voluntários; desde esse dia, foram considerados pouco menos do que malfeitores.

A heroica ressurreição de Marcos acabou fazendo com que todos esquecessem a história do realejo. Voltaram a convidá-lo para os salões da cidade, e, pelo menos por algum tempo, seu nome foi solicitado. Marcos viveu na casa da irmã por alguns meses. Uma noite, foi-se embora, sem se despedir de ninguém, deixando os baús, os livros, as armas, as botas e todos os seus outros pertences. Severo e até mesmo Nívea respiraram aliviados. Sua última visita fora demasiadamente longa. Clara, porém, ficou tão abalada que passou uma semana caminhando sonâmbula e chupando o dedo. A menina, que tinha então sete anos, aprendera a ler os livros de contos de seu tio e estava mais perto dele do que qualquer outro membro da família, devido às suas habilidades divinatórias. Marcos sustentava o argumento de que a rara virtude de sua sobrinha poderia ser uma fonte de renda, além de uma boa oportunidade para desenvolver sua própria clarividência. Defendia a tese de que essa condição estava presente em todos os seres humanos, sobretudo nos de sua família, e que, se não funcionava com eficiência, era só por falta de prática. Comprou no Mercado Persa uma bola de vidro que, segundo ele, possuía propriedades mágicas e viera do

Oriente, embora mais tarde se tivesse sabido que se tratava de uma mera boia de barco pesqueiro, colocou-a sobre um pedaço de veludo negro e anunciou que podia ver o destino, curar o mau--olhado, ler o passado e melhorar a qualidade dos sonhos, tudo por cinco centavos. Seus primeiros clientes foram as empregadas da vizinhança. Uma delas fora acusada de ladra, porque a patroa perdera um anel. A bola de vidro indicou o lugar em que estava a joia: havia rolado para baixo de um armário. No dia seguinte havia uma fila de gente à porta da casa. Chegaram cocheiros, comerciantes, fornecedores de leite e água, e, mais tarde, apareceram discretamente alguns funcionários públicos e senhoras distintas, que deslizavam ao longo das paredes, sem chamar atenção, procurando não ser reconhecidos. A clientela era recebida pela Nana, que a organizava na antessala e cobrava as consultas. Esse trabalho mantinha-a ocupada quase todo o dia e chegou a absorvê-la tanto que descuidou de seus afazeres na cozinha, e a família começou a queixar-se de que tudo o que havia para o jantar eram grãos velhos e marmelada. Marcos arrumou a cocheira com velhas cortinas puídas, algum dia penduradas no salão, mas que o abandono e a velhice haviam transformado em farrapos poeirentos. Era ali que atendia o público com Clara. Os dois adivinhos vestiam túnicas "da cor dos homens da luz", como Marcos denominava o amarelo. A Nana tingira as túnicas com pó de açafrão, fazendo-as ferver na panela destinada ao manjar-branco. Marcos, além da túnica, usava um turbante na cabeça e um amuleto egípcio pendurado no pescoço. Deixara a barba e o cabelo crescerem, e estava mais magro do que nunca. Marcos e Clara pareciam totalmente convincentes, sobretudo porque a menina não precisava consultar a bola de vidro para adivinhar o que cada um queria ouvir. Soprava-o ao ouvido do tio Marcos, que transmitia a mensagem ao cliente com improvisados conselhos que lhe pareciam ajuizados. Assim, propagou-se sua fama, porque os que chegavam ao consultório débeis e tristes saíam cheios de esperança, os amantes não correspondidos obtinham orientação para cativar o coração indiferente, e os pobres levavam infalíveis truques para apostar nas corridas de cães. O negócio chegou a ser tão próspero que a antessala estava sempre repleta de gente, e a Nana começou a ter vertigens por ficar sentada tanto tempo seguido. Nessa ocasião, Severo não precisou intervir para pôr fim à iniciativa empresarial de seu cunhado, porque os dois adivinhos, dando-se conta de que sua perícia era capaz de modificar o destino da clientela, que seguia ao pé da letra suas palavras, se atemorizaram e concluíram que aquele era um ofício de embusteiros. Abandonaram o oráculo da cocheira e dividiram equitativamente os ganhos, ainda que a única de fato interessada no aspecto material do negócio fosse a Nana.

De todos os irmãos del Valle, Clara era a que tinha mais disposição e interesse em ouvir os contos de seu tio. Podia repetir um a um, sabia de cor várias palavras de dialetos de índios estrangeiros, conhecia seus costumes e descreveria com facilidade a maneira como atravessavam pedaços de madeira nos lábios e nos lóbulos das orelhas, bem como seus ritos de iniciação, e dominava os nomes das serpentes mais venenosas e de seus antídotos. Seu tio era tão eloquente que a menina sentia na própria carne a dolorosa mordida das víboras, via o réptil deslizar sobre o tapete, entre os pés do aparador de jacarandá, e escutava os gritos das *guacamayas** atravessando as cortinas do salão. Repetia sem hesitação o trajeto de Lope de Aguirre em busca do Eldorado, os nomes impronunciáveis da flora e da fauna vistas ou inventadas por seu prodigioso tio, sabia que os lamas tibetanos tomam chá salgado com gordura de iaque e era capaz de descrever, em detalhes, as opulentas nativas da Polinésia, os arrozais da China ou as planícies brancas dos países do Norte, onde o gelo eterno mata os animais e os homens que se

---

* Ave da família dos papagaios. Arara. (N. T.)

distraem, petrificando-os em poucos minutos. Marcos tinha vários diários de viagem, em que registrava seus itinerários e impressões, e uma coleção de mapas e livros de contos, de aventuras e até de fadas, que guardava em seus baús no depósito dos fundos do terceiro pátio da casa. Dali saíram para povoar os sonhos de seus descendentes até serem equivocadamente queimados, meio século depois, numa infame fogueira.

De sua última viagem, Marcos regressou num caixão. Morrera de uma misteriosa peste africana que o foi deixando enrugado e amarelo como um pergaminho. Ao se sentir doente, iniciou a viagem de volta, esperando que os cuidados da irmã e a sabedoria do doutor Cuevas lhe recuperassem a saúde e a juventude, mas não resistiu aos sessenta dias da travessia de navio e, nas proximidades de Guaiaquil, morreu consumido por febre e delírios povoados por mulheres recendendo a almíscar e tesouros escondidos. O capitão do barco, um inglês de sobrenome Longfellow, esteve a ponto de lançá-lo ao mar embrulhado numa bandeira, mas Marcos fizera tantos amigos e despertara a paixão de tantas mulheres a bordo do transatlântico, apesar de seu aspecto prejudicado e de seu delírio, que os passageiros protestaram, e Longfellow viu-se obrigado a armazená-lo com as hortaliças do cozinheiro chinês para que fosse preservado do calor e dos mosquitos tropicais, até que o carpinteiro de bordo improvisasse um caixão. Em Callao, conseguiram um esquife decente, e, alguns dias depois, o capitão, furioso pelos contratempos que aquele passageiro havia causado à Companhia de Navegação e a ele pessoalmente, descarregou-o sem contemplações no cais, estranhando que ninguém aparecesse para reclamá-lo nem para pagar as despesas extraordinárias. Mais tarde soube que, naquelas latitudes, o correio não era tão confiável quanto o de sua longínqua Inglaterra e que seus telegramas se haviam evaporado ao longo do percurso. Felizmente para Longfellow, apareceu um advogado da alfândega que conhecia a família del Valle e que se ofereceu para tratar do assunto, enfiando Marcos e sua complicada bagagem numa carroça de aluguel e levando-o para a capital, para o único domicílio fixo que dele se conhecia: a casa de sua irmã.

Para Clara, esse teria sido um dos momentos mais dolorosos de sua vida, se Barrabás não tivesse vindo misturado aos pertences de seu tio. Ignorando a confusão reinante no pátio, seu instinto levou-a diretamente ao canto em que haviam posto o engradado. Dentro estava Barrabás. Era um punhado de ossinhos cobertos por pelo de cor indefinida, cheio de falhas infectadas, um olho fechado, o outro purgando secreções purulentas, imóvel, como um cadáver, em sua própria porcaria. Apesar dessa aparência, a menina não teve dificuldade para identificá-lo.

— Um cachorrinho! — exclamou.

Encarregou-se do animal, tirou-o do engradado, embalou-o contra o peito e, com cuidados de missionária, conseguiu dar-lhe água pelo focinho inchado e seco. Ninguém se preocupara em alimentá-lo desde que o capitão Longfellow, que, como todos os ingleses, tratava muito melhor os animais do que os humanos, o depositou no cais. Enquanto o cão esteve a bordo, ao lado de seu dono moribundo, o capitão alimentou-o pela própria mão e passeava com ele pela coberta, dispensando-lhe todas as atenções que não dera a Marcos; mas, uma vez em terra firme, foi tratado como parte da bagagem. Clara converteu-se em mãe para o animal, sem que ninguém lhe disputasse esse privilégio duvidoso, e conseguiu reanimá-lo. Dois dias mais tarde, logo que se acalmou a tempestade da chegada do cadáver e do enterro do tio Marcos, Severo reparou no bicho peludo que sua filha levava nos braços.

— O que é isso? — perguntou.

— Barrabás — disse Clara.

— Entregue-o ao jardineiro para que se desfaça dele. Pode contagiar-nos com alguma doença — ordenou Severo.

Clara, porém, o havia adotado.

— É meu, papai. Se me tirar, juro que paro de respirar e morro.

Barrabás ficou na casa. Em pouco tempo, corria por todos os lados, devorando as franjas das cortinas, os tapetes e os pés dos móveis. Recuperou-se rapidamente de sua agonia e começou a crescer. Quando lhe deram banho, soube-se que era negro, de cabeça quadrada, patas muito grandes e pelo curto. A Nana sugeriu que lhe cortassem a cauda, para parecer um cachorro de raça; mas Clara começou a fazer manha, que logo se transformou em ataque de asma, e ninguém voltou a falar no assunto. Barrabás manteve inteira sua cauda, que, com o tempo, chegou a ter o comprimento de um taco de golfe, e cujos incontroláveis movimentos varriam as porcelanas das mesas e derrubavam os lampiões. Era de raça desconhecida. Não tinha nada em comum com os cães que vagavam pelas ruas e muito menos com os animais de raça pura que algumas famílias aristocráticas criavam. O veterinário não soube precisar sua origem, e Clara supôs que tivesse vindo da China, porque grande parte do conteúdo da bagagem de seu tio era composta de recordações desse país distante. Tinha ilimitada capacidade de crescimento. Aos seis meses, era do tamanho de uma ovelha e, com um ano, tinha a proporção de um potro. A família, desesperada, perguntava-se até onde ele cresceria e começou a duvidar de que ele fosse de fato um cão; especulou mesmo a possibilidade de se tratar de um animal exótico, caçado pelo tio explorador em alguma região remota do mundo, cujo estado primitivo provavelmente era feroz. Quando Nívea lhe observava as patas de crocodilo e os dentes afiados, seu coração de mãe estremecia, pensando que o animal poderia arrancar a cabeça de um adulto com uma dentada e, com mais razão, a de um de seus filhos. Barrabás, porém, não mostrava ferocidade alguma, muito pelo contrário; em suas travessuras, lembrava um gatinho. Dormia abraçado a Clara, dentro da cama, a cabeça no travesseiro de penas, coberto até o pescoço, porque era friorento; depois, quando já não cabia mais na cama, estendia-se no chão a seu lado, com o focinho de cavalo apoiado na mão da menina. Nunca o haviam ouvido ladrar ou rosnar. Era negro e silencioso como uma pantera, gostava de presunto e frutas cristalizadas, e, sempre que havia visitas e se esqueciam de prendê-lo, entrava sorrateiro na sala de jantar e contornava a mesa, delicadamente retirando dos pratos seus bocados preferidos, sem que nenhum dos comensais se atrevesse a impedi-lo. Apesar de sua mansidão de donzela, Barrabás inspirava terror. Os fornecedores fugiam precipitadamente quando aparecia na rua, e uma vez sua presença provocou pânico nas mulheres que faziam fila em frente da carroça que entregava o leite, espantando o cavalo percherão, que disparou em meio ao desperdício de baldes de leite entornados no calçamento. Severo teve de pagar todos os prejuízos e ordenou que o cão fosse amarrado no pátio, mas Clara teve outra crise nervosa, e a decisão foi adiada por tempo indefinido. A fantasia popular e o desconhecimento a respeito de sua raça atribuíram a Barrabás características mitológicas. Contava-se que continuou crescendo e que, não fosse a brutalidade de um açougueiro que lhe pôs termo à existência, teria alcançado o tamanho de um camelo. As pessoas acreditavam que Barrabás fosse o resultado de um cruzamento de cão e égua, supunham que poderiam aparecer-lhe asas, cornos e um bafo sulfuroso de dragão, como os animais que Rosa bordava em sua interminável toalha. A Nana, farta de recolher porcelana quebrada e ouvir os boatos de que se transformava em lobo nas noites de lua cheia, usou com ele o mesmo sistema aplicado ao papagaio, mas a superdose de óleo de fígado de bacalhau não o matou; deu-lhe apenas uma caganeira de quatro dias que encheu a casa de alto a baixo e que ela mesma teve de limpar.

Eram tempos difíceis. Eu estava então com cerca de 25 anos, mas tinha a impressão de que adiante pouca vida me restava para construir um futuro e conseguir a posição que desejava. Trabalhava como um animal e, nas poucas vezes em que me sentava para descansar, obrigado pelo tédio de algum domingo, sentia que estava perdendo momentos preciosos e que cada minuto de ócio era mais um século afastado de Rosa. Vivia na mina, num barraco de tábuas com telhado de zinco, que eu mesmo havia construído com a ajuda de dois serventes. Era uma única peça, onde arrumei meus pertences, com uma janelinha em cada parede, para garantir a circulação do ar quente do dia, com postigos que eu fechava à noite, quando soprava o vento glacial. Todo o meu mobiliário consistia em uma cadeira, uma cama de campanha, uma mesa rústica, uma máquina de escrever e uma pesada caixa-forte que teve de ser levada no lombo de uma mula ao longo do deserto, onde eu guardava os salários dos mineiros, alguns documentos e uma pequena bolsa de lona na qual brilhavam os pedacinhos de ouro que representavam o fruto de tanto esforço. Não era cômoda, mas eu estava habituado ao desconforto. Jamais tomei banho quente, e as recordações que conservava da infância eram de frio, solidão e um eterno vazio no estômago. Ali comi, dormi e escrevi durante dois anos, sem mais distrações do que as permitidas por alguns livros, muitas vezes relidos, uma pilha de jornais atrasados, textos em inglês que me serviram para aprender os rudimentos desse magnífico idioma e uma caixa com chave onde guardava a correspondência que mantinha com Rosa. Acostumara-me a escrever-lhe à máquina, com uma cópia que guardava para mim e que organizava cronologicamente junto com as poucas cartas que dela recebi. Comia o mesmo rancho que se cozinhava para os mineiros e havia proibido que circulasse bebida dentro da mina. Nem a tinha em casa, porque sempre pensei que a solidão e o aborrecimento acabam por fazer do homem um alcoólatra. Talvez a lembrança que guardo de meu pai, com o colarinho desabotoado, a gravata frouxa e manchada, os olhos turvos, o hálito pesado e um copo na mão, tenha feito de mim um abstêmio. Não sou muito resistente ao álcool; portanto, me embebedo com facilidade. Descobri isso aos 16 anos e nunca mais esqueci. Uma vez minha neta perguntou-me como consegui viver tanto tempo sozinho e tão afastado da civilização. Não sei. Porém, deve ter sido mais fácil para mim do que para outros, porque não sou uma pessoa sociável, não tenho muitos amigos nem gosto de festas ou agitação; pelo contrário, sinto-me melhor sozinho. Custa-me muito tornar-me íntimo das pessoas. Naquela época, porém, não tinha ainda vivido com uma mulher e, por isso, não poderia sentir falta do que não conhecia. Não era namorador, nunca fui; aliás, sou de natureza fiel, apesar de bastar a sombra de um braço, a curva de uma cintura, o redondo de um joelho de mulher, para que me venham ideias à cabeça, ainda hoje, quando já estou tão velho que, olhando-me no espelho, não mais me reconheço. Pareço uma árvore retorcida. Não estou querendo justificar meus pecados da juventude com a história de que não conseguia controlar o ímpeto de meus desejos, em absoluto. Nessa idade, estava acostumado à relação sem futuro com mulheres de vida fácil, já que não tinha possibilidade com outras. Na minha geração distinguíamos as mulheres decentes e as outras, e também dividíamos as decentes em próprias e alheias. Não pensara no amor antes de conhecer Rosa, e o romantismo me parecia perigoso e inútil, e, se alguma vez gostei de alguma garota, não me atrevi a aproximar-me dela com medo da rejeição e do ridículo. Tenho sido muito orgulhoso e por causa disso sofri mais do que os outros.

Passou muito mais de meio século, mas ainda tenho gravado na memória o momento preciso em que Rosa, a bela, entrou em minha vida, como um anjo distraído que, ao passar, me roubou a alma. Ela ia com a Nana e outra criança, provavelmente alguma irmã mais nova. Creio que usava um vestido lilás, mas não estou certo disso, porque não reparo em roupa de mulher e porque ela era tão formosa que, mesmo que vestisse uma capa de arminho, eu não poderia ver senão seu rosto. Habitualmente não sou mulherengo, mas teria de ser muito devagar para não notar essa aparição que provocava tumulto à sua passagem e congestionava o tráfego, com aquele incrível cabelo verde que lhe emoldurava o rosto, como um chapéu de fantasia, o porte de fada e aquela maneira de mover-se como se voasse. Passou diante de mim sem me ver e entrou flutuando na confeitaria da Praça das Armas. Fiquei na rua, estupefato, enquanto ela comprava balas de anis, escolhendo-as uma por uma, com seu riso chocalhante, pondo umas na boca e dando outras à irmã. Não fui o único hipnotizado; em poucos minutos, formou-se um grupo de homens que a admiravam através da vitrina. Então reagi. Não me ocorreu a ideia de que estava muito longe de ser o pretendente ideal para aquela jovem celestial, uma vez que não tinha fortuna, não era o que se considerava um bom rapaz e tinha pela frente um futuro incerto. E não a conhecia! Mas estava deslumbrado e decidi, naquele exato momento, que ela era a única mulher digna de ser minha esposa e que, se eu não a pudesse ter, preferiria ficar solteiro. Segui-a ao longo de todo o caminho de regresso à sua casa. Subi no mesmo bonde e sentei-me atrás dela, sem poder tirar os olhos de sua nuca perfeita, seu pescoço redondo e seus ombros suaves acariciados pelos cachos verdes que escapavam do penteado. Não me dei conta do movimento do bonde, porque ia como em sonhos. Logo ela deslizou pelo corredor, e, quando passou a meu lado, suas surpreendentes pupilas de ouro detiveram-se um momento nas minhas. Devo ter morrido um pouco. Não respirava, e meu pulso parou. Quando recuperei a compostura, tive de pular do bonde para a calçada, arriscando-me quebrar algum osso, e corri em direção à rua em que ela havia entrado. Adivinhei onde morava ao avistar uma mancha lilás esfumando-se atrás de um portão. Desde esse dia, montei guarda diante da casa, percorrendo o quarteirão como um cão vadio, espiando, subornando o jardineiro, forçando conversa com as empregadas, até conseguir falar com a Nana, e essa santa mulher se compadeceu de mim e concordou em entregar-lhe os bilhetes de amor, as flores e as incontáveis caixas de balas de anis com que tentei conquistar seu coração. Também lhe mandava acrósticos. Não sei fazer versos, mas havia um livreiro espanhol que era um gênio para a rima, a quem eu encomendava poemas, canções, qualquer coisa cuja matéria-prima fosse tinta e papel. Minha irmã Férula ajudou-me a me aproximar da família del Valle, descobrindo remotos parentescos em nossos sobrenomes e procurando a oportunidade de nos cumprimentarmos à saída da missa. Foi assim que consegui visitar Rosa. No dia em que entrei em sua casa e a tive ao alcance de minha voz, não me ocorreu nada para dizer-lhe. Fiquei mudo, com o chapéu na mão e a boca aberta, até que seus pais, que conheciam esses sintomas, me resgataram. Não sei o que Rosa possa ter visto em mim nem por que motivo, posteriormente, me aceitou como marido. Cheguei a ser seu noivo oficial sem ter de realizar nenhuma proeza sobrenatural, porque, apesar de sua beleza inumana e de suas inumeráveis virtudes, Rosa não tinha pretendentes. Sua mãe deu-me a explicação: disse-me que nenhum homem se sentia suficientemente forte para passar a vida defendendo Rosa do desejo dos demais. Muitos a haviam rondado, perdendo a razão por causa dela, mas, até eu aparecer no horizonte, ninguém se havia decidido. Sua beleza atemorizava; por isso, admiravam-na de longe, mas não se aproximavam. Na verdade, nunca pensei nisso. Meu problema consistia no fato de não ter nem um tostão, mas sentia-me capaz, pela força do amor, de transformar-me num homem rico. Olhei à minha volta, procurando um caminho rápido, dentro dos limites da honestidade em que me haviam educado, e me dei conta de que, para triunfar, precisava ter padrinhos, estudos especiais ou qualquer capital. Não era bastante ter um sobrenome respeitável. Suponho que, se tivesse tido dinheiro para começar, teria apostado nas cartas ou nos cavalos, mas, como não era o caso, tive de pensar em trabalhar em algo que, embora fosse arriscado, pudesse me dar fortuna. As minas de ouro e de prata eram o sonho dos aventureiros; poderiam afundá-los na miséria, matá-los de tuberculose ou torná-los homens poderosos. Era questão de sorte. Obtive a concessão de uma mina no Norte com a ajuda do prestígio do sobrenome de minha mãe, que serviu para conseguir uma fiança no banco. Coloquei-me o firme propósito de explorar a mina até o último grama do precioso metal, nem que para isso tivesse de espremer a montanha com as próprias mãos e moer as rochas pisoteando-as. Por Rosa, estava disposto a isso e muito mais.

Em FINS DO outono, quando a família se tranquilizara a respeito das intenções do padre Restrepo, que teve de acalmar sua vocação inquisitorial depois de o bispo adverti-lo pessoalmente no sentido de deixar em paz a pequena Clara del Valle, e, quando todos se haviam resignado à ideia de que o tio Marcos estava realmente morto, começaram a se concretizar os planos políticos de Severo. Trabalhara durante anos com esse objetivo, e foi para ele um triunfo quando o convidaram a apresentar-se como candidato do Partido Liberal nas eleições parlamentares, representando uma província do Sul, onde ele nunca estivera e que, aliás, não era localizada com facilidade no mapa. O partido estava muito necessitado de quadros, e Severo muito ansioso por ocupar uma cadeira no Congresso, de modo que não houve dificuldade em convencer os humildes eleitores do Sul, que o nomearam seu candidato. O convite foi sustentado pela remessa à casa da família del Valle, por parte dos eleitores, de um rosado e monumental porco assado. Chegou numa grande travessa de madeira, perfumado e brilhante, com salsa no focinho e uma cenoura no rabo, repousando num leito de tomates. Tinha uma costura na barriga e, dentro dela, um recheio de perdizes, que, por sua vez, estavam recheadas com ameixas. Acompanhava-o uma garrafa que continha meio galão da melhor aguardente do país.

A ideia de tornar-se deputado ou, melhor ainda, senador era um sonho altamente acariciado por Severo. Levara as coisas até essa meta com um minucioso trabalho de contatos, amizades, reuniões fechadas, aparições públicas discretas, mas eficazes, dinheiro e favores que prestava às pessoas certas nos momentos certos. Aquela província do Sul, ainda que remota e desconhecida, era o que ele estava esperando.

Numa terça-feira, chegara o porco; na sexta-feira, quando dele já não restavam senão o couro e os ossos, que Barrabás roía no pátio, Clara anunciou que haveria outro morto na casa.

— Mas será um morto por equívoco — acrescentou.

Teve uma péssima noite no sábado e acordou aos gritos. A Nana deu-lhe um chá de tília, e ninguém fez caso, porque estavam todos ocupados com os preparativos da viagem do pai ao Sul e porque a bela Rosa acordara com febre. Nívea ordenou que deixassem Rosa ficar na cama, e o doutor Cuevas disse que não era nada grave e que lhe dessem uma limonada morna e bem açucarada, com um pouco de licor, para ela suar a febre. Severo foi ver a filha e encontrou-a ardendo em febre e com os olhos brilhantes, afundada nas rendas cor de manteiga de seus lençóis. Levou-lhe de presente um carnê de baile e autorizou a Nana a abrir a garrafa de aguardente e colocar um pouco na limonada. Rosa bebeu a limonada, agasalhou-se em sua mantilha de lã e adormeceu em seguida ao lado de Clara, com quem partilhava o quarto.

Na manhã do trágico domingo, a Nana levantou-se cedo, como sempre. Antes de sair para a missa, foi à cozinha preparar o desjejum da família. O fogão a lenha e carvão ficara preparado de véspera, e ela acendeu o fogo no rescaldo das brasas ainda mornas. Enquanto aquecia a água e fervia o leite, foi arrumando os pratos para levá-los à sala de jantar. Começou a cozinhar a aveia, coar o café e torrar o pão. Arrumou duas bandejas, uma para Nívea, que sempre tomava o desjejum na cama, e outra para Rosa, que, por estar doente, tinha direito ao mesmo. Cobriu a bandeja de Rosa com um guardanapo de linho bordado pelas freiras, para o café não esfriar e não entrarem moscas, e observou o pátio para se certificar de que Barrabás não estava por perto. Ele tinha a mania de atacá-la quando ela passava com o desjejum. Ao vê-lo distraído brincando com uma galinha, aproveitou para iniciar a grande viagem pelos pátios e corredores, partindo da cozinha, no fundo da casa, e indo até o quarto das meninas, no outro extremo. Diante da porta de Rosa, vacilou, atingida pela força do pressentimento. Entrou no quarto sem se anunciar, como era seu costume, e imediatamente sentiu cheiro de rosas, apesar de não ser época dessas flores. Então, a Nana soube que acontecera uma desgraça irreparável. Com cuidado, pousou a bandeja na mesa de cabeceira e caminhou lentamente até a janela. Abriu as pesadas cortinas, e o sol da manhã entrou no quarto. Voltou-se, angustiada, e não ficou surpresa ao ver Rosa morta sobre a cama, mais bela do que nunca, com o cabelo definitivamente verde, a pele cor de marfim novo e seus olhos amarelos, como o mel, abertos. Aos pés da cama estava a pequena Clara observando sua irmã. A Nana ajoelhou-se junto da cama, pegou a mão de Rosa e começou a rezar. Ficou rezando até que se ouviu por toda a casa um terrível lamento de barco perdido. Foi a primeira e última vez que Barrabás se fez ouvir. Uivou durante todo o dia pela morta, até destroçar os nervos dos habitantes da casa e dos vizinhos, que acudiram, atraídos por esse gemido de naufrágio.

Ao doutor Cuevas bastou olhar o corpo de Rosa para saber que a morte se devia a algo muito mais grave do que uma febre sem importância. Começou a pesquisar por todos os lados, inspecionou a cozinha, passou os dedos pelas caçarolas, abriu os sacos de farinha e de açúcar, as caixas de frutas secas, revolveu tudo e deixou à sua passagem uma desordem como a de um furacão. Mexeu nas gavetas de Rosa, interrogou os empregados, um a um, acusou a Nana até deixá-la fora de si, e, finalmente, suas pesquisas o conduziram à garrafa de aguardente, que requisitou sem observações. A ninguém comunicou suas dúvidas, mas levou a garrafa para seu laboratório. Três horas depois estava de volta com uma expressão de horror que transformava seu rubicundo rosto de fauno numa máscara pálida que não o abandonou durante todo esse caso terrível. Dirigiu-se a Severo e o tomou pelo braço, chamando-o à parte.

— Nessa aguardente havia veneno bastante para arrebentar um touro — segredou-lhe. — Mas, para ter certeza de que foi isso que matou a menina, tenho que fazer uma autópsia.

— Isso significa que vai abri-la? — gemeu Severo.

— Não completamente. Não vou tocar na cabeça, apenas no aparelho digestivo — explicou o doutor Cuevas.

Severo sentiu-se enfraquecer.

A essa hora Nívea estava esgotada de chorar, mas, quando soube que pensavam em levar sua filha para o necrotério, de súbito recuperou a energia. Só se acalmou com o juramento de que levariam Rosa diretamente de casa para o cemitério católico. Então consentiu em tomar o calmante que o médico lhe deu e dormiu durante vinte horas.

Ao anoitecer, Severo tratou dos preparativos. Mandou os filhos para a cama e autorizou os empregados a se retirar mais cedo. Permitiu que Clara, que estava extremamente impressionada com o que acontecera, passasse a noite no quarto da outra irmã. Depois de se apagarem todas as luzes e a casa entrar em repouso, chegou o ajudante do doutor Cuevas, um jovem mirrado e míope que gaguejava ao falar. Ajudaram Severo a transportar o corpo de Rosa para a cozinha e colocaram-no com delicadeza sobre o mármore em que a Nana amassava o pão e picava as verduras. Apesar da força de seu caráter, Severo não pôde resistir no momento em que tiraram a camisola de sua filha e apareceu sua esplendorosa nudez de sereia. Saiu cambaleando, embriagado de dor, e desabou no salão, chorando como uma criança. Também o doutor Cuevas, que vira Rosa nascer e a conhecia como a palma de sua mão, teve um sobressalto ao vê-la sem roupa. O jovem ajudante, por sua vez, começou a arfar, impressionado, e continuou arfando, durante os anos seguintes, cada vez que recordava a incrível visão de Rosa dormindo nua sobre a mesa da cozinha, os longos cabelos caindo como uma cascata vegetal até o chão.

Enquanto trabalhavam em seu terrível ofício, a Nana, cansada de chorar e rezar, pressentindo que algo estranho estava acontecendo em seus territórios do terceiro pátio, levantou-se, embrulhada num xale, e saiu para percorrer a casa. Viu luz na cozinha, mas as portas e os postigos das janelas estavam fechados. Seguiu pelos corredores silenciosos e gelados, atravessando os três corpos da casa, até chegar ao salão. Pela porta entreaberta, viu o patrão, que caminhava com ar desolado. O fogo da lareira apagara-se. A Nana entrou.

— Onde está minha Rosa? — perguntou.

— O doutor Cuevas está com ela, Nana. Fique aqui e beba um trago comigo — suplicou Severo.

A Nana permaneceu de pé, os braços cruzados apertando o xale contra o peito. Severo apontou-lhe o sofá, e ela se aproximou com timidez. Sentou-se a seu lado. Era a primeira vez que ficava tão perto do patrão desde que viera morar naquela casa. Severo serviu um cálice de xerez para cada um e bebeu o seu de um trago. Afundou a cabeça entre as mãos, repuxando os cabelos e resmungando uma incompreensível e triste ladainha. A Nana, que estava sentada rigidamente na beira do sofá, descontraiu-se ao vê-lo chorar. Estendeu sua mão áspera e, com um gesto automático, alisou-lhe o cabelo, a mesma carícia que, durante vinte anos, havia empregado para consolar-lhe os filhos. Ele ergueu os olhos e observou a face sem idade, as maçãs do rosto mestiço, o carrapicho negro, o amplo regaço em que vira soluçarem e dormirem todos os seus descendentes, e compreendeu que aquela mulher cálida e generosa como a terra podia consolá-lo. Apoiou a testa em sua saia, aspirou o cheiro suave do avental engomado e rompeu em soluços, como uma criança, vertendo todas as lágrimas que havia reprimido em sua vida adulta. A Nana alisou-lhe as costas, deu-lhe palmadinhas de consolo, falou-lhe do mesmo jeito que usava para adormecer os meninos e cantou-lhe em sussurros suas baladas de camponesa até conseguir tranquilizá-lo. Ficaram sentados bem próximos, bebendo xerez, chorando de vez em quando e lembrando os bons tempos em que Rosa corria pelo jardim atordoando as borboletas com sua beleza de fundo de mar.

Na cozinha, o doutor Cuevas e seu ajudante prepararam os sinistros utensílios e os frascos malcheirosos, puseram aventais de oleado, arregaçaram as mangas e começaram a remexer o interior da bela Rosa, até comprovar, sem sombra de dúvida, que a jovem havia ingerido uma grande dose de veneno de rato.

— Isso estava destinado a Severo — concluiu o doutor, lavando as mãos na pia.

O ajudante, extremamente emocionado com a formosura da morta, não se conformava em deixá-la costurada como um saco e sugeriu que a compusessem um pouco mais. Dedicaram-se ambos à tarefa de preservar o corpo com unguentos e enchê-lo com emplastros de embalsamador. Trabalharam até as quatro da madrugada, quando o doutor Cuevas se declarou vencido pelo cansaço e pela tristeza, e saiu. Na cozinha ficou Rosa nas mãos do ajudante, que a lavou com uma esponja, tirando-lhe as manchas de sangue, vestiu-lhe a camisola bordada, a fim de esconder a costura que exibia da garganta até o sexo, e lhe ajeitou o cabelo. Depois limpou os vestígios de seu trabalho.

O doutor Cuevas encontrou Severo no salão acompanhado da Nana, bêbados de pranto e xerez.

— Está pronta — disse. — Vamos arrumá-la um pouco para que a mãe possa vê-la.

Explicou a Severo que suas suspeitas não eram infundadas e que, no estômago de sua filha, encontrara a mesma substância mortal que existia na aguardente oferecida. Então Severo recordou-se da previsão de Clara e perdeu o resto da compostura que lhe restava, incapaz de se conformar com a ideia de que sua filha morrera em seu lugar. Caiu, abatido, dizendo-se culpado por ser ambicioso e vaidoso, que ninguém o havia mandado meter-se na política, que estivera muito melhor quando era um simples advogado e pai de família, que renunciava naquele momento e para sempre à maldita candidatura, ao Partido Liberal, a suas pompas e a suas ações, que esperava que nenhum de seus descendentes voltasse a se envolver com a política, que aquilo era ofício de carniceiros e bandidos, até que o doutor Cuevas, apiedando-se, acabou de embebedá-lo. O xerez foi mais forte do que a dor e a culpa. A Nana e o médico o arrastaram até seu quarto, despiram-no e o deitaram na cama. Depois foram à cozinha, onde o ajudante estava terminando de arrumar Rosa.

Nívea e Severo del Valle despertaram tarde na manhã seguinte. Os parentes haviam ornamentado a casa para os ritos fúnebres, as cortinas estavam corridas, adornadas com tule negro, e, ao longo das paredes, alinhavam-se as coroas de flores, impregnando o ar com seu aroma adocicado. Haviam arrumado uma câmara ardente na sala de jantar. Sobre a grande mesa, coberta com um pano preto de franjas douradas, estava o caixão de Rosa, branco com ferragens de prata. Doze velas amarelas em candelabros de bronze iluminavam a jovem com um difuso esplendor. Tinham-na vestido com seu traje de noiva e posto a coroa de flores de laranjeira em cera que guardava para o dia do casamento.

Ao meio-dia, começou o desfile de familiares, amigos e conhecidos para dar os pêsames e acompanhar os del Valle em seu luto. Apresentaram-se em casa até seus mais encarniçados inimigos políticos, e a todos Severo del Valle observou fixamente, procurando descobrir, em cada par de olhos que via, o segredo do assassino, mas em todos, incluindo o do presidente do Partido Conservador, viu os mesmos pesar e inocência.

Durante o velório, os cavalheiros circulavam pelos salões e corredores da casa, falando de negócios em voz baixa. Mantinham respeitoso silêncio quando se aproximava alguém da família. No momento de entrar na sala de jantar e aproximar-se do ataúde, para olhar Rosa pela última vez, todos estremeciam, porque sua beleza não havia senão aumentado ao longo daquelas horas. As senhoras passavam ao salão, onde haviam sido arrumadas em círculo as cadeiras da casa. Ali havia conforto para chorar à vontade, externando as próprias tristezas sob o bom pretexto da morte alheia. O pranto era copioso, mas digno e calado. Algumas murmuravam orações em voz baixa. As empregadas da casa circulavam pelos salões e corredores, oferecendo chávenas de chá, cálices de conhaque, lenços limpos para as mulheres, bolos caseiros e pequenas compressas embebidas em amoníaco para as senhoras acometidas de náuseas por causa do ambiente fechado, do cheiro das velas e da dor. Todas as irmãs del Valle, menos Clara, que ainda era muito jovem, estavam rigorosamente vestidas de negro, sentadas em volta da mãe, como uma roda de corvos. Nívea, que tinha esgotado suas lágrimas, mantinha-se rígida na cadeira, sem um suspiro, sem uma palavra e sem o alívio do amoníaco, que lhe provocava alergia. Os visitantes que chegavam lhe davam os pêsames; alguns a beijavam em ambas as faces, outros a abraçavam com força por alguns segundos, mas ela parecia não reconhecer nem mesmo os mais íntimos. Vira morrerem outros filhos, na primeira infância ou ao nascer, mas nenhum lhe despertara a sensação de perda que experimentava naquele momento.

Cada irmão se despediu de Rosa com um beijo na testa gelada, menos Clara, que não quis se aproximar da sala de jantar. Não insistiram porque conheciam sua extrema sensibilidade e sua tendência a caminhar, sonâmbula, quando se lhe agitava a imaginação. Ficou no jardim, de cócoras ao lado de Barrabás, negando-se a comer ou participar do velório. Só a Nana se preocupou com ela e tratou de consolá-la, mas Clara dispensou-a.

Apesar das precauções tomadas por Severo para abafar os murmúrios, a morte de Rosa foi um escândalo público. O doutor Cuevas ofereceu a quem quis ouvir a explicação, perfeitamente razoável, de que a morte da jovem se devia, segundo ele, a uma pneumonia fulminante. Correu, entretanto, o boato de que havia sido envenenada por engano, em lugar de seu pai. Os assassinatos políticos eram desconhecidos no país naquele tempo, e o veneno, de qualquer maneira, era um recurso de prostitutas, algo desprestigiado e que não se usava desde a época colonial, pois até os crimes passionais eram resolvidos cara a cara. Houve um clamor de protesto pelo atentado, e, antes que Severo pudesse evitar, a notícia foi publicada num jornal da oposição, acusando veladamente a oligarquia e acrescentando que os conservadores eram capazes até de algo assim, porque não podiam perdoar Severo del Valle, que, a despeito de sua classe social, se voltara para o Partido Liberal. A polícia tratou de seguir a pista da garrafa de aguardente, só conseguindo apurar, contudo, que não tinha a mesma origem do porco recheado com perdizes e que os eleitores do Sul não estavam envolvidos no assunto. A misteriosa garrafa foi encontrada por casualidade junto da porta de serviço da casa dos del Valle no mesmo dia e hora da chegada do porco assado, e a cozinheira supôs que fizesse parte do mesmo presente. Nem o zelo da polícia, nem as pesquisas que Severo realizou por sua conta, por intermédio de um detetive particular, conseguiram descobrir os assassinos, e a sombra de uma possível vingança permaneceu presente nas gerações posteriores. Aquele foi o primeiro dos muitos atos de violência que marcaram o destino da família.

RECORDO-ME PERFEITAMENTE. AQUELE dia tinha sido muito feliz para mim, porque aparecera um novo veio, o abundante e maravilhoso filão que eu vinha perseguindo durante todo aquele tempo de sacrifício, ausência e espera, e que poderia representar a riqueza que eu desejava. Estava certo de que em seis meses teria dinheiro suficiente para me casar e que, dentro de um ano, poderia começar a me considerar um homem rico. Tive muita sorte, porque, no negócio da mineração, eram mais numerosos os que se arruinavam do que os que triunfavam, como eu dizia, escrevendo a Rosa naquela tarde, tão eufórico, tão impaciente, que meus dedos travavam nas teclas da velha máquina e as palavras saíam grudadas. Estava nisso quando ouvi à porta as batidas que me cortaram a inspiração para sempre. Era um tropeiro com duas mulas trazendo-me um telegrama do povoado, enviado por minha irmã Férula e anunciando a morte de Rosa. Tive de ler aquela folha de papel três vezes até compreender a magnitude de minha desolação. A única ideia que não me havia ocorrido era a de Rosa ser mortal. Sofri muito, pensando que ela, entediada pela espera, pudesse decidir casar-se com outro ou que nunca chegasse a aparecer o maldito filão que poria uma fortuna em minhas mãos, ou que a mina pudesse desmoronar, esmagando-me como uma barata. Pesei todas essas possibilidades e outras mais; nunca, porém, a morte de Rosa, apesar de meu proverbial pessimismo, que tem sempre me levado a esperar o pior. Senti que, sem Rosa, a vida não teria significado para mim. Murchei por dentro como um balão furado, e todo o meu entusiasmo se esvaiu. Fiquei sentado na cadeira, olhando o deserto pela janela, não sei por quanto tempo, até que lentamente a alma voltou-me ao corpo. Minha primeira reação foi de cólera. Esmurrei os frágeis tabiques de madeira da casa, até me sangrarem os nós dos dedos, rasguei em mil pedaços as cartas, os desenhos de Rosa e as cópias de minhas cartas, que eu guardava; às pressas, enfiei nas malas minha roupa, os papéis e a bolsinha de lona onde guardava o ouro, e fui procurar o capataz para lhe entregar os salários dos trabalhadores e as chaves da taberna. O tropeiro ofereceu-se para me acompanhar até o trem. Tivemos de viajar uma boa parte da noite a cavalo, com mantas de Castela como único abrigo contra a névoa do inverno, avançando com lentidão naquelas solidões intermináveis, em que só o instinto de meu guia me dava garantia de chegarmos ao destino, pois não havia qualquer ponto de referência. A noite estava clara e estrelada, sentia o frio trespassar-me os ossos, imobilizar-me as mãos, entrar-me na alma. Ia pensando em Rosa e desejando com veemência irracional que sua morte não fosse verdade, pedindo ao céu com desespero que tudo fosse um engano ou que, reanimada pela força de meu amor, ela recuperasse a vida e, como Lázaro, se levantasse de seu leito de morte. Ia chorando por dentro, afundado na dor e no gelo da noite, cuspindo blasfêmias contra a mula, que andava tão devagar, contra Férula, portadora de desgraças, contra Rosa, por ter morrido, e contra Deus, por ter permitido que isso acontecesse, até que começou a amanhecer; vi desaparecerem as estrelas e surgirem as primeiras cores da aurora, o sol tingindo de vermelho e laranja a paisagem do Norte; e, com a luz, voltou-me um pouco de bom senso. Comecei a conformar-me com a minha desgraça e pedir já não mais que Rosa ressuscitasse, mas apenas que eu conseguisse chegar a tempo de vê-la antes de ser enterrada. Apressamos o passo, e, uma hora mais tarde, o tropeiro despediu- -se de mim na minúscula estação em que o trem de bitola estreita ligava o mundo civilizado àquele deserto em que passei dois anos.

Viajei mais de trinta horas sem pausa para me alimentar, esque- cido até mesmo da sede, mas consegui chegar à casa da família del Valle antes do funeral. Dizem que ali entrei coberto de pó, sem chapéu, sujo e barbado, com sede e furioso, perguntando aos gritos por minha noiva. A pequena Clara, que era então apenas uma menina magra e feia, veio ao meu encontro quando pisei o pátio, pegou-me pela mão e levou-me silenciosamente à sala de jantar. Rosa estava ali entre as brancas pregas de cetim branco em seu também branco ataúde, conservada intacta três dias depois de falecida e mil vezes mais bela do que eu me lembrava, porque

Rosa, na morte, se transformara sutilmente na sereia que sempre fora em segredo.

— Maldita seja! Fugiu-me das mãos! — contam que eu disse, aos gritos, caindo de joelhos a seu lado, escandalizando os parentes, porque ninguém poderia compreender minha frustração por ter passado dois anos escavando a terra para me tornar rico, com o único propósito de levar um dia ao altar aquela jovem, que a morte roubara de mim.

Momentos depois chegou o coche, enorme, negro e reluzente, puxado por seis cavalos com penacho, como então se usava, e conduzido por dois cocheiros de libré. Deixou a casa pelo meio da tarde, sob um tênue chuvisco, seguido por uma procissão de carros que levavam os parentes, os amigos e as coroas de flores. Por costume, as mulheres e as crianças não assistiam aos enterros; essa era uma tarefa para os homens, mas Clara conseguiu, na última hora, misturar-se ao cortejo para acompanhar sua irmã Rosa. Senti sua mãozinha enluvada agarrada à minha e durante todo o trajeto tive-a a meu lado, pequena sombra silenciosa, que provocava uma ternura desconhecida em minha alma. Naquele momento, eu também não percebi que Clara não havia pronunciado uma só palavra em dois dias e que se passariam mais três antes que a família se alarmasse a respeito de seu silêncio.

Severo del Valle e os filhos mais velhos levaram nos ombros o ataúde branco de ferragens de prata e eles próprios o colocaram no nicho aberto do mausoléu. Iam de luto, silenciosos e sem lágrimas, como convém às normas de tristeza num país habituado à dignidade da dor. Depois de fechadas as grades do túmulo e de se terem retirado os parentes, os amigos e os coveiros, fiquei ali, parado em meio às flores que escaparam às dentadas de Barrabás e acompanharam Rosa ao cemitério. Devo ter parecido um escuro pássaro de inverno, a aba do casaco abanando ao vento, alto e fraco, como eu era então, antes que se cumprisse a maldição de Férula e eu começasse a encolher. O céu estava cinzento e ameaçava chuva; suponho que fizesse frio, mas acredito que não o sentia, porque a raiva me consumia. Não conseguia tirar os olhos do pequeno retângulo de mármore em que haviam gravado o nome de Rosa, a bela, e as datas, em grandes letras góticas, que limitavam sua curta passagem por este mundo. Pensava que havia perdido dois anos sonhando com Rosa, trabalhando para Rosa, escrevendo para Rosa, desejando Rosa e, afinal, nem sequer teria o consolo de ser enterrado a seu lado. Pensei nos anos que me restavam para viver e cheguei à conclusão de que, sem ela, não valiam a pena, porque eu nunca iria encontrar em todo o universo outra mulher com seu cabelo verde e sua formosura marinha. Se me tivessem dito que eu viveria mais de noventa anos, teria dado um tiro na cabeça.

Não ouvi os passos do guarda do cemitério, que se aproximou por trás de mim. Por isso me sobressaltei quando me tocou o ombro.

— Como se atreve a tocar-me? — rugi.

Recuou, assustado, o pobre homem. Algumas gotas de chuva molhavam tristemente as flores dos mortos.

— Desculpe, cavalheiro, são seis horas e tenho que fechar — imagino que me tenha dito.

Explicou-me então que o regulamento proibia a permanência de pessoas estranhas ao quadro do cemitério depois do pôr do sol, mas não o deixei acabar; enfiei-lhe algumas notas na mão e o empurrei para que fosse embora e me deixasse em paz. Vi-o afastar-se, olhando-me por cima do ombro, talvez pensando que eu fosse louco, um desses dementes necrófilos que às vezes rondam os cemitérios.

Foi uma longa noite, talvez a mais longa de minha vida. Passei-a sentado ao lado do túmulo de Rosa, falando com ela, acompanhando-a na primeira parte de sua viagem ao Além, quando é mais difícil desprender-se da terra e se necessita do amor dos que ficam vivos para se ir pelo menos com o consolo de se haver semeado algo nos corações alheios. Recordava seu rosto perfeito e maldizia minha sorte. Relatei a Rosa os anos que passei enfiado num buraco na mina, sonhando com ela. Não lhe disse que não tinha visto outras mulheres durante todo esse tempo à exceção das miseráveis prostitutas envelhecidas e gastas, que serviam a todo o acampamento com mais boa vontade do que mérito. Mas disse-lhe que tinha vivido entre homens toscos e sem lei, comendo grão-de--bico e bebendo água limosa, longe da civilização, pensando nela noite e dia, levando na alma sua imagem, como um estandarte que me dava forças para continuar retalhando a montanha, mesmo que desaparecesse o veio, doente do estômago a maior parte do ano, congelado de frio à noite e alucinado pelo calor durante o dia, tudo isso com o único objetivo de me casar com ela, e ela parte, morre à traição, antes que eu pudesse realizar os meus sonhos, deixando-me uma incurável desolação. Disse-lhe que se esquivara de mim, acusei-a de nunca termos estado completamente sós, de só ter podido beijá-la uma vez. Tinha urdido o amor com recordações e desejos estimulantes, mas impossíveis de satisfazer, com cartas atrasadas e desbotadas que não poderiam refletir meus senti-mentos nem a dor de sua ausência, porque não tenho facilidade para o gênero epistolar e muito menos para escrever sobre minhas emoções. Disse-lhe que aqueles anos na mina haviam sido uma perda irremediável, que, se eu tivesse sabido que ela iria viver tão pouco neste mundo, teria roubado o dinheiro necessário para me casar com ela e construir um palácio ornamentado com tesouros do fundo do mar — corais, pérolas, nácar — onde a teria mantido sequestrada e ao qual só eu teria acesso. Eu a teria amado ininter-ruptamente por um tempo quase infinito, porque estava certo de que, se estivesse comigo, ela não teria bebido o veneno destinado a seu pai e teria durado mil anos. Falei-lhe das carícias que reservara para ela, dos presentes com que iria surpreendê-la, da forma como a teria tornado apaixonada e feliz. Disse-lhe, em resumo, todas as loucuras que jamais lhe teria dito se me pudesse ouvir e que jamais tornei a dizer a nenhuma outra mulher.

Naquela noite pensei que perdera para sempre a capacidade de me apaixonar e que nunca mais poderia rir ou perseguir uma ilusão. Nunca mais, porém, é muito tempo, como pude comprovar nesta minha longa vida.

Vi a raiva crescer dentro de mim como um tumor maligno, manchando as melhores horas de minha existência e incapacitando-me para a ternura ou para a clemência. Mas, acima da confusão e da ira, o sentimento mais forte de que me lembro ter tido nessa noite foi o desejo frustrado, porque jamais poderia satisfazer a ânsia de afagar Rosa com as mãos, penetrar seus segredos, soltar o verde manancial de seus cabelos e afundar-me em suas águas mais profundas. Evoquei com desespero a última imagem que tinha dela, emoldurada nas dobras de cetim de seu ataúde virginal, com as flores de laranjeira de noiva coroando-lhe a cabeça e um rosário entre os dedos. Não sabia que exatamente assim, com as flores de laranjeira e o rosário, tornaria a vê-la, por um instante fugaz, muitos anos mais tarde.

Com as primeiras luzes do amanhecer, o guarda voltou. Deve ter sentido pena daquele louco semicongelado que havia passado a noite com os lívidos fantasmas do cemitério. Estendeu-me seu cantil.

— Chá quente. Beba um pouco, senhor — ofereceu-me.

Eu, porém, o repeli com um empurrão e me afastei, praguejando, com passos largos e raivosos, em meio às fileiras de tumbas e ciprestes.

Na noite em que o doutor Cuevas e seu ajudante estriparam o cadáver de Rosa na cozinha para descobrir a causa de sua morte, Clara estava em sua cama, no escuro, de olhos abertos e trêmula.

Tinha a terrível suspeita de que a irmã havia morrido porque ela anunciara o fato. Acreditava que, assim como a força de sua mente conseguia mover o saleiro, também poderia ser a causa das mortes, dos tremores de terra e de outras desgraças maiores. A mãe lhe explicara em vão que ela não provocava os acontecimentos, mas apenas podia vê-los antecipadamente. Sentia-se desolada e culpada, e supôs que, se pudesse estar com Rosa, se sentiria melhor. Levantou-se e, descalça e só de camisola, entrou no quarto que compartilhara com a irmã mais velha, mas não a encontrou na cama, onde a tinha visto pela última vez. Saiu para procurá-la por toda a casa, completamente escura e silenciosa. Sua mãe dormia, dopada pelo doutor Cuevas, e seus irmãos e os empregados se haviam recolhido mais cedo a seus quartos. Percorreu os salões, deslizando agarrada às paredes, assustada e gelada. Os móveis pesados, as grossas cortinas drapeadas, os quadros nas paredes, as tapeçarias com suas flores pintadas sobre tela escura, os lampiões apagados, oscilando nos tetos, e as touceiras de avenca sobre colunas de louça pareceram-lhe ameaçadores. Pela fresta sob a porta, percebeu que no salão brilhava um pouco de luz e esteve a ponto de entrar, mas temeu encontrar o pai e que ele a mandasse de volta para a cama. Dirigiu-se, então, à cozinha, imaginando encontrar algum consolo no peito da Nana. Atravessou o pátio principal, em meio às camélias e às laranjeiras anãs, os salões do segundo corpo da casa e os sombrios corredores abertos, onde as luzes tênues dos lampiões a gás ficavam acesas toda a noite, para facilitar a corrida durante os tremores de terra e espantar morcegos e outros bichos noturnos, e chegou ao terceiro pátio, onde estavam instaladas as dependências de serviço e as cozinhas. Ali, a casa perdia a dignidade senhorial, e começava a desordem dos canis, dos galinheiros e dos quartos dos serviçais. Mais adiante, estava a cavalariça, onde se abrigavam os velhos cavalos que Nívea ainda usava, apesar de Severo del Valle ter sido um dos pioneiros na compra de automóvel. A porta e os postigos da cozinha e o reposteiro estavam fechados. O instinto advertiu Clara de que algo anormal ocorria lá dentro; tentou espreitar, mas seu nariz não chegava ao peitoril da janela; teve de arrastar um caixote e encostá-lo à parede para subir e poder olhar por um vão entre o postigo de madeira e o peitoril da janela que a umidade e o tempo haviam deformado. E, então, viu o interior.

O doutor Cuevas, aquele homem enorme, bonachão e meigo, de farta barba e ventre opulento, que a ajudara a nascer e a tratara em todas as doenças da infância e ataques de asma, transformara-se num vampiro gordo e escuro, semelhante aos das ilustrações dos livros de seu tio Marcos. Estava inclinado sobre o balcão em que a Nana costumava preparar a comida. A seu lado, estava um jovem desconhecido, pálido como a lua, com a camisa manchada de sangue e os olhos perdidos de amor. Viu as alvíssimas pernas de sua irmã e seus pés nus. Clara começou a tremer. Nesse momento o doutor Cuevas afastou-se, e ela pôde ver o horrendo espetáculo de Rosa estendida de costas, sobre o mármore, aberta de alto a baixo por um corte profundo, com os intestinos postos a seu lado, dentro da saladeira. Rosa tinha a cabeça virada na direção da janela por onde ela estava espiando, e seu longo cabelo verde caía, como uma samambaia-chorona, da mesa até os azulejos do chão, manchados de vermelho. Apesar de seus olhos estarem fechados, a menina, por efeito das sombras, da distância ou da imaginação, acreditou ver-lhe uma expressão suplicante e humilhada.

Clara, imóvel sobre o caixote, não se pôde impedir de olhar até o fim. Permaneceu ali espreitando pela fresta durante muito tempo, congelando-se sem se dar conta, até que os dois homens terminaram de esvaziar Rosa, injetar-lhe líquidos nas veias e banhá-la, por dentro e por fora, com vinagre aromático e essência de alfazema. Permaneceu ali até que a encheram de emplastros de embalsamador e a costuraram com uma agulha curva de colchoeiro. Permaneceu ali até que o doutor Cuevas se lavou na pia e enxugou as lágrimas, enquanto o outro limpava o sangue e as vísceras. Permaneceu ali até que o médico saiu, vestindo o casaco negro com um gesto de tristeza mortal. Permaneceu ali até que o jovem desconhecido beijou Rosa nos lábios, no pescoço, nos seios, entre as pernas, lavou-a com uma esponja, vestiu-lhe a camisola bordada e lhe ajeitou o cabelo, arquejando. Permaneceu ali até que o ajudante a carregou nos braços com a mesma ternura comovente com que a teria erguido para transpor pela primeira vez a porta de sua casa, se tivesse sido sua noiva. E não conseguiu mover-se até aparecerem as primeiras luzes do dia. Então, deslizou até a sua cama, sentindo por dentro todo o silêncio do mundo. O silêncio encheu-a por inteiro, e ela só voltou a falar nove anos depois, quando emitiu sua voz para anunciar que ia se casar.

II

Las Tres Marías

Na sala de jantar da casa, de móveis antiquados e maltratados que, num passado longínquo, haviam sido boas peças vitorianas, Esteban Trueba jantava com a irmã Férula a mesma sopa gordurosa de todos os dias e o mesmo peixe insípido de todas as sextas-feiras. Eram servidos pela empregada que os tinha atendido durante toda a vida, na tradição de então dos escravos remunerados. A velha mulher ia e vinha entre a cozinha e a sala, curvada e meio cega, mas ainda enérgica, levando e trazendo solenemente as travessas. Dona Ester Trueba não acompanhava seus filhos à mesa. Passava as manhãs imóvel em sua cadeira observando pela janela o movimento da rua, constatando como o decorrer dos anos ia deteriorando o bairro, que, em sua juventude, fora tão elegante. Depois do almoço, mudavam-na para a cama, acomodando-a de modo que ficasse meio sentada, única posição que lhe permitia a artrite, sem mais companhia do que as leituras beatas de seus livrinhos pios de vidas e milagres dos santos. Ali ficava até o dia seguinte, quando tornava a repetir-se a mesma rotina. Sua única saída à rua era para assistir à missa do domingo na Igreja de São Sebastião, a dois quarteirões da casa, levada na cadeira de rodas por Férula e a empregada. Esteban havia acabado de catar a carne esbranquiçada do peixe na trama de espinhas e pousado os talheres no prato. Sentava-se muito reto, tal como caminhava, esticado e com a cabeça ligeiramente inclinada para trás e um pouco para o lado, olhando de esguelha, numa mistura de altivez, desconfiança e miopia. Essa atitude seria desagradável se seus olhos não fossem surpreendentemente doces e claros. A posição, tão dura, era adequada a um homem forte e baixo que quisesse parecer mais alto, mas ele media um metro e oitenta, e era muito magro. Todas as linhas de seu corpo eram verticais e ascendentes, desde o nariz afilado e aquilino e as sobrancelhas triangulares, até a testa alta, coroada por uma melena de leão, que ele penteava para trás. Tinha ossos largos e mãos de dedos longos. Caminhava com grandes passadas, movia-se com energia e parecia muito forte, sem lhe faltar, contudo, certa graça nos gestos. Seu rosto era muito harmonioso, apesar da postura austera e sombria, e da frequente expressão de mau humor. Seu traço predominante era o mau gênio e a tendência a se tornar violento e perder a cabeça, característica que possuía desde a infância, quando se atirava ao chão, com a boca cheia de espuma, sem poder respirar, enraivecido, esperneando como um possesso. Era preciso mergulhá-lo em água gelada para recuperar o controle. Mais tarde aprendeu a dominar-se, mas ficou-lhe para o resto da vida aquela ira sempre prestes a explodir, que demandava pouco estímulo para aflorar em ataques terríveis.

— Não vou voltar à mina — disse.

Era a primeira frase que trocava com sua irmã à mesa. Tomara essa decisão na noite anterior, ao se dar conta de que não tinha sentido continuar a manter sua vida de eremita em busca de enriquecimento rápido. Tinha a concessão da mina por mais dois anos, tempo suficiente para explorar bem o maravilhoso filão que descobrira, mas pensava que, embora o capataz roubasse um pouco ou não soubesse explorá-lo como ele, não havia nenhuma razão para se enterrar no deserto. Não desejava tornar-se rico à custa de tantos sacrifícios. Tinha a vida inteira para enriquecer, se pudesse, e para aborrecer-se e esperar a morte, sem Rosa.

— Em alguma coisa você terá de trabalhar, Esteban — retrucou Férula. — Bem sabe que gastamos muito pouco, quase nada, mas os remédios de mamãe são caros.

Esteban fitou a irmã. Era ainda uma bela mulher, de formas generosas e rosto ovalado de madona romana, mas sua pele pálida com reflexos de pêssego e seus olhos cheios de sombras já insinuavam a fealdade da resignação. Férula aceitara o papel de enfermeira de sua mãe. Dormia no quarto contíguo ao de dona Ester, disposta a qualquer momento a correr para junto dela, a fim de lhe dar suas poções, pôr-lhe a comadre e ajeitar seus travesseiros. Tinha a alma atormentada. Comprazia-se na humilhação e nas tarefas abjetas, acreditava que alcançaria o céu mediante o terrível processo de sofrer injustiças; por isso, sentia prazer em limpar as pústulas das pernas enfermas de sua mãe, lavando-a, afundando-se em seus cheiros e misérias, investigando seu urinol. E se odiava tanto por esses prazeres tortuosos e inconfessáveis quanto odiava a mãe por lhe servir de instrumento. Atendia-a sem se queixar, mas sutilmente procurava fazê-la pagar o preço de sua invalidez. Sem que fosse explicitado, estava presente entre as duas o fato de a filha ter sacrificado sua vida para cuidar da mãe e, por isso, ter ficado solteira. Férula havia rechaçado dois noivos, sob o pretexto da doença da mãe. Não falava a respeito disso, mas todo mundo sabia. Seus gestos eram bruscos e grosseiros, sendo dotada de mau gênio igual ao do irmão, mas fora obrigada, pela vida e por sua condição de mulher, a dominá-lo e conter-se. Parecia tão perfeita que chegou a ter fama de santa. Citavam-na como exemplo pela dedicação a dona Ester e pela maneira como criara seu único irmão depois que a mãe adoeceu e o pai morreu, deixando-os na miséria. Férula adorara seu irmão, Esteban, quando era menino. Dormia com ele, dava-lhe banho, levava-o para passear, trabalhava de sol a sol, costurando para fora, a fim de lhe pagar o colégio, e chorou de raiva e impotência no dia em que Esteban teve de começar a trabalhar num cartório, porque em sua casa o que ela ganhava não era suficiente para a comida. Cuidara dele e servira a ele como fazia agora com a mãe e também o envolveu na rede invisível da culpabilidade e das dívidas de gratidão não pagas. O rapaz começou a se afastar dela assim que vestiu calças compridas. Esteban era capaz de identificar o momento exato em que se deu conta de que sua irmã era uma sombra fatídica. Foi quando recebeu seu primeiro pagamento. Resolveu reservar cinquenta centavos para realizar um sonho que acalentava desde a infância: tomar um café vienense. Pelas janelas do Hotel Francês, via os garçons passando com bandejas à altura da cabeça, levando as preciosidades: altos copos de cristal coroados por torres de creme batido e decorados com uma linda ginja cristalizada. No dia de seu primeiro pagamento, passou diante do estabelecimento muitas vezes antes de se atrever a entrar. Afinal, timidamente, transpôs a porta, com a boina na mão, e dirigiu-se ao luxuoso refeitório, em meio aos lustres de pingentes e móveis de estilo, com a sensação de que todo mundo olhava para ele, de que mil olhos criticavam seu terno muito apertado e seus sapatos velhos. Sentou-se na beirada da cadeira, as orelhas quentes, e fez o pedido ao garçom com um fio de voz. Esperou, impaciente, observando pelos espelhos o ir e vir das pessoas, saboreando antecipadamente o prazer tantas vezes imaginado. E então chegou seu café vienense, muito mais impressionante do que imaginara, soberbo, delicioso e acompanhado de três biscoitinhos de mel. Contemplou-o fascinado por alguns minutos. Finalmente, atreveu-se a pegar a pequena colher de cabo longo e, com um suspiro de felicidade, mergulhou-a no creme.

Tinha a boca cheia d'água. Decidido a prolongar aquele instante o maior tempo possível, esticando-o até o infinito, começou a mexer a colher, observando como o líquido escuro do copo se misturava à espuma do creme. Mexeu, mexeu, mexeu. E, de repente, a ponta da colher bateu no cristal, abrindo uma fenda por onde o café jorrou com pressão, caindo-lhe na roupa. Horrorizado, Esteban viu todo o conteúdo do copo espalhar-se pelo seu único terno, sob o olhar divertido dos ocupantes das outras mesas. Deteve-se, pálido de frustração, e saiu do Hotel Francês com cinquenta centavos a menos, deixando à sua passagem um filete de café vienense nos fofos tapetes. Chegou em casa respingado, furioso, descomposto. Quando Férula tomou conhecimento do que acontecera, comentou com azedume: "Isso aconteceu porque você foi gastar o dinheiro dos remédios de mamãe com seus caprichos. Deus o castigou". Naquele momento Esteban percebeu com absoluta clareza os mecanismos que sua irmã usava para dominá-lo, a forma como conseguia fazê--lo sentir-se culpado, e compreendeu que precisava defender-se. À medida que se foi afastando de sua tutela, Férula lhe foi tomando antipatia. A liberdade de que ele desfrutava doía-lhe como cen- sura, como injustiça. Quando se apaixonou por Rosa, e ela o viu desesperado, como um garoto, pedindo-lhe ajuda, precisando dela, perseguindo-a pela casa para lhe suplicar que se aproximasse da família del Valle, que falasse com Rosa, que subornasse a Nana, Férula voltou a se sentir importante para Esteban. Durante algum tempo pareceram reconciliados. Aquele breve reencontro, porém, não durou muito, e Férula não tardou a se dar conta de que tinha sido usada. Alegrou-se quando viu seu irmão partir para a mina. Desde que começara a trabalhar, aos 15 anos, Esteban manteve a casa e assumiu o compromisso de fazê-lo para sempre, mas para Férula isso não era suficiente. Incomodava-a o fato de ter de ficar fechada entre aquelas repugnantes paredes, impregnadas de velhice e remé- dios, desperta pelos gemidos da enferma, atenta ao relógio para administrar-lhe seus medicamentos, aborrecida, cansada, triste, enquanto seu irmão ignorava essas obrigações. Ele poderia ter um destino luminoso, livre, cheio de êxitos. Poderia casar-se, ter filhos, conhecer o amor. No dia em que mandou o telegrama anunciando-lhe a morte de Rosa, experimentou uma estranha excitação, quase de alegria.

— Terá de trabalhar em alguma coisa — repetiu Férula.

— Nunca lhes faltará nada enquanto eu viver — disse ele.

— É fácil dizer — respondeu Férula, retirando uma espinha de peixe dos dentes.

— Estou pensando em ir para o campo, para Las Tres Marías.

— Aquilo é uma ruína, Esteban. Sempre lhe disse que é melhor vender aquela terra, mas você é teimoso como uma mula.

— Nunca se deve vender terra. É só o que fica quando todo o resto se acaba.

— Não concordo. A terra é uma ideia romântica; o que enriquece os homens é o bom faro para os negócios — argumentou Férula. — Mas você sempre disse que algum dia iria morar no campo.

— Esse dia chegou. Odeio esta cidade.

— Por que não diz logo que odeia esta casa?

— Também — respondeu ele rudemente.

— Gostaria de ter nascido homem para poder ir também — disse ela, cheia de ódio.

— Eu não gostaria de ter nascido mulher — contrapôs ele.

Acabaram de comer em silêncio.

Os irmãos estavam muito afastados, e as únicas coisas que ainda os uniam eram a presença da mãe e a etérea recordação do amor que haviam tido um pelo outro na infância. Haviam crescido numa casa decadente, presenciando a deterioração moral e econômica do pai, e, logo depois, a lenta enfermidade da mãe. Dona Ester Trueba começou a sofrer de artrite ainda muito nova, foi-se enrijecendo gradativamente, até passar a se mover com grande dificuldade, como que amortalhada em vida, e, afinal, quando já não era mais capaz de flexionar os joelhos, instalou-se definitivamente em sua cadeira de rodas, em sua viuvez e em sua desolação. Esteban lembrava-se de sua infância e de sua juventude, suas roupas apertadas, o cordão de São Francisco que o obrigavam a usar, como pagamento de sabe-se lá que promessas de sua mãe ou de sua irmã, suas camisas cuidadosamente remendadas e sua solidão. Férula, cinco anos mais velha, lavava e engomava, dia sim, dia não, suas duas únicas camisas, a fim de que ele estivesse sempre limpo e apresentável, e recordava-lhe que, por parte da mãe, ele possuía o sobrenome mais nobre e da mais alta estirpe do vice-reino de Lima. Trueba não fora mais do que um lamentável acidente na vida de dona Ester, que, embora destinada a casar-se com alguém da sua classe, apaixonara-se perdidamente por aquele doidivanas, emigrante de primeira geração que em poucos anos dilapidou seu dote e, em seguida, sua herança. De nada servia a Esteban, porém, o passado de sangue azul, se em casa não havia com que pagar as contas do armazém e ele tinha de ir a pé para o colégio, porque não possuía um centavo para o bonde. Lembrava-se de que o mandavam à escola com o peito e as costas forrados com papel jornal, porque não tinha roupa de baixo de lã e seu casaco dava pena, e que muito sofria, imaginando que os companheiros pudessem ouvir, como ele mesmo ouvia, o barulho do papel roçando em sua pele. No inverno, a única fonte de calor era um braseiro no quarto de sua mãe, onde os três se reuniam para poupar velas e carvão. Fora uma infância de privações, desconforto, aspereza, de intermináveis rosários noturnos, medos e culpas. De tudo isso não lhe ficara mais do que a raiva e seu orgulho exagerado.

Dois dias depois, Esteban Trueba partiu para o campo. Férula acompanhou-o à estação. Ao despedir-se, beijou-o friamente na face e esperou que subisse no trem, com suas duas malas de couro com fechaduras de bronze, as mesmas que comprara quando foi para a mina e que deveriam durar toda a sua vida, como lhe garantira o vendedor. Férula recomendou-lhe que se cuidasse e as visitasse de vez em quando, e disse-lhe que sentiria sua falta, mas ambos sabiam que estavam destinados a não se ver por muitos anos e, no fundo, sentiam certo alívio.

— Avise-me se a mamãe piorar — gritou Esteban pela janela quando o trem se pôs em movimento.

— Não se preocupe — respondeu Férula, agitando seu lenço na plataforma.

Esteban Trueba recostou-se no banco forrado de veludo vermelho e agradeceu a iniciativa dos ingleses de construir carruagens de primeira classe, onde era possível viajar como um cavalheiro, sem ter de suportar as galinhas, as canastras, os pacotes de papelão amarrados com barbante e o choramingar de crianças. Felicitou-se pela decisão de comprar uma passagem mais cara, pela primeira vez na vida, e concluiu que era nos detalhes que estava a diferença entre um cavalheiro e um camponês. Por isso, embora em má situação, desse dia em diante iria gastar dinheiro nas pequenas comodidades que o faziam sentir-se rico.

— Não pretendo voltar a ser pobre! — resolveu, pensando no filão de ouro.

Pela janela do vagão, viu passar a paisagem do vale central. Vastos campos estendiam-se ao pé da cordilheira, férteis campinas de vinhedo, de trigais, de alfafa e de maravilha. Comparou tudo isso com as desoladas planícies do Norte, onde passara dois anos enfiado num buraco, em meio a uma natureza agreste e lunar cuja beleza aterradora não se cansava de olhar, fascinado pelas cores do deserto, pelos azuis, roxos e amarelos dos minerais à flor da terra.

— Minha vida está mudando — murmurou. Fechou os olhos e adormeceu.

DESEMBARCOU NA ESTAÇÃO de San Lucas, que era um lugar miserável. Àquela hora, não se via ninguém na plataforma de madeira, com seu telhado destruído pelas intempéries e pelas formigas. Dali era possível avistar todo o vale através da tênue neblina que subia da terra molhada pela chuva da noite. As montanhas longínquas perdiam-se nas nuvens de um céu carregado, e só a ponta nevada do vulcão se distinguia nitidamente, recortada contra a paisagem e iluminada por um tímido sol de inverno. Olhou à sua volta. Na única época feliz de sua infância de que se lembrava, antes que o pai falisse e se abandonasse à bebida e à própria vergonha, cavalgara com ele por aquela região. Lembrava-se de brincar em Las Tres Marías durante o verão, mas isso fora havia tantos anos que a memória quase se desvanecia, não sendo capaz de reconhecer o lugar. Procurou avistar o povoado de San Lucas, mas só descortinou um casario longínquo, desbotado na umidade da manhã. Percorreu a estação. Estava fechada com um cadeado na porta do único escritório. Havia um aviso escrito a lápis, mas tão apagado que ele não conseguiu ler. Ouviu, às suas costas, o trem se pondo em marcha e começando a se afastar, riscando no ar uma coluna de fumaça branca. Estava sozinho naquela paragem silenciosa. Pegou as malas e começou a andar pelo barro e pelas pedras de um caminho que levava à povoação. Caminhou mais de dez minutos, pedindo que não chovesse, porque era com muita dificuldade que avançava com as pesadas malas por aquele caminho, e percebeu que a chuva o transformaria em poucos segundos num lamaçal intransitável. Ao se aproximar das casas, viu fumaça em algumas chaminés e suspirou aliviado, porque a princípio tivera a impressão de estar num vilarejo abandonado, tamanho era seu estado de decrepitude e solidão.

Deteve-se à entrada da aldeia, sem ver ninguém. Na única rua ladeada de modestas casas de adobe, reinava o silêncio, e teve a sensação de caminhar em sonhos. Acercou-se da casa mais próxima, que não tinha nenhuma janela e cuja porta estava aberta. Pousou as malas no chão e entrou, chamando em voz alta. Estava escuro dentro da casa, porque a luz só entrava pela porta, de modo que

precisou de alguns segundos para adaptar a vista e acostumar-se
à penumbra. Então viu, brincando no chão de terra batida, duas
crianças, que o encaravam com grandes olhos assustados e, na área
mais adiante, uma mulher que se aproximava secando as mãos no
avental. Ao vê-lo, esboçou um gesto instintivo para desviar uma
madeixa de cabelo que lhe caía na testa. Saudou-a, e ela respondeu,
tapando a boca com a mão para esconder as gengivas sem dentes
enquanto falava. Trueba explicou-lhe que precisava alugar um
carro, mas ela pareceu não compreender e limitou-se a abrigar as
crianças nas pregas do avental, com um olhar sem expressão. Ele
saiu, pegou sua bagagem e seguiu seu caminho.

Quando já havia percorrido quase toda a aldeia sem ver ninguém e começava a se desesperar, ouviu às suas costas o som das
patas de um cavalo. Era uma carroça desengonçada conduzida por
um lenhador. Parou diante dela, obrigando o condutor a deter-se.

— Pode levar-me a Las Tres Marías? Pago-lhe bem! — gritou.

— O que vai fazer lá, cavalheiro? — perguntou o homem. —
Aquilo é uma terra de ninguém, uma pedreira sem lei.

Entretanto, concordou em levá-lo, e o ajudou a acomodar a
bagagem em meio aos feixes de lenha. Trueba sentou-se a seu lado
na boleia. De algumas casas saíam crianças correndo atrás da
carroça. Trueba sentiu-se mais só do que nunca.

A onze quilômetros da aldeia de San Lucas, por um caminho
devastado, invadido pelo mato e cheio de buracos, apareceu uma
tabuleta de madeira com o nome da propriedade. Pendurada
numa corrente arrebentada, o vento balançava-a contra o poste,
provocando um ruído surdo que lhe soou como um tambor de luto.
Bastou-lhe o primeiro olhar para compreender que só um hércules
poderia resgatar aquilo da desolação. A erva daninha tomara conta
do caminho e, para onde quer que olhasse, só via penhascos, matagais e terra não cultivada. Não havia nem vestígios dos pastos ou
restos dos vinhedos de que ele se lembrava, tampouco alguém que

viesse recebê-lo. A carroça avançou lentamente, seguindo uma trilha que a passagem dos animais e dos homens riscara no matagal. Ao fim de pouco tempo, viu a casa da fazenda, que ainda se mantinha de pé, mas parecia uma visão de pesadelo, cheia de escombros, telas de galinheiro espalhadas pelo chão e lixo. Metade das telhas estava quebrada, e uma trepadeira selvagem, entrando pelas janelas, cobria quase todas as paredes. Em volta da casa, viu alguns casebres de adobe sem caiação e sem janelas, cobertos de palha e negros de fuligem. Dois cães brigavam furiosamente no pátio.

O chiar das rodas da carroça e as maldições do lenhador atraíram os ocupantes dos casebres, que foram pouco a pouco aparecendo. Olhavam os recém-chegados com estranheza e desconfiança. Depois de quinze anos sem ver nenhum patrão, haviam concluído que simplesmente não o tinham. Não poderiam reconhecer naquele homem alto e autoritário o menino de encaracolado cabelo castanho que havia muito tempo brincara naquele mesmo pátio. Esteban observou-os e também não conseguiu se lembrar de nenhum deles. Formavam um grupo miserável. Viu várias mulheres de idade indefinida, com a pele gretada e seca, algumas aparentemente grávidas, todas vestidas de farrapos desbotados e descalças. Calculou que haveria pelo menos uma dúzia de crianças de todas as idades. As mais novas estavam nuas. Outros rostos assomaram aos umbrais das portas, sem se atrever a sair. Esteban esboçou um gesto de saudação, mas ninguém respondeu. Algumas crianças correram para se esconder atrás das mulheres.

Esteban saltou da carroça, descarregou suas duas malas e deu algumas moedas ao lenhador.

— Se quiser, eu espero, patrão — disse o homem.

— Não, eu ficarei aqui.

Dirigiu-se àquela casa, abriu a porta com um empurrão e entrou. Lá dentro havia luz suficiente, porque a manhã entrava pelos postigos quebrados e pelos buracos do teto, onde as telhas haviam cedido. Estava cheia de pó e teias de aranha, com aspecto de total abandono, e era evidente que nesses anos todos nenhum dos camponeses se atrevera a deixar sua choça para ocupar a grande casa senhorial vazia. Não tinham mexido nos móveis, que eram os mesmos de sua infância, nos mesmos lugares de sempre, embora mais feios, sombrios e desengonçados do que se lembrava. Toda a casa estava coberta por uma camada de erva, pó e folhas secas. Cheirava a túmulo. Um cachorro esquelético latiu furiosamente, mas Esteban Trueba não fez caso, e o cão, finalmente cansado, foi para um canto se coçar contra as pulgas. Deixou suas malas sobre uma mesa e começou a percorrer a casa, combatendo a tristeza que começava a invadi-lo. Passou de um cômodo a outro, constatou a deterioração que o tempo havia provocado em todas as coisas, a pobreza, a sujeira, e se deu conta de que aquilo era um túmulo muito pior do que a mina. A cozinha era uma grande área imunda, de teto alto e paredes enegrecidas pela fumaça da lenha e do carvão, mofada e em ruínas, mas onde ainda pendiam, pregadas nas paredes, as caçarolas e frigideiras de cobre e ferro que não eram usadas havia quinze anos e que ninguém havia sequer tocado durante todo esse tempo. Os quartos tinham as mesmas camas e os grandes armários com espelhos de cristal que o pai comprara um dia, mas os colchões eram um montão de lã apodrecida e de bichos que neles vinham fazendo ninho ao longo de muitas gerações. Escutou o discreto deslizar das ratazanas no forro do teto. Não conseguiu descobrir se o piso era de madeira ou ladrilho, porque não aparecia em parte alguma e a imundície cobria-o por completo. A camada cinzenta de pó escondia o contorno dos móveis. No que tinha sido o salão, ainda se via o piano alemão com um pé apodrecido e as teclas amareladas, soando como um cravo desafinado. Nas estantes havia alguns livros ilegíveis com as páginas comidas pela umidade e, no chão, restos de revistas muito antigas que o vento espalhara. Os estofados tinham as molas à vista, e havia um ninho de ratos na poltrona em que sua mãe se sentava para tecer antes que a doença lhe transformasse as mãos em ganchos.

Quando acabou seu trajeto, Esteban estava com as ideias mais claras. Sabia que tinha pela frente um trabalho titânico, porque, se a casa estava naquele estado de abandono, não deveria esperar que o restante da propriedade estivesse em melhores condições. Por um momento, sentiu-se tentado a colocar suas duas malas na carroça e voltar pelo mesmo caminho que o havia trazido, mas descartou esse pensamento de um só golpe e decretou que, se algo houvesse capaz de acalmar a dor e a raiva de ter perdido Rosa, seria arrebentar-se trabalhando naquela terra abandonada. Tirou o casaco, respirou profundamente e saiu para o pátio onde o lenhador ainda permanecia, junto dos empregados da fazenda reunidos a certa distância, com a timidez própria da gente do campo. Observaram-se mutuamente com curiosidade. Trueba deu dois ou três passos até eles e percebeu um leve movimento de recuo no grupo, deslizou o olhar pelos camponeses maltrapilhos e tentou esboçar um sorriso amigável para as crianças ranhentas, os velhos remelentos e as mulheres sem esperança, mas saiu-lhe apenas uma careta.

— Onde estão os homens? — perguntou.

O único homem novo deu um passo à frente. Tinha provavelmente a mesma idade que Esteban Trueba, mas parecia mais velho.

— Foram embora — disse.

— Como se chama?

— Pedro Segundo García, senhor — respondeu o outro.

— Agora eu sou o patrão. Acabou a festa. Vamos trabalhar. Quem não gostar da ideia vá embora imediatamente. Aos que ficarem, não faltará comida, mas terão que se esforçar. Não quero frouxos nem gente insolente, ouviram?

Olharam-se assombrados. Não haviam compreendido nem metade do discurso, mas sabiam reconhecer a voz do patrão quando a escutavam.

— Entendemos, patrão — disse Pedro Segundo García. — Não temos aonde ir; sempre vivemos aqui. Vamos ficar.

Um menino agachou-se e começou a cagar, e um cão sarnento aproximou-se, cheirando-o. Esteban, enojado, deu ordem de recolher a criança, lavar o pátio e matar o cão. Assim começou a nova vida, que, com o tempo, haveria de fazê-lo esquecer Rosa.

NINGUÉM VAI CONSEGUIR tirar-me da cabeça a ideia de que fui um bom patrão. Quem tivesse visto Las Tres Marías em sua época de abandono e a visse agora que é uma fazenda-modelo teria de concordar comigo. Por isso não posso aceitar que minha neta me venha com essa história de luta de classes, porque, se pensarmos bem, esses pobres camponeses estão em condições muito piores agora do que há cinquenta anos. Eu era como um pai para eles. Com a reforma agrária, fodemo-nos todos.

Para tirar Las Tres Marías da miséria, investi todo o capital que economizara para casar com Rosa e tudo o que o capataz da mina me enviava; não foi, porém, o dinheiro que salvou aquela terra, mas sim o trabalho e a organização. Correu a notícia de que havia um novo patrão em Las Tres Marías e que estávamos removendo as pedras com bois e lavrando os pastos para semear. Logo começaram a chegar homens, oferecendo-se como trabalhadores temporários, porque eu pagava bem e lhes dava comida em abundância. Comprei animais. Estes eram sagrados para mim e, embora passássemos o ano sem provar carne, não eram sacrificados. Assim cresceu o rebanho. Organizei os homens em grupos, e, depois de trabalharmos no campo, dedicávamo-nos à reconstrução da casa senhorial. Não eram carpinteiros nem pedreiros, e tive de lhes ensinar tudo, orientado por alguns manuais que comprei. Até instalações hidráulicas conseguimos fazer, consertamos os telhados, caiamos tudo e limpamos até deixar a casa brilhando por dentro e por fora.

Distribuí os móveis entre os empregados, menos a mesa da sala de jantar, que ainda estava intacta apesar do caruncho que tudo infestara, e a cama de ferro batido que fora de meus pais. Fiquei morando na casa vazia, sem mais mobília além dessas duas peças e uns caixotes em que me sentava, até Férula mandar-me da capital os móveis novos que lhe encomendei. Eram peças grandes, pesadas, nobres, feitas para resistir ao uso de gerações e adequadas à vida no campo, tanto que foi preciso um terremoto para destruí-las. Encostei os móveis às paredes pensando na comodidade, e não na estética, e, logo que a casa ficou confortável, dei-me por satisfeito e comecei a me acostumar à ideia de que passaria muitos anos, talvez toda a vida, em Las Tres Marías.

As mulheres dos empregados faziam turnos para servir na casa senhorial e encarregaram-se de minha horta. Em breve, eu vi as primeiras flores no jardim que tracei com minhas próprias mãos e que, com poucas modificações, é o mesmo que existe hoje em dia. Naquela época trabalhava-se de verdade. Creio que a minha presença tornou a lhes dar segurança, e viram que, pouco a pouco, aquela terra se transformava num lugar próspero. Eram gente boa e simples; não havia revoltosos. Verdade que eram também muito pobres e ignorantes. Antes de eu chegar, limitavam-se a cultivar suas pequenas roças familiares, que lhes davam o indispensável para não morrer de fome, se não se abatesse sobre eles alguma catástrofe, como a seca, a geada, a peste, a formiga ou o caracol, quando, então, as coisas se tornavam muito difíceis para eles. Comigo, tudo isso mudou. Fomos recuperando os pastos, um por um, reconstruímos o galinheiro e os estábulos, e começamos a traçar um sistema de regas para que as sementeiras não dependessem do clima, mas de um mecanismo científico. A vida, contudo, não era fácil. Era muito dura. Às vezes eu ia à aldeia e voltava com um veterinário que examinava as vacas e as galinhas, e que, de passagem, dava uma olhada nos doentes. Não que eu partisse do princípio de que, se os conhecimentos do veterinário serviam para os animais, seriam também suficientes para os pobres, como me diz minha neta quando quer deixar-me furioso. O que acontecia de fato era a impossibilidade de se conseguir um médico naquele fim de mundo. Os camponeses consultavam uma curandeira nativa que conhecia o poder das ervas e da sugestão, em quem depositavam grande confiança, muito mais do que no veterinário. As parturientes davam à luz com a ajuda das vizinhas, da oração e de uma parteira que raramente chegava a tempo, porque se deslocava em lombo de burro, mas que tanto servia para fazer nascer uma criança como para se tirar um vitelo de uma vaca que estivesse em sofrimento. Os enfermos graves, aqueles que nenhum encantamento da curandeira nem poção do veterinário conseguiam curar, eram levados de carroça, por Pedro Segundo García ou por mim, para o hospital das freiras, onde às vezes havia um médico de plantão que os ajudava a morrer. Os mortos iam com seus ossos para um pequeno campo santo ao lado da igreja abandonada na base do vulcão, onde agora, como Deus manda, existe um cemitério. Uma ou duas vezes por ano, eu conseguia que um padre fosse abençoar as uniões, os animais e as máquinas, batizar as crianças e fazer algumas orações atrasadas para os defuntos. As únicas diversões consistiam em capar porcos e touros, nas brigas de galos, nas partidas de bocha e nas incríveis histórias de Pedro García, o velho, que descanse em paz! Era o pai de Pedro Segundo e dizia que seu avô havia lutado nas fileiras dos patriotas que haviam expulsado os espanhóis da América. Ensinava as crianças a se deixarem picar por aranhas e tomar urina de mulher grávida para imunização. Conhecia quase tantas ervas quanto a curandeira, mas confundia-se no momento de decidir sua aplicação, além de cometer alguns erros irreparáveis. Para arrancar sisos, no entanto, reconheço que seu sistema era insuperável, tendo-lhe, aliás, garantido justa fama em toda a região; era uma combinação de vinho tinto e pai-nossos, que punha o paciente em um transe hipnótico. Extraiu-me uma vez um siso sem que eu sentisse qualquer dor e, se estivesse vivo, seria meu dentista.

Em muito pouco tempo, comecei a sentir-me bem no campo. Meus vizinhos mais próximos ficavam a uma boa distância a cavalo, mas a vida social não me interessava, pois agradava-me a solidão, e, além disso, tinha muito trabalho a fazer. Fui-me convertendo num selvagem, esqueci palavras, meu vocabulário encolheu e tornei-me muito mandão. Como não havia necessidade de eu manter as aparências, acentuou-se o mau gênio que sempre tive. Tudo me dava raiva, enojava-me ver as crianças rondando as cozinhas para roubar pão, as galinhas escapando para se amontoar no pátio, os pardais invadindo os milharais. Quando o mau humor começava a me perturbar e eu mesmo não me suportava, saía para caçar. Levantava-me muito antes do nascer do sol e partia de espingarda ao ombro, com meu bornal e meu cão perdigueiro. Gostava da cavalgada na escuridão, do frio do amanhecer, da longa espreita em meio às sombras, do silêncio, do cheiro de pólvora e sangue, de sentir a arma recuar contra o ombro com um coice seco e ver a presa cair, esperneando; isso me tranquilizava, e, quando regressava de uma caçada, com quatro coelhos miseráveis no bornal e algumas perdizes tão perfuradas que não serviam para ser cozidas, meio morto de fadiga e coberto de lama, sentia-me aliviado e feliz.

Quando penso nesses tempos, dá-me uma grande tristeza. A vida passou muito rapidamente para mim. Se pudesse recomeçar, eu não cometeria alguns erros, mas em geral de nada me arrependo. Sim, eu fui um bom patrão, disso não há dúvida.

Nos PRIMEIROS MESES Esteban Trueba esteve tão ocupado canalizando a água, cavando poços, arrancando pedras, limpando pastos e reparando galinheiros e estábulos que não teve tempo de pensar em nada. Deitava-se estafado e levantava-se de madrugada, tomava um magro desjejum na cozinha e partia a cavalo para supervisionar os trabalhos do campo. Não regressava até o entardecer, quando fazia a única refeição completa do dia, sozinho na sala de jantar da casa. Nos primeiros meses, planejou tomar banho e mudar de roupa diariamente à hora do jantar, como tinha ouvido que faziam os colonos ingleses nas aldeias mais longínquas da Ásia e da África, para não perder a respeitabilidade e a autoridade. Vestia sua melhor roupa, barbeava-se e todas as noites punha no gramofone as mesmas árias de suas óperas preferidas. Pouco a pouco, porém, deixou-se vencer pela rusticidade e aceitou o fato de que não tinha vocação para almofadinha, sobretudo se não houvesse ninguém que pudesse apreciar o esforço. Parou de se barbear, não cortava o cabelo antes que lhe chegasse aos ombros e só continuou a tomar banho porque tinha esse hábito muito arraigado, mas despreocupou-se com a roupa e as boas maneiras. Foi-se tornando um bárbaro. Antes de dormir, lia um pouco ou jogava xadrez; desenvolvera a habilidade de competir com um livro sem roubar e de perder partidas sem se aborrecer. Contudo, a fadiga resultante do trabalho não foi suficiente para sufocar sua natureza vigorosa e sensual. Suas noites começaram a ser ruins, os cobertores lhe parecendo muito pesados, os lençóis leves demais. Seu cavalo lhe aprontava poucas e boas, e, de súbito, transformava-se em uma surpreendente fêmea, uma montanha dura e selvagem de carne, que ele cavalgava até moer os ossos. Os tenros e perfumados melões da horta pareciam-lhe descomunais peitos de mulher, e algumas vezes pegava-se enfiando o rosto na cilha de sua sela, buscando no cheiro acre do suor do animal a semelhança com aquele aroma longínquo e proibido de suas primeiras prostitutas. Durante a noite, excitava-se com pesadelos de mariscos apodrecidos, pedaços enormes de rês esquartejada, sangue, sêmen e lágrimas. Acordava tenso, com o sexo rijo como um ferro entre as pernas, mais raivoso do que nunca. Para aliviar-se, despia-se e mergulhava no rio, deixando-se afundar nas águas geladas até perder a respiração, mas, então, parecia sentir mãos invisíveis que lhe acariciavam as pernas. Vencido, deixava-se flutuar à deriva, sentindo-se abraçado pela corrente, beijado pelos girinos, fustigado pelos juncos das margens. Ao fim de pouco tempo, sua premente necessidade era notória e já não se acalmava nem mesmo com imersões noturnas no rio, nem com infusões de canela, nem pondo pederneira sob o colchão, nem sequer com as vergonhosas manipulações que, no internato, alucinavam os meninos e os consumiam na condenação eterna. Quando começou a dirigir olhares banhados de concupiscência às aves da capoeira, às crianças que brincavam nuas na horta e até à massa crua do pão, compreendeu que sua virilidade não se acalmaria com paliativos de sacristão. Seu senso prático indicou-lhe que deveria procurar uma mulher, e, uma vez tomada a decisão, a ansiedade que o consumia acalmou-se, e sua raiva pareceu aquietar-se. Nesse dia amanheceu sorrindo pela primeira vez em muito tempo.

Pedro García, o velho, viu-o atravessar assobiando o caminho até o estábulo e balançou a cabeça, inquieto.

O patrão passou o dia todo ocupado em lavrar um pasto que acabara de mandar limpar e reservara para plantar milho. Depois foi com Pedro Segundo García ajudar uma vaca que estava parindo e cujo vitelo estava atravessado, dificultando-lhe a saída. Teve de introduzir seu braço até o cotovelo para virar a cria e ajudá-la a apontar a cabeça. Ainda assim, a vaca morreu, o que, entretanto, não o deixou de mau humor. Ordenou que alimentassem o vitelo com uma garrafa, lavou-se num balde e voltou a montar. Era a hora rotineira de sua refeição, mas ele não sentia fome. Não estava com pressa, porque já fizera a sua escolha.

Tinha visto muitas vezes a garota carregando na anca um irmãozinho ranhento, com um saco às costas ou um cântaro de água do poço na cabeça. Observara-a enquanto ela lavava roupa, agachada nas pedras planas do rio, com suas pernas morenas polidas pela água, esfregando os trapos descoloridos com as toscas mãos de camponesa. Tinha ossos grandes e rosto de traços índios, porte largo e pele escura, expressão calma e doce, e sua grande boca carnuda conservava ainda todos os dentes; quando sorria, iluminava-se, mas fazia-o pouquíssimas vezes. Tinha a beleza da primeira juventude, embora ele pudesse supor que bem depressa ela murcharia, como acontece com as mulheres nascidas para parir muitos filhos, trabalhar sem descanso e enterrar seus mortos. Chamava-se Pancha García e tinha 15 anos.

Quando Esteban Trueba saiu para buscá-la, já havia caído a tarde e estava mais fresco. Percorreu, em seu cavalo marchador, as longas alamedas que dividiam os pastos, perguntando por ela aos que passavam, até que a viu a caminho de seu casebre. Ia dobrada sob um pesado feixe de espinheiro para a fornalha da cozinha, sem sapatos, cabisbaixa. Olhou-a do alto do cavalo e se deu conta imediatamente da urgência do desejo que o tinha incomodado durante tantos meses. Aproximou-se a trote até ficar a seu lado; ela o viu, mas seguiu seu caminho sem o olhar, pelo costume ancestral de todas as mulheres de sua estirpe de baixar a cabeça diante do macho. Esteban curvou-se e tirou-lhe o fardo, segurou-o um momento no ar e, em seguida, jogou-o com violência para a beira do caminho, envolveu a cintura da garota com um braço e levantou-a, arfando como um animal, e sentou-a na sela à sua frente, sem que ela opusesse qualquer resistência. Esporeou o cavalo, e partiram a galope na direção do rio. Desmontaram sem se falar e mediram-se com os olhos. Esteban soltou o largo cinturão de couro, e ela recuou, mas ele a agarrou com uma das mãos, e caíram, abraçados, sobre as folhas dos eucaliptos.

Esteban não tirou a roupa. Atacou-a com ferocidade, cravando-se nela sem preâmbulos, com uma inútil brutalidade. Foi em vão que se deu conta, pelos respingos de sangue no vestido, de que a jovem era virgem, mas nem a humilde condição de Pancha nem as prementes exigências de seu apetite lhe permitiram contemplações. Pancha García não se defendeu, não se queixou, não fechou os olhos. Ficou de costas, fixando o céu com uma expressão apavorada, até sentir o homem desabar com um gemido a seu lado. Então, começou a chorar suavemente. Antes dela, sua mãe e, antes de sua mãe, sua avó tinham cumprido o mesmo destino de cadela. Esteban Trueba arrumou as calças, apertou o cinto, ajudou-a a se levantar e sentou-a na garupa do cavalo. Tomaram o caminho de volta. Ele ia assobiando, e ela continuava chorando. Antes de deixá--la em seu casebre, o patrão beijou-a na boca.

— A partir de amanhã quero que trabalhe na casa — disse. Pancha assentiu sem erguer o olhar. Também sua mãe e sua avó tinham servido na casa senhorial.

Naquela noite, Esteban Trueba dormiu em estado de graça sem sonhar com Rosa. Pela manhã, sentia-se cheio de energia, maior e mais poderoso. Foi para o campo cantarolando, e, em seu regresso, Pancha estava na cozinha, atarefada, mexendo o manjar-branco numa grande panela de cobre. À noite, esperou-a com impaciência e, quando se calaram os ruídos domésticos do velho casarão de adobe e começaram as andanças noturnas das ratazanas, percebeu a presença da garota no umbral de sua porta.

— Venha, Pancha — chamou-a. Não era uma ordem, mas, antes, uma súplica.

Dessa vez Esteban teve tempo para gozá-la e fazê-la gozar. Percorreu-a tranquilamente, memorizando o cheiro de fumaça de seu corpo e de sua roupa lavada com cinza e passada a ferro de carvão, conheceu a textura de seu cabelo negro e liso, de sua pele suave nas áreas mais recônditas e áspera e calejada nas demais, de seus lábios frescos, de seu sexo sereno e de seu amplo ventre. Desejou-a com calma e iniciou-a na ciência mais secreta e mais antiga. Provavelmente foi feliz naquela noite e em mais algumas, brincando como dois cachorros na grande cama de ferro batido que pertencera ao primeiro Trueba e que já estava meio coxa, mas que ainda era capaz de resistir às investidas do amor.

Os seios de Pancha García cresceram, e seus quadris se arredondaram. O mau humor de Esteban Trueba diminuiu por algum tempo, e ele começou a se interessar por seus empregados. Visitou-os em seus miseráveis casebres, descobrindo na penumbra de um deles um caixote cheio de jornais velhos, onde compartilhavam o sono uma criança de peito e uma cadela recém-parida. Em outro, viu uma anciã que, fazia quatro anos, estava morrendo e cujos ossos atravessavam as feridas das costas. Num pátio conheceu um adolescente idiotizado e babento, com uma corda no pescoço que o prendia a um poste, falando coisas de outros mundos, nu e com um sexo de jumento que esfregava incansavelmente na terra. Deu-se conta, então e pela primeira vez, de que o pior abandono não era o das terras e dos animais, mas o dos habitantes de Las Tres Marías, que viviam em desamparo desde a época em que seu pai perdera no jogo o dote e a herança de sua mãe. Decidiu então que era tempo de levar um pouco de civilização àquele rincão perdido entre a cordilheira e o mar.

Em Las Tres Marías, começou uma febre de atividade que sacudiu a indolência. Esteban Trueba fez os camponeses trabalharem como nunca haviam sonhado. Cada homem, mulher, velho ou criança que se sustentasse em suas pernas foi contratado pelo patrão, ansioso por recuperar em poucos meses os anos de abandono. Mandou construir um celeiro e despensas, a fim de guardar alimentos para o inverno, mandou salgar carne de cavalo e defumar a de porco, e pôs as mulheres fazendo doces e compotas de frutas. Modernizou a leiteria, que não passava de um galpão cheio de esterco e moscas,

76

e obrigou as vacas a produzir leite suficiente. Iniciou a construção de uma escola com seis salas, porque tinha o veemente desejo de que todas as crianças e adultos de Las Tres Marías aprendessem a ler, escrever e somar, ainda que não fosse partidário da ideia de que adquirissem outros conhecimentos, para que não se lhes enchesse a cabeça com ideias inadequadas a seu estado e condição. No entanto, não conseguiu um mestre que quisesse trabalhar naquelas lonjuras e, perante a dificuldade de segurar os garotos com promessas de açoites e balas para alfabetizá-los ele mesmo, abandonou essa ilusão e deu outros usos à escola. Sua irmã Férula enviava-lhe da capital os livros que ele encomendava. Era literatura prática. Neles aprendeu a aplicar injeções no músculo das coxas e fabricou um rádio com cristal de galena. Gastou seus primeiros ganhos na compra de tecidos rústicos, uma máquina de costura, uma caixa de pílulas homeopáticas com seu manual de instruções, uma enciclopédia e um carregamento de cartilhas, cadernos e lápis. Acalentou o projeto de fazer um refeitório que oferecesse uma refeição completa por dia a cada uma das crianças, para crescerem fortes e sadias, e poderem trabalhar desde pequenas, mas compreendeu que seria loucura obrigar as crianças a vir de cada extremo da propriedade por causa de um prato de comida e, então, trocou o projeto, instalando uma oficina de costura. Encarregou Pancha García de desvendar os mistérios da máquina de costura. No princípio, julgando que se tratasse de um instrumento do diabo dotado de vida própria, ela se recusava a aproximar-se, mas ele foi inflexível, e Pancha acabou por dominá-la. Trueba organizou uma venda. Era um modesto armazém no qual os empregados podiam comprar o necessário sem ter de fazer a viagem de carroça até San Lucas. O patrão comprava os gêneros no atacado e revendia-os pelo mesmo preço aos seus trabalhadores. Estabelecera um sistema de vales, que inicialmente funcionou como uma forma de crédito e, com o passar do tempo, chegou a substituir o dinheiro legal. Com seus papéis cor-de-rosa, comprava-se de tudo na venda e pagavam-se os salários. Cada trabalhador tinha direito, além dos famosos vales, a um pedaço de terra para cultivar em seu tempo livre, seis galinhas ao ano por família, uma porção de sementes, uma parte da colheita que cobrisse suas necessidades, pão e leite para o dia e cinquenta pesos, distribuídos aos homens em duas parcelas: no Natal e nas festas cívicas. As mulheres não tinham direito a essa bonificação, mesmo que trabalhassem com os homens de igual para igual, porque não eram consideradas chefes de família, exceto no caso das viúvas. O sabão para lavar, a lã para tecer e o xarope para fortalecer os pulmões eram distribuídos gratuitamente, porque Trueba não queria ter por perto gente suja, com frio ou doente. Um dia leu na enciclopédia as vantagens de uma dieta equilibrada, e então teve início sua mania das vitaminas, que haveria de lhe durar pelo resto da vida. Tinha breves acessos de cólera sempre que verificava a prática dos camponeses de dar às crianças só o pão e alimentar os porcos com leite e ovos. Começou a promover reuniões obrigatórias na escola para lhes falar a respeito das vitaminas e, de quebra, informá-los sobre as notícias que conseguia captar mediante os escarcéus com o rádio de cristais de galena. Aborreceu-se rapidamente de perseguir a onda com o arame e encomendou na capital um rádio transoceânico, munido de duas enormes baterias. Com ele, conseguia captar algumas mensagens coerentes, em meio a uma ensurdecedora confusão de ruídos de além-mar. Assim, tomou conhecimento da guerra na Europa e acompanhou os avanços das tropas num mapa que pendurou no quadro da escola e ia marcando com alfinetes. Os camponeses observavam-no estupefatos, sem compreender, nem remotamente, a finalidade de se cravar um alfinete na parte azul do mapa e, no dia seguinte, passá-lo para a parte verde. Não podiam imaginar o mundo do tamanho de um papel suspenso no quadro, nem os exércitos reduzidos à cabeça de um alfinete. Na realidade, a guerra, os inventos da ciência, o progresso da indústria, o preço do ouro e as extravagâncias da moda não os preocupavam. Eram contos de fadas que em nada modificavam a pequenez de sua existência. Para aquele impávido auditório, as notícias do rádio eram distantes e alheias, e o aparelho foi rapidamente desprestigiado quando ficou evidente que não era capaz de prever as condições do tempo. O único que demonstrava interesse com relação às mensagens vindas pelo ar era Pedro Segundo García.

Esteban Trueba compartilhou com ele muitas horas, primeiro com o rádio de cristais de galena e depois com o de bateria, esperando o milagre de uma voz anônima e remota que os pusesse em contato com a civilização. Isso, no entanto, não conseguiu aproximá-los. Trueba sabia que aquele rude camponês era mais inteligente do que os demais. Era o único que sabia ler e era capaz de manter uma conversa com mais de três frases. Embora fosse o mais parecido com um amigo que havia num raio de cem quilômetros, seu orgulho monumental impedia-o de reconhecer nele alguma virtude, exceto aquelas próprias de sua condição de bom peão de campo. Nem era, aliás, partidário de familiaridades com os subalternos. A seu turno, Pedro Segundo odiava-o, mesmo que nunca tivesse dado nome a esse sentimento angustiante que lhe abrasava a alma e o enchia de confusão, uma mistura de medo e rancorosa admiração. Pressentia que nunca se atreveria a fazer-lhe frente, porque ele era o patrão. Teria de suportar pelo resto da vida suas cóleras, suas ordens desrespeitosas e sua prepotência. Ao longo dos anos em que Las Tres Marías estivera abandonada, ele assumira de forma natural o comando da pequena tribo que sobrevivera naquelas terras esquecidas. Acostumara-se a ser respeitado, a mandar, a tomar decisões e a não ter mais do que o céu acima de sua cabeça. A chegada do patrão mudou-lhe a vida, mas não podia deixar de admitir que agora viviam melhor, não passavam fome e estavam mais protegidos e seguros. Algumas vezes Trueba julgou ver-lhe nos olhos um brilho assassino, mas nunca pôde acusá-lo de uma mínima insolência. Pedro Segundo obedecia sem replicar, trabalhava sem se queixar, era honesto e parecia leal. Quando via sua irmã Pancha passar no corredor da casa senhorial, com o vaivém pesado de fêmea satisfeita, baixava a cabeça e se calava.

Pancha García era jovem, e o patrão, forte. O previsível resultado de sua aliança começou a ser notado em poucos meses. As veias das pernas da garota apareceram como lombrigas em sua pele morena, seu gesto tornou-se mais lento, e seu olhar, mais longínquo; perdeu o interesse pelas safadezas na cama de ferro batido e rapidamente sua cintura engrossou e seus seios caíram com o peso de uma nova vida que lhe crescia nas entranhas. Esteban demorou muito para se dar conta disso, porque quase nunca a olhava, e, passado o entusiasmo do primeiro momento, tampouco a acariciava. Limitava-se a utilizá-la como uma medida higiênica que lhe aliviava a tensão do dia e lhe oferecia uma noite sem sonhos. Mas chegou o momento em que a gravidez de Pancha ficou evidente até para ele. Tomou-lhe repulsa. Começou a vê-la como uma enorme vasilha contendo uma substância amorfa e gelatinosa, que não podia reconhecer como seu filho. Pancha abandonou a casa do patrão e regressou ao casebre dos pais, onde não lhe fizeram perguntas. Continuou a trabalhar na cozinha senhorial, amassando o pão e costurando à máquina, cada dia mais deformada pela maternidade. Deixou de servir Esteban à mesa e evitava encontrar-se com ele, já que nada mais tinham a compartilhar. Uma semana depois de ela sair de sua cama, Trueba voltou a sonhar com Rosa e despertou com os lençóis úmidos. Olhou pela janela e viu uma menina magrela que estava pendurando roupa recém-lavada no varal. Não parecia ter mais do que 13 ou 14 anos, embora estivesse completamente desenvolvida. Nesse momento, ela se virou e olhou-o: tinha o olhar de uma mulher.

Pedro García viu o patrão sair assobiando a caminho do estábulo e balançou a cabeça, inquieto.

AO LONGO DOS dez anos seguintes, Esteban Trueba tornou-se o patrão mais respeitado da região, construiu casas de tijolo para seus empregados, conseguiu um professor para a escola e melhorou o nível de vida de todos em suas terras. Las Tres Marías era um bom negócio, que não precisava da ajuda do filão de ouro; pelo contrário, serviu de garantia para prorrogar a concessão da mina. O mau gênio de Trueba tornou-se lendário e acentuou-se até o ponto de chegar a incomodá-lo também. Não admitia que ninguém o contestasse e não tolerava nenhuma contradição, considerando provocação a menor discordância. Sua voluptuosidade também aumentou. Não passava nenhuma mulher da puberdade à idade adulta sem que ele a fizesse provar o bosque, a beira do rio ou a cama de ferro batido. Quando não restavam mulheres disponíveis em Las Tres Marías, dedicou-se a perseguir as de outras fazendas, violando-as num abrir e fechar de olhos, em qualquer lugar do campo, geralmente ao entardecer. Não se preocupava em fazê-lo às escondidas, porque não temia ninguém. Em algumas ocasiões, chegava a Las Tres Marías um irmão, um pai, um marido ou um patrão, pedindo-lhe contas, mas, diante de sua violência descontrolada, essas visitas de justiça ou de vingança tornaram-se cada vez menos frequentes. A fama de sua brutalidade estendeu-se por toda a região e causava uma invejosa admiração nos machos de sua classe. Os camponeses em vão escondiam as mulheres e cerravam os punhos, pois não podiam fazer-lhe frente. Esteban Trueba era mais forte e gozava de impunidade. Por duas vezes, apareceram cadáveres de camponeses de outras fazendas crivados de tiros de espingarda, e ninguém duvidou de que se tinha de buscar o culpado em Las Tres Marías, mas os policiais do destacamento limitaram-se a anotar o fato no livro de ocorrências, com a laboriosa caligrafia dos semi-analfabetos, acrescentando terem sido flagrados roubando. E tudo ficou por isso mesmo. Trueba continuou cultivando seu prestígio de valentão, semeando a região de bastardos, colhendo ódio e armazenando culpas que não o atingiam, porque se lhe havia curtido a alma e aplacado a consciência sob o pretexto do progresso. Em vão Pedro Segundo García e o velho padre do hospital das freiras lhe sugeriram que não eram as casas de tijolo nem os litros de leite que faziam um bom patrão ou um bom cristão, mas sim dar às pessoas pagamento decente em vez de papeizinhos cor-de-rosa, um horário de trabalho que não lhes moesse os rins e um pouco de respeito e dignidade. Trueba não queria ouvir falar a respeito dessas coisas, que, segundo ele, cheiravam a comunismo.

— São ideias degeneradas — resmungava —, ideias bolchevistas para sublevar os empregados. Não se dão conta de que esses pobres-diabos não têm cultura nem educação, não podem assumir responsabilidades; não passam de crianças. Como vão saber o que lhes convém? Sem mim, estariam perdidos; a prova é que, quando viro para o lado, vai tudo para o inferno, e começam a fazer asneiras. São muito ignorantes. Minha gente está muito bem; o que mais querem? Não lhes falta nada. Se se queixam é porque são mal-agradecidos. Têm casas de tijolo, preocupo-me em assoar os ranhos, em tirar os parasitas dos garotos, levar-lhes vacinas e ensiná-los a ler. Há por aqui outra fazenda que tenha escola própria? Não! Sempre que posso, levo-os ao padre para que lhes reze umas missas; então não entendo por que o padre vem falar-me sobre injustiça. Não tem que se meter no que não sabe e não é da sua competência. Eu queria vê-lo tomando conta desta propriedade. Para ver se ia andar com salamaleques. Com esses pobres-diabos, há que se ter pulso firme; é a única linguagem que entendem. Se se amolece, não se é respeitado. Não nego que várias vezes fui muito severo, mas sempre fui justo. Tive que lhes ensinar tudo, até a comer, porque, por eles, se alimentariam só de pão! Se me descuido, dão o leite e os ovos aos porcos. Não sabem limpar o rabo e querem ter direito a voto! Se não sabem para onde vão, como vão saber de política? São capazes de votar nos comunistas, como os mineiros do Norte, que, com suas greves, prejudicam todo o país, justamente quando o preço do minério está em seu ponto máximo. Por mim, mandaria a tropa para o Norte, corrê-los à bala, para ver se aprendem de uma vez por todas. Infelizmente o garrote é a única coisa que funciona nestes países. Não estamos na Europa. Aqui precisamos de um governo forte, de um patrão forte. Seria muito bonito se fôssemos todos iguais, mas não somos. Isso é evidente. Aqui a única pessoa que sabe trabalhar sou eu, e desafio a me provarem o contrário. Sou o primeiro a levantar e o último a deitar nesta maldita terra. Por mim, mandaria tudo para o caralho e ia viver como um príncipe na capital, mas tenho que estar aqui, porque, se me ausento, ainda que seja uma semana, isto desaba, e esses infelizes começam a morrer de fome. Lembrem como era isto quando cheguei, há nove ou dez anos: uma desolação. Era uma ruína de pedras e abutres. Uma terra de ninguém. Estavam todos os pastos abandonados. Ninguém pensava em canalizar a água. Contentavam-se em plantar quatro alfaces imundas em seus pátios e deixavam que todo o resto se afundasse na miséria. Foi necessário eu chegar para que aqui houvesse ordem, lei e trabalho. Como não vou estar orgulhoso? Trabalhei tão bem que já comprei as duas fazendas vizinhas e esta propriedade é a maior e mais rica de toda a região, invejada por todos, um exemplo, uma fazenda-modelo. E, agora que a estrada passa ao lado, duplicou seu valor; se quisesse vendê-la, poderia ir embora para a Europa e viver de renda, mas não vou, fico aqui, sofrendo. Faço isso por essa gente. Sem mim, estariam perdidos. Se nos aprofundamos nas coisas, não servem nem para obedecer; eu sempre disse: são como crianças. Não há nenhum que faça o que tem a fazer sem que eu tenha que estar por trás, cobrando. E depois me vêm com a história de que somos todos iguais! É de se morrer de rir, caralho...

Para a mãe e a irmã, mandava caixotes com frutas, carnes salgadas, presuntos, ovos frescos, galinhas, vivas ou conservadas em vinagre, sacos de farinha, arroz e grãos, queijo do campo e todo o dinheiro de que poderiam necessitar, porque isso não lhe faltava. Las Tres Marías e a mina produziam como era devido pela primeira vez desde que Deus pôs aquilo no planeta, como ele gostava de dizer a quem quisesse ouvi-lo. Proporcionava a dona Ester e Férula o que jamais tinham ambicionado, mas não teve tempo, em todos esses anos, de visitá-las, ainda que de passagem, em alguma de suas viagens ao Norte. Estava tão ocupado no campo, nas novas terras que comprara e em outros negócios que começava a dominar, que não podia perder seu tempo junto do leito de uma enferma. Além disso, existia o correio, que os mantinha em contato, e o trem, que lhe permitia mandar tudo o que quisesse. Não tinha necessidade de vê-las. Tudo se podia dizer por carta. Tudo menos o que não queria que soubessem, como a gama de bastardos que iam nascendo como que por arte de magia. Bastava derrubar uma garota no prado, e ela ficava imediatamente prenha, era coisa do demônio, tanta fertilidade era insólita, mas estava seguro de que metade das crianças não era sua. Por isso decidiu que, fora o filho de Pancha García, que se chamava Esteban como ele e cuja mãe ele não tinha dúvida de que era virgem quando a possuíra, os outros tanto podiam ser seus filhos como não ser, e sempre era melhor pensar que não eram. Quando chegava à sua casa alguma mulher com uma criança nos braços para reivindicar o sobrenome ou alguma ajuda, punha-a na rua com um par de notas na mão e a ameaça de que, se voltasse a importuná-lo, correria com ela a pontapés, para que não lhe restasse vontade de andar abanando o rabo ao primeiro homem que aparecesse e depois viesse acusá-lo, a ele, Esteban. Foi assim que nunca se inteirou do número exato de filhos que tinha, e, na realidade, o assunto não lhe interessava.

Pensava que, quando quisesse ter filhos, procuraria uma mulher de sua classe, com a bênção da Igreja, porque os únicos que contavam eram os que usavam o sobrenome do pai; os demais eram como se não existissem... Que não lhe viessem com a sandice de que todos nasciam com os mesmos direitos, sendo todos igualmente herdeiros, porque nesse caso tudo iria para o caralho, e a civilização regressaria à Idade da Pedra. Recordava-se de Nívea, a mãe de Rosa, que, depois de o marido renunciar à política, aterrorizado pela aguardente envenenada, iniciou sua própria campanha política. Prendia-se com outras senhoras nas grades do Congresso e da Suprema Corte, provocando um constrangedor espetáculo que expunha seus maridos ao ridículo. Sabia que Nívea saía à noite colando cartazes sufragistas nos muros da cidade e era capaz de passear pelo Centro em pleno meio-dia de um domingo, com uma vassoura na mão e um boné na cabeça, pedindo que as mulheres tivessem direitos iguais aos dos homens, que pudessem votar e ingressar na universidade, e pedindo também que todas as crianças gozassem da proteção da lei, mesmo que fossem bastardas.

— Essa senhora está mal da cabeça! — dizia Trueba. — Isso seria ir contra a natureza. Se as mulheres não sabem somar dois mais dois, como poderão usar um bisturi? Sua função é a maternidade, o lar. Por esse caminho, qualquer dia vão querer ser deputado, juiz e até presidente da República! Enquanto isso, estão fazendo uma confusão e uma desordem que podem terminar em desastre. Andam publicando panfletos indecentes, falam pela rádio, acorrentam-se em lugares públicos, e a polícia tem de ir lá com um ferreiro para cortar os cadeados, a fim de que sejam presas, que é como devem estar. É lamentável que haja sempre um marido influente, um juiz de poucos brios ou um parlamentar com ideias subversivas para libertá-las... Pulso firme é o que faz falta também nesse caso.

A guerra na Europa terminara, e os vagões cheios de mortos eram um clamor longínquo, mas que ainda não se apagara. De lá, estavam chegando as ideias subversivas, trazidas pelos ventos incontroláveis do rádio, do telégrafo e dos navios carregados de emigrantes que desembarcavam como um tropel atônito, escapando à fome de sua terra, assolados pelo rugido das bombas e dos mortos apodrecendo nos sulcos do arado. Era ano de eleições presidenciais e de preocupar-se com o rumo que os acontecimentos estavam tomando. O país despertava. A onda de descontentamento que agitava o povo abalava a sólida estrutura daquela sociedade oligárquica. Nos campos aconteceu de tudo: seca, praga, febre aftosa. No Norte havia desemprego, e na capital sentia-se o efeito da guerra distante. Foi um ano de miséria em que só faltou um terremoto para completar o desastre.

A classe alta, no entanto, dona do poder e da riqueza, não se deu conta do perigo que ameaçava o frágil equilíbrio de sua posição. Os ricos divertiam-se dançando o *charleston* e os novos ritmos — *jazz*, o *fox-trot* e *cumbias** de negros que eram uma indecência extraordinária. Foram retomadas as viagens de navio à Europa, que haviam sido interrompidas durante os quatro anos de guerra, e tornaram-se moda outras, à América do Norte. Chegou a novidade do golfe, que reunia a nata da sociedade para bater numa bolinha com um taco, tal como duzentos anos antes faziam os índios naqueles mesmos lugares. As damas punham colares de pérolas falsas até o joelho e chapéus de penico enfiados até as sobrancelhas, cortavam o cabelo como os homens e pintavam-se como meretrizes, tinham encerrado o uso do espartilho e fumavam de pernas cruzadas. Os cavalheiros andavam deslumbrados com a invenção dos carros norte-americanos, que chegavam ao país pela manhã e eram vendidos no mesmo dia à tarde, apesar de custarem uma pequena fortuna e não serem mais do que um estrépito de fumaça e porcas soltas, correndo a uma velocidade suicida por caminhos feitos para cavalos e outras bestas naturais, mas nunca

---

* Dança típica da costa colombiana. (N. T.)

para máquinas de fantasia. Nas mesas de jogo, apostavam-se as heranças e as fáceis riquezas do pós-guerra, abria-se o champanha, e chegara a novidade da cocaína para os mais refinados e dados ao vício. A loucura coletiva parecia não ter fim.

No campo, entretanto, os novos automóveis eram uma realidade tão remota quanto os vestidos curtos, e quem se livrou da praga e da febre aftosa o registrou como um bom ano. Esteban Trueba e outros proprietários de terra da região reuniam-se no clube da aldeia para planejar a ação política antes das eleições. Os camponeses ainda viviam como nos tempos da Colônia, não tinham ouvido falar de sindicatos, nem de domingos festivos, nem de salário mínimo, mas já começavam a se infiltrar nas propriedades os delegados dos novos partidos de esquerda, que entravam disfarçados de evangélicos com uma bíblia num sovaco e panfletos marxistas no outro, pregando simultaneamente a vida abstêmia e a morte pela revolução. Os almoços de confraternização dos patrões terminavam em bebedeiras homéricas ou em brigas de galo, e, ao anoitecer, tomavam de assalto o Farolito Rojo, onde as prostitutas de 12 anos e Carmelo, o único veado do bordel e da aldeia, dançavam ao som de um gramofone antediluviano, sob o olhar atento de Sofía, que já não fazia mais a vida, mas ainda tinha energia suficiente para gerenciar o estabelecimento com mão de ferro e impedir que os policiais importunassem e os patrões se excedessem com as meninas, fodendo sem pagar. De todas, Tránsito Soto era a que dançava melhor e mais resistia às investidas dos bêbados; era incansável e nunca se queixava de nada, como se tivesse a virtude tibetana de deixar seu mísero esqueleto de adolescente nas mãos dos clientes e transportar sua alma para alguma região afastada. Agradava a Esteban Trueba, porque não tinha frescuras com as inovações e brutalidades do amor, sabia cantar com voz de pássaro rouco e porque lhe disse uma vez que chegaria muito longe, e ele achou graça nisso.

— Não vou ficar no Farolito Rojo toda a vida, patrão. Vou para a capital, porque quero ser rica e famosa — declarara.

Esteban frequentava o prostíbulo porque era o único lugar de diversão no lugarejo, mas não era homem de prostitutas. Não gostava de pagar pelo que podia fazer por outros meios; não obstante, apreciava de fato Tránsito Soto, que o fazia rir.

Um dia, depois de fazer amor, sentiu-se generoso, o que raramente lhe acontecia, e perguntou a Tránsito Soto se gostaria que ele lhe desse um presente.

— Empreste-me cinquenta pesos, patrão! — pediu ela por fim.

— É muito dinheiro. Para que você o quer?

— Para comprar uma passagem de trem, um vestido vermelho, uns sapatos de salto alto, um frasco de perfume e pagar a permanente. É tudo de que preciso para começar. Eu lhe devolvo um dia, patrão. Com juros.

Esteban deu-lhe os cinquenta pesos porque nesse dia vendera cinco novilhos e estava com os bolsos cheios de notas, mas também porque a fadiga do prazer satisfeito sempre o deixava um pouco sentimental.

— Só sinto por não voltar a vê-la, Tránsito. Me acostumei com você.

— Vamos voltar a nos ver, sim, patrão. A vida é longa e dá muitas voltas.

Os banquetes no clube, as brigas de galo e as tardes no bordel culminaram num plano inteligente, ainda que não original de todo, para obter votos dos camponeses. Deram-lhes uma festa com empanadas e muito vinho, sacrificaram algumas reses para assar, tocaram-lhes canções no violão, impingiram-lhes algumas arengas patrióticas e prometeram-lhes que, se o candidato conservador vencesse, teriam uma gratificação, mas, se vencesse outro qualquer, ficariam sem trabalho. Além disso, controlaram as urnas e subornaram a polícia. Depois da festa, enfiaram os camponeses em carroças e levaram-nos para votar, bem vigiados, entre chalaças e gargalhadas, a única oportunidade em que tinham familiaridades com eles, compadre para cá, compadre para lá, conte comigo, que eu não lhe falto, patrãozinho, assim você me agrada, homem, tem que ter consciência patriótica, os liberais e os radicais são todos uns pentelhos, e os comunistas são uns ateus, filhos da puta, que comem criancinhas.

No dia da eleição tudo transcorreu como previsto, em perfeita ordem. As Forças Armadas garantiram o processo democrático, tudo em paz, um dia de primavera mais alegre e com mais sol do que outros.

— Um exemplo para este continente de índios e negros, que passam a vida em revoluções, para derrubar um ditador e instalar outro. Este é um país diferente, uma verdadeira República, temos orgulho cívico, aqui o Partido Conservador ganha honestamente e não necessita de um general para haver ordem e tranquilidade, não é como essas ditaduras regionais em que se matam uns aos outros, enquanto os gringos levam todas as matérias-primas — afirmou Trueba na sala de jantar do clube, brindando com um copo na mão, no momento em que tomou conhecimento dos resultados da votação.

Três dias depois, quando já se retomara a rotina, chegou a carta de Férula a Las Tres Marías. Esteban Trueba sonhara naquela noite com Rosa. Fazia muito tempo que isso não lhe acontecia. No sonho, viu-a com o seu cabelo de salgueiro solto pelos ombros, como um manto vegetal que a cobria até a cintura, a pele enrijecida e gelada, da cor e da textura do alabastro. Estava nua e levava um embrulho nos braços, caminhava como se caminha nos sonhos, aureolada pelo resplendor que flutuava em volta de seu corpo. Viu-a aproximar-se lentamente, e, quando quis tocá-la, ela jogou no chão o embrulho, que se quebrou a seus pés. Ele se abaixou, apanhou-o e viu uma menina sem olhos que o chamava de papai.

Acordou angustiado e permaneceu de mau humor toda a manhã. Por causa do sonho, sentiu-se inquieto, muito antes de receber a carta de Férula. Entrou na cozinha para tomar o desjejum, como todos os dias, e viu uma galinha que andava bicando as migalhas no chão. Aplicou-lhe um pontapé que lhe abriu a barriga, deixando-a agonizante num charco de tripas e penas, batendo as asas no meio da cozinha. Isso não o acalmou; pelo contrário, aumentou sua raiva, e se deu conta de que começava a sufocar. Montou em seu cavalo e foi a galope vigiar o gado que estava sendo marcado. Foi então que chegou à casa Pedro Segundo García, voltando da estação de San Lucas, onde fora deixar uma encomenda e passara pela aldeia para recolher o correio. Trazia a carta de Férula.

O envelope permaneceu toda a manhã sobre a mesa da entrada. Quando Esteban Trueba chegou, foi diretamente tomar banho, porque vinha coberto de suor e poeira, impregnado do cheiro inconfundível dos animais aterrorizados. Depois, sentou-se no escritório para fazer a contabilidade e ordenou que lhe servissem a comida numa bandeja. Não viu a carta da irmã até anoitecer, quando percorreu a casa, como sempre fazia antes de se deitar, para verificar se as luzes estavam apagadas e as portas fechadas. A carta de Férula era igual a todas as que tinha recebido dela, mas, ao tê-la na mão, soube, ainda antes de abri-la, que seu conteúdo lhe mudaria a vida. Teve a mesma sensação de quando pegara o telegrama da irmã anunciando-lhe, anos atrás, a morte de Rosa.

Abriu-a sentindo que lhe estalavam as têmporas, em decorrência do pressentimento. A carta informava laconicamente que dona Ester Trueba estava morrendo e que Férula, depois de tantos anos cuidando dela e servindo-a como uma escrava, tinha de aguentar que sua mãe nem sequer a reconhecesse, mas que chamasse dia e noite pelo filho Esteban, porque não queria morrer sem vê-lo! Esteban jamais amara de fato sua mãe nem se sentia bem em sua presença, mas a notícia deixou-o trêmulo. Compreendeu que já não mais lhe serviam os pretextos sempre renovados que inventava para não visitá-la e que tinha chegado o momento de fazer o caminho de volta à capital e enfrentar pela última vez aquela mulher que estava presente em seus pesadelos, impregnada do odor rançoso dos medicamentos, com seus tênues queixumes, suas orações intermináveis, aquela mulher sofredora que lhe havia povoado a infância de proibições e terrores, e suprido de responsabilidades e culpas sua vida de homem.

Chamou Pedro Segundo García e explicou-lhe a situação. Levou-o ao escritório e mostrou-lhe o livro de contabilidade e as contas da venda. Entregou-lhe um molho com todas as chaves, menos a da adega, e anunciou-lhe que, a partir daquele momento e até o seu regresso, era ele o responsável por tudo o que havia em Las Tres Marías e que pagaria muito caro por qualquer tolice que fizesse. Pedro Segundo García recebeu as chaves, enfiou o livro de contabilidade debaixo do braço e sorriu de alegria.

— Faz-se o que se pode, não mais, patrão — disse, encolhendo os ombros.

No dia seguinte, Esteban Trueba refez pela primeira vez em muitos anos o caminho que o trouxera da casa de sua mãe para o campo. Foi de carroça com suas duas malas de couro até a estação de San Lucas, tomou o vagão de primeira classe dos tempos da companhia inglesa de caminhos de ferro e tornou a percorrer os vastos campos que se estendiam ao pé da cordilheira.

Fechou os olhos e tentou dormir, mas a imagem de sua mãe espantou-lhe o sono.

III

Clara, Clarividente

Clara estava com 10 anos quando decidiu que não valia a pena falar e se fechou no mutismo. Sua vida mudou de maneira notável. O médico da família, o gordo e amável doutor Cuevas, tentou curá-la do silêncio com pílulas por ele inventadas, com vitaminas em xarope e embrocações com mel de bórax na garganta, mas sem nenhum resultado aparente. Deu-se conta de que seus medicamentos eram ineficazes e de que sua presença aterrorizava a menina. Ao vê-lo, Clara começava a berrar e refugiava-se no canto mais afastado, encolhida como um animal acossado; abandonou, portanto, suas tentativas de cura e recomendou a Severo e Nívea que a levassem a um romeno de sobrenome Rostipov, que à época estava causando sensação. Rostipov ganhava a vida fazendo truques de ilusionismo nos teatros de variedades e tinha realizado a incrível façanha de estender um arame da ponta da catedral até a cúpula da Irmandade Galega, do outro lado da praça, para atravessá-la pelo ar, tendo uma vara como único apoio. Apesar de seu lado frívolo, Rostipov estava provocando turbulência nos círculos científicos porque nas horas livres atenuava a histeria com varetas magnéticas e transes hipnóticos. Nívea e Severo levaram Clara ao consultório que o romeno havia improvisado no hotel. Rostipov examinou-a cuidadosamente, declarando em seguida que o caso não era de sua competência, uma vez que a menina não falava porque não queria, e não porque não pudesse. De qualquer modo, diante da insistência dos pais, preparou umas pílulas de açúcar pintadas de cor violeta e receitou-as, advertindo de que se tratava de um remédio siberiano para curar surdos-mudos. A sugestão, porém, não funcionou nesse caso, e o segundo frasco foi devorado por Barrabás, durante um descuido, sem que isso provocasse no animal nenhuma reação apreciável. Severo e Nívea tentaram fazê-la falar com métodos caseiros, ameaças e súplicas, e até a deixando sem comer, supondo que a fome a obrigaria a abrir a boca e pedir o jantar, mas nem isso deu certo.

A Nana acreditava que um bom susto poderia fazer com que a menina falasse e passou nove anos inventando recursos desesperados para aterrorizar Clara, o que só conseguiu imunizá-la contra a surpresa e o espanto. Em pouco tempo, Clara nada temia, nem a comoviam as aparições de monstros lívidos e magros em seu quarto ou as batidas de vampiros e demônios em sua janela. A Nana disfarçava-se de pirata sem cabeça, verdugo da Torre de Londres, cachorro-do-mato, diabo chifrudo, segundo a inspiração do momento e as ideias retiradas de folhetos de terror que comprava com esse objetivo, e, embora não fosse capaz de lê-los, deles copiava as ilustrações. Adquiriu o costume de deslizar silenciosamente pelos corredores para atacar a menina no escuro, uivar atrás das portas e esconder bichos vivos na cama, mas nada disso conseguiu arrancar-lhe ao menos uma palavra. Às vezes Clara perdia a paciência, atirava-se ao chão, esperneava e gritava, mas sem articular nenhum som em idioma conhecido, ou então anotava na pequena lousa, da qual não se separava, os piores insultos à pobre mulher, que ia para a cozinha chorar a incompreensão.

— Faço isso para seu bem, meu anjinho! — soluçava enrolada num lençol ensanguentado e com o rosto escurecido com cortiça queimada.

Nívea proibiu-a de continuar assustando sua filha. Percebeu que o estado de perturbação aumentava os poderes mentais de Clara e provocava desordem nas aparições que a rondavam. Além disso, aquele desfile de personagens truculentos estava destruindo o sistema nervoso de Barrabás, que nunca teve bom faro e era incapaz de reconhecer a Nana sob seus disfarces. O cão começou a urinar-se sentado, deixando à sua volta uma imensa poça, e com frequência rangia os dentes. A Nana, contudo, aproveitava qualquer descuido de Nívea para persistir em suas tentativas de curar a mudez com o mesmo remédio com que se curam os soluços.

Tiraram Clara do colégio de freiras em que haviam sido educadas todas as irmãs del Valle e puseram-lhe professores em casa. Severo mandou trazer da Inglaterra uma instrutora, *miss* Agatha, alta, toda ela da cor do âmbar e com grandes mãos de pedreiro, que, no entanto, não resistiu à mudança de clima, à comida picante e aos voos autônomos do saleiro, que se deslocava sobre a mesa de jantar, e regressou a Liverpool. A mulher que se seguiu foi uma suíça, que não teve melhor sorte, e a francesa que chegou graças aos contatos do embaixador desse país com a família era tão rosada, roliça e meiga que ficou grávida em poucos meses, e as investigações sobre o caso apontaram que o pai era Luís, o irmão mais velho de Clara. Severo casou-os sem lhes perguntar a opinião, e, contra todas as previsões de Nívea e suas amigas, foram muito felizes. Tendo em vista essas experiências, Nívea convenceu o marido de que aprender idiomas estrangeiros não era relevante para uma criança com habilidades telepáticas e que seria muito melhor insistir nas aulas de piano e ensiná-la a bordar.

A pequena Clara lia muito. Seu interesse pela leitura era indiscriminado e tanto lhe serviam os livros mágicos dos baús encantados de seu tio Marcos como os documentos do Partido Liberal que seu pai guardava no escritório. Preenchia com suas anotações pessoais incontáveis cadernos em que eram registrados os acontecimentos desse tempo, que graças a isso não se perderam, eliminados pela neblina do esquecimento, e que agora posso usar para resgatar sua memória.

Clara, clarividente, conhecia o significado dos sonhos. Essa habilidade era natural nela e não requeria os intrincados estudos cabalísticos que o tio Marcos utilizava com mais esforço e menos acerto. O primeiro a se dar conta disso foi Honório, o jardineiro da casa, que sonhou um dia com cobras que se enroscavam em seus pés e, para livrar-se delas, ele as pisoteava, tendo conseguido esmagar dezenove. Contou tudo isso à menina enquanto podava as roseiras, só para entretê-la, porque gostava muito dela e sentia pena de que fosse muda. Clara tirou a lousa do bolso do avental e escreveu a interpretação do sonho de Honório: você terá muito dinheiro, que durará pouco e será ganho sem esforço; jogue no número dezenove. Honório não sabia ler, mas Nívea leu-lhe a mensagem em meio a zombarias e risadas. O jardineiro fez o que lhe diziam e ganhou oitenta pesos numa casa de jogos clandestina que havia atrás da carvoaria. Gastou-os num terno novo, numa bebedeira memorável com todos os seus amigos e numa boneca de porcelana para Clara. A partir de então, a menina teve muito trabalho decifrando sonhos às escondidas da mãe, porque, quando se soube da história de Honório, iam perguntar-lhe o que significava voar sobre uma torre com asas de cisne, estar num barco à deriva e ouvir o canto de uma sereia com voz de viúva, nascerem gêmeos unidos pelas costas, cada um com uma espada na mão, e Clara anotava na lousa, sem vacilar, que a torre é a morte e quem voa por cima dela se salva de morrer num acidente; quem naufraga e escuta a sereia perderá o trabalho e passará por penúrias, mas será ajudado por uma mulher com a qual fará um negócio; e os gêmeos são marido e mulher forçados ao mesmo destino, ferindo-se mutuamente com golpes de espada.

Clara não adivinhava apenas os sonhos. Também via o futuro e conhecia a intenção das pessoas, virtudes que manteve ao longo da vida e, com o passar do tempo, ampliou. Anunciou a morte de seu padrinho, *don* Salomón Valdés, corretor da Bolsa de Comércio, que, julgando ter perdido tudo, se enforcou no lustre de seu elegante escritório. Ali o encontraram por insistência de Clara, parecendo um carneiro triste, tal como ela o descrevera na lousa. Previu a hérnia de seu pai, todos os tremores de terra e outras alterações da natureza, a única vez que caiu neve na capital, matando de frio os pobres nos bairros populares e os roseirais nos jardins dos ricos, e a identidade do assassino das colegiais, muito antes de a polícia descobrir o segundo cadáver, mas ninguém acreditou, e Severo não quis que sua filha opinasse sobre assuntos criminais de quem não tinha parentesco com a família. Clara percebeu, ao primeiro olhar, que Getúlio Armando roubaria seu pai no negócio das ovelhas australianas, pois lera na cor da sua aura. Informou por escrito a seu pai, que, entretanto, não lhe deu crédito e, quando veio a lembrar-se das previsões de sua filha mais nova, já perdera metade de sua fortuna, e seu sócio estava no Caribe, transformado num homem rico, com um harém de negras bundudas e um barco apropriado para tomar sol.

A habilidade de Clara para mover objetos sem tocá-los não passou com a menstruação, como vaticinava a Nana; pelo contrário, foi-se acentuando, a ponto de ela ter tanta prática que conseguia pressionar as teclas do piano com a tampa fechada, ainda que nunca conseguisse deslocar o instrumento pela sala, como era seu desejo. Nessas excentricidades, ocupava a maior parte de sua energia e seu tempo. Desenvolveu a capacidade de adivinhar uma impressionante porcentagem de cartas do baralho e inventou jogos de irrealidade para divertir os irmãos. Seu pai proibiu-a de descobrir o futuro nas cartas e invocar fantasmas e espíritos travessos que perturbavam o resto da família e aterrorizavam os serviçais, mas Nívea compreendeu que, quanto mais limitações e sustos tivesse de suportar sua filha mais nova, mais lunática ela se tornaria, de modo que decidiu deixá-la em paz com seus truques de espírita, seus jogos de pitonisa e seu silêncio sepulcral, amando-a incondicionalmente e aceitando-a do jeito que era. Clara cresceu como uma planta selvagem, apesar das recomendações do doutor Cuevas, que trouxera da Europa a novidade dos banhos de água fria e dos choques elétricos para curar os loucos.

Barrabás acompanhava a menina dia e noite, exceto nos períodos rotineiros de sua atividade sexual. Estava sempre a rondando como uma gigantesca sombra, tão silenciosa quanto a própria Clara; deitava-se a seus pés quando ela se sentava e à noite dormia a seu lado, resfolegando como uma locomotiva. Chegou a compreender tão bem sua dona que, quando ela saía da cama para caminhar sonâmbula pela casa, o cão a seguia em atitude igual. Nas noites de lua cheia, era comum vê-los passando pelos corredores, como dois fantasmas flutuando à luz pálida. À medida que o cão foi crescendo, tornaram-se evidentes suas distrações. Nunca compreendeu a natureza translúcida do vidro e, em seus momentos de emoção, costumava avançar correndo para as janelas, com a inocente intenção de pegar algumas moscas. Caía do outro lado, em meio a um estardalhaço de vidros quebrados, espantado e triste. Naquele tempo os vidros vinham da França por navio, e a mania do animal de se atirar contra eles chegou a ser um problema, até que Clara pensou no recurso extremo de pintar gatos nas vidraças. Ao se tornar adulto, Barrabás deixou de fornicar com as pernas do piano, como fazia na infância, e seu instinto reprodutor só se manifestava quando farejava nas proximidades alguma cadela no cio. Nessas ocasiões não havia corrente ou porta que o retivessem;

ganhava a rua vencendo todos os obstáculos que encontrasse pela frente e perdia-se por dois ou três dias. Voltava sempre com a pobre cadela pendurada atrás, suspensa no ar, atravessada por sua enorme masculinidade. Era preciso esconder as crianças para que não vissem o horrendo espetáculo do jardineiro molhando-os com água fria até que, depois de muita água, pontapés e outras afrontas, Barrabás se soltava de sua namorada, deixando-a agonizante no pátio da casa, onde Severo tinha de lhe dar fim com um tiro de misericórdia.

A adolescência de Clara foi suave na grande casa de três pátios de seus pais, mimada pelos irmãos mais velhos, por Severo, que a preferia entre todos os filhos, por Nívea e pela Nana, que alternava suas sinistras excursões disfarçada de cuco com os cuidados mais ternos. Quase todos os irmãos tinham casado ou partido, alguns em viagem, outros para trabalhar no interior, e a grande casa, que abrigara uma família numerosa, estava quase vazia, com muitos quartos fechados. A menina ocupava o tempo que lhe deixavam os preceptores lendo, movendo os objetos mais variados sem tocá--los, flanando com Barrabás, praticando jogos de adivinhação e aprendendo a tecer, a única de todas as artes domésticas que conseguiu dominar. Desde aquela Quinta-Feira Santa em que o padre Restrepo a acusou de endemoninhada, pairava uma sombra sobre a sua cabeça que o amor de seus pais e a discrição de seus irmãos conseguiram controlar; a fama de seus estranhos dotes, contudo, circulou a meia-voz nas reuniões das senhoras. Nívea observou que ninguém convidava sua filha, e até seus próprios primos a evitavam. Procurou compensar a falta de amigos com sua dedicação total e obteve êxito, Clara cresceu alegremente e nos anos seguintes recordaria sua infância como um período iluminado de sua existência, apesar de sua solidão e de seu mutismo. Durante a vida inteira guardaria na memória as tardes partilhadas com sua mãe na salinha de costura, onde, sentada à máquina, Nívea fazia roupa para os pobres e lhe contava histórias e casos familiares. Mostrava-lhe os daguerreótipos da parede e relatava o passado.

— Está vendo aquele senhor tão sério, com barba de aventureiro? É o tio Mateus, que foi ao Brasil para negociar esmeraldas, mas uma mulata apaixonada lhe botou mau-olhado. Seu cabelo caiu, as unhas descolaram, os dentes se soltaram; teve que ir a um curandeiro, um bruxo vodu, um negro retinto, que lhe deu um amuleto, e então os dentes se firmaram, nasceram novas unhas e ele recuperou o cabelo. Olhe para ele, filhinha, tem mais cabelo do que um índio: é o único careca no mundo que voltou a ter cabelo.

Clara sorria sem nada dizer, e Nívea continuava falando, porque se acostumara ao silêncio da filha. Por outro lado, conservava a esperança de que, de tanto lhe encher de ideias a cabeça, mais cedo ou mais tarde ela faria uma pergunta e recuperaria a fala.

— E este — dizia — é o tio Juan. Eu gostava muito dele. Uma vez soltou um peido que foi a sua sentença de morte, uma grande desgraça. Aconteceu num almoço no campo. Estávamos todas nós, as primas, naquele perfumado dia de primavera com nossos vestidos de musselina e nossos chapéus com flores e fitas, e os rapazes usavam suas melhores roupas de domingo. Juan tirou seu paletó branco; parece que o estou vendo! Arregaçou as mangas da camisa e pendurou-se com elegância no ramo de uma árvore, a fim de provocar, com suas proezas de trapezista, a admiração de Constanza Andrade, que foi Rainha da Vindima, pois, desde a primeira vez que a vira, perdera a tranquilidade, devorado pelo amor. Juan fez duas flexões impecáveis, uma volta completa e, no movimento seguinte, deixou escapar uma sonora ventosidade. Não ria, Clarita! Foi terrível. Fez-se um silêncio constrangedor, e a Rainha da Vindima começou a rir descontroladamente. Juan vestiu seu paletó, estava muito pálido, afastou-se do grupo sem pressa e nunca mais voltamos a vê-lo. Procuraram-no até na Legião Estrangeira, perguntaram por ele em todos os consulados, mas nunca mais se soube de sua existência. Imagino que se tenha tornado missionário e tenha ido cuidar de leprosos na Ilha de Páscoa, que é o mais longe a que se pode chegar para esquecer e para ser esquecido, porque fica fora das rotas de navegação e nem sequer consta dos mapas dos holandeses. Desde então, as pessoas o recordam como Juan do Peido.

Nívea levava sua filha à janela e mostrava-lhe o tronco seco do álamo.

— Era uma árvore enorme — dizia. — Mandei cortá-la antes de nascer meu primeiro filho. Dizem que era tão alta que, da ponta, se podia ver toda a cidade, mas o único que chegou lá em cima não tinha olhos para vê-la. Cada homem da família del Valle, ao querer vestir calças compridas, teve que subir nela para provar seu valor. Era algo como um rito de iniciação. A árvore estava cheia de marcas, pude comprovar, quando a cortaram. Desde os primeiros ramos intermediários, grossos como chaminés, já se podiam ver as marcas deixadas pelos avôs que fizeram a subida em sua época. Pelas iniciais gravadas no tronco, sabia-se quais tinham subido mais alto, quais os mais valentes e também quais se tinham detido, assustados. Um dia foi a vez de Jerônimo, o primo cego. Subiu tateando os ramos sem vacilar, porque não via a altura nem pressentia o vazio. Chegou lá em cima, porém, não conseguiu terminar o jota de sua inicial, porque se desprendeu como uma gárgula e caiu de cabeça no chão, aos pés do pai e dos irmãos. Tinha 15 anos. Levaram o corpo envolto num lençol à sua mãe, e a pobre mulher cuspiu-lhes no rosto, gritando-lhes insultos de marinheiro, e amaldiçoou a raça de homens que incitara seu filho a subir na árvore, até que as irmãs de caridade a levaram, amarrada numa camisa de força. Eu sabia que os meus filhos um dia teriam de continuar com essa bárbara tradição. Por isso mandei cortá-la. Não queria que Luís e os outros meninos crescessem com a sombra desse patíbulo na janela.

Às vezes Clara acompanhava sua mãe e duas ou três de suas amigas sufragistas em visitas a fábricas, onde subiam em caixotes para arengar às operárias, enquanto, a uma distância prudente, os capatazes e patrões observavam, zombeteiros e agressivos. Apesar de sua pouca idade e completa ignorância das coisas do mundo, Clara percebia o absurdo da situação e descrevia em seus cadernos o contraste entre sua mãe e suas amigas, com casacos de pele e botas de camurça, falando de opressão, igualdade e direitos a um grupo triste e resignado de trabalhadoras, com toscos aventais de algodão cru e as mãos vermelhas de frieira. Da fábrica, as sufragistas se dirigiam à confeitaria da Praça das Armas para tomar chá com bolinhos e comentar os progressos da campanha, sem que essa distração frívola as afastasse nem um segundo de seus inflamados ideais. Outras vezes sua mãe levava-a às comunidades marginais e aos cortiços, aonde chegavam com o coche carregado de alimentos e roupa que Nívea e as amigas costuravam para os pobres. Também nessas ocasiões, a menina escrevia com assombrosa intuição que as obras de caridade não eram capazes de mitigar essa monumental injustiça. A relação com sua mãe era alegre e íntima, e Nívea, apesar de ter tido quinze filhos, tratava-a como se ela fosse a única, estabelecendo um vínculo tão forte que se prolongou pelas gerações posteriores como uma tradição familiar.

A Nana convertera-se numa mulher sem idade, que conservava intacta a força de sua juventude e tanto podia andar aos pulos pelos cantos assustando a mudez como podia passar o dia mexendo com colher de pau um tacho de cobre, num fogaréu dos diabos, no centro do terceiro pátio, onde borbulhava a marmelada, um líquido espesso cor de topázio que, ao esfriar, se transformava em formas de todos os tamanhos, que Nívea repartia entre seus pobres. Acostumada a viver rodeada de crianças, quando os demais cresceram e se foram, a Nana derramou em Clara todas as suas ternuras. Embora a menina já não tivesse mais idade para isso, banhava-a como se fosse um bebê, mergulhando-a na banheira esmaltada em água perfumada com alfavaca e jasmim, esfregava--a com uma esponja, ensaboava-a meticulosamente sem esquecer nenhum cantinho das orelhas aos pés, friccionava-a com água--de-colônia, passava-lhe talco com um hissope de penas de cisne e escovava-lhe o cabelo com uma infinita paciência, até deixá-lo brilhante e dócil como uma planta do mar. Vestia-a, arrumava-lhe a cama, levava-lhe o desjejum numa bandeja, obrigava-a a tomar chá de tília para os nervos, de camomila para o estômago, de limão para a transparência da pele, de arruda para o mau gênio e de hortelã para o frescor do hálito, até vê-la transformar-se num ser angelical e formoso que deambulava pelos pátios e corredores envolta num aroma de flores, num rumor de anáguas engomadas e num halo de cachos e fitas.

Clara passou a infância e entrou na juventude sem ultrapassar os muros de sua casa, num mundo de histórias de encantamento, de silêncios tranquilos, em que o tempo não se marcava pelos relógios nem pelos calendários, e os objetos tinham vida própria, as aparições se sentavam à mesa e falavam com os humanos, o passado e o futuro faziam parte da mesma coisa, e a realidade do presente era um caleidoscópio de espelhos desordenados em que tudo podia acontecer. Para mim, é uma delícia ler os cadernos dessa época, que descrevem um mundo mágico que acabou. Clara habitava um universo criado para ela, protegida das inclemências da vida, se confundiam a verdade prosaica das coisas materiais e a verdade tumultuada dos sonhos, onde nem sempre funcionavam as leis da física ou da lógica. Clara viveu esse período ocupada em suas fantasias, acompanhada pelos espíritos do ar, da água e da terra, tão feliz que não sentiu necessidade de falar durante nove anos. Todos tinham perdido a esperança de tornar a ouvir-lhe a voz, quando, no dia de seu aniversário, depois de soprar as deze-nove velas de seu bolo de chocolate, estreou uma voz que estivera guardada por todo aquele tempo e que tinha a ressonância de um instrumento desafinado.

— Em breve me casarei — disse.

— Com quem? — perguntou Severo.

— Com o noivo de Rosa — respondeu ela.

E então se deram conta de que ela falara pela primeira vez em todos aqueles anos, e o prodígio abalou a casa até os alicerces, provocando o pranto de toda a família. Chamaram-se uns aos outros, espalhou-se a notícia pela cidade, consultaram o doutor Cuevas, que não podia acreditar, e, no alvoroço por Clara ter falado, todos se esqueceram do que ela dissera e só se recordaram dois meses mais tarde, quando Esteban Trueba, que não viam desde o enterro de Rosa, apareceu para pedir a mão de Clara.

ESTEBAN SALTOU NA estação e carregou ele mesmo suas duas malas. A cúpula de ferro que os ingleses haviam construído imitando a Estação Vitória, nos tempos em que tinham a concessão das ferrovias nacionais, não mudara nada desde a última vez que tinha estado ali anos antes; os mesmos vidros sujos, os meninos engraxates, as vendedoras de pão de ovos e doces nativos, e os carregadores de boinas escuras com a insígnia da Coroa Britânica, que ninguém tinha pensado em substituir por outra, com as cores da bandeira. Tomou um coche e deu o endereço da casa de sua mãe. A cidade pareceu-lhe desconhecida, havia uma desordem de modernismo, um prodígio de mulheres mostrando as canelas, de homens com colete e calças de pregas, uma barulheira de operários esburacando o calçamento, tirando árvores para instalar postes, tirando postes para construir edifícios, tirando edifícios para plantar árvores, um estorvo de pregoeiros ambulantes gritando as maravilhas do afiador de facas, do amendoim torrado, do bonequinho que dança sozinho, sem arame, sem fios, veja você mesmo, pegue-o, um vento de lixeiras, de frituras, de fábricas, de automóveis esbarrando em coches e bondes de tração a sangue, como denominavam os cavalos velhos que puxavam o transporte coletivo, um bafo de multidão, um rumor de corridas, de ir e vir com pressa, de impaciência e horário fixo. Esteban sentiu-se oprimido. Odiava aquela cidade muito mais do que lembrava; evocou as alamedas do campo, o tempo medido pelas chuvas, a vasta solidão de seus pastos, a fresca mansidão do rio e de sua casa silenciosa.

— Esta é uma cidade de merda — concluiu.

O coche levou-o a trote à casa em que fora criado. Estremeceu ao ver como o bairro se deteriorara durante esses anos, desde que os ricos quiseram viver acima dos demais e a cidade crescera até as encostas da cordilheira. Da praça onde brincara em menino, nada restava; era um terreno baldio, cheio de carroças do mercado estacionadas em meio ao lixo revirado pelos cães vadios. Sua casa estava devastada. Nela, viu todos os sinais da passagem do tempo. Na porta envidraçada com motivos de pássaros exóticos desenhados no cristal, fora de moda e desengonçada, havia uma campainha de bronze em forma de mão feminina segurando uma bola. Tocou e teve de esperar algum tempo, que lhe pareceu interminável, até a porta se abrir com o puxar de uma corda que ia da maçaneta à parte superior da escada. Sua mãe habitava o segundo andar e alugava o térreo a uma fábrica de botões. Esteban começou a subir os degraus, que rangiam e já não eram encerados havia muito tempo. Uma empregada velhíssima, cuja existência tinha esquecido por completo, esperava-o lá em cima e o recebeu com lacrimosas mostras de afeto, tal como o recebia aos 15 anos, quando voltava do cartório onde ganhava a vida copiando trocas de propriedades e poderes de desconhecidos. Nada havia mudado, nem mesmo o lugar dos móveis, mas tudo pareceu diferente a Esteban, o corredor com as tábuas gastas, alguns vidros quebrados, mal remendados com pedaços de papelão, avencas empoeiradas definhando em tachos oxidados e potes de louça rachados, um cheiro fétido de comida e urina que revirava o estômago. "Que pobreza!", pensou Esteban, sem saber dizer onde ia parar todo o dinheiro que enviava à irmã para que vivessem com decência.

Férula foi recebê-lo com uma triste careta de boas-vindas. Tinha mudado muito; já não era mais a mulher de formas generosas que deixara anos atrás, emagrecera, e o nariz parecia enorme em seu rosto anguloso, de expressão melancólica e fechada, e recendia intensamente a lavanda em sua roupa antiquada. Abraçaram-se em silêncio.

— Como está mamãe? — perguntou Esteban.

— Venha, está à sua espera — disse ela.

Passaram por um corredor de cômodos com comunicação entre si, todos iguais, escuros, de paredes mortuárias, tetos altos e janelas estreitas, paredes forradas de papel com flores desbotadas e lânguidas donzelas, manchado pela fuligem das lareiras, pela pátina do tempo e pela pobreza. De muito longe, chegava a voz de um locutor de rádio anunciando as pílulas do doutor Ross, pequeninas, mas resolvem, combatendo a prisão de ventre, a insônia e o mau hálito. Pararam em frente à porta fechada do quarto de dona Ester Trueba.

— Aqui está — disse Férula.

Esteban abriu a porta e precisou de alguns segundos para ver no escuro. O cheiro de medicamentos e podridão bateu-lhe no rosto, o odor enjoativo de suor, umidade, clausura e algo que a princípio não identificou, mas que logo o impregnou como uma peste: o cheiro da carne em decomposição. Entrava um fio de luz pela janela entreaberta, viu a cama larga, onde morrera seu pai e dormia sua mãe desde o dia do casamento, de negra madeira esculpida, com um dossel de anjos em alto-relevo e panejamento de brocado vermelho emurchecido pelo uso. Sua mãe estava semideitada. Era um bloco de carne compacta, uma monstruosa pirâmide de gordura e trapos, arrematada por uma cabecinha calva com olhos doces, surpreendentemente vivos, azuis e inocentes. A artrite a transformara num ser monolítico, não podia dobrar as articulações nem virar a cabeça, tinha os dedos em gancho, como patas de um fóssil, e para manter a posição na cama precisava do apoio de um caixote nas costas, sustentado por uma trave de madeira que, por sua vez, se apoiava na parede. Notava-se o passar dos anos pelas marcas que a viga tinha deixado na parede, um rastro de sofrimento, um caminho de dor.

— Mamãe... — murmurou Esteban, e a voz quebrou-se em seu peito num pranto contido, apagando de um só golpe as recordações tristes, a infância pobre, os cheiros rançosos, as manhãs gélidas e a sopa gordurosa de sua meninice, a mãe doente, o pai ausente e aquela raiva comendo-lhe as entranhas desde o dia em que fez uso da razão, esquecendo tudo, menos os únicos momentos luminosos em que aquela mulher desconhecida que jazia na cama o havia embalado nos braços, tocado sua testa para lhe sentir a febre, cantado para ele uma canção de ninar, se inclinado junto dele sobre as páginas de um livro, soluçado de pena por vê-lo levantar-se ao nascer do sol para ir trabalhar quando ainda era um menino, soluçado de alegria ao vê-lo regressar à noite, tinha soluçado, mãe, por mim. Dona Ester Trueba estendeu a mão, mas não era uma saudação, apenas um gesto para detê-lo.

— Filho, não se aproxime — disse ela, e tinha a voz íntegra, tal como ele a recordava, a voz cantante e inocente de uma mocinha.

— É por causa do cheiro — explicou Férula secamente. — Impregna.

Esteban afastou a colcha adamascada e em farrapos, e viu as pernas de sua mãe. Eram duas colunas arroxeadas, elefânticas, cobertas de chagas, onde as larvas das moscas e os vermes faziam ninhos e cavavam túneis, duas pernas apodrecendo em vida, com pés descomunais de sólida coloração azul sem unhas nos dedos, abrindo-se em pus, em sangue negro, em abominável fauna que se alimentava de sua carne, mãe, por Deus, da minha carne.

— O doutor quer cortá-las, filho — disse dona Ester com sua voz tranquila de mocinha —, mas estou muito velha para isso e muito cansada de sofrer; por isso é melhor morrer. Mas não queria morrer sem o ver, porque em todos estes anos cheguei a pensar que você estivesse morto e que suas cartas fossem escritas por sua irmã, para não me causar essa dor. Acenda a luz, filho, para eu vê-lo melhor. Por Deus! Parece um selvagem!

— É a vida no campo, mamãe — murmurou ele.

— Enfim! Ainda está forte. Quantos anos tem?

— Trinta e cinco.

— Boa idade para se casar e assentar cabeça, a fim de que eu possa morrer em paz.

— Você não vai morrer, mamãe — suplicou Esteban.

— Quero ter a certeza de que terei netos, alguém que leve meu sangue, que tenha nosso sobrenome. Férula perdeu as esperanças de se casar, mas você tem que procurar uma esposa. Uma mulher decente e cristã. Mas antes disso tem de cortar esse cabelo e essa barba, está me ouvindo?

Esteban disse que sim. Ajoelhou-se ao lado da mãe e mergulhou o rosto em sua mão inchada, mas o cheiro o fez recuar. Férula pegou-o pelo braço e tirou-o daquele quarto de pesadelo. Lá fora, respirou profundamente, com o fedor grudado nas narinas, e, então, sentiu a raiva, sua tão conhecida raiva, subir-lhe como uma onda quente à cabeça, injetar-lhe os olhos, pôr-lhe blasfêmias de aventureiro nos lábios, raiva pelo tempo passado sem pensar em você, mãe, raiva por ter-me descuidado de você, por não tê-la querido e tratado o suficiente, raiva por ser um miserável filho da puta, não, perdoe, não quis dizer isso, porra, está morrendo, velha, e eu não posso fazer nada, nem sequer acalmar-lhe a dor, aliviar-lhe a podridão, tirar-lhe este cheiro medonho, este caldo de morte em que se está cozinhando, mãe.

Dois dias depois, dona Ester Trueba morreu naquele leito dos suplícios em que padecera os últimos anos de vida. Estava sozinha, porque sua filha Férula tinha ido, como em todas as sextas-feiras, aos cortiços dos pobres, no Bairro da Misericórdia, rezar o terço para os indigentes, os ateus, as prostitutas e os órfãos, que lhe atiravam lixo, lhe esvaziavam penicos e lhe cuspiam, enquanto ela, ajoelhada nas lajes do chão do cortiço, gritava pai-nossos e ave-marias em incansável ladainha, suja de porcaria de indigente, de cuspe de ateu, de desperdício de prostituta e sujeira de órfão, chorando, ai!, de humilhação, pedindo perdão para os que não sabem o que fazem e sentindo que os ossos a abandonavam, que uma languidez mortal lhe transformava as pernas em algodão, que um calor de verão lhe infundia pecado entre as coxas, afasta de mim esse cálice, Senhor, que o ventre explodia em chamas de inferno, ai!, de santidade, de medo, pai-nosso, não me deixeis cair em tentação, Jesus.

Esteban também não estava com dona Ester quando ela morreu silenciosamente em seu leito dos suplícios. Tinha ido visitar a família del Valle para saber se lhe restava alguma filha solteira, porque, com tantos anos de ausência e tantos de barbárie, não sabia por onde começar a cumprir a promessa feita à sua mãe, de dar-lhe netos legítimos, e concluiu que, se Severo e Nívea o haviam aceitado como genro nos tempos de Rosa, a bela, não havia nenhuma razão para que não o aceitassem de novo, sobretudo agora que era um homem rico e não tinha de escavar a terra para lhe arrancar o ouro, dispondo tudo o que era necessário em sua conta no banco.

Naquela noite, Esteban e Férula encontraram a mãe morta na cama. Tinha um sorriso calmo, como se a doença tivesse querido poupar-lhe a cotidiana tortura no último instante de vida.

No DIA EM que Esteban Trueba pediu para ser recebido, Severo e Nívea del Valle lembraram-se das palavras com que Clara havia quebrado sua longa mudez; por isso não manifestaram nenhuma estranheza quando o visitante lhes perguntou se tinham alguma filha em idade de casar. Fizeram um rápido balanço e informaram que Ana se tinha feito freira, Teresa estava muito doente, e todas as outras estavam casadas, menos Clara, a mais nova, que ainda estava disponível, mas era uma criatura um pouco excêntrica, pouco apta a responsabilidades matrimoniais e à vida doméstica. Com absoluta honestidade, contaram-lhe as excentricidades de sua filha mais nova, sem omitir o fato de que havia permanecido sem falar durante metade de sua existência, porque não desejava fazê-lo, e não porque não pudesse, como bem esclarecera o romeno Rostipov e confirmara o doutor Cuevas em inúmeros exames. Mas Esteban Trueba não era homem que se deixasse amedrontar por histórias de fantasmas que andam pelos corredores, por objetos que se movem a distância pelo poder da mente ou por presságios de má sorte e, muito menos, pelo prolongado silêncio, que considerava uma virtude. Concluiu que nenhuma dessas coisas era inconveniente para trazer filhos sãos e legítimos ao mundo e pediu para conhecer Clara. Nívea foi buscar sua filha, e os dois homens ficaram sozinhos no salão, ocasião em que Trueba, com a franqueza habitual, aproveitou para declarar sem rodeios sua excelente situação financeira.

— Por favor, não se antecipe, Esteban! — interrompeu Severo. — Primeiro tem que ver a menina, conhecê-la melhor, e também temos que considerar os desejos de Clara. Não lhe parece?

Nívea regressou com Clara. A jovem entrou no salão com as faces coradas e as unhas negras, porque estivera ajudando o jardineiro a plantar batatas de dálias e, nessa ocasião, faltara-lhe a clarividência para esperar o futuro noivo com um aspecto mais esmerado. Ao vê-la, Esteban pôs-se de pé, assombrado. Lembrava-se dela como uma criança fraca e asmática, sem a menor graça, mas a jovem que tinha à sua frente era um delicado camafeu de marfim, com rosto doce e uma mata de cabelos castanhos, crespos e desordenados, os cachos escapando do penteado, olhos melancólicos, que se transformavam numa expressão matreira e faiscante quando sorria, com um riso franco e aberto, a cabeça ligeiramente inclinada para trás. Ela o cumprimentou com um aperto de mão, sem dar mostras de timidez.

— Estava à sua espera — disse com naturalidade. A visita de cortesia prolongou-se por umas duas horas, em conversas a respeito da temporada lírica, das viagens à Europa, da situação política e dos resfriados de inverno, bebendo mistela e comendo pastéis de massa folhada. Esteban observava Clara com toda a discrição de que era capaz, sentindo-se cada vez mais seduzido pela garota. Não se lembrava de ter estado tão interessado em alguém desde o dia glorioso em que viu Rosa, a bela, comprando balas de anis na confeitaria da Praça das Armas. Comparou as duas irmãs e chegou à conclusão de que Clara ganhava em simpatia, ainda que Rosa, sem dúvida, tivesse sido muito mais formosa. Caiu a noite, e entraram duas empregadas para fechar as cortinas e acender as luzes; então, Esteban deu-se conta de que sua visita tinha sido muito longa. Seus modos deixavam muito a desejar. Cumprimentou Severo e Nívea com circunspecção e pediu para visitar Clara de novo.

— Espero não a aborrecer, Clara — disse corando. — Sou um homem rude, do campo, e pelo menos quinze anos mais velho. Não sei tratar uma jovem como você...

— Você quer casar comigo? — perguntou Clara, e ele lhe notou um brilho irônico nas pupilas de avelã.

— Clara, por Deus! — exclamou sua mãe, horrorizada. — Desculpe, Esteban, esta menina sempre foi muito impertinente.

— Quero saber, mamãe, para não perder tempo — disse Clara.

— Eu também gosto das coisas diretas — sorriu, feliz, Esteban. — Sim, Clara, foi por isso que eu vim.

Clara deu-lhe o braço e acompanhou-o até a saída. No último olhar que trocaram, Esteban compreendeu que ela o aceitara e sentiu-se invadido de alegria. Ao entrar no coche, sorria sem poder acreditar em sua boa sorte e sem saber por que uma jovem tão encantadora quanto Clara o aceitara sem conhecê-lo. Não sabia que ela vira seu próprio destino e, por isso, o chamara com o pensamento e estava disposta a se casar sem amor.

Deixaram passar alguns meses por respeito ao luto de Esteban Trueba, durante os quais ele a cortejou à moda antiga, da mesma forma que havia feito com sua irmã Rosa, sem saber que Clara detestava as balas de anis e que os acrósticos a faziam gargalhar. No fim do ano, pelo Natal, anunciaram oficialmente o noivado no jornal e puseram as alianças na presença dos pais e amigos íntimos, mais de cem pessoas ao todo, num banquete pantagruélico, em que desfilavam as travessas com perus recheados, porcos caramelados, congros de água fria, lagostas gratinadas, ostras vivas, tortas de laranja e limão das carmelitas, de amêndoas e nozes das dominicanas, de chocolate e ovos moles das clarissas, além de caixas de champanha trazidas da França por intermédio do cônsul, que fazia contrabando aproveitando-se de seus privilégios diplomáticos, mas tudo servido e apresentado com grande simplicidade pelas antigas empregadas da casa, em seus aventais negros de todos os dias, para dar à festa a aparência de uma modesta reunião familiar, porque qualquer extravagância era uma prova de vulgaridade, sendo condenada como pecado de vaidade mundana e sinal de mau gosto, devido ao passado austero e um tanto triste daquela sociedade descendente dos mais esforçados imigrantes castelhanos e bascos. Clara era uma aparição de renda de Chantilly branca e camélias naturais, libertando-se, como um periquito feliz, dos nove anos de silêncio, dançando com o noivo sob os toldos e lampiões, alheia por completo às advertências dos espíritos, que lhe faziam sinais desesperados por trás das cortinas, mas que, em meio à multidão e ao barulho, ela não via. A cerimônia das alianças mantinha-se igual desde os tempos da Colônia. Às dez da noite, um empregado circulou em meio aos convidados tocando um sininho de cristal, calou-se a música, parou o baile, e todos se reuniram no salão principal. Um sacerdote pequeno e inocente, adornado com seus paramentos de missa solene, leu o complexo sermão que preparara, exaltando virtudes confusas e impraticáveis. Clara não o ouviu, porque, quando cessou o barulho da música e a ronda dos dançarinos, prestou atenção aos sussurros dos espíritos atrás das cortinas e se deu conta de que fazia muitas horas que não via Barrabás. Procurou-o com a visão, apurando os sentidos, mas uma cotovelada de sua mãe devolveu-a às urgências da cerimônia. O padre terminou seu discurso, benzeu os anéis de ouro e, em seguida, Esteban pôs um no dedo da noiva e outro no próprio dedo.

Nesse momento, um grito de terror sacudiu os presentes. As pessoas se afastaram, abrindo um caminho por onde entrou Barrabás, mais negro e maior do que nunca, com uma faca de açougueiro cravada no lombo até o cabo, sangrando como um boi, as grandes patas de potro tremendo, o focinho babando um fio de sangue, os olhos enevoados pela agonia, passo a passo, arrastando uma pata atrás da outra num avançar ziguezagueante de dinossauro ferido. Clara desabou no sofá de seda francesa. O enorme cão aproximou-se dela, colocou sua grande cabeça de fera milenar em sua saia e ficou admirando-a com olhos enamorados, que se embaciaram pouco a pouco, ficando cego, enquanto a renda branca de Chantilly, a seda francesa do sofá, o tapete persa e o *parquet* se ensopavam de sangue. Barrabás foi morrendo sem pressa alguma, com os olhos presos em Clara, que lhe acariciava as orelhas e murmurava palavras de consolo, até que finalmente, num único estertor, enrijeceu. Então todos pareceram despertar de um pesadelo, e um rumor de espanto percorreu o salão, os convidados começaram a despedir-se, apressados, a escapar contornando as poças de sangue, pegando de passagem suas estolas de pele, seus chapéus de copa, suas bengalas, seus guarda-chuvas, suas bolsas de miçanga. No salão de festa ficaram apenas Clara com o animal no colo, seus pais, que se abraçavam, paralisados pelo mau presságio, e o noivo, que não entendia a causa de tanto alvoroço por um simples cão morto, mas, ao perceber que Clara parecia em transe, ergueu-a nos braços e levou-a meio inconsciente até o quarto, onde os cuidados da Nana e os sais do doutor Cuevas impediram que voltasse a cair no estupor e na mudez. Esteban Trueba pediu ajuda ao jardineiro, e os dois levaram para o carro o cadáver de Barrabás, que, com a morte, aumentara de peso, tendo sido quase impossível transportá-lo.

O ANO PASSOU em preparativos para a boda. Nívea ocupou-se do enxoval de Clara, que não demonstrava o menor interesse no conteúdo dos baús de sândalo e continuava fazendo experiências com a mesa de três pés e seus baralhos divinatórios. Os lençóis primorosamente bordados, as toalhas de renda e a roupa íntima que dez anos antes as freiras tinham feito para Rosa, entrelaçando as iniciais de Trueba e del Valle, serviram para o enxoval de Clara. Nívea encomendou em Buenos Aires, Paris e Londres vestidos de viagem, roupa para o campo, trajes de festa, chapéus da moda, sapatos e carteiras de pele de lagarto e camurça, e outras coisas que foram guardadas embrulhadas em papel de seda e protegidas com lavanda e cânfora, sem que a noiva lhes desse mais do que uma olhada distraída.

Esteban Trueba pôs-se à frente de um grupo de pedreiros, carpinteiros e encanadores para construir a casa mais sólida, ampla e ensolarada que se pudesse conceber, destinada a durar mil anos e abrigar várias gerações de uma família numerosa de Truebas legítimos. Encomendou o projeto a um arquiteto francês e mandou trazer parte dos materiais do exterior, a fim de que sua casa fosse a única com vitrais alemães, pedestais entalhados na Áustria, torneiras de bronze inglesas, mármores italianos no chão e fechaduras pedidas por catálogo aos Estados Unidos, que chegaram com as instruções trocadas e sem chaves. Férula, horrorizada com os gastos, procurou evitar que ele continuasse a fazer loucuras, comprando móveis franceses, lustres de pingentes e tapetes turcos, argumentando que iriam à falência e voltariam a repetir a história do Trueba extravagante que os tinha engendrado, mas Esteban demonstrou-lhe que era bastante rico para dar-se a esses luxos e ameaçou-a de revestir as portas com prata caso ela continuasse a aborrecê-lo. Então, ela alegou que tanto esbanjamento era seguramente pecado mortal e que Deus os castigaria a todos por gastar em vulgaridades de novo-rico o que seria mais bem empregado ajudando os pobres.

Apesar de Esteban Trueba não ser amante de inovações, mas, pelo contrário, ter grande desconfiança dos transtornos do modernismo, decidiu que sua casa deveria ser construída como os novos palacetes da Europa e da América do Norte, com todas as comodidades, embora mantendo um estilo clássico. Desejava-a o mais distante possível da arquitetura local. Não queria três pátios, corredores, fontes barulhentas, quartos escuros, paredes de adobe caiadas, nem telhas poeirentas, mas dois ou três andares ousados, fileiras de colunas brancas, uma escada imponente que desse meia--volta sobre si mesma e aterrasse num saguão de mármore branco, janelas grandes e iluminadas e, de maneira geral, um aspecto de ordem e harmonia, de beleza e civilização, próprio dos povos estrangeiros e de acordo com sua nova vida. Sua casa deveria ser o reflexo dele próprio, de sua família e do prestígio que pensava dar ao nome que o pai havia manchado. Desejava que o esplendor fosse visto da rua; por isso, mandou desenhar um jardim francês, com um pavilhão versalhesco, canteiros de flores, um gramado plano e perfeito, repuxos e algumas estátuas representando os deuses do Olimpo e talvez algum bravo índio da história americana, nu e coroado com penas, como uma concessão ao patriotismo. Não poderia imaginar que aquela mansão solene, cúbica, compacta e pretensiosa, instalada como um chapéu sobre seu contorno verde e geométrico, acabaria por encher-se de protuberâncias e conexões, de múltiplas escadas tortas que conduziam a lugares indefinidos, de torreões, de postigos que não se abriam, de portas suspensas sobre o vazio, de corredores sinuosos e de pequenas janelas que ligavam os quartos para as conversas na hora da sesta, de acordo com a inspiração de Clara, que a cada novo hóspede que precisasse instalar mandaria fazer outro quarto em qualquer parte e, se os espíritos lhe indicassem que havia um tesouro oculto ou um cadáver insepulto nos alicerces, derrubaria uma parede, até transformar a mansão num labirinto encantado impossível de limpar, que desafiava numerosas leis urbanísticas e municipais. Mas, quando Trueba construiu o que todos chamavam de "o casarão da esquina", tinha a marca solene que procurava impor a tudo o que o rodeava, em recordação das privações da infância. Clara nunca foi ver a casa durante o processo de construção. Parecia interessar-lhe tão pouco quanto seu próprio enxoval, deixando as decisões nas mãos do noivo e da futura cunhada.

Quando sua mãe morreu, Férula viu-se sozinha e sem nada útil a que dedicar a vida, numa idade em que já não tinha mais a ilusão de casar-se. Por algum tempo andou visitando cortiços todos os dias, numa frenética obra piedosa que lhe provocou uma bronquite crônica e não trouxe nenhuma paz à sua alma atormentada. Esteban quis que ela viajasse, comprasse roupas e se divertisse pela primeira vez em sua melancólica existência, mas ela desenvolvera o hábito da austeridade e passava muito tempo fechada em casa. Tinha medo de tudo. O casamento de seu irmão a consumia na incerteza, acreditando que seria mais um motivo de afastamento para Esteban, que era seu único sustento. Temia terminar seus dias fazendo crochê em algum asilo para solteironas de boa família; por isso, sentiu-se muito feliz ao se dar conta de que Clara era incompetente para todas as coisas da vida doméstica, adotando, sempre que tinha de enfrentar uma decisão, um ar distraído e vago. "É um pouco idiota", concluiu Férula, encantada. Era evidente que Clara seria incapaz de administrar o casarão que seu irmão estava construindo e precisaria de muita ajuda. Sutilmente, procurava dar a entender a Esteban que sua futura mulher era uma inútil e que ela, com seu espírito de sacrifício tão amplamente demonstrado, poderia ajudá-la e estava disposta a fazê-lo. Esteban não alimentava a conversa quando enveredava por esse rumo. À medida que se aproximava a data do casamento e se via na necessidade de decidir seu destino, Férula começou a se desesperar. Convencida de que nada conseguiria com seu irmão, procurou a oportunidade de falar a sós com Clara e encontrou-a num sábado, às cinco da tarde, quando a viu andando na rua. Convidou-a para tomar chá no Hotel Francês. As duas mulheres sentaram-se rodeadas de bolinhos com creme e porcelana da Bavária, enquanto, no fundo do salão, uma orquestra de senhoritas interpretava um melancólico quarteto de cordas. Sem saber como abordar o tema, Férula observava disfarçadamente sua futura cunhada, que aparentava ter 15 anos e ainda tinha a voz desafinada, em consequência dos anos de silêncio. Depois de uma pausa enorme em que comeram uma travessa de biscoitos e cada uma bebeu duas chávenas de chá de jasmim, Clara ajeitou uma mecha do cabelo que lhe caía sobre os olhos, sorriu e deu uma palmadinha carinhosa na mão de Férula.

— Não se preocupe. Você virá morar conosco, e seremos as duas como irmãs.

Férula sobressaltou-se, perguntando-se se seriam certos os boatos sobre a habilidade de Clara para ler o pensamento alheio. Sua primeira reação foi de orgulho e teria recusado a oferta apenas pela beleza do gesto, mas Clara não lhe deu tempo. Inclinou-se e beijou-a na face com tanta candura que Férula perdeu o controle e começou a chorar. Fazia muito tempo que não derramava uma lágrima e comprovou, assombrada, quanta falta lhe fazia um gesto de ternura. Não se lembrava da última vez que alguém a havia tocado espontaneamente. Chorou por um longo tempo, libertando--se de muitas tristezas e solidões passadas, da mão de Clara, que a ajudava a assoar-se e, entre dois soluços, lhe dava mais pedaços de bolo e goles de chá. Ficaram chorando e falando até as oito horas da noite e, nessa tarde, no Hotel Francês, selaram um pacto de amizade que durou muitos anos.

ASSIM QUE TERMINOU o luto pela morte de dona Ester e o casarão da esquina ficou pronto, Esteban Trueba e Clara del Valle casaram-se numa cerimônia discreta. Esteban ofereceu à noiva um adereço de brilhantes, que ela achou muito bonito, guardou numa caixa de sapatos e esqueceu em seguida onde o tinha posto. Viajaram para a Itália, e com dois dias a bordo Esteban sentia-se apaixonado como um adolescente, apesar de os balanços do barco terem provocado intermináveis enjoos em Clara, cuja asma também foi estimulada pela clausura. Sentado a seu lado no estreito camarote, aplicando--lhe panos molhados na testa e segurando-a quando vomitava, sentia-se profundamente feliz e a desejava com injustificada inten-sidade, considerando a seu lamentável estado. No quarto dia, ela amanheceu melhor, e saíram para a coberta, a fim de ver o mar. Observando-a com o nariz corado pelo vento e rindo por qual-quer pretexto, Esteban jurou a si próprio que mais cedo ou mais tarde ela acabaria por amá-lo tal como ele necessitava ser querido, ainda que, para consegui-lo, tivesse de empregar os recursos mais extremos. Dava-se conta de que Clara não lhe pertencia e que, se ela continuava habitando um mundo de aparições, de mesas de três pés que se mexem sozinhas e baralhos em que se vê o futuro, o mais provável era que nunca chegasse a lhe pertencer. A despreocupada e impudica sensualidade de Clara também não lhe bastava. Desejava muito mais do que seu corpo; queria apoderar-se daquela matéria imprecisa e luminosa que havia em seu interior e lhe escapava ainda nos momentos em que ela parecia morrer de prazer. Sabia que suas mãos eram muito pesadas, seus pés muito grandes, sua voz muito dura, a barba muito áspera, seu costume de violações e de prostitutas muito arraigado, mas, mesmo que tivesse de se virar pelo avesso, como uma luva, estava disposto a seduzi-la.

Regressaram da lua de mel três meses depois. Férula esperava-os com a casa nova, que ainda recendia a tinta e cimento fresco, cheia de flores e travessas com frutas, como Esteban lhe ordenara. Ao cruzar o umbral pela primeira vez, Esteban ergueu sua mulher nos braços. Sua irmã admirou-se por não sentir ciúmes e verificou que Esteban parecia ter rejuvenescido.

— O casamento lhe fez muito bem — disse.

Levou Clara para percorrer a casa. Ela passeava os olhos, achava tudo muito bonito, com a mesma cortesia com que tinha celebrado um pôr do sol em alto-mar, a Praça de São Marcos ou o adereço de brilhantes. À porta do quarto a ela destinado, Esteban pediu que fechasse os olhos e levou-a pela mão até o centro.

— Já pode abrir — disse-lhe, encantado.

Clara olhou em volta. Era um grande cômodo com as paredes forradas de seda azul, móveis ingleses, grandes janelas com balcões abertos sobre o jardim e uma cama de dossel e cortinas de gaze que parecia um veleiro navegando na água mansa da seda azul.

— Muito bonito — disse Clara.

Então, Esteban indicou-lhe o lugar onde estava parada. Era a maravilhosa surpresa que havia preparado para ela. Clara baixou os olhos e deu um grito pavoroso; estava de pé sobre o lombo negro de Barrabás, que jazia aberto, patas para o lado, transformado em tapete, com a cabeça intacta e dois olhos de vidro olhando-a com a expressão de desamparo própria da taxidermia. Seu marido conseguiu segurá-la antes que caísse desmaiada no chão.

— Esteban, eu lhe disse que ela não ia gostar! — observou Férula.

A pele curtida de Barrabás foi rapidamente retirada do quarto e atirada a um canto do porão, juntamente com os livros mágicos dos baús encantados do tio Marcos e outros tesouros, onde se defendeu das traças e do abandono com uma tenacidade digna de melhor causa, até que outras gerações a recuperaram. Depressa se tornou evidente que Clara estava grávida. O carinho que Férula sentia por sua cunhada transformou-se em paixão por cuidar dela, dedicação em servi-la e tolerância ilimitada para resistir às suas distrações e excentricidades. Para Férula, que dedicara sua vida a cuidar de uma anciã que apodrecia sem remissão, cuidar de Clara foi como entrar em glória. Banhava-a em água perfumada com alfavaca e jasmim, esfregava-a com uma esponja, ensaboava-a, friccionava-a com água-de-colônia, punha-lhe talco com um amarrado de penas de cisne e escovava-lhe o cabelo até deixá-lo brilhante e dócil como uma planta do mar, tal como antes fizera a Nana.

MUITO ANTES DE se aplacar sua impaciência de homem recém-casado, Esteban Trueba teve de regressar a Las Tres Marías, onde fazia mais de um ano que não punha os pés e que, apesar dos esmeros de Pedro Segundo García, reclamava a presença do patrão. A propriedade, que antes parecia um paraíso e era todo o seu orgulho, agora lhe parecia fastidiosa. Olhava as vacas inexpressivas ruminando nos pastos, a lenta faina dos camponeses repetindo os mesmos gestos todos os dias ao longo de suas vidas, o imutável contorno da cordilheira coberta de neve e a frágil coluna de fumaça do vulcão, e se sentia como um preso.

Enquanto ele estava no campo, a vida no casarão da esquina mudava para se acomodar a uma suave rotina sem homens. Férula era a primeira a despertar, porque lhe restava o hábito de madrugar desde a época em que velava junto da mãe enferma, mas deixava sua cunhada dormir até tarde. No meio da manhã, levava-lhe pessoalmente o desjejum à cama, abria as cortinas de seda azul para entrar o sol pelos vidros, enchia a banheira de porcelana francesa com nenúfares pintados, dando tempo a Clara para sacudir a modorra saudando os espíritos presentes, puxar a bandeja e molhar as torradas no chocolate espesso. Depois, tirava-a da cama acariciando-a com cuidados de mãe e comentando as notícias agradáveis do jornal, cada dia mais escassas; por isso, tinha de preencher as lacunas com histórias sobre os vizinhos, detalhes domésticos e casos inventados, que Clara achava muito bonitos e, cinco minutos depois, já não mais lembrava, de modo que era possível voltar a contar-lhe a mesma coisa, várias vezes por dia, e ela se divertia como se fosse a primeira vez.

Férula levava-a para caminhar, a fim de que tomasse sol, faz bem à criança; às compras, para que, ao nascer, não lhe falte nada e tenha a roupa mais fina do mundo; para almoçar no Clube de Golfe, a fim de que todos vejam quanto você ficou mais bonita desde que se casou com meu irmão; para visitar seus pais, e eles não pensarem que os esqueceu; ao teatro, para que não fique o dia inteiro fechada em casa. Clara deixava-se conduzir com uma doçura que não era imbecilidade, mas distração, e consumia toda a sua capacidade de concentração em inúteis tentativas de se comunicar telepaticamente com Esteban, que não recebia as mensagens, e em aperfeiçoar sua própria clarividência.

Pela primeira vez desde que conseguia se lembrar, Férula sentia-se feliz. Estava mais perto de Clara do que jamais estivera de alguém, nem mesmo de sua mãe. Alguém menos original do que Clara acabaria se aborrecendo com os mimos excessivos e a constante preocupação de sua cunhada ou teria sucumbido a seu caráter dominador e meticuloso. Clara, porém, vivia em outro mundo. Férula detestava o momento em que o irmão retornava do campo e sua presença enchia toda a casa, rompendo a harmonia estabelecida durante sua ausência. Com ele em casa, ela devia pôr-se à sombra e ser mais prudente na forma de se dirigir aos empregados, bem como em relação às atenções que dedicava a Clara. Todas as noites, no momento em que o casal se recolhia a seus aposentos, sentia-se invadida por um ódio desconhecido, que não sabia explicar e lhe incutia na alma sentimentos funestos. Para se distrair, retomava o hábito de rezar o terço nos asilos e confessar-se ao padre Antônio.

— Ave Maria Puríssima.

— Concebida sem pecado.

— Estou ouvindo, filha.

— Padre, não sei como começar. Creio que é pecado o que fiz...

— Da carne, filha?

— Ai! A carne está seca, padre, mas o espírito não. O demônio me atormenta.

— A misericórdia de Deus é infinita.

— Não conhece os pensamentos que podem existir na mente de uma mulher sozinha, padre, uma virgem que não conheceu homem; não por falta de oportunidades, mas porque Deus mandou uma longa doença à minha mãe e tive que cuidar dela.

— Esse sacrifício está registrado no Céu, minha filha.

— Mesmo com pecado de pensamento, padre?

— Bom, depende do pensamento...

— À noite não consigo dormir e sufoco. Para me acalmar, levanto--me e caminho pelo jardim, arrasto-me pela casa, vou ao quarto de minha cunhada, encosto o ouvido à porta, às vezes entro na ponta dos pés para vê-la dormindo, parece um anjo, tenho a tentação de deitar-me a seu lado para sentir o calor de sua pele e seu hálito.

— Reze, filha. A oração ajuda.

— Espere, não lhe disse tudo. Tenho vergonha.

— Não deve ter vergonha de mim, porque sou apenas um ins-trumento de Deus.

— Quando meu irmão vem do campo, é muito pior, padre. De nada me serve a oração, não consigo dormir, transpiro, tremo, por fim levanto-me e atravesso toda a casa às escuras, deslizando devagarinho com muito cuidado para o assoalho não ranger. Ouço-os através da porta do quarto e uma vez pude até vê-los, porque a porta ficara entreaberta. Não lhe posso contar o que vi, padre, mas deve ser um pecado terrível. Não é culpa de Clara, ela é inocente como uma criança. É meu irmão que a leva a isso. Ele será condenado, sem dúvida.

— Só Deus pode julgar e condenar, minha filha. O que faziam eles?

Então Férula podia passar uma boa meia hora contando os pormenores. Era uma narradora virtuosa, sabia introduzir as pausas, controlar a entonação, explicar sem gestos, pintando um quadro tão vivo que o ouvinte experimentava a impressão de vê-lo de fato, era incrível como havia percebido pela porta entreaberta a qualidade dos estremecimentos, a abundância dos orgasmos, as palavras murmuradas ao ouvido, os cheiros mais secretos, um verdadeiro prodígio. Liberta daqueles tumultuosos estados de ânimo, regressava a casa com sua máscara de ídolo, impassível e severa, e tome de dar ordens, contar os talheres, determinar a comida, fechar à chave, exigir ponha isto aqui, e punham, mudem as flores dos vasos, e mudavam, lavem os vidros, façam calar esses pássaros do diabo, que a barulheira não deixa a senhora Clara dormir, e tanto cacarejo vai assombrar a criança, é capaz de nascer com asas. Nada escapava aos seus olhos vigilantes, e estava sempre em atividade, em contraste com Clara, que achava tudo muito bonito e tanto lhe fazia comer trufas recheadas ou sopa de sobras, dormir em colchão de penas ou sentada numa cadeira, banhar-se em águas perfumadas ou não tomar banho. À medida que a gravidez avançava, parecia ir-se desligando irreversivelmente da realidade, voltando-se para seu interior, num diálogo secreto e constante com a criança.

Esteban queria um filho que tivesse seu nome e passasse à sua descendência o sobrenome dos Trueba.

— É uma menina e chama-se Blanca — disse Clara no dia em que anunciou sua gravidez.

E assim foi.

O doutor Cuevas, de quem Clara perdera finalmente o medo, calculara o parto para meados de outubro, mas no início de novembro ela continuava arrastando uma barriga enorme, em estado de semissonambulismo, cada vez mais distraída e cansada, asmática, indiferente a tudo o que a rodeava, incluindo seu marido, que às vezes nem sequer reconhecia e lhe perguntava "O que você quer?" quando o via ao seu lado. Assim que o médico descartou qualquer possibilidade de erro em seus cálculos e ficou evidente que Clara não tinha nenhuma intenção de parir por via natural, tratou de lhe abrir a barriga e tirar Blanca, uma menina mais peluda e feia do que o normal. Esteban sentiu um calafrio quando a viu, convencido de que havia sido enganado pelo destino, e, em vez do Trueba legítimo que prometera à sua mãe no leito de morte, engendrara um monstro, e, para piorar, do sexo feminino. Revistou a menina pessoalmente e comprovou que ela tinha todas as partes nos devidos lugares, pelo menos aquelas que eram visíveis ao olho humano. O doutor Cuevas consolou-o, explicando-lhe que o aspecto repugnante da criança se devia ao fato de ter passado mais tempo do que o normal dentro da mãe, ao sofrimento da cesariana e à sua constituição pequena, delgada, morena e um pouco peluda. Clara, ao contrário, estava encantada com a filha. Pareceu despertar de um longo torpor e descobrir a alegria de estar viva. Pegou a menina nos braços e não a largou mais, andava com ela presa ao peito, dando-lhe de mamar a todo momento, sem horário fixo e sem contemplação com as boas maneiras ou o pudor, como uma mestiça. Não quis enfaixá-la, cortar-lhe o cabelo, furar-lhe as orelhas ou contratar uma babá para criá-la e muito menos recorrer ao leite de algum laboratório, como faziam todas as senhoras que podiam pagar por esse luxo. Nem aceitou a receita da Nana de dar-lhe leite de vaca diluído em água de arroz, porque concluiu que, se a natureza tivesse querido que os humanos se criassem assim, teria feito que os seios femininos segregassem esse tipo de produto. Clara falava com a menina o tempo todo, sem empregar meias palavras nem diminutivos, em perfeito espanhol, como se dialogasse com uma adulta, da mesma maneira pausada e racional com que falava com os animais e as plantas, convencida de que, se isso dera resultado com a flora e a fauna, não havia razão para não ser indicado também para sua filha. A combinação de leite materno e conversa teve a virtude de transformar Blanca numa menina saudável e quase formosa, em nada parecida com o tatu que era ao nascer.

Poucas semanas depois do nascimento de Blanca, Esteban Trueba pôde comprovar, durante as brincadeiras no veleiro da água mansa de seda azul, que sua mulher não havia perdido, com a maternidade, o encanto ou a boa disposição para fazer amor, mas bem pelo contrário. Por seu lado, Férula, completamente ocupada com a criação da menina, não tinha tempo para ir rezar nos asilos, confessar-se ao padre Antônio e, muito menos, espreitar pela porta entreaberta.

IV

O Tempo dos Espíritos

Na idade em que a maioria das crianças usa fraldas e engatinha, balbuciando incoerências e babando, Blanca parecia uma anã racional, caminhava aos tropeços, mas em ambas as pernas, falava corretamente e comia sozinha, em decorrência do sistema de sua mãe de tratá-la como adulta. Tinha todos os dentes e começava a abrir os armários para desarrumar seu conteúdo, quando a família decidiu ir passar o verão em Las Tres Marías, que Clara só conhecia de ouvir falar. Nesse período da vida de Blanca, a curiosidade era mais forte do que o instinto de sobrevivência, e Férula passava bons apertos, correndo atrás dela para evitar que se atirasse do segundo andar, entrasse no forno ou engolisse sabão. A ideia de ir para o campo com a menina parecia-lhe perigosa, estafante e inútil, já que Esteban poderia arranjar-se sozinho em Las Tres Marías, enquanto elas desfrutavam de uma existência civilizada na capital. Clara, porém, estava entusiasmada. O campo parecia-lhe uma ideia romântica, porque nunca estivera num estábulo, como dizia

Férula. Os preparativos da viagem ocuparam toda a família por mais de duas semanas, e a casa encheu-se de baús, cestas e malas. Alugaram um vagão especial no trem para se deslocar com a incrível bagagem e os empregados que Férula considerou necessário levar, além das gaiolas dos pássaros, que Clara não quis abandonar, e das caixas com os brinquedos de Blanca, cheias de arlequins mecânicos, figurinhas de louça, animais de pano, bailarinas a corda e bonecas com cabelo de gente e articulações humanas, que viajavam com seus próprios vestidos, coches e baixelas. Diante daquela multidão desnorteada e nervosa e daquela confusão de apetrechos, Esteban sentiu-se derrotado pela primeira vez na vida, sobretudo ao descobrir entre a bagagem um Santo Antônio de tamanho natural, de olhos estrábicos e sandálias de couro lavrado. Olhava o caos que o rodeava, arrependido da decisão de viajar com a mulher e a filha, perguntando-se como era possível que ele só precisasse de duas malas para correr o mundo e elas, em comparação, levassem aquele carregamento de trastes e aquela procissão de criados incompatíveis com o objetivo da viagem.

Em San Lucas, tomaram três coches, que os conduziram a Las Tres Marías envoltos numa nuvem de pó, como ciganos. No pátio da fazenda, esperavam para lhes dar as boas-vindas todos os empregados, com Pedro Segundo García, o administrador, à frente. Vendo aquele circo ambulante, ficaram atônitos e, sob as ordens de Férula, começaram a descarregar os coches e levar tudo para dentro da casa. Ninguém prestou atenção a um menino aproximadamente da idade de Blanca, nu, ranhento, com a barriga inchada por vermes, de belos olhos negros com expressão de ancião. Era o filho do administrador e chamava-se, para se diferenciar do pai e do avô, Pedro Terceiro García. Em meio à confusão de instalar-se, conhecer a casa, ver a horta, cumprimentar todo mundo, armar o altar de Santo Antônio e espantar as galinhas das camas e as ratazanas dos armários, Blanca tirou a roupa e saiu correndo nua com Pedro Terceiro. Brincaram em meio aos pacotes, enfiaram-se sob os móveis, molharam-se com beijos babados, mastigaram o mesmo pão, sorveram os mesmos catarros, besuntaram-se com a mesma caca, até que, por fim, adormeceram abraçados sob a mesa da sala de jantar. Ali Clara os encontrou às dez da noite. Haviam sido procurados durante horas sob a luz de tochas, os empregados, em grupos, tendo percorrido a margem do rio, os celeiros, os prados e os estábulos, Férula tendo implorado de joelhos a Santo Antônio; Esteban já estava esgotado de chamá-los, e a própria Clara invocara inutilmente seus dotes de vidente. Quando os encontraram, o menino estava de costas no chão, e Blanca deitava-se com a cabeça apoiada no ventre pançudo de seu novo amigo. Nessa mesma posição, seriam surpreendidos muitos anos depois para a desgraça de ambos, e a vida inteira não lhes bastaria para pagar por isso.

Desde o primeiro dia, Clara compreendeu que havia lugar para ela em Las Tres Marías e, como, aliás, registrou em seus cadernos de anotar a vida, sentiu que afinal havia encontrado sua missão no mundo. Não a impressionaram as casas de tijolo, a escola e a abundância de comida, porque sua capacidade de ver o invisível detectou o receio, o medo e o rancor dos trabalhadores, e o imperceptível rumor que se calava quando virava o rosto, que lhe permitiram adivinhar algumas coisas sobre o caráter e o passado de seu marido. O patrão mudara, todavia. Todos puderam constatar que deixara de frequentar o Farolito Rojo, encerrara suas tardes de boêmia, de brigas de galo, de apostas, seus violentos acessos de ira e, sobretudo, o mau hábito de derrubar garotas nos trigais. Tudo isso atribuíram a Clara, que, por sua vez, também mudou. Abandonou da noite para o dia sua inércia, deixou de considerar tudo muito bonito e pareceu curada do vício de falar com os seres invisíveis e movimentar os móveis com recursos sobrenaturais. Levantava-se ao amanhecer com seu marido, partilhavam o desjejum já vestidos, e, enquanto ele saía para supervisionar os trabalhos e as lidas do campo, Férula se encarregava da casa, dos empregados da capital, que não se acostumavam ao desconforto e às moscas do campo, e de Blanca. Clara dividia seu tempo entre a oficina de costura, a venda e a escola, onde montou seu quartel-general para aplicar remédios contra a sarna e parafina contra os piolhos, desentranhar os mistérios da cartilha, ensinar as crianças a cantar "tenho uma vaca leiteira, não é uma vaca qualquer", e ensinar as mulheres a ferver o leite, curar diarreia e alvejar a roupa. Ao entardecer, antes que os homens regressassem do campo, Férula reunia as camponesas e as crianças para rezar o terço. Acorrendo mais por simpatia do que por fé, davam à solteirona a oportunidade de recordar os bons tempos de seus cortiços. Clara esperava que a cunhada terminasse as místicas ladainhas de pai-nossos e ave-marias e aproveitava a reunião para repetir as instruções que ouvira de sua mãe quando se agarrava às grades do Congresso diante dela. As mulheres escutavam-na, em meio a risinhos e pudores, pela mesma razão pela qual rezavam com Férula: não desagradar à patroa, ainda que aquelas frases inflamadas lhes parecessem histórias de loucos. "Onde já se viu um homem não poder bater na própria mulher? Se não bate, é porque não gosta dela ou porque não é homem de verdade; onde já se viu que o que o homem ganha ou o que a terra produz, ou as galinhas põem sejam dos dois, se quem manda é ele? Onde já se viu uma mulher poder fazer as mesmas coisas que um homem, se ela nasceu com mamas e sem colhões, dona Clarita?", argumentavam. Clara desesperava-se. Elas se cutucavam com o cotovelo e sorriam, tímidas, as bocas desdentadas e os olhos cheios de rugas, curtidas pelo sol e pela vida de má qualidade, sabendo de antemão que, se ousassem pensar em pôr em prática os conselhos da patroa, seus maridos lhes dariam uma boa surra. E bem merecida, aliás, como até Férula sustentava. Em pouco tempo, Esteban teve conhecimento da segunda parte das reuniões de oração e se enfureceu. Era a primeira vez que se irritava com Clara e a primeira que ela o via num de seus famosos ataques de raiva. Esteban gritava, enlouquecido, andando pela sala em largas passadas, esmurrando os móveis e argumentando que, se Clara pensava seguir os passos de sua mãe, podia esperar encontrar um macho firme, que lhe arriaria as calcinhas e lhe daria umas boas chicotadas para encerrar de vez a maldita mania de arengar às pessoas, e proibindo terminantemente as reuniões de oração ou de qualquer outra coisa e afirmando que ele não era nenhum babaca a quem sua mulher pudesse ridicularizar. Clara deixou-o gritar e esmurrar os móveis até se cansar e depois, distraída como sempre, perguntou-lhe se ele sabia mexer as orelhas.

As férias alongaram-se, e as reuniões na escola continuaram. Terminado o verão, o outono cobriu o campo de fogo e ouro, mudando a paisagem. Começaram os primeiros dias frios, as chuvas e a lama, sem que Clara desse sinais de querer regressar à capital, apesar da firme pressão de Férula, que detestava o campo. No verão queixara-se das tardes de calor espantando moscas, da terra do pátio, que empoeirava a casa como se vivessem no poço de uma mina, da água suja da banheira, onde os sais perfumados se transformavam em sopa de índios, das baratas voadoras que se enfiavam nos lençóis, dos caminhos de ratos e formigas, das aranhas que amanheciam esperneándo no copo de água sobre a mesa de cabeceira e das galinhas insolentes que punham ovos nos sapatos e cagavam na roupa branca do armário. A mudança do clima deu-lhe novas calamidades para lamentar: o lamaçal do pátio, os dias mais curtos — às cinco horas já estava escuro e não havia nada mais para fazer senão enfrentar a longa noite solitária —, o vento e o resfriado, que ela combatia com cataplasmas de eucalipto, sem poder evitar que se contagiassem uns aos outros numa cadeia sem fim. Estava farta de lutar contra os elementos, sem mais distração do que acompanhar o crescimento de Blanca, que parecia uma antropófaga, como dizia, brincando com aquele garoto sujo, Pedro Terceiro;

era o cúmulo a menina não ter alguém de sua classe com quem se misturar, estava adquirindo maus modos, andava com as bochechas lambuzadas e crostas secas nos joelhos, "olhem como fala, parece um selvagem, estou cansada de lhe tirar piolhos da cabeça e lhe aplicar azul de metileno na sarna". Apesar dos resmungos, conservava sua rígida dignidade, seu coque inalterável, sua blusa engomada e o molho de chaves pendurado à cintura; nunca suava, não se coçava e mantinha sempre seu suave aroma de lavanda e limão. Ninguém imaginava haver algo que pudesse alterar seu autocontrole, até o dia em que sentiu uma picada nas costas, tão forte que não pôde evitar coçar-se ainda que dissimuladamente, mas nada a aliviava. Finalmente foi ao banheiro e tirou o espartilho, que não dispensava nem mesmo nos dias de trabalho mais intenso. Ao desamarrar as tiras, viu cair no chão um ratinho aturdido que ali estivera durante toda a manhã, procurando em vão encontrar uma saída, arrastando-se entre as barbatanas duras da cinta e a carne oprimida de sua dona. Férula teve então a primeira crise de nervos de sua vida. A seus gritos, acorreram todos e a encontraram enfiada na banheira, lívida de terror e ainda seminua, com gritos alucinados e indicando com um dedo trêmulo o pequeno roedor, que a muito custo se pusera sobre as patas e procurava avançar até um lugar seguro. Esteban disse que não deviam se preocupar, pois se tratava da menopausa. Também não se preocuparam quando Férula teve o segundo ataque. Era aniversário de Esteban. Amanheceu um domingo ensolarado, e havia muita agitação na casa, porque iam dar uma festa em Las Tres Marías, pela primeira vez desde os esquecidos dias em que dona Ester era uma garotinha. Convidaram vários parentes e amigos, que vieram de trem da capital, e os proprietários das redondezas, sem esquecer os notáveis da aldeia. Com uma semana de antecedência, prepararam o banquete: meia rês assada no pátio, empadas de rins, caçarola de galinha, guisado de milho, torta de manjar-branco e lúcumas,* e os melhores vinhos da safra. Ao meio-dia, começaram a chegar os convidados em coches ou a cavalo, e a grande casa de adobe encheu-se de conversas e risos. Férula afastou-se um momento para correr ao banheiro, um dos imensos banheiros da casa, cuja privada ficava no centro do cômodo, cercada de um deserto de louça branca. Estava instalada naquele assento solitário como num trono, quando a porta se abriu e entrou um dos convidados, ninguém menos do que o prefeito do município, desabotoando a braguilha e um pouco embriagado pelo aperitivo. Ao ver a senhora, ficou paralisado de confusão e surpresa, e, quando pôde reagir, a única coisa que lhe ocorreu foi avançar com um despropositado sorriso, atravessar todo o banheiro, estender a mão e cumprimentá-la com uma mesura.

— Zorobabel Blanco Jamasmié, às suas prezadas ordens — apresentou-se.

"Por Deus! Ninguém pode viver em meio a pessoas tão rústicas. Se querem, fiquem vocês neste purgatório de incivilizados, que é o que isto aqui é; eu volto para a cidade; quero viver como uma cristã, como sempre vivi", exclamou Férula quando conseguiu abordar o assunto sem explodir em pranto. Não partiu, entretanto. Não queria separar-se de Clara; chegara a ponto de adorar o ar que ela exalava e, mesmo que já não tivesse oportunidade de dar-lhe banho e dormir com ela, procurava demonstrar-lhe sua ternura com mil pequenos detalhes, aos quais dedicava sua existência. Aquela mulher severa e tão pouco complacente consigo mesma e com os demais podia ser doce e risonha com Clara e às vezes, por extensão, também com Blanca. Só com ela se permitia ceder a seu transbordante desejo de servir e ser amada; com ela, podia manifestar, ainda que dissimuladamente, os mais secretos e delicados anseios de sua alma. Ao longo de tantos anos de solidão e tristeza,

---

* Fruto do lúcumo, árvore sapotácea da América do Sul. (N. T.)

fora decantando as emoções e limpando os sentimentos, até reduzi-los a umas poucas, terríveis e magníficas paixões, que a ocupavam por completo. Não tinha capacidade para as pequenas perturbações, os rancores mesquinhos, as invejas disfarçadas, as obras de caridade, os afetos mornos, a atenciosa polidez ou as considerações cotidianas. Era um desses seres nascidos para a grandeza de um só amor, o ódio extremado, a vingança apocalíptica e o heroísmo mais sublime; não lhe foi possível, contudo, realizar, na medida de sua romântica vocação, seu destino, que se tornou monótono e cinzento, entre as paredes de um quarto de doente, em miseráveis asilos, em tortuosas confissões, em que aquela mulher grande, opulenta, de sangue ardente, feita para a maternidade, a abundância, a ação e o ardor, foi-se consumindo. Nessa época, tinha cerca de 45 anos, e sua esplêndida raça e seus remotos antepassados mouriscos mantinham sua pele lisa, seu cabelo ainda negro e sedoso, com uma única mecha branca na testa, seu corpo forte e delgado, e seu andar resoluto, de gente saudável, ainda que a aridez de sua vida lhe desse a aparência de muito mais velha. Tenho um retrato de Férula tirado nesses anos durante um aniversário de Blanca. É uma fotografia em sépia, descolorida pelo tempo, em que, todavia, ainda é possível vê-la com nitidez. Era uma deslumbrante matrona, mas havia em seu rosto um ricto amargo que denunciava sua tragédia interior. Provavelmente aqueles anos junto de Clara foram os únicos felizes para ela, porque só com Clara se pôde fazer íntima. Ela foi a depositária de suas mais sutis emoções e a ela dedicou sua enorme capacidade de sacrifício e veneração. Uma vez ousou verbalizar isso, e Clara escreveu em seu caderno de anotar a vida que Férula a amava muito mais do que ela merecia ou podia retribuir. Devido a esse amor desmesurado, Férula não quis partir de Las Tres Marías nem sequer quando irrompeu a praga das formigas, que começou com um rumorejar nos pastos, uma sombra escura que deslizava com rapidez comendo tudo, as maçarocas, os trigais, a alfafa e a maravilha. Regavam-nas com gasolina e ateavam-lhes fogo, mas reapareciam com novos brios. Pintavam com cal viva os troncos das árvores, mas elas subiam sem parar e não respeitavam peras, maçãs, nem laranjas, invadiam a horta e acabavam com os melões, entravam na leiteria, e o leite amanhecia azedo e cheio de minúsculos cadáveres, introduziam-se no galinheiro e devoravam os frangos vivos, deixando um desperdício de penas e uns lamentáveis ossinhos. Faziam caminhos dentro de casa, entravam pelos encanamentos, apoderavam-se da despensa, tudo o que se cozinhava tinha de ser comido imediatamente, porque, se permanecesse uns minutos sobre a mesa, elas chegavam em procissão e devoravam. Pedro Segundo García combateu-as com água e fogo, e enterrou esponjas empapadas em mel de abelhas, para que, atraídas pelo doce, elas se juntassem e ele as pudesse matar em grandes quantidades, mas foi tudo em vão. Esteban Trueba foi à aldeia e retornou carregado de pesticidas de todas as marcas conhecidas, em pó, em líquido e em pílulas, e espalhou por todos os cantos com tamanho exagero que não se podiam mais comer os legumes, porque provocavam dor de barriga. As formigas, no entanto, continuavam a aparecer e multiplicar-se, cada dia mais insolentes e decididas. Esteban foi outra vez à aldeia e mandou um telegrama à capital. Três dias depois desembarcou na estação *mister* Brown, um gringo anão, munido de uma mala misteriosa, que Esteban apresentou como técnico agrícola especialista em pesticidas. Depois de se refrescar com uma jarra de vinho com frutas, abriu sua mala sobre a mesa. Extraiu dela um arsenal de instrumentos nunca vistos, procedeu à coleta de uma formiga e observou-a detidamente com um microscópio.

— Por que olha tanto para ela, *mister*, se são todas iguais? — indagou Pedro Segundo García.

O gringo não lhe respondeu. Quando acabou de identificar a espécie, o estilo de vida, a localização de suas tocas, seus hábitos e até suas mais secretas intenções, havia-se passado uma semana, e as formigas estavam invadindo as camas das crianças, tinham comido as reservas de alimento para o inverno e começavam a atacar os cavalos e as vacas. Então, *mister* Brown explicou que era preciso fumigá-las com um produto de sua invenção que esterilizava os machos, com o que deixavam de se multiplicar, e, logo a seguir, era preciso borrifá-las com outro veneno, também de sua invenção, que provocava uma enfermidade mortal nas fêmeas, e isso, assegurou ele, acabaria com o problema.

— Em quanto tempo? — perguntou Esteban Trueba, que estava passando da impaciência à fúria.

— Um mês — disse *mister* Brown.

— Até lá já terão comido até os homens, *mister* — exclamou Pedro Segundo García. — Se me permite, patrão, vou chamar meu pai. Há três semanas ele vem dizendo que conhece um remédio para a praga. Eu creio que são coisas de velho, mas não vamos perder nada em experimentar.

Chamaram Pedro García, o velho, que chegou arrastando os pés, tão escuro, mirrado e desdentado que Esteban se sobressaltou, constatando a passagem do tempo. O velho escutou com o chapéu na mão, olhando o chão e mastigando o ar com as gengivas nuas. Depois pediu um lenço branco, que Férula lhe trouxe do armário de Esteban, e saiu de casa, atravessou o pátio e foi direto à horta, seguido por todos os habitantes da casa e pelo anão estrangeiro, que sorria com desprezo, estes bárbaros, *oh God!* O ancião abaixou-se com dificuldade e começou a apanhar formigas. Quando juntou um punhado, colocou-as dentro do lenço, atou as quatro pontas e guardou a trouxinha no chapéu.

— Vou lhes mostrar o caminho para irem embora, formigas, e para levarem as outras — disse.

O velho montou um cavalo e partiu a passo, murmurando conselhos e recomendações para as formigas, orações de sabedoria e fórmulas de encantamento. Viram-no afastar-se até o limite da propriedade. O gringo sentou-se no chão, rindo como um louco, até que Pedro Segundo García o sacudiu.

— Vá rir-se de sua avó, *mister*; lembre-se de que o velho é meu pai — advertiu-o.

Ao entardecer, Pedro García regressou. Desmontou vagarosamente, disse ao patrão que tinha posto as formigas na estrada e foi para sua casa. Estava cansado. Na manhã seguinte, viram que não havia formigas na cozinha nem na despensa; procuraram no celeiro, no estábulo, nos galinheiros; foram aos pastos e até mesmo ao rio; revistaram tudo e não encontraram uma só, nem para amostra. O técnico estava frenético.

— Tem que me dizer como se faz isso! — gritava.

— Falando com elas, *mister*. Diga a elas para irem embora, que aqui estão incomodando, e elas entendem — explicou Pedro García, o velho.

Clara foi a única que considerou natural o procedimento. Férula agarrou-se a isso para dizer que se encontravam num buraco, numa região inumana, onde não funcionavam as leis de Deus nem o progresso da ciência, que qualquer dia estariam voando em vassouras, mas Esteban Trueba a fez calar-se; não queria que novas ideias passassem pela cabeça de sua mulher. Nos últimos dias, Clara tinha voltado a seus afazeres lunáticos, a falar com as aparições e passar horas escrevendo nos cadernos de anotar a vida. Quando perdeu o interesse pela escola, pela oficina de costura ou pelas reuniões feministas e voltou a dizer que tudo era muito bonito, compreenderam que estava novamente grávida.

— Por culpa sua! — gritou Férula ao irmão.

— Assim espero — suspirou ele.

Em breve, tornou-se evidente que Clara não estava em condições de passar a gravidez no campo e parir na aldeia; por isso, organizaram o regresso à capital, o que, em certa medida, consolou

Férula, que considerava a gravidez de Clara uma afronta pessoal. Viajou primeiro, com parte da bagagem e os empregados, a fim de abrir o casarão da esquina e preparar a chegada de Clara. Dias depois, Esteban acompanhou a mulher e a filha de volta à cidade, deixando novamente Las Tres Marías nas mãos de Pedro Segundo García, que passara a ser seu administrador, ainda que por isso não obtivesse regalias — apenas mais trabalho.

A VIAGEM DE Las Tres Marías até a capital acabou de esgotar as forças de Clara. Eu a via cada vez mais pálida, asmática, com olheiras. O bambolear dos cavalos e, depois, a trepidação do trem, a poeira da estrada e sua natural tendência ao enjoo iam consumindo suas energias a olhos vistos, e eu não podia fazer muito para ajudá-la, porque, quando estava mal, preferia que não lhe falassem. Ao descermos na estação, tive de ampará-la, porque as pernas lhe fraquejavam.

— Acho que vou me elevar — anunciou ela.

— Aqui não! — gritei-lhe, assustado com a ideia de que saísse voando acima das cabeças dos passageiros que percorriam a estação.

Ela não se referia, no entanto, à levitação concreta, mas sim a elevar-se a um nível que lhe permitisse libertar-se do desconforto, do peso da gravidez e da profunda fadiga que lhe penetrava os ossos. Entrou em outro de seus longos períodos de silêncio, que durou vários meses, durante os quais se servia da lousa de escrever, como nos tempos da mudez. Nessa ocasião, não me alarmei, supondo que recuperaria a normalidade, como acontecera depois do nascimento de Blanca, e, por outro lado, porque eu havia compreendido que o silêncio era o último refúgio inviolável de minha mulher, e não uma doença mental, como insistia o doutor Cuevas. Férula cuidava dela da mesma forma obsessiva como cuidara antes de nossa mãe, tratava-a como se fosse uma inválida, não queria deixá-la sozinha nem por minutos e tinha-se descuidado de Blanca, que chorava o dia inteiro porque queria regressar a Las Tres Marías. Clara deambulava pela casa como uma sombra, gorda e calada, com um desinteresse budista por tudo o que a cercava. Quanto a mim, nem sequer me olhava, passava ao meu lado como se eu fosse um móvel e, quando eu lhe dirigia a palavra, ficava no mundo da lua, como se não me ouvisse ou não me conhecesse. Não tínhamos voltado a dormir juntos. Os dias ociosos na cidade e a atmosfera irracional que se respirava naquela casa deixavam-me os nervos em frangalhos. Tentava manter-me ocupado, mas isso não era suficiente: estava sempre de mau humor. Saía todos os dias para controlar meus negócios. Nessa época, comecei a especular na Bolsa de Valores e passava horas analisando as altas e baixas das cotações internacionais, dediquei-me a investir em prata, a formar sociedades, a fazer importações. Passava muitas horas no clube. Comecei também a interessar-me pela política e até entrei num ginásio, onde um gigantesco treinador me obrigava a exercitar músculos que eu não suspeitava ter no corpo. Tinham-me recomendado massagens, mas jamais gostei desse tipo de coisa: detesto ser tocado por mãos mercenárias. Nada disso, contudo, preenchia meu tempo; sentia-me desconfortável e aborrecido, queria voltar para o campo, mas não me atrevia a deixar a casa, onde, por todos os motivos, era necessária a presença de um homem sensato em meio àquelas mulheres histéricas. Além disso, Clara estava engordando em demasia. Tinha uma barriga descomunal, que seu frágil esqueleto mal podia sustentar. Por pudor, não queria que eu a visse nua, mas era minha mulher, e eu não iria permitir que tivesse vergonha de mim. Ajudava-a a tomar banho e vestir-se, quando Férula não se adiantava, e tinha-lhe infinita pena, tão pequena e delgada, com aquela pança monstruosa, aproximando-se perigosamente do momento do parto. Muitas vezes, preocupei-me, imaginando que ela pudesse morrer ao dar à luz, e trancava-me com o doutor Cuevas para discutir a melhor maneira de ajudá-la. Tínhamos concordado que, se a situação não se apresentasse favorável, seria melhor fazer-lhe outra cesariana, mas eu não queria que a levassem para uma clínica, e ele se negava a fazer-lhe outra operação como a primeira, na sala de jantar da casa. Alegava que ali não havia condições necessárias, mas naquela época as clínicas eram um foco de infecções, sendo nelas mais numerosos os que morriam do que os que se salvavam.

Um dia, faltando pouco para a data do parto, sem qualquer aviso prévio, Clara desceu de seu refúgio bramânico e voltou a falar. Quis uma chávena de chocolate e pediu-me que a levasse para passear. Meu coração deu um tranco. Toda a casa se encheu de alegria, abrimos champanha, mandei pôr flores frescas em todos os vasos, encomendei camélias, suas flores preferidas, e com elas atapetei seu quarto; Clara, porém, começou uma crise de asma, e rapidamente tivemos de tirá-las dali. Fui à rua dos joalheiros judeus e comprei-lhe um broche de diamantes, pelo qual ela me agradeceu efusivamente, achou muito bonito, mas nunca a vi usando. Suponho que terá ido parar em algum lugar impensado onde o pôs e logo o esqueceu, como quase todas as joias que lhe comprei ao longo de nossa vida em comum. Chamei o doutor Cuevas, que apareceu sob o pretexto de tomar chá, mas na realidade vinha examinar Clara. Levou-a ao quarto e depois disse-nos, a Férula e a mim, que, se sua crise mental parecia curada, tinha de se preparar para um parto difícil, porque a criança era muito grande. Nesse momento, Clara entrou na sala, tendo supostamente ouvido a última frase.

— Vai dar tudo certo, não se preocupem — disse.

— Espero que desta vez seja homem, para ter meu nome — gracejei.

— Não é um, são dois — respondeu Clara. — Os gêmeos vão-se chamar Jaime e Nicolás — acrescentou.

Aquilo foi demais para mim. Suponho que tenha explodido em decorrência da pressão acumulada nos últimos meses. Fiquei furioso, disse que aqueles eram nomes de comerciantes estrangeiros, que ninguém se chamava assim em minha família nem na dela e que pelo menos um deveria chamar-se Esteban, como eu e meu pai, mas Clara explicou que os nomes repetidos criavam confusão nos cadernos de anotar a vida e manteve-se inflexível em sua decisão. Para assustá-la, despedacei com um murro um jarrão de porcelana, que, imagino, era o último vestígio dos tempos faustosos de meu bisavô, mas ela não se comoveu, e o doutor Cuevas sorriu por trás de sua chávena de chá, o que me deixou ainda mais indignado. Saí batendo a porta e fui ao clube.

Nessa noite me embriaguei. Em parte porque precisava disso e em parte por vingança, fui ao bordel mais conhecido da cidade, que tinha um nome histórico. Quero esclarecer que não sou homem de prostitutas e que só nos períodos em que me foi dado viver sozinho por longo tempo recorri a elas. Não sei o que me passou pela cabeça nesse dia, estava irritado com Clara, andava aborrecido, sobravam-me energias, e deixei-me tentar. Naqueles anos os negócios do Cristóbal Colón eram florescentes, mas ele não tinha adquirido ainda o prestígio internacional que chegou a ter quando constava nas cartas de navegação das companhias inglesas e nos folhetos turísticos, e foi filmado pela televisão. Entrei num salão com móveis franceses desses com pés retorcidos, onde me recebeu uma matrona nacional que imitava à perfeição o sotaque de Paris e me informou inicialmente a lista de preços e, em seguida, me perguntou se eu tinha em mente alguém em especial. Disse-lhe que minha experiência se limitava ao Farolito Rojo e a alguns miseráveis lupanares de mineiros do Norte, de modo que qualquer mulher jovem e limpa me serviria.

— O senhor é muito simpático, *monsieur* — disse ela. — Vou-lhe trazer o melhor da casa.

A seu chamado, apareceu uma mulher enfiada num vestido de cetim preto tão apertado que mal continha a exuberância de sua feminilidade. Tinha o cabelo puxado sobre uma orelha, penteado que eu sempre detestei, e, à sua passagem, deixava flutuando no ar um terrível perfume almiscarado, tão persistente quanto um gemido.

— Fico feliz em vê-lo, patrão — cumprimentou-me, e, então, eu a reconheci, porque a voz era a única coisa que não havia mudado em Tránsito Soto.

Levou-me pela mão a um quarto fechado como um túmulo, com as janelas ocultadas por cortinas escuras, onde não havia penetrado um raio de luz natural desde tempos ignotos, mas que, de qualquer modo, parecia um palácio se comparado às sórdidas instalações do Farolito Rojo. Ali, tirei pessoalmente o vestido de cetim preto de Tránsito, desarrumei seu horrendo penteado e pude ver que nesses anos tinha crescido, engordado e envelhecido.

— Vejo que prosperou muito — disse-lhe.

— Graças ao seus cinquenta pesos, patrão. Serviram-me para começar — respondeu-me. — Agora posso devolvê-los reajustados, porque, com a inflação, já não valem o que valiam antes.

— Prefiro que me deva um favor, Tránsito! — disse-lhe rindo.

Acabei de lhe tirar as anáguas e constatei que não existia quase nada da mocinha delgada, com joelhos e cotovelos salientes, que trabalhava no Farolito Rojo, exceto a incansável disposição para a sensualidade e a voz de pássaro rouco. Seu corpo fora depilado, e sua pele friccionada com limão e mel de hamamélis, como me explicou, até ficar suave e branca como a de uma criança. Tinha as unhas pintadas de vermelho e uma serpente tatuada em torno do umbigo, que conseguia mover em círculos enquanto mantinha em perfeita imobilidade o resto do corpo. Enquanto demonstrava sua habilidade para ondular a serpente, contou-me sua vida.

— Se tivesse ficado no Farolito Rojo, o que teria sido de mim, patrão? Já não teria dentes, seria uma velha. Esta profissão é muito desgastante, temos que nos cuidar. E olhe que eu não trabalho na rua! Jamais gostei, é muito perigoso. Na rua é preciso ter um rufião ou corre-se muito risco. Ninguém nos respeita. Mas por que dar a um homem o que custa tanto ganhar? Nesse sentido, as mulheres são muito estúpidas. São filhas da necessidade. Precisam de um homem para se sentir seguras e não se dão conta de que a única coisa que há a temer são os próprios homens. Não sabem administrar-se e precisam sacrificar-se por alguém. As putas são as piores, patrão, acredite. Passam a vida trabalhando para um cafetão, alegram-se quando ele as surra, sentem-se orgulhosas de vê-lo bem-vestido, com dentes de ouro, com anéis, e, quando ele as deixa ou vai com outra mais nova, perdoam-lhe porque "é homem". Não, patrão, eu não sou assim. Nunca fui mantida por ninguém; por isso, nem que ficasse louca, eu manteria fosse quem fosse. Trabalho para mim, e o que ganho gasto como quero. Custou-me muito, não pense que foi fácil, porque as donas dos prostíbulos não gostam de lidar com mulheres, preferem entender-se com os rufiões. Não ajudam nenhuma de nós. Não têm consideração.

— Mas parece que aqui a apreciam, Tránsito. Disseram-me que você é a melhor da casa.

— E sou. Mas este negócio iria por água abaixo se não fosse por mim, que trabalho como um burro — disse ela. — As outras já estão como esfregões, patrão. Aqui só vêm velhos, já não é mais como antes. É preciso modernizar essa questão, para atrair os funcionários públicos, que não têm nada para fazer ao meio-dia, a juventude, os estudantes. É preciso ampliar as instalações, dar mais alegria ao local e limpar. Limpar a fundo! Assim a clientela teria confiança e não ficaria imaginando que pode pegar uma doença venérea, não é verdade? Isto é uma porcaria. Não limpam nunca. Olhe, levante o tapete, e tenho certeza de que lhe salta um percevejo. Já disse tudo isso à *madame*, mas ela não me dá atenção. Não tem tino para o negócio.

— E você tem?

— Claro, patrão! Tenho um milhão de ideias para melhorar o Cristóbal Colón. Esta profissão me entusiasma! Não sou como essas que só se queixam e culpam a má sorte quando algo vai mal.

Não vê aonde cheguei? Já sou a melhor. Se me empenhar, posso ter a melhor casa do país, garanto-lhe.

Eu estava me divertindo muito. Sabia apreciá-la, porque, de tanto ver a ambição no espelho quando fazia a barba pela manhã, tinha aprendido a reconhecê-la quando a via nos outros.

— Parece-me uma excelente ideia, Tránsito. Por que não montar seu próprio negócio? Eu entro com o capital — ofereci-lhe, fascinado com a ideia de ampliar meus interesses comerciais nessa direção. Deveria estar muito bêbado!

— Não, obrigada, patrão — respondeu Tránsito acariciando sua serpente com a unha esmaltada. — Não me convém sair de um capitalista para cair em outro. O que é preciso fazer é uma cooperativa e mandar a *madame* para o caralho. Não ouviu falar nisso? Tenha cuidado; se seus empregados formam uma cooperativa no campo, você está fodido. O que eu quero é uma cooperativa de putas. Podem ser putas e bichas, para dar mais amplitude ao negócio. E nós mesmas entramos com tudo, o capital e o trabalho. Para que vamos querer um patrão?

Fizemos amor de maneira violenta e feroz, de uma forma que eu quase tinha esquecido de tanto navegar no veleiro de águas mansas da seda azul. Naquela desordem de travesseiros e lençóis, estreitados no cego nó do desejo, enroscando-nos até desfalecer, voltei a sentir-me com 20 anos, contente por ter nos braços essa fêmea brava e escura que não se desfazia em fiapos quando a montavam, uma égua forte que se podia cavalgar sem contemplações, sem que as mãos nos ficassem pesadas, a voz muito dura, os pés muito grandes ou a barba muito áspera, uma pessoa comum, que resiste a uma enfiada de palavrões ao ouvido e não precisa ser embalada com ternuras nem enganada com galanteios. Depois, entorpecido e feliz, descansei um pouco a seu lado, admirando-lhe a curva sólida das ancas e o tremor da serpente.

— Voltaremos a nos ver, Tránsito — disse, entregando-lhe a gratificação.

— Eu já lhe disse isso antes, patrão, recorda-se? — respondeu-me com um último vaivém da serpente. Na realidade, não tinha a intenção de tornar a vê-la. Preferia esquecê-la.

Não teria mencionado esse episódio se Tránsito não houvesse desempenhado um papel tão importante para mim muito tempo depois, porque, como já disse, não sou homem de prostitutas. Mas esta história não poderia ter sido escrita se ela não tivesse intervindo para nos salvar e salvar, ao mesmo tempo, nossas recordações.

POUCOS DIAS DEPOIS, enquanto o doutor Cuevas estava preparando o ânimo de Clara para voltar a lhe abrir a barriga, morreram Severo e Nívea del Valle, deixando vários filhos e 47 netos vivos. Clara inteirou-se do fato antes de qualquer um, por causa de um sonho que tivera, mas nada disse senão a Férula, que procurou tranquilizá-la, explicando-lhe que a gravidez produz um estado de sobressalto em que os pesadelos são frequentes. Duplicou os cuidados, friccionava-a com óleo de amêndoas doces para evitar as estrias na pele do ventre, passava-lhe mel de abelhas nos mamilos para não gretarem, fazia-a comer cascas de ovo moídas para que tivesse bom leite e não lhe cariassem os dentes, e rezava orações de Belém para um bom parto. Dois dias depois do sonho, chegou Esteban Trueba em casa mais cedo do que de costume, pálido e descomposto, tomou a irmã Férula por um braço e fechou-se com ela na biblioteca.

— Meus sogros morreram num acidente — informou-a brevemente. — Não quero que Clara saiba antes do parto. Temos de fazer um muro de censura à sua volta, nem jornais, nem rádio, nem visitas, nada! Vigie os empregados para que ninguém lhe diga nada.

Suas boas intenções, contudo, anularam-se pela força das premonições de Clara. Naquela noite voltou a sonhar que os pais caminhavam por um campo de cebolas e Nívea estava sem cabeça, de modo que, assim, soube tudo o que ocorrera sem necessidade de ler jornal nem ouvir rádio. Acordou muito excitada e pediu a Férula que a ajudasse a vestir-se, porque precisava sair à procura da cabeça da mãe. Férula comunicou imediatamente a Esteban, e ele chamou o doutor Cuevas, que, apesar do risco de prejudicar os gêmeos, lhe deu uma beberagem para loucos, destinada a fazê-la dormir dois dias, mas que nela não produziu o menor efeito.

Os esposos del Valle morreram como Clara sonhou e como, brincando, Nívea anunciara frequentemente que morreriam.

— Qualquer dia vamos morrer nessa máquina infernal — dizia Nívea, apontando para o velho automóvel do marido.

Severo del Valle teve, desde jovem, um fraco pelos inventos modernos. O automóvel não foi exceção. Nos tempos em que todos andavam a pé, em coche puxado por cavalos ou em triciclos, ele comprou o primeiro automóvel que chegou ao país e que fora exposto como curiosidade numa vitrina do Centro. Era um pro-dígio mecânico que se deslocava à velocidade suicida de quinze a vinte quilômetros por hora, em meio ao assombro dos pedestres e das maldições daqueles que, à sua passagem, ficavam salpicados de barro ou cobertos de pó. A princípio, foi combatido como um perigo público. Eminentes cientistas explicaram pela imprensa que o organismo humano não fora feito para resistir a desloca-mentos de vinte quilômetros por hora e que o novo componente, que denominavam gasolina, poderia inflamar-se e produzir uma reação em cadeia que destruiria a cidade. Até a Igreja opinou a respeito. O padre Restrepo, que mirava a família del Valle desde a constrangedora questão de Clara na missa da Quinta-Feira Santa, constituiu-se em guardião dos bons costumes e fez ouvir sua voz da Galiza contra os *amicis rerum novarum*, amigos das coisas novas, como esses aparelhos satânicos, que comparou com o carro de fogo em que o profeta Elias desapareceu em direção ao Céu. Severo, porém, ignorou o escândalo, e, em pouco tempo, outros cavalheiros seguiram seu exemplo, até que o espetáculo dos automóveis deixou de ser uma novidade. Usou-o durante mais de dez anos, negando-se a trocá-lo por outro modelo quando a cidade se encheu de carros modernos, mais eficientes e seguros, pela mesma razão que sua mulher não se quis desfazer dos cavalos de traço até morrerem tranquilamente de velhice. O Sunbeam tinha cortinas com rendas e duas floreiras de cristal nas costas dos bancos, em que Nívea conservava flores frescas, era todo forrado de madeira polida e de couro castanho-claro, e suas peças de bronze eram brilhantes como o ouro. Apesar de sua origem britânica, foi batizado com um nome indígena, Covadonga. Era, na verdade, perfeito, à exceção do fato de os freios nunca terem funcionado bem. Severo orgulhava-se de suas habilidades mecânicas. Desmontou-o várias vezes, tentando consertá-lo, e outras tantas confiou-o ao Grande Cornudo, um mecânico italiano que era o melhor do país e cujo apelido se devia a uma tragédia que lhe havia entristecido a vida: sua mulher, cansada de lhe pôr chifres, sem que ele descobrisse, abandonou-o numa noite de tempestade, mas, antes de partir, amarrou, no alto da porta da oficina mecânica, uns cornos de carneiro que conse-guiu com o açougueiro. No dia seguinte, quando o italiano chegou ao trabalho, encontrou uma cambada de garotos e vizinhos se divertindo à sua custa. Aquele drama, no entanto, não abalou seu prestígio profissional, embora ele não tivesse conseguido consertar os freios do Covadonga. Severo optou por carregar no automóvel uma grande pedra, e, quando o estacionava em ladeiras, um passa-geiro pisava o freio, e outro descia rapidamente, e colocava a pedra na frente das rodas. O sistema em geral dava bom resultado, mas naquele domingo fatal, assinalado pelo destino como o último de suas vidas, não funcionou. O casal del Valle passeava pelos arra-baldes da cidade, como sempre fazia nos dias de sol. Os freios de súbito pararam completamente de funcionar, e, antes que Nívea conseguisse saltar do carro para colocar a pedra ou Severo pudesse manobrar, o automóvel foi rodando ladeira abaixo; Severo tentou desviá-lo ou detê-lo, mas o demônio apoderara-se da máquina, que voou, descontrolada, até se espetar numa carroça carregada de ferro de construção. Uma das lâminas entrou pelo para-brisa e decapitou Nívea, cuja cabeça saiu em disparada, e, apesar das buscas da polícia, dos guardas florestais e dos vizinhos voluntários que a rastrearam com cães, foi impossível encontrá-la durante dois dias. No terceiro dia, como os corpos começassem a feder, tiveram de enterrá-los incompletos, num funeral magnífico a que assistiram o clã del Valle e um incrível número de amigos e conhecidos, além das delegações de mulheres que foram despedir-se dos restos mortais de Nívea, considerada então a primeira feminista do país e a respeito de quem os inimigos ideológicos comentaram que, se tinha perdido a cabeça em vida, não havia razão para que a conservasse na morte. Clara, recolhida em casa, rodeada de empregados que dela cuidavam, com Férula como guardiã e sedada pelo doutor Cuevas, não assistiu ao enterro. Não fez nenhum comentário que indicasse ter conhecimento do horripilante assunto da cabeça perdida, em consideração a todos os que haviam tentado poupar-lhe esta última dor; no entanto, quando terminaram os funerais e a vida pareceu voltar à normalidade, Clara convenceu Férula a acompanhá-la na busca, e foi inútil sua cunhada lhe dar mais beberagens e pílulas, porque não desistiu da ideia. Vencida, Férula compreendeu que não era possível continuar alegando que o caso da cabeça era um pesadelo e que o melhor seria ajudá-la em seus planos, antes que a ansiedade a perturbasse ainda mais. Esperaram que Esteban Trueba saísse. Férula ajudou-a a vestir-se e chamou um coche de aluguel. As instruções de Clara ao motorista foram meio imprecisas.

— O senhor siga em frente, e eu vou dizendo o caminho — instruiu-o, guiada por seu instinto para ver o invisível.

Saíram da cidade e entraram no descampado em que as casas se distanciavam e começavam as colinas e os vales suaves, e por indicação de Clara enveredaram por um caminho lateral e seguiram por entre os vidoeiros e campos de cebolas até ela indicar ao motorista que parasse junto de um matagal.

— É aqui — disse.

— Não pode ser! Estamos longe demais do lugar do acidente! — duvidou Férula.

— É aqui! — insistiu Clara, descendo do coche com dificuldade, balançando o enorme ventre, seguida pela cunhada, que murmurava orações, e pelo homem, que não tinha a menor ideia do objetivo daquela viagem. Tentou rastejar mato adentro, mas o volume dos gêmeos a impediu.

— Senhor, faça-me a gentileza de entrar ali e pegar uma cabeça de senhora que vai encontrar — pediu ao motorista.

Ele se arrastou sob os espinhos e encontrou a cabeça de Nívea, que parecia um melão solitário. Pegou-a pelo cabelo e saiu com ela, engatinhando. Enquanto o homem vomitava, apoiado numa árvore próxima, Férula e Clara limparam Nívea da terra e dos seixos que havia em suas orelhas, seu nariz e sua boca, e ajeitaram-lhe o cabelo, que se despenteara um pouco, mas não lhe puderam fechar os olhos. Envolveram-na num xale e regressaram ao coche.

— Apresse-se, senhor, porque acho que vou dar à luz! — disse Clara ao motorista.

Chegaram justamente a tempo de acomodar a mãe em sua cama. Férula tratou dos preparativos enquanto um empregado ia buscar o doutor Cuevas e a parteira. Clara, que, com os solavancos do coche, as emoções dos últimos dias e as beberagens do médico, adquirira a capacidade de dar à luz com a facilidade que não tivera com sua primeira filha, cerrou os dentes, agarrou-se ao mastro de mezena e à trave do veleiro, e entregou-se à tarefa de trazer ao mundo na água mansa da seda azul Jaime e Nicolás, que nasceram precipitadamente, ante o olhar atento da avó, cujos olhos continuavam abertos, observando-os da cômoda. Férula agarrou-os um de cada vez pela mecha de cabelo úmido que lhes coroava a nuca e ajudou-os, puxando-os com a experiência adquirida em ver nascerem potros e vitelos em Las Tres Marías. Antes que chegassem o médico e a parteira, ocultou sob a cama a cabeça de Nívea, a fim de evitar explicações embaraçosas. Quando eles chegaram, tiveram muito pouco a fazer, porque a mãe descansava, tranquila, e as crianças, pequenas como prematuros, mas com todas as partes inteiras e em bom estado, dormiam nos braços de sua extenuada tia.

A cabeça de Nívea tornou-se um problema, pois não havia onde colocá-la para que não fosse vista. Por fim, Férula colocou-a dentro de uma caixa de couro para guardar chapéus envolta em trapos. Discutiram a possibilidade de enterrá-la como Deus manda, mas demandaria uma papelada interminável conseguir que abrissem o túmulo para nele incluir o que faltava, e, por outro lado, temiam o escândalo, caso se tornasse pública a maneira como Clara a encontrara, tendo os sabujos fracassado. Esteban Trueba, como sempre temeroso do ridículo, optou por uma solução que não desse argumentos às más línguas, porque sabia que o estranho comportamento de sua mulher era alvo de mexericos. Transcendera a aptidão de Clara para mover objetos sem tocá-los e para adivinhar o impossível. Alguém desenterrou a história da mudez de Clara durante a infância e a acusação do padre Restrepo, aquele santo varão que a Igreja pretendia converter no primeiro beato do país. Os dois anos em Las Tres Marías serviram para calar os murmúrios e para que as pessoas esquecessem, mas Trueba sabia que bastava uma insignificância, como o assunto da cabeça da sogra, para que voltassem os falatórios. Por isso, e não por desleixo, como se disse anos mais tarde, a caixa de chapéu foi guardada no porão à espera de ocasião adequada para ganhar uma sepultura cristã.

CLARA RECOMPÔS-SE DO duplo parto com rapidez. Entregou a criação dos meninos à sua cunhada e à Nana, que, depois da morte dos antigos patrões, se empregou na casa dos Trueba, para continuar servindo o mesmo sangue, como dizia. Nascera para embalar filhos alheios, usar a roupa que os outros dispensavam, comer suas sobras, viver de sentimentos e tristezas emprestados, envelhecer sob teto alheio, morrer um dia em seu cubículo do último pátio, em cama que não era sua, e ser enterrada na vala comum do Cemitério Central. Tinha cerca de 70 anos, mas mantinha-se imperturbável em seu trabalho, incansável nas lidas da casa, imune ao tempo, com agilidade para disfarçar-se de cuco e assustar Clara pelos cantos quando lhe baixava a mania da mudez e da lousa, com força para lidar com os gêmeos e ternura para mimar Blanca, tal como antes o fizera com sua mãe e sua avó. Adquirira o hábito de murmurar orações constantemente, porque, quando se deu conta de que ninguém na casa tinha fé, assumiu a responsabilidade de orar pelos vivos da família e certamente também pelos mortos, como um prolongamento dos serviços que lhes havia prestado em vida. Na velhice, chegou a esquecer para quem rezava, mas manteve o costume, com a certeza de que para alguém serviria. A devoção era a única coisa que compartilhava com Férula. Em todo o resto, foram rivais.

Uma sexta-feira, à tarde, bateram à porta do casarão da esquina três senhoras translúcidas, de mãos tênues e olhos de bruma, com ultrapassados chapéus floridos e banhadas com intenso perfume de violetas silvestres, que se infiltrou por todos os cômodos e deixou a casa cheirando a flores por vários dias. Eram as três irmãs Mora. Clara estava no jardim e parecia tê-las esperado toda a tarde; recebeu-as com um menino em cada peito e com Blanca brincando a seus pés. Olharam-se, reconheceram-se, sorriram-se. Foi o começo de uma apaixonada relação espiritual que lhes durou toda a vida e que, se suas previsões se cumpriram, continua no Além.

As três irmãs Mora eram estudiosas do espiritismo e dos fenômenos naturais, sendo as únicas detentoras da prova irrefutável de que as almas podem materializar-se, graças a uma fotografia que as mostrava à volta de uma mesa e, voando acima de suas cabeças, um ectoplasma difuso e alado, que alguns descrentes atribuíam a uma mancha na revelação do retrato e outros, a um simples engano do fotógrafo. Por condutas misteriosas ao alcance dos iniciados, inteiraram-se da existência de Clara, puseram-se em contato telepático com ela e compreenderam de imediato que eram irmãs astrais. Por meio de discretas averiguações, localizaram seu endereço terrestre e apresentaram-se com seus próprios baralhos impregnados de fluidos benéficos, uns jogos de figuras geométricas e números cabalísticos de sua invenção, para desmascarar os falsos parapsicólogos, e uma travessa de pasteizinhos simples e tradicionais de presente para Clara. Fizeram-se amigas íntimas e, a partir desse dia, tentavam encontrar-se todas as sextas-feiras para invocar os espíritos, trocar cabalas e receitas culinárias. Descobriram a forma de enviar energia mental do casarão da esquina até o outro extremo da cidade — onde moravam as Mora, num velho moinho que tinham transformado em sua excêntrica habitação — e também no sentido inverso, com o que podiam apoiar-se nas circunstâncias difíceis da vida cotidiana. As Mora conheciam muitas pessoas, quase todas interessadas nesses assuntos, que começaram a chegar às reuniões das sextas-feiras e traziam seus conhecimentos e fluidos magnéticos. Esteban Trueba via-as desfilar pela casa e impôs como únicas condições que respeitassem sua biblioteca, não utilizassem as crianças para experiências psíquicas e fossem discretas, porque não queria escândalo público. Férula desaprovava essas atividades de Clara, porque lhe pareciam em desacordo com a religião e os bons costumes. Observava as sessões a uma distância prudente, sem participar, mas vigiando de rabo de olho enquanto tecia, disposta a intervir imediatamente se Clara entrasse em algum transe. Verificara que sua cunhada ficava exausta depois de algumas sessões em que servia de médium e começava a falar em idiomas pagãos com uma voz que não era a sua. A Nana também vigiava, sob o pretexto de oferecer cafezinho, espantando as almas com suas anáguas engomadas e seu cacarejar de orações murmuradas e de dentes soltos; não fazia isso, entretanto, para cuidar de Clara em seus próprios excessos, mas para se certificar de que ninguém roubasse os cinzeiros. Era inútil Clara explicar-lhe que suas visitas não tinham o menor interesse neles — até porque ninguém fumava —, pois a Nana as classificara, todas, exceto as três encantadoras jovens Mora, como um bando de rufiões evangélicos.

Nana e Férula detestavam-se. Disputavam o carinho das crianças e se enfrentavam pelo privilégio de cuidar de Clara em suas excentricidades e desvarios em surdo e permanente combate que se desenrolava nas cozinhas, nos pátios, nos corredores, embora nunca perto de Clara, porque as duas concordavam em evitar-lhe esse aborrecimento. Férula desenvolvera por Clara uma paixão zelosa, mais própria a um marido exigente do que a uma cunhada. Com o tempo, perdeu a prudência e começou a deixar transparecer sua adoração em detalhes que não passavam despercebidos a Esteban. Quando ele retornava do campo, Férula procurava convencê-lo de que Clara estava naquilo que chamavam "um de seus maus momentos", a fim de evitar que ele dormisse em sua cama e estivesse com ela mais do que em poucas ocasiões e, ainda assim, por tempo limitado. Argumentava recomendações do doutor Cuevas que depois, ao serem confrontadas com o médico, se demonstravam inventadas. Interpunha-se de mil maneiras entre marido e mulher, e, se tudo falhasse, incitava as três crianças a pedir para passear com o pai, ler com a mãe, ser veladas porque tinham febre e ter companhia nas brincadeiras. "Pobrezinhos, necessitam do papai e da mamãe. Passam todo o dia nas mãos dessa velha ignorante que lhes põe ideias atrasadas na cabeça e os está transformando em imbecis com suas superstições; o que se deve fazer com a Nana é interná-la, dizem que as Servas de Deus têm um asilo para empregadas velhas que é uma maravilha: são tratadas como senhoras, não têm que trabalhar, há boa comida, isso seria o mais humano, pobre Nana, já não aguenta mais", dizia. Sem que conseguisse detectar a causa, Esteban começou a sentir-se pouco à vontade em sua própria casa. Percebia sua mulher cada vez mais afastada, mais rara e inacessível, não a atingia nem com presentes, nem com suas tímidas demonstrações de ternura, nem com a paixão desenfreada que o perturbava sempre em sua presença. Durante todo esse tempo, seu amor aumentava até se fazer obsessão. Queria que Clara não pensasse em ninguém mais senão nele, que não tivesse mais vida além da que pudesse repartir com ele, que lhe contasse tudo, que nada possuísse se não viesse de suas mãos e que dele dependesse completamente.

A realidade, porém, era diferente, e Clara parecia estar voando de aeroplano, como seu tio Marcos, solta do solo firme, procurando Deus em disciplinas tibetanas, consultando na mesa de três pés os espíritos, que davam pancadinhas, duas para sim, três para não, decifrando mensagens de outros mundos, que lhe indicavam até as condições climáticas. Um dia anunciaram que havia um tesouro escondido sob a lareira, e ela mandou, primeiro, demolir a parede, mas nada apareceu; depois a escada, tampouco; a seguir a metade do salão principal, e nada. Finalmente foi informada de que o espírito, confundido com as modificações arquitetônicas que ela fizera na casa, não reparara que o esconderijo dos dobrões de ouro não estava no casarão dos Trueba, mas do outro lado da rua, na casa dos Ugarte, que se negaram a demolir a sala de jantar, não acreditando na história do fantasma espanhol. Clara não era capaz de fazer as tranças de Blanca para mandá-la à escola; disso se encarregavam Férula ou a Nana; mas tinha com sua filha uma extraordinária relação, baseada nos mesmos princípios da que tivera com Nívea, contavam-se histórias, liam os livros mágicos dos baús encantados, viam os retratos de família, relatavam casos de tios que deixam escapar gases e de cegos que caem como gárgulas dos álamos, saíam para olhar a cordilheira e contar as nuvens, comunicavam-se uma com a outra em idioma inventado que suprimia o *t* no castelhano e o substituía por *n*, e o *r* por *l*, de maneira que ficavam falando como o chinês da tinturaria. Jaime e Nicolás, entretanto, cresciam separados do binômio feminino, de acordo com o princípio daqueles tempos de que "hão que se fazer homens". Quanto às mulheres, nasciam com sua condição incorporada geneticamente; não tinham necessidade de adquiri-la mediante as vicissitudes da vida. Os gêmeos tornavam-se fortes e brutos nas brincadeiras próprias de sua idade, primeiro caçando lagartixas para cortar-lhes o rabo, ratos para submeter a competições de velocidade e borboletas para tirar-lhes o pó das asas e, mais tarde, dando murros e pontapés de acordo com as instruções do mesmo chinês da tinturaria, que era avançado para sua época, sendo o primeiro a introduzir no país o conhecimento milenar das artes marciais, embora ninguém lhe tivesse dado valor quando demonstrou ser capaz de quebrar tijolos com a mão e quis montar sua própria academia, tendo, por isso, se dedicado a lavar roupa alheia. Anos mais tarde, os gêmeos acabaram de fazer-se homens, fugindo do colégio para se enfiar no terreno baldio da lixeira, onde trocavam os talheres de prata de sua mãe por alguns minutos de amor proibido com uma mulherona imensa, que podia embalá-los, juntos, em seus peitos de vaca holandesa, afogá-los, aos dois, na umidade de suas axilas, esmagá-los com seus músculos de elefante e levar os dois à glória com a cavidade escura, sumarenta e quente do seu sexo. Isso, entretanto, foi muito mais tarde, e Clara nunca chegou a saber, de modo que não pôde registrar isso em seus cadernos para que eu pudesse ler algum dia. Tomei conhecimento desse fato por outras vias.

Os assuntos domésticos não interessavam a Clara. Vagava pelos cômodos sem estranhar que tudo estivesse em perfeito estado de ordem e limpeza. Sentava-se à mesa sem perguntar quem preparava a comida e onde compravam os alimentos, não lhe importando quem a servisse, esquecia o nome dos empregados e, às vezes, até o dos próprios filhos; no entanto, parecia estar sempre presente, como um espírito benéfico e alegre, a cuja passagem os relógios começavam a trabalhar. Vestia-se de branco, porque decidiu que era a única cor que não alterava sua aura, com os vestidos simples que Férula fazia à máquina de costura e que ela preferia à ostentação dos trajes com drapeados e pedrarias que seu marido lhe ofertava, com o propósito de deslumbrá-la e vê-la na moda.

Esteban sofria repentes de desespero, porque ela o tratava com a mesma simpatia com que tratava todo mundo, falava-lhe com a entonação carinhosa com que afagava os gatos, era incapaz de perceber se ele estava cansado, triste, eufórico ou com desejo de fazer amor, mas, em contrapartida, adivinhava, pela cor de suas irradiações, quando ele estava tramando alguma baixeza e podia provocar-lhe um ataque de raiva com duas frases zombeteiras. Exasperava-o o fato de Clara nunca parecer estar realmente agradecida por nada e nunca necessitar de algo que ele lhe pudesse dar. Na cama era distraída e risonha como em todas as demais situações, descontraída e simples, mas ausente. Sabia que tinha seu corpo para fazer todas as ginásticas aprendidas nos livros que escondia num compartimento da biblioteca, mas até os pecados mais abomináveis com Clara pareciam brincadeiras de recém-nascido, porque era impossível temperá-los com o sal de qualquer mau pensamento ou a pimenta da submissão. Enfurecido, em algumas ocasiões Trueba recuperava os antigos hábitos e derrubava alguma robusta camponesa nos matagais durante as separações forçadas em que Clara ficava com as crianças na capital e ele tinha de cuidar das tarefas do campo, mas isso, longe de o aliviar, deixava-lhe um gosto amargo na boca, sem que lhe oferecesse nenhum prazer, sobretudo por saber que, se contasse à sua mulher, ela se escandalizaria pelo mau tratamento oferecido à outra, mas nunca pela infidelidade — os ciúmes, como tantos outros sentimentos propriamente humanos, não atingiam Clara. Foi também duas ou três vezes ao Farolito Rojo, mas desistiu, porque já não funcionava com as prostitutas e tinha de engolir a humilhação com desculpas murmuradas de que bebera muito vinho, o almoço lhe fizera mal ou estivera resfriado durante vários dias. Não voltou, contudo, a procurar Tránsito Soto, pressentindo que ela representava o perigo da continuidade. Sentia o desejo insatisfeito fervendo-lhe nas entranhas, um fogo impossível de apagar, uma sede de Clara que nunca, nem mesmo nas noites mais fogosas e prolongadas, conseguia saciar. Dormia extenuado, com o coração a ponto de explodir dentro do peito, mas até em seus sonhos tinha consciência de que a mulher que repousava a seu lado não estava de fato ali, mas numa dimensão desconhecida que ele jamais conseguiria alcançar. Às vezes perdia a paciência e sacudia Clara, furioso, gritando-lhe os piores insultos, mas terminava chorando em seu colo e pedindo perdão por sua brutalidade. Clara compreendia, mas não podia aliviá-lo. O amor desmedido de Esteban Trueba por Clara foi, sem dúvida, o sentimento mais poderoso da sua vida, superando até a raiva e o orgulho, e, meio século depois, continuaria a invocá-lo com o mesmo estremecimento e a mesma urgência. Em seu leito de ancião, ele a chamaria até o fim de seus dias.

As intervenções de Férula agravaram o estado de ansiedade em que Esteban se debatia. Cada obstáculo que sua irmã dispunha entre Clara e ele o deixava fora de si. Chegou a detestar os próprios filhos porque absorviam a atenção da mãe, levou Clara para uma segunda lua de mel, percorrendo os mesmos lugares da primeira, escapavam para hotéis nos fins de semana, mas tudo era inútil. Convenceu-se de que Férula era a culpada de tudo, tendo semeado em sua mulher o gérmen maléfico que a impedia de amá-lo e roubando, com carícias proibidas, o que a ele, como marido, pertencia. Ficava lívido quando surpreendia Férula dando banho em Clara, tirava-lhe a esponja das mãos, mandava-a embora com violência e erguia Clara da água, sacudindo-a no ar, proibia-lhe que voltasse a deixar-se banhar, porque, na sua idade, era um vício, e depois a enxugava, embrulhando-a em seu robe, e a levava para a cama com a sensação de que estava sendo ridículo. Se Férula servia à sua mulher uma chávena de chocolate, tirava-lhe das mãos, alegando que a tratava como se fosse inválida, se lhe dava um beijo de boa-noite, afastava-a com um safanão, afirmando que não era bom beijarem-se, se escolhia para ela as melhores porções das travessas, afastava-se da mesa, enfurecido. Os dois irmãos chegaram a ser rivais declarados, mediam-se com olhares de ódio, inventavam argúcias para se rebaixar mutuamente aos olhos de Clara, espiavam-se, vigiavam-se. Esteban desistiu de voltar ao campo e encarregou Pedro Segundo García de tudo, incluindo as vacas importadas, deixou de sair com os amigos, ir jogar golfe e trabalhar, para vigiar dia e noite os passos da irmã e ficar na frente dela sempre que se aproximava de Clara. A atmosfera da casa tornou-se irrespirável, densa e sombria, e até a Nana parecia estar endemoninhada. A única que permanecia completamente alheia ao que estava acontecendo era Clara, que, em sua distração e inocência, nada percebia.

O ódio de Esteban e Férula demorou muito até explodir. Começou com um mal-estar dissimulado e um desejo de se ofenderem nos menores detalhes, mas foi crescendo até que ocupou toda a casa. Naquele verão Esteban precisou ir a Las Tres Marías, porque, justamente no momento das colheitas, Pedro Segundo García caiu do cavalo e teve de ir, com a cabeça quebrada, para o hospital das freiras. Assim que seu administrador se recuperou, Esteban regressou à capital sem avisar. No trem perseguiam-no um terrível pressentimento e um desejo inconfessado de que tivesse acontecido algum drama, sem saber que o drama começara quando ele o desejou. Chegou à cidade no meio da tarde, mas foi diretamente ao clube, onde jogou uma partida de bisca e jantou, sem conseguir, contudo, acalmar a inquietação e a impaciência, ainda que não soubesse o que o esperava. Durante o jantar houve um pequeno tremor de terra, os lustres de pingentes balançaram com o habitual chacoalhar do cristal, mas ninguém ergueu a vista, todos continuaram a comer, e os músicos a tocar, sem perder uma nota, exceto Esteban Trueba, que se sobressaltou como se aquilo tivesse sido um aviso. Acabou de comer às pressas, pediu a conta e saiu.

Férula, que em geral tinha os nervos sob controle, nunca pudera habituar-se aos tremores de terra. Chegou a perder o medo dos fantasmas que Clara invocava e dos ratos do campo, mas os terremotos a assustavam até os ossos, e, muito tempo depois de eles terem passado, ela permanecia abalada. Naquela noite ainda não se tinha deitado e foi ao quarto de Clara, que havia tomado sua infusão de tília e estava dormindo placidamente. À procura de um pouco de companhia e calor, encostou-se a seu lado, evitando acordá-la e murmurando orações silenciosas para que o tremor não degenerasse em terremoto. Ali a encontrou Esteban Trueba. Entrou em casa silencioso como um bandido, subiu ao quarto de Clara sem acender as luzes e surgiu tão de repente como uma tromba-d'água diante das duas mulheres adormecidas, que o julgavam em Las Tres Marías. Lançou-se contra a irmã com a mesma raiva com que teria agredido um sedutor de sua mulher e arrancou-a da cama aos puxões, arrastou-a pelo corredor, desceu-a aos empurrões pela escada e a fez entrar à força na biblioteca, enquanto Clara, da porta do quarto, gritava sem compreender o que tinha acontecido. A sós com Férula, Esteban descarregou sua fúria de marido insatisfeito e gritou à sua irmã o que nunca lhe deveria ter dito, desde fanchona até meretriz, acusando-a de perverter sua mulher, desviá-la com carícias de solteirona, torná-la lunática, distraída, muda e espírita com artes de lésbica, aproveitar-se dela em sua ausência, manchar até o nome dos filhos, a honra da casa e a memória de sua santa mãe, que já estava farto de tanta maldade e que a expulsava de sua casa, que fosse embora rapidamente, que não queria tornar a vê-la nunca mais e lhe proibia que se aproximasse de sua mulher e de seus filhos, que não lhe faltaria dinheiro para subsistir com decência enquanto ele vivesse, como já lhe prometera uma vez, mas que, se voltasse a vê-la rondando sua família, a mataria, que metesse isso bem na cabeça. Juro-lhe por nossa mãe que eu a mato.

— Maldito seja, Esteban! — gritou-lhe Férula. — Ficará sempre sozinho, sua alma e seu corpo encolherão, e você morrerá como um cachorro!

E saiu para sempre do casarão da esquina, vestindo apenas sua camisola e sem nada levar.

No dia seguinte, Esteban Trueba foi procurar o padre Antônio e contou-lhe em resumo o que acontecera. O sacerdote escutou-o, calmo e com o olhar impassível de quem já tivesse ouvido a história.

— O que você quer de mim, meu filho? — perguntou quando Esteban acabou de falar.

— Que faça chegar à minha irmã todos os meses um envelope que eu lhe entregarei. Não quero que passe dificuldade financeira. E esclareço que não faço isso por afeto, mas para cumprir uma promessa.

Padre Antônio recebeu o primeiro envelope com um suspiro e esboçou o gesto de dar a bênção, mas Esteban já fizera meia-volta e saíra. Não deu nenhuma explicação a Clara a respeito do que acontecera entre ele e sua irmã. Informou-lhe que a expulsara da casa, proibindo-a de tornar a mencioná-la na sua presença e sugerindo-lhe que, se tivesse alguma decência, tampouco a mencionasse na sua ausência. Mandou recolher sua roupa e todos os objetos que pudessem recordá-la e fez de conta que ela morrera.

Clara compreendeu que seria inútil fazer-lhe perguntas. Foi à sala de costura buscar o pêndulo, que lhe servia para comunicar-se com os fantasmas e usava como instrumento de concentração.

Estendeu no chão um mapa da cidade, suspendeu o pêndulo a meio metro e esperou que as oscilações lhe indicassem o rumo da cunhada, mas, depois de tentar durante toda a tarde, percebeu que o sistema não daria resultado se Férula não tivesse domicílio fixo. Dada a ineficácia do pêndulo para localizá-la, saiu vagando de coche, esperando que o instinto a guiasse, mas nem isso deu resultado! Consultou a mesa de três pés sem que nenhum espírito--guia aparecesse para conduzi-la, ao longo das ruelas da cidade, até o lugar onde Férula estivesse, chamou-a com o pensamento e não obteve resposta, e nem mesmo as cartas do Tarot a iluminaram. Então decidiu recorrer aos métodos tradicionais e começou a procurá-la em meio às amigas, interrogou os fornecedores e todos os que tinham relações com ela, mas ninguém voltara a vê-la. Suas investigações levaram-na, finalmente, ao padre Antônio.

— Não a procure mais, senhora — disse o sacerdote. — Ela não quer vê-la.

Clara compreendeu que essa era a razão pela qual não funcionara nenhum de seus infalíveis sistemas de adivinhação.

"As irmãs Mora tinham razão", disse para si. "Não se pode encontrar quem não quer ser encontrado."

Esteban Trueba entrou numa fase muito próspera. Seus negócios pareciam tocados por uma varinha mágica. Sentia-se satisfeito com a vida. Era rico, tal como um dia se propusera. Possuía a concessão de outras minas, estava exportando frutas para o exterior, formou uma empresa construtora, e Las Tres Marías, cujas dimensões em muito se haviam ampliado, convertera-se na melhor propriedade da região. Não o afetou a crise econômica que convulsionou o restante do país. Nas províncias do Norte, a falência das salitreiras havia deixado na miséria milhares de trabalhadores. As famélicas tribos de desempregados, que arrastavam suas mulheres, seus filhos e seus velhos, procurando trabalho pelos caminhos, se haviam aproximado da capital e lentamente formaram um cordão de miséria ao redor da cidade, instalando-se de qualquer maneira, entre tábuas e pedaços de papelão, em meio ao lixo e ao abandono. Vagavam pelas ruas pedindo uma oportunidade para trabalhar, mas não havia trabalho para todos, e pouco a pouco os rudes operários, emagrecidos pela fome, encolhidos de frio, andrajosos, desolados, deixaram de pedir trabalho e pediam simplesmente uma esmola. A cidade encheu-se de mendigos. E, depois, de ladrões. Nunca se haviam visto geadas mais terríveis do que as daquele ano. Nevou na capital, um espetáculo inusitado que se manteve nas primeiras páginas dos jornais, celebrado como notícia festiva, enquanto nas comunidades marginais as crianças amanheciam azuis, congeladas. Nem a caridade era suficiente para tantos desamparados.

Foi o ano do tifo exantemático. Começou como mais uma calamidade que atingia os pobres e logo adquiriu características de castigo divino. Brotou nos bairros dos indigentes, em consequência do inverno, da desnutrição e da água suja dos valões. Acrescentou-se ao desemprego e distribuiu-se por toda parte. Os hospitais não davam vazão. Os enfermos deambulavam pelas ruas, os olhos perdidos, tirando os piolhos e lançando-os às pessoas sãs. Cultivou-se a praga, que entrou em todos os lugares, infectou os colégios e as fábricas; ninguém se sentia seguro. Todos viviam com medo, perscrutando os sintomas que anunciavam a terrível enfermidade. Os contagiados começavam a tiritar de um frio sepulcral nos ossos, sendo, pouco a pouco, tomados pelo estupor. Ficavam parados como imbecis, consumidos pela febre, cheios de manchas, cagando sangue, delirando com fogo e naufrágio, caindo ao chão, os ossos frágeis como lã, as pernas bambas, de trapo, e um gosto de bílis na boca, o corpo em carne viva, uma pústula vermelha ao lado de outra azul, outra amarela e outra negra, vomitando até as tripas e suplicando a Deus que tivesse piedade e os deixasse morrer de uma vez, porque não aguentavam mais, tinham a cabeça a ponto de explodir, e a alma lhes fugia em merda e pavor.

Esteban propôs levar toda a família para o campo, a fim de preservá-la do contágio, mas Clara não quis sequer ouvir falar no assunto. Estava muito ocupada, socorrendo os pobres em tarefas que não tinham princípio nem fim. Saía muito cedo e, às vezes, voltava perto da meia-noite. Esvaziou os armários da casa, tirou a roupa das crianças, os cobertores das camas, os casacos de seu marido. Tirava a comida da despensa e estabeleceu um sistema de remessa com Pedro Segundo García, que mandava de Las Tres Marías queijos, ovos, carnes secas, frutas, galinhas, que ela distribuía a seus necessitados. Emagreceu e sentia-se extenuada. Voltou a caminhar, sonâmbula, durante a noite.

A ausência de Férula fez-se sentir na casa como um cataclismo, e até a Nana, que sempre desejara que aquele momento chegasse um dia, inquietou-se. Quando começou a primavera e Clara pôde descansar um pouco, acentuou-se a tendência a escapar à realidade e perder-se na fantasia. Ainda que já não contasse com a impecável organização da cunhada para organizar o caos do casarão da esquina, despreocupou-se das coisas domésticas. Delegou tudo às mãos da Nana e dos demais empregados, e enveredou pelo mundo das aparições e das experiências psíquicas. Os cadernos de anotar a vida tornaram-se confusos, e sua caligrafia perdeu a elegância de convento que sempre tivera, degenerando em traços calcados que, às vezes, eram tão minúsculos que não podiam ser lidos, e, outras vezes tão grandes que três palavras enchiam uma página.

Nos anos seguintes, juntou-se em torno de Clara e das três irmãs Mora um grupo de estudiosos de Gurdjieff, de rosa-cruz, de espíritas e de boêmios notívagos, que faziam três refeições diárias em casa e alternavam seu tempo entre consultas urgentes aos espíritos na mesa de três pés e a leitura dos versos do último poeta iluminado que pousava no colo de Clara. Esteban permitia essa invasão de excêntricos porque fazia muito tempo que se dera conta de que era inútil interferir na vida de sua mulher. Decidiu que pelo menos os meninos varões deveriam permanecer à margem da magia, de modo que Jaime e Nicolás foram internados num colégio inglês vitoriano, que considerava qualquer pretexto bom para baixar suas calças e dar-lhes varadas no traseiro, sobretudo no de Jaime, que zombava da família real britânica e, aos 12 anos, estava interessado em ler Marx, um judeu que provocava revoluções no mundo inteiro. Nicolás herdara do tio-avô Marcos o espírito aventureiro e, da mãe, a capacidade de compor horóscopos e decifrar o futuro, o que, porém, não constituía um delito grave para a rígida formação do colégio, apenas uma excentricidade, tendo, portanto, sido muito menos castigado do que o irmão.

O caso de Blanca era diferente, porque seu pai não intervinha em sua educação. Considerava que seu destino era casar-se e brilhar na sociedade; sendo assim, a faculdade de se comunicar com os mortos, se mantida em tom frívolo, poderia constituir uma atração. Afirmava que a magia, como a religião e a culinária, era um assunto propriamente feminino e, talvez por isso, era capaz de sentir simpatia pelas três irmãs Mora. Em contrapartida, detestava os espíritas do sexo masculino quase tanto quanto os padres. Por sua vez, Clara andava por toda parte com a filha agarrada às barras da saia, convidava-a para as sessões das sextas-feiras e criou-a em estreita familiaridade com as almas, os membros das sociedades secretas e os misérrimos artistas de quem era mecenas. Tal como fizera com a mãe nos tempos de mudez, levava agora Blanca para ver os pobres, carregada de presentes e atenuantes.

— Isso serve para nos tranquilizar a consciência, filha — explicava a Blanca. — Mas não ajuda os pobres. Eles não precisam de caridade, mas sim de justiça.

Era nesse ponto que tinha as maiores discussões com Esteban, cuja opinião a esse respeito era diferente.

— Justiça! É justo que todos tenham o mesmo? Os malandros o mesmo que os trabalhadores? Os tontos o mesmo que os inteligentes? Isso não acontece nem com os animais! Não é uma questão de ricos e pobres, mas de fortes e fracos. Estou de acordo que todos devemos ter as mesmas oportunidades, mas essa gente não faz nenhum esforço. É muito fácil estender a mão e pedir esmola! Eu acredito no esforço e na recompensa. Graças a essa filosofia, cheguei a ter o que tenho. Nunca pedi um favor a ninguém e não cometi nenhuma desonestidade, o que prova que qualquer um pode fazê-lo. Eu estava destinado a ser um pobre e infeliz escriturário de cartório. Por isso, não aceitarei ideias bolchevistas em minha casa. Façam caridade para os asilos, se quiserem! Isso está certo; é bom para a formação das senhoritas. Mas não me venham com as mesmas cretinices de Pedro Terceiro García, porque não vou aguentar!

Era verdade, Pedro Terceiro García estava falando de justiça em Las Tres Marías. Era o único que se atrevia a desafiar o patrão, apesar das surras que lhe dava o pai, Pedro Segundo García, sempre que o surpreendia. Desde muito jovem, o rapaz fazia viagens sem autorização à aldeia para conseguir livros emprestados, ler os jornais e conversar com o mestre-escola, um comunista ardente que anos mais tarde seria morto com um balaço entre os olhos. Também à noite fugia para o bar de San Lucas, onde se reunia com sindicalistas, que tinham a mania de consertar o mundo em meio a goles de cerveja, ou com o gigantesco e magnífico padre José Dulce María, um sacerdote espanhol com a cabeça cheia de ideias revolucionárias, que lhe valeram ser jogado pela Companhia de Jesus naquele fim de mundo, mas nem por isso renunciou a transformar as parábolas bíblicas em panfletos socialistas. No dia em que Esteban Trueba descobriu que o filho de seu administrador estava distribuindo literatura subversiva a seus empregados, chamou-o ao escritório e, diante de seu pai, deu-lhe uma surra com seu chicote de pele de cobra.

— Este é o primeiro aviso, ranhento de merda! — disse-lhe sem levantar a voz e olhando-o com olhos de fogo. — A próxima vez que eu o encontrar perturbando as pessoas, prendo-o. Na minha propriedade não quero revoltosos, porque aqui mando eu e tenho o direito de me cercar de pessoas de quem gosto. E não gosto de você, fique sabendo. Tolero-o por causa de seu pai, que me serviu lealmente durante muitos anos, mas tome cuidado, porque pode acabar muito mal. Retire-se!

Pedro Terceiro García era parecido com o pai, moreno, de feições duras, esculpidas em pedra, com grandes olhos tristes, cabelo negro e teso, cortado à escovinha. Tinha só dois amores, seu pai e a filha do patrão, que amou desde o dia em que dormiram nus sob a mesa da sala de jantar, em sua tenra infância. E Blanca não se livrou da mesma fatalidade. Cada vez que ia passar férias no campo e chegava a Las Tres Marías em meio à poeirada provocada pelos coches carregados com a complexa bagagem, sentia o coração bater, como um tambor africano, de impaciência e ansiedade. Era a primeira a saltar do veículo e saía correndo até a casa, encontrando sempre Pedro Terceiro García no mesmo lugar em que se tinham visto pela primeira vez, de pé junto ao umbral, meio oculto pela sombra da porta, tímido e fosco, as calças puídas, descalço, os olhos de velho espreitando o caminho para vê-la chegar. Os dois corriam e se abraçavam, beijavam-se, riam, davam-se empurrões carinhosos e rolavam pelo chão, um puxando os cabelos do outro e gritando de alegria.

— Pare, menina! Saia de perto desse maltrapilho! — gritava a Nana, tentando separá-los.

— Deixe-os, Nana, são crianças e se gostam — tranquilizava-a Clara, que sabia mais.

Os meninos escapavam correndo, escondiam-se para contar um ao outro tudo o que haviam acumulado durante os meses de separação. Pedro entregava-lhe, encabulado, uns bichinhos que esculpira para ela em pedaços de madeira, e, em troca, Blanca dava-lhe os presentes que tinha juntado para ele: um canivete que se abria como uma flor e um pequeno ímã que atraía por obra de magia os pregos enferrujados do chão. No verão em que ela chegou com parte do conteúdo do baú dos livros mágicos do tio Marcos, tinha cerca de 10 anos, e Pedro Terceiro ainda lia com dificuldade, mas a curiosidade e o anseio conseguiram o que sua professora não havia obtido nem com varadas. Passaram o verão lendo, deitados em meio aos juncos do rio, aos pinheiros do bosque e às espigas dos trigais, discutindo as virtudes de Sandokan e Robin Hood, a má sorte do Pirata Negro, as histórias verídicas e edificantes do *Tesouro da Juventude*, o malicioso significado das palavras proibidas no *Diccionario de la Real Academia de la Lengua Española*, o sistema cardiovascular em lâminas que mostravam um tipo sem pele, com todas as veias e o coração expostos à vista, mas com calções. Em poucas semanas, o menino aprendeu a ler com voracidade. Penetraram o amplo e profundo universo das histórias impossíveis, dos duendes, das fadas, dos náufragos que sorteiam quem comerá e quem será comido, dos tigres que se deixam adestrar por amor, dos inventos fascinantes, das curiosidades geográficas e zoológicas, dos países orientais em que há gênios dentro de garrafas, dragões nas grutas e princesas prisioneiras nas torres. Visitavam frequentemente Pedro García, o velho, cujos sentidos o tempo gastara. Foi pouco a pouco ficando cego, uma película azul-celeste cobrindo-lhe as pupilas, "são as nuvens que estão entrando por minha vista", dizia. Agradecia muito as visitas de Blanca e Pedro Terceiro, que era seu neto, mas ele já havia esquecido. Escutava as histórias que eles selecionavam dos livros mágicos e tinham de ser gritadas em seu ouvido, porque, explicava, o vento também estava entrando por suas orelhas, e por isso estava surdo. Em troca, ensinava-os a se imunizar contra picadas dos bichos malignos e demonstrava-lhes a eficácia de seu antídoto, pondo um escorpião vivo no braço. Ensinava-os a procurar água. Tinham de segurar um pau seco com as duas mãos e caminhar tocando o solo, em silêncio, pensando na água e na sede que tem o pau, até que de repente, ao sentir a umidade, o pau começasse a tremer. Então é preciso cavar ali, dizia-lhes o velho, mas esclarecia que esse não era o sistema que ele empregava para localizar os poços no solo de Las Tres Marías, porque ele não precisava do pau. Seus ossos tinham tanta sede que, ao passar pela água subterrânea, mesmo que fosse profunda, seu esqueleto avisava-o. Mostrava-lhes as ervas do campo e fazia-os cheirá-las, prová-las e acariciá-las para que conhecessem seu perfume natural, seu sabor e sua textura, e assim eles poderiam identificar cada uma, segundo suas propriedades de cura: acalmar o espírito, expulsar os fluidos diabólicos, lustrar os olhos, fortificar o ventre, estimular o sangue. Nesse terreno sua sabedoria era tão grande que o médico do hospital das freiras ia visitá-lo para lhe pedir conselhos. Nem toda a sua sabedoria, entretanto, pôde curar sua filha Pancha de uma cãibra que a despachou para o outro mundo. Deu-lhe bosta de vaca para comer e, como isso não funcionou, deu-lhe bosta de cavalo, envolveu-a em mantas e a fez suar o mal até que a deixou nos ossos, fez-lhe fricções de aguardente com pólvora por todo o corpo, mas tudo isso foi inútil; Pancha esvaiu-se numa diarreia interminável, que lhe encolheu as carnes e a fez padecer de uma sede insaciável. Vencido, Pedro García pediu autorização ao patrão para levá-la à aldeia numa carroça. Os dois meninos acompanharam-no. O médico do hospital das freiras examinou Pancha cuidadosamente e disse ao velho que estava perdida e que, se a tivesse levado antes e não lhe tivesse provocado aquela suadeira, teria podido fazer algo por ela, mas que seu corpo já não conseguia mais reter nenhum líquido, estando como uma planta com as raízes secas. Pedro García ofendeu-se e continuou a negar o fracasso, mesmo quando regressou com o cadáver da filha envolto numa manta, acompanhado pelos meninos, assustados, e o descarregou no pátio de Las Tres Marías, resmungando contra a ignorância do doutor. Enterraram-na em local privilegiado no pequeno cemitério junto da igreja abandonada na base do vulcão, porque, de certa forma, ela havia sido mulher do patrão, já que lhe dera o único filho que herdou seu nome, embora não tivesse herdado o sobrenome, e um neto, o estranho Esteban García, que estava destinado a cumprir um terrível papel na história da família.

Um dia Pedro García, o velho, contou a Blanca e a Pedro Terceiro a história das galinhas que se puseram de acordo para enfrentar uma raposa que todas as noites entrava no galinheiro para roubar os ovos e devorar os pintinhos. As galinhas decidiram que já estavam fartas de aguentar a prepotência do animal, esperaram-no organizadas e, quando ele entrou no galinheiro, fecharam-lhe a passagem. Rodearam-no e caíram-lhe em cima a bicadas até deixá-lo mais morto do que vivo.

— E, então, a raposa fugiu com o rabo entre as pernas, perseguida pelas galinhas — terminou o velho.

Blanca riu com a história e comentou que isso era impossível, porque as galinhas nascem estúpidas e débeis, enquanto as raposas nascem astutas e fortes, mas Pedro Terceiro não riu. Ficou durante toda a tarde pensativo, ruminando a história da raposa e das galinhas, e talvez tenha sido esse o instante em que o menino começou a fazer-se homem.

V

Os Amantes

A infância de Blanca transcorreu sem grandes sobressaltos, alternando aqueles verões quentes em Las Tres Marías, onde descobria a força de um sentimento que crescia com ela, e a rotina da capital, semelhante à das demais meninas de sua idade e seu meio, embora a presença de Clara pusesse uma nota excêntrica em sua vida. Todas as manhãs aparecia a Nana com o desjejum para sacudir-lhe a modorra e vigiar-lhe o uniforme, esticar-lhe as meias, pôr-lhe o chapéu, as luvas e o lenço, arrumar os livros na pasta, enquanto intercalava orações murmuradas pela alma dos mortos com recomendações em voz alta para que Blanca não se deixasse iludir pelas freiras.

— Essas mulheres são todas umas depravadas — advertia — que escolhem as alunas mais bonitas, mais inteligentes e de boa família para trancar no convento, raspam a cabeça das noviças, pobrezinhas, e as destinam a perder a vida fazendo tortas para vender e cuidando de velhinhos alienados.

O motorista levava a menina ao colégio, onde a primeira atividade do dia era a missa, com comunhão obrigatória. Ajoelhada em seu banco, Blanca aspirava o intenso perfume do incenso e as açucenas de Maria, e padecia o suplício combinado de náuseas, culpa e aborrecimento. Era a única coisa de que não gostava no colégio. Adorava os altos corredores de pedra, a limpeza imaculada dos pisos de mármore, as paredes brancas e nuas, e o Cristo de ferro que vigiava a entrada. Era uma criança romântica e sentimental, com tendência à solidão, de poucas amigas, capaz de se emocionar às lágrimas quando floresciam as rosas no jardim, quando aspirava o tênue odor de pano e sabão das freiras que se inclinavam sobre as tarefas, quando se deixava ficar para trás, a fim de sentir o silêncio triste das salas vazias. Passava por tímida e melancólica. Só no campo, com a pele dourada pelo sol e a barriga cheia de frutas tiradas dos pés, correndo com Pedro Terceiro pelos prados, era risonha e alegre. Sua mãe dizia que aquela era a verdadeira Blanca e que a outra, a da cidade, era uma Blanca em hibernação.

Devido à agitação constante que reinava no casarão da esquina, ninguém, exceto a Nana, percebeu que Blanca estava se tornando mulher. Entrou de súbito na adolescência. Herdara dos Trueba o sangue espanhol e árabe, o porte senhorial, a expressão soberba, a pele azeitonada e os olhos escuros de seus genes mediterrânicos, mas tingidos pela herança de sua mãe, de quem guardou a doçura que jamais tivera nenhum Trueba. Era uma criança tranquila que se entretinha sozinha, estudava, brincava com suas bonecas e não manifestava a menor inclinação natural pelo espiritismo de sua mãe ou pelas iras de seu pai. A família gracejava, afirmando que era a única pessoa normal em várias gerações e, na verdade, parecia ser um prodígio de equilíbrio e serenidade. Por volta dos 13 anos, seu peito começou a desenvolver-se, a cintura a estreitar-se, emagreceu e espichou como uma planta adubada. A Nana, então, prendeu seu cabelo num coque, levou-a para comprar seu primeiro espartilho, seu primeiro par de meias de seda, seu primeiro vestido de mulher e uma coleção de toalhas pequeninas para aquilo que ela denominava a manifestação. Sua mãe, enquanto isso, continuava a fazer dançarem as cadeiras por toda a casa, tocando Chopin com o piano fechado e declamando os belíssimos versos sem rima, argumento nem lógica de um jovem poeta que fora acolhido em casa, a respeito de quem se começava a falar em toda parte, sem tomar conhecimento das mudanças que se produziam em sua filha, sem ver o uniforme do colégio com as costuras esgarçando nem se dar conta de que a cara de fruta se havia sutilmente transformado num rosto de mulher, porque Clara vivia mais atenta à aura e aos fluidos do que aos quilos ou centímetros. Um dia viu-a entrar na sala de costura com o vestido de sair e admirou-se de que aquela mocinha alta e morena fosse sua pequena Blanca. Abraçou-a, encheu-a de beijos e advertiu-a de que em breve teria a menstruação.

— Sente-se, e eu lhe explico o que é isso — disse Clara.

— Não se preocupe, mamãe, já vai fazer um ano que me vem todos os meses — riu Blanca.

A relação de ambas não sofreu grande mudança com o desenvolvimento da menina, porque estava baseada nos sólidos princípios da total aceitação mútua e na capacidade de se divertirem juntas à custa de quase todas as coisas da vida.

Naquele ano, o verão fez-se anunciar precocemente pelo seco e abafado calor que cobriu a cidade com uma reverberação de pesadelo, e, por isso, anteciparam em duas semanas a viagem a Las Tres Marías. Como em todos os anos, Blanca esperou, ansiosa, o momento de ver Pedro Terceiro e, como em todos os anos, ao descer do coche, a primeira coisa que fez foi procurá-lo com o olhar no lugar de sempre. Descobriu sua sombra escondida no umbral da porta e saltou do veículo, precipitando-se ao encontro dele com a ânsia de tantos meses de sonhos frequentes, mas viu, pasma, o menino dar meia-volta e fugir.

Blanca andou a tarde inteira percorrendo os lugares em que se encontravam, perguntou por ele, chamou-o aos gritos, procurou-o na casa de Pedro García, o velho, e, por último, ao cair da noite, deitou-se, vencida, sem comer. Em sua enorme cama de bronze, magoada e confusa, afundou o rosto no travesseiro e chorou, desconsolada. A Nana levou-lhe um copo de leite com mel e adivinhou imediatamente a causa de sua angústia.

— Fico contente! — disse com um sorriso enigmático. — Você não está mais em idade para brincar com esse pulguento cheio de catarro!

Meia hora mais tarde, sua mãe entrou para beijá-la e a encontrou soluçando os últimos estertores de um pranto melodramático. Por um momento Clara deixou de ser um anjo distraído, colocando-se à altura dos simples mortais que aos 14 anos sofrem sua primeira dor de amor. Quis perguntar, mas Blanca era muito orgulhosa ou já muito mulher e não lhe deu explicações, de modo que Clara se limitou a sentar-se um pouco na cama e acariciá-la até que se acalmasse.

Nessa noite, Blanca dormiu mal e, ao amanhecer, despertou rodeada pelas sombras de seu grande quarto. Ficou olhando as ornamentações do teto até que ouviu o canto do galo e, então, levantou-se, abriu as cortinas e deixou entrarem a luz suave do nascer do sol e os primeiros ruídos do mundo. Aproximou-se do espelho do armário e olhou-se detidamente. Tirou a camisola e pela primeira vez observou detalhadamente seu corpo, compreendendo que todas aquelas mudanças eram a causa de seu amigo ter fugido. Sorriu com um novo e delicado sorriso de mulher. Vestiu a roupa velha do verão anterior, que mal lhe servia, envolveu-se numa manta e saiu na ponta dos pés para não despertar a família. Lá fora, o campo sacudia-se da modorra da noite, e os primeiros raios de sol cruzavam como sabres os picos da cordilheira, aquecendo a terra e evaporando o orvalho numa fina espuma branca que manchava todos os contornos e fazia da paisagem uma visão de sonho. Blanca começou a andar em direção ao rio. Tudo ainda estava calmo, seus passos esmagavam as folhas caídas e os galhos secos, produzindo um leve crepitar, único ruído naquele vasto espaço adormecido. Deu-se conta de que as alamedas imprecisas, os trigais dourados e as longínquas montanhas arroxeadas, perdendo-se no céu translúcido da manhã, eram uma recordação antiga para ela, algo que já tinha visto exatamente daquela forma, e de que já vivera aquele momento. A finíssima garoa da noite empapara a terra e as árvores, sentiu sua roupa ligeiramente úmida e os sapatos frios. Respirou o perfume da terra molhada, das flores apodrecidas e do húmus, que despertava um prazer desconhecido em seus sentidos. Ao chegar ao rio, Blanca viu seu amigo de infância sentado no lugar em que tantas vezes se haviam encontrado. Naquele ano, Pedro Terceiro não crescera tanto quanto ela; pelo contrário, continuava o mesmo menino magrelo, barrigudo e moreno, com um sábio semblante de ancião em seus olhos negros. Ao vê-la, levantou-se, e ela calculou que era meia cabeça mais alta do que ele. Olharam-se, desconcertados, sentindo-se pela primeira vez quase estranhos. Por um tempo que pareceu infinito, permaneceram imóveis, acostumando-se às mudanças e às novas distâncias, mas, então, um pardal piou, e tudo voltou a ser como no verão anterior. Eram novamente dois meninos que correm, se abraçam e riem, se atiram ao chão, rolam sobre os calhaus, incansavelmente murmurando seus nomes, felizes por estar juntos uma vez mais. Por fim, acalmaram-se. O cabelo de Clara estava cheio de folhas secas, que Pedro Terceiro tirou, uma por uma.

— Venha, quero lhe mostrar uma coisa — disse ele.

Levou-a pela mão. Caminharam, saboreando aquele amanhecer do mundo, arrastando os pés no barro, recolhendo talos tenros para lhes sugar a seiva, olhando-se e sorrindo, sem falar, até que chegaram a um prado afastado. O sol surgia acima do vulcão, mas o dia ainda não acabara de se instalar, e a terra bocejava. Pedro disse-lhe para se deitar no chão e ficar em silêncio. Rastejaram, aproximando-se de umas moitas, contornaram-nas, e, então, Blanca viu-a. Era uma formosa égua baia dando à luz sozinha na colina. Os meninos, imóveis, tentando abafar até a sua respiração, viram--na arquejar e fazer força até que apareceu a cabeça do potrinho e, depois de bastante tempo, o resto do corpo. O animalzinho caiu no chão, e a mãe começou a lambê-lo, deixando-o limpo e brilhante como madeira encerada, estimulando-o com o focinho a tentar erguer-se. Tendo ficado de pé, dobraram-se suas frágeis pernas de recém-nascido, e o potrinho permaneceu deitado, olhando a mãe com um ar desvalido, enquanto ela relinchava, saudando o sol da manhã. Blanca sentiu a felicidade estalando em seu peito e as lágrimas brotando-lhe nos olhos.

— Quando for grande, vou casar com você, e vamos morar aqui, em Las Tres Marías — sussurrou ela.

Pedro ficou olhando-a com expressão de velho triste e negou com a cabeça. Embora muito mais infantil do que ela, já conhecia seu lugar no mundo. Também sabia que amaria aquela menina durante toda a sua existência, que aquele amanhecer ficaria para sempre guardado em sua memória e que seria a última imagem que veria no momento de morrer.

Passaram aquele verão oscilando entre a infância, que ainda os retinha, e o despertar do homem e da mulher. Às vezes corriam como crianças, esvoaçando as galinhas e alvoroçando as vacas, fartavam-se de leite morno recém-tirado que lhes deixava bigodes de espuma, roubavam pão saído do forno e subiam nas árvores para construir casinhas com galhos. Outras vezes, escondiam-se nos lugares mais secretos e densos do bosque, construíam camas de folhas e brincavam de estar casados, acariciando-se até ficarem extenuados. Não tinham perdido a inocência para tirar a roupa sem curiosidade e banhar-se despidos no rio, como sempre haviam feito, mergulhando na água fria e deixando que a correnteza os arrastasse acima das pedras lustrosas do fundo. Algumas coisas, entretanto, já não partilhavam como antes. Aprenderam a ter vergonha. Já não apostavam quem faria a maior poça de urina, e Blanca não lhe falou a respeito daquela matéria escura que lhe manchava as calcinhas uma vez por mês. Sem que ninguém lhes dissesse, perceberam que não podiam ter intimidades diante dos demais. Quando Blanca vestia sua roupa de senhorita e se sentava à tarde no terraço para beber limonada com a família, Pedro Terceiro observava de longe, sem se aproximar. Começaram a esconder-se para suas brincadeiras. Deixaram de andar de mãos dadas à vista dos adultos e ignoravam-se para não atrair sua atenção. A Nana respirou mais tranquila, mas Clara começou a observá-los mais cuidadosamente.

Terminaram as férias e os Trueba regressaram à capital, carregados de frascos de doces, compotas, caixotes de fruta, queijos, galinhas e coelhos em conserva, cestos com ovos. Enquanto acomodavam tudo nos coches que os levariam ao trem, Blanca e Pedro Terceiro esconderam-se no celeiro para se despedir. Nesses três meses tinham chegado a amar-se com aquela paixão arrebatada que os transtornou pelo resto de suas vidas. Com o tempo, esse amor tornou-se mais invulnerável e persistente, mas já era então marcado pela mesma profundidade e a mesma certeza que o caracterizariam depois. Sobre um monte de grão, aspirando a aromática poeira do celeiro, à luz dourada e difusa da manhã coada pelas tábuas, beijaram-se inteiros, lamberam-se, morderam-se, chuparam-se, soluçaram e beberam suas lágrimas, juraram-se eternidade e combinaram um código secreto em que se comunicariam durante os meses de separação.

TODOS OS QUE viveram aquele momento afirmam que era por volta das oito da noite quando Férula apareceu, sem que nada pressagiasse sua chegada. Todos a viram, em sua blusa engomada, o molho de chaves à cintura e o coque de solteirona, como sempre a tinham visto na casa. Entrou pela porta da sala de jantar no momento em que Esteban estava trinchando o assado, e reconheceram-na imediatamente, apesar de não a terem visto nos últimos seis anos e de estar muito pálida e bem mais velha. Era sábado, e os gêmeos, Jaime e Nicolás, tendo saído do internato para passar o fim de semana em casa, também estavam ali. Seu testemunho é muito importante, porque eram os únicos membros da família que viviam completamente afastados da mesa de três pés, preservados da magia e do espiritismo por seu rígido colégio inglês. Sentiram um frio súbito na sala de jantar, e Clara ordenou que fechassem as janelas, supondo que se tratasse de uma corrente de ar. Logo em seguida, ouviram o tilintar das chaves, e quase imediatamente abriu-se a porta, aparecendo Férula, silenciosa e com a expressão distante, ao mesmo tempo que a Nana entrava pela porta da cozinha, com a travessa de salada. Esteban Trueba, a faca e o garfo de trinchar no ar, ficou paralisado pela surpresa, e os três meninos gritaram, tia Férula!, quase em uníssono. Blanca levantou-se para ir a seu encontro, mas Clara, que se sentava a seu lado, estendeu a mão e segurou-a por um braço. Na realidade, Clara foi a única que percebeu, ao primeiro olhar, o que estava ocorrendo, devido à sua grande familiaridade com os assuntos sobrenaturais, apesar de nada no aspecto de sua cunhada denunciar seu verdadeiro estado. Férula deteve-se a um metro da mesa, olhou-os a todos com os olhos vazios e indiferentes e logo se dirigiu a Clara, que ficou de pé, mas não fez nenhum movimento para se aproximar; apenas fechou os olhos e começou a respirar agitadamente, como se estivesse incubando um de seus ataques de asma. Férula aproximou-se dela, pôs as mãos em seus ombros e deu-lhe um breve beijo na testa. Na sala de jantar, só se ouviam a respiração ofegante de Clara e o tilintar metálico das chaves na cintura de Férula. Depois de beijar a cunhada, Férula passou a seu lado e saiu por onde entrara, fechando a porta às suas costas com suavidade. Na sala de jantar a família ficou imóvel, como em um pesadelo. A Nana começou a tremer tão fortemente que as colheres da salada caíram, e o barulho da prata soando no assoalho deixou todos sobressaltados. Clara abriu os olhos. Continuava a respirar com dificuldade, e caíam-lhe lágrimas pela face e pelo pescoço, manchando-lhe a blusa.

— Férula morreu — anunciou.

Esteban largou os talheres de trinchar o assado sobre a toalha e saiu correndo da sala de jantar. Foi até a rua chamando a irmã, mas não encontrou nem rastro dela. Nesse meio-tempo, Clara mandou um empregado buscar agasalhos e, quando o marido retornou à sala, estava vestindo o seu e tinha as chaves do automóvel na mão.

— Vamos à casa do padre Antônio — disse.

Percorreram o caminho em silêncio. Esteban dirigia com o coração oprimido, procurando a antiga paróquia do padre Antônio naqueles bairros de pobres, onde fazia muitos anos que não punha os pés. O sacerdote estava pregando um botão na batina puída quando chegaram com a notícia de que Férula tinha morrido.

— Não é possível! — exclamou. — Estive com ela há dois dias, e estava saudável e bem-disposta.

— Leve-nos à sua casa, padre, por favor — suplicou Clara. — Eu sei por que lhe peço. Está morta.

Diante da insistência de Clara, o padre Antônio acompanhou-os. Orientou Esteban ao longo de ruas estreitas até o domicílio de Férula. Durante aqueles anos de solidão, ela morara numa das favelas aonde ia rezar o terço contra a vontade dos beneficiados nos tempos de sua juventude. Tiveram de deixar o carro a vários quarteirões de distância, porque as ruas se tornavam cada vez mais estreitas, levando-os a compreender que eram feitas para se andar a pé ou de bicicleta. Enfiaram-se por elas caminhando, evitando as poças de água suja que transbordava dos valões, contornando as pilhas de lixo que os gatos escavavam como sombras secretas. O bairro era uma comprida viela de casas arruinadas, todas iguais, pequenos e humildes casebres de cimento, com uma só porta e duas janelas pintadas de cor parda, todas desbotadas, tomadas pela umidade, com arames estendidos ao longo da rua, em que, durante o dia, se pendurava roupa ao sol; àquela hora da noite, porém, vazios, deslocavam-se imperceptivelmente. Mais ou menos na metade da ruela havia uma única bica para abastecer as famílias que ali viviam, e só dois postes iluminavam o corredor de casas. Padre Antônio cumprimentou uma velha que, junto da bica, esperava que o jorro miserável enchesse seu balde.

— Viu a senhora Férula? — perguntou.

— Deve estar em casa, padre. Não a vi nos últimos dias — disse a velha.

Padre Antônio apontou um dos casebres, igual aos demais, triste, descascado e sujo, mas o único que tinha duas panelas penduradas, ladeando a porta, onde cresciam pequenos tufos de gerânios, a flor dos pobres. O sacerdote bateu à porta.

— Pode entrar! — gritou a velha da bica. — A senhora nunca passa a chave na porta. Aí não há o que roubar!

Esteban Trueba abriu a porta chamando sua irmã, mas não se atreveu a entrar. Clara foi a primeira a passar o umbral. Dentro estava escuro, e veio-lhes ao encontro o inconfundível aroma de lavanda e limão. Padre Antônio acendeu um fósforo. A débil chama abriu um círculo de luz na penumbra, mas, antes que pudessem avançar ou se dar conta do que os rodeava, apagou-se.

— Esperem aqui — disse o padre. — Eu conheço a casa.

Avançou às apalpadelas e, ao fim de pouco tempo, acendeu uma vela. Sua figura destacou-se, grotesca, e viram seu rosto deformado pela luz que flutuava a meia altura, enquanto a gigantesca sombra bailava nas paredes. Clara descreveu essa cena com minúcias em seu diário, detalhando com zelo os dois cômodos escuros, cujas paredes estavam manchadas pela umidade, o pequeno banheiro sujo e sem água corrente, a cozinha onde só havia sobras de pão velho e um tacho com um pouco de chá. O resto da casa de Férula pareceu a Clara compatível com o pesadelo que começara quando sua cunhada apareceu na sala de jantar do casarão da esquina para se despedir. Deu-lhe a impressão de ser o depósito de um vendedor de roupa usada ou as bambolinas de uma mísera companhia de teatro em excursão. Pendiam, pregados nas paredes, trajes antiquados, boás de pena, esquálidos pedaços de pele, colares de pedras falsas, chapéus que já não se usavam havia meio século, anáguas desbotadas com suas rendas rasgadas, vestidos que teriam sido luxuosos, mas cujo brilho já não mais existia, inexplicáveis jaquetões de almirante e casulas de bispo, tudo misturado em grotesca irmandade, onde se aninhava a poeira de anos. Pelo chão havia uma confusão de sapatos de cetim, bolsas de debutantes, cintos de bijuteria, suspensórios e até uma brilhante espada de cadete militar. Por todos os cantos espalhavam-se tristes perucas, potes de cosméticos, frascos vazios e uma quantidade desmesurada de coisas inimagináveis. Uma porta estreita separava os dois únicos cômodos. No outro, jazia Férula em sua cama. Engalanada como se fora uma rainha austríaca, usava um vestido de veludo roído pela traça, anáguas de tafetá amarelo, e, na cabeça, firmemente colocada, brilhava uma incrível peruca frisada de cantora de ópera. Ninguém estava com ela, ninguém soube de sua agonia, e calcularam que havia muitas horas que tinha morrido, porque as ratazanas já começavam a mordiscar-lhe os pés e a devorar-lhe os dedos. Estava magnífica em sua desolação de rainha e guardava no rosto uma expressão doce e serena que nunca tivera em sua triste existência.

— Gostava de vestir-se com roupa usada que conseguia de segunda mão ou apanhava nas lixeiras, pintava-se e punha essas cabeleiras, mas nunca fez mal a ninguém; pelo contrário, até o fim de seus dias rezava o terço pela salvação dos pecadores — explicou padre Antônio.

— Deixe-me sozinha com ela — disse Clara com firmeza.

Os dois homens saíram para a viela, onde os vizinhos já começavam a se aglomerar. Clara tirou seu casaco de lã branca e arregaçou as mangas, aproximou-se da cunhada, tirou-lhe com delicadeza a peruca e constatou que ela estava quase calva, velha e desvalida. Beijou-a na testa, tal como fora beijada poucas horas antes, na sala de jantar de sua casa, e em seguida começou, com toda a calma, a improvisar os ritos fúnebres. Despiu-a, lavou-a, ensaboou-a meticulosamente, sem esquecer nenhum cantinho, friccionou-a com água-de-colônia, pôs-lhe talco, escovou amorosamente a meia dúzia de cabelos, vestiu-a com os mais extravagantes e elegantes andrajos que encontrou, colocou-lhe a peruca de soprano, retribuiu-lhe na morte os infinitos serviços que Férula lhe prestara em vida. Enquanto trabalhava, lutando contra a asma, falava-lhe a respeito de Blanca, que já era uma mulherzinha, dos gêmeos, do casarão da esquina, do campo "e se visse como sentimos sua falta, cunhada, a falta que você me faz para cuidar dessa família; bem sabe que eu não sirvo para as tarefas da casa, os meninos estão insuportáveis, em compensação Blanca é uma menina adorável, e as hortênsias que você plantou com a sua própria mão em Las Tres Marías estão deslumbrantes; algumas são azuis, porque pus moedas de cobre na terra adubada, para que florescessem com essa cor, é um segredo da natureza, e cada vez que as ponho nos vasos lembro-me de você, mas também me lembro de você quando não há hortênsias, lembro-me sempre, Férula, porque a verdade é que desde que você se afastou de mim, nunca mais ninguém me deu tanto amor".

Acabou de arrumá-la, ficou ainda falando um pouco com ela e acariciando-a, e depois chamou o marido e o padre Antônio para tratarem do enterro. Numa caixa de biscoitos encontraram, intactos, os envelopes com o dinheiro que Esteban enviava mensalmente à irmã durante todos aqueles anos. Clara entregou-os ao sacerdote para suas obras de caridade, convicta de que esse era o destino que Férula pensava dar-lhes.

O padre ficou velando a morta para que as ratazanas não lhe faltassem com o respeito. Era cerca de meia-noite quando saíram. À porta, tinham-se reunido os vizinhos da favela para comentar a notícia. Tiveram de abrir passagem afastando os curiosos e espantando os cães que farejavam em meio às pessoas. Esteban afastou-se em grandes passadas, levando Clara pelo braço quase arrastada, sem dar atenção à água suja que salpicava as impecáveis calças cinzentas do alfaiate inglês. Estava furioso porque sua irmã, mesmo depois de morta, conseguia fazê-lo sentir-se culpado, como quando era menino. Recordou sua infância, quando ela o rodeava com suas obscuras solicitudes, envolvendo-o em dívidas de gratidão tão grandes que nem em todos os dias de sua vida conseguiria pagá-las. Tornou a sentir o sentimento de indignidade que frequentemente o atormentava em sua presença e a detestar seu espírito de sacrifício, sua severidade, sua vocação para a pobreza e sua inabalável castidade, que ele percebia como crítica à sua natureza egoísta, sensual e ansiosa de poder. Que a leve o diabo, maldita!, rosnou, negando-se a admitir, nem mesmo no mais íntimo de seu coração, que sua mulher também não chegara a lhe pertencer depois de ele ter expulsado Férula de casa.

— Por que vivia assim se lhe sobrava dinheiro? — gritou Esteban.

— Porque lhe faltava todo o resto — replicou Clara, docemente.

DURANTE OS MESES que estiveram separados, Blanca e Pedro Terceiro trocaram pelo correio cartas inflamadas, que ele assinava com nome de mulher, e ela escondia assim que chegavam. A Nana conseguiu interceptar uma ou duas, mas não sabia ler, e, mesmo que soubesse, o código secreto a impediria de inteirar-se do conteúdo, por sorte dela, aliás, porque seu coração não teria resistido. Blanca passou o inverno tricotando um poncho com lã da Escócia na aula de trabalhos manuais do colégio, pensando nas medidas do rapaz. À noite dormia abraçada ao poncho, aspirando o odor da lã e sonhando que era ele quem dormia em sua cama.

Pedro Terceiro, por sua vez, passou o inverno compondo no violão canções para Blanca e esculpindo sua imagem em quanto pedaço de madeira lhe caísse nas mãos, sem poder separar a lembrança angélica da menina dos tormentos que lhe ferviam no sangue, lhe amoleciam os ossos, mudavam sua voz e produziam pelos em seu rosto. Debatia-se, inquieto, entre as exigências do corpo, que se transformava no de um homem, e a doçura de um sentimento ainda contido pelos inocentes jogos da infância. Ambos esperaram a chegada do verão com dolorosa impaciência, e finalmente, quando ele chegou e tornaram a se encontrar, o poncho que Blanca tinha tecido não passava pela cabeça de Pedro Terceiro, porque naqueles meses tinha deixado para trás a meninice e alcançado as proporções de homem adulto, e as ternas canções de flores e amanheceres que ele compusera para Blanca soaram-lhe ridículas, porque sua companheira tinha o porte de uma mulher e também suas urgências.

Pedro Terceiro continuava magro, seu cabelo, teso, e seus olhos, tristes, mas, ao mudar, sua voz adquiriu uma tonalidade rouca e apaixonada, que o identificaria mais tarde, quando cantasse a revolução. Falava pouco e era áspero e rude no trato, mas terno e delicado com as mãos, tinha grandes dedos de artista com que esculpia, arrancava lamentos das cordas do violão e desenhava com a mesma facilidade com que segurava as rédeas de um cavalo, brandia o machado para cortar lenha ou guiava o arado. Era o único em Las Tres Marías que enfrentava o patrão. Seu pai, Pedro Segundo, dissera-lhe mil vezes que não olhasse o patrão nos olhos, que não contestasse, que não se metesse com ele e, no anseio de protegê-lo, chegara a dar-lhe grandes surras para lhe baixar a crista. Mas o filho era rebelde. Aos 10 anos, já sabia tanto quanto a professora da escola de Las Tres Marías e, aos 12, insistia em fazer a viagem ao liceu da povoação, a cavalo ou a pé, saindo da casinha de tijolo às cinco da manhã, chovesse ou trovejasse. Leu e releu mil vezes os livros mágicos dos baús encantados do tio Marcos e continuou alimentando-se com outros, que lhe emprestavam os sindicalistas do bar e o padre José Dulce María, que também o estimulou a cultivar sua habilidade natural para fazer versos e traduzir em canções suas ideias.

— Meu filho, a Santa Madre Igreja está à direita, mas Jesus sempre esteve à esquerda — dizia-lhe, enigmático, entre um gole e outro de vinho de missa com que celebrava as visitas de Pedro Terceiro.

Foi assim que um dia Esteban Trueba, descansando no terraço depois do almoço, o ouviu cantar qualquer coisa a respeito de galinhas organizadas que se uniam para enfrentar a raposa e a venciam. Chamou-o.

— Quero ouvi-lo. Cante, vamos! — ordenou-lhe.

Pedro Terceiro pegou o violão com um gesto amoroso, acomodou a perna numa cadeira e dedilhou as cordas. Olhava fixamente o patrão enquanto sua voz de veludo se elevava, apaixonada, na calmaria da sesta. Esteban Trueba não era tonto e compreendeu o desafio.

— Ora! Não é que se pode cantar qualquer besteira? — grunhiu. — Aprenda a cantar canções de amor!

— Eu gosto, patrão. A união faz a força, como diz o padre José Dulce María. Se as galinhas podem enfrentar a raposa, o que não poderão os humanos?

Pegou seu violão e saiu arrastando os pés sem que ao outro ocorresse o que lhe dizer, apesar de já ter a raiva à flor dos lábios e começar-lhe a subir a tensão. Desde esse dia, Esteban Trueba teve-o na mira, observava-o, desconfiava. Tratou de impedir que frequentasse o liceu, inventando tarefas de homem maduro, mas o rapaz levantava-se mais cedo e deitava-se mais tarde, para cumpri--las. Foi nesse ano que Esteban o açoitou com seu chicote diante do pai, por ter levado aos empregados as novidades que andavam circulando em meio aos sindicalistas da aldeia, ideias de folga aos domingos, salário mínimo, aposentadoria e assistência médica, licença-maternidade para as mulheres grávidas, voto sem pressões e, o mais grave, a ideia de uma organização camponesa que pudesse enfrentar os patrões.

Nesse verão, quando Blanca foi passar férias em Las Tres Marías, quase não o reconheceu, porque estava quinze centímetros mais alto e deixara muito para trás o menino barrigudo que compartilhara com ela todos os verões de sua infância. Ela desceu do coche, alisou a saia e pela primeira vez não correu para abraçá-lo, apenas inclinou a cabeça em sua direção à maneira de cumprimento, embora com os olhos lhe dissesse aquilo que os outros não deveriam ouvir, o que, aliás, já lhe dissera em sua impudica correspondência em código. A Nana observou a cena de rabo de olho e sorriu com satisfação. Ao passar na frente de Pedro Terceiro, fez-lhe uma careta.

— Aprenda, ranhento, a se meter com os de sua classe, e não com senhoritas — zombou baixinho.

Naquela noite Blanca jantou com toda a família na sala de jantar a caçarola de galinha com que sempre os recebiam em Las Tres Marías, sem que se vislumbrasse nela nenhuma ansiedade durante a prolongada sobremesa em que o pai bebia conhaque e falava sobre vacas importadas e minas de ouro. Esperou que a mãe sinalizasse a permissão para retirar-se, levantou-se calmamente, desejou boa-noite a cada um dos presentes e foi para seu quarto. Pela primeira vez em sua vida, fechou a porta à chave. Sentou-se na cama sem tirar a roupa e esperou no escuro, até que se calaram as vozes dos gêmeos gritando no quarto ao lado, os passos dos empregados, as portas, os ferrolhos, e a casa se acomodou no sono. Então abriu uma janela e pulou, caindo sobre as moitas de hortênsias que muito tempo atrás sua tia Férula havia plantado. A noite estava clara, ouviam-se os grilos e os sapos. Respirou profundamente, e o ar trouxe-lhe o cheiro doce dos pêssegos que secavam no pátio para as compotas. Esperou que os olhos se acostumassem à escuridão e logo começou a andar, mas não pôde seguir adiante, porque ouviu o ladrar furioso dos cães de guarda, que eram soltos à noite — quatro mastins que foram criados presos por correntes e que passavam o dia trancados, que ela nunca tinha visto de perto e sabia que não poderiam reconhecê-la. Por um momento sentiu que o pânico a fazia perder a cabeça e esteve a ponto de começar a gritar, mas, então lembrou-se de que Pedro García, o velho, uma vez dissera que os ladrões andam nus para não serem atacados pelos cães. Sem hesitar, despiu a roupa com a rapidez que os nervos lhe permitiam, enfiou-a sob o braço e caminhou com passo tranquilo, rezando para que os animais não lhe farejassem o medo. Viu-os avançarem, ladrando, e seguiu adiante, sem perder o ritmo da marcha. Os cães aproximaram-se, rosnando, desconcertados, mas ela não parou. Um deles, mais audaz do que os outros, aproximou-se para cheirá-la. Recebeu o bafo morno de sua respiração nas costas, mas não lhe deu atenção. Continuaram a rosnar e a ladrar por algum tempo, acompanharam-na durante boa parte de seu trajeto e, por fim, enfadados, deram meia-volta. Blanca suspirou aliviada e deu-se conta de que estava tremendo e coberta de suor; teve de se apoiar numa árvore e esperou até que passasse a agitação que amolecera seus joelhos. Depois, vestiu-se depressa e saiu correndo em direção ao rio.

Pedro Terceiro a esperava no mesmo lugar em que se haviam encontrado no verão anterior e onde muitos anos antes Esteban Trueba se havia apoderado da humilde virgindade de Pancha García. Ao ver o rapaz, Blanca corou violentamente. Durante os meses em que tinham estado separados, ele amadurecera no duro ofício de fazer-se homem, e ela, por seu lado, esteve recolhida entre as paredes de seu quarto e do colégio das freiras, preservada das durezas da vida, alimentando sonhos românticos com agulhas de tecer e lã da Escócia, mas a imagem de seus sonhos não coincidia com aquele jovem alto que se aproximava murmurando seu nome. Pedro Terceiro estendeu a mão e tocou-lhe o pescoço junto da orelha. Blanca sentiu algo quente percorrer seus ossos e amolecer suas pernas, fechou os olhos e se abandonou. Ele a puxou suavemente e a envolveu em seus braços; ela afundou o nariz no peito daquele homem que não conhecia, tão diferente do menino magro com quem trocava carícias até ficarem extenuados poucos meses antes. Aspirou-lhe o odor novo, esfregou-se na sua pele áspera, alisou aquele corpo enxuto e forte e sentiu uma paz grandiosa e completa, que em nada se parecia com a agitação que se havia apoderado dele. Procuraram-se com as línguas, como faziam antes, embora parecesse um afago recém-inventado, deixaram-se cair ajoelhados, beijando-se com desespero, e rolaram sobre o leito macio da terra úmida. Descobriram-se pela primeira vez e não tinham nada a dizer um ao outro. A lua percorreu todo o horizonte, mas eles não a viram, ocupados em explorar sua mais profunda intimidade, enfiando-se cada um na pele do outro, insaciavelmente.

A partir dessa noite, Blanca e Pedro Terceiro encontravam-se sempre no mesmo lugar à mesma hora. Durante o dia ela bordava, lia e pintava insípidas aquarelas nos arredores da casa, sob o olhar feliz da Nana, que enfim podia dormir tranquila. Clara, no entanto, pressentia que algo estranho estava acontecendo, porque percebia uma nova cor na aura de sua filha e acreditava adivinhar a causa. Pedro Terceiro cumpria suas tarefas habituais no campo e não deixou de ir à povoação para ver seus amigos. Ao cair da noite, estava morto de cansaço, mas a perspectiva de se encontrar com Blanca devolvia-lhe a força. Não era em vão que tinha 15 anos. Assim, passaram todo o verão, e, muitos anos mais tarde, os dois recordariam essas noites veementes como a melhor época de suas vidas.

Jaime e Nicolás, por sua vez, aproveitavam as férias fazendo tudo o que era proibido no internato britânico, gritando até esganiçar-se, engalfinhando-se sob qualquer pretexto, transformados em dois imundos ranhentos, maltrapilhos, cheios de crostas nos joelhos e piolhos na cabeça, fartos de fruta fresca colhida na hora, de sol e de liberdade. Saíam de manhãzinha e não voltavam para casa antes do anoitecer, ocupados em caçar coelhos a pedradas, galopar a cavalo até perder o fôlego e espiar as mulheres que lavavam roupa no rio.

ASSIM SE PASSARAM três anos, até que o terremoto mudou as coisas. No final daquelas férias, os gêmeos regressaram à capital antes do restante da família, acompanhados pela Nana, pelos empregados da cidade e por grande parte da bagagem. Os rapazes iam diretamente para o colégio, enquanto a Nana e os demais empregados preparariam o casarão da esquina para a chegada dos patrões. Blanca ficou com os pais no campo mais alguns dias. Foi então que Clara começou a ter pesadelos, caminhar, sonâmbula, pelos corredores e despertar aos gritos. Durante o dia parecia imbecilizada, vendo signos premonitórios no comportamento dos animais: que as galinhas não põem seu ovo diário, que as vacas andam espantadas, que os cães uivam à morte, que as ratazanas, as aranhas e os vermes saem de seus esconderijos, que os pássaros abandonaram os ninhos e estão partindo em bandos, enquanto seus filhotes gritam de fome nas árvores. Olhava obsessivamente a tênue coluna de fumaça branca do vulcão, observando as mudanças na cor do céu. Blanca preparou-lhe infusões calmantes e banhos mornos, e Esteban recorreu à velha caixinha de pílulas homeopáticas para tranquilizá-la, mas os sonhos continuaram.

— A terra vai tremer! — dizia Clara, cada vez mais pálida e agitada.

— Sempre treme, Clara, pelo amor de Deus — respondia Esteban.

— Desta vez será diferente. Haverá dez mil mortos.

— Não há tanta gente em todo o país — caçoava ele.

O cataclismo começou às quatro da madrugada. Clara despertou pouco tempo antes com um pesadelo apocalíptico de cavalos arrebentados, vacas tragadas pelo mar, gente rastejando sob pedras e cavernas abertas no chão, por onde se afundavam casas inteiras. Levantou-se, lívida de terror, e correu até o quarto de Blanca. Mas Blanca, como em todas as noites, tinha fechado à chave a porta e deslizado pela janela em direção ao rio. Nos últimos dias, antes de voltar à cidade, a paixão do verão adquirira características dramáticas, porque na iminência de uma nova separação os jovens aproveitavam todos os momentos possíveis para se amar desenfreadamente. Passavam a noite no rio, imunes ao frio e ao cansaço, entregando-se com a força do desespero, e só ao vislumbrar os primeiros raios do amanhecer Blanca voltava para casa entrando pela janela do quarto, aonde chegava justamente a tempo de ouvir cantarem os galos. Clara foi até a porta de sua filha; quis abri-la, mas estava trancada. Bateu e, como ninguém respondesse, saiu correndo, contornou a casa e viu, então, a janela aberta, escancarada, e as hortênsias plantadas por Férula pisoteadas. Imediatamente compreendeu a causa da cor da aura de Blanca, suas olheiras, o fastio, a sonolência matinal e as aquarelas vespertinas. Nesse exato momento, começou o terremoto.

Clara sentiu que o solo se sacudia e não pôde aguentar-se em pé. Caiu de joelhos. As telhas desprenderam-se e choveram à sua volta com um estrépito ensurdecedor. Viu a parede de adobe da casa quebrar-se como se um machado a tivesse golpeado de frente; a terra abriu-se, como vira em sonhos, e uma enorme fenda foi surgindo à sua frente, engolindo na passagem os galinheiros, a empena da lavanderia e parte do estábulo. O reservatório de água inclinou-se e caiu no chão, espalhando mil litros de água sobre as galinhas sobreviventes, que esvoaçavam, desesperadas. Ao longe, o vulcão cuspia fogo e fumaça como um dragão furioso. Os cães soltaram-se das correntes e correram, enlouquecidos, os cavalos que escaparam ao desmoronar do estábulo cheiravam o ar e relinchavam de terror antes de fugir, assustados, campo afora, os álamos balançavam como bêbados, e alguns caíram, as raízes soltas no ar, esmagando os ninhos dos pardais. E o mais tremendo foi aquele rugido do fundo da terra, aquele resfolegar de gigante que se sentiu por muito tempo, enchendo o ar de espanto. Clara quis arrastar-se até a casa, chamando Blanca, mas os estertores do solo a impediram. Viu os camponeses saindo em atropelo das casas, gritando ao céu, abraçando-se uns aos outros, puxando as crianças, chutando os cães, empurrando os velhos, tentando salvar os pobres haveres daquele estrondo de tijolos e telhas que saía das próprias entranhas da terra, como um interminável rumor de fim do mundo.

Esteban Trueba apareceu no umbral da porta no exato instante em que a casa se quebrou como uma casca de ovo, desabando numa nuvem de pó, esmagando-o sob uma montanha de escombros. Clara rastejou até lá, chamando-o aos gritos, mas ninguém respondeu.

O primeiro tremor do terremoto durou quase um minuto e foi o mais forte que se tinha registrado até então naquele país de catástrofes. Derrubou quase tudo o que estava em pé, e o resto foi desmoronando ao longo do rosário de tremores menores que continuou estremecendo o mundo até o amanhecer. Em Las Tres Marías, esperaram que nascesse o sol para que se contassem os mortos e se desenterrassem os sepultados que ainda gemiam sob os escombros, entre eles Esteban Trueba, que todos sabiam onde estava, mas ninguém tinha esperança de encontrar com vida. Foram necessários quatro homens a mando de Pedro Segundo para remover o monte de terra, telhas e adobes que o cobria. Clara abandonara sua angélica distração e ajudava a tirar as pedras com força de homem.

— Temos que tirá-lo! Está vivo e nos ouve! — assegurava Clara, e isso dava-lhes ânimo para continuar.

Com as primeiras luzes, apareceram Blanca e Pedro Terceiro, intactos. Clara partiu para cima da filha e deu-lhe duas bofetadas, mas logo a abraçou, chorando, aliviada por saber que estava a salvo e por tê-la a seu lado.

— Seu pai está ali! — apontou Clara.

Os jovens puseram-se a trabalhar com os demais e, ao cabo de uma hora, quando já tinha nascido o sol naquele universo de angústia, tiraram o patrão do túmulo. Os ossos quebrados eram tantos que não podiam ser contados, mas estava vivo e tinha os olhos abertos.

— Temos que levá-lo à aldeia para ser examinado pelos médicos — disse Pedro Segundo.

Estavam discutindo a maneira como transportá-lo sem que os ossos lhe saíssem por todos os lados, como de um saco roto, quando chegou Pedro García, o velho, que, graças à cegueira e à velhice, suportara o terremoto sem se abalar. Agachou-se ao lado do ferido e, com muita cautela, percorreu-lhe o corpo, tateando-o com as mãos, olhando com seus dedos antigos, até não deixar nada por contabilizar nem fratura sem ter em conta.

— Se mexerem nele, morre — avisou.

Esteban Trueba não estava inconsciente e ouviu-o perfeitamente, lembrou-se da praga das formigas e acreditou que o velho era sua única esperança.

— Deixem-no, ele sabe o que faz — balbuciou.

Pedro García mandou trazer uma manta e, com a ajuda do filho e do neto, colocou sobre ela o patrão; ergueram-no com cuidado e o acomodaram sobre uma mesa improvisada que tinham armado no centro daquilo que antes fora o pátio, mas que já não passava de uma pequena clareira naquele pesadelo de cascalho, cadáveres de animais, choro de crianças, gemido de cães e orações de mulheres. Das ruínas, recuperaram um odre de vinho, que Pedro García distribuiu em três partes, uma para lavar o corpo do ferido, outra para lhe dar a tomar e outra que ele bebeu com parcimônia antes de começar a compor os ossos, um a um, com paciência e calma, esticando aqui, ajustando ali, colocando cada um em seu lugar, pondo-lhes talas, envolvendo--os em tiras de lençol para imobilizá-los, murmurando ladainhas de santos curandeiros, invocando a boa sorte e a Virgem Maria, e suportando os gritos e as blasfêmias de Esteban Trueba, sem alterar sua beatífica expressão de cego. Tateando, reconstituiu-lhe o corpo tão bem que os médicos que o examinaram depois não conseguiam acreditar que aquilo fosse possível.

— Eu nem sequer teria tentado — reconheceu o doutor Cuevas ao tomar conhecimento do episódio.

Os destroços do terremoto mergulharam o país em um luto pro-longado. Não bastou a terra sacudir-se até derrubar tudo no chão; também o mar se afastou várias milhas e regressou numa única e gigantesca onda que pôs barcos sobre as colinas, muito distantes da costa, levou casebres, caminhos e animais, e submergiu várias ilhas do Sul mais de um metro abaixo do nível da água. Alguns edifícios caíram como dinossauros feridos, outros se desfizeram como castelos de cartas, os mortos contavam-se aos milhares, e não houve família que não tivesse alguém por quem chorar. A água sal-gada do mar arruinou as colheitas, os incêndios devoraram zonas inteiras de cidades e povoações, e, por último, a lava escorreu, e caiu a cinza, como coroação do castigo, sobre as aldeias próximas dos vulcões. As pessoas deixaram de dormir em suas casas, aterrori-zadas com a possibilidade de o cataclismo se repetir, improvisavam acampamentos em lugares desertos, dormiam nas praças e nas ruas. Os soldados tiveram de conter a desordem e fuzilavam sem hesitação quem era flagrado roubando, porque, enquanto os mais cristãos enchiam as igrejas clamando perdão pelos seus pecados e rogavam a Deus para que aplacasse sua ira, os ladrões percorriam os destroços e, aparecendo uma orelha com brinco ou um dedo com anel, cortavam-nos a golpe de faca, sem considerar se a vítima estava morta ou apenas presa nos escombros. Desenvolveu-se uma praga de germes que provocou diversas epidemias em todo o país. O resto do mundo, ocupado demais com outra guerra, apenas se inteirou de que a natureza enlouquecera naquele longínquo lugar do planeta, mas, ainda assim, chegaram carregamentos de medicamentos, cobertores, alimentos e materiais de construção, que se perderam nos misteriosos labirintos da administração pública, a ponto de, muitos anos depois, ser possível comprar, no comércio especializado, comida enlatada da América do Norte e leite em pó da Europa, ao preço de requintados manjares.

Esteban Trueba passou quatro meses envolto em ataduras, rígido em talas, pensos e grampos, em atroz suplício de pontadas e imobilidade, devorado pela impaciência. Seu gênio piorou até que ninguém pôde suportá-lo. Clara ficou no campo para cuidar dele, e, quando se normalizaram as comunicações e se restaurou a ordem, mandaram Blanca para o colégio, na condição de interna, porque a mãe não podia encarregar-se dela.

Na capital, o terremoto surpreendeu a Nana em sua cama, e, apesar de ali ele ter sido menos sentido do que no Sul, o susto matou-a assim mesmo. O casarão da esquina estalou como uma noz, abriram-se gretas nas paredes, e o grande lustre de pingentes de cristal da sala de jantar caiu com um clamor de mil sinos, fazendo-se em caquinhos. Fora isso, a única coisa grave foi a morte da Nana. Quando passou o terror do primeiro momento, os empregados deram-se conta de que a anciã não fugira para a rua com os demais. Entraram para resgatá-la e a encontraram em sua cama, os olhos fora das órbitas e o pouco cabelo que lhe restava eriçado de pavor. No caos daqueles dias, não puderam fazer-lhe um enterro digno, como ela teria esperado, sendo obrigados a enterrá-la às pressas, sem discursos nem lágrimas. Nenhum dos numerosos filhos alheios que ela criara com tanto amor assistiu a seu funeral.

O terremoto marcou uma mudança tão importante na vida da família Trueba que, a partir de então, eles passaram a localizar os acontecimentos antes e depois dessa data. Em Las Tres Marías, Pedro Segundo García voltou a assumir o cargo de administrador, dada a impossibilidade de o patrão sair da cama. Coube-lhe a tarefa de organizar os trabalhadores, devolver a calma e reconstruir a ruína em que se havia transformado a propriedade. Começaram por enterrar seus mortos no cemitério ao pé do vulcão, que fora milagrosamente salvo do rio de lava que desceu pelas encostas da maldita montanha. Os novos túmulos deram um ar festivo ao humilde campo santo, e plantaram fileiras de vidoeiros para dar sombra aos que visitavam seus mortos. Reconstruíram as casinhas de tijolo, uma a uma, exatamente como eram antes, os estábulos, a leiteria e o celeiro, e voltaram a preparar a terra para as sementeiras, gratos pelo fato de a lava e a cinza terem caído para o outro lado, salvando a propriedade. Pedro Terceiro teve de renunciar a seus passeios à aldeia, porque o pai o queria ao seu lado. Acompanhava-o de mau humor, fazendo-lhe notar que se arrebentavam para reerguer a riqueza do patrão, embora eles continuassem a ser tão pobres quanto antes.

— Sempre foi assim, filho. Você não pode mudar a lei de Deus — respondia-lhe o pai.

— Pode ser mudada, sim, pai. Há quem esteja fazendo isso, mas aqui nem sequer tomamos conhecimento das notícias. Estão acontecendo coisas importantes no mundo — replicava Pedro Terceiro, repetindo sem pausas o discurso do mestre comunista ou do padre José Dulce María.

Pedro Segundo não respondia e continuava trabalhando sem vacilações. Fazia vista grossa quando o filho, aproveitando-se do fato de a doença do patrão ter-lhe relaxado a vigilância, rompia o cerco de censura e introduzia em Las Tres Marías os folhetos proibidos dos sindicalistas, os jornais políticos do mestre e as inusitadas versões bíblicas do padre espanhol.

Por ordem de Esteban Trueba, o administrador começou a reconstrução da casa senhorial seguindo a mesma planta que tinha originalmente. Nem sequer mudaram os adobes de palha e barro cozido por modernos tijolos ou modificaram o vão das janelas, muito estreito. O único melhoramento foi canalizar água quente para os banheiros e substituir o antigo fogão a lenha por um equipamento a petróleo ao qual, no entanto, nenhuma cozinheira chegou a se habituar, terminando seus dias no pátio, para uso indiscriminado das galinhas. Enquanto se construía a casa, improvisaram um refúgio de tábuas com teto de zinco, onde acomodaram Esteban em seu leito de inválido, e dali, através de uma janela, ele observava os progressos da obra e gritava suas instruções, fervendo de raiva pela imobilidade forçada.

Clara mudou muito nesses meses. Teve de acompanhar Pedro Segundo García na tarefa de salvar o que pudesse ser salvo. Pela primeira vez na vida, tomou a seu cargo, sem nenhuma ajuda, os assuntos materiais, porque já não contava mais com seu marido, Férula ou a Nana. Despertou, enfim, de uma longa infância em que estivera sempre protegida, rodeada de cuidados e comodidades, e sem obrigações. Esteban Trueba adquiriu a mania de afirmar que tudo o que comia lhe fazia mal, exceto o que ela cozinhava, de modo que passava boa parte do dia na cozinha depenando galinhas para fazer canjas de doente e amassando pão. Teve de fazer-se enfermeira, lavá-lo com esponja, mudar-lhe as ataduras, pôr-lhe a comadre. Ele se tornou cada dia mais furibundo e despótico, exigindo-lhe põe uma almofada aqui, não, mais acima, traga-me vinho, não, eu lhe disse que queria vinho branco, abra a janela, feche-a, dói aqui, estou com fome, estou com calor, coce-me as costas, mais abaixo. Clara chegou a temê-lo muito mais do que quando era o homem forte e saudável que se introduzia na paz de sua vida com seu cheiro de macho ansioso, seu vozeirão de furacão, sua guerra sem quartel, sua prepotência de grande senhor, impondo sua vontade e atirando seus caprichos contra o delicado equilíbrio que ela mantinha entre os espíritos do Além e as almas necessitadas do Aqui. Chegou a detestá-lo. Logo que os ossos se soldaram e ele pôde mover-se um pouco, Esteban recuperou o tempestuoso desejo de abraçá-la e, todas as vezes que ela passava a seu lado, dava-lhe uma palmada, confundindo-a, em sua perturbação de doente, com as robustas camponesas que, em seus anos de moço, o serviam na cozinha e na cama. Clara dava-se conta de que já não tinha disponibilidade para esses assuntos. As desgraças tinham-na espiritualizado, e a idade e a falta de amor pelo marido tinham-na levado a considerar o sexo um passatempo algo brutal, que lhe deixava as articulações doloridas e provocava desordem no mobiliário. Em poucas horas, o terremoto obrigou-a a mergulhar na violência, na morte e na vulgaridade, pondo-a em contato com as necessidades básicas, que antes havia ignorado. De nada lhe serviram a mesa de três pés ou a capacidade de adivinhar o futuro nas folhas de chá, em face da urgência de defender os empregados da peste e do desconcerto, a terra da seca e da praga, as vacas da febre aftosa, as galinhas do gogo, a roupa da traça, seus filhos do abandono e seu marido da morte e de sua ira incontida. Clara estava muito cansada. Sentia-se sozinha, confusa, e, nos momentos das decisões, o único a quem podia recorrer em busca de ajuda era Pedro Segundo García. Esse homem leal e silencioso estava sempre presente, ao alcance de sua voz, oferecendo alguma estabilidade à trágica barafunda que entrara em sua vida. Frequentemente, ao fim do dia, Clara chamava--o para lhe oferecer uma chávena de chá. Sentavam-se nas cadeiras de vime da varanda, à espera de que chegasse a noite para aliviar a tensão do dia. Observavam a escuridão que caía suavemente e as primeiras estrelas que começavam a brilhar no céu, ouviam o coaxar das rãs e se mantinham calados. Tinham muita coisa sobre o que falar, muitos problemas a resolver, muitos acordos pendentes, mas ambos compreendiam que aquela meia hora em silêncio era um prêmio merecido, bebericavam, sem pressa, seu chá, para fazê-lo durar, e cada um pensava na vida do outro. Conheciam-se havia mais de quinze anos, estavam juntos todos os verões, mas, no total, haviam trocado pouquíssimas frases. Ele percebera a patroa como uma luminosa aparição estival, alheia às rudes fainas da vida, de uma espécie diferente da de outras mulheres que tinha conhecido. Mesmo agora, com as mãos enfiadas na massa ou com o avental ensanguentado pela galinha do almoço, parecia-lhe uma miragem na reverberação do dia. Só ao entardecer, na calma desses momentos que partilhavam com suas chávenas de chá, conseguia vê-la em sua dimensão humana. Secretamente, tinha-lhe jurado lealdade e, como um adolescente, às vezes divagava fantasiando a ideia de dar a vida por ela. Apreciava-a tanto quanto odiava Esteban Trueba.

Quando foram instalar o telefone, muito faltava para a casa poder ser habitada. Fazia quatro anos que Esteban Trueba batalhava por consegui-lo e foram instalá-lo justamente quando não havia nem um teto para protegê-lo das intempéries. O aparelho não durou muito, mas serviu para chamar os gêmeos e ouvir-lhes a voz, como se estivessem em outra galáxia, em meio a um ruído ensurdecedor e das interrupções da operadora da aldeia, que participava da conversa. Por telefone, souberam que Blanca estava doente e as freiras não queriam assumir a responsabilidade de cuidar dela. A menina apresentava uma tosse persistente e tinha febre com frequência. O terror da tuberculose se fazia presente em toda parte, porque não havia família que não tivesse um tísico a lamentar, e então Clara decidiu ir buscá-la. No mesmo dia em que

Clara viajava, Esteban Trueba quebrou o telefone a bengaladas, porque, quando começou a tocar, ele gritou que já estava indo, que se calasse, mas o aparelho continuou a tocar, e ele, num repente de fúria, caiu-lhe em cima aos golpes, deslocando, aliás, a clavícula, que tanto custara a Pedro García, o velho, consertar.

Era a primeira vez que Clara viajava sozinha. Fizera o mesmo trajeto durante anos, mas sempre distraída, porque contava com alguém que se encarregasse dos detalhes triviais, enquanto ela sonhava, observando a paisagem pela janela. Pedro Segundo García levou-a até a estação e acomodou-a no assento do vagão. Ao despedir-se, ela se inclinou, beijou-o levemente na face e sorriu. Ele levou a mão ao rosto para proteger do vento aquele beijo fugaz e não sorriu, porque a tristeza o havia invadido.

Guiada pela intuição mais do que pelo conhecimento das coisas ou pela lógica, Clara conseguiu chegar ao colégio de sua filha sem contratempos. A Madre Superiora recebeu-a em seu escritório espartano, com um Cristo enorme e sangrento na parede e um incongruente ramo de rosas vermelhas sobre a mesa.

— Chamamos o médico, senhora Trueba — disse-lhe. — A menina não tem nada nos pulmões, mas é melhor levá-la, o campo lhe fará bem. Nós não podemos assumir essa responsabilidade, compreenda.

A freira tocou uma sineta, e Blanca entrou. Estava mais magra e pálida, com sombras violáceas abaixo dos olhos que teriam impressionado qualquer mãe, mas Clara compreendeu imediatamente que a doença de sua filha não era do corpo, mas da alma. O horrendo uniforme cinzento fazia-a parecer muito menor do que era, apesar de suas formas de mulher transbordarem das costuras. Blanca espantou-se ao ver a mãe, que recordava como um anjo vestido de branco, alegre e distraído, e que em poucos meses se transformara numa mulher eficiente, com as mãos calejadas e duas profundas rugas nos cantos da boca.

Foram visitar os gêmeos no colégio. Era a primeira vez que se encontravam depois do terremoto e tiveram a surpresa de comprovar que o único lugar do território nacional que não fora atingido pelo cataclismo era o velho colégio; daí o terem ignorado completamente. Ali, os dez mil mortos passaram sem pena nem glória, enquanto eles continuavam cantando em inglês e jogando críquete, comovidos apenas pelas notícias que chegavam da Grã-Bretanha com três semanas de atraso. Confundidas, constataram que aqueles rapazes, que tinham sangue de mouros e espanhóis nas veias e que tinham nascido no último rincão da América, falavam o castelhano com sotaque de Oxford e que a única emoção que eram capazes de manifestar era a surpresa, erguendo a sobrancelha esquerda. Não tinham nada em comum com os dois rapazes exuberantes e piolhentos que passavam o verão no campo. "Espero que tanta fleuma saxônica não os faça idiotas", balbuciou Clara ao se despedir dos filhos.

A morte da Nana, que, apesar de sua idade, era a responsável pelo casarão da esquina na ausência dos patrões, provocou a debandada dos empregados. Sem vigilância, abandonaram suas tarefas e passavam o dia numa orgia de sestas e mexericos, enquanto as plantas secavam por falta de rega e as aranhas passeavam pelos cantos. A deterioração era tão evidente que Clara decidiu fechar a casa e despedir todos eles. Depois, entregou-se com Blanca à tarefa de cobrir os móveis com lençóis e espalhar naftalina em todos os cômodos. Abriram uma a uma as gaiolas dos pássaros, e o céu encheu-se de passerinas, canários, pintassilgos e bem-te-vis, que voltearam, cegos pela liberdade, e finalmente voaram em todas as direções. Blanca notou que durante toda essa lida não apareceu nenhum fantasma atrás das cortinas, não chegou nenhum rosa-cruz atraído por seu sexto sentido nem algum poeta faminto, guiado pela necessidade. Sua mãe parecia ter-se tornado uma senhora comum e rústica.

— Você mudou muito, mamãe — observou Blanca.

— Não fui eu, filha. Foi o mundo que mudou — respondeu Clara.

Antes de partirem, foram ao quarto da Nana no pátio dos empregados. Clara abriu seus caixotes, pegou a mala de papelão que a boa mulher usara durante meio século e revistou o armário. Não havia mais do que um pouco de roupa, alpargatas velhas e caixas de todos os tamanhos, amarradas por fitas e elásticos, onde ela guardava estampas da primeira comunhão e do batismo, mechas de cabelo, unhas cortadas, retratos desbotados e alguns sapatinhos de bebê gastos pelo uso. Eram recordações de todos os filhos da família del Valle e depois dos Trueba que haviam passado por seus braços e que ela embalara em seu colo.

Debaixo da cama, encontrou uma trouxa com os disfarces que a Nana usava para lhe espantar a mudez. Sentada na cama, com aqueles tesouros nas mãos, Clara chorou longamente aquela mulher que dedicara a sua existência a tornar mais confortável a dos outros e que morrera sozinha.

— Depois de tanto tentar assustar-me, foi ela que morreu de susto — observou Clara.

Mandou transportar o corpo para o mausoléu dos del Valle, no Cemitério Católico, supondo que ela não gostaria de estar enterrada com os evangélicos e os judeus, e teria preferido seguir na morte junto daqueles que havia servido em vida. Pôs um ramo de flores sobre a lápide e foi com Blanca para a estação, de regresso a Las Tres Marías.

Durante a viagem de trem, Clara atualizou sua filha sobre as novidades da família e a saúde de seu pai, esperando que Blanca lhe fizesse a única pergunta que sabia que ela desejava fazer, mas Blanca não mencionou Pedro Terceiro, e Clara não se atreveu a fazê--lo. Acreditava que, ao nomear os problemas, eles se materializavam e já não era mais possível ignorá-los; por outro lado, se ficam no limbo das palavras não ditas, podem desaparecer sozinhos, com o decorrer do tempo. Na estação, Pedro Segundo esperava-as com o coche, e Blanca estranhou ouvi-lo assobiar durante todo o trajeto para Las Tres Marías, uma vez que o administrador tinha fama de taciturno.

Encontraram Esteban Trueba sentado numa poltrona forrada de felpa azul, à qual foram adaptadas rodas de bicicleta, enquanto se aguardava que chegasse da capital a cadeira de rodas encomendada e que Clara trazia na bagagem. Supervisionava com enérgicas bengaladas e impropérios os progressos da casa, tão absorto que as recebeu com um beijo distraído e se esqueceu de perguntar pela saúde da filha.

Nessa noite comeram numa rústica mesa de tábuas, iluminados por um candeeiro a querosene. Blanca observou sua mãe servir a comida nos pratos de barro feitos artesanalmente, como faziam também os tijolos, porque no terremoto quebrara-se toda a louça. Sem a Nana para coordenar as tarefas da cozinha, haviam simplificado tudo aos extremos da frugalidade e partilhavam apenas uma espessa sopa de lentilhas, pão, queijo e marmelada, que era menos do que ela comia no internato nas sextas-feiras de jejum. Esteban dizia que, tão logo pudesse aguentar-se nas pernas, iria pessoalmente à capital comprar as coisas mais finas e caras para mobiliar a casa, porque já estava farto de viver como um caipira, por culpa da maldita natureza histérica daquele país do caralho. De tudo o que se falou à mesa, a única coisa que Blanca reteve foi que ele havia despedido Pedro Terceiro García com a ordem de não voltar a pôr os pés na propriedade, porque o flagrara divulgando ideias comunistas aos camponeses. A menina empalideceu ao ouvi-lo e deixou cair o conteúdo da colher na toalha. Só Clara percebeu sua perturbação, porque Esteban estava envolvido no monólogo de sempre sobre os malnascidos que mordem a mão de quem lhes dá de comer, "e tudo por causa desses politiqueiros do diabo! Como esse novo candidato socialista, um fantoche que se atreve a atravessar o país de norte a sul em seu trem de segunda categoria, sublevando pessoas de paz com a sua fanfarronice bolchevista, mas é bom que não se aproxime daqui, porque, se descer do trem, nós o transformaremos em purê, já estamos preparados, não há um só patrão em toda a região que não esteja de acordo, não vamos permitir que venham pregar contra o trabalho honrado, o prêmio justo para os que se esforçam, a recompensa dos que saem na frente na vida, não é possível que os preguiçosos tenham o mesmo que nós, que trabalhamos de sol a sol e sabemos investir nosso capital, correr os riscos, assumir as responsabilidades, porque, se formos ao fundo da questão, a história de que a terra é de quem a trabalha vai derrubá-los, porque aqui o único que sabe trabalhar sou eu, sem a minha presença isso seria uma ruína e continuaria a ser, nem o próprio Cristo disse que temos que dividir o fruto de nosso esforço com os preguiçosos, e esse ranhento de merda, Pedro Terceiro, atreve-se a dizê-lo em minha propriedade, se não lhe meti uma bala na cabeça é porque estimo muito seu pai e, de certa forma, devo a vida a seu avô, mas já o avisei de que, caso o veja rondando por aqui, faço-o em pedaços a tiros de espingarda".

Clara não participava da conversa. Estava ocupada pondo e tirando as coisas da mesa, e vigiando sua filha de rabo de olho, mas, ao tirar a terrina com o resto das lentilhas, ouviu as últimas palavras da cantilena de seu marido.

— Você não pode impedir que o mundo se transforme, Esteban. Se não for Pedro Terceiro García, outro trará as novas ideias para Las Tres Marías — disse.

Esteban Trueba deu uma bengalada na terrina que sua mulher tinha nas mãos, jogando-a longe e derramando seu conteúdo pelo chão. Blanca pôs-se de pé, aterrorizada. Era a primeira vez que via o mau humor de seu pai dirigido contra Clara e supôs que ela entraria num de seus transes lunáticos e que sairia voando pela janela, mas nada disso aconteceu. Clara recolheu os restos da terrina quebrada com sua calma habitual, sem dar mostras de ouvir os palavrões de marinheiro que Esteban cuspia. Esperou que ele acabasse de resmungar, deu-lhe boa-noite com um beijo na face e saiu levando Blanca pela mão.

Blanca não perdeu a tranquilidade pela ausência de Pedro Terceiro. Ia todos os dias ao rio e esperava. Sabia que a notícia de seu regresso ao campo chegaria ao rapaz mais cedo ou mais tarde e que o chamado do amor o alcançaria onde quer que ele estivesse. E assim foi de fato. No quinto dia, viu chegar um maltrapilho, coberto com uma manta de inverno e um chapéu de aba larga, arrastando um burro carregado com utensílios de cozinha, panelas de liga de estanho, bules de cobre, grandes marmitas de ferro esmaltado, conchas de todos os tamanhos, com um chocalhar de latas que anunciava seu andar com dez minutos de antecipação. Não o reconheceu. Parecia um velho miserável, um desses tristes ambulantes que percorrem a província, levando sua mercadoria de porta em porta. Parou diante dela, tirou o chapéu, e, então, ela viu os belos olhos negros brilhando entre uma cabeleira e uma barba hirsutas. O burro ficou mordiscando a relva com o enfadonho ruído de suas panelas enquanto Blanca e Pedro Terceiro saciavam a fome e a sede acumuladas em tantos meses de silêncio e separação, rolando sobre pedras e moitas, gemendo como desesperados. Depois ficaram abraçados em meio aos juncos da margem, ao zumbir dos besouros e ao coaxar das rãs, e ela lhe contou que havia posto cascas de plátano e papel mata-borrão nos sapatos para ter febre e comido giz moído até ter tosse de verdade, a fim de convencer as freiras de que sua inapetência e palidez eram sintomas seguros da tuberculose.

— Queria estar com você — disse, beijando-o no pescoço.

Pedro Terceiro falou-lhe a respeito do que estava acontecendo no mundo e no país, da guerra longínqua que mantinha meia humanidade desaparecida por estripamento em consequência de estilhaços de bala ou na agonia do campo de concentração e numa imensidão de viúvas e órfãos, falou-lhe a respeito dos trabalhadores na Europa e na América do Norte, cujos direitos eram respeitados, porque a mortandade de sindicalistas e socialistas das décadas anteriores tinha produzido leis mais justas e repúblicas como Deus manda, cujos governantes não roubam o leite em pó dos desabrigados.

— Os últimos a se darem conta das coisas somos sempre nós, os camponeses, que não nos inteiramos do que acontece em outros lugares. Aqui odeiam seu pai. Mas têm tanto medo dele que não são capazes de se organizar para enfrentá-lo. Compreende, Blanca?

Ela compreendia, mas naquele momento seu único interesse era aspirar seu cheiro de grão fresco, lamber-lhe as orelhas, enfiar os dedos naquela barba densa, ouvir seus gemidos apaixonados. Também temia por ele. Sabia que não só o pai lhe meteria na cabeça a bala prometida, como também qualquer um dos patrões da região faria o mesmo com prazer. Blanca lembrou a Pedro Terceiro a história do dirigente socialista que dois anos antes percorria a região de bicicleta, distribuindo panfletos nas fazendas e organizando os trabalhadores, até que os irmãos Sanchez o pegaram, o mataram a pauladas e o penduraram num poste do telégrafo numa encruzilhada, para que todos pudessem vê-lo. Esteve ali um dia e uma noite, balançando-se sob o fundo infinito do céu, até que chegaram os policiais a cavalo e o tiraram. Para dissimular, responsabilizaram os índios da reserva, embora todos soubessem que eram pacíficos e, se tinham medo de matar uma galinha, teriam, com maior razão, medo de matar um homem. Os irmãos Sanchez ainda o desenterraram do cemitério e voltaram a exibir o cadáver, o que já era excessivo para atribuir aos índios. Nem por isso, porém, a justiça se atreveu a intervir, e a morte do socialista foi rapidamente esquecida.

— Podem matá-lo — suplicou Blanca, abraçando-o.

— Tomarei cuidado — tranquilizou-a Pedro Terceiro. — Não ficarei muito tempo no mesmo lugar. Por isso não poderei vê-la todos os dias. Espere-me aqui. Virei sempre que puder.

— Eu o amo — disse ela, soluçando.

— Eu também.

Voltaram a abraçar-se com o ardor insaciável próprio de sua idade, enquanto o burro continuava mastigando a relva.

BLANCA TOMOU MEDIDAS para não regressar ao colégio, provocando em si mesma vômitos com salmoura quente, diarreia com cerejas verdes e falta de ar apertando a cintura com uma cilha de cavalo, até que adquiriu a fama de ter má saúde, que era justamente o que ela pretendia. Imitava tão bem os sintomas das mais diversas doenças que poderia ter enganado uma junta médica e chegou a convencer-se de que era de fato doente. Todas as manhãs, ao acordar, fazia uma revisão mental em seu organismo para constatar o que lhe doía e que novo mal a atormentava. Aprendeu a aproveitar qualquer circunstância para se sentir doente, desde uma mudança de temperatura até o pólen das flores, e a transformar todo e qualquer simples mal-estar em agonia. Clara era de opinião de que o melhor para a saúde era ter as mãos ocupadas e, assim, manteve a distância os mal-estares de sua filha dando-lhe trabalho. A menina tinha de levantar-se cedo, como todos os outros, tomar banho de água fria e dedicar-se a seus afazeres, que incluíam ensinar na escola, costurar na oficina e cumprir todas as tarefas da enfermaria, desde aplicar clister até suturar feridas com agulhas e fio de costureiro, sem que de nada lhe valessem os desmaios ao ver sangue nem os suores frios quando tinha de limpar um vômito. Pedro García, o velho, que já estava com cerca de 90 anos e apenas arrastava os ossos, partilhava a ideia de Clara de que as mãos são para ser usadas. Foi assim que um dia, quando Blanca se queixava de uma terrível enxaqueca, a chamou e, sem preâmbulos, lhe pôs uma bola de barro na saia. Passou a tarde ensinando-a a modelar a argila para fazer vasilhas de cozinha, sem que ela se lembrasse de suas doenças. O velho não sabia que estava dando a Blanca o que mais tarde seria seu único meio de sobrevivência e seu consolo nas horas mais tristes. Ensinou-a a movimentar o torno com o pé enquanto fazia dançarem as mãos sobre o barro macio para confeccionar vasilhas e cântaros. Logo, porém, Blanca deu-se conta de que o utilitário a entediava e que era muito mais divertido fazer figuras de animais e pessoas. Com o tempo, dedicou-se a fabricar um mundo em miniatura de animais domésticos e personagens dedicados a todos os ofícios, carpinteiros, lavadeiras, cozinheiras, todos com as suas pequenas ferramentas e móveis.

— Isso não serve para nada! — disse Esteban Trueba quando viu a obra de sua filha.

— Podemos encontrar sua utilidade — sugeriu Clara.

Assim surgiu a ideia dos presépios. Blanca começou a produzir figurinhas para o presépio natalino — não só os reis magos e os pastores, mas também uma multidão de pessoas dos tipos mais diversos e todas as espécies de animais, camelos e zebras da África, iguanas da América e tigres da Ásia, sem se prender à zoologia própria de Belém. Depois, agregou-lhes animais que inventava, juntando meio elefante com a metade de um crocodilo, sem saber que estava fazendo no barro o que sua tia Rosa, que não conhecera, fazia com os fios de bordar em sua gigantesca toalha, enquanto Clara especulava a respeito do fato de que, se as loucuras se repetem na família, deve ser porque existe uma memória genética que impede que se percam no esquecimento. Os multitudinários presépios de Blanca transformaram-se numa curiosidade. Teve de treinar duas garotas como ajudantes, porque não dava vazão aos pedidos; naquele ano, todo mundo queria ter um para a noite de

Natal, sobretudo porque eram gratuitos. Esteban Trueba determinara que a mania do barro poderia continuar como diversão de senhorita, mas que, se se transformasse em negócio, o nome dos Trueba seria equiparado aos dos comerciantes que vendiam pregos nas casas de ferragens e peixe frito no mercado.

Os encontros de Blanca e Pedro Terceiro eram espaçados e irregulares, mas, por isso mesmo, mais intensos. Naqueles anos, ela se acostumou ao sobressalto e à espera, resignou-se à ideia de que sempre se amariam às escondidas e deixou de alimentar o sonho de se casar e viver numa das casinhas de seu pai. Frequentemente passava semanas sem notícias dele, mas, de repente, aparecia ao longe um carteiro de bicicleta, um evangélico pregando com uma bíblia sob o braço ou um cigano falando numa língua meio pagã, todos eles tão inofensivos que passavam sem levantar suspeitas ao olho vigilante do patrão. Reconhecia-o por suas pupilas negras. Não era a única; todos os empregados de Las Tres Marías e muitos camponeses de outras propriedades também o esperavam. Sendo perseguido pelos patrões, o jovem ganhou fama de herói. Todos queriam escondê-lo por uma noite, as mulheres teciam-lhe ponchos e meias para o inverno, e os homens guardavam para ele a melhor aguardente e o melhor charque da estação. Seu pai, Pedro Segundo García, suspeitava de que o filho violava a proibição de Trueba e adivinhava os vestígios que deixava à sua passagem. Dividia-se entre o amor por seu filho e seu papel de guardião da propriedade. Além disso, tinha medo de o reconhecer e também de que Esteban Trueba lesse isso em seu rosto, mas sentia uma secreta alegria ao lhe atribuir algumas das coisas estranhas que estavam acontecendo no campo. Só não lhe passou pela imaginação a ideia de que as visitas de seu filho tivessem algo a ver com os passeios de Blanca Trueba ao rio, porque essa possibilidade não pertencia à ordem natural do mundo. Nunca falava a respeito do filho, exceto na intimidade de sua família, mas sentia-se orgulhoso dele e preferia vê-lo transformado em fugitivo a tê-lo como mais um na multidão, semeando batatas e colhendo pobreza, como todos os demais. Quando escutava alguém cantarolar alguma das canções de galinhas e raposas, sorria, pensando que seu filho conseguira mais adeptos com suas baladas subversivas do que com os panfletos do Partido Socialista que distribuía, incansavelmente.

VI

A Vingança

Um ano e meio depois do terremoto, Las Tres Marías tinha voltado a ser a fazenda-modelo de antes. Estava de pé a grande casa senhorial idêntica à original, porém mais sólida e com instalação de água quente nos banheiros. A água era como chocolate claro, e, às vezes, até girinos apareciam, mas saía em alegre e forte jorro. A bomba alemã era uma maravilha. Eu circulava por toda parte sem outro apoio além de uma grossa bengala com castão de prata, a mesma que tenho agora e a respeito da qual minha neta diz que não uso por ser coxo, mas sim para enfatizar minhas palavras, brandindo-a como um argumento contundente. A longa doença contundiu meu organismo e piorou meu temperamento. Reconheço que, por fim, nem Clara conseguia frear minhas raivas. Outra pessoa teria ficado inválida para sempre em decorrência do acidente, mas eu fui ajudado pela força do desespero. Pensava em minha mãe, sentada na cadeira de rodas, apodrecendo em vida, e isso me dava tenacidade para erguer-me e começar a andar, ainda que fosse à custa de maldições. Creio que as pessoas tinham medo de mim. Até a própria Clara, que nunca temera meu mau gênio, em parte porque eu tinha o cuidado de não dirigi-lo contra ela, andava assustada. Vê-la com medo de mim deixava-me frenético.

Pouco a pouco, Clara foi mudando. Parecia cansada, e percebi que se afastava de mim. Já não tinha simpatia por mim, minhas dores não lhe provocavam compaixão, mas enfado, dei-me conta de que evitava minha presença. Ousaria mesmo dizer que nessa época ela experimentava mais prazer ordenhando as vacas com Pedro Segundo do que me fazendo companhia no salão. Quanto mais distante estivesse Clara, maior era a necessidade que eu sentia de seu amor. Não diminuíra o desejo que experimentei ao casar-me, queria possuí-la completamente, até seu último pensamento, mas aquela mulher diáfana passava a meu lado como um sopro e, mesmo que eu a agarrasse com ambas as mãos e a abraçasse com brutalidade, não poderia aprisioná-la. Seu espírito não estava comigo. Quando teve medo de mim, a vida para nós converteu-se em um purgatório. Durante o dia, cada um de nós se ocupava de suas tarefas. Tínhamos, os dois, muito o que fazer. Só nos encontrávamos à hora das refeições, e, então, era eu quem mantinha toda a conversa, porque ela parecia vagar pelas nuvens. Falava muito pouco e perdera aquele riso fresco e atrevido, que foi a primeira coisa de que gostei nela, e já não jogava a cabeça para trás, mostrando todos os dentes no riso franco. Apenas sorria. Pensei que a idade e meu acidente nos estivessem separando, que estivesse entediada com a vida matrimonial, o que acontece com todos os casais, e eu não era um amante delicado, desses que mandam flores com frequência e dizem coisas bonitas. Mas tentei aproximar-me dela. Como tentei, meu Deus! Aparecia em seu quarto quando estava lidando com seus cadernos de anotar a vida ou com a mesa de três pés. Cheguei a tentar até compartilhar esses aspectos de sua existência, mas ela não gostava que lessem seus cadernos, e minha presença cortava-lhe a inspiração quando conversava com os espíritos, e, assim, tive de desistir. Abandonei também o propósito de estabelecer uma boa relação com Blanca. Minha filha, desde pequena, era estranha e nunca foi a menina carinhosa e meiga que eu teria desejado. Na verdade, parecia um quirquincho.* Desde que me lembro, foi arisca comigo e não precisou superar o complexo de Édipo, porque nunca o teve. Mas já era uma senhorita, parecia inteligente e amadurecida para sua idade, estando muito ligada à mãe. Pensei que poderia ajudar-me e tentei conquistar sua aliança, dando-lhe presentes, gracejando, mas ela também me evitava. Agora que já estou muito velho e posso falar sobre isso sem perder a cabeça de raiva, creio que a culpa por tudo foi seu amor por Pedro Terceiro García. Blanca era insubornável. Nunca pedia nada, falava menos do que a mãe e, se eu a obrigava a dar-me um beijo de bom-dia, fazia-o com tamanha má vontade que ele me doía como uma bofetada. "Tudo mudará quando regressarmos à capital e levarmos uma vida civilizada", eu dizia então, mas nem Clara nem Blanca demonstravam o menor interesse em deixar Las Tres Marías; pelo contrário, cada vez que eu mencionava o assunto, Blanca dizia que a vida no campo lhe devolvera a saúde, mas que ainda não se sentia forte, e Clara lembrava-me de que tinha muito o que fazer no campo, que as coisas não estavam em condições de ser deixadas pelo meio. À minha mulher, não faziam falta os refinamentos a que sempre estivera habituada e, no dia em que chegou a Las Tres Marías o carregamento de móveis e artigos domésticos que encomendei para fazer-lhe surpresa, limitou-se a achar tudo muito bonito. Eu mesmo tive de decidir onde tudo seria arrumado, porque, para ela, aquilo parecia não ter a mínima importância. A nova casa cobriu-se de um luxo que nunca tivera, nem sequer nos dias esplendorosos, anteriores à presença de meu pai, que a arruinou. Chegaram grandes móveis coloniais de carvalho e

---

* Mamífero da América do Sul de cuja carapaça os índios fazem um bandolim de doze cordas. (N. T.)

nogueira, feitos à mão, pesados tapetes de lã, lampiões de ferro e cobre macetado. Encomendei na capital um serviço de porcelana pintada à mão digno de uma embaixada; cristaleira, quatro caixotes repletos de adornos, lençóis e toalhas bordados, uma coleção de discos de música clássica e ligeira com seu moderno toca-discos. Qualquer mulher se mostraria encantada com tudo isso e se teria ocupado durante vários meses, organizando sua casa; menos Clara, que era impermeável a essas coisas. Limitou-se a capacitar duas cozinheiras e treinar algumas garotas, filhas dos empregados, para servirem a casa e, logo que se viu livre dos tachos e das vassouras, retomou seus cadernos de anotar a vida e suas cartas de Tarot nos momentos de ócio. Passava a maior parte do dia ocupada na oficina de costura, na enfermaria e na escola. Eu a deixava tranquila, porque esses afazeres justificavam sua vida. Era uma mulher caridosa e generosa, com ânsia de fazer felizes os que a rodeavam, todos, menos a mim. Depois do desmoronamento, reconstruímos a venda, e, para lhe agradar, suprimi o sistema de papéis cor-de-rosa e comecei a pagar às pessoas com notas, porque Clara dizia que isso lhes permitia fazer compras na aldeia e economizar. Não era verdade. Só servia para os homens se embebedarem na taberna de San Lucas e as mulheres e as crianças passarem dificuldades. Por causa desse tipo de coisas, brigamos muito. Os empregados eram a causa de todas as nossas discussões, bem, nem todas. Também discutíamos por causa da guerra mundial. Eu acompanhava o avanço das tropas nazistas num mapa que havia pendurado na parede do salão, enquanto Clara tecia meias para os soldados aliados. Blanca apertava a cabeça com as duas mãos, sem compreender a causa de nossa paixão por uma guerra que não tinha nada a ver conosco e que estava acontecendo do outro lado do oceano. Imagino que também tivéssemos desentendimentos por outros motivos. Pouquíssimas vezes, aliás, concordávamos em alguma coisa. Não acredito que a culpa de tudo fosse meu mau gênio, porque eu era um bom marido, sem sombra do desmiolado que havia sido em solteiro. Ela era a única mulher para mim. Ainda o é.

Um dia Clara mandou colocar trinco na porta de seu quarto e não voltou a aceitar-me em sua cama, exceto naquelas ocasiões em que eu forçava tanto a situação que negar-se teria significado a ruptura definitiva. Primeiro, imaginei que sofresse alguma dessas misteriosas indisposições que acometem as mulheres de vez em quando ou que se tratasse da menopausa, mas, quando o assunto se prolongou por várias semanas, decidi conversar com ela. Explicou-me com calma que nossa relação matrimonial se havia deteriorado e, por isso, perdera sua boa disposição para os embates carnais. Deduziu naturalmente que, se não tínhamos nada a nos dizer, também não poderíamos partilhar a mesma cama e estranhou o fato de que eu passasse todo o dia me enraivecendo com ela e, à noite, quisesse suas carícias. Tentei fazê-la entender que, nesse sentido, homens e mulheres são um pouco diferentes e que eu a adorava, apesar de todas as minhas manias, mas foi inútil. Naquele tempo eu era mais saudável e mais forte do que ela, apesar de meu acidente e de Clara ser mais nova. Com a idade, eu emagrecera. Não tinha nem um grama de gordura no corpo e mantinha a mesma resistência e força da juventude. Podia passar todo o dia cavalgando, dormir estirado em qualquer lugar, comer o que fosse sem sentir a vesícula, o fígado e outros órgãos internos a que as pessoas se referem constantemente. Doíam-me os ossos, isso sim. Nas tardes frias ou nas noites úmidas, a dor dos ossos esmagados no terremoto era tão intensa que eu mordia o travesseiro para que ninguém ouvisse meus gemidos. Quando não aguentava mais, enfiava um bom trago de aguardente e duas aspirinas goela abaixo, mas nem isso me aliviava. O estranho é que minha sensualidade se havia tornado mais seletiva com a idade, embora continuasse quase tão inflamável quanto em minha juventude. Gostava de olhar as mulheres, ainda gosto. É um prazer estético, quase espiritual. Só

Clara, entretanto, despertava em mim o desejo concreto e imediato, porque em nossa longa vida em comum tínhamos aprendido a nos conhecer, e cada um guardava na ponta dos dedos a geografia precisa do outro. Ela sabia quais eram os meus pontos mais sensíveis, era capaz de me dizer exatamente o que eu precisava ouvir. Numa idade em que a maioria dos homens está enfadada de sua mulher e precisa do estímulo de outras para encontrar a chama do desejo, eu estava convencido de que só com Clara poderia fazer amor como nos tempos da lua de mel, incansavelmente. Não experimentava a tentação de procurar outras.

Lembro-me de que começava a assediá-la ao cair da noite. À tarde, ela se sentava para escrever, e eu fingia saborear meu cachimbo, mas, na realidade, eu a espiava com o canto de olho. Mal desconfiava de que ia deitar-se — porque começava a limpar a pena e a guardar os cadernos —, eu me adiantava. Ia claudicando até o banheiro, lavava-me, penteava-me, vestia um roupão atoalhado cor de vinho, que comprara para seduzi-la, mas de cuja existência ela nunca pareceu se dar conta, ficava de ouvido colado à porta e esperava-a. Quando a ouvia avançar ao longo do corredor, atacava-a. Tentei tudo, desde cobri-la de carícias e presentes até ameaçá-la de derrubar a porta e moê-la a bengaladas, mas nenhuma dessas opções resolvia o abismo que nos separava. Suponho que era inútil tentar fazê-la esquecer com minhas manifestações amorosas à noite o mau humor com que a tiranizava durante o dia. Clara evitava-me com aquele ar distraído que acabei por detestar. Não posso compreender o que nela tanto me atraía. Era uma mulher madura, sem nenhum coquetismo, que arrastava ligeiramente os pés e havia perdido a alegria injustificada que a tornara tão atraente na juventude. Clara não era sedutora nem terna comigo. Estou certo de que não me amava. Não havia razão para desejá-la dessa forma descomedida e brutal, que me afundava no desespero e no ridículo. Mas eu não podia evitar. Seus pequenos gestos, seu suave odor de roupa limpa e sabonete, a luz de seus olhos, a graça de sua nuca delgada coroada pelos caracóis rebeldes, tudo nela eu adorava. Sua fragilidade provocava em mim uma insuportável ternura. Queria protegê-la, abraçá-la, fazê-la rir como nos velhos tempos, voltar a dormir com ela a meu lado, sua cabeça em meu ombro, as pernas encolhidas sob as minhas, tão pequena e quente, sua mão em meu peito, vulnerável e preciosa. Às vezes, decidia castigá-la com uma fingida indiferença, mas, ao cabo de alguns dias, dava-me por vencido, porque Clara parecia muito mais tranquila e feliz quando eu a ignorava. Fiz um furo na parede do banheiro para vê-la nua, mas isso me deixava em tal estado de perturbação que preferi voltar a fechá-lo com argamassa. Para feri-la, ameacei ir ao Farolito Rojo, mas seu único comentário foi que isso era melhor do que forçar as camponesas, o que estranhei, pois não imaginava que ela soubesse algo a esse respeito. Em face desse comentário, voltei a tentar as violações, com o único objetivo de aborrecê-la. Constatei então que o tempo e o terremoto tinham feito estragos em minha virilidade e que já não tinha forças para enlaçar pela cintura uma robusta camponesa e alçá-la sobre a garupa do cavalo, e, muito menos, arrancar-lhe a roupa e penetrá-la contra a sua vontade. Estava na idade em que se necessita de ajuda e ternura para fazer amor. Tinha ficado velho, porra!

SÓ ELE PERCEBEU que estava diminuindo. Notou-o pela roupa. Não era simplesmente por lhe sobrar nas costuras, mas por lhe ficarem compridas as mangas e as pernas das calças. Pediu a Blanca que as consertasse na máquina de costura, mas perguntava-se, inquieto, se Pedro García, o velho, não lhe teria posto os ossos ao contrário, e, por isso, ele estava encolhendo. Não comentou o fato com ninguém, assim como nunca falou a respeito de suas dores, por uma questão de orgulho.

Nessa ocasião, preparavam-se as eleições presidenciais. Num jantar de políticos conservadores na aldeia, Esteban Trueba conheceu o conde Jean de Satigny. Usava sapatos de pelica e jaqueta de linho cru, não suava como os demais mortais e recendia a colônia inglesa, estava sempre bronzeado em consequência da prática, em plena luz do meio-dia, de um jogo que consistia em fazer passar uma bola por um pequeno arco, empurrando-a com um bastão, e falava arrastando as últimas sílabas das palavras e comendo os erres. Era o único homem que Esteban conhecia que passava verniz brilhante nas unhas e pingava colírio azul nos olhos. Tinha cartões de visita com as armas de sua família e observava todas as regras de civilidade conhecidas e outras inventadas por ele, como comer as alcachofras com pinças, o que provocava estupefação geral. Os homens zombavam dele pelas costas, mas logo ficou evidente que tentavam imitar sua elegância, seus sapatos de pelica, sua indiferença e seu aspecto civilizado. O título de conde colocava-o num nível diferente do de outros emigrantes que haviam chegado da Europa Central fugindo das pestes do século passado, da Espanha escapando à guerra, do Oriente Médio com seus comércios de turcos e armênios da Ásia vendendo sua comida típica e suas bugigangas. O conde de Satigny não precisava ganhar a vida, como logo fez difundir. O negócio das chinchilas era, para ele, mero passatempo.

Esteban Trueba tinha visto as chinchilas vadeando por sua fazenda e as caçava a tiro, para que não devorassem as sementeiras, mas nunca lhe ocorrera que esses roedores insignificantes pudessem transformar-se em abrigos de senhoras. Jean de Satigny procurava um sócio que entrasse com o capital, o trabalho, as criadeiras, e assumisse todos os riscos, para dividir os lucros em duas partes iguais. Esteban Trueba não era aventureiro em nenhum aspecto de sua vida, mas o conde francês tinha a graça alada e o engenho que conseguiam cativá-lo; por isso, passou muitas noites acordado, estudando a proposta das chinchilas e fazendo contas.

Nesse ínterim, *monsieur* de Satigny passava longas temporadas em Las Tres Marías, como convidado de honra. Jogava sua bolinha, em pleno sol, bebia quantidades exorbitantes de suco de melão sem açúcar e rondava delicadamente as cerâmicas de Blanca. Chegou a ponto de lhe propor a exportação para outros lugares em que havia mercado seguro para os artesanatos indígenas. Blanca apontou seu equívoco, explicando-lhe que nem ela nem sua obra tinham qualquer origem indígena, mas a barreira da língua impediu que ele compreendesse seu ponto de vista. O conde foi uma aquisição social para a família Trueba, porque, desde o momento em que se instalou na propriedade, choveram os convites das fazendas vizinhas, para reuniões com as autoridades políticas da aldeia e para todos os acontecimentos culturais e sociais da região. Todos queriam estar perto do francês, na esperança de que algo de sua distinção os contagiasse, as mocinhas suspiravam ao vê-lo e as mães o desejavam como genro, disputando entre si a honra de convidá-lo. Os cavalheiros invejavam a sorte de Esteban Trueba, que fora escolhido para o negócio das chinchilas. A única pessoa que não se deslumbrou com os encantos do francês e não se maravilhou com sua maneira de descascar uma laranja com talheres, sem tocá-la com os dedos, deixando as cascas em forma de flor, ou com sua capacidade de citar poetas e filósofos franceses em sua língua natal, foi Clara, que cada vez que a ele se dirigia precisava perguntar-lhe o nome e se desconcertava sempre que o encontrava de roupão de seda a caminho do banheiro de sua própria casa. Blanca, ao contrário, divertia-se com ele e agradecia-lhe a oportunidade de exibir seus melhores vestidos, pentear-se com esmero e pôr a mesa com a melhor louça inglesa e os castiçais de prata.

— Pelo menos tira-nos da barbárie — dizia.

Esteban Trueba estava menos impressionado com o espalhafato do nobre do que com as chinchilas. Questionava como, diabos, não lhe tinha ocorrido a ideia de curtir-lhes a pele, em vez de perder tantos anos criando aquelas malditas galinhas que morriam de qualquer diarreia sem importância e aquelas vacas que, para cada litro de leite que se lhes ordenhava, comiam um hectare de forragem e uma caixa de vitaminas, e, além disso, enchiam tudo de moscas e merda. Clara e Pedro Segundo García, porém, não partilhavam seu entusiasmo pelos roedores, ela por razões humanitárias — parecia-lhe uma atroz crueldade criá-los para lhes arrancar a pele — e ele por nunca ter ouvido falar a respeito de criadores de ratos.

Uma noite o conde saiu para fumar um de seus cigarros orientais, especialmente trazidos do Líbano, vá alguém saber onde isso fica!, como dizia Trueba, e para respirar o perfume das flores, que subia imperioso do jardim e inundava os quartos. Passeou um pouco pelo terraço e mediu com a vista a extensão do parque que se estendia em redor da casa senhorial. Suspirou, comovido com aquela natureza pródiga, capaz de reunir, no mais esquecido país da terra, todos os climas de sua invenção: a cordilheira e o mar, os vales e os cumes mais altos, rios de água cristalina e uma benigna fauna, que permitia passear em total segurança, com a certeza de que não apareceriam víboras venenosas ou feras esfomeadas, e, para total perfeição, nem havia negros rancorosos ou índios selvagens. Estava farto de percorrer países exóticos atrás do comércio de barbatanas de tubarão para afrodisíacos, ginseng para todos os males, figuras esculpidas pelos esquimós, piranhas embalsamadas do Amazonas e chinchilas para fazer abrigos de senhoras. Tinha 38 anos, pelo menos era o que confessava, e intuía que afinal encontrara o paraíso na terra, onde poderia montar empresas tranquilas com sócios ingênuos. Sentou-se num tronco, fumando no escuro. Logo viu uma sombra agitar-se e teve a ideia fugaz de que poderia ser um ladrão, mas afastou-a imediatamente, porque os bandidos naquelas terras eram tão incomuns quanto os animais malignos. Aproximou-se com prudência e, então, avistou Blanca, que passava as pernas por uma janela e descia como um gato pela parede, caindo entre as hortênsias, sem produzir o menor ruído. Vestia-se de homem, porque os cães já a conheciam e não precisava andar em pelo. Jean de Satigny viu-a afastar-se procurando as sombras do alpendre da casa e das árvores, pensou em segui-la, mas teve medo dos mastins e se deu conta de que não precisava disso para saber aonde ia uma jovem que à noite pula uma janela. Sentiu-se preocupado, porque o que acabava de ver ameaçava seus planos.

No dia seguinte, o conde pediu Blanca Trueba em casamento. Esteban, que não tivera tempo para conhecer bem sua filha, confundiu sua plácida amabilidade e seu entusiasmo em colocar os castiçais de prata na mesa com amor. Sentiu-se muito satisfeito de que sua filha, tão entediada e de saúde tão frágil, tivesse fisgado o galã mais solicitado da região. "O que terá ele visto nela?", perguntou-se, admirado. Comunicou ao pretendente que devia consultar Blanca, mas que estava convicto de que não haveria nenhum inconveniente e que, por seu lado, já se adiantava e dava-lhe as boas-vindas à família. Mandou chamar sua filha, que naquele momento estava ensinando geografia na escola, e trancou-se com ela no escritório. Cinco minutos depois, abriu-se a porta violentamente, e o conde viu sair a jovem com as faces coradas. Ao passar a seu lado, lançou-lhe um olhar assassino e virou-lhe o rosto. Outro menos teimoso teria recolhido suas malas e se instalado no único hotel da aldeia; o conde, porém, disse a Esteban que estava certo de conseguir o amor da jovem se lhe dessem tempo para isso. Esteban Trueba ofereceu-lhe hospedagem em Las Tres Marías enquanto considerasse necessário. Blanca não disse nada, mas, a partir desse dia, deixou de comer à mesa com eles e não perdia oportunidade de insinuar ao francês que ele era indesejável. Guardou os vestidos de festa, os castiçais de prata e evitava-o cuidadosamente. Avisou a seu pai que, se ele tornasse a mencionar o assunto do casamento, regressaria à capital no primeiro trem que passasse pela estação e voltaria ao colégio na condição de noviça.

— Você mudará de opinião — rugiu Esteban Trueba.

— Duvido — respondeu ela.

Naquele ano, a chegada dos gêmeos a Las Tres Marías foi um grande alívio. Levaram uma lufada de leveza e movimento ao clima opressivo da casa. Nenhum dos dois irmãos soube apreciar os encantos do nobre francês, apesar de ele fazer esforços discretos para ganhar a simpatia dos jovens. Jaime e Nicolás zombavam de suas maneiras, dos sapatos de maricas e do nome estrangeiro, mas Jean de Satigny nunca se ofendeu. Seu bom humor terminou por desarmá-los, e conviveram o resto do verão amigavelmente, chegando mesmo a se aliar para arrancar Blanca da obstinação em que mergulhara.

— Você já está com 24 anos, Blanca. Quer ficar para tia? — diziam.

Tentavam estimulá-la a cortar o cabelo e copiar os vestidos que faziam furor nas revistas, mas ela não mostrava nenhum interesse por essa moda exótica, que não tinha, aliás, qualquer possibilidade de sobreviver na poeira do campo.

Os gêmeos eram tão diferentes um do outro que não pareciam irmãos. Jaime era alto, forte, tímido e estudioso. Obrigado pela educação do internato, chegou a desenvolver, com os esportes, uma musculatura de atleta, mas na verdade considerava essa atividade esgotante e inútil. Não conseguia compreender o entusiasmo de Jean de Satigny em passar a manhã perseguindo uma bola com um bastão para fazê-la entrar num buraco, quando era tão mais fácil colocá-la com a mão. Tinha algumas manias estranhas, que começaram a manifestar-se nessa época e foram-se acentuando ao longo de sua vida. Não gostava que respirassem muito perto dele, lhe dessem a mão, lhe fizessem perguntas pessoais, pedissem livros emprestados ou lhe escrevessem cartas. Isso dificultava seu trato com as pessoas, mas não conseguiu isolá-lo, porque, cinco minutos depois de conhecê-lo, evidenciava-se que, apesar de sua atitude melancólica, era generoso, sincero e tinha uma grande capacidade de ternura, que procurava inutilmente dissimular, porque o envergonhava. Interessava-se pelos outros muito mais do que gostaria de admitir, e era fácil comovê-lo. Em Las Tres Marías, os empregados o chamavam de "o patrãozinho" e o procuravam sempre que precisavam de alguma coisa. Jaime escutava-os sem comentários, respondia com monossílabos e terminava virando-lhes as costas, mas não descansava até solucionar o problema. Não era sociável, e sua mãe dizia que nem mesmo quando era pequeno se deixava acariciar. Desde menino, tinha gestos extravagantes; era capaz de tirar a roupa que vestia para dar a alguém, o que de fato fez em várias ocasiões. O afeto e as emoções lhe pareciam sinais de inferioridade e só com os animais perdia as barreiras de seu exagerado pudor, rolava no chão com eles, acariciava-os, dava-lhes de comer na boca e dormia abraçado aos cães. Poderia fazer o mesmo com as crianças de tenra idade se ninguém o estivesse observando, porque diante das pessoas preferia fazer o papel de homem rígido e solitário. A formação britânica de doze anos de colégio não conseguira desenvolver nele o *spleen*, considerado o melhor atributo de um cavalheiro. Era um sentimental incorrigível. Por isso, interessou-se pela política e decidiu que não seria advogado como seu pai lhe exigia, mas médico, para ajudar os necessitados, como lhe sugerira sua mãe, que o conhecia melhor. Jaime brincara com Pedro Terceiro García durante toda a infância, mas foi nesse ano que aprendeu a admirá-lo. Blanca teve de abrir mão de alguns encontros no rio, porque os dois rapazes queriam conversar. Falavam a respeito de justiça, de igualdade, do movimento camponês, do socialismo, enquanto Blanca os escutava com impaciência, desejando que acabassem logo para ter seu amante com exclusividade. Essa amizade uniu os dois rapazes até a morte, sem que Esteban Trueba dela suspeitasse.

Nicolás era belo como uma donzela. Herdara a delicadeza e a transparência da pele de sua mãe, era pequeno, magro, astuto e rápido como uma raposa. De inteligência brilhante, sem nenhum esforço superava o irmão em tudo o que juntos empreendiam. Inventara uma brincadeira para atormentá-lo: discordava dele em um assunto qualquer e argumentava com tanta habilidade e certeza que terminava por convencer Jaime de que estava equivocado, obrigando-o a admitir o erro.

— Tem certeza de que eu tenho razão? — indagava finalmente Nicolás ao irmão.

— Sim, você está com a razão — grunhia Jaime, cuja retidão o impedia de discutir de má-fé.

— Ah, alegro-me! — exclamava Nicolás. — Agora vou demonstrar-lhe que quem tem razão é você e que o equivocado sou eu. Vou-lhe dar os argumentos que você teria apresentado se fosse inteligente.

Jaime perdia a paciência e partia para cima, mas logo se arrependia, porque era muito mais forte do que o irmão, e sua própria força fazia-o sentir-se culpado. No colégio, Nicolás usava o engenho para chatear os outros e, quando se via obrigado a enfrentar uma situação de violência, chamava o irmão para defendê-lo, mas ficava à sua retaguarda, instigando-o. Jaime acostumou-se a defender o irmão e chegou a parecer-lhe natural ser castigado em seu lugar, fazer suas tarefas e esconder suas mentiras. O principal interesse de Nicolás nesse período de sua juventude, à parte as mulheres, foi desenvolver a habilidade de Clara para adivinhar o futuro. Comprava livros sobre sociedades secretas, horóscopos e tudo que tivesse características sobrenaturais. Naquele ano decidiu desmascarar milagres, comprou *As Vidas dos Santos* em edição popular e passou o verão à procura de explicações simples para as mais fantásticas proezas de ordem espiritual. A mãe zombava dele.

— Se você não consegue compreender como funciona o telefone, meu filho — dizia Clara —, como quer entender os milagres?

O interesse de Nicolás pelos assuntos sobrenaturais começara a manifestar-se dois anos antes. Nos fins de semana em que podia sair do internato, ia visitar as três irmãs Mora, em seu velho moinho, para aprender ciências ocultas. Logo, contudo, ficou evidente que não tinha nenhuma disposição natural para a clarividência ou a telecinésia, tendo de se conformar com a mecânica das cartas astrológicas, o Tarot e os palitos chineses. Como uma coisa puxa a outra, conheceu na casa das Mora uma bela jovem chamada Amanda, um pouco mais velha do que ele, que o iniciou na meditação ioga e na acupuntura, ciências com as quais Nicolás chegou a curar reumatismo e outras doenças menores, mais do que seu irmão, depois de sete anos de estudo, conseguia com a medicina tradicional. Tudo isso, porém, foi muito depois. Naquele verão, tinha 21 anos e entediava-se no campo. O irmão vigiava-o constantemente, tentando evitar que ele importunasse as meninas, tendo-se autodesignado defensor das virtudes das donzelas de Las Tres Marías, embora Nicolás tenha conseguido seduzir quase todas as adolescentes da região, com artes de galanteria que nunca tinham sido vistas por aquelas bandas. O resto do tempo passava investigando milagres, tentando aprender os truques de sua mãe para mover o saleiro com a força da mente e escrevendo versos apaixonados a Amanda, que os devolvia pelo correio, corrigidos e melhorados, sem que isso conseguisse desanimar o jovem.

PEDRO GARCÍA, o velho, morreu pouco antes das eleições presidenciais. O país estava convulsionado pelas campanhas políticas, os trens da vitória iam de norte a sul, levando os candidatos instalados no último vagão, com sua corte de partidários, saudando todos do mesmo modo, prometendo todos as mesmas coisas, embandeirados e com uma algazarra de orfeão e alto-falantes que espantava a calma da paisagem e embasbacava o gado. O velho vivera tanto que já não era nada mais do que um monte de ossinhos de cristal cobertos por uma pele amarela. Seu rosto era uma renda de rugas. Cacarejava enquanto caminhava, com um matraquear de castanholas, não tinha dentes e só podia comer papinhas de bebê, e, além de cego, tinha ficado surdo, mas nunca lhe faltou o conhecimento das coisas nem a memória remota e recente. Morreu sentado em sua cadeira de vime, ao entardecer. Gostava de ficar à porta do rancho sentindo cair a tarde, que ele adivinhava pela mudança sutil da temperatura, pelos ruídos do pátio, pela faina das cozinhas e pelo silêncio das galinhas. Foi ali que a morte o encontrou. A seus pés, estava seu bisneto Esteban García, que já estava com cerca de 10 anos, ocupado em vazar com um prego os olhos de um frango. Era filho de Esteban García, o único bastardo do patrão que herdou seu nome, embora não o sobrenome. Ninguém recordava sua origem nem a razão pela qual tinha esse nome, exceto ele mesmo, porque sua avó, Pancha García, antes de morrer, conseguira envenenar-lhe a infância com a história de que, se seu pai tivesse nascido no lugar de Blanca, Jaime ou Nicolás, teria herdado Las Tres Marías e poderia ter chegado a presidente da República, só por ter desejado. Naquela região semeada de filhos ilegítimos e de outros legítimos que não conheciam o pai, ele foi provavelmente o único que cresceu odiando seu nome. Viveu castigado pelo rancor contra o patrão, contra sua avó seduzida, contra seu pai bastardo e contra seu próprio destino inexorável de caipira. Esteban Trueba não o distinguia dos demais meninos da fazenda; era um a mais do bando de crianças que cantavam o hino nacional na escola e faziam fila para receber seu presente de Natal. Não se lembrava de Pancha García nem de ter tido um filho com ela e, muito menos, daquele neto teimoso que o odiava, mas que o observava de longe para lhe imitar os gestos e copiar-lhe a voz.

O menino passava as noites imaginando horríveis doenças ou acidentes que pusessem fim à existência do patrão e de todos os seus filhos para ele poder herdar a propriedade. Então, transformava Las Tres Marías em seu reino. Acalentou essas fantasias toda a vida, mesmo depois de saber que jamais obteria o que quer que fosse por herança. Culpou sempre Trueba pela existência obscura que forjara para ele e se sentiu castigado, até mesmo quando chegou ao topo do poder e os teve todos na mão. O menino percebeu que algo havia mudado no velho. Aproximou-se, tocou-o, e o corpo cambaleou. Pedro García caiu no chão como um saco de ossos. Tinha as pupilas cobertas pela película leitosa que as deixara sem luz ao longo de um quarto de século. Esteban García pegou o prego e dispunha-se a picar-lhe os olhos, quando chegou Blanca e o afastou com um empurrão, sem suspeitar de que aquela criança mestiça e malvada era seu sobrinho e que, em alguns anos, seria o instrumento de uma tragédia para sua família.

— Meu Deus, o velhinho morreu! — soluçou, inclinando-se sobre o corpo encarquilhado do ancião que lhe povoara a infância de histórias e protegera seus amores clandestinos.

Enterraram Pedro García, o velho, com um velório de três dias, para o qual Esteban Trueba ordenou que não se regateassem gastos. Acomodaram-lhe o corpo num caixão de pinho rústico, com seu traje de domingo, o mesmo que usara quando se casou e que vestia para votar e receber seus cinquenta pesos no Natal. Vestiram-lhe sua única camisa branca, agora muito folgada no pescoço, porque a idade o encolhera, sua gravata de luto e um cravo vermelho na lapela, como ele fazia sempre que havia festa. Amarraram-lhe a mandíbula com um lenço e puseram-lhe seu chapéu negro, porque muitas vezes ele dissera que queria tirá-lo para cumprimentar Deus. Pedro García não tinha sapatos, mas Clara surrupiou um par de Esteban Trueba a fim de que todos vissem que ele não ia descalço para o Paraíso.

Jean de Satigny, entusiasmado com o funeral, tirou de sua bagagem uma máquina fotográfica com tripé e fez tantos retratos do morto que seus familiares supuseram que lhe podia roubar a alma e, por precaução, destruíram as chapas. Ao velório acorreram camponeses de toda a região, porque Pedro García, em seu século de vida, se havia aparentado com muitos habitantes da província. Chegou a curandeira, que era ainda mais velha do que ele, com vários índios de sua tribo, que, a uma ordem sua, começaram a chorar o finado, só parando três dias depois, ao terminar todo o ritual. As pessoas reuniram-se em torno do rancho do velho, bebendo vinho, tocando violão e vigiando os assados. Também chegaram dois padres de bicicleta para benzer os restos mortais de Pedro García e conduzir os ritos fúnebres. Um deles era um gigante rubicundo, com forte sotaque espanhol, o padre José Dulce María, que Esteban Trueba conhecia de nome. Esteve a ponto de lhe impedir a entrada em sua propriedade, mas Clara convenceu-o de que não era hora de contrapor seus ódios políticos ao fervor cristão dos camponeses. "Pelo menos poderá dar alguma ordem aos assuntos da alma", disse ela. Esteban Trueba, então, deu-lhe as boas-vindas e convidou-o a ficar em sua casa com o irmão leigo, que não abria a boca e olhava sempre para o chão, com a cabeça de lado e as mãos postas. O patrão estava comovido com a morte do velho, que lhe salvara as sementeiras das formigas e a vida da invalidez, e queria que todos lembrassem aquele enterro como um acontecimento.

Os padres reuniram os empregados e os visitantes na escola para recordar-lhes os esquecidos evangelhos e rezar uma missa pelo descanso da alma de Pedro García. Depois, retiraram-se para o quarto que lhes havia sido reservado na casa senhorial, enquanto os demais davam continuidade às atividades interrompidas por sua chegada. Naquela noite, Blanca esperou que se calassem os violões e o choro dos índios, e que todos fossem dormir, e, então, pulou a janela do quarto e seguiu na direção habitual, protegida pelas sombras. Voltou a fazer isso nas três noites seguintes, até que os sacerdotes partiram. Todos, menos seus pais, tomaram conhecimento do fato de que Blanca se encontrava com um deles no rio. Era Pedro Terceiro García, que não quis perder o funeral de seu avô e aproveitou a batina para arengar aos trabalhadores, de casa em casa, explicando-lhes que as próximas eleições eram a oportunidade que tinham de sacudir o jugo sob o qual tinham sempre vivido. Escutavam-no, surpresos e confusos. Seu tempo media-se por estações, seus pensamentos por gerações, eram lentos e prudentes. Só os mais jovens, os que tinham rádio e ouviam as notícias, os que às vezes iam à aldeia e conversavam com os sindicalistas conseguiam acompanhar o fio de suas ideias. Os demais escutavam-no porque o rapaz era o herói perseguido pelos patrões, mas no fundo estavam convencidos de que ele dizia tolices.

— Se o patrão descobre que vamos votar nos socialistas, estamos fodidos — disseram.

— Ele não pode saber! O voto é secreto — argumentou o falso padre.

— Isso é o que você pensa, filho — respondeu Pedro Segundo, seu pai. — Dizem que é secreto, mas, depois, sempre sabem em quem votamos. Além disso, se ganham os de seu partido, nos mandam para a rua e não teremos trabalho. Sempre vivi aqui. O que faria?

— Não podem despedir todos vocês, porque o patrão perde mais do que vocês se todos forem embora — insistiu Pedro Terceiro.

— Não importa em quem votamos, eles ganham sempre.

— Eles trocam os votos — disse Blanca, que assistia à reunião, sentada em meio aos camponeses.

— Desta vez não conseguirão — retrucou Pedro Terceiro. — Mandaremos gente do partido para controlar as mesas de votação e garantir que as urnas sejam lacradas.

Os camponeses, porém, desconfiavam. A experiência lhes ensinara que a raposa, de uma forma ou de outra, sempre come as galinhas, apesar das canções subversivas que andavam de boca em boca, afirmando o contrário. Por isso, quando passou o trem do novo candidato do Partido Socialista, um médico míope e carismático que mobilizava multidões com seu discurso inflamado, eles o observavam da estação, vigiados pelos patrões, que montavam cerco ao seu redor, armados com espingardas de caça e garrotes. Escutaram respeitosamente as palavras do candidato, mas não se atreveram a fazer-lhe nem um gesto de cumprimento, exceto alguns peões que chegaram em bando, munidos de paus e picaretas, e o aplaudiram até se esganiçar, pois nada tinham a perder: eram nômades do campo, vagavam pela região sem trabalho fixo, sem família, sem patrão e sem medo.

Pouco depois da morte e do memorável enterro de Pedro García, o velho, Blanca começou a perder suas cores de maçã e a sofrer palpitações naturais, que não eram consequência de deixar de respirar, e vômitos matinais, que não eram provocados por salmoura quente. Imaginou que a causa estivesse no excesso de comida — era a época dos pêssegos dourados, dos damascos, do milho tenro preparado em caçarolas de barro e perfumado com alfavaca, era o tempo de fazer as marmeladas e as compotas para o inverno —, porém nem jejum, nem camomila ou purgantes, tampouco repouso a curaram. Perdeu o interesse pela escola, pela enfermaria e até pelos presépios de barro; tornou-se lerda e sonolenta, podendo passar horas deitada à sombra, olhando o céu, sem se interessar por absolutamente nada. A única atividade que manteve se resumia às suas escapadas noturnas ao rio com Pedro Terceiro.

Jean de Satigny, que não se dera por vencido em seu romântico assédio, observava-a. Por discrição, passava algumas temporadas no hotel da aldeia e fazia breves viagens à capital, de onde regressava carregado de literatura sobre as chinchilas, suas gaiolas, seu alimento, suas doenças, seus métodos reprodutivos, a forma de curtir-lhes a pele e, em geral, tudo o que dizia respeito a esses pequenos animais, cujo destino era se transformar em estolas. Durante a maior parte do verão, o conde foi hóspede de Las Tres Marías. Um hóspede, aliás, encantador, bem-educado, tranquilo e alegre. Tinha sempre uma frase amável à beira dos lábios, elogiava a comida, distraía-os à tarde tocando piano no salão, quando competia com Clara nos noturnos de Chopin, e era uma fonte inesgotável de histórias e casos. Levantava-se tarde e passava uma ou duas horas dedicado a seus cuidados pessoais, fazia ginástica, corria ao redor da casa sem se importar com os gracejos dos toscos camponeses, ficava de molho na banheira de água quente e gastava horas escolhendo a roupa para cada ocasião. Era um esforço perdido, entretanto, já que ninguém lhe apreciava a elegância, e, frequentemente, a única coisa que conseguia com seus trajes ingleses de montar, seus casacos de veludo e seus chapéus tiroleses com pena de faisão era que Clara, com a melhor intenção, lhe oferecesse uma roupa mais adequada ao campo. Jean não perdia o bom humor, aceitava os sorrisos irônicos do dono da casa, a expressão fechada de Blanca e a perene distração de Clara, que, um ano depois de sua chegada, continuava a perguntar seu nome. Sabia preparar algumas receitas francesas, muito esmeradas e magnificamente apresentadas, com que colaborava sempre que recebiam convidados. Era a primeira vez que viam um homem interessado em culinária, mas, supondo que se tratasse de costumes europeus, não se atreveram a zombar dele, para não passar por ignorantes. De suas viagens à capital, ele trazia, além do material referente às chinchilas, revistas de moda, novelas de guerra, que se haviam popularizado para criar o mito do soldado heroico, e romances para Blanca. Na conversa à sobremesa, referia-se às vezes, mas sempre com um tom de mortal enfado, a seus verões com a nobreza europeia nos castelos de Lichtenstein ou na Costa Azul. Nunca deixava de acrescentar que estava feliz por ter trocado tudo aquilo pelo encanto da América. Blanca perguntava--lhe por que não escolhera o Caribe ou, pelo menos, um país de mulatas, coqueiros e tambores se o que procurava era o exotismo, mas ele reafirmava que não havia na terra lugar mais agradável do que aquele esquecido país no fim do mundo. O francês não falava a respeito de sua vida pessoal, exceto para deixar escaparem algumas imperceptíveis chaves que permitiam ao interlocutor astuto dar-se conta de seu esplendoroso passado, de sua fortuna incalculável e de sua nobre origem. Não se sabia ao certo seu estado civil, sua idade, sua família ou de que parte da França provinha. Clara, acreditando que tanto mistério era perigoso, tratou de decifrá-lo com as cartas do Tarot, mas Jean não permitiu que lhe lessem a sorte nem que perscrutassem as linhas da mão. Também não se conhecia seu signo zodiacal.

Nada disso, porém, preocupava Esteban Trueba. Para ele, era suficiente que o conde estivesse disposto a entretê-lo com uma partida de xadrez ou dominó, que fosse habilidoso e simpático e nunca pedisse dinheiro emprestado. Desde que Jean de Satigny passara a visitar a casa, era muito mais suportável o tédio do campo, onde às cinco da tarde não havia nada mais para fazer. Além disso, gostava de que os vizinhos o invejassem por receber aquele hóspede distinto em Las Tres Marías.

Corria o boato de que Jean pretendia casar-se com Blanca Trueba, mas nem por isso ele deixou de ser o galã predileto das mães casamenteiras. Clara também o estimava, ainda que não cultivasse qualquer projeto matrimonial. De sua parte, Blanca acabou por se acostumar à sua presença. Era tão discreto e de trato tão gentil que, pouco a pouco, Blanca esqueceu a proposta de casamento. Chegou a pensar que talvez tivesse sido uma brincadeira do conde. Voltou, portanto, a tirar os castiçais de prata do armário, pôr a mesa com a louça inglesa e usar os vestidos da cidade nas tertúlias da tarde. Frequentemente, Jean a convidava para ir à aldeia ou pedia-lhe que o acompanhasse em seus numerosos compromissos sociais. Nessas oportunidades, Clara tinha de ir com eles, porque Esteban Trueba era inflexível nesse ponto: não queria que vissem a filha sozinha com o francês. Em contrapartida, permitia-lhes passear sem acompanhante pela propriedade, sempre que não se afastassem demais e regressassem antes do anoitecer. Clara argumentava que, se se tratasse apenas de proteger a virgindade da jovem, isso era muito mais perigoso do que ir tomar chá na fazenda Uzcátegui, mas Esteban estava convicto de que não havia nada a temer quanto a Jean, porque suas intenções eram nobres; precisava precaver-se, no entanto, das más línguas, que podiam destroçar a honra de sua filha. Os passeios campestres de Jean e Blanca consolidaram uma boa amizade. Davam-se bem. Gostavam ambos de sair no meio da manhã a cavalo, com a merenda num cesto e várias maletinhas de lona e couro com o equipamento de Jean. O conde aproveitava todas as paradas para colocar Blanca contra a paisagem e fotografá-la, apesar de ela resistir um pouco, porque se sentia vagamente ridícula. Esse sentimento justificava-se ao ver os retratos revelados, em que aparecia com um sorriso que não era o seu, em postura desconfortável e com ar de infelicidade, devido, segundo Jean, ao fato de ela não conseguir posar com naturalidade e, segundo ela, porque ele a obrigava a ficar torta e prender a respiração durante vários segundos, até que se imprimisse a chapa. Em geral escolhiam um lugar sombrio debaixo das árvores, estendiam uma manta sobre a relva e sentavam-se durante algumas horas. Falavam a respeito da Europa, de livros, de casos da família de Blanca ou das viagens de Jean. Ela lhe ofereceu um livro do Poeta, e ele se entusiasmou tanto que decorou vários trechos e recitava os versos sem vacilar. Dizia que era o melhor que se tinha escrito em matéria de poesia e que nem sequer no francês, o idioma das artes, havia algo que se pudesse comparar. Não falavam sobre seus sentimentos. Jean era solícito, mas não suplicante ou insistente, mostrando-se sempre fraternal e brincalhão. Se lhe beijava a mão para se despedir, fazia-o com um olhar de estudante que cobria de romantismo o gesto. Se lhe elogiava um vestido, um guisado ou uma figura do presépio, seu tom de voz tinha um sabor irônico que permitia interpretar a frase de muitas maneiras. Se cortava flores para ela ou a ajudava a desmontar do cavalo, fazia-o com tal desembaraço que transformava o galanteio em atenção de amigo. De qualquer forma, para preveni-lo, Blanca reiterava, a cada oportunidade que se apresentava, que nem morta se casaria com ele. Jean de Satigny sorria com seu brilhante sorriso de sedutor, sem nada dizer, e Blanca tinha de notar pelo menos que ele era muito mais gentil do que Pedro Terceiro.

Blanca não sabia que Jean a vigiava. Vira-a muitas vezes pular a janela vestida de homem. Seguia-a em parte de seu trajeto, mas desistia e voltava para casa, temendo que os cães o surpreendessem na escuridão. Contudo, pelo rumo que ela tomava, concluíra que ia sempre para o rio.

Trueba, durante todo esse tempo, nada decidira a respeito das chinchilas. À guisa de experiência, concordou em instalar uma gaiola com alguns casais desses roedores, simulando, em pequena escala, a grande indústria-modelo. Foi a única vez que se viu Jean de Satigny de mangas arregaçadas, trabalhando. No entanto, as chinchilas contraíram uma doença própria das ratazanas e, em menos de duas semanas, todas foram morrendo. Nem sequer puderam curtir as peles, porque seu pelo se tornou opaco e se soltava da pele como as penas de uma ave mergulhada em água fervente. Jean viu, horrorizado, os cadáveres pelados, com as patas tesas e os olhos vazios, deitando por terra suas esperanças de convencer Esteban Trueba, que perdeu todo o interesse pela peleteria ao constatar aquela mortandade.

— Se a peste tivesse atingido a indústria-modelo, eu estaria totalmente arruinado — concluiu Trueba.

Entre a peste das chinchilas e as escapadelas de Blanca, o conde passou vários meses perdendo seu tempo. Começava a cansar-se daquelas diligências e imaginava que Blanca nunca se dobraria a seus encantos. Compreendeu também que a criação de roedores não se concretizaria e concluiu que era melhor precipitar as coisas, antes que outro, mais esperto, ficasse com a herdeira. Além disso, começava a gostar de Blanca, agora que estava mais robusta e com aquela languidez que lhe atenuara as maneiras de camponesa. Preferia as mulheres plácidas e opulentas, e a visão de Blanca recostada em almofadões observando o céu à hora da sesta fazia-o lembrar-se de sua mãe, às vezes chegando mesmo a comovê-lo. Jean aprendeu a adivinhar, a partir de pequenos detalhes imperceptíveis para os demais, quando Blanca tinha, já planejada, uma excursão noturna ao rio. Nessas ocasiões, ela não jantava, alegando dor de cabeça, despedia-se cedo, e havia um brilho estranho em suas pupilas, uma impaciência e uma ânsia em seus gestos, que ele reconhecia. Uma noite decidiu segui-la até o fim, para encerrar aquela situação que ameaçava prolongar-se indefinidamente. Estava certo de que Blanca tinha um amante, mas imaginava que não poderia ser nada sério. Pessoalmente, Jean de Satigny não tinha nenhuma fixação em relação à virgindade e não questionara esse assunto quando decidiu pedi-la em casamento. O que lhe interessava nela eram outras coisas, que não se perderiam por um momento de prazer à beira do rio.

Depois de Blanca se retirar para seu quarto e o resto da família também, Jean de Satigny ficou sentado no salão às escuras, atento aos ruídos da casa, até a hora em que calculou que ela pularia a janela. Então saiu para o pátio e ficou em meio às árvores, à sua espera. Esteve escondido nas sombras mais de meia hora, sem que nenhuma anormalidade perturbasse a paz da noite. Aborrecido de tanto esperar, dispunha-se a retirar-se quando reparou que a janela de Blanca estava aberta. Compreendeu que ela escapara antes de ele ter descido ao jardim para vigiá-la.

— *Merde* — resmungou em francês.

Rogando que os cães não alertassem a casa inteira com seus latidos e não o atacassem, dirigiu-se ao rio, pelo caminho que tinha visto Blanca tomar outras vezes. Não estava habituado a andar com seu fino calçado pela terra lavrada, nem pular pedras e evitar poças, mas a noite estava muito clara, com uma esplendorosa lua cheia iluminando o céu em fantasmagórico fulgor e, tão logo lhe passou o medo de os cães aparecerem, pôde apreciar a beleza daquele momento. Andou um bom quarto de hora antes de avistar os primeiros canaviais da margem e, então, redobrou a prudência e aproximou-se mais silenciosamente, atento ao chão para não pisar em gravetos que pudessem denunciá-lo. A lua refletia-se na água com um brilho de cristal, e a brisa agitava suavemente as folhas das canas e as copas das árvores. Reinava o mais completo silêncio, e, por um instante, imaginou que estivesse vivendo um sonho de sonâmbulo, em que caminhava e caminhava sem avançar, sempre no mesmo lugar encantado, onde o tempo havia parado e cujas árvores, que pareciam estar ao alcance de sua mão, tentava tocar e só encontrava o vazio. Recuperar seu habitual estado de espírito, realista e pragmático, demandou-lhe esforço. Num recanto da paisagem, entre grandes pedras cinzentas iluminadas pela luz da lua, viu-os tão perto que quase podia tocá-los. Estavam nus. O homem estava de costas, com o rosto virado para o céu, os olhos fechados, mas não teve dificuldade em reconhecer o sacerdote jesuíta que ajudara na missa do funeral de Pedro García, o velho. Isso o espantou. Blanca dormia com a cabeça apoiada no ventre liso e moreno de seu amante. A tênue luz da lua punha reflexos metálicos em seus corpos, e Jean de Satigny estremeceu ao constatar a harmonia de Blanca, que naquele momento lhe pareceu perfeita.

Foi necessário quase um minuto para que o elegante conde francês abandonasse o estado de sonho em que o haviam mergulhado a visão dos amantes, a placidez da noite, a lua e o silêncio do campo, e se desse conta de que a situação era mais grave do que havia imaginado. Na atitude daqueles corpos, reconheceu o abandono próprio dos que se conhecem há muito tempo. Aquilo não parecia uma aventura erótica de verão, como havia suposto, mas, antes, um casamento da carne e do espírito. Jean de Satigny não poderia saber que Blanca e Pedro Terceiro haviam dormido assim no dia em que se conheceram e que continuaram a fazê-lo sempre que podiam, ao longo desses anos; no entanto, por instinto, intuiu que assim fora. Procurando não provocar o menor ruído que pudesse alertá-los, deu meia-volta e retornou à casa senhorial, pensando na melhor maneira de enfrentar o assunto. Ao chegar, já tomara a decisão de contar tudo ao pai de Blanca, porque a ira sempre acesa de Esteban Trueba lhe pareceu o melhor meio para resolver o problema. "Eles que se entendam", pensou.

Jean de Satigny não esperou amanhecer. Bateu à porta do quarto de seu anfitrião e, antes que ele conseguisse livrar-se completamente do sono, impingiu-lhe sua versão. Disse que não conseguia dormir devido ao calor e que, para tomar ar, tinha caminhado distraidamente em direção ao rio, deparando com o deprimente espetáculo de sua futura noiva dormindo nos braços do jesuíta barbudo, nus, à luz da lua. Por um instante, isso confundiu Esteban Trueba, que não conseguia imaginar sua filha deitada com o padre José Dulce María, mas, de repente, atinou com o que havia ocorrido, a trapaça de que fora vítima durante o enterro do velho, e concluiu que o sedutor não podia ser outro senão Pedro Terceiro García, aquele maldito filho de uma cadela que lhe haveria de pagar com a vida. Vestiu as calças, apressado, calçou as botas, pôs a espingarda ao ombro e arrancou da parede seu chicote de cavaleiro.

— Espere-me aqui, *don* — ordenou ao francês, que, na verdade, não tinha nenhuma intenção de acompanhá-lo.

Esteban Trueba correu ao estábulo e montou seu cavalo sem o selar. Ia bufando de indignação, seus ossos soldados reclamando do esforço e o coração galopando no peito. "Vou matá-los, os dois", resmungava como uma ladainha. Saiu em disparada na direção indicada pelo francês, mas não precisou chegar ao rio, porque, no meio do caminho, encontrou Blanca, que voltava para casa, cantarolando, com o cabelo em desalinho, a roupa suja e o ar feliz de quem não precisa pedir nada à vida. Ao ver sua filha, Esteban Trueba não pôde conter seu mau gênio e partiu para cima dela a cavalo, com o chicote no ar, e golpeou-a sem piedade, descarregando-lhe uma chicotada atrás da outra, até vê-la cair e ficar imóvel, estendida no barro. Seu pai desmontou do cavalo, sacudiu-a até fazê-la voltar a si e gritou-lhe todos os insultos conhecidos e outros inventados no impulso do momento.

— Quem é? Diga-me seu nome ou eu a mato — exigiu-lhe.

— Nunca lhe direi — soluçou ela.

Esteban Trueba compreendeu que aquele não era o jeito para obter alguma coisa de sua filha, que dele herdara a mesma teimosia. Percebeu que se havia excedido no castigo, como sempre. Montou-a no cavalo, e voltaram para casa. O instinto ou o alvoroço dos cães advertiram Clara e os empregados, que esperavam à porta com todas as luzes acesas. A única pessoa que não se viu em nenhum canto foi o conde, que, em meio à confusão, aproveitou para fazer as malas, atrelar os cavalos ao coche e partir discretamente para o hotel da aldeia.

— O que você fez, Esteban, pelo amor de Deus?!? — indagou Clara ao ver a filha coberta de barro e sangue.

Clara e Pedro Segundo García levaram Blanca nos braços para a cama. O administrador empalidecera mortalmente, mas não disse nem uma só palavra. Clara lavou a filha, aplicou-lhe compressas frias nas têmporas e falou com ela, sussurrando, até que conseguiu tranquilizá-la. Depois de adormecê-la, foi enfrentar o marido, que se fechara no escritório e ali caminhava furioso de um lado para o outro, chicoteando as paredes, praguejando e chutando os móveis. Ao vê-la, Esteban dirigiu toda a sua fúria contra ela, acusando-a de ter criado Blanca sem moral, sem religião, sem princípios, como uma ateia libertina e, pior, sem sentido de classe, porque seria possível compreender que ela o tivesse feito com alguém bem-nascido, mas não com um caipira, um boçal, um cabeça-quente, ocioso, que não servia para nada.

— Devia tê-lo matado quando o ameacei! Deitando-se com minha própria filha! Juro que vou encontrá-lo e, quando o agarrar, capo-o, corto-lhe as bolas, ainda que seja a última coisa que faça em minha vida; juro por minha mãe que ele se arrependerá de ter nascido.

— Pedro Terceiro García não fez nada que você mesmo não tenha feito — disse Clara, quando pôde interrompê-lo. — Você também se deitou com mulheres solteiras que não são de sua classe. A diferença é que ele o fez por amor. E Blanca também.

Trueba olhou-a, imobilizado pelo inesperado. Por um instante, sua ira pareceu esvaziar-se e se sentiu enganado, mas imediatamente uma onda de sangue lhe subiu à cabeça. Perdeu o domínio e deu um murro no rosto de sua mulher, jogando-a contra a parede. Clara desabou sem um grito. Esteban pareceu despertar de um transe, ajoelhou-se a seu lado, chorando, balbuciando desculpas e explicações, chamando-a pelos nomes carinhosos que só usava na intimidade, sem compreender como pudera levantar a mão para ela, que era o único ser que realmente lhe importava e a quem nunca, nem mesmo nos piores momentos de vida em comum, tinha deixado de respeitar. Ergueu-a nos braços, sentou-a amorosamente numa poltrona, molhou um lenço para aplicar em sua testa e tentou fazê-la beber um pouco de água. Por fim, Clara abriu os olhos. Escorria sangue de seu nariz. Quando entreabriu a boca, cuspiu vários dentes, que caíram no chão, e um fio de saliva sangrenta correu-lhe pelo queixo e pelo pescoço.

Logo que pôde levantar-se, Clara afastou Esteban com um empurrão, ergueu-se com dificuldade e saiu do escritório, tentando caminhar esticada. Do outro lado da porta estava Pedro Segundo, que conseguiu segurá-la no momento em que cambaleou. Ao senti-lo a seu lado, Clara abandonou-se. Pousou o rosto inchado no peito daquele homem que estivera a seu lado durante os momentos mais difíceis de sua vida e começou a chorar. A camisa de Pedro Segundo García tingiu-se de sangue.

Clara não voltou a falar com seu marido nunca mais em sua vida. Deixou de usar seu sobrenome de casada e tirou do dedo a fina aliança de ouro que ele colocara havia mais de vinte anos, naquela noite memorável em que Barrabás morreu assassinado por uma faca de açougueiro.

Dois dias depois, Clara e Blanca abandonaram Las Tres Marías e regressaram à capital. Esteban ficou humilhado e furioso, com a sensação de que algo se partira para sempre em sua vida.

Pedro Segundo levou a patroa e sua filha à estação. Desde aquela noite, não tinha tornado a vê-las e permanecia silencioso e reco-lhido. Instalou-as no trem e depois ficou com o chapéu na mão, os olhos baixos, sem saber como se despedir. Clara abraçou-o. A prin-cípio ele se manteve rígido e desconcertado, mas logo o venceram seus próprios sentimentos e atreveu-se a envolvê-la timidamente em seus braços e depositar um beijo imperceptível em seu cabelo. Olharam-se pela última vez através da janela e ambos tinham os olhos cheios de lágrimas. O fiel administrador chegou à sua casa de tijolo, empacotou seus escassos pertences, embrulhou num lenço o pouco dinheiro que tinha conseguido economizar em todos aqueles anos de serviço e partiu. Trueba viu-o despedir-se dos empregados e montar seu cavalo. Tentou detê-lo, explicando-lhe que o que ocor-rera nada tinha a ver com ele e que não era justo que, por culpa do filho, perdesse o emprego, os amigos, a casa e a segurança.

— Não quero estar aqui quando encontrar meu filho, patrão — foram as últimas palavras de Pedro Segundo García antes de partir a trote para a estrada.

COMO ME SENTI sozinho, então! Ignorava que a solidão não me abandonaria nunca mais e que a única pessoa que voltaria a ter por perto de mim pelo resto da vida seria uma neta boêmia e excên-trica, com o cabelo verde, como o de Rosa. Porém, isso aconteceria vários anos mais tarde.

Depois da partida de Clara, olhei em torno e vi muitas caras novas em Las Tres Marías. Os antigos companheiros de percurso estavam mortos ou se haviam afastado. Já não tinha nem minha mulher, nem minha filha. O contato com meus filhos era mínimo. Tinham falecido minha mãe, minha irmã, a boa Nana e Pedro García, o velho. E também Rosa me veio à memória, como uma dor inesquecível. Já não podia mais contar com Pedro Segundo García, que estivera ao meu lado durante trinta e cinco anos. Passei a chorar. As lágrimas caíam-me sozinhas, eu as limpava com a mão, mas vinham outras. Vão todos para o caralho!, eu gritava pelos cantos da casa. Andava pelos cômodos vazios, entrava no quarto de Clara e procurava em seu armário e em sua cômoda algo que ela tivesse usado, para cheirar e recuperar, ainda que por um momento fugaz, seu tênue aroma de limpeza. Estendia-me em sua cama, enfiava o rosto em seu travesseiro, acariciava os objetos que ela deixara sobre a penteadeira e sentia-me profundamente desolado.

Pedro Terceiro García tinha toda a culpa pelo que acontecera. Por causa dele, Blanca se afastara de mim, por causa dele eu discutira com Clara, por causa dele Pedro Segundo deixara a fazenda, por causa dele os empregados olhavam-me com receio e cochichavam às minhas costas. Fora sempre um revoltoso, e o que eu deveria ter feito desde o princípio era corrê-lo a pontapés. Deixei passar o tempo por respeito a seu pai e a seu avô, e o resultado foi aquele ranhento de merda roubar-me o que eu mais amava no mundo. Fui ao quartel da aldeia e subornei os carabineiros para me ajudarem a procurá-lo. Dei-lhes ordens de não o prenderem, mas de me entregarem sem muito alvoroço. No bar, no barbeiro, no clube e no Farolito Rojo, espalhei o boato de que havia uma recompensa para quem me entregasse o rapaz.

— Cuidado, patrão. Não vá querer fazer justiça com as próprias mãos; olhe que as coisas mudaram muito desde o tempo dos irmãos — advertiram-me. Mas não quis escutá-los. O que a Justiça teria feito nesse caso? Nada.

Passaram-se cerca de quinze dias sem nenhuma novidade. Eu percorria a propriedade, entrava nas fazendas vizinhas, espionava os empregados. Estava convencido de que escondiam o rapaz. Aumentei a recompensa e ameacei os carabineiros de mandar destituí-los por incompetência, mas foi tudo inútil. Cada hora que passava aumentava-me a raiva. Comecei a beber como nunca o tinha feito, nem em meus tempos de solteiro. Dormia mal e voltei a sonhar com Rosa.

Uma noite sonhei que a esmurrava como fizera com Clara e que seus dentes também rolavam no chão. Despertei aos gritos, mas estava sozinho, e ninguém me podia ouvir. Estava tão deprimido que deixei de fazer a barba, não mudava de roupa, acho que nem tomava banho. A comida parecia-me amarga, e eu tinha um gosto de bílis na boca. Rompi as articulações dos dedos esmurrando as paredes e arrebentei um cavalo galopando para espantar a fúria que me consumia as entranhas. Nesses dias ninguém se aproximava de mim, e as empregadas serviam-me à mesa tremendo, o que me deixava ainda pior. Um dia estava no corredor, fumando um cigarro antes da sesta, quando se aproximou um menino moreno que se plantou diante de mim em silêncio. Chamava-se Esteban García. Era meu neto, mas eu não sabia e só agora, devido às terríveis coisas que ocorreram por obra sua, inteirei-me do parentesco que nos une. Era também neto de Pancha García, uma irmã de Pedro Segundo, de quem, na verdade, não me lembro.

— O que você quer, ranhento? — perguntei ao menino.

— Eu sei onde está Pedro Terceiro García — respondeu-me.

Dei um salto tão brusco que a cadeira de vime em que estava sentado virou; agarrei o garoto pelos ombros e o sacudi.

— Onde? Onde está esse maldito? — gritei-lhe.

— Vai dar-me a recompensa, patrão? — balbuciou o menino, aterrorizado.

— Você a terá, mas primeiro quero ter certeza de que não está mentindo. Vamos, leve-me até onde está esse desgraçado!

Fui buscar minha espingarda, e saímos. O menino informou que tínhamos de ir a cavalo, porque Pedro Terceiro estava escondido na serraria dos Lebus, a várias milhas de Las Tres Marías. Como não me passou pela cabeça que estivesse ali? Era um esconderijo perfeito. Nessa época do ano, a serraria dos alemães era mantida fechada e ficava longe de todos os caminhos.

— Como soube que Pedro Terceiro García está lá?

— Todo mundo sabe, patrão, menos o senhor — respondeu-me.

Fomos a trote, porque naquele terreno não era possível correr. A serraria era encravada num dos flancos da montanha, e, ali, não adiantava forçar muito os animais. No esforço para subir, os cavalos arrancavam chispas das pedras com os cascos. Creio que suas pisadas eram o único ruído daquela tarde abafada e quieta. Ao entrar na área dos bosques, a paisagem mudou, e o ar ficou mais fresco, porque as árvores erguiam-se em fileiras estreitas, fechando a entrada à luz do sol. O chão era um tapete avermelhado e macio em que as patas dos cavalos afundavam suavemente. Então o silêncio nos envolveu. O menino seguia na frente, montando seu cavalo em pelo, colado a ele como se fossem um só corpo, e eu ia atrás, taciturno, ruminando minha raiva. Em alguns momentos a tristeza invadia-me, era mais forte do que a injúria que estivera incubada durante tanto tempo, mais forte do que o ódio que sentia por Pedro Terceiro García. Devem ter-se passado duas horas antes de eu avistar os galpões da serraria, distribuídos em semicírculo numa clareira do bosque. Naquele lugar, o cheiro da madeira e dos pinheiros era tão intenso que por um momento distraí-me do objetivo da viagem, tomado pela paisagem, pelo bosque, pelo sossego. Mas essa fraqueza não me durou mais do que um segundo.

— Espere aqui e tome conta dos cavalos. Não se mexa.

Desmontei. O menino pegou as rédeas do animal, e eu parti agachado com a espingarda preparada nas mãos. Não sentia os 60 anos nem as dores de meus velhos ossos sovados, movido pela ideia de me vingar. De um dos galpões, saía uma pequena coluna de fumaça, e, vendo um cavalo amarrado à entrada, concluí que ali deveria estar Pedro Terceiro e dirigi-me ao galpão dando uma volta. Meus dentes rangiam de impaciência, e eu pensava que não queria matá-lo com o primeiro tiro, porque isso seria muito rápido, e meu prazer se acabaria em um minuto; tinha esperado tanto que queria saborear o momento de fazê-lo em pedaços, mas também não deveria dar-lhe a oportunidade de escapar. Era muito mais jovem do que eu, e, se não o pegasse de surpresa, estaria fodido. Minha camisa estava ensopada de suor, grudada ao corpo, meus olhos toldados, mas sentia-me com 20 anos e com a força de um touro. Entrei no galpão arrastando-me em silêncio, meu coração batendo como um tambor. Era um espaço amplo, uma espécie de adega, que tinha o chão coberto de serragem e grandes pilhas de madeira e máquinas cobertas com pedaços de lona verde, que as preservava da poeira. Avancei, ocultando-me entre as pilhas de madeira, até que, de súbito, o vi. Pedro Terceiro García estava deitado no chão, dormindo, com a cabeça sobre uma manta dobrada. A seu lado, havia uma pequena fogueira de brasas sobre umas pedras e uma panela para ferver água. Parei, sobressaltado, e pude observá-lo à vontade, com todo o ódio do mundo, tentando fixar para sempre em minha memória aquele rosto moreno, de feições quase infantis, onde a barba parecia um disfarce, sem compreender que diabo minha filha tinha visto naquele cabeludo ordinário. Teria cerca de 25 anos, mas, dormindo, pareceu-me um menino. Custou-me um grande esforço controlar o tremor de minhas mãos e o ranger de meus dentes. Levantei a espingarda e avancei dois passos. Estava tão perto que poderia estourar-lhe a cabeça sem mirar, mas decidi esperar uns segundos para que meu pulso se tranquilizasse. Esse momento de vacilo derrubou-me. Imagino que o hábito de se esconder tenha apurado o ouvido de Pedro Terceiro García e que o instinto o tenha advertido do perigo. Numa fração de segundo deve ter tomado consciência, mas manteve os olhos fechados, preparou todos os músculos, contraiu os tendões e pôs toda a sua energia num incrível salto que, de um só impulso, deixou-o de pé a um metro do lugar em que se cravou minha bala. Não consegui apontar de novo, porque ele se agachou, pegou um pedaço de madeira e o atirou, batendo em minha espingarda, que voou longe. Lembro-me de que senti uma onda de pânico ao ver-me desarmado, mas imediatamente me dei conta de que ele estava mais assustado do que eu. Observamo-nos em silêncio, ofegantes, cada um esperando o primeiro movimento do outro. Então vi o machado. Estava tão perto que podia alcançá-lo apenas esticando o braço, e foi isso que fiz sem pensar duas vezes. Peguei o machado e, com um grito selvagem que me saiu do fundo das entranhas, lancei-me contra ele, disposto a rachá-lo de alto a baixo com um só golpe. O machado brilhou no ar e caiu sobre Pedro Terceiro García. Um jorro de sangue cobriu meu rosto.

No último instante ele levantou os braços para deter a machadada, e o fio da lâmina decepou-lhe num ápice três dedos da mão direita. Vencido pelo esforço, caí de joelhos. Apertando a mão contra o peito, ele saiu correndo, pulou sobre as pilhas de madeira e os troncos espalhados pelo chão, alcançou o cavalo, montou de imediato e perdeu-se com um grito terrível em meio às sombras dos pinheiros, deixando atrás de si um rastro de sangue.

Fiquei de quatro no chão, arquejando. Precisei de vários minutos para acalmar-me e compreender que não o matara. Minha primeira reação foi de alívio, porque, ao sentir o sangue quente batendo em meu rosto, meu ódio subitamente se aplacou, e tive de me esforçar para lembrar por que razão queria matá-lo, a fim de justificar a violência que me sufocava, estalava meu peito, zumbia meus ouvidos e turvava minha vista. Abri a boca, desesperado, para encher os pulmões de ar, consegui pôr-me de pé, mas comecei a tremer, dei dois passos e caí sentado sobre uma pilha de tábuas, atordoado, sem conseguir recuperar o ritmo da respiração. Pensei que fosse desmaiar, o coração saltava-me no peito como uma máquina enlouquecida. Deve ter passado muito tempo, não sei. Por fim, ergui os olhos, levantei-me e procurei a espingarda.

O menino Esteban García estava a meu lado, olhando-me em silêncio. Recolhera os dedos cortados e os segurava como um molho de aspargos sangrentos. Não consegui evitar a náusea, tinha a boca cheia de saliva, vomitei manchando as botas, enquanto o garoto sorria, impassível.

— Larga isso, ranhento de merda! — gritei, batendo-lhe na mão. Os dedos caíram sobre a serragem, tingindo-a de vermelho.

Peguei a espingarda e, cambaleando, avancei para a saída. O ar fresco do entardecer e o perfume pesado dos pinheiros bateram-me no rosto, devolvendo-me os sentidos. Respirei com avidez, sôfrego. Caminhei até meu cavalo com grande esforço, doía-me todo o corpo e tinha as mãos presas. O menino seguia-me.

Voltamos a Las Tres Marías procurando o caminho na escuridão, que desceu rapidamente depois do pôr do sol. As árvores dificultavam a marcha, os cavalos tropeçavam nas pedras e nas moitas, os galhos nos arranhavam ao passarmos. Eu me sentia como em outro mundo, confundido e aterrorizado por minha própria violência, agradecido pelo fato de Pedro Terceiro ter escapado, porque estava certo de que, se ele tivesse caído, teria continuado a dar-lhe machadadas até matá-lo, destroçá-lo, picá-lo em pedacinhos, com a mesma decisão com que estava disposto a meter-lhe um tiro na cabeça.

Sei o que falam a meu respeito. Dizem, entre outras coisas, que matei um ou vários homens ao longo de minha vida.

Culparam-me da morte de alguns camponeses. Não é verdade. Se fosse, não me importaria de reconhecer, porque, na idade em que estou, essas coisas podem ser ditas impunemente. Já me resta muito pouco tempo de vida. Nunca matei um homem, e o mais perto que estive de fazê-lo foi nesse dia em que peguei o machado e avancei para Pedro Terceiro García.

Chegamos em casa à noite. Desci com dificuldade do cavalo e caminhei até o terraço. Tinha-me esquecido completamente do menino que me acompanhava, porque ao longo de todo o trajeto ele não abriu a boca; por isso, assustei-me ao sentir que me puxava a manga.

— Vai dar-me a recompensa, patrão? — disse.

Despedi-o com um empurrão.

— Não há recompensa para os traidores que denunciam. Ah! E proíbo-o de contar o que aconteceu! Entendeu? — disse, grunhindo.

Entrei em casa e fui diretamente beber um gole na própria garrafa. O conhaque queimou-me a garganta e devolveu-me algum calor. Estendi-me no sofá, arfando. O coração ainda me batia desesperadamente, e eu estava enjoado. Com as costas da mão, limpei as lágrimas que me escorriam pelo rosto.

Lá fora ficou Esteban García diante da porta fechada. Como eu, estava chorando de raiva.

VII

Os Irmãos

Clara e Blanca chegaram à capital com o lamentável aspecto de duas acidentadas. Ambas tinham o rosto inchado, os olhos vermelhos de pranto e a roupa amassada pela longa viagem de trem. Blanca, mais frágil do que sua mãe, apesar de ser muito mais alta, jovem e pesada, suspirava acordada e soluçava dormindo, em um infindável lamento desde o dia da surra. Clara, porém, não tinha paciência para a desgraça e, portanto, ao chegar ao casarão da esquina, vazio e lúgubre como um mausoléu, decidiu que bastava de choradeiras e queixumes, que era tempo de alegrar a vida. Obrigou sua filha a ajudá-la na tarefa de contratar novos empregados, abrir os postigos, tirar os lençóis que cobriam os móveis, as capas dos candeeiros, os cadeados das portas, sacudir o pó e deixar entrar a luz e o ar. Faziam isso quando o inconfundível aroma das violetas silvestres invadiu a casa, e assim souberam que as três irmãs Mora, avisadas pela telepatia ou simplesmente pelo afeto, tinham chegado de visita. Seu alegre falatório, suas compressas de água fria, seus consolos espirituais e seu encanto natural conseguiram fazer com que mãe e filha se recompusessem das contusões do corpo e das dores da alma.

— Temos de comprar outros pássaros — disse Clara olhando pela janela as gaiolas vazias e o jardim abandonado, onde as estátuas do Olimpo se erguiam, cagadas pelos pombos.

— Não sei como pode pensar em pássaros se lhe faltam os dentes, mamãe — observou Blanca, que não se acostumava ao novo rosto, desdentado, da mãe.

Clara teve tempo para tudo. Em duas semanas, enchera de novos pássaros as antigas gaiolas e mandara fazer uma prótese de porcelana, ajustada mediante um engenhoso mecanismo que a prendia aos molares restantes, ainda que o sistema se tivesse demonstrado tão incômodo que ela preferiu usar a dentadura pendurada ao pescoço por uma fita. Só a colocava para comer e, às vezes, nas reuniões sociais. Clara devolveu a vida àquela casa. Deu ordem à cozinheira para manter o fogão sempre aceso e disse-lhe que deveriam estar preparados para alimentar um número variável de hóspedes. Sabia por que o dizia. Poucos dias depois, começaram a chegar seus amigos rosa-cruz, espíritas, teósofos, acupunturistas, telepatas, fazedores de chuva, peripatéticos, adventistas do sétimo dia, os artistas necessitados ou em desgraça e, por fim, todos os que habitualmente constituíam sua corte. Clara reinava entre eles como uma pequena soberana alegre e sem dentes. Nessa época, deu início às suas primeiras tentativas sérias de se comunicar com os extraterrestres e, como registrou, teve suas primeiras dúvidas a respeito da origem das mensagens espirituais que recebia por meio do pêndulo ou da mesa de três pés. Ouviram-na dizer muitas vezes que talvez não fossem as almas dos mortos o que vagava em outra dimensão, mas, simplesmente, seres de outros planetas que tentavam estabelecer relação com os terráqueos e, constituindo-se de uma matéria impalpável, facilmente se podiam confundir com as almas. Essa explicação científica encantou Nicolás, mas não teve a mesma aceitação pelas irmãs Mora, que eram muito conservadoras.

Blanca vivia alheia a essas dúvidas. Para ela, os seres de outros planetas pertenciam à mesma categoria das almas; não conseguia, portanto, compreender o entusiasmo de sua mãe e seus amigos em identificá-los. Estava muito ocupada com a casa, porque Clara se desligara dos assuntos domésticos sob o pretexto de nunca ter tido aptidões para eles. O casarão da esquina requeria um exército de empregados para se manter limpo, e o séquito da mãe demandava vários turnos na cozinha. Havia que preparar cereais e ervas para alguns, verduras e peixe cru para outros, frutas e leite azedo para as três irmãs Mora e suculentos pratos de carne, doces e outros venenos para Jaime e Nicolás, cujo apetite era insaciável e que ainda não tinham adquirido hábitos alimentares próprios. Posteriormente, ambos passariam fome: Jaime, por solidariedade aos pobres, e Nicolás, para purificar a alma. Nessa época, porém, ainda eram dois robustos jovens ansiosos por desfrutar os prazeres da vida.

Jaime entrara para a universidade, e Nicolás vagava, procurando seu destino. Tinham um automóvel pré-histórico, comprado com o lucro da venda da baixela de prata roubada da casa de seus pais. Chamavam-no de Covandonga, como lembrança dos avós del Valle. O carro tinha sido desmontado e remontado com outras peças tantas vezes que mal podia andar. Deslocava-se em meio ao estrépito do seu motor barulhento, cuspindo fumaça e porcas pelo cano de descarga. Os irmãos o partilhavam de forma salomônica: nos dias pares, Jaime usava-o, e, nos ímpares, Nicolás.

Clara estava feliz por morar com os filhos e dispôs-se a iniciar uma relação amigável. Tivera pouco contato com eles durante sua infância e, no afã de que se "fizessem homens", perdera as melhores fases dos meninos e tivera de abster-se de todas as suas ternuras. Agora que estavam com proporções adultas, finalmente feitos homens, podia dar-se ao prazer de mimá-los como deveria ter feito quando eram pequenos, mas já era tarde, porque os gêmeos haviam crescido sem seus carinhos e tinham acabado por não necessitar deles. Clara se deu conta de que não lhe pertenciam. Não perdeu a cabeça nem o ânimo. Aceitou-os como eram e dispôs-se a desfrutar de sua presença sem nada pedir em troca.

Blanca, no entanto, reclamava, resmungando que os irmãos tinham transformado a casa numa pocilga. Por onde passavam, deixavam um rastro de desordem, atropelo e confusão. A jovem engordava a olhos vistos, mostrando-se cada dia mais lânguida e mal-humorada. Tendo reparado na barriga da irmã, Jaime procurou sua mãe.

— Penso que Blanca está grávida, mamãe — disse sem rodeios.

— Eu já imaginava, filho — suspirou Clara.

Blanca não negou, e, uma vez confirmada a notícia, Clara a registrou com sua redonda caligrafia no caderno de anotar a vida. Nicolás tirou os olhos de seus exercícios de horóscopo chinês e sugeriu que era preciso comunicar ao pai, porque em duas ou três semanas o assunto já não poderia mais ser mantido em segredo, e todo mundo saberia.

— Nunca direi quem é o pai! — disse Blanca com firmeza.

— Não me refiro ao pai da criança, mas ao nosso — disse o irmão. — Papai tem o direito de que nós mesmos o informemos antes que outra pessoa o faça.

— Mandem um telegrama para o campo — sugeriu Clara, consternada, percebendo que, tão logo Esteban Trueba dele tomasse conhecimento, o bebê de Blanca se tornaria uma tragédia.

Nicolás redigiu a mensagem no mesmo espírito criptográfico com que fazia versos para Amanda, a fim de que a telegrafista da aldeia não conseguisse entender o telegrama e espalhar o mexerico: "Envie instruções em cinta branca. Ponto". Tal como a telegrafista, Esteban Trueba não conseguiu decifrá-lo e teve de telefonar para sua casa da capital, a fim de se inteirar do assunto. Coube a Jaime explicar a situação, acrescentando que a gravidez estava tão avançada que não era possível pensar em nenhuma solução drástica. Do outro lado da linha, houve um longo e terrível silêncio, e depois o pai desligou o telefone. Em Las Tres Marías, Esteban, lívido de surpresa e de raiva, pegou sua bengala e quebrou o telefone pela segunda vez. Nunca lhe ocorrera a ideia de que uma filha sua pudesse cometer tão monstruoso desatino. Sabendo quem era o pai, levou menos de um segundo para se arrepender pela segunda vez de não lhe ter enfiado um balaço na nuca quando teve a oportunidade. Estava certo de que o escândalo seria o mesmo se ela desse à luz um bastardo ou se viesse a se casar com o filho de um camponês: a sociedade a condenaria ao ostracismo em qualquer um dos casos.

Esteban Trueba passou várias horas andando pela casa com passos largos, dando bengaladas nos móveis e nas paredes, murmurando entre dentes maldições e forjando planos disparatados que iam desde mandar Blanca para um convento em Extremadura até matá-la a pancadas. Finalmente, quando se acalmou um pouco, veio-lhe uma ideia salvadora à cabeça. Mandou selar seu cavalo e galopou até a aldeia.

Encontrou Jean de Satigny, que não voltara a ver desde a malfadada noite em que o despertara para lhe contar os romances de Blanca, sorvendo suco de melão sem açúcar na única pastelaria do povoado, em companhia do filho de Indalecio Aguirrazábal, um pedante luzidio, que falava com voz aflautada e recitava Rubén Darío. Sem a mínima cerimônia, Trueba levantou o conde francês pelo colarinho de seu impecável casaco escocês e tirou-o da pastelaria praticamente no ar, depositando-o na calçada, diante dos olhares atônitos dos demais clientes.

— Jovem, você já me deu problemas em demasia. Primeiro, com suas malditas chinchilas e, depois, com minha filha. Agora me cansei. Vá buscar suas tralhas, porque vai para a capital comigo. Casar com Blanca.

Não lhe deu tempo de se refazer da surpresa. Acompanhou-o ao hotel, onde esperou com o chicote numa das mãos e a bengala na outra, enquanto Jean de Satigny fazia as malas. Depois, levou-o diretamente à estação e instalou-o, sem mais explicações, no trem. Durante a viagem, o conde quis informá-lo de que não tinha nada a ver com aquele assunto e que nunca havia sequer encostado um dedo em Blanca Trueba, e que provavelmente o responsável pelo sucedido era o frade barbudo com quem Blanca se encontrava à noite na beira do rio. Esteban Trueba fulminou-o com seu olhar mais feroz.

— Não sei do que está falando, filho. Você sonhou com isso — disse-lhe.

Trueba começou a explicar-lhe as cláusulas do contrato matrimonial, o que tranquilizou bastante o francês. O dote de Blanca, sua renda mensal e as perspectivas de herdar uma fortuna tornavam-na um bom partido.

— Como vê, este é um negócio melhor do que o das chinchilas — concluiu o futuro sogro sem prestar atenção ao choramingo nervoso do jovem.

Foi assim que no sábado Esteban Trueba chegou ao casarão da esquina, com um marido para sua filha deflorada e um pai para o pequeno bastardo. Chegou bufando de raiva. Com um murro, derrubou a floreira com crisântemos da entrada, deu um bofetão em Nicolás, que tentou interceder para explicar a situação, e anunciou, aos gritos, que não queria ver Blanca e que ela deveria ficar enclausurada até o dia do casamento. Clara não apareceu para recebê-lo. Ficou no quarto, que não lhe abriu nem mesmo quando ele quebrou sua bengala de prata, ao golpear a porta trancada.

A casa entrou num turbilhão de atividades e disputas. O ar parecia irrespirável, e até os pássaros se calaram nas gaiolas. Os empregados corriam às ordens daquele patrão ansioso e brusco que não admitia demoras para que seus desejos fossem atendidos. Clara continuou levando a mesma vida, ignorando o marido e negando-se a dirigir-lhe a palavra. O noivo, praticamente prisioneiro do futuro sogro, foi instalado num dos numerosos quartos de hóspedes, onde passava o dia dando voltas, sem nada para fazer, sem ver Blanca e sem compreender como fora parar naquela história de folhetim. Não sabia se deveria lamentar-se por ser vítima daqueles bárbaros aborígenes ou alegrar-se por poder cumprir o sonho de casar com uma herdeira sul-americana, jovem e bonita. Como era otimista por natureza e estava dotado do senso prático próprio dos membros de sua raça, optou pela segunda possibilidade e, ao longo da semana, foi-se tranquilizando.

Esteban Trueba marcou a data do casamento para dali a quinze dias. Decidiu que a melhor forma de evitar o escândalo seria fazer uma boda espetacular. Queria ver a filha casada pelo bispo, com vestido branco de cauda de seis metros levada por pajens e donzelas, com fotografias publicadas na coluna social do jornal, queria uma festa digna de um Calígula, com pompa e circunstância, e gastos suficientes para que ninguém se detivesse na barriga da noiva. A única pessoa que o apoiou em seus planos foi Jean de Satigny.

No dia em que Esteban chamou a filha para mandá-la à modista experimentar o vestido de noiva, ao vê-la pela primeira vez desde a noite da surra, espantou-se ao vê-la gorda e com manchas no rosto.

— Não vou casar, pai — disse ela.

— Cale-se! — rugiu Esteban. — Vai casar porque eu não quero bastardos na família, está me ouvindo?

— Pensei que já tivéssemos vários — respondeu Blanca.

— Não me responda! Quero que saiba que Pedro Terceiro García está morto. Matei-o com a minha própria mão; portanto, esqueça-o e trate de ser uma esposa digna do homem que a levará ao altar.

Blanca começou a chorar e assim continuou, incansavelmente, nos dias que se seguiram.

O casamento que Blanca não desejava celebrou-se na catedral, com a bênção do bispo e um vestido de rainha feito pelo melhor costureiro do país, que fez milagres para dissimular o ventre proeminente da noiva com cascatas de flores e pregas greco-romanas. À cerimônia religiosa, seguiu-se uma festa espetacular, com quinhentos convidados em traje de gala, que ocuparam o casarão da esquina, animado por uma orquestra de músicos mercenários, com um exagero de reses temperadas com ervas finas, mariscos frescos, caviar do Báltico, salmão da Noruega, aves trufadas, uma torrente de licores exóticos, um jorro infindável de champanha, um esbanjamento de doces, suspiros, mil-folhas, *éclairs*, polvilhados, grandes taças de cristal com fruta cristalizada, morangos da Argentina, cocos do Brasil, papaias do Chile, ananás de Cuba e outras indescritíveis delícias, sobre uma mesa enorme que dava voltas pelo jardim e terminava num bolo descomunal de três andares — confeccionado por um mestre italiano originário de Nápoles, amigo de Jean de Satigny, que transformou os modestos materiais, ovos, farinha e açúcar, numa réplica da Acrópole coroada por uma nuvem de merengue, onde repousavam dois amantes mitológicos, Vênus e Adônis, feitos com pasta de amêndoa tingida, para imitar o tom rosado da carne, o louro dos cabelos, o azul-cobalto dos olhos, acompanhados por um Cupido gorducho, também comestível —, que foi cortado com uma faca de prata pelo noivo orgulhoso e pela noiva desolada.

Clara, que desde o princípio se opusera à ideia de casar Blanca contra sua vontade, decidiu não assistir à festa. Ficou na sala de costura elaborando tristes previsões para os noivos, que se cumpriram ao pé da letra, como todos puderam comprovar mais tarde, até que o marido foi suplicar-lhe que mudasse de roupa e aparecesse no jardim ao menos por dez minutos, para atenuar as perguntas dos convidados. Absolutamente contrariada, mas, por carinho pela filha, Clara pôs seus dentes e procurou sorrir a todos os presentes.

Jaime chegou no final da festa, porque ficara trabalhando no hospital dos pobres, onde iniciava seu primeiro estágio como estudante de medicina. Nicolás chegou acompanhado pela bela Amanda, que, tendo acabado de descobrir Sartre, adotara o ar fatal das existencialistas europeias, toda de negro, pálida, com as pálpebras arroxeadas, pintadas com *khol*, o cabelo escuro solto até a cintura e tamanho exagero de colares, pulseiras e brincos que provocava admiração à sua passagem. Nicolás, por sua vez, estava vestido de branco, como um enfermeiro, com amuletos pendurados ao pescoço. Seu pai interceptou-o à entrada, tomou-o por um braço e introduziu-o à força no banheiro, onde lhe arrancou os talismãs sem contemplação.

— Vá a seu quarto e ponha uma gravata decente! Volte à festa e comporte-se como um cavalheiro! Não se atreva a pregar alguma religião herege em meio aos convidados e diga a essa bruxa que o acompanha que cubra seu decote! — ordenou Esteban ao filho.

Nicolás obedeceu de péssimo humor. Por princípio, era abstêmio, mas, de raiva, bebeu alguns copos, perdeu a cabeça e atirou-se vestido na fonte do jardim, de onde tiveram de resgatá-lo com a dignidade ensopada.

Blanca passou toda a noite sentada numa cadeira observando o bolo, com a expressão alheia e chorando, enquanto seu resplandecente marido passeava em meio aos convidados, justificando a ausência de sua sogra, devido a um ataque de asma, e o pranto da noiva, à emoção do casamento. Ninguém acreditou nele. Jean de Satigny beijava o pescoço de Blanca, segurava sua mão e procurava consolá-la com goles de champanha e lagostins amorosamente escolhidos e servidos por sua própria mão, mas em vão — ela continuava chorando. Apesar de tudo, a festa foi um grande acontecimento, como Esteban Trueba planejara. Comeu-se e bebeu-se à vontade e viu-se chegar o nascer do sol, dançando-se ao som da orquestra, enquanto, no Centro da cidade, os grupos de desempregados se aqueciam em volta de pequenas fogueiras feitas com jornais, bandos de jovens com camisas cinzentas desfilavam com o braço estendido para o alto, como tinham visto nos filmes sobre a Alemanha, e, nas sedes dos partidos políticos, eram providenciados os últimos retoques na campanha eleitoral.

— Os socialistas vão ganhar — observara Jaime, que, de tanto conviver com o proletariado no hospital dos pobres, andava alucinado.

— Não, filho, vão ganhar os de sempre — respondera Clara, que vira tudo nas cartas, confirmando-o com seu senso comum.

Depois da festa, Esteban Trueba levou o genro à biblioteca e entregou-lhe um cheque. Era seu presente de casamento. Providenciara tudo para que o casal fosse para o Norte, onde Jean de Satigny pensava instalar-se comodamente para viver da renda de sua mulher, longe dos comentários das pessoas observadoras que não deixariam de reparar em seu ventre prematuro. Tinha em mente um negócio de cântaros incas e múmias indígenas.

Antes de deixar a festa, os recém-casados foram despedir-se de sua mãe. Clara quis ficar a sós com Blanca, que não havia parado de chorar, e falou-lhe em segredo.

— Pare de chorar, filhinha. Tantas lágrimas farão mal à criança e talvez não a façam feliz.

Blanca respondeu-lhe com outro soluço.

— Pedro Terceiro García está vivo, filha — acrescentou Clara.

Blanca engoliu o soluço e assoou o nariz.

— Como sabe, mamãe?

— Porque sonhei.

Aquilo foi suficiente para tranquilizar Blanca completamente. Enxugou as lágrimas, ergueu a cabeça e não voltou a chorar até o dia em que sua mãe morreu, sete anos mais tarde, apesar de não lhe terem faltado dores, saudades e outras razões.

Separada da filha, a quem estivera sempre muito unida, Clara entrou em outros de seus períodos confusos e depressivos. Manteve a mesma rotina de antes, com o casarão aberto e sempre cheio de gente, com suas reuniões espíritas e seus serões literários, mas perdeu a capacidade de rir com facilidade e, com frequência, ficava parada olhando fixamente para a frente, perdida em seus pensamentos. Tentou estabelecer com Blanca um sistema de comunicação direta que lhe permitisse superar os atrasos do correio, mas a telepatia nem sempre funcionava, e não havia certeza de uma boa recepção da mensagem. Pôde comprovar que suas comunicações sofriam interferências incontroláveis, e eram entendidas mensagens diferentes das que ela queria transmitir. Além disso, Blanca não era permeável às experiências psíquicas e, apesar de ter estado sempre muito próxima da mãe, nunca demonstrou qualquer curiosidade pelos fenômenos da mente. Era uma mulher prática, terrena e desconfiada, e sua natureza moderna e pragmática constituía-se em um grande obstáculo para a telepatia. Clara teve de se resignar a usar os métodos convencionais. Mãe e filha escreviam uma à outra quase todos os dias, e a farta correspondência substituiu, durante vários meses, os cadernos de anotar a vida. Dessa maneira, Blanca tomava conhecimento de tudo o que acontecia no casarão da esquina e podia alimentar a ilusão de que ainda estava com sua família e de que seu casamento não passava de um mero pesadelo.

Naquele ano, os caminhos de Jaime e Nicolás distanciaram-se definitivamente, porque as diferenças entre os irmãos eram irreconciliáveis. Nessa época, Nicolás estava envolvido com a novidade da dança flamenca, que dizia ter aprendido com os ciganos nas grutas de Granada, ainda que na realidade nunca tivesse saído do país; seu poder de convicção, entretanto, era tal que até sua própria família começou a acreditar. À menor provocação, fazia uma demonstração. Pulava sobre a mesa da sala de jantar — a grande mesa de carvalho que servira para velar Rosa muitos anos antes e que Clara havia herdado — e começava a bater palmas como um maluco, a sapatear espasmodicamente, a dar saltos e gritos agudos até conseguir atrair todos os habitantes da casa, alguns vizinhos e, numa ocasião, até os carabineiros, que chegaram com os cassetetes na mão, enlameando os tapetes com suas botas, mas que acabaram, como todos os demais, aplaudindo e gritando *olé*. A mesa resistiu heroicamente, ainda que, ao fim de uma semana, tivesse a aparência de uma banca de açougueiro usada para esquartejar bezerros. O flamenco não tinha nenhuma utilidade prática na então fechada sociedade da capital, mas Nicolás pôs um discreto anúncio no jornal oferecendo seus serviços como mestre dessa dança fogosa. No dia seguinte tinha uma aluna e, em uma semana, espalhara-se o rumor do seu encanto. As mocinhas acudiam em grupos, no início envergonhadas e tímidas, mas ele começava a rodopiar à sua volta, a sapatear, enlaçando-as pela cintura, a sorrir-lhes com seu estilo de sedutor e, em pouco tempo, conseguia entusiasmá-las. As aulas foram um sucesso. A mesa da sala de jantar estava a ponto de se desfazer em pedaços, Clara começou a queixar-se de enxaqueca, e Jaime ficava trancado em seu quarto, tentando estudar, com duas bolas de cera nos ouvidos. Quando Esteban Trueba inteirou-se do que acontecia na casa durante sua ausência, entregou-se a um justo e terrível acesso de cólera e proibiu o filho de usar a casa como academia de dança flamenca ou de qualquer outra coisa. Nicolás teve de desistir de suas contorções, mas a experiência serviu-lhe para se tornar o jovem mais popular da temporada, o rei das festas e de todos os corações femininos, porque, enquanto os outros estudavam, se vestiam com ternos cinzentos de paletós transpassados e cofiavam o bigode ao ritmo dos boleros, ele praticava o amor livre, citava Freud, bebia *pernod* e dançava flamenco. O êxito social, no entanto, não conseguiu diminuir seu interesse pelas habilidades psíquicas de sua mãe. Tentava em vão imitá-la. Estudava com veemência, praticava até pôr em risco sua saúde e assistia às reuniões das sextas-feiras com as três irmãs Mora, apesar da proibição expressa de seu pai, que insistia na ideia de que aquilo não era assunto de homens. Clara procurava consolá-lo dos fracassos.

— Isso não se aprende nem se herda, meu filho — dizia, quando o via concentrar-se até ficar vesgo no esforço descomunal para mover o saleiro sem tocá-lo.

As três irmãs Mora gostavam muito do rapaz. Emprestavam-lhe livros secretos e ajudavam-no a decifrar os códigos dos horóscopos e das cartas divinatórias. Sentavam-se à volta dele, de mãos dadas, para o trespassar de fluidos benéficos, mas nem isso conseguiu dotar Nicolás de poderes mentais. Protegeram-no em seus amores com Amanda. No começo, a jovem pareceu fascinada com a mesa de três pés e os artistas cabeludos da casa do namorado, mas logo se cansou de evocar fantasmas e de recitar o Poeta, cujos versos andavam de boca em boca, e começou a trabalhar como repórter num jornal.

— Essa é uma profissão de palhaço — disse Esteban Trueba ao tomar conhecimento.

Trueba não experimentava simpatia por Amanda. Não gostava de vê-la em sua casa. Acreditava que fosse uma má influência para seu filho e desconfiava de que seu cabelo comprido, seus olhos pintados e as miçangas significassem sintomas de algum vício oculto; quanto a seus hábitos de tirar os sapatos e sentar-se no chão de pernas cruzadas, como um aborígene, ele considerava uma postura de fanchona.

Amanda tinha uma visão muito pessimista do mundo e, para suportar suas depressões, fumava haxixe. Nicolás acompanhava--a. Clara percebeu que seu filho passava por maus momentos, mas nem sequer sua prodigiosa intuição lhe permitiu relacionar os cachimbos orientais que ele fumava a seus desvios delirantes, sua modorra ocasional e seus ataques de injustificada alegria, porque jamais ouvira falar a respeito daquela droga nem, aliás, de nenhuma outra. "São coisas da idade e logo passam", dizia-se quando o via agindo como um lunático, sem que lhe ocorresse o fato de que Jaime nascera no mesmo dia e jamais manifestara nenhum daqueles desvarios.

As loucuras de Jaime eram de um estilo muito diferente. Tinha vocação para o sacrifício e a austeridade. Em seu guarda-roupa só havia três camisas e duas calças. Clara passava o inverno tecendo às pressas peças de lã rústica, com que o presenteava, a fim de mantê-lo agasalhado, mas ele só as usava até encontrar alguém mais necessitado. Todo o dinheiro que seu pai lhe dava ia parar nos bolsos dos indigentes que atendia no hospital. Sempre que algum cão esquelético o seguia na rua, ele o asilava em casa; quando tomava ciência da existência de uma criança abandonada, uma mãe solteira ou uma velhinha desvalida que necessitasse de sua proteção, era para lá que as levava, entregando-as à sua mãe, para que ela tomasse conta delas. Clara tornou-se especialista em assistência social; conhecia todos os serviços do Estado e da Igreja em que era possível instalar os infelizes e, quando tudo isso falhava, acabava por aceitá-los em sua casa. Suas amigas a temiam, porque todas as vezes que as visitava era porque tinha alguma coisa a lhes pedir. Foi assim que se alargou a rede dos protegidos de Clara e Jaime, que não calculavam o número de pessoas que ajudavam e, não raro, se surpreendiam com a súbita presença de alguém lhes agradecendo um favor que não se lembravam de ter feito. Jaime começou seus estudos de medicina com uma vocação religiosa. Considerava qualquer diversão que o afastasse dos livros ou roubasse parte de seu tempo uma traição à humanidade, à qual jurara servir. "Esse menino deveria ter sido padre", dizia Clara. Para Jaime, a quem os votos de humildade, pobreza e castidade do sacerdócio não teriam perturbado, a religião era a causa de metade das desgraças do mundo, e, portanto, quando sua mãe fazia esse comentário, se enfurecia. Acreditava que o cristianismo — como, aliás, quase todas as superstições — tornava o homem mais fraco e conformado e que não se deveria esperar recompensa no céu, mas, sim, lutar por seus direitos na terra. Discutia esses assuntos a sós com sua mãe, porque era impossível fazê-lo com Esteban Trueba, que perdia rapidamente a paciência e acabava aos gritos e batendo as portas, porque, como repetia com frequência, já estava farto de viver entre loucos varridos e só desejava um pouco de normalidade, mas tivera o azar de casar-se com uma excêntrica e gerar três malucos que não serviam para nada e lhe amarguravam a existência. Jaime não discutia com o pai. Entrava em casa como uma sombra, beijava, distraído, a mãe quando a via e dirigia-se diretamente à cozinha, comia de pé as sobras dos demais e logo se fechava em seu quarto para ler ou estudar. Seu quarto era um túnel de livros, todas as paredes cobertas, do chão ao teto, de estantes de madeira cheias de volumes que ninguém limpava, porque ele mantinha a porta trancada à chave. Eram ninhos ideais para aranhas e ratos. No centro do cômodo ficava sua cama, uma tarimba de recruta, iluminada por uma lâmpada descoberta pendurada no teto sobre a cabeceira. Durante um tremor de terra que Clara não previu por esquecimento, ouviu-se um estrépito de trem descarrilado e, quando conseguiram abrir a porta, constataram que a cama estava soterrada por uma montanha de livros. As estantes haviam tombado, e Jaime ficara preso. Retiraram-no sem um arranhão. Enquanto Clara afastava os livros, lembrava-se do terremoto e dava-se conta de que já tinha vivido aquele momento. Entretanto, o episódio serviu para sacudir o pó e espantar os bichos e insetos a vassouradas.

As únicas vezes que Jaime focalizava o olhar na realidade de sua casa era quando via Amanda passar pela mão de Nicolás. Pouquíssimas vezes lhe dirigia a palavra e corava violentamente se ela o fazia. Desconfiava de sua aparência exótica e estava convencido de que, se ela se penteasse como qualquer pessoa e tirasse a pintura dos olhos, pareceria um rato magro e verdoso. No entanto, não conseguia deixar de olhá-la. O chocalhar das pulseiras que acompanhava a jovem distraía-o de seus estudos, e lhe demandava grande esforço não a seguir pela casa, como uma galinha hipnotizada. Solitário em sua cama, sem lograr concentrar-se na leitura, imaginava Amanda nua, envolta em seu cabelo negro, com todos os seus ruidosos adereços, como um ídolo. Jaime era um solitário. Foi um menino intratável e mais tarde um homem tímido. Não tinha amor-próprio e, talvez por isso, supunha não merecer o amor dos demais. Qualquer demonstração de solicitude ou agradecimento que recebesse envergonhava-o e fazia-o sentir-se mal. Amanda representava a essência absoluta do feminino e, sendo a companheira de Nicolás, do proibido. A personalidade livre, afetuosa e aventureira da moça fascinava-o, e sua aparência de rato disfarçado provocava nele uma ânsia atormentada por protegê-la. Desejava-a dolorosamente, embora nunca se atrevesse a admiti-lo, nem em seus pensamentos mais secretos.

Naquela época, Amanda frequentava com assiduidade a casa dos Trueba. Como seu horário no jornal era flexível, sempre que podia ia ao casarão da esquina com seu irmão Miguel, sem que a presença deles chamasse a atenção naquela mansão sempre movimentada por muitas pessoas e atividades. Miguel tinha por volta de cinco anos, era discreto e limpo, não provocava qualquer alvoroço, passava despercebido, confundindo-se com o desenho do papel das paredes e com os móveis, brincava sozinho no jardim e acompanhava Clara por toda a casa, chamando-a de mamãe. Por isso e porque chamava Jaime de papai, supuseram que Amanda e Miguel fossem órfãos. Amanda andava sempre com seu irmão, levava-o para o trabalho, acostumara-o a comer de tudo, a qualquer hora, e a dormir estirado nos lugares mais incômodos. Cercava-o de uma ternura apaixonada e violenta, coçava-o como se fosse um cachorrinho, gritava com ele quando se zangava, abraçando-o logo depois. Não permitia que ninguém o repreendesse ou desse uma ordem a seu irmão, não admitia comentários sobre o estranho modo de vida que lhe oferecia e defendia-o como uma leoa, ainda que ninguém tivesse a intenção de atacá-lo. A única pessoa a quem autorizou dar opiniões sobre a educação de Miguel foi Clara, que conseguiu convencê-la de que era preciso mandá-lo à escola, para que não se transformasse num eremita analfabeto. Clara não era particularmente defensora da educação regular, mas se deu conta de que, no caso de Miguel, faziam-se necessárias algumas horas diárias de disciplina e convivência com crianças de sua idade. Ela mesma se encarregou de matriculá-lo, comprar seu material escolar e uniforme, e acompanhou Amanda quando foi deixá-lo na escola no primeiro dia de aula. À porta do jardim de infância, Amanda e Miguel abraçaram-se chorando, sem que a professora conseguisse separar o menino da saia da irmã, à qual se agarrava com unhas e dentes, berrando e chutando, desesperado, tudo que deles se aproximasse. Por fim, ajudada por Clara, a professora conseguiu arrastar o menino para dentro do colégio, fechando-lhe a porta. Amanda permaneceu a manhã inteira sentada junto ao muro. Clara ficou com ela, porque se sentia culpada de tanta dor e começava a duvidar da sabedoria de sua iniciativa. Ao meio-dia, soou a sineta, e o portão se abriu. Viram sair um rebanho de alunos e em meio a eles, calmo, calado e sem lágrimas, com um risco de lápis no nariz e as meias engolidas pelos sapatos, vinha o pequeno Miguel, que naquelas poucas horas aprendera a viver longe da mão de sua irmã. Amanda apertou-o contra o peito freneticamente e, inspirada pelo momento, disse: "Daria a vida por você, Miguelito". Não sabia que um dia teria de fazê-lo.

NESSA ÉPOCA, POR sua vez, Esteban Trueba sentia-se cada vez mais sozinho e furioso. Resignou-se à ideia de que sua mulher não voltaria a lhe dirigir a palavra e, cansado de persegui-la pelos cantos, lhe suplicar com o olhar e furar as paredes do banheiro, decidiu dedicar-se à política. Tal como Clara previra, ganharam as eleições os mesmos de sempre, mas por uma diferença tão pequena que o país inteiro se alertou. Trueba considerou que era o momento de sair em defesa dos interesses da pátria e do Partido Conservador, uma vez que ninguém melhor do que ele poderia encarnar o político honesto e incorruptível, como ele próprio anunciava, acrescentando que se fizera por esforço próprio, dando trabalho e boas condições de vida a seus empregados, dono da única propriedade com casas de tijolo. Respeitava a lei, a pátria e a tradição, e ninguém poderia acusá-lo de nenhum delito maior do que escapar aos impostos. Contratou um administrador para substituir Pedro Segundo García, levou-o para Las Tres Marías, encarregado das galinhas poedeiras e das vacas importadas, e instalou-se definitivamente na capital. Passou vários meses dedicado à sua campanha, respaldado pelo Partido Conservador, que precisava de gente para apresentar nas próximas eleições parlamentares, e por sua própria fortuna, posta a serviço da causa. A casa encheu-se de propaganda política e de seus partidários, que praticamente a tomaram de assalto, misturando-se aos fantasmas dos corredores, aos rosa-cruzes e às três irmãs Mora. Pouco a pouco, a corte de Clara foi deslocada para os cômodos dos fundos da casa. Estabeleceu-se uma invisível fronteira entre o setor ocupado por Esteban Trueba e o de sua mulher. Por inspiração de Clara e de acordo com as necessidades do momento, foram brotando na nobre arquitetura senhorial quartinhos, escadas, torrinhas, açoteias. Sempre que era preciso alojar um novo hóspede, chegavam os mesmos pedreiros para acrescentar mais um cômodo; assim, o casarão da esquina chegou a parecer um labirinto.

— Um dia esta casa vai servir para montar um hotel — dizia Nicolás.

— Ou um pequeno hospital — sugeria Jaime, que começava a alimentar a ideia de levar seus pobres para o Bairro Alto.

A fachada da casa manteve-se sem alterações. De frente, viam--se as colunas heroicas e o jardim versalhesco; atrás, contudo, o estilo se perdia. O jardim dos fundos era uma selva emaranhada, onde proliferava uma variedade de plantas e flores, e esvoaçavam os pássaros de Clara, em meio a várias gerações de cães e gatos. Daquela fauna doméstica, o único exemplar que teve posteriormente alguma relevância na recordação da família foi um coelho que Miguel levou, um pobre coelho comum, que os cães lambiam com tal constância que lhe caíram os pelos; era o único calvo de sua espécie, coberto por uma pele furta-cor que lhe dava a aparência de um réptil orelhudo.

À medida que a data das eleições se aproximava, Esteban Trueba sentia-se cada vez mais nervoso. Arriscara tudo o que possuía em sua aventura política. Uma noite não aguentou mais e foi bater à porta do quarto de Clara. Ela abriu. Estava de camisola e usando os dentes, porque gostava de mordiscar biscoitos enquanto escrevia no caderno de anotar a vida. Pareceu a Esteban tão bela e jovem quanto no primeiro dia em que a levou pela mão àquele quarto forrado de seda azul e a pousou sobre a pele de Barrabás. Sorriu ao lembrar-se do fato.

— Desculpe-me, Clara — disse, corando como um estudante. — Sinto-me só e angustiado. Quero ficar aqui um pouco, se não se importa.

Clara sorriu também, mas nada disse. Apontou-lhe a poltrona, e Esteban sentou-se. Ficaram alguns minutos calados, partilhando os biscoitos e olhando-se como estranhos, porque fazia muito tempo que viviam sob o mesmo teto sem se ver.

— Suponho que saiba o que me atormenta — disse finalmente Esteban Trueba.

Clara concordou, balançando a cabeça.

— Acredita que vou ser eleito?

Clara voltou a assentir, e então Esteban Trueba sentiu-se totalmente aliviado, como se ela lhe houvesse entregado uma garantia por escrito. Deu uma estrondosa e alegre gargalhada, ergueu-se, tomou-a pelos ombros e beijou-a na testa.

— Você é fantástica, Clara! Então, já que você diz, serei senador — exclamou.

A partir daquela noite, atenuou-se a hostilidade entre os dois. Clara continuou sem lhe dirigir a palavra, mas ele simulava não perceber seu silêncio e lhe falava normalmente, interpretando seus menores gestos como respostas. Quando era preciso, Clara usava os empregados ou os filhos para enviar-lhe mensagens. Preocupava-se com o bem-estar do marido, assessorava-o em seu trabalho e o acompanhava sempre que ele lhe pedia. Algumas vezes sorria para ele.

Dez dias depois, Esteban Trueba foi eleito senador da República, como Clara prognosticara. Celebrou o acontecimento com uma festa para seus amigos e correligionários, aumento salarial para os empregados e os trabalhadores de Las Tres Marías e um colar de esmeraldas que deixou para Clara sobre sua cama, ao lado de um ramo de violetas. Clara começou a frequentar as recepções sociais e os atos políticos, que demandavam sua presença para que seu marido projetasse a imagem de um homem simples e familiar, que agradava ao público e ao Partido Conservador. Nessas ocasiões, Clara usava os dentes e algumas joias que Esteban lhe oferecera. Era considerada a dama mais elegante, discreta e encantadora de seu círculo social, e ninguém chegou a suspeitar de que aquele distinto casal nunca se falava.

A nova posição de Esteban Trueba determinou um aumento no número de pessoas a atender no casarão da esquina. Clara não imaginava quantas bocas alimentava nem os gastos de sua casa. As contas iam diretamente para o escritório do senador Trueba no Congresso, que as pagava sem questionar, porque percebera que, quanto mais gastava, mais parecia aumentar sua fortuna, chegando à conclusão de que não seria Clara, com sua hospitalidade indiscriminada e suas obras de caridade, quem o conseguiria arruinar. A princípio, usou o poder político como um brinquedo novo. Alcançara a maturidade transformado no homem rico e respeitado que jurara chegar a ser quando era um adolescente pobre, sem padrinhos e tendo como único capital o orgulho e a ambição. Em pouco tempo, contudo, compreendeu que estava tão sozinho como sempre. Seus dois filhos evitavam-no, e não voltara a ter nenhum contato com Blanca. Tinha notícias dela pelo que lhe contavam Jaime e Nicolás, e limitava-se a enviar-lhe um cheque todos os meses, fiel ao compromisso assumido com Jean de Satigny. Estava tão afastado de seus filhos que era incapaz de manter um diálogo com eles sem que acabasse aos gritos. Trueba tomava conhecimento das loucuras de Nicolás quando já era tarde demais, ou seja, quando todo mundo já comentava. Tampouco sabia algo a respeito da vida de Jaime. Se tivesse suspeitado de que se encontrava com Pedro Terceiro García, por quem chegou a desenvolver um carinho fraternal, Esteban teria certamente sofrido uma crise de apoplexia, mas Jaime era bastante cauteloso quanto a falar a respeito dessas coisas com o pai.

Pedro Terceiro García abandonara o campo. Depois do terrível encontro com o patrão, o padre José Dulce María recolheu-o na casa paroquial e curou os ferimentos de sua mão; entretanto, mergulhara numa profunda depressão, repetindo incansavelmente que sua vida não tinha mais nenhum sentido, porque perdera Blanca e já não podia tocar violão, seu único consolo. O padre José Dulce María esperou que a forte compleição do jovem lhe cicatrizasse os dedos e levou-o numa carroça à reserva indígena, onde o apresentou a uma velha centenária e cega, cujas mãos estavam retorcidas e paralisadas pelo reumatismo, mas que ainda tinha disposição para fazer cestaria com os pés. "Se ela pode fazer cestos com os pés, você pode tocar violão sem dedos", desafiou-o o jesuíta, que lhe contou então sua própria história.

— Na sua idade eu também estava apaixonado, filho. Minha noiva era a moça mais bonita da minha aldeia. Íamos nos casar;

ela começava a bordar seu enxoval, e eu a economizar para construirmos uma casinha. Então fui mandado para o serviço militar. Quando voltei, ela estava casada com o açougueiro e se tornara uma senhora gorda. Estive a ponto de me atirar no rio com uma pedra nos pés, mas logo resolvi ser padre. No ano em que tomei o hábito, ela enviuvou e ia à igreja olhar-me com olhos lânguidos. — A sonora gargalhada do gigantesco jesuíta animou Pedro Terceiro e provocou-lhe um riso pela primeira vez em três semanas. — Isso, meu filho — concluiu o padre José Dulce María —, é para você ver que não há por que se desesperar. Voltará a ver Blanca um dia, quando menos esperar.

De corpo e alma curados, Pedro Terceiro García foi para a capital com uma trouxa de roupa e umas poucas moedas que o padre surrupiou da esmola dominical. Também lhe deu o endereço de um dirigente socialista da capital, que o acolheu em casa nos primeiros dias e logo lhe arranjou trabalho como cantor num grupo de boêmios. Pedro foi morar num bairro operário, numa casa de madeira que lhe pareceu um palácio, sem mais mobiliário do que um *sommier* com pés, um colchão, uma cadeira e dois caixotes que lhe serviam de mesa. Dali divulgava o socialismo e ruminava o desgosto de que Blanca tivesse casado com outro, negando-se a aceitar as explicações e as palavras de consolo de Jaime. Em pouco tempo, tinha alcançado o domínio na mão direita e multiplicado o uso dos dedos que lhe restavam, e continuou compondo canções de raposas e galinhas perseguidas. Um dia convidaram-no para um programa de rádio, e foi esse o começo de uma vertiginosa popularidade que nem ele mesmo esperava. Sua voz começou a ser ouvida com frequência no rádio, e seu nome tornou-se conhecido. O senador Trueba, no entanto, jamais ouviu falar a seu respeito, porque em sua casa não admitia aparelhos de rádio. Considerava-os equipamentos próprios de pessoas incultas, portadoras de influências nefastas e ideias vulgares. Ninguém estava mais afastado da música popular do que ele, para quem a única música suportável era a ópera, durante a temporada lírica, e a companhia de zarzuelas que todos os invernos vinha da Espanha.

NO DIA EM que Jaime chegou em casa com a novidade de que queria trocar seu sobrenome, porque, desde que seu pai fora eleito senador pelo Partido Conservador, os companheiros o hostilizavam na universidade e desconfiavam dele no Bairro da Misericórdia, Esteban Trueba perdeu a paciência e esteve a ponto de esbofeteá-lo, mas conteve-se a tempo, porque percebeu em seu olhar que aquilo já não seria mais tolerado.

— Casei-me para ter filhos legítimos que usassem meu nome, e não bastardos que tivessem de assinar o da mãe! — repreendeu-o, lívido de fúria.

Duas semanas mais tarde, nos corredores do Congresso e nos salões do clube, ouviu comentários a respeito do fato de seu filho ter tirado as calças na Plaza Brasil, a fim de cedê-las a um pobre, caminhando de cuecas os quinze quarteirões até a casa, seguido por um bando de crianças e curiosos que o aclamavam. Cansado de defender sua honra do ridículo e das zombarias por que passava, autorizou o filho a usar o sobrenome que quisesse, contanto que não fosse o seu. Nesse dia, trancado em seu escritório, chorou de decepção e raiva. Tentou convencer-se de que essas excentricidades seriam superadas quando seu filho amadurecesse e que, mais cedo ou mais tarde, ele se transformaria no homem equilibrado que poderia dar continuidade a seus negócios, tornando-se, então, o arrimo da família; com relação a seu outro filho, porém, já perdera as esperanças. Nicolás passava de um projeto fantástico a outro. Naquela ocasião acalentava a ilusão de atravessar a cordilheira num meio de transporte pouco usual, como, muitos anos antes, tentara seu tio-avô Marcos. Nicolás escolheu um gigantesco balão, convencido de que o espetáculo desse engenho, flutuando em meio às nuvens, seria uma irresistível peça publicitária que qualquer fabricante de refrigerantes poderia subsidiar. Copiou o modelo de um zepelim alemão anterior à guerra, que subia por meio de um sistema de ar quente, levando em seu interior uma ou mais pessoas de temperamento audacioso. O trabalho de armar aquela gigantesca salsicha inflável, estudar os mecanismos secretos, as correntes de vento, os presságios das cartas e as leis da aerodinâmica manteve-o entretido por muito tempo. Durante algumas semanas esqueceu as sessões espíritas das sextas-feiras com a mãe e as irmãs Mora, e nem sequer se deu conta de que Amanda deixara de frequentar a casa. Logo que terminou a construção de sua nave voadora, viu-se perante um obstáculo que não previra: o gerente da fábrica de refrigerantes, um gringo de Arkansas, negou-se a financiar o projeto, alegando que, se Nicolás morresse em sua engenhoca, as vendas de seu produto cairiam. Ele tentou encontrar outros patrocinadores, mas ninguém se interessou. Isso, porém, não foi suficiente para fazê-lo desistir de seus propósitos, e decidiu levantar voo de qualquer maneira, mesmo que fosse de graça. No dia marcado, Clara continuou tecendo, imperturbável, sem prestar atenção aos preparativos de seu filho, apesar de toda a família, os vizinhos e os amigos estarem horrorizados com o plano descabido de atravessar as montanhas naquela máquina estrambólica.

— Tenho o pressentimento de que não vai subir — disse Clara sem parar de tecer.

E assim foi. No último momento, apareceu uma camioneta cheia de policiais no parque público que Nicolás escolhera para decolar. Exigiram uma autorização municipal, que, obviamente, ele não tinha. E nem conseguiu obter. Passou quatro dias correndo de uma repartição a outra, em trâmites desesperados que esbarravam infalivelmente no muro da incompreensão burocrática. Nunca soube que, por trás da camioneta da polícia e das intermináveis papeladas, estava a influência do pai, que não estava disposto a permitir aquela aventura. Cansado de lutar contra a timidez do gringo dos refrigerantes e a burocracia aérea, convenceu-se de que não poderia levantar voo, a menos que o fizesse clandestinamente, o que era impossível, dadas as dimensões de sua nave. Entrou numa crise de ansiedade, da qual sua mãe o tirou, ao sugerir-lhe que, para não perder o investimento, usasse os materiais do balão para algum fim prático. Então Nicolás idealizou a fábrica de sanduíches. Seu plano era fazê-los com recheio de frango, embalá-los nos tecidos do balão cortado em pedaços e vendê-los aos funcionários públicos. A grande cozinha de sua casa pareceu-lhe ideal para sua indústria. Os jardins dos fundos foram-se enchendo de aves com as patas amarradas, que aguardavam sua vez para os dois açougueiros especialmente contratados lhes cortarem a cabeça em série. O pátio encheu-se de penas, e o sangue salpicou as estátuas do Olimpo, o cheiro de *consomé* provocava náuseas em todo mundo, e o monte de tripas começava a atrair moscas que invadiam o bairro quando Clara pôs fim à matança com um ataque de nervos que por pouco a transportava de volta aos tempos da mudez. Esse novo fracasso comercial não abalou tanto Nicolás, que também estava com o estômago e a consciência revirados pela carnificina. Resignou-se a perder o que investira naqueles negócios e trancou--se em seu quarto, planejando novas formas de ganhar dinheiro e de se divertir.

— Há muito tempo não vejo Amanda por aqui — disse Jaime, quando já não pôde mais resistir à impaciência de seu coração.

Nesse momento, Nicolás lembrou-se de Amanda e se deu conta de que não a via perambular pela casa havia umas três semanas e que ela não assistira à sua fracassada tentativa de alçar voo num balão, nem à inauguração da indústria doméstica de sanduíches de frango. Foi perguntar a Clara, mas sua mãe também nada sabia a respeito da jovem e já começava a esquecê-la, obrigada que fora a adaptar sua memória ao fato irrefutável de que sua casa era um passadiço de gente, e, como costumava dizer, não lhe bastava a alma para lamentar todos os ausentes. Então Nicolás decidiu ir procurá-la, percebendo que lhe estavam fazendo falta a presença de borboleta inquieta de Amanda e os abraços sufocados e silenciosos nos quartos vazios do casarão da esquina, em que se atracavam como cachorros todas as vezes que Clara afrouxava a vigilância e Miguel se distraía brincando ou adormecia em algum canto.

A pensão em que Amanda morava com seu irmãozinho era uma casa antiga que meio século antes tivera provavelmente algum notável esplendor, perdido quando a cidade se foi estendendo pelas encostas da cordilheira. Ocuparam-na primeiro os comerciantes árabes, que lhe acrescentaram pretensiosos frisos de gesso rosado, e, mais tarde, quando os árabes instalaram seus negócios no Bairro dos Turcos, o proprietário transformou-a numa pensão, subdividindo-a em quartos mal iluminados, tristes, desconfortáveis cubículos, próprios para inquilinos de poucos recursos. Tinha uma impossível geografia de corredores estreitos e úmidos onde reinava eternamente o vapor da sopa de couve-flor e do guisado de repolho. Abriu-lhe a porta a dona da pensão em pessoa, uma mulher imensa, provida de majestosa papada tripla e olhinhos orientais afundados em pregas fossilizadas de gordura, com anéis em todos os dedos e caricatas maneiras de noviça.

— Não são permitidos visitantes do sexo oposto — informou.

Nicolás, entretanto, exibiu seu irresistível sorriso sedutor, beijou-lhe a mão sem recuar diante do vermelho descascado de suas unhas sujas, extasiou-se com os anéis e fez-se passar por um primo-irmão de Amanda, até que ela, derrotada, retorcendo-se em risinhos coquetes e reviravoltas elefantisíacas, conduziu-o pelas escadas empoeiradas até o terceiro andar, onde lhe indicou a porta de Amanda. Nicolás encontrou a jovem na cama, enrolada num xale desbotado, jogando damas com seu irmão Miguel. Estava tão pálida e emagrecida que ele quase não a reconheceu. Amanda olhou-o sem sorrir nem ensaiar o mínimo gesto que fosse de boas-vindas. Miguel, ao contrário, ergueu-se diante dele com as mãos na cintura.

— Ah, finalmente você veio — disse-lhe o menino.

Nicolás aproximou-se da cama, tentando lembrar-se da insinuante e morena Amanda, a Amanda desfrutável e dissimulada de seus encontros na obscuridade dos quartos fechados; contudo, em meio à lã compacta do xale e aos lençóis cinzentos, estava uma desconhecida de grandes olhos perdidos, que o observava com uma inexplicável dureza. "Amanda", murmurou, segurando-lhe a mão. Aquela mão, sem os anéis e as pulseiras de prata, parecia tão dissolvida quanto a pata de um pássaro moribundo. Amanda chamou seu irmão. Miguel aproximou-se da cama, e ela lhe murmurou algo ao pé do ouvido. O menino dirigiu-se lentamente à porta, de onde lançou um último olhar, furioso, a Nicolás, e saiu em silêncio.

— Perdoe-me, Amanda — balbuciou Nicolás. — Estive muito ocupado. Por que não me avisou que estava doente?

— Não estou doente — respondeu ela. — Estou grávida.

A frase atingiu-o como uma bofetada. Recuou até sentir o vidro da janela nas costas. Desde a primeira vez em que despira Amanda, tateando na penumbra, enredado nos trapos de seu disfarce existencialista, tremendo de antecipação por suas protuberâncias e interstícios que muitas vezes tinha imaginado sem chegar a conhecer em sua esplêndida nudez, supôs que ela teria experiência suficiente para evitar que ele se tornasse pai de família aos 21 anos, e ela, aos 25, mãe solteira. Amanda tivera outros amores antes e fora a primeira a lhe falar em amor livre. Sustentava sua irrevogável determinação de ficarem juntos apenas enquanto tivessem simpatia um pelo outro, sem amarras ou promessas para o futuro, como Sartre e Beauvoir. Esse acordo, que a princípio Nicolás considerou uma exibição de frieza e falta de preconceito um pouco chocante, foi, depois, muito cômodo. Descontraído e alegre, como era em todos os assuntos da vida, encarou a relação amorosa sem medir as consequências.

— O que vamos fazer agora?!? — exclamou.

— Um aborto, evidentemente — respondeu ela.

Uma onda de alívio percorreu Nicolás. Mais uma vez escapava do abismo. Como em todas as vezes que brincara à beira do precipício, alguém mais forte surgiu a seu lado para se encarregar da situação, como no tempo do colégio, quando implicava com os colegas no recreio até eles reagirem e partirem para a agressão e, então, no último instante, no momento em que o terror o paralisava, Jaime aparecia e tomava a dianteira, transformando seu pânico em euforia e permitindo-lhe ocultar-se nas pilastras do pátio, gritando insultos de seu refúgio, enquanto o irmão sangrava o nariz e distribuía murros com a silenciosa tenacidade de uma máquina. Agora era Amanda quem assumia a responsabilidade por ele.

— Podemos casar, Amanda... se você quiser — balbuciou para salvar a honra.

— Não! — respondeu ela, sem vacilar. — Não gosto de você o suficiente para isso, Nicolás.

Imediatamente, seus sentimentos deram uma brusca reviravolta, porque essa possibilidade não lhe ocorrera. Até então, nunca se sentira repudiado ou abandonado e, a cada namoro, tivera de recorrer a todo o seu tato para escapar sem magoar demais a garota que estivesse namorando. Pensou na difícil situação em que se encontrava Amanda, pobre, sozinha, esperando um filho. Pensou que uma palavra sua poderia mudar o destino da jovem, tornando--a a respeitável esposa de um Trueba. Tudo isso lhe passou pela cabeça numa fração de segundo, mas logo se sentiu envergonhado e corou ao se surpreender mergulhado nesses pensamentos. De imediato, Amanda pareceu-lhe magnífica. Vieram-lhe à memória todos os bons momentos que haviam compartilhado, as ocasiões em que se deitaram no chão, fumando o mesmo cachimbo para, juntos, se inebriarem um pouco, rindo daquela erva com gosto de bosta seca e de poucos efeitos alucinógenos, mas que os estimulava; dos exercícios de ioga e da meditação em dupla, sentados frente a frente, em completo relaxamento, olhando-se nos olhos e murmurando palavras em sânscrito que poderiam transportá-los ao nirvana, mas cujo efeito costumava ser oposto, e eles terminavam escapando aos olhares alheios, agachados nas moitas do jardim, amando-se como desesperados; dos livros lidos à luz de uma vela, sufocados de paixão e fumo; e das eternas reuniões discutindo os filósofos pessimistas do pós-guerra ou concentrando-se para mover a mesa de três pés, duas pancadas para sim, três para não, enquanto Clara zombava deles. Caiu de joelhos ao lado da cama, suplicando a Amanda que não o deixasse, que o perdoasse, que continuassem juntos como se nada se tivesse acontecido, que isso não era mais do que um acidente infeliz que não podia alterar a essência intocável daquela relação. Ela, porém, parecia não escutá-lo e acariciava-lhe a cabeça com um gesto maternal e distante.

— É inútil, Nicolás. Não percebe que tenho uma alma envelhecida e que você ainda é uma criança? Você será sempre um menino.

Continuaram acariciando-se sem desejo e atormentando-se com súplicas e recordações. Saborearam a amargura de uma despedida que pressentiam, mas que ainda podiam confundir com uma reconciliação. Ela se levantou da cama para preparar uma chávena de chá para os dois, e Nicolás constatou que ela usava uma anágua velha como camisola. Emagrecera, e suas panturrilhas lhe pareceram patéticas. Andava descalça pelo quarto, com o xale nos ombros e o cabelo em desalinho, ocupada com o fogareiro a querosene sobre uma mesa que servia de escritório, refeitório e cozinha. Deu-se conta da desordem em que vivia Amanda e de que até aquele momento ignorava quase tudo a seu respeito. Logo percebeu que sua família não ia além de seu irmão, Miguel, e que vivia com um magro salário, mas fora incapaz de imaginar sua verdadeira situação. A pobreza parecia-lhe um conceito abstrato e longínquo, aplicável aos empregados de Las Tres Marías e aos indigentes que seu irmão Jaime socorria, mas com os quais ele nunca estivera em contato. Amanda, sua Amanda tão próxima e conhecida, tornou-se subitamente uma estranha. Olhou seus vestidos — que em seu corpo pareciam fantasias de rainha —, pendurados em pregos na parede, como tristes roupas de mendiga. Viu sua escova de dentes num copo sobre o lavatório oxidado, os sapatos de colégio de Miguel, tantas vezes engraxados e reengraxados que já haviam perdido a forma original, a velha máquina de escrever ao lado do fogareiro, os livros em meio às xícaras, o vidro quebrado de uma janela coberto por uma página de revista. Era outro mundo. Um mundo de cuja existência não suspeitava. Até então, de um lado da linha divisória, estavam os muito pobres e, do outro, as pessoas como ele, em meio às quais haviam colocado Amanda. Nada sabia a respeito dessa silenciosa classe média que se debatia entre a pobreza de colarinho e gravata e o desejo impossível de competir com a canalha dourada a que ele pertencia. Sentiu-se confuso e acabrunhado, pensando nas inúmeras ocasiões passadas em que ela provavelmente precisou enfeitiçá-los para que não se notasse sua miséria na casa dos Trueba, e ele, completamente inconsciente, não a havia ajudado. Recordou as histórias de seu pai, quando lhe falava sobre sua infância pobre, enfatizando que, com a idade que ele então estava, já trabalhava para sustentar a mãe e a irmã, e, pela primeira vez, pôde ajustar aqueles discursos didáticos a uma realidade. Pensou que era assim a vida de Amanda.

Partilharam uma chávena de chá sentados na cama, porque só havia uma cadeira. Amanda contou-lhe a respeito de seu passado, de sua família, de um pai alcoólatra que era professor numa província do Norte de uma mãe alquebrada e triste que trabalhava para sustentar seis filhos, e de como, logo que pôde, saíra de casa.

Partira para a capital com 15 anos e fora para a casa de uma bondosa madrinha que a ajudou durante algum tempo. Depois, quando sua mãe morrera, retornou à província para o enterro e, na volta, trouxe Miguel, que era ainda um bebê de fraldas. Desde então, fora sua mãe. Do pai e dos demais irmãos, não voltara a ter notícias. Nicolás sentia crescer dentro de si o desejo de protegê-la e de cuidar dela, de compensar-lhe todas as carências. Nunca a amara tanto.

Ao anoitecer, Miguel voltou, com as faces coradas, contorcendo-se, misterioso e alegre, para segurar nas costas o presente que trazia para a irmã: um saco com pão, que depositou na cama; beijou-a carinhosamente, alisou-lhe o cabelo com sua mãozinha, aconchegando-lhe os travesseiros. Nicolás estremeceu, porque nos gestos do menino havia mais solicitude e ternura do que em todas as carícias que ele oferecera em sua vida a qualquer mulher. Compreendeu então o que Amanda tinha querido lhe dizer. "Tenho muito que aprender", murmurou. Apoiou a testa no vidro engordurado da janela, perguntando-se se algum dia seria capaz de dar na mesma medida em que esperava receber.

— Como vamos fazer? — perguntou, não se atrevendo a dizer a terrível palavra.

— Peça ajuda a seu irmão, Jaime — sugeriu Amanda.

JAIME RECEBEU O irmão em seu túnel de livros, recostado na tarimba de recruta, iluminado pela luz da única lâmpada pendurada no teto. Estava lendo os sonetos de amor do Poeta, que, então, já tinha renome mundial, tal como previra Clara na primeira vez que o ouviu recitar, com sua voz telúrica, em seu encontro literário. Especulava a respeito da possibilidade de os sonetos talvez terem sido inspirados na presença de Amanda no jardim dos Trueba, onde o Poeta costumava sentar-se à hora do chá, falando sobre canções desesperadas, na época em que era um hóspede habitual do casarão da esquina. Surpreendeu-se com a visita do irmão, porque, desde que haviam saído do colégio, a cada dia se distanciavam mais. Nos últimos tempos nada tinham para se dizer e apenas se cumprimentavam com uma inclinação de cabeça nas raras vezes que se esbarravam ao passar pela porta. Jaime desistira da ideia de atrair Nicolás para as coisas transcendentais da existência.

Ainda considerava suas frívolas diversões um insulto pessoal, porque não aceitava que ele gastasse tempo em viagens de balão e massacres de frangos, havendo tanto trabalho para fazer no Bairro da Misericórdia. Já não tentava, contudo, arrastá-lo ao hospital para que visse o sofrimento de perto, na esperança de que a miséria alheia conseguisse comover seu coração de pássaro de arribação; então, parou de convidá-lo para as reuniões com os socialistas na casa de Pedro Terceiro García, na última rua do bairro operário, onde se reuniam, vigiados pela polícia, todas as quintas-feiras. Nicolás zombava de suas inquietações sociais, dizendo que só um tonto com vocação para apóstolo poderia sair mundo afora, procurando, de vela na mão, a desgraça e a feiura. Agora Jaime tinha o irmão à sua frente, olhando-o com a expressão culpada e suplicante que tantas vezes usara para contar com seu afeto.

— Amanda está grávida — disse Nicolás sem rodeios.

Teve de repetir, porque Jaime permaneceu imóvel, na mesma atitude cerimoniosa que sempre tivera, sem que nem um só gesto denunciasse ter ouvido. Internamente, porém, a frustração o sufocava. Em silêncio, chamava Amanda por seu nome, agarrando-se à doce ressonância dessa palavra para manter o controle. Era tão grande sua necessidade de ter viva a ilusão que chegou a convencer-se de que Amanda e Nicolás viviam um amor infantil, uma relação limitada a passeios inocentes de mãos dadas, a discussões em torno de uma garrafa de absinto, a poucos beijos fugazes que ele havia surpreendido.

Negara-se à dolorosa verdade que agora precisava enfrentar.

— Não me conte. Não tenho nada a ver com isso — respondeu logo que pôde falar.

Nicolás deixou-se cair sentado aos pés da cama, com o rosto entre as mãos.

— Você tem de ajudá-la, por favor — suplicou.

Jaime fechou os olhos e respirou fundo, tentando controlar os loucos sentimentos que o impeliam a matar o irmão, a casar-se imediatamente com Amanda e a chorar de impotência e decepção. Tinha a imagem da jovem na memória, tal como lhe aparecia sempre que a angústia do amor o derrotava. Via-a entrando e saindo da casa, como uma lufada de ar puro, levando seu irmãozinho pela mão, ouvia seu riso no terraço, sentia o imperceptível e doce aroma de sua pele e de seu cabelo quando passava a seu lado em pleno sol do meio-dia. Via-a tal como a imaginava nas horas ociosas em que sonhava com ela. E, sobretudo, evocava-a naquele momento preciso e único em que Amanda entrara em seu quarto e estiveram a sós na intimidade de seu santuário. Entrara sem bater, quando ele estava deitado no catre, lendo, encheu o túnel com a dança sinuosa de seu longo cabelo e dos braços ondulantes, tocou os livros sem nenhuma reverência e até se atreveu a tirá-los de suas prateleiras sagradas, soprar-lhes o pó sem o menor respeito e depois atirá-los sobre a cama, falando incansavelmente enquanto ele tremia de desejo e surpresa, sem encontrar em todo o seu vasto vocabulário enciclopédico uma só palavra que a retivesse, até que por fim ela se despediu, com um beijo na face, beijo que lhe ficou ardendo como uma queimadura, único e terrível beijo, que lhe serviu para construir um labirinto de sonhos em que ambos eram príncipes apaixonados.

— Você sabe alguma coisa de medicina, Jaime. Tem que fazer alguma coisa — pediu Nicolás.

— Sou estudante; falta-me muito para ser médico. Não sei nada disso. Mas já vi muitas mulheres morrerem em consequência da intervenção de algum ignorante — respondeu Jaime.

— Ela confia em você e afirma que só você poderá ajudá-la — insistiu Nicolás.

Jaime agarrou o irmão pela roupa e levantou-o no ar, sacudindo-o como um boneco de pano, gritando todos os insultos que lhe passaram pela cabeça, até que seus próprios soluços o obrigaram a soltá-lo. Nicolás choramingou, aliviado. Conhecia Jaime o bastante para perceber que, como sempre, ele aceitara o papel de protetor.

— Obrigado, irmão!

Num arremedo de murro, Jaime empurrou-o pelo ombro para fora do quarto. Fechou a porta à chave e jogou-se de bruços na cama, sacudido pelo pranto rouco e terrível com que os homens choram as dores de amor.

Esperaram até o domingo seguinte. Jaime recebeu-os no consultório do Bairro da Misericórdia, onde realizava a parte prática de seus estudos. Tinha a chave, porque era sempre o último a sair, de modo que pôde entrar sem dificuldade, embora se sentisse como um ladrão, porque não teria podido explicar sua presença ali àquela hora tardia. Fazia três dias que estudava atentamente cada passo da intervenção que iria efetuar. Poderia repetir o texto do livro, palavra por palavra, na ordem correta, mas nem isso lhe dava maior segurança. Tremia. Procurava não pensar naquelas mulheres que tinha visto chegar agonizantes à sala de emergência do hospital, nas que ajudara a salvar naquele mesmo consultório nem nas outras, que haviam morrido naquelas camas, lívidas, com um rio de sangue correndo entre as pernas, sem que a ciência nada pudesse fazer para evitar que a vida lhes escapasse por aquela torneira aberta. Conhecia de muito perto aquele drama, mas até aquele momento nunca tivera de enfrentar o conflito moral de ajudar uma mulher desesperada. E muito menos Amanda. Acendeu as luzes, vestiu o jaleco branco de seu ofício, preparou os instrumentos cirúrgicos, repassando em voz alta cada detalhe que havia decorado. Desejava que acontecesse uma desgraça monumental, um cataclismo que sacudisse o planeta em seus alicerces, para não ter de fazer aquilo. Mas nada aconteceu até a hora marcada.

Enquanto isso, Nicolás fora buscar Amanda no velho Covadonga, que só andava aos solavancos com as suas porcas, em meio a uma fumaceira negra de óleo queimado, mas que ainda servia para as emergências. Ela o esperava sentada na única cadeira de seu quarto, de mãos dadas com Miguel, mergulhados numa cumplicidade da qual, como sempre, Nicolás se sentiu excluído. A jovem estava pálida e extenuada devido aos nervos e às últimas semanas de indisposições e incertezas que havia suportado; contudo, mostrava-se mais calma do que Nicolás, que falava atropeladamente, não conseguia ficar quieto e tentava animá-la com uma fingida alegria e com gracejos inúteis. Tinha-lhe levado de presente um anel antigo de granadas e brilhantes que tirara do quarto da mãe, na certeza de que ela nunca lhe perceberia a falta e, mesmo que o visse na mão de Amanda, seria incapaz de reconhecê-lo, porque Clara não prestava atenção nessas coisas. Amanda devolveu-o com delicadeza.

— Está vendo, Nicolás? Você é uma criança — disse sem sorrir.

No momento de sair, o pequeno Miguel enfiou um poncho e agarrou-se à mão da irmã. Nicolás teve de recorrer primeiro à sua sedução e depois à força bruta para deixá-lo sob os cuidados da dona da pensão, que nos últimos dias fora definitivamente enfeitiçada pelo suposto primo de sua inquilina e, contrariando suas próprias normas, aceitara cuidar do menino naquela noite.

Fizeram o trajeto sem se falar, cada um mergulhado em seus temores. Nicolás percebia a hostilidade de Amanda como uma pestilência que se tivesse instalado entre os dois. Nos últimos dias ele chegara a amadurecer a ideia da morte e temia-a menos do que a dor e a humilhação que teria de suportar naquela noite. Guiava o Covadonga numa zona desconhecida da cidade, por vielas estreitas e escuras, onde se acumulava o lixo junto aos altos muros das fábricas, formando um bosque de chaminés que impedia a visão da cor do céu. Os cães vadios farejavam a sujeira, e os mendigos dormiam enrolados em jornais nos vãos das portas. Admirou-se com o fato de ser aquele o cenário cotidiano das atividades de seu irmão.

JAIME OS AGUARDAVA à porta do consultório. O avental branco e a ansiedade que o dominava davam-lhe uma aparência muito grave. Levou-os, ao longo de um labirinto de corredores gelados, até a sala que preparara, procurando distrair Amanda do péssimo aspecto daquele lugar, para que não visse as toalhas amareladas nos baldes esperando a lavagem de segunda-feira, os palavrões pichados nas paredes, os ladrilhos soltos e os encanamentos oxidados que gotejavam sem parar. Amanda parou à porta do pavilhão com uma expressão de terror: vira os instrumentos e a mesa ginecológica; o que, até aquele momento, era uma ideia abstrata e um flerte com a possibilidade da morte nesse instante tomou forma. Nicolás estava lívido, mas Jaime pegou-os pelos braços e os obrigou a entrar.

— Não olhe, Amanda! Vou adormecê-la para que não sinta nada — disse-lhe.

Nunca aplicara anestesia nem participara de uma cirurgia. Como estudante, limitava-se a tarefas administrativas, levantar estatísticas, preencher fichas e ajudar em curativos, suturas e tarefas menores. Estava mais assustado do que a própria Amanda, mas assumiu a atitude prepotente e descontraída que observara nos médicos para que ela acreditasse que tudo aquilo era rotineiro. Quis evitar-lhe o constrangimento de despir-se e, a si próprio, a perturbação de observá-la; por isso, ajudou-a a deitar-se vestida sobre a mesa. Enquanto se lavava e indicava a Nicolás a maneira de também fazê-lo, tentava distraí-la com a história do fantasma espanhol que aparecera a Clara numa sessão das sextas-feiras, informando que havia um tesouro escondido nos alicerces da casa, e falou-lhe a respeito de sua família: um monte de loucos excêntricos ao longo de várias gerações, dos quais até os fantasmas riam. Amanda, porém, não o escutava — estava pálida como um sudário e batia os dentes.

— Para que são essas correias? Não quero que você me amarre!

— Não vou amarrá-la. Nicolás vai administrar-lhe o éter. Respire tranquila, não se assuste, e, quando acordar, já teremos terminado. Jaime sorriu com os olhos acima da máscara.

Nicolás aproximou da jovem a máscara da anestesia. A última cena que ela viu antes de mergulhar na escuridão foi Jaime olhando-a amorosamente, mas pensou que estivesse sonhando. Nicolás tirou-lhe a roupa e amarrou-a à mesa consciente de que aquilo era pior do que uma violação, enquanto seu irmão aguardava com as mãos enluvadas, tentando não ver nela a mulher que ocupava todos os seus pensamentos, mas apenas um corpo, como tantos que passavam diariamente por aquela mesma mesa, em meio a gritos de dor.

Começou a trabalhar lenta e cuidadosamente, repetindo-se o que deveria fazer, mastigando o texto do livro que havia decorado, o suor caindo-lhe sobre os olhos, atento à respiração da jovem, à cor de sua pele, ao ritmo de seu coração, pedindo ao irmão para lhe dar mais éter a cada vez que gemesse, rezando para que não houvesse qualquer complicação, enquanto manipulava sua mais profunda intimidade, sem deixar, durante todo o tempo, de maldizer em pensamento o irmão, porque, se aquele filho fosse seu, e não de Nicolás, teria nascido sadio e completo, em vez de ir embora aos pedaços pelo encanamento do esgoto daquele miserável consultório, e ele o teria embalado e protegido, em vez de tirá-lo de seu ninho às colheradas. Vinte e cinco minutos depois tinha terminado e ordenou a Nicolás que o ajudasse a acomodá-la enquanto não acabasse o efeito do éter, mas se deu conta de que seu irmão cambaleava, apoiado na parede, tomado de violentas ânsias de vômito.

— Idiota! — rosnou Jaime. — Vá ao banheiro e, depois que vomitar toda a sua culpa, aguarde na sala de espera, porque ainda temos algumas horas pela frente!

Nicolás saiu aos tropeções, Jaime tirou as luvas e a máscara, e começou a soltar Amanda das correias, a vestir-lhe delicadamente a roupa, a esconder os vestígios ensanguentados de sua obra e a retirar de sua vista os instrumentos de sua tortura. Levantou-a em seguida nos braços, saboreando aquele instante em que podia apertá-la contra o peito, e levou-a para uma cama em que pusera lençóis limpos, bem mais do que tinham as mulheres que iam ao consultório em busca de socorro. Cobriu-a e sentou-se a seu lado. Pela primeira vez em sua vida, podia observá-la à vontade. Era menor e mais doce do que parecia quando andava por toda parte com seu disfarce de pitonisa e o chocalhar de miçangas, e, como sempre suspeitara, em seu corpo delgado os ossos eram apenas uma sugestão entre as pequenas colinas e os lisos vales de sua feminilidade. Sem sua escandalosa cabeleira e os olhos de esfinge, parecia ter 15 anos. Sua vulnerabilidade pareceu a Jaime mais desejável do que tudo aquilo que, antes, nela o havia seduzido. Sentia-se duas vezes maior e mais pesado do que ela e mil vezes mais forte, mas sabia-se antecipadamente derrotado pela ternura e pela ânsia de protegê-la. Amaldiçoou seu invencível sentimentalismo e tentou vê-la como a amante de seu irmão, em quem acabara de praticar um aborto, mas logo compreendeu que era vã sua tentativa e abandonou-se ao prazer e ao sofrimento de amá-la. Acariciou-lhe as mãos transparentes, os dedos finos, os lóbulos das orelhas, percorreu-lhe o pescoço, ouvindo o imperceptível rumor da vida em suas veias. Aproximou a boca de seus lábios e aspirou com avidez o odor da anestesia, mas não se atreveu a tocá-los.

Amanda regressou do sono lentamente. Primeiro sentiu frio e foi logo sacudida por vômitos. Jaime consolou-a, falando-lhe na mesma linguagem secreta que reservava aos animais e às crianças menores do hospital dos pobres, até que se foi acalmando. Ela começou a chorar, e ele continuou a acariciá-la. Ficaram em silêncio, ela oscilando entre o entorpecimento, as náuseas, a angústia e a dor que começava a apertar seu ventre, e ele desejando que aquela noite jamais terminasse.

— Acha que ainda poderei ter filhos? — perguntou ela finalmente.

— Suponho que sim — respondeu ele —, mas procure para eles um pai responsável.

Os dois sorriram, aliviados. Amanda procurou em vão no rosto moreno de Jaime, inclinado tão próximo do seu, alguma semelhança com o de Nicolás. Pela primeira vez em sua existência de nômade, sentiu-se protegida e segura, suspirou, contente, e esqueceu a sordidez que a rodeava, as paredes descascadas, os frios armários metálicos, os pavorosos instrumentos, o cheiro de desinfetante e também a dor rouca que se havia instalado em suas entranhas.

— Por favor, deite-se a meu lado e me abrace — pediu.

Ele se estendeu timidamente na cama estreita, envolvendo-a em seus braços. Procurava manter-se quieto para não incomodá-la e também para não cair. Tinha a ternura rude de quem nunca foi amado e precisa improvisar. Amanda fechou os olhos e sorriu. Estiveram assim, respirando juntos em completa calma, como dois irmãos, até que começou a clarear, e a luz da janela foi mais forte do que a da lâmpada. Então Jaime ajudou-a a se levantar, vestindo-lhe o casaco, e levou-a pelo braço até a sala de espera, onde Nicolás dormia numa cadeira.

— Acorde! Vamos levá-la para casa a fim de que a mamãe cuide dela. É melhor que ela não fique sozinha durante alguns dias — disse Jaime.

— Sabia que poderia contar com você, irmão — agradeceu Nicolás, emocionado.

— Não fiz isso por você, desgraçado, mas por ela — grunhiu Jaime, virando-lhe as costas. No casarão da esquina, Clara recebeu-os, sem fazer perguntas, ou talvez as tivesse feito diretamente às cartas ou aos espíritos. Tiveram que acordá-la, porque estava amanhecendo, e ninguém ainda se havia levantado.

— Mamãe, ajude Amanda — pediu Jaime com a certeza que lhe autorizava a ampla cumplicidade que tinham nesses assuntos. — Está doente e vai ficar aqui alguns dias.

— E Miguelito? — perguntou Amanda.

— Irei buscá-lo — disse Nicolás e saiu.

Prepararam um dos quartos de hóspedes, e Amanda deitou-se. Jaime mediu-lhe a temperatura e disse-lhe que deveria descansar. Fez menção de se retirar, mas ficou parado no umbral da porta, indeciso. Nesse instante Clara voltou, trazendo uma bandeja com café para os três.

— Suponho que lhe devemos uma explicação, mamãe — murmurou Jaime.

— Não, filho — respondeu Clara alegremente. — Se é pecado, prefiro que não me contem. Vamos aproveitar para mimar um pouco Amanda, que está realmente precisando.

Saiu seguida pelo filho. Jaime viu sua mãe avançar pelo corredor, descalça, com o cabelo solto descendo-lhe pelas costas, vestida com sua bata branca, e se deu conta de que não era alta e forte como a vira em sua infância. Estendeu a mão e reteve-a pelo ombro. Ela virou a cabeça e sorriu, e Jaime a abraçou impulsivamente, estreitando-a contra o peito, roçando-lhe a testa com o queixo, onde sua barba rebelde já reclamava uma navalha. Era a primeira vez que lhe fazia um carinho espontâneo desde que era bebê, preso por necessidade a seus peitos, e Clara surpreendeu-se ao perceber quão grande era seu filho, com um tórax de levantador de pesos e braços firmes que a esmagavam num gesto tímido. Emocionada e feliz, questionou como era possível que aquele homenzarrão peludo, com a força de um urso e a candura de uma noviça, tivesse estado algum dia em sua barriga e, mais do que isso, em companhia de outro.

Nos dias seguintes Amanda teve febre. Jaime, assustado, vigiava-a a toda hora e administrava-lhe sulfa. Clara cuidava dela. Não deixou de observar que Nicolás perguntava por Amanda discretamente, mas não ameaçava visitá-la. Jaime, entretanto, fechava-se com ela, emprestava-lhe seus livros mais queridos e parecia iluminado, dizendo incoerências e rondando pela casa como nunca havia feito, a ponto de esquecer a reunião dos socialistas na quinta-feira.

Foi assim que Amanda passou a fazer parte da família por algum tempo e Miguelito, por uma circunstância especial, esteve presente, escondido no armário, no dia em que Alba nasceu na casa dos Trueba e nunca mais esqueceu o grandioso e terrível espetáculo da criança vindo ao mundo envolvida nas mucosidades ensanguentadas, em meio aos gritos de sua mãe e ao alvoroço de mulheres que circulavam à sua volta.

Nessa ocasião, Esteban Trueba viajara para a América do Norte. Cansado da dor nos ossos e daquela secreta doença que só ele percebia, tomou a decisão de ser examinado por médicos estrangeiros, porque chegara à precipitada conclusão de que os médicos latinos eram todos charlatães, mais próximos do feiticeiro nativo do que do cientista. Seu encolhimento era tão sutil, tão lento e dissimulado que ninguém mais havia notado. Tinha de comprar os sapatos um número menor, mandar encurtar as calças e fazer pregas nas mangas das camisas. Um dia pôs o boné que não havia usado durante todo o verão e constatou que lhe cobria completamente as orelhas, donde deduziu, horrorizado, que, se o tamanho de seu cérebro estava encolhendo, provavelmente também lhe minguavam as ideias. Os médicos gringos mediram-lhe o corpo, avaliaram seus membros um por um, interrogaram-no em inglês, injetaram-lhe líquidos com uma agulha e os extraíram com outra, radiografaram-no, viraram-no pelo avesso, como uma luva, e até lhe enfiaram uma lâmpada no ânus. Por fim, concluíram que eram puras ideias suas, que não pensasse estar encolhendo, que sempre tivera o mesmo tamanho e que certamente sonhara que algum dia medira um metro e oitenta e calçara 42. Esteban Trueba acabou por perder a paciência e regressou à sua pátria disposto a não prestar atenção ao problema da estatura, já que todos os grandes políticos da história tinham sido pequenos, de Napoleão a Hitler. Quando chegou à sua casa, viu Miguel brincando no jardim e Amanda, mais magra e com olheiras intensas, sem colares nem pulseiras, sentada com Jaime no terraço. Não fez perguntas, porque estava acostumado a ver gente estranha à família vivendo sob seu próprio teto.

VIII

O Conde

Esse período teria desaparecido na confusão das recordações antigas e apagadas pelo tempo se não fossem as cartas que Clara e Blanca trocaram. Essa vasta correspondência preservou os acontecimentos, salvando-os da neblina dos fatos improváveis. A partir da primeira carta que recebeu da filha, depois de seu casamento, Clara pôde adivinhar que não ficaria afastada de Blanca por muito tempo. Sem dizer nada a ninguém, preparou um dos mais ensolarados e amplos quartos da casa para esperá-la. Instalou ali o berço de bronze em que havia criado os três filhos.

Blanca nunca pôde explicar à sua mãe as razões pelas quais aceitara se casar, porque nem ela própria sabia. Analisando o passado, quando já era uma mulher madura, chegou à conclusão de que a causa principal fora o medo que sentia do pai. Desde bebê conhecia a força irracional de sua ira e estava habituada a obedecer-lhe. Sua gravidez e a notícia de que Pedro Terceiro estava morto acabaram por fazê-la decidir; no entanto, quando aceitou o enlace com Jean de Satigny, resolveu que nunca consumaria o casamento. Inventaria toda espécie de argumentos para adiar a união, a princípio sob o pretexto das indisposições próprias de seu estado e depois procuraria outros, certa de que seria muito mais fácil manejar um marido como o conde, que usava calçado de pelica, passava verniz nas unhas e estava disposto a se casar com uma mulher grávida de outro, do que se opor a um pai como Esteban Trueba. De dois males, escolheu o que lhe pareceu menor. Deu-se conta de que, entre o pai e o conde francês, havia um acordo comercial sobre o qual ela nada tinha a dizer. Em troca de um nome para seu neto, Trueba deu a Jean de Satigny um generoso dote e a promessa de que algum dia receberia uma herança. Blanca prestou-se à negociação, mas não estava disposta a entregar a seu marido nem seu amor, nem sua intimidade, porque continuava a amar Pedro Terceiro García, mais por força do hábito do que pela esperança de tornar a vê-lo.

Blanca e seu flamejante marido passaram a primeira noite de casados no quarto nupcial do melhor hotel da capital, que Trueba mandou encher de flores para que sua filha lhe perdoasse o rosário de violências com que a castigara nos últimos meses. Para sua surpresa, Blanca não teve necessidade de fingir uma enxaqueca, porque, logo que ficaram a sós, Jean abandonou o papel de noivo que lhe beijava o pescoço e escolhia os melhores lagostins para dar-lhe na boca, e pareceu esquecer por completo as sedutoras maneiras de galã de cinema mudo para se transformar no irmão que havia sido para ela nos passeios ao campo, quando iam merendar sobre a relva com a máquina fotográfica e os livros em francês. Jean entrou no banheiro, onde demorou tanto que, quando reapareceu no quarto, Blanca já estava meio adormecida. Julgou estar sonhando ao ver que o marido trocara o traje do casamento por um pijama de seda negra e um roupão de veludo estilo Pompeia, pusera uma rede para segurar as impecáveis ondas do penteado e recendia intensamente a colônia inglesa. Não parecia ter nenhuma impaciência erótica. Sentou-se a seu lado na cama, acariciou-lhe a face com o mesmo gesto um pouco brincalhão que ela vira em outras ocasiões e começou a explicar, em seu afetado espanhol sem erres, que não tinha nenhuma inclinação especial para o casamento, porque era um homem apaixonado só pelas artes, pelas letras e pelas curiosidades científicas e que, por isso, não pretendia incomodá-la com solicitações de marido, de maneira que poderiam viver juntos, mas não como amantes, em perfeita harmonia e boa educação. Aliviada, ela lhe estendeu os braços ao pescoço e beijou-lhe as faces.

— Obrigada, Jean! — exclamou.

— Não tem de quê — respondeu ele, cortês.

Acomodaram-se na grande cama de falso estilo imperial, comentando detalhes da festa e fazendo planos para sua vida futura.

— Não lhe interessa saber quem é o pai de meu filho? — perguntou Blanca.

— Sou eu — respondeu Jean, beijando-a na testa.

Dormiram cada um virado para seu lado, um de costas para o outro. Às cinco da manhã, Blanca despertou com o estômago revirado devido ao cheiro adocicado das flores com que Esteban Trueba mandara decorar o quarto nupcial. Jean de Satigny acompanhou-a ao banheiro, sustentou-lhe a testa enquanto ela se curvava sobre a privada, ajudou-a a deitar-se e jogou as flores no corredor. Depois ficou acordado pelo resto da madrugada, lendo *A filosofia da alcova*, do Marquês de Sade, enquanto Blanca suspirava, em meio a seus sonhos, que era estupendo estar casada com um intelectual.

Pela manhã, Jean foi ao banco descontar um cheque de seu sogro e passou quase todo o dia percorrendo as lojas do Centro para comprar o enxoval de noivo que considerou apropriado à sua nova posição econômica. Blanca, aborrecida de esperá-lo no saguão do hotel, resolveu visitar a mãe. Pôs seu melhor chapéu matinal e partiu num coche de aluguel para o casarão da esquina, onde o restante da família estava almoçando em silêncio, todos ainda rancorosos e cansados pelos sobressaltos do casamento e pela ressaca das últimas brigas. Ao vê-la entrar na sala de jantar, seu pai deu um grito de horror.

— O que faz aqui, filha?!? — rugiu.

— Nada... vim vê-los — murmurou Blanca, aterrorizada.

— Está louca! Não percebe que, se alguém a vê, vão dizer que seu marido a devolveu em plena lua de mel? Vão dizer que você não era virgem!

— E não era, papai.

Esteban esteve a ponto de lhe dar um bofetão no rosto, mas Jaime se interpôs com tanta determinação que ele se limitou a insultá-la por sua estupidez. Clara, indiferente, levou Blanca até uma cadeira e serviu-lhe um prato de peixe frio com molho de alcaparras. Enquanto Esteban continuava gritando e Nicolás ia buscar o coche para devolvê-la ao marido, as duas conversaram como nos velhos tempos.

Nessa mesma tarde, Blanca e Jean tomaram o trem que os levou ao porto. Lá embarcaram num transatlântico inglês. Ele vestia calças de linho branco e um casaco azul de corte à marinheira, que combinava à perfeição com a saia azul e o casaco branco do *tailleur* de sua mulher. Quatro dias mais tarde, o navio deixou-os na mais esquecida província do Norte, onde suas elegantes roupas e suas malas de couro de crocodilo passaram despercebidas no abafado calor seco da hora da sesta. Jean de Satigny instalou provisoriamente sua mulher num hotel e dedicou-se à tarefa de procurar um alojamento digno de suas novas receitas. Vinte e quatro horas depois, a pequena sociedade provinciana sabia que havia um conde autêntico em seu meio. Isso facilitou muito as coisas para Jean, que pôde alugar uma antiga mansão que pertencera a uma das grandes fortunas dos tempos do salitre, antes que se inventasse o substituto sintético que mandou toda a região para o caralho. A casa estava um pouco triste e abandonada, como, aliás, tudo o mais por ali, precisando de alguns reparos, mas conservava intacta a dignidade original e seu encanto de fim de século. O conde decorou-a a seu gosto, com um refinamento equivocado e decadente que espantou Blanca, acostumada à vida do campo e à sobriedade clássica de seu pai. Jean colocou suspeitos jarrões de porcelana chinesa que, em lugar de flores, tinham plumas coloridas de avestruz, cortinas de damasco com drapeados e borlas, almofadões com franjas e pompons, móveis de todos os estilos, aparadores dourados, biombos e incríveis abajures com pés, sustentados por estátuas de louça representando negros abissínios em tamanho natural, seminus, mas com pantufas e turbantes. A casa estava sempre com as cortinas corridas, em uma tênue penumbra que conseguia deter a luz implacável do deserto. Nos cantos, Jean pôs incensários onde queimava ervas perfumadas e bastões de incenso que a princípio reviravam o estômago de Blanca, mas aos quais ela logo se habituou. Contratou vários nativos para seu serviço, além de uma monumental gorda, que fazia o trabalho da cozinha e treinou para preparar os molhos muito apurados de que ele gostava, e uma aia coxa e analfabeta para atender a Blanca. Vestiu todos eles com vistosos uniformes de opereta, mas não conseguiu que usassem sapatos, porque estavam habituados a andar descalços e não os suportavam. Blanca não se sentia à vontade naquela casa e desconfiava dos nativos de expressão imperturbável que a serviam de maneira relapsa e pareciam zombar dela pelas costas. Circulavam à sua volta como espíritos, deslizando sem ruído pelos quartos, quase sempre ociosos e enfadados. Não respondiam quando ela lhes falava, como se não compreendessem o castelhano, e entre si falavam em sussurros ou em dialetos do planalto. Sempre que Blanca comentava com o marido as estranhas atitudes que observava nos serviçais, ele afirmava tratar-se de costumes indígenas e que o melhor era não dar atenção. O mesmo respondeu Clara por carta quando ela lhe contou que vira um dia um dos nativos equilibrando-se em surpreendentes sapatos antigos de salto inclinado e laço de veludo, em que os largos pés calejados do homem se mantinham encolhidos. "O calor do deserto, a gravidez e seu desejo inconfessado de viver como uma condessa, de acordo com a linhagem de seu marido, fazem-na ter visões, filhinha", escreveu Clara, zombando, e acrescentou que o melhor remédio contra os sapatos Luís XV consistia numa ducha fria e num chá de macela. Em outra ocasião, Blanca encontrou em seu prato uma pequena lagartixa morta que quase levou à boca. Logo que se refez do susto e conseguiu falar, chamou aos gritos a cozinheira e apontou-lhe o prato com o dedo trêmulo. A cozinheira aproximou-se, bamboleando sua imensidão de gordura e suas tranças negras, e retirou o prato sem comentários. No momento de virar-se, entretanto, Blanca julgou surpreender um gesto de cumplicidade entre seu marido e a nativa. Naquela noite, ficou acordada até muito tarde, pensando no que vira, até que, ao amanhecer, chegou à conclusão de que havia imaginado tudo. Sua mãe tinha razão: o calor e a gravidez a estavam transtornando.

Os cômodos mais afastados da casa foram destinados à mania de Jean pela fotografia. Neles instalou seus *spots*, seus tripés, suas máquinas. Pediu a Blanca que jamais entrasse sem autorização naquilo que batizou de *laboratório*, porque, segundo explicou, podiam-se velar as chapas com a luz natural. Pôs fechadura na porta e andava com a chave pendurada em uma corrente de ouro, precaução completamente inútil, porque sua mulher não tinha praticamente interesse algum pelo que a rodeava e muito menos pela arte da fotografia.

À medida que engordava, Blanca ia adquirindo uma placidez oriental, contra a qual esbarravam as tentativas de seu marido para incorporá-la à sociedade, levá-la a festas, passear de carro com ela ou despertar-lhe entusiasmo pela decoração de seu novo lar. Pesada, sem graça, solitária e permanentemente cansada, Blanca refugiou-se na tecelagem e no bordado. Passava boa parte do dia dormindo e nas horas de vigília confeccionava minúsculas peças de roupa para um enxoval cor-de-rosa, porque estava certa de que daria à luz uma menina. Tal como sua mãe fizera com ela, desenvolveu um sistema de comunicação com a criança que estava gestando e foi-se voltando para seu interior num diálogo silencioso e ininterrupto. Nas cartas descrevia sua vida ociosa e melancólica, e referia-se ao marido com uma cega simpatia, como um homem fino, discreto e considerado. Assim foi estabelecendo, sem a isso se propor, a lenda de que Jean de Satigny era quase um príncipe, sem mencionar, contudo, o fato de que cheirava cocaína e fumava ópio à tarde, porque tinha certeza de que seus pais não saberiam compreender isso. Dispunha de toda uma ala da mansão só para ela. Ali tinha assentado seus quartéis e ali amontoava tudo o que estava preparando para a chegada de sua filha. Jean comentava que cinquenta bebês não conseguiriam vestir toda aquela roupa nem brincar com aquela quantidade de brinquedos, mas a única diversão de Blanca era sair para percorrer o reduzido comércio da cidade e comprar tudo o que via em cor-de-rosa para recém--nascidos. Passava o dia bordando mantas, tricotando sapatinhos de lã, decorando cestas, organizando pilhas de camisinhas, de babadores, de fraldas, passando a ferro os lençóis bordados. Depois da sesta, escrevia à sua mãe e, às vezes, ao irmão Jaime, e, quando o sol se punha e refrescava um pouco, caminhava pelos arredores para desentorpecer as pernas. À noite, encontrava-se com o marido na grande sala de jantar onde os negros de louça, postos em seus cantos, iluminavam a ceia com sua luz de prostíbulo. Sentavam-se um a cada extremidade da mesa posta com uma grande toalha, cristais e baixela completos, e ornamentada com flores artificiais, porque, naquela região inóspita, não havia naturais. Servia-os sempre o mesmo nativo impassível e silencioso, que mantinha na boca, rodando-a permanentemente, a bola verde de folhas de coca com que se sustentava. Não era um serviçal comum e não cumpria nenhuma função específica dentro da organização doméstica.

Nem servir à mesa era o seu forte, porque não dominava nem travessas, nem talheres, e acabava por tirar-lhes a comida de qualquer maneira. Blanca teve de orientá-lo, numa ocasião, no sentido de que, por favor, não pegasse as batatas com a mão para colocá-las no prato. Jean de Satigny, porém, estimava-o por alguma misteriosa razão e o estava treinando para ser seu ajudante no laboratório.

— Se não consegue falar como um cristão, menos ainda poderá tirar retratos — observou Blanca quando soube. Foi esse nativo o que Blanca julgou ver usando saltos Luís XV.

Os primeiros meses de sua vida de casada passaram-se tranquilos e enfadonhos. Acentuou-se a tendência natural de Blanca ao isolamento e à solidão. Ela se negou à vida social, e Jean de Satigny acabou por comparecer sozinho aos numerosos compromissos para os quais recebiam convites. Depois, quando chegava em casa, comentava com Blanca, zombando do pedantismo daquelas famílias antigas e pouco arejadas, cujas moças andavam com damas de companhia e os cavalheiros usavam escapulários. Blanca pôde levar a vida ociosa para a qual tinha vocação, enquanto o marido se dedicava àqueles pequenos prazeres que só o dinheiro pode pagar e aos quais tivera de renunciar por tanto tempo. Saía todas as noites para jogar no cassino, e sua mulher calculou que deveria perder grandes somas de dinheiro, porque, no fim do mês, havia invariavelmente uma fila de credores à porta. Jean tinha uma ideia muito peculiar sobre a economia doméstica. Comprou um automóvel do último modelo, com assentos forrados de pele de leopardo e buzinas douradas, digno de um príncipe árabe, o maior e de mais ostentação jamais visto por aqueles lados. Estabeleceu uma rede de contatos misteriosos que lhe permitia comprar antiguidades, especialmente porcelana francesa de estilo barroco, pela qual tinha um grande fraco. Também fez entrarem no país caixotes de bebidas finas que passavam pela alfândega sem problema. Seus contrabandos entravam em casa pela porta de serviço e saíam, intactos, pela principal, rumo a outros lugares, onde Jean os consumia em farras secretas ou os vendia por preços exorbitantes. Em casa, não recebiam visitas, e em poucas semanas as senhoras da localidade deixaram de convidar Blanca. Correra o boato de que era orgulhosa, altiva e de saúde débil, o que aumentou a simpatia geral pelo conde francês, que granjeou a fama de marido paciente e sofredor.

Blanca dava-se bem com o marido. As únicas ocasiões em que discutiam era quando ela tentava averiguar as finanças familiares. Não podia entender o fato de que Jean se desse ao luxo de comprar porcelana e passear naquele veículo tigrado se não conseguia dinheiro para pagar a conta que devia ao mestiço do armazém nem os salários dos numerosos empregados. Jean negava-se a falar sobre o assunto, sob o pretexto de que essas eram responsabilidades propriamente masculinas e que ela não necessitava encher sua cabecinha de pardal com problemas que não tinha capacidade de compreender. Blanca supôs que a conta de Jean de Satigny com Esteban Trueba tivesse fundos ilimitados e, diante da impossibilidade de chegar a um acordo com ele, acabou se desinteressando por esse problema. Vegetava como uma flor de outro clima dentro daquela casa encravada nos areais, que parecia existir em outra dimensão, rodeada de nativos insólitos, surpreendendo com frequência pequenos detalhes que a induziam a duvidar de seu próprio juízo. A realidade parecia-lhe indefinida, como se aquele sol implacável que desbotava as cores também tivesse deformado as coisas que a rodeavam e convertido seres humanos em sombras silenciosas.

No torpor daqueles meses, Blanca, protegida pela criança que crescia dentro de si, esqueceu o tamanho de sua desgraça. Deixou de pensar em Pedro Terceiro García com a premente urgência de antes e refugiou-se em recordações doces e remotas que podia evocar a qualquer momento. Sua sensualidade estava adormecida, e nas raras ocasiões em que meditava sobre seu destino infeliz se comprazia, imaginando-se flutuar numa nebulosa, sem tristezas nem alegrias, alheia às coisas brutais da vida, isolada, com sua filha como única companhia. Chegou a pensar que perdera para sempre a capacidade de amar e que o ardor de sua carne se apagara definitivamente. Passava intermináveis horas contemplando a paisagem pálida que se estendia diante de sua janela. A casa ficava no limite da cidade, rodeada por algumas árvores raquíticas que resistiam ao ataque implacável do deserto. Pelo lado norte, o vento destruía toda espécie de vegetação e era possível ver a imensa planície de dunas e cerros longínquos oscilando na reverberação da luz. Durante o dia, vergava-se com o sufocar daquele sol de chumbo e, à noite, tremia de frio entre os lençóis de sua cama, defendendo-se das geadas com sacos de água quente e xales de lã. Olhava o céu despido e límpido em busca do vestígio de uma nuvem, com a esperança de que caísse uma gota de chuva que viesse aliviar a aspereza opressiva daquele vale lunar. Os meses decorriam, imutáveis, sem mais diversão do que as cartas de sua mãe, em que lhe contava a campanha política de seu pai, as loucuras de Nicolás, as excentricidades de Jaime, que vivia como um padre, mas andava com olhos enamorados. Clara sugeriu-lhe numa das cartas que, para ter as mãos ocupadas, voltasse a fazer seus presépios. Ela tentou. Encomendou a argila especial que estava acostumada a usar em Las Tres Marías, montou a oficina na parte posterior da cozinha e determinou que dois nativos construíssem um forno para cozer as figuras de barro. Jean de Satigny, porém, ironizava seu afã artístico, dizendo que, se era para manter as mãos ocupadas, melhor seria tricotar botinhas e aprender a fazer pasteizinhos folhados. Ela terminou abandonando o trabalho não tanto pelo sarcasmo de seu marido, mas porque lhe era impossível competir com a olaria tradicional dos nativos.

Jean havia organizado seu negócio com a mesma tenacidade que antes empregara no assunto das chinchilas, mas dessa vez com êxito. Exceto um padre alemão que, fazia trinta anos, percorria a região para desenterrar o passado dos incas, ninguém mais se tinha preocupado com aquelas relíquias, por considerá-las sem valor comercial. O Governo proibia o tráfego de antiguidades indígenas e entregara uma concessão geral ao padre, que estava autorizado a requisitar as peças e levá-las para o museu, em cujas empoeiradas vitrinas Jean as viu pela primeira vez. Ele passou dois dias com o alemão, que, feliz por encontrar, depois de tantos anos, uma pessoa interessada em seu trabalho, não hesitou em revelar seus profundos conhecimentos. Assim, inteirou-se da forma de determinar quanto tempo tinham estado enterrados, aprendeu a diferenciar as épocas e os estilos, descobriu o modo de localizar os cemitérios no deserto por meio de sinais invisíveis a olhos civilizados e chegou finalmente à conclusão de que, se aquelas bilhas não detinham o esplendor dourado dos túmulos egípcios, tinham pelo menos seu próprio valor histórico. Assim que obteve toda a informação de que necessitava, organizou seus grupos de nativos para desenterrar tudo o que tivesse escapado ao zelo arqueológico do padre.

Os magníficos guacos,* verdes pela pátina do tempo, começaram a chegar à sua casa dissimulados em embrulhos de índios e alforjes de lhamas, enchendo rapidamente os lugares secretos a eles destinados. Blanca via-os se amontoando nos cômodos e ficava maravilhada com suas formas. Segurava-os nas mãos, acariciando-os como que hipnotizada, e, quando eram embalados em palha e papel para ser enviados a destinos longínquos e desconhecidos, sentia-se angustiada. Aquela olaria parecia-lhe primorosa e acreditava que os monstros de seus presépios não poderiam estar sob o mesmo teto que abrigava os guacos e, assim, mais por essa do que por qualquer outra razão, abandonou sua oficina.

O negócio da cerâmica indígena era secreto, porque aquilo era um patrimônio histórico da nação. Trabalhavam para Jean de Satigny vários grupos de nativos que ali haviam chegado deslizando

---

* Objetos de cerâmica procedentes dos antigos túmulos ameríndios. (N. T.)

clandestinamente pelas intrincadas passagens da fronteira. Não tinham documentos que os atestassem na condição de seres humanos; eram silenciosos, rudes e impenetráveis. Todas as vezes que Blanca perguntava de onde tinham saído aqueles seres que apareciam subitamente em seu pátio, respondiam-lhe que eram primos do que os servia à mesa, e, de fato, todos se pareciam. Não demoravam muito na casa. Durante a maior parte do tempo, ficavam no deserto, sem mais bagagem do que uma pá para escavar a areia e uma bola de coca na boca para se manter vivos. Às vezes tinham a sorte de encontrar ruínas semienterradas em alguma aldeia dos incas e, em pouco tempo, enchiam os porões da casa com o que roubavam em suas escavações. A busca, o transporte e a comercialização dessa mercadoria eram feitos de maneira tão cautelosa que Blanca não teve a menor dúvida de que havia algo ilegal por trás das atividades de seu marido. Jean explicou-lhe que o Governo era muito suscetível a respeito daqueles cântaros sujos e dos míseros colares de pedrinhas do deserto, e que, para evitar os eternos trâmites da burocracia oficial, preferia negociá-los à sua maneira. Tirava-os do país em caixas seladas com etiquetas de maçãs, graças à cumplicidade interessada de alguns inspetores da alfândega.

Nada disso causava apreensão em Blanca. Só a preocupava o assunto das múmias. Estava familiarizada com os mortos, porque tinha passado toda a vida em estreito contato com eles por meio da mesa de três pés em que sua mãe os invocava. Acostumara-se a ver suas silhuetas transparentes passeando pelos corredores da casa de seus pais, fazendo barulho nos guarda-roupas e aparecendo nos sonhos para prognosticar desgraças ou prêmios da loteria. As múmias, porém, eram diferentes. Aqueles seres encolhidos, envoltos em trapos que se desfaziam em tiras empoeiradas, com suas cabeças descarnadas e amarelas, suas mãozinhas encolhidas, suas pálpebras costuradas, seus cabelos ralos na nuca, seus eternos e terríveis sorrisos sem lábios, seu cheiro de ranço e aquela aparência triste e pobre dos cadáveres antigos, revolviam-lhe a alma. Eram poucas. Muito raramente os nativos chegavam com alguma. Lentos e impassíveis, apareciam na casa carregando uma grande vasilha de barro cozido lacrada. Jean abria-a cuidadosamente num cômodo com todas as portas e janelas fechadas, para que o primeiro sopro de ar não a transformasse em pó de cinza. No interior da vasilha, aparecia a múmia, como o caroço de um fruto estranho, encolhida em posição fetal, envolta em seus farrapos, acompanhada por seus miseráveis tesouros de colares de dentes e bonecos de trapo. Eram muito mais apreciadas do que os demais objetos que tiravam dos túmulos, porque os colecionadores particulares e alguns museus estrangeiros pagavam por elas muito bem. Blanca questionava a respeito do tipo de pessoa que colecionaria mortos e onde os colocaria. Não conseguia imaginar uma múmia como parte da decoração de um salão, mas Jean de Satigny garantia-lhe que, acondicionadas em urnas de cristal, poderiam ser mais valiosas do que qualquer obra de arte para um milionário europeu. Era difícil colocar as múmias no mercado, transportá-las e passá-las pela alfândega, e, por isso, às vezes permaneciam várias semanas nos porões da casa, esperando sua vez de fazer a grande viagem ao exterior. Blanca sonhava com elas, tinha alucinações, julgava vê-las atravessando os corredores na ponta dos pés, pequenas como gnomos disfarçados e furtivos. Trancava a porta do quarto, enfiava a cabeça sob os lençóis e passava horas assim, tremendo, rezando e chamando a mãe com a força do pensamento. Em suas cartas, contou tudo isso a Clara, que lhe respondeu que não deveria ter medo dos mortos, mas dos vivos, porque, apesar de sua má fama, jamais se constatou que as múmias tivessem atacado alguém; pelo contrário, eram de natureza bem tímida. Fortalecida pelos conselhos maternos, Blanca resolveu espiá-las. Esperava-as em silêncio, vigiando pela porta entreaberta de seu quarto. Logo teve a certeza de que passeavam pela casa, arrastando seus pezinhos infantis sobre os tapetes, cochichando como estudantes, empurrando-se, passando, todas as noites, em pequenos grupos de duas ou três, sempre em direção ao laboratório fotográfico de Jean de Satigny. Algumas vezes parecia-lhe ouvir longínquos gemidos de além-túmulo e experimentava arrebatados e incontroláveis acessos de terror, chamava seu marido aos gritos, mas ninguém a atendia, e seu medo era excessivo para atravessar toda a casa, a fim de ir procurá-lo. Com os primeiros raios de sol, Blanca recuperava o juízo e o domínio de seus nervos atormentados, dava-se conta de que suas angústias noturnas eram fruto da imaginação febril que herdara de sua mãe e se tranquilizava até que voltassem a cair as sombras da noite e recomeçasse seu ciclo de espanto. Um dia, não suportando mais a tensão que sentia quando se aproximava a noite, decidiu falar com Jean sobre as múmias. Estavam jantando. Quando ela lhe contou a respeito dos passeios, dos sussurros e dos gritos sufocados, Jean de Satigny ficou petrificado, com o garfo parado na mão e a boca aberta. O nativo, que estava entrando na sala com a bandeja, escorregou, e o frango assado rolou para baixo de uma cadeira. Jean empregou todo o seu poder de sedução, sua firmeza e seu senso de lógica para convencê-la de que seus nervos estavam falhando e que nada daquilo ocorria na realidade — tratava-se apenas do produto de sua fantasia sobressaltada. Blanca fingiu aceitar seu raciocínio, mas pareceu-lhe muito suspeita a veemência de seu marido, que habitualmente não prestava atenção em seus problemas, bem como o rosto do empregado, que finalmente perdera sua imutável expressão de ídolo e arregalara os olhos. Considerou intimamente que havia chegado a hora de investigar a fundo o assunto das múmias transumantes. Naquela noite, despediu-se cedo, depois de comentar com seu marido que iria tomar um tranquilizante para dormir. Em vez disso, bebeu uma xícara grande de café preto e se postou junto à sua porta, disposta a passar muitas horas de vigília.

Ouviu os primeiros passinhos por volta da meia-noite. Abriu a porta com muita cautela e assomou a cabeça no exato momento em que uma pequena figura agachada passava no fundo do corredor. Daquela vez estava certa de não haver sonhado, mas, devido ao peso de seu ventre, precisou de quase um minuto para alcançar o corredor. A noite estava fria, e soprava a brisa do deserto, que fazia ranger o velho madeiramento da casa e enfunava as cortinas como negras velas em alto-mar. Desde pequena, quando escutava histórias de cuco da Nana na cozinha de sua casa, temia a escuridão, mas não se atreveu a acender as luzes, para não espantar as pequenas múmias em seus erráticos passeios.

Logo depois, o denso silêncio da noite foi rompido por um grito rouco, abafado, como se saísse do fundo de um ataúde ou, pelo menos, foi o que Blanca pensou. Começava a ser vítima da mórbida fascinação pelas coisas do além-túmulo. Imobilizou-se, com o coração a ponto de saltar-lhe pela boca, mas um segundo gemido tirou-a de suas reflexões, dando-lhe forças para avançar até a porta do laboratório de Jean de Satigny. Tentou abri-la, mas estava trancada à chave. Colou o rosto na porta e, então, ouviu nitidamente murmúrios, gritos sufocados e risos, e naquele momento não teve mais dúvidas: alguma coisa estava de fato acontecendo com as múmias. Voltou a seu quarto confortada pela convicção de que não eram seus nervos que não estavam bem — algo atroz acontecia no antro secreto de seu marido.

No dia seguinte, Blanca esperou que Jean de Satigny terminasse sua meticulosa higiene pessoal, tomasse seu café da manhã com a frugalidade costumeira, lesse seu jornal até a última página e finalmente saísse para seu passeio de todas as manhãs, sem que nada em sua plácida indiferença de futura mãe denunciasse sua feroz determinação. Quando Jean saiu, ela chamou o nativo dos saltos altos e pela primeira vez deu-lhe uma ordem.

— Vá à cidade e compre papaias cristalizadas — determinou secamente.

O nativo partiu com o andar lento dos de sua raça, e ela ficou em casa com os outros serviçais, de quem tinha muito menos medo do que daquele estranho indivíduo de inclinações cortesãs. Supôs que disporia de umas duas horas antes que ele regressasse; portanto, resolveu não se apressar e agir com serenidade. Estava decidida a esclarecer o mistério das múmias furtivas. Dirigiu-se ao laboratório, tendo certeza de que, com a luz da manhã, as múmias não teriam vontade de fazer palhaçadas e desejando que a porta não estivesse trancada, mas encontrou-a chaveada, como sempre. Experimentou todas as chaves que tinha, mas nenhuma serviu. Então, pegou a maior faca da cozinha, enfiou-a no gonzo da porta e começou a forçar até que a madeira seca da guarnição estalou em pedaços, e assim conseguiu soltar a fechadura e abrir a porta. O estrago que fez não poderia ser disfarçado, e compreendeu que, quando seu marido o visse, teria de dar alguma explicação razoável, mas consolou-se com o argumento de que, na condição de dona da casa, tinha o direito de saber o que ocorria sob seu teto. Apesar de seu sentido prático, que resistira inalterável por mais de vinte anos ao balanço da mesa de três pés e ouvir a mãe prever o imprevisível, ao transpor a porta do laboratório Blanca tremia.

Tateando, procurou o interruptor e acendeu a luz. Encontrou-se num cômodo espaçoso com paredes pintadas de preto e pesadas cortinas da mesma cor nas janelas, por onde não filtrava o mais tênue raio de luz. O chão estava coberto por espessos tapetes escuros e, por todos os lados, havia *spots*, lâmpadas e os rebatedores de luz que vira Jean usar pela primeira vez durante o funeral de Pedro García, o velho, quando resolveu tirar retratos dos mortos e dos vivos, até assustar todos os presentes e os camponeses decidirem pisotear as chapas. Olhou à sua volta, desconcertada: estava num cenário fantástico. Avançou desviando-se de baús abertos que continham trajes emplumados de todas as épocas, perucas frisadas e vistosos chapéus; deteve-se em frente a um trapézio dourado suspenso no teto, onde se pendurava um boneco desarticulado de proporções humanas; viu num canto um lhama embalsamado, garrafas de licores ambarinos e, no chão, peles de animais exóticos. O que mais a surpreendeu, contudo, foram as fotografias. Ao vê-las, parou, estupefata. As paredes do estúdio de Jean de Satigny estavam cobertas de angustiantes cenas eróticas, que revelavam a natureza oculta de seu marido.

Blanca tinha reações lentas e por isso demorou um pouco para assimilar o que via, até porque não era experiente naqueles assuntos. Conhecia o prazer como uma última e preciosa etapa no longo caminho percorrido com Pedro Terceiro, por onde havia passado sem pressa e com bom humor, em meio aos bosques, aos trigais, junto do rio, sob um céu imenso, no silêncio do campo. Não sofrera as inquietações próprias da adolescência. Enquanto suas companheiras de colégio liam às escondidas os romances proibidos, com seus imaginários galãs apaixonados e virgens ansiosas por deixarem de o ser, ela se sentava à sombra das cerejeiras no pátio das freiras, fechava os olhos e evocava com absoluta precisão a magnífica realidade de Pedro Terceiro García envolvendo-a em seus braços, percorrendo-a com suas carícias e arrancando-lhe do íntimo os mesmos acordes que conseguia tirar de sua guitarra. Seus instintos haviam sido satisfeitos mal despertaram, e não lhe havia passado pela cabeça que a paixão pudesse ter outras formas. Aquelas cenas desordenadas e atormentadas eram uma realidade mil vezes mais desconcertante do que as múmias escandalosas que havia esperado encontrar.

Reconheceu os rostos dos empregados da casa. Ali estava toda a corte dos incas, nua como Deus a pôs no mundo ou mal coberta por figurinos de teatro. Viu o abismo insondável entre as coxas da cozinheira, o lhama embalsamado cavalgando a aia manca e o impávido nativo que servia à mesa, em pelo como um recém-nascido, sem barba e de pernas curtas, com seu inalterável rosto de pedra e seu desproporcional pênis em ereção.

Por um instante interminável, Blanca ficou suspensa em sua própria incerteza, até que o horror a venceu. Tentou pensar com lucidez. Compreendeu o que Jean de Satigny quisera dizer na noite do casamento, quando lhe explicara que não se sentia inclinado para a vida conjugal. Vislumbrou também o sinistro poder do nativo, a dissimulada ironia dos empregados e sentiu-se prisioneira na antessala do inferno. Naquele momento, a menina mexeu-se em seu interior, e ela estremeceu, como se alguém houvesse tocado uma campainha de alarme.

— Minha filha! Tenho de tirá-la daqui! — exclamou, abraçando seu ventre.

Saiu correndo do laboratório, atravessou toda a casa como um raio e chegou à rua, onde o calor de chumbo e a impiedosa luz do meio-dia lhe devolveram o senso de realidade. Deu-se conta de que não poderia ir muito longe a pé com sua barriga de nove meses. Voltou a seu quarto, pegou todo o dinheiro que pôde encontrar, fez um pacote com algumas roupas do suntuoso enxoval que havia preparado e dirigiu-se à estação.

Lá, sentada num tosco banco de madeira, com o embrulho no colo e os olhos espantados, Blanca esperou durante horas a chegada do trem, rezando entre dentes para que o conde, ao chegar em casa e ver os estragos na porta do laboratório, não a procurasse até encontrá-la e a obrigasse a regressar ao maléfico reino dos incas; para que o trem se apressasse e cumprisse o horário uma vez na vida, a fim de poder chegar à casa de seus pais antes que a criança que lhe esgarçava as entranhas e lhe dava pontapés nas costelas anunciasse sua vinda ao mundo; para ter forças de suportar aquela viagem de dois dias sem descanso; e para que o desejo de viver fosse mais poderoso do que aquela terrível desolação que começava a embargá-la. Cerrou os dentes e esperou.

IX

A Menina Alba

Alba nasceu calma, o que é sinal de boa sorte. Sua avó Clara procurou em suas costas e encontrou uma mancha em forma de estrela, característica dos seres que nascem com a capacidade de encontrar a felicidade. "Não é preciso nos preocuparmos com essa menina. Terá boa sorte e será feliz. Além disso, terá boa pele, porque isso se herda, e com esta idade não tenho rugas e nunca tive uma espinha", disse Clara no segundo dia depois do nascimento. Por essas razões não se preocuparam em prepará-la para a vida, já que os astros haviam combinado em dotá-la de tantos dons. Seu signo era Leão. Sua avó analisou seu mapa astral e anotou seu destino com tinta branca num álbum de papel preto, onde colou também algumas mechas esverdeadas de seu primeiro cabelo, as unhas que lhe cortou pouco tempo depois de nascer e vários retratos que permitem apreciá-la tal como era: um ser demasiadamente pequeno, quase careca, enrugado e pálido, sem outro indício de inteligência humana além dos olhos negros reluzentes, com uma sábia expressão de velhice desde o nascimento. Assim eram os de seu pai verdadeiro. Sua mãe queria chamá-la Clara, mas sua avó não era partidária da repetição de nomes na família, porque isso criava confusão nos cadernos de anotar a vida. Procuraram um nome num dicionário de sinônimos e descobriram o seu, que é o último de uma cadeia de substantivos de significado semelhante. Anos depois, Alba se atormentaria, pensando que, quando tivesse uma filha, não haveria outra palavra com o mesmo sentido que lhe pudesse servir de nome, mas Blanca deu-lhe a ideia de usar línguas estrangeiras, o que oferece uma ampla variedade.

Alba esteve a ponto de nascer num trem de bitola estreita às três da tarde, em pleno deserto, o que teria sido fatal para seu mapa astral. Por sorte, pôde aguentar-se dentro de sua mãe algumas horas mais e conseguiu nascer na casa de seus avós, no dia, na hora e no lugar exatos que mais convinham a seu horóscopo. Sua mãe chegou ao casarão da esquina sem aviso prévio, desgrenhada, coberta de poeira, com profundas olheiras e dobrada em duas pela dor das contrações com que Alba tentava sair, bateu à porta com desespero e, quando a abriram, passou como um furacão, indo direto à sala de costura, onde Clara estava terminando o último e primoroso vestido para sua futura neta. Foi ali que Blanca se deixou cair, depois da longa viagem, sem conseguir dar nenhuma explicação, porque o ventre se lhe arrebentou com um suspiro fundo e sentiu que toda a água do mundo escorria entre as suas pernas, numa fúria inimaginável. Aos gritos de Clara, acudiram os empregados e Jaime, que naqueles dias estava sempre em casa, rondando Amanda. Levaram-na para o quarto de Clara, e, enquanto a instalavam na cama e lhe arrancavam a roupa do corpo aos puxões, Alba começou a mostrar sua minúscula humanidade. Seu tio Jaime, que assistira a alguns partos no hospital, ajudou-a a nascer, agarrando-a firmemente pelas nádegas com a mão direita, enquanto com os dedos da esquerda tateava na escuridão à pro-cura do pescoço da criança, para separar o cordão umbilical que a estrangulava. Amanda, que chegara correndo, atraída pelo alvo-roço, apertava o ventre de Blanca com todo o peso de seu corpo, e Clara, inclinada sobre o rosto sofrido da filha, aproximava-lhe do nariz um coador de chá coberto com um trapo, onde destilavam algumas gotas de éter. Alba nasceu com rapidez. Jaime tirou-lhe o cordão do pescoço, segurou-a no ar com a boca para baixo e, com duas vigorosas palmadas, iniciou-a no sofrimento da vida e na mecânica da respiração; Amanda, que lera sobre os costumes das tribos africanas e defendia o retorno à natureza, tirou-lhe a recém-nascida das mãos e colocou-a amorosamente sobre o ventre morno da mãe, onde encontrou algum consolo para a tris-teza de nascer. Mãe e filha permaneceram descansando, nuas e abraçadas, enquanto as outras pessoas limpavam os vestígios do parto e providenciavam lençóis novos e as primeiras fraldas. Em meio à emoção daqueles momentos, ninguém reparou na porta entreaberta do armário, por onde o pequeno Miguel observara a cena, paralisado de medo, gravando para sempre em sua memória a visão do gigantesco globo atravessado de veias e coroado por um umbigo saliente, de onde saiu aquele ser arroxeado, enrolado numa horrenda tripa azul.

Alba foi registrada no Cartório Civil e nos livros da paróquia com o sobrenome francês de seu pai, mas não chegou a usá-lo, porque o de sua mãe era mais fácil de soletrar. O avô, Esteban Trueba, jamais concordou com aquele mau hábito, porque, como dizia sempre que lhe davam oportunidade, tivera muito trabalho para que a menina tivesse um pai conhecido e um sobrenome respeitável e não precisasse usar o da mãe, como se fosse filha da vergonha e do pecado. Também nunca permitiu que se duvidasse da legítima paternidade do conde e continuou esperando, contra toda e qualquer lógica, que mais cedo ou mais tarde se notassem a elegância de modos e o fino encanto do francês na silenciosa e desmazelada neta que andava por sua casa. Clara também não mencionou o assunto até muito tempo depois, numa ocasião em que viu a menina brincando entre as estátuas destruídas do jardim e verificou que não se parecia com ninguém da família e muito menos com Jean de Satigny.

— De quem terá herdado esses olhos de velho? — perguntou a avó.

— Os olhos são do pai — respondeu Blanca, distraída.

— Pedro Terceiro García, suponho — disse Clara.

— Exatamente — concordou Blanca.

Foi a única vez que se falou a respeito da origem de Alba na família, porque, como Clara anotou, o assunto não tinha importância alguma, pois, de qualquer maneira, Jean de Satigny havia desaparecido de suas vidas. Não tornaram a saber dele, e ninguém se deu ao trabalho de averiguar seu paradeiro nem sequer para legalizar a situação de Blanca, que carecia das liberdades de uma mulher solteira e sofria todas as limitações de uma casada, mas não tinha marido. Alba nunca viu um retrato sequer do conde, porque sua mãe não deixou de revistar nenhum canto da casa, até destruí-los por completo, incluindo aqueles em que aparecia de braços dados com ela, no dia do casamento. Tomara a decisão de esquecer o homem com quem se havia casado e fazer de conta que nunca existira. Não voltou a falar sobre ele nem deu nenhuma explicação para sua fuga do domicílio conjugal. Clara, que havia passado nove anos muda, conhecia as vantagens do silêncio, de modo que não fez perguntas à filha e colaborou na tarefa de apagar Jean de Satigny de suas recordações. Contaram a Alba que seu pai fora um nobre cavalheiro, inteligente e distinto, que tivera a infelicidade de morrer de febre no deserto do Norte. Foi uma das poucas mentiras que teve de suportar na infância, porque, à exceção disso, esteve em íntimo contato com as prosaicas verdades da existência. Seu tio Jaime encarregou-se de destruir o mito dos meninos que nascem nos repolhos ou são transportados de Paris pelas cegonhas, e seu tio Nicolás, o dos Reis Magos, o das fadas e o dos cucos. Alba tinha pesadelos em que via a morte de seu pai. Sonhava com um homem jovem, bonito e todo vestido de branco, com sapatos de verniz da mesma cor e um chapéu de palha, andando pelo deserto sob sol pleno. Em seu sonho, o caminhante encurtava seus passos, vacilava, perdia a velocidade, tropeçava e caía, levantava-se e tornava a cair, abrasado pelo calor, pela febre e pela sede. Arrastava-se de joelhos sobre as areias ardentes por um trecho, mas finalmente jazia na imensidão daquelas dunas lívidas, com as aves de rapina voando em círculos sobre seu corpo inerte. Tantas vezes sonhou com isso que foi uma surpresa quando, muitos anos depois, teve de ir reconhecer o cadáver daquele que pensava ser seu pai, num depósito do Necrotério Municipal. Nessa época, era uma jovem corajosa, de temperamento audaz e acostumada às adversidades, razão pela qual foi sozinha. Recebeu-a um estagiário de avental branco, que a conduziu pelos longos corredores do antigo edifício até uma sala grande e fria, de paredes cinzentas. O homem de avental branco abriu a porta de uma gigantesca geladeira e puxou um tabuleiro em que jazia um corpo inchado, velho e de cor azulada. Alba olhou-o com atenção sem encontrar nenhuma semelhança com a imagem tantas vezes sonhada. Pareceu-lhe um tipo comum e corriqueiro, com aspecto de empregado dos correios. Olhou-lhe as mãos: não eram as de um nobre cavalheiro, fino e inteligente, mas as de um homem que não tinha nada de interessante para contar. Seus documentos, entretanto, eram prova irrefutável de que aquele cadáver azul e triste era Jean de Satigny, que não morrera de febre nas dunas douradas de um pesadelo infantil, mas simplesmente de apoplexia, ao atravessar uma rua em sua velhice. Tudo isso, porém, aconteceu muitos anos depois. Nos tempos em que Clara estava viva, quando Alba era ainda um bebê, o casarão da esquina era um universo fechado, onde ela cresceu protegida até de seus próprios pesadelos.

Alba não tinha ainda duas semanas quando Amanda foi embora do casarão da esquina. Havia recuperado as forças e não teve dificuldade em adivinhar o desejo intenso no coração de Jaime. Pegou seu irmãozinho pela mão e partiu como havia chegado, sem ruído e promessas. Perderam-na de vista, e o único que poderia procurá-la não quis fazê-lo para não magoar o irmão. Por mera casualidade, Jaime voltou a vê-la, muitos anos depois, mas então já era tarde para ambos. Depois que Amanda partiu, Jaime afogou o desespero em seus estudos e no trabalho. Retomou seus antigos hábitos de eremita e raramente aparecia em casa. Não tornou a mencionar o nome da jovem e afastou-se para sempre do irmão.

A presença de sua neta em casa suavizou o caráter de Esteban Trueba. Embora a mudança tivesse sido imperceptível, a Clara não escapou. Denunciavam-na pequenos sintomas: o brilho de seu olhar quando via a menina, os presentes caros que lhe trazia, a angústia quando a ouvia chorar. Isso, no entanto, não o aproximou de Blanca. As relações com sua filha nunca foram boas e, desde o funesto casamento, estavam tão deterioradas que só a cortesia obrigatória imposta por Clara lhes permitia viverem sob o mesmo teto.

Nessa época, a casa dos Trueba tinha quase todos os quartos ocupados, e punha-se diariamente a mesa para a família, para os convidados e um lugar a mais para quem chegasse sem se anunciar. A porta principal estava sempre aberta, para que entrassem e saíssem os agregados e as visitas. Enquanto o senador Trueba procurava corrigir os destinos de seu país, sua mulher navegava habilmente nas agitadas águas da vida social e nas outras, surpreendentes, de seu caminho espiritual. A idade e a prática aprimoraram a capacidade de Clara para adivinhar o oculto e mover objetos a distância. Os estados de ânimo exaltados conduziam-na com facilidade para transes em que era capaz de se deslocar por toda a casa, sentada em sua cadeira, como se houvesse um motor escondido sob o assento. Naqueles dias, um jovem artista faminto, acolhido na casa por misericórdia, pagou sua hospedagem pintando o único retrato existente de Clara. Muito tempo depois, o misérrimo artista tornou-se um mestre e, hoje, o quadro está num museu de Londres, como tantas outras obras de arte que saíram do país na época em que foi preciso vender a mobília para alimentar os perseguidos. Na tela, vê-se uma mulher madura, vestida de branco, com o cabelo prateado e uma doce expressão de trapezista no rosto, descansando numa cadeira de balanço suspensa acima do nível do chão, flutuando em meio a cortinas de flores, um jarro que voa com a boca para baixo e um gato gordo e negro que a tudo observa, sentado como um grande senhor. Influência de Chagall, informa o catálogo do museu, mas não é bem assim. A cena corresponde exatamente à realidade que o artista viveu na casa de Clara. Essa foi a época em que as forças ocultas da natureza humana e o bom humor divino agiam impunemente, provocando um estado de emergência e sobressalto nas leis da física e da lógica. As comunicações de Clara com as almas errantes e com os extraterrestres ocorriam por telepatia, sonhos e um pêndulo, que ela usava para esse fim, sustendo-o no ar acima de um alfabeto disposto ordenadamente na mesa. Os movimentos autônomos do pêndulo indicavam as letras e formavam as mensagens em espanhol e esperanto, demonstrando, assim, serem esses os únicos idiomas que interessam aos seres de outras dimensões, e não o inglês, como dizia Clara em suas cartas aos embaixadores das potências anglófonas, sem que eles jamais lhe respondessem, assim como também não o fizeram os sucessivos ministros da Educação aos quais se dirigiu para lhes expor sua teoria de que, em vez de as escolas ensinarem inglês e francês, línguas de marinheiros, negociantes e usurários, deveria ser obrigatório as crianças estudarem esperanto.

ALBA PASSOU SUA infância em meio a dietas vegetarianas, artes marciais japonesas, danças do Tibete, respiração ioga, relaxamento e concentração com o professor Hausser e muitas outras técnicas interessantes, sem contar as contribuições que seus dois tios e as três encantadoras senhoritas Mora deram à sua educação. Sua avó Clara organizava tudo isso, a fim de manter em movimento aquele imenso *carromato** cheio de alucinados em que se havia transformado seu lar, ainda que não tivesse nenhuma habilidade doméstica e dispensasse as quatro operações, a ponto de se esquecer de somar, de maneira que a organização da casa e as contas caíram naturalmente nas mãos de Blanca, que dividia seu tempo entre as tarefas de mordomo daquele reino em miniatura e sua oficina de cerâmica no fundo do pátio, último refúgio para seus pesares, onde dava aulas tanto para mongoloides como para mocinhas de boa família, e confeccionava seus incríveis presépios de monstros, que, contrariando qualquer lógica, eram vendidos como pães saídos do forno.

Desde muito pequena, Alba teve a responsabilidade de pôr flores frescas nos jarros. Abria as janelas para permitir a entrada de luz e ar, mas as flores não chegavam a durar até o anoitecer, porque o vozeirão de Esteban Trueba e suas bengaladas tinham o poder de espantar a natureza. Os animais domésticos fugiam, e as plantas murchavam à sua passagem. Blanca criava uma árvore da borracha trazida do Brasil, uma touceira esquálida e tímida, cuja única graça era seu preço: comprava-se por folhas. Quando se ouvia chegar o avô, quem estivesse mais perto corria para pôr a seringueira a salvo no terraço, porque, mal o velho entrava no aposento, a planta baixava as folhas, e por seu tronco começava a escorrer um pranto esbranquiçado, como lágrimas de leite. Alba não frequentava o colégio, porque sua avó dizia que alguém tão favorecido pelos astros não necessitava mais do que saber ler e escrever, e isso podia aprender em casa. Tanto se dedicou a alfabetizá-la que, aos 5 anos, a menina lia o jornal na hora do desjejum para comentar as notícias com

---

* Carro de rodas grandes cuja carroceria é formada de cordas trançadas. (N. T.)

seu avô; aos 6 anos, havia descoberto os livros mágicos dos baús encantados de seu lendário tio-bisavô Marcos e mergulhado plenamente no universo sem retorno da fantasia. Tampouco se preocuparam com sua saúde, porque não acreditavam nos benefícios das vitaminas e afirmavam que as vacinas eram para as galinhas. Além disso, sua avó analisara as linhas de sua mão e anunciara que teria uma saúde de ferro e uma vida longa. O único cuidado frívolo que lhe dispensaram fora penteá-la com Bayrum para atenuar o tom verde-escuro que seu cabelo tinha quando nasceu, apesar de o senador Trueba defender que o deixassem assim, porque era a única que herdara algo da bela Rosa, ainda que fosse, infelizmente, apenas a cor marinha do cabelo. Para agradá-lo, na adolescência Alba abandonou os subterfúgios do Bayrum e enxaguava a cabeça com uma infusão de salsa, o que resgatou o verde com toda a sua força. O resto de sua pessoa era pequeno e anódino, diferente, portanto, da maioria das mulheres da família, que, quase sem exceção, foram esplêndidas.

Nos poucos momentos de ócio de que Blanca dispunha para pensar em si mesma e em sua filha, lamentava-se que ela fosse uma menina solitária e silenciosa, sem companheiras de sua idade para brincar. Na verdade, Alba não se sentia sozinha; pelo contrário, às vezes teria sido muito feliz se pudesse ter escapado à clarividência de sua avó, à intuição de sua mãe e ao alvoroço das excêntricas pessoas que constantemente apareciam, desapareciam e reapareciam no casarão da esquina. Blanca também se preocupava com o fato de a filha não brincar com bonecas, mas Clara apoiava a neta, ao argumento de que aqueles pequenos cadáveres de louça, com seus olhinhos de "abre e fecha" e a perversa boca franzida, eram repugnantes. Com sobras de lã que usava para tricotar para os pobres, confeccionava seres informes, criaturas que nada tinham de humano, e, por isso mesmo, era mais fácil niná-las, mexer-lhes, banhá-las e depois jogá-las no lixo. O divertimento predileto da menina era o porão. Por causa das ratazanas, Esteban Trueba mandou pôr uma tranca na porta, mas Alba deslizava a cabeça por uma claraboia e alcançava em silêncio aquele paraíso de objetos esquecidos, sempre na penumbra, preservado do uso do tempo, tal como uma pirâmide lacrada. Amontoavam-se ali móveis desconjuntados, ferramentas de utilidade ignorada, máquinas desaparecidas, pedaços do Covadonga, o pré-histórico automóvel que seus tios haviam desmontado para transformar em carro de corrida e acabou seus dias como sucata. Alba aproveitava tudo para construir casinhas nos cantos. Havia baús e malas com roupa antiga, que usou para montar seus solitários espetáculos teatrais, e um capacho felpudo, triste, negro, comido pelas traças, com cabeça de cão, que, posto no chão, parecia um lamentável animal de patas abertas. Era o último e vergonhoso vestígio do fiel Barrabás.

Numa noite de Natal, Clara deu à sua neta um fantástico presente, que chegou a substituir em certas ocasiões a fascinante atração do porão, uma caixa com vidros de tinta, pincéis, uma escadinha e a autorização para usar à vontade a maior parede de seu quarto.

— Isso vai servir para se desabafar — comentou Clara ao ver Alba equilibrando-se na escadinha para pintar no teto um trem cheio de animais.

Ao longo dos anos, Alba foi enchendo essa e as demais paredes de seu quarto com um imenso afresco, no qual, em meio a uma flora venusiana e uma impossível fauna inventada, como a que Rosa bordava em sua toalha e Blanca queimava em seu forno de cerâmica, apareciam os desejos, as recordações, as tristezas e as alegrias de sua infância.

Seus dois tios eram muito chegados a ela, sendo Jaime seu preferido. Era um homenzarrão peludo que precisava barbear-se duas vezes por dia e que, mesmo assim, parecia ter sempre uma barba de dois dias; tinha sobrancelhas negras e malévolas, que penteava para cima, a fim de que sua sobrinha o acreditasse aparentado com o diabo, e cabelo duro como uma escova, inutilmente besuntado com brilhantina e sempre úmido. Entrava e saía com seus livros sob o braço e uma maleta de soldador na mão. Havia dito a Alba que trabalhava como ladrão de joias e que, na horrenda maleta, transportava gazuas e luvas. A menina fingia espantar-se, mas sabia que seu tio era médico e que a maleta continha os instrumentos de seu ofício. Tinham inventado jogos de faz de conta para se distrair nas tardes de chuva.

— Traga o elefante! — ordenava o tio Jaime.

Alba saía e regressava arrastando por uma corda invisível um paquiderme imaginário. Eram capazes de passar uma boa meia hora dando-lhe de comer ervas adequadas à sua espécie, banhando-o com terra para lhe preservar a pele das inclemências do tempo e polindo o marfim de suas presas, enquanto discutiam acaloradamente sobre as vantagens e as inconveniências de se viver na selva.

— Essa menina vai acabar louca de vez! — dizia o senador Trueba, quando via a pequena Alba sentada na varanda lendo os tratados de medicina que seu tio Jaime lhe emprestava.

Era a única pessoa de toda a casa que tinha uma chave para entrar no túnel de livros de seu tio e autorização para pegá-los e lê-los. Blanca acreditava que deveriam dosar a leitura, porque havia coisas que não eram adequadas à sua idade, mas seu tio Jaime afirmara que só se lê o que interessa, e, se interessa, é porque já se tem maturidade para fazê-lo. Defendia a mesma tese com relação a banho e comida. Dizia que, se a menina não tinha vontade de tomar banho, era porque não precisava, e que deveriam lhe dar o que ela quisesse comer quando tivesse fome, porque o organismo conhece melhor do que ninguém as próprias necessidades. Nesse ponto, Blanca era inflexível e obrigava a filha a cumprir rígidos horários e normas de higiene. O resultado era que, além dos alimentos e banhos regulares, Alba comia as guloseimas que seu tio lhe oferecia e tomava banho de mangueira sempre que sentia calor, sem que nada disso lhe alterasse a natureza saudável. Alba gostaria que seu tio se casasse com sua mãe, porque era mais seguro tê-lo como pai do que como tio, mas explicaram-lhe que dessas uniões incestuosas nascem filhos mongoloides. A partir de então, acreditava que os alunos de quinta-feira na oficina da mãe eram filhos dos tios.

Nicolás também tinha o seu espaço no coração da menina, embora fosse algo efêmero, volátil, apressado, sempre de passagem, como se saltasse de uma ideia para outra, o que provocava certa inquietação em Alba. Tinha 5 anos quando seu tio Nicolás retornou da Índia. Cansado de invocar Deus por intermédio da mesa de três pés e do consumo de haxixe, decidiu ir procurá-lo numa região menos rude do que sua terra natal. Passou dois meses atormentando Clara, perseguindo-a pelos cantos e sussurrando-lhe ao pé do ouvido quando ela adormecia, até que a convenceu a vender um anel de brilhantes para lhe pagar a passagem até a terra de Mahatma Gandhi. Dessa vez, Esteban Trueba não se opôs, porque pensou que um passeio por aquela longínqua nação de esfomeados e vacas faria muito bem a seu filho.

— Se não morrer picado por uma serpente nem de alguma peste estrangeira, espero que volte transformado num homem, porque já estou farto de suas extravagâncias — disse-lhe seu pai ao despedir-se no cais.

Nicolás passou um ano como mendigo, percorrendo a pé os caminhos dos iogas, o Himalaia, Katmandu, o Ganges e Benares. Ao fim dessa peregrinação, alcançara a certeza da existência de Deus e aprendera a transpassar alfinetes de chapéu nas faces e na pele do peito, e a viver quase sem comida. Um belo dia, viram-no chegar em casa, sem qualquer aviso, com uma fralda de bebê cobrindo suas vergonhas, pele e osso, o ar extraviado próprio das pessoas que se alimentam exclusivamente de verduras. Chegou acompanhado por dois incrédulos carabineiros, dispostos a levá-lo preso a menos que pudesse demonstrar ser de fato filho do senador Trueba, e por uma comitiva de crianças, que o seguia, jogando-lhe lixo e zombando dele. Clara foi a única que não teve dificuldade em reconhecê-lo. Seu pai tranquilizou os carabineiros e deu ordens a Nicolás no sentido de tomar um banho e vestir uma roupa de cristão se quisesse viver em sua casa, mas Nicolás olhou-o como se não o visse e nada lhe respondeu. Tornara-se vegetariano. Não provava carne nem ovos ou leite; sua dieta era a de um coelho, e, pouco a pouco, seu rosto ansioso foi ficando parecido com o desse animal. Mastigava cada porção de seus escassos alimentos cinquenta vezes. A alimentação transformara-se num ritual infindável, durante o qual Alba adormecia sobre seu prato vazio e os empregados cochilavam na cozinha com as bandejas nas mãos, enquanto ele ruminava cerimoniosamente; por isso Esteban Trueba deixou de voltar a casa para as refeições, passando a fazê-las todas no clube. Nicolás assegurava ser capaz de caminhar descalço sobre brasas, mas, sempre que se dispunha a demonstrá-lo, tinha de desistir, porque Clara era acometida de um forte acesso de asma. Falava por parábolas asiáticas nem sempre compreensíveis, e seus únicos interesses eram de ordem espiritual. O materialismo da vida doméstica o incomodava tanto quanto os excessivos cuidados de sua irmã e sua mãe, que insistiam em alimentá-lo e vesti-lo, bem como a fascinada perseguição de Alba, que o acompanhava por toda a casa, como um cachorrinho, pedindo-lhe que a ensinasse a dominar a mente e a colocar alfinetes no corpo. Permaneceu semidespido mesmo quando o inverno chegou com todo o seu rigor. Conseguia manter-se quase três minutos sem respirar e estava disposto a realizar essa façanha sempre que alguém lhe pedia, o que acontecia com frequência. Jaime lamentava que o ar fosse gratuito, porque calculou que Nicolás respirava a metade do que precisava uma pessoa normal, ainda que isso não parecesse afetá-lo totalmente. Passou o inverno comendo cenouras, sem se queixar do frio, fechado em seu quarto, enchendo folhas e folhas de papel com sua minúscula letra em tinta preta. Aos primeiros prenúncios da primavera, comunicou que seu livro estava pronto. Tinha mil e quinhentas páginas, e conseguiu convencer seu pai e seu irmão Jaime a financiá-lo, por conta dos lucros que obteriam com a venda. Depois de corrigidas e impressas, as mil e tantas laudas manuscritas reduziram-se a seiscentas páginas de um volumoso tratado sobre os noventa e nove nomes de Deus e a forma de alcançar o nirvana por meio de exercícios respiratórios. Não teve o êxito esperado, e os caixotes com a edição acabaram seus dias no porão, onde Alba os usava como tijolos para construir trincheiras, até que, muitos anos depois, serviram para alimentar uma infame fogueira.

Assim que o livro saiu do prelo, Nicolás segurou-o amorosamente nas mãos, recuperou seu perdido sorriso de hiena, vestiu uma roupa decente e anunciou que havia chegado o momento de entregar a Verdade a seus contemporâneos que permaneciam nas trevas da ignorância. Esteban Trueba recordou-lhe a proibição de usar a casa como academia e advertiu-o de que não toleraria que pusesse ideias pagãs na cabeça de Alba e muito menos que lhe ensinasse truques de faquir. Nicolás foi pregar no café da universidade, onde arrebanhou um impressionante número de adeptos para seus cursos de exercícios espirituais e respiratórios. Em seus momentos livres, passeava de motocicleta e ensinava sua sobrinha a vencer a dor e outras fraquezas da carne. Seu método consistia em identificar o que lhe causava temor. A menina, que tinha certa tendência para o macabro, concentrava-se de acordo com as instruções do tio e conseguia visualizar, como se a estivesse vendo, a morte de sua mãe. Via-a lívida, fria, com seus belos olhos mouros fechados, deitada num caixão. Ouvia o pranto da família. Via a procissão de amigos que entravam em silêncio, deixavam seus cartões de visita numa bandeja e saíam, cabisbaixos. Sentia o cheiro das flores, ouvia o relincho dos cavalos emplumados da carreta funerária. Experimentava a dor nos pés, calçados em seus sapatos novos de luto. Imaginava sua solidão, seu abandono, sua orfandade. Seu tio ajudava-a a pensar em tudo isso sem chorar, relaxando e não opondo resistência à dor, para que esta a transpassasse sem nela permanecer. Outras vezes Alba apertava um dos dedos na porta e aprendia a suportar a dor ardente sem se queixar. Quando conseguia passar toda a semana sem chorar, superando as provas a que Nicolás a submetia, ganhava um prêmio, que consistia quase sempre num passeio de moto em alta velocidade, o que era uma experiência inesquecível. Numa ocasião, enfiaram-se por uma manada de vacas a caminho do estábulo, numa estrada nos arredores da cidade, aonde levou sua sobrinha para lhe pagar o prêmio. Ela recordaria para sempre os corpos pesados dos animais, sua lentidão, as caudas enlameadas golpeando-lhe o rosto, o cheiro de bosta, os chifres que a roçavam e a sensação de vazio no estômago, de maravilhosa tontura, de incrível excitação, uma mistura de curiosidade apaixonada e terror, que só voltou a sentir em instantes fugazes de sua vida.

Esteban Trueba, que sempre tivera dificuldade em expressar sua necessidade de afeto e que, desde que se haviam deteriorado suas relações matrimoniais com Clara, não tinha acesso à ternura, direcionou a Alba seus melhores sentimentos. Importava-se mais com a menina do que jamais se havia importado com os próprios filhos. Todas as manhãs ela ia ainda de pijama ao quarto do avô, entrava sem bater e enfiava-se em sua cama. Ele fingia despertar sobressaltado, ainda que na realidade a estivesse esperando, e resmungava que não o incomodasse, que fosse para seu quarto e o deixasse dormir. Alba fazia-lhe cócegas, até que, aparentemente vencido, ele a autorizava a procurar o chocolate que escondia para ela. Alba conhecia todos os esconderijos, e seu avô usava-os sempre na mesma sequência, mas, para não frustrá-lo, procurava por algum tempo e gritava de alegria quando o encontrava. Esteban nunca soube que sua neta detestava chocolate e que só o comia por amor a ele. Com essas brincadeiras matinais, o senador satisfazia sua necessidade de contato humano. Pelo resto do dia mantinha-se ocupado no Congresso, no clube, no golfe, nos negócios e nas reuniões políticas. Duas vezes por ano ia a Las Tres Marías com sua neta, por duas ou três semanas. Ambos regressavam bronzeados, mais gordos e felizes. Ali destilavam uma aguardente caseira que servia para beber, para acender o fogão, para desinfetar feridas e matar baratas, e que eles chamavam pomposamente de "vodca". No fim da vida, quando seus 90 anos o haviam transformado numa árvore retorcida e frágil, Esteban Trueba recordaria esses momentos com a neta como os melhores de sua existência, e ela também guardou para sempre na memória a cumplicidade dessas viagens ao campo pela mão de seu avô, os passeios na garupa de seu cavalo, o pôr do sol na imensidão dos prados e as longas noites junto à lareira do salão, contando histórias de aparições e desenhando.

As relações do senador Trueba com o restante de sua família não fizeram mais do que piorar com o passar do tempo. Uma vez por semana, aos sábados, reuniam-se para jantar em torno da grande mesa de carvalho que sempre estivera com a família e que antes pertencera aos del Valle, ou seja, vinha da mais remota antiguidade e já havia servido para velar os mortos, para danças flamencas e outros ofícios inimagináveis. Sentavam Alba, entre sua mãe e sua avó, sobre um almofadão colocado na cadeira para que seu nariz chegasse à altura do prato. A menina observava os adultos com fascínio, a avó radiante, com os dentes postos para a ocasião, dirigindo mensagens cruzadas a seu marido por intermédio de seus filhos ou dos empregados, Jaime dando mostras de péssima educação, arrotando depois de cada prato e escarafunchando os dentes com o dedo mínimo, para aborrecer seu pai, Nicolás com os olhos semicerrados, mastigando cinquenta vezes a cada garfada, e Blanca falando a respeito de qualquer assunto para criar a ficção de um jantar normal. Esteban mantinha-se relativamente silencioso até que seu mau gênio o traía, e ele começava a discutir com seu filho Jaime por causa dos pobres, de votos, dos socialistas e de princípios ou a insultar Nicolás pelas iniciativas de alçar voo num balão e praticar acupuntura com Alba, ou a maltratar Blanca com suas réplicas brutais, sua indiferença e suas inúteis advertências, no sentido de que havia arruinado sua vida e que não herdaria dele um mísero peso. A única a quem não enfrentava era Clara, mas com ela quase não falava. Em algumas ocasiões Alba surpreendia os olhos de seu avô presos em Clara; ele ficava olhando para ela, ia empalidecendo e se esmirrando, a ponto de parecer um ancião desconhecido. Isso, porém, não acontecia com frequência; o normal era os esposos se ignorarem. Algumas vezes o senador Trueba se descontrolava e gritava tanto que ficava vermelho, e tinham de jogar a água fria da jarra em seu rosto para que a cólera passasse e ele recuperasse o ritmo da respiração.

Nessa época, Blanca havia chegado ao apogeu de sua beleza. Seu aspecto mouro, lânguido e generoso convidava ao repouso e às confidências. Era alta e de fartas formas, de temperamento desvalido e chorão, que despertava nos homens o ancestral instinto de proteção. Seu pai não lhe tinha simpatia; não lhe perdoava os amores com Pedro Terceiro García e não a deixava esquecer-se de que vivia graças à sua misericórdia. Esteban não conseguia entender o fato de sua filha ter tido tantos pretendentes, porque Blanca nada tinha da inquietante alegria e da jovialidade que o atraíam nas mulheres, e, além disso, supunha que nenhum homem normal poderia querer casar com uma mulher de saúde debilitada, de estado civil incerto e com uma filha. Por seu lado, Blanca parecia não estranhar os olhares masculinos. Tinha consciência de sua beleza. No entanto, diante dos cavalheiros que a visitavam, adotava uma atitude contraditória, estimulando-os com o pestanejar de seus olhos muçulmanos, mas mantendo-os a uma distância prudente. Tão logo percebia que suas intenções eram sérias, cortava a relação com uma feroz negativa. Alguns, de melhor posição econômica, tentaram chegar ao coração de Blanca pelo atalho da sedução dirigida à sua filha. Cobriam Alba de presentes caros, de bonecas dotadas de mecanismos para andar, chorar, comer e executar outras destrezas propriamente humanas, empanturravam-na de pastéis de nata e levavam-na para passear no jardim zoológico, onde a menina chorava com pena dos pobres animais enjaulados, especialmente a foca, que despertava em sua alma funestos presságios. Essas visitas ao jardim zoológico, pela mão de algum pretendente vaidoso e mão-aberta, provocaram-lhe o horror à clausura, às paredes, às grades e ao isolamento, que manteve pelo resto da vida. De todos os pretendentes, o que mais avançou no caminho da conquista de Blanca foi o Rei das Panelas de Pressão. Apesar de sua imensa fortuna e de seu caráter pacífico e reflexivo, Esteban Trueba detestava-o, porque era circuncidado, tinha nariz sefardita e cabelo crespo. Com sua atitude zombeteira e hostil, Esteban conseguiu afastar esse homem, que sobrevivera a um campo de concentração, vencera a miséria e o exílio, e triunfara na impiedosa luta comercial. Enquanto durou o romance, o Rei das Panelas de Pressão ia buscar Blanca para jantar nos lugares mais requintados num minúsculo automóvel, de apenas dois assentos, com rodas de trator e um ruído de turbina no motor, único de sua espécie, que provocava tumultos de curiosidade à sua passagem e comentários depreciativos da família Trueba. Sem se perturbar com o mal-estar de seu pai e a bisbilhotice dos vizinhos, Blanca entrava no veículo com a majestade de uma primeira-ministra, vestindo seu único *tailleur* preto e sua blusa de seda branca, que usava em todas as ocasiões especiais. Alba despedia-se dela com um beijo e ficava parada à porta, com o sutil perfume de jasmim de sua mãe fixado nas narinas e um nó de ansiedade apertando-lhe o peito.

Só os treinamentos de seu tio Nicolás lhe permitiam suportar essas saídas da mãe sem chorar, porque temia que algum dia um galã conseguisse convencer Blanca a acompanhá-lo, ficando ela para sempre sem mãe. Tinha decidido havia muito tempo que não precisava de pai e muito menos de um padrasto, mas, se sua mãe viesse a lhe faltar, enfiaria a cabeça num balde com água até morrer afogada, como a cozinheira fazia com os filhotes que a gata paria a cada quatro meses.

Alba perdeu o medo de que sua mãe a abandonasse quando conheceu Pedro Terceiro, e sua intuição advertiu-a de que, enquanto aquele homem existisse, não haveria nada capaz de ocupar o amor de Blanca. Foi num domingo de verão. Blanca penteou-a com cachos finos, feitos com ferro quente, chamuscando-lhe as orelhas, pôs-lhe luvas brancas e sapatos de verniz negro e um chapéu de palha com cerejas artificiais. Ao vê-la, sua avó Clara soltou uma gargalhada, mas sua mãe a consolou com duas gotas de seu perfume, que lhe pôs no pescoço.

— Vai conhecer uma pessoa famosa — disse Blanca, com um ar misterioso, ao sair.

Levou a menina ao Parque Japonês, onde comprou pirulitos de açúcar queimado e um saquinho de milho. Sentaram-se num banco à sombra, de mãos dadas, rodeadas de pombas que bicavam o milho.

Viu-o aproximar-se antes que sua mãe lhe sinalizasse. Vestia um macacão de mecânico, tinha uma enorme barba negra que lhe chegava ao meio do peito, o cabelo revolto, sandálias de franciscano sem meias e um largo, brilhante e maravilhoso sorriso, que o colocou imediatamente na categoria dos seres que mereciam ser pintados no gigantesco afresco de seu quarto.

O homem e a menina olharam-se, e ambos se reconheceram nos olhos um do outro.

— Este é Pedro Terceiro, o cantor. Já o ouviu no rádio — informou-a sua mãe.

Alba estendeu-lhe a mão, que ele apertou com a esquerda. Então ela notou que lhe faltavam vários dedos na mão direita, mas ele lhe explicou que, apesar disso, era capaz de tocar violão, porque há sempre uma forma de se fazer o que desejamos. Passearam os três pelo Parque Japonês. Pelo meio da tarde, tomaram um dos últimos bondes ainda existentes na cidade e foram comer peixe numa casa de frituras do mercado, e quando caiu a noite ele as acompanhou até a rua de sua casa. Ao se despedirem, Blanca e Pedro Terceiro beijaram-se na boca. Foi a primeira vez em sua vida que Alba viu isso, porque à sua volta não havia pessoas apaixonadas.

A partir desse dia, Blanca começou a sair sozinha nos fins de semana. Dizia que ia visitar umas primas afastadas. Esteban Trueba ficava colérico e ameaçava expulsá-la de sua casa, mas Blanca mantinha-se inflexível em sua decisão. Deixava sua filha com Clara e partia de ônibus com uma malinha de palhaço com flores pintadas.

— Prometo-lhe que não me casarei e que estarei de volta amanhã à noite — dizia ao despedir-se da filha.

Alba gostava de se sentar com a cozinheira, à hora da sesta, para ouvir no rádio canções populares, sobretudo as do homem que tinha conhecido no Parque Japonês. Um dia o senador Trueba abriu o reposteiro e, ao ouvir a voz do rádio, avançou para o aparelho às bengaladas até reduzi-lo a um monte de fios retorcidos e botões soltos, diante dos olhos espantados da neta, que não compreendia o súbito arrebatamento de seu avô. No dia seguinte, Clara comprou outro rádio para Alba escutar Pedro Terceiro quando quisesse, e o velho Trueba fingiu desconhecer o fato.

Essa foi a época do Rei das Panelas de Pressão. Pedro Terceiro tomou conhecimento de sua existência e teve um ataque de ciúmes, injustificado ao se comparar sua ascendência sobre Blanca com a tímida corte do comerciante judeu. Como tantas outras vezes, suplicou a Blanca que abandonasse a casa dos Trueba, a tutela feroz de seu pai e a solidão de sua oficina cheia de mongoloides e senhoritas ociosas, e partisse com ele, de uma vez por todas, para viver aquele amor desenfreado que tinham escondido desde a infância. Blanca, porém, não se decidia. Sabia que, se fosse com Pedro Terceiro, ficaria excluída de seu círculo social e da posição que sempre tivera e se dava conta de que ela própria não tinha a menor possibilidade de ser bem aceita pelas amizades de Pedro Terceiro ou de se adaptar à modesta existência de uma comunidade operária. Anos depois, quando Alba teve idade suficiente para analisar esse aspecto da vida de sua mãe, chegou à conclusão de que ela não fora com Pedro Terceiro simplesmente porque o amor não a atingia, já que na casa dos Trueba não havia nada que ele não lhe pudesse dar. Blanca era uma mulher muito pobre, que só dispunha de algum dinheiro quando Clara lhe dava ou quando vendia algum presépio. Ganhava um salário miserável, que gastava quase todo com receitas médicas, porque sua capacidade para sofrer doenças imaginárias não havia diminuído com o trabalho e a precisão; pelo contrário, não fazia senão aumentar de ano para ano. Procurava não pedir nada ao pai para não lhe dar a oportunidade de humilhá-la. De vez em quando, Clara e Jaime compravam-lhe roupa ou davam-lhe algum dinheiro para suas necessidades, mas o normal era não tê-lo nem para um par de meias. Sua pobreza contrastava com os vestidos bordados e o calçado feito sob medida com que o senador Trueba vestia sua neta, Alba. Sua vida era árdua. Levantava-se às seis da manhã, fosse inverno ou verão; acendia o forno da oficina, usando um avental de oleado e tamancos de madeira, preparava as mesas de trabalho e batia a argila para suas aulas, com os braços mergulhados até os cotovelos no barro áspero e frio. Por isso tinha sempre as unhas quebradas e a pele gretada, e, com o passar do tempo, seus dedos foram se deformando. A essa hora, sentia-se inspirada, e ninguém a interrompia, de modo que podia começar o dia fabricando os seus monstruosos animais para os presépios.

Depois tinha de se ocupar da casa, dos empregados e das compras até a hora em que começavam suas aulas. Seus alunos eram meninas de boa família que, nada tendo para fazer, haviam adotado a moda do artesanato, que era mais elegante do que tricotar para os pobres, como faziam as avós.

A ideia de dar aulas para portadores de Down fora obra do acaso. Um dia chegou à casa do senador Trueba uma velha amiga de Clara acompanhada de seu neto. Era um adolescente gordo e meigo, com um redondo rosto de lua cheia e uma expressão de ternura imperturbável nos olhinhos orientais. Tinha 15 anos, mas Alba percebeu que era como um bebê. Clara pediu à sua neta que fosse brincar com o rapaz no jardim e ficasse atenta para que ele não se sujasse, não se afogasse na fonte, não comesse terra e não manuseasse a braguilha. Alba logo se aborreceu por ter de vigiá-lo e, diante da impossibilidade de se comunicar com ele em alguma linguagem coerente, levou-o à oficina de cerâmica, onde Blanca, para mantê-lo quieto, lhe pôs um avental que o protegia das manchas e da água, e colocou em suas mãos uma bola de argila. O rapaz ficou entretido por mais de três horas, sem babar, sem se urinar e sem dar cabeçadas nas paredes, modelando toscas figuras de barro que depois levou de presente à sua avó. A senhora, que chegara a esquecer que estava com ele, ficou encantada, e assim surgiu a ideia de que a cerâmica era benéfica para os portadores da síndrome de Down. Blanca terminou dando aulas para um grupo de crianças que iam à oficina às quintas-feiras à tarde. Chegavam numa camioneta, acompanhadas por duas freiras de toucas engomadas, que se sentavam no jardim com Clara, tomando chocolate e discutindo as virtudes do ponto de cruz e as hierarquias dos pecados, enquanto Blanca e sua filha ensinavam as crianças a fazer lagartas, bolinhas, cães esmigalhados e vasos disformes. No final do ano as freiras organizavam uma exposição e um bazar, e aquelas espantosas obras de arte eram vendidas por caridade. Blanca e Alba logo perceberam que os meninos trabalhavam muito melhor quando se sentiam queridos e que o afeto era a única maneira de se comunicar com eles. Aprenderam a abraçá-los, beijá-los e mimá-los, até que ambas acabaram por amá-los de verdade. Alba esperava toda a semana a chegada da camioneta com os portadores de Down e pulava de alegria quando eles corriam para abraçá-la. Mas as quintas-feiras eram arrasantes. Alba sentava-se esgotada; os meigos rostos asiáticos das crianças da oficina deixavam-na tonta, e Blanca invariavelmente sofria uma enxaqueca. Depois de as freiras irem embora com seu esvoaçar de trapos brancos e sua leva de crianças especiais de mãos dadas, Blanca abraçava furiosamente sua filha, cobria-a de beijos e dizia-lhe que tinha de agradecer a Deus por ela ser normal. Por isso, Alba cresceu com a ideia de que a normalidade era um dom divino. Discutiu o assunto com sua avó.

— Em quase todas as famílias há algum tonto ou louco, filhinha — assegurou Clara enquanto prestava atenção em seu tricô, porque em todos aqueles anos não aprendera a tecer sem olhar. — Às vezes não são vistos, porque todos os escondem, como se fossem uma vergonha. Trancam-nos nos quartos mais isolados para que as visitas não os vejam! Na verdade, porém, não há de que se ter vergonha, pois eles também são obra de Deus.

— Mas em nossa família não há nenhum, vovó — observou Alba.

— Não. Aqui a loucura distribuiu-se por todos, e não sobrou nada para termos o nosso louco varrido.

Assim eram suas conversas com Clara. Por isso, para Alba, a pessoa mais importante da casa e a presença mais forte de sua vida era a sua avó. Ela era o motor que punha em marcha e fazia funcionar aquele universo mágico que era a parte dos fundos do casarão da esquina, onde havia passado seus primeiros sete anos em completa liberdade. Habituou-se às excentricidades da avó. Não a surpreendia vê-la deslocar-se em estado de transe por todo o salão, sentada em sua poltrona, com as pernas encolhidas, arrastada por uma força invisível. Acompanhava-a em todas as suas peregrinações a hospitais e casas de beneficência, onde fazia por seguir a pista de sua tropa de necessitados, e até aprendeu a tecer com lã de quatro fios e agulhas grossas os coletes que seu tio Jaime doava depois de usá-los uma vez, só para ver o sorriso sem dentes de sua avó quando ela ficava vesga perseguindo os pontos. Clara pedia-lhe com frequência para levar mensagens a Esteban; por isso a apelidaram de Pomba Mensageira. A menina participava das sessões das sextas-feiras, em que a mesa de três pés dava saltos em pleno dia, sem mediação de algum truque, energia conhecida ou alavanca, e dos serões literários em que convivia com os mestres consagrados e com um número variável de tímidos artistas desconhecidos que Clara amparava. Nessa época, muitos hóspedes comeram e beberam no casarão da esquina. Revezavam-se para lá morar ou, pelo menos, assistir às reuniões espíritas, às discussões culturais e às tertúlias sociais quase todas as pessoas importantes do país, aí incluído o Poeta, que, anos mais tarde, foi considerado o maior do século e traduzido em todos os idiomas conhecidos no mundo, em cujos joelhos Alba se sentou muitas vezes, sem suspeitar que um dia caminharia atrás de seu caixão com um ramo de cravos ensanguentados na mão, entre duas fileiras de metralhadoras.

Clara ainda era jovem, mas à sua neta parecia muito velha, porque não tinha dentes. Também não tinha rugas e, quando estava com a boca fechada, provocava a ilusão de uma extrema juventude por causa da expressão inocente de seu rosto. Vestia-se com túnicas de linho cru que pareciam batas de louco e, no inverno, punha meias compridas de lã e luvas sem proteção para os dedos. Divertia-se com os assuntos mais sem graça e, em troca, era incapaz de compreender uma piada, rindo fora de hora, quando ninguém mais o fazia, e costumava ficar muito triste se via alguém numa situação ridícula. Algumas vezes sofria ataques de asma. Então chamava sua neta com um sininho de prata que levava sempre consigo, e Alba acudia, correndo, abraçava-a e curava-a com sussurros de consolo, pois ambas sabiam, por experiência própria, que a única coisa que cura a asma é o abraço prolongado de um ser querido. Tinha olhos risonhos cor de avelã e o cabelo esbranquiçado e brilhante preso num coque desordenado, do qual escapavam mechas rebeldes, as mãos finas e brancas, de unhas amendoadas e longos dedos sem anéis, que só serviam para fazer gestos de ternura, distribuir as cartas divinatórias e pôr a dentadura postiça nas horas de comer. Alba passava o dia seguindo a avó, grudada em suas saias, provocando-a para que contasse histórias ou movesse os jarrões com a força do pensamento. Encontrava nela um refúgio seguro quando a atormentavam seus pesadelos ou quando os treinamentos de seu tio Nicolás se tornavam insuportáveis. Clara ensinou a neta a tratar dos pássaros e a falar com cada um em seu idioma, a conhecer os signos premonitórios da natureza e a tecer em ponto de corrente cachecóis para os pobres.

Alba sabia que sua avó era a alma do casarão da esquina. Os demais descobriram mais tarde, quando Clara morreu e a casa perdeu as flores, os amigos que iam e vinham, e os espíritos brincalhões, mergulhando numa época de decadência.

ALBA TINHA 6 anos quando viu Esteban García pela primeira vez, mas nunca o esqueceu. Provavelmente, vira-o antes, em Las Tres Marías, em suas viagens de verão com seu avô, quando ele a levava para percorrer a propriedade e, com um gesto amplo, lhe mostrava tudo o que a vista alcançava, desde a estrada até o vulcão, incluindo as casinhas de tijolo, e lhe dizia que aprendesse a amar aquela terra, porque um dia seria sua.

— Meus filhos são todos uns preguiçosos. Se herdassem Las Tres Marías, em menos de um ano isto voltaria a ser a ruína que foi nos tempos de meu pai — dizia à sua neta.

— Tudo isto é seu, vovô?

— Tudo, desde a estrada pan-americana até a ponta daquelas colinas. Está vendo?

— Por que, vovô?

— Como por quê?!? Porque eu sou o dono, claro!

— Sim, mas por que você é o dono?

— Porque era da minha família.

— Por quê?

— Porque a compraram dos índios.

— E por que os empregados que sempre viveram aqui também não são os donos?

— Seu tio Jaime anda botando ideias bolchevistas em sua cabeça! — gritava o senador Trueba, congestionado pela fúria. — Sabe o que aconteceria se não houvesse um patrão aqui?

— Não.

— Ia tudo para o caralho! Não haveria alguém que desse ordens, que vendesse as colheitas, que se responsabilizasse pelas coisas, compreendeu? Tampouco alguém que cuidasse das pessoas. Se, por exemplo, um empregado adoecesse e viesse a morrer, deixando uma viúva e muitos filhos, eles morreriam de fome. Cada um teria um pedacinho miserável de terreno e não conseguiria nem para comer em sua casa. É preciso que alguém pense por eles, tome as decisões, os ajude. Eu tenho sido o melhor patrão da região, Alba. Tenho mau gênio, mas sou justo. Meus empregados vivem melhor do que muita gente da cidade, nada lhes falta, e mesmo que o ano seja de seca, inundações ou terremoto, eu me preocupo para que ninguém passe miséria aqui. Você terá que fazer isso quando tiver a idade necessária; por isso eu a trago sempre a Las Tres Marías, para que conheça cada pedra e cada animal, e, sobretudo, cada pessoa por seu nome e sobrenome. Você compreende?

Na realidade, porém, era pouco o contato que Alba mantinha com os camponeses e estava muito longe de conhecer cada um pelo nome e sobrenome. Por isso não reconheceu o jovem moreno, acanhado e rude, com pequenos olhos cruéis de roedor, que uma tarde bateu à porta do casarão da esquina na capital. Vestia um terno escuro muito pequeno para seu tamanho. Nos joelhos, nos cotovelos e nos fundilhos, o tecido estava gasto, reduzido a uma película brilhante. Disse que queria falar com o senador Trueba e apresentou-se como o filho de um de seus empregados de Las Tres Marías. Embora em situações normais as pessoas de sua condição entrassem pela porta de serviço e aguardassem na despensa, conduziram-no à biblioteca, porque naquele dia haveria uma festa na casa, à qual compareceriam todos os quadros mais elevados do Partido Conservador. A cozinha estava invadida por um exército de cozinheiros e ajudantes que Trueba trouxera do clube, e havia tal confusão e pressa que um visitante serviria apenas para atrapalhar. Era uma tarde de inverno, e a biblioteca estava escura e silenciosa, iluminada apenas pelo fogo que crepitava na lareira. No ar pairava o cheiro de madeira polida e couro.

— Espere aqui, mas não mexa em nada. O senador virá logo — disse a empregada com maus modos, deixando-o sozinho.

O jovem percorreu a sala com os olhos, sem se atrever a fazer nenhum movimento, ruminando o rancor de que tudo aquilo poderia ter sido seu se tivesse nascido de origem legítima, como tantas vezes lhe explicou sua avó, Pancha García, antes de morrer de lipíria e deixá-lo definitivamente órfão, com a multidão de irmãos e primos em meio à qual ele não era ninguém. Só sua avó o distinguira dos demais e não lhe permitira esquecer que era diferente dos outros, porque em suas veias corria o sangue do patrão. Observou a biblioteca, sentindo-se sufocado. Todas as paredes estavam cobertas por estantes de acaju polido, exceto nos dois lados da lareira, onde havia duas vitrinas abarrotadas de marfins e pedras preciosas do Oriente. O cômodo tinha pé-direito duplo, único capricho do arquiteto consentido por seu avô. Um balcão, a que se tinha acesso por uma escada em caracol de ferro forjado, fazia as vezes de segundo andar das estantes. Os melhores quadros da casa estavam ali, porque Esteban Trueba transformara aquele espaço em seu santuário, seu escritório, seu refúgio, e gostava de ter à sua volta os objetos que mais apreciava. As prateleiras estavam cheias de livros e obras de arte, do chão ao teto. Havia uma pesada secretária de estilo espanhol, grandes poltronas de couro negro de costas para a janela, quatro tapetes persas cobrindo o assoalho de carvalho e vários abajures para leitura com cúpula de pergaminho, distribuídos estrategicamente, de modo que, onde quer que alguém se sentasse, haveria boa luz para a leitura. Era naquele lugar que o senador preferia celebrar seus encontros, tramar suas intrigas, forjar seus negócios e, nas horas mais solitárias, trancar-se para desafogar a raiva, o desejo frustrado ou a tristeza. De nada disso, entretanto, poderia ter ciência o camponês que estava de pé sobre o tapete, sem saber onde pôr as mãos, suando de inibição. Aquela biblioteca, solene, pesada e esmagadora, correspondia exatamente à imagem que tinha do patrão. Estremeceu de ódio e temor. Nunca estivera num lugar assim e, até então, pensava que o mais luxuoso que poderia existir em todo o universo era o cinema de San Lucas, onde algumas vezes a professora da escola levara toda a turma para ver um filme do Tarzan. Tinha-lhe custado muito tomar a decisão, convencer sua família e fazer a grande viagem até a capital, sozinho e sem dinheiro, para falar com o patrão. Não poderia esperar até o verão para lhe dizer o que trazia sufocado no peito. Logo se sentiu observado. Voltou-se e viu-se diante de uma menina de tranças e meias bordadas que o olhava da porta.

— Como se chama? — perguntou a menina.

— Esteban García — respondeu.

— Eu me chamo Alba Trueba. Não esqueça meu nome.

— Não esquecerei.

Olharam-se durante algum tempo, até que ela entrou, confiante, e se atreveu a aproximar-se. Explicou-lhe que teria de esperar, porque seu avô ainda não voltara do Congresso e contou-lhe que a cozinha estava uma balbúrdia, por causa da festa, prometendo-lhe que mais tarde arranjaria uns doces para lhe trazer. Esteban García sentiu-se melhor. Sentou-se numa das poltronas de couro e, pouco a pouco, atraiu a menina para perto e sentou-a em seus joelhos. Alba cheirava a Bayrum, um perfume fresco e doce, que se misturava com seu cheiro natural de criança suada. O rapaz aproximou o nariz de seu pescoço e aspirou aquele perfume desconhecido de limpeza e bem-estar e, sem que pudesse explicar por quê, seus olhos encheram-se de lágrimas. Deu-se conta de que odiava aquela criança tanto quanto odiava o velho Trueba. Ela encarnava o que ele nunca teria, o que ele nunca seria. Desejava fazer-lhe mal, destruí-la, mas também queria continuar a sentir-lhe o cheiro, escutar sua vozinha de bebê e ter ao alcance da mão sua pele suave. Acariciou-lhe os joelhos acima da bainha das meias bordadas. Estavam mornos e tinham covinhas. Alba continuou a conversar sobre a cozinheira, que enfiava nozes no cu dos frangos para o jantar da noite. Ele fechou os olhos; estava tremendo. Com uma das mãos, rodeou o pescoço da menina, sentiu suas tranças fazendo-lhe cócegas no pulso e apertou suavemente, consciente de que era tão pequena que, com um esforço mínimo, poderia estrangulá-la. Desejou fazê--lo, quis senti-la contorcendo-se e esperneando em seus joelhos, agitando-se em busca de ar. Desejou ouvi-la gemer e morrer em seus braços, desejou despi-la e sentiu-se violentamente excitado. Avançou a outra mão sob o vestido engomado, percorreu as pernas infantis, encontrou a renda das anáguas de batista e as bombachas de lã com elástico. Ofegava. Num canto de seu cérebro havia lucidez suficiente para se dar conta de que estava à beira de um abismo. A menina parara de falar e ficara quieta, olhando-o com seus grandes olhos negros. Esteban García segurou a mão da criança e apoiou-a sobre seu sexo intumescido.

— Sabe o que é isso? — perguntou, rouco.

— Seu pênis — respondeu ela, que já vira um nas ilustrações dos livros de medicina de seu tio Jaime e o de seu tio Nicolás, quando passeava nu, fazendo seus exercícios asiáticos.

Ele se sobressaltou. Pôs-se bruscamente de pé, e ela caiu sobre o tapete. Estava surpreso e assustado, tremiam-lhe as mãos, sentia os joelhos moles e as orelhas quentes. Nesse momento, ouviu os passos do senador Trueba no corredor, e, um instante depois, antes que conseguisse recuperar a respiração, o velho entrou na biblioteca.

— Por que está tão escuro aqui? — rugiu com seu vozeirão de terremoto.

Trueba acendeu as luzes e não reconheceu o jovem, que o fixava com olhos fora das órbitas. Estendeu os braços para sua neta, que neles se refugiou por um breve instante, como um cachorro espancado, mas em seguida desprendeu-se e saiu, fechando a porta.

— Quem é você, homem? — perguntou a quem também era seu neto.

— Esteban García. Não se recorda de mim, patrão? — conseguiu balbuciar o outro.

Então, Trueba reconheceu o menino velhaco que denunciara Pedro Terceiro anos atrás e recolhera do chão os dedos amputados. Compreendeu que não seria fácil despedi-lo sem o ouvir, apesar de ter por norma que os assuntos dos empregados deveriam ser resolvidos pelo administrador de Las Tres Marías.

— O que você quer? — perguntou-lhe.

Esteban García vacilou, sem conseguir encontrar as palavras que havia preparado tão minuciosamente durante meses, antes de se atrever a bater à porta da casa do patrão.

— Fale depressa, não tenho muito tempo — anunciou Trueba.

Gaguejando, García conseguiu expor seu pedido: havia conseguido terminar o liceu em San Lucas e queria uma recomendação para a Escola de Carabineiros e uma bolsa do Estado para pagar seus estudos.

— Por que não fica no campo, como seu pai e seu avô? — perguntou-lhe o patrão.

— Desculpe, senhor, mas quero ser carabineiro — replicou Esteban García.

Trueba lembrou-se de que ainda lhe devia a recompensa por denunciar Pedro Terceiro García e considerou que aquela era uma boa ocasião para saldar a dívida e, de passagem, ter um servidor na polícia. "Nunca se sabe, de repente posso precisar dele." Sentou-se à sua pesada secretária, pegou uma folha de papel com timbre do Senado, redigiu a recomendação nos termos habituais e entregou ao jovem, que aguardava de pé.

— Tome, filho. Alegro-me por ter escolhido essa profissão. Se o que você quer é andar armado, entre ser delinquente e ser da polícia, é melhor ser policial, porque tem impunidade. Vou telefonar para o comandante Hurtado, que é meu amigo, pedindo-lhe que lhe dê a bolsa de estudo. Se precisar de alguma coisa, avise-me.

— Muito obrigado, patrão.

— Não me agradeça, filho. Gosto de ajudar meu povo.

Despediu-o com uma amigável palmadinha no ombro.

— Por que você se chama Esteban? — perguntou-lhe à porta.

— Por sua causa, senhor — respondeu o outro, corando.

Trueba não pensou duas vezes no assunto. Os empregados usavam frequentemente os nomes dos patrões para batizar os filhos, em sinal de respeito.

CLARA MORREU NO dia em que Alba fez sete anos. O primeiro anúncio de sua morte só foi perceptível para ela. Então começou a fazer secretas disposições para partir. Com absoluta discrição, distribuiu sua roupa pelas empregadas e pelos muitos protegidos que sempre tivera, mantendo apenas o indispensável. Organizou seus papéis, recolhendo dos cantos esquecidos seus cadernos de anotar a vida. Amarrou-os com fitas coloridas, separando-os por acontecimentos, e não por ordem cronológica, porque a única coisa que esquecera de registrar neles fora a data de cada anotação e, na pressa de sua última hora, concluiu que não poderia perder tempo averiguando-as. Ao procurar os cadernos, foram aparecendo as joias em caixas de sapatos, em sacos de meias e no fundo dos armários, onde as havia posto desde a época em que o marido as comprava para presenteá-la, acreditando que com isso poderia obter seu amor. Colocou-as numa velha meia de lã, que fechou com um alfinete de gancho, e entregou-as a Blanca.

— Guarde isso, filhinha. Um dia podem servir-lhe para alguma coisa mais do que se fantasiar — disse.

Blanca comentou o caso com Jaime, que começou a observá-la. Percebeu que a mãe levava uma vida aparentemente normal, mas quase não comia. Alimentava-se de leite e algumas colheradas de mel. Nem dormia muito; passava a noite escrevendo ou vagando pela casa. Parecia ir-se desprendendo do mundo pouco a pouco, cada vez mais leve, mais transparente, mais alada.

— Qualquer dia vai sair voando — comentou Jaime, preocupado.

Pouco tempo depois começou a asfixiar-se. Sentia no peito o galope de um cavalo enlouquecido e a ansiedade de um ginete disparado contra o vento. Disse que era a asma, mas Alba se deu conta de que já não a chamava com o sininho de prata para ir curá--la com os abraços prolongados. Numa manhã viu sua avó abrir as gaiolas dos pássaros com uma inexplicável alegria.

Clara escreveu pequenos cartões para seus entes queridos, que eram muitos, e escondeu-os numa caixa sob sua cama. Na manhã seguinte, não se levantou e, quando a empregada entrou com o desjejum, não lhe permitiu abrir as cortinas. Começara a despedir--se também da luz para lentamente entrar nas sombras.

Avisado, Jaime foi vê-la e não foi embora até ela se deixar examinar. Não conseguiu encontrar nada de anormal em seu aspecto, mas soube, sem sombra de dúvidas, que ela ia morrer. Saiu do quarto com um sorriso rasgado e fingido, e, tão logo ficou fora do campo de visão da mãe, precisou apoiar-se à parede, porque suas pernas fraquejaram. Não comentou nada com ninguém em casa. Chamou um especialista que fora seu professor na Faculdade de Medicina e que, naquele mesmo dia, se apresentou no lar dos Trueba. Depois de examinar Clara, confirmou o diagnóstico de Jaime. Reuniram a família no salão e, sem mais delongas, notificaram-na de que Clara não viveria mais do que duas ou três semanas e que a única coisa que se poderia fazer era acompanhá-la, para ela morrer contente.

— Creio que resolveu morrer, e a ciência não tem nenhum remédio para esse mal — concluiu Jaime.

Esteban Trueba agarrou o filho pelo pescoço e esteve a ponto de estrangulá-lo, correu com o especialista aos empurrões e começou a dar bengaladas nas luminárias e nas porcelanas do salão. Finalmente, caiu de joelhos no chão, gemendo como uma criança. Alba entrou nesse momento e viu seu avô reduzido à sua altura, aproximou-se, ficou olhando surpresa para ele e abraçou-o quando lhe viu as lágrimas. Pelo pranto do velho, a menina tomou conhecimento da notícia. Ela foi a única pessoa da casa a não perder a calma, devido a seus treinamentos para suportar a dor e ao fato de sua avó lhe ter explicado tantas vezes as circunstâncias e os trabalhos da morte.

— Tal como no momento de vir ao mundo, ao morrer temos medo do desconhecido. Mas o medo é algo interior, que nada tem a ver com a realidade. Morrer é como nascer: apenas uma mudança — dissera-lhe Clara.

Acrescentara que, se era capaz de se comunicar sem dificuldade com as almas do Além, estava totalmente convicta de que, depois, poderia fazê-lo com as almas do Aquém, de modo que, em vez de choramingar quando o momento chegasse, queria que estivesse tranquila, porque no seu caso a morte não seria uma separação, mas uma forma de estarem mais unidas. Alba compreendeu perfeitamente.

Pouco depois Clara pareceu entrar num doce sonho, e só o visível esforço para introduzir ar em seus pulmões demonstrava que ainda estava viva. No entanto, a asfixia não a angustiava, dado que não estava lutando pela vida. A neta permaneceu a seu lado todo o tempo. Tiveram de improvisar-lhe uma cama no chão, porque se negou a sair do quarto e, quando quiseram tirá-la à força, teve seu primeiro desfalecimento. Insistia em afirmar que sua avó tudo percebia e precisava dela. E foi efetivamente assim. Pouco antes do fim, Clara recuperou a consciência e pôde falar com tranquilidade. A primeira coisa que notou foi a mão de Alba entre as suas.

— Vou morrer, não é verdade, filhinha? — perguntou.

— Sim, vovó, mas não importa, porque estou ao seu lado — respondeu a menina.

— Está bem. Pegue uma caixa com cartões que está debaixo da cama e distribua-os, pois não vou conseguir despedir-me de todos.

Clara fechou os olhos, deu um suspiro satisfeito e foi para o outro mundo sem olhar para trás. À sua volta, estava toda a família, Jaime e Blanca desfigurados pelas noites de vigília, Nicolás murmurando orações em sânscrito, Esteban com a boca e os punhos apertados, infinitamente furioso e desolado, e a pequena Alba, a única que se mantinha serena. Também estavam os empregados, as irmãs Mora, um casal de artistas paupérrimos que tinham morado na casa nos últimos meses e um sacerdote, que fora chamado pela cozinheira, mas que não teve o que fazer, porque Trueba não permitiu que incomodasse a moribunda com confissões de última hora nem aspersões de água-benta. Jaime inclinou-se sobre o corpo em busca de algum imperceptível bater do coração, mas não o encontrou.

— Mamãe já se foi — disse num soluço.

X

A Época da Decadência

Não posso falar a respeito disso. Porém, tentarei escrever. Passaram-se vinte anos, e durante muito tempo senti uma dor constante. Julguei que nunca poderia consolar-me, mas hoje, perto dos 90 anos, compreendo o que ela quis dizer quando nos assegurou de que não teria dificuldade em comunicar-se conosco, porque tinha muita prática nesses assuntos. Antes, eu andava como que perdido, procurando-a por todo lado. Todas as noites, ao deitar-me, imaginava-a comigo, como acontecia quando tinha todos os dentes e me amava. Apagava a luz, fechava os olhos e, no silêncio do quarto, procurava imaginá-la, chamava-a acordado, e dizem que também a chamava quando dormia.

Na noite em que morreu, tranquei-me com ela. Depois de tantos anos sem nos falarmos, partilhamos aquelas últimas horas repousando no veleiro de água mansa da seda azul, como ela gostava de se referir à sua cama, e aproveitei para lhe dizer tudo o que não pudera dizer antes, tudo o que eu tinha mantido calado desde a terrível noite em que a esbofeteei. Tirei-lhe a camisola e revistei-a com cuidado, procurando algum sinal de doença que justificasse sua morte, e, nada encontrando, soube que simplesmente havia cumprido sua missão nesta terra e voara para outra dimensão, onde seu espírito, finalmente livre dos pesos materiais, se sentiria melhor. Não havia nenhuma deformidade nem nada terrível em sua morte. Examinei-a detidamente, porque havia muitos anos que não tinha a oportunidade de observá-la à vontade, e, durante esse tempo, minha mulher havia mudado, como acontece a todos com o avançar da idade. Pareceu-me tão bela quanto sempre fora. Emagrecera, e julguei que houvesse crescido, que estivesse mais alta, mas logo compreendi que era um efeito ilusório, resultado de meu próprio encolhimento. Antes, sentia-me um gigante a seu lado, mas, ao deitar-me com ela na cama, notei que estávamos quase do mesmo tamanho. Mantinha sua touceira de cabelo encaracolado e rebelde — que me encantara quando nos casamos —, mas suavizada por mechas brancas que lhe iluminavam o rosto adormecido. Estava muito pálida, com sombras nos olhos, e notei, pela primeira vez, que tinha pequenas rugas muito finas em volta dos lábios e na testa. Parecia uma menina. Estava fria, mas era a mesma mulher doce de sempre, e pude falar-lhe tranquilamente, acariciá-la, dormir um pouco quando o sono venceu a dor, sem que o irremediável fato de sua morte alterasse nosso encontro. Enfim nos reconciliamos.

Ao amanhecer, comecei a vesti-la, para que todos a vissem bem-apresentada. Pus-lhe uma túnica branca que havia em seu armário e estranhei que tivesse tão pouca roupa, porque eu tinha a ideia de que era uma mulher elegante. Encontrei um par de meias de lã que lhe calcei para que seus pés não gelassem, porque era muito friorenta. Comecei a penteá-la com a intenção de armar o coque que costumava usar, mas, ao passar a escova, seus cachos se enrolaram, formando uma moldura em volta do rosto, e pareceu-me que assim ficava mais bonita. Procurei suas joias, para lhe pôr alguma, mas não as encontrei; então, conformei-me em colocar em seu dedo a aliança que eu usava desde o nosso noivado, para substituir a que ela tirou quando rompeu comigo. Ajeitei os travesseiros, alisei a cama, pus algumas gotas de água-de-colônia em seu pescoço e abri a janela, para que entrasse a manhã. Logo que tudo ficou pronto, abri a porta e permiti que meus filhos e minha neta se despedissem dela. Encontraram Clara sorridente, limpa e bela como sempre fora. Eu havia diminuído dez centímetros, meus pés nadavam nos sapatos, tinha o cabelo definitivamente branco, mas já não chorava.

— Podem enterrá-la — autorizei. — Aproveitem também para enterrar a cabeça de minha sogra, que anda perdida no porão há algum tempo — acrescentei e saí arrastando os pés para não me caírem os sapatos.

Foi assim que minha neta soube que o que estava na chapeleira de pele de porco e lhe servia para brincar de missas negras e ornamentar suas casinhas do porão era a cabeça de sua bisavó Nívea, que permaneceu insepulta durante muito tempo, primeiro para evitar o escândalo e depois porque, na desordem da casa, havíamos nos esquecido dela. Fizemos tudo com absoluto sigilo, para não dar motivo a falatórios. Depois que os empregados da funerária acabaram de pôr Clara no ataúde e transformar o salão em câmara-ardente, com cortinados de crepe negro, círios acesos e um altar improvisado sobre o piano, Jaime e Nicolás colocaram no caixão a cabeça da avó, que já não passava de um brinquedo amarelo com expressão apavorada, para descansar junto da filha preferida.

O funeral de Clara foi um acontecimento. Nem eu mesmo pude explicar de onde saiu tanta gente sofrida com a morte de minha mulher. Não sabia que ela conhecia tanta gente. Desfilaram procissões intermináveis, apertando-me a mão, uma fila de automóveis fechou todos os acessos ao cemitério, e chegaram insólitas delegações de pobres, estudantes, sindicatos operários, freiras, crianças especiais, boêmios e espíritas. Quase todos os empregados de Las Tres Marías viajaram, alguns pela primeira vez na vida, em caminhões e de trem para se despedir de Clara. Em meio à multidão, descobri Pedro Segundo García, que não voltara a ver durante muitos anos. Aproximei-me para cumprimentá-lo, mas ele não respondeu a meu gesto. Aproximou-se cabisbaixo do túmulo aberto e colocou sobre o ataúde de Clara um ramo meio murcho de flores silvestres, que parecia ter sido roubado de um jardim alheio. Estava chorando.

Alba, sua mãozinha na minha, assistiu aos serviços fúnebres. Viu descer o ataúde à terra, no lugar provisório que havíamos conseguido, ouviu os intermináveis discursos exaltando as únicas virtudes que sua avó não teve e, quando regressou ao casarão da esquina, trancou-se no porão à espera de que o espírito de Clara se comunicasse com ela, como lhe havia prometido. Ali a encontrei, sorrindo adormecida sobre os restos estropiados de Barrabás.

Naquela noite não consegui dormir. Em minha mente confundiam-se os dois amores de minha vida, Rosa, a do cabelo verde, e Clara clarividente, as duas irmãs que tanto amei. Ao amanhecer, decidi que, se não as tinha tido em vida, pelo menos me acompanhariam na morte e tirei da secretária algumas folhas de papel e comecei a desenhar o mais digno e luxuoso mausoléu de mármore italiano cor de salmão, com estátuas do mesmo material que representariam Rosa e Clara com asas de anjo, porque anjos haviam sido e continuariam a ser. Ali, entre as duas, serei enterrado algum dia.

Queria morrer o mais rápido possível, porque a vida sem a minha mulher não fazia mais sentido para mim. Porém, não sabia que ainda tinha muito o que fazer neste mundo. Por sorte, Clara regressou, ou talvez nunca se tenha ido completamente. Às vezes penso que a velhice me transtornou o cérebro e que não é possível ignorar o fato de tê-la enterrado há vinte anos. Suponho que ando tendo visões, como um velho lunático. Essas dúvidas, entretanto, se dissipam quando a vejo passar ao meu lado e ouço seu riso no terraço; sei que me acompanha, que me perdoou todas as minhas violências do passado e que está mais perto de mim do que nunca esteve antes. Continua viva e está comigo, Clara claríssima...

A MORTE DE Clara transtornou absolutamente a vida do casarão da esquina. Os tempos mudaram. Com ela, foram-se os espíritos, os hóspedes e aquela luminosa alegria sempre presente, porque ela não acreditava que o mundo fosse um vale de lágrimas, mas, ao contrário, uma pilhéria de Deus, e, por isso, seria estupidez levá-lo a sério, se Ele próprio não o fazia. Alba deu-se conta da deterioração desde os primeiros dias. Viu-a avançar, lenta, mas determinada. Percebeu-a, antes de todos os demais, pelas flores, que impregnaram o ar com um cheiro adocicado e nauseabundo quando murcharam nos jarrões, onde ficaram até secar, desfolhando-se, caindo, restando apenas seus talos tristes, que ninguém retirou senão muito tempo depois. Alba não voltou a cortar flores para enfeitar a casa. Logo morreram as plantas, porque ninguém se lembrou de regá-las nem de lhes falar, como Clara fazia. Os gatos partiram em silêncio, tal como haviam chegado ou nascido nos buracos do telhado. Esteban Trueba vestiu-se de preto e passou, numa noite, de sua vigorosa maturidade de varão saudável a uma incipiente velhice encolhida e gaguejante, que não teve, contudo, a virtude de lhe acalmar a ira. Manteve seu luto rigoroso pelo resto da vida, mesmo quando isso saiu de moda e ninguém mais o fazia, à exceção dos pobres, que colocavam uma fita preta na manga, simbolizando a dor. Pendurou no pescoço uma bolsinha de camurça presa a um fio de ouro, sob a camisa, junto do peito. Eram os dentes postiços de sua mulher, que, para ele, tinham o significado de boa sorte e expiação. Todos na família perceberam que, sem Clara, se perdia a razão de estar juntos: não tinham quase nada a se dizer.

Trueba deu-se conta de que a única coisa que o retinha em casa era a presença da neta.

No transcurso dos anos seguintes, a casa converteu-se em uma ruína. Ninguém voltou a se ocupar do jardim, fosse para regá-lo ou limpá-lo, até que pareceu tragado pelo esquecimento, pelos pássaros e pelas ervas daninhas. Aquele parque geométrico que Trueba mandara plantar, seguindo os desenhos dos jardins dos palácios franceses, e a área encantada em que Clara reinara na desordem e na abundância, a luxúria das flores e o caos dos filo-dendros foram secando, apodrecendo, enchendo-se de ervas. As estátuas cegas e as fontes cantantes cobriram-se de folhas secas, excremento de pássaros e musgo. As pérgulas, quebradas e sujas, serviram de refúgio aos bichos e de lixeira aos vizinhos. O parque tornou-se um espesso matagal de aldeia abandonada, onde só se podia caminhar abrindo passagem a facão. O caramanchão, que antes era podado com pretensões barrocas, acabou destroçado, caído, atacado por caracóis e pestes vegetais. Nos salões, as cortinas foram pouco a pouco se desprendendo dos ganchos, ficando pen-duradas como as anáguas de uma anciã, poeirentas e desbotadas. Os móveis, pisados por Alba, que com eles brincava de casinha e de trincheiras, transformaram-se em cadáveres, com as molas para fora, e a grande tapeçaria do salão, que perdera sua belíssima calma de cena bucólica de Versalhes, foi usada como alvo das flechas de Nicolás e sua sobrinha. A cozinha cobriu-se de gordura e fuligem, encheu-se de tachos vazios e pilhas de jornais, e deixou de produzir as grandes travessas de creme de leite e os perfumados guisados de outros tempos. Os habitantes da casa conformaram-se em comer quase todos os dias grão-de-bico e arroz com leite, porque ninguém se atrevia a enfrentar o desfile de cozinheiras verruguentas, enjo-adas e despóticas que reinavam por turnos em meio às caçarolas enegrecidas pelo mau uso. Os tremores de terra, as batidas das portas e a bengala de Esteban Trueba abriram fendas nas paredes e estilhaçaram as portas, as janelas saltaram dos gonzos, e ninguém tomou a iniciativa de consertá-las. As torneiras começaram a gotejar, as canalizações a romper-se, as telhas a quebrar e a aparecer manchas esverdeadas de umidade nas paredes. Apenas o quarto de Clara, forrado de seda azul, permaneceu intacto. Nele ficaram os móveis de madeira avermelhada, dois vestidos de algodão branco, a gaiola vazia do canário, a cesta com peças de tricô inacabadas, seus baralhos mágicos, a mesa de três pés e as pilhas de cadernos em que anotou a vida durante cinquenta anos e que, muito tempo depois, em meio à solidão da casa vazia e ao silêncio dos mortos e desaparecidos, eu organizei e li com recolhimento para reconstruir esta história.

Jaime e Nicolás perderam o pouco interesse que tinham pela família e não se compadeceram do pai, que, em sua solidão, procurou inutilmente construir com eles uma amizade que enchesse o vazio deixado por uma vida de péssimos relacionamentos. Moravam na casa porque não tinham lugar mais conveniente para comer e dormir, mas por ali passavam como sombras indiferentes, sem se deter para observar a decadência. Jaime exercia seu ofício com vocação de apóstolo e, com a mesma tenacidade com que o pai resgatara Las Tres Marías do abandono e juntara uma fortuna, ele deixava suas forças trabalhando no hospital e atendendo os pobres gratuitamente nas horas livres.

— Você é um perdedor irremediável, filho — suspirava Trueba.
— Não tem noção da realidade. Ainda não se deu conta de como é o mundo. Aposta em valores utópicos que não existem.

— Ajudar o próximo é um valor que existe, pai.

— Não. A caridade, tal como seu socialismo, é uma invenção dos fracos para persuadir e utilizar os fortes.

— Não acredito em sua teoria de fortes e fracos — respondia Jaime.

— É sempre assim na natureza. Vivemos numa selva.

— Sim, porque os que determinam as regras são os que pensam como você, mas não será sempre assim.

— Será, porque somos vencedores. Sabemos nos desenvolver no mundo e exercer o poder. Ouça o que digo, filho: assente a cabeça e monte uma clínica particular; eu o ajudo. Mas separe-a de seus desvios socialistas! — pregava Esteban Trueba, sem nenhum resultado.

Depois que Amanda desapareceu de sua vida, Nicolás pareceu estabilizar-se emocionalmente. Suas experiências na Índia deixaram-lhe o gosto por empreendimentos espirituais. Abandonou as fantásticas aventuras comerciais que lhe atormentaram a imaginação nos primeiros anos da juventude, bem como o desejo de possuir todas as mulheres que por ele passassem, e recuperou a ânsia que sempre tivera de encontrar Deus por caminhos pouco convencionais. O mesmo encanto que antes empregara para conseguir alunas para seus bailados flamencos serviu-lhe para reunir à sua volta um número crescente de adeptos. Eram, em sua maioria, jovens enfadados da boa vida, que, como ele, deambulavam em busca de uma filosofia que lhes permitisse existir sem participar das agitações terrenas. Formou-se um grupo disposto a receber os milenares conhecimentos que Nicolás adquirira no Oriente. Sob sua orientação, reuniam-se nos quartos dos fundos da parte abandonada da casa, onde Alba lhes distribuía nozes e lhes servia infusões de ervas, enquanto meditavam de pernas cruzadas. Quando Esteban Trueba descobriu que às suas costas circulavam os contemporâneos e os epônimos, respirando pelo umbigo e tirando a roupa ao mais sutil convite, perdeu a paciência e os expulsou, ameaçando-os com a bengala e com a polícia. Então, Nicolás compreendeu que sem dinheiro não poderia continuar a ensinar a Verdade e começou a cobrar modestos honorários por seus ensinamentos. Pôde, assim, alugar uma casa, onde montou sua academia de iluminados. Devido às exigências e à necessidade de registrar um nome jurídico, denominou-a Instituto de União com o Nada (IDUN). Seu pai, porém, não estava disposto a deixá-lo em paz, porque começaram a aparecer nos jornais fotografias dos seguidores de Nicolás, de cabeça raspada, tangas indecentes e expressão beatífica, ridicularizando o nome dos Trueba. Logo que se soube que o profeta do IDUN era filho do senador Trueba, a oposição explorou o assunto para ironizá-lo, usando a busca espiritual do filho como arma política contra o pai. Trueba suportou tudo com estoicismo até o dia em que encontrou a neta, Alba, com a cabeça tão lisa quanto uma bola de bilhar, repetindo incansavelmente a palavra sagrada Om. Teve um de seus mais terríveis ataques de raiva. Apareceu de surpresa no instituto do filho, com dois valentões contratados para tal fim, que destruíram a porrete o parco mobiliário e estiveram a ponto de fazer o mesmo com os pacíficos coetâneos, até que o velho, compreendendo que uma vez mais se tinha excedido, mandou-os interromper a destruição e o esperar lá fora. A sós com o filho, conseguiu dominar o tremor furibundo que dele se apoderara e resmungar-lhe com a voz contida que já estava farto de suas palhaçadas.

— Não quero voltar a vê-lo até crescer o cabelo de minha neta! — acrescentou antes de sair, batendo a porta.

No dia seguinte Nicolás reagiu. Começou por eliminar os escombros deixados pelos valentões de seu pai e limpar o local, enquanto respirava ritmicamente para esvaziar de seu interior qualquer vestígio de cólera e purificar o espírito. Depois, com seus discípulos trajando tanga e levando cartazes em que exigiam liberdade de culto e respeito a seus direitos de cidadãos, caminharam até o gradil do Congresso. Lá, usando apitos de madeira, sinetas e pequenos gongos improvisados, armaram uma confusão que fez o trânsito parar. Logo que se juntou público suficiente, Nicolás começou a tirar a roupa e, completamente nu como um bebê, deitou-se no meio da rua com os braços abertos em cruz. Houve tal tumulto de freadas, buzinas, guinchos e silvos que o alvoroço chegou ao interior do edifício. No Senado, interrompeu-se a sessão em que se discutia o direito dos latifundiários de cercarem com arame farpado os caminhos vicinais, e os congressistas chegaram ao balcão, a fim de desfrutar do inusitado espetáculo de um filho do senador Trueba cantando salmos asiáticos nu em pelo. Esteban Trueba desceu correndo as largas escadarias do Congresso, lançou-se à rua disposto a matar o filho, mas não chegou a transpor o gradil, porque sentiu que o coração lhe explodia de ira no peito e um véu avermelhado lhe turvava a visão, e desfaleceu.

Nicolás foi levado num furgão dos carabineiros, e o senador, numa ambulância da Cruz Vermelha. O desmaio de Trueba durou três semanas e por pouco não o despachou para o outro mundo. Quando conseguiu sair da cama, agarrou seu filho Nicolás pelo pescoço, enfiou-o num avião e mandou-o para o exterior, com ordem de não voltar a aparecer diante de seus olhos pelo resto de sua vida. Deu-lhe, entretanto, dinheiro suficiente para instalar-se e sobreviver por um longo tempo, porque, como explicou a Jaime, essa era uma maneira de evitar que cometesse mais loucuras que pudessem desprestigiá-lo também no exterior.

Nos anos seguintes Esteban Trueba teve notícias da ovelha negra da família pela correspondência esporádica que Blanca mantinha com ele. Foi assim que tomou conhecimento de que Nicolás fundara na América do Norte outra academia para se unir com o nada, e com tanto êxito que chegou a ter a riqueza que não conseguira navegando num balão ou fabricando sanduíches. Acabou banhando-se com seus discípulos em sua própria piscina de porcelana rosada, em meio ao respeito da cidadania e aliando, sem que a isso se dispusesse, a procura de Deus e o sucesso nos negócios. É claro que Esteban Trueba jamais acreditou nisso.

O SENADOR ESPEROU que o cabelo de sua neta crescesse um pouco, para que não pensassem que sofresse de tinha, e foi pessoalmente matriculá-la num colégio inglês para meninas, porque mantinha a opinião de que essa era a melhor educação, apesar dos contraditórios resultados obtidos com seus dois filhos. Blanca concordou, entendendo que não bastava uma boa conjunção de planetas em seu mapa astral para Alba ser bem-sucedida na vida. No colégio, Alba aprendeu a comer verduras cozidas e arroz queimado, suportar o frio do pátio, entoar hinos e abdicar de todas as vaidades do mundo, exceto as de natureza esportiva. Ensinaram-na a ler a Bíblia, jogar tênis e escrever à máquina, único aprendizado útil que lhe deixaram aqueles longos anos em idioma estrangeiro. Para Alba, que vivera até então sem ouvir falar a respeito de pecados nem de modos de senhorita, desconhecendo o limite entre o humano e o divino, o possível e o impossível, vendo um tio passar despido pelos corredores em saltos de caratê e outro soterrado em uma montanha de livros, seu avô quebrando a bengaladas os telefones e os vasos do terraço, sua mãe escapando com sua maleta de palhaço e sua avó movendo a mesa de três pés e tocando Chopin sem abrir o piano, a rotina do colégio pareceu insuportável. As aulas entediavam-na. Durante o recreio, sentava-se no canto mais afastado e discreto do pátio, para não ser vista, tremendo de desejo de que a convidassem para brincar e ansiando, ao mesmo tempo, por que ninguém lhe prestasse atenção. Sua mãe advertiu-a no sentido de que não tentasse explicar às suas companheiras o que vira sobre a natureza humana nos livros de medicina de seu tio Jaime nem comentasse com as professoras as vantagens do esperanto sobre a língua inglesa. Apesar dessas precauções, a diretora do estabelecimento não teve dificuldade em detectar desde os primeiros dias as excentricidades de sua nova aluna. Observou-a durante duas semanas e, quando se sentiu segura a respeito do diagnóstico, chamou Blanca Trueba a seu escritório e explicou-lhe, da forma mais cortês que pôde, que a menina fugia por completo aos limites habituais da formação britânica e sugeriu-lhe que a pusesse num colégio de freiras espanholas, onde talvez lhe pudessem dominar a imaginação lunática e corrigir-lhe a péssima urbanidade. O senador Trueba, porém, não estava disposto a deixar-se esmagar por uma *miss* Saint John qualquer e fez valer todo o peso de sua influência para que não lhe expulsassem a neta do colégio. Queria que ela aprendesse inglês a todo custo. Estava convencido da superioridade do inglês sobre o espanhol, que considerava um idioma de segunda categoria, próprio para assuntos domésticos e para a magia, para as paixões incontroláveis e os empreendimentos inúteis, mas inadequado para o mundo da ciência e da técnica, em que esperava ver Alba triunfar. Acabara por aceitar — vencido pela vaga dos novos tempos — o fato de que algumas mulheres não eram completamente idiotas e pensava que Alba, insignificante demais para atrair um marido de boa situação, deveria ter uma profissão e ganhar a vida como um homem. Nesse ponto Blanca apoiou seu pai, porque comprovara na própria carne os resultados do mau preparo acadêmico para enfrentar a vida.

— Não quero que você seja pobre como eu, nem que tenha de depender de um homem que a sustente — dizia à sua filha sempre que a via chorando por não querer ir às aulas.

Não a tiraram do colégio, e teve de suportá-lo durante dez anos ininterruptos.

Para Alba, a única pessoa estável naquele barco à deriva em que se transformara o casarão da esquina depois da morte de Clara era sua mãe. Blanca lutava contra o desastre e a decadência com a ferocidade de uma leoa, mas era evidente que perderia a batalha contra o avanço da deterioração. Só ela tentava, de alguma forma, dar ao casarão uma aparência de lar. O senador Trueba continuou morando lá, mas deixou de convidar seus amigos e suas relações políticas, fechou os salões e passou a ocupar apenas a biblioteca e seu quarto. Estava cego e surdo às necessidades de seu lar. Muito atarefado com a política e os negócios, viajava constantemente, financiava novas campanhas eleitorais, comprava terras e tratores, criava cavalos de corrida e especulava com o preço do ouro, do açúcar e do papel. Não percebia que as paredes de sua casa estavam ávidas por uma camada de tinta, os móveis desengonçados e a cozinha transformada numa pocilga. Tampouco se dava conta dos apertados casacos de sua neta ou da roupa antiquada de sua filha ou de suas mãos destruídas pelo trabalho doméstico e pela argila. Não agia assim por avareza: sua família tinha simplesmente deixado de lhe interessar. Algumas vezes despertava da distração e chegava com algum presente despropositado e maravilhoso para sua neta, que não fazia mais do que aumentar o contraste entre a invisível riqueza das contas nos bancos e a austeridade da casa. Entregava a Blanca somas variáveis, mas nunca suficientes, destinadas a manter em funcionamento aquele casarão desordenado e escuro, quase vazio e atravessado por correntes de ar, em que se havia degenerado a antiga mansão. Blanca jamais conseguia pagar todas as despesas com aquele dinheiro e vivia recorrendo a Jaime, e, por mais que cortasse o orçamento aqui e o remendasse ali, no final do mês tinha uma quantidade de contas a pagar que se iam acumulando, até decidir ir ao bairro dos joalheiros judeus vender algumas das joias que, um quarto de século antes, haviam sido compradas ali mesmo e que Clara lhe dera dentro de um pé de meia de lã.

Em casa, Blanca andava de avental e alpargatas, confundindo-se com os poucos empregados que restavam; para sair, usava o mesmo *tailleur* preto engomado e reengomado, com a blusa de seda branca. Depois que seu avô enviuvara e deixara de se preocupar com ela, Alba vestia-se com o que herdava de algumas primas afastadas, que eram maiores ou menores do que ela, de modo que geralmente seus casacos pareciam agasalhos militares, e seus vestidos eram sempre curtos e apertados. Jaime gostaria de fazer alguma coisa por elas, mas sua consciência indicava-lhe que era melhor gastar seus rendimentos dando comida aos famintos do que luxos à sua irmã e à sua sobrinha.

Depois da morte da avó, Alba começou a ter pesadelos que a faziam despertar, gritando e febril. Sonhava que todos os membros da família morriam e que ela ficava vagando sozinha pelo casarão, sem outra companhia senão os tênues fantasmas sem brilho que deambulavam pelos corredores. Jaime sugeriu que a transferissem para o quarto de Blanca, a fim de que se sentisse mais tranquila. Desde que começou a compartilhar o quarto com a mãe, esperava com secreta impaciência o momento de se deitar. Encolhida entre os lençóis, seguia-a com os olhos na rotina de acabar o dia e enfiar-se na cama. Blanca limpava o rosto com Creme do Harém, uma pasta oleosa e rosada com perfume de rosas, que tinha fama de fazer milagres na pele feminina, e escovava cem vezes seu longo cabelo castanho que começava a tingir-se com algumas cãs, invisíveis para todos, menos para ela. Era propensa a resfriados; por isso, no inverno e no verão dormia com batas de lã que ela mesma tecia em seus momentos livres. Quando chovia, cobria as mãos com luvas, para atenuar o frio polar que havia invadido seus ossos devido à umidade da argila e que todas as injeções de Jaime e a acupuntura chinesa de Nicolás não haviam conseguido curar. Alba observava-a ir e vir pelo quarto, com seu camisão de noviça flutuando em volta de seu corpo, o cabelo liberado do coque, envolta na suave fragrância da roupa limpa e do Creme do Harém, perdida num monólogo incoerente, em que se misturavam as queixas a respeito do preço da hortaliça, o inventário de seus múltiplos mal-estares, o cansaço de ter nas costas o peso da casa e suas fantasias poéticas com Pedro Terceiro García, que ela imaginava em meio às nuvens do entardecer ou recordava nos dourados trigais de Las Tres Marías. Terminado seu ritual, Blanca enfiava-se em seu leito e apagava a luz. No estreito espaço que as separava, segurava a mão da filha e contava-lhe as histórias dos livros mágicos dos baús encantados do tio-bisavô Marcos, que sua péssima memória transformava em novas histórias. Foi assim que Alba tomou conhecimento de um príncipe que dormiu cem anos, de donzelas que lutavam corpo a corpo com os dragões, de um lobo perdido no bosque que uma menina estripou sem nenhuma razão. Quando Alba queria ouvir novamente essas truculências, Blanca não conseguia repeti-las, porque já as esquecera, diante do que a menina adquiriu o hábito de escrevê-las. Depois, passou a anotar também as coisas que lhe pareciam importantes, como fizera sua avó Clara.

As OBRAS DO mausoléu começaram pouco tempo depois da morte de Clara, mas se arrastaram por quase dois anos, porque fui acrescentando novos e dispendiosos detalhes: lápides com letras góticas em ouro, uma cúpula de cristal para permitir que o sol entrasse e um engenhoso mecanismo copiado das fontes romanas, que possibilitava irrigar, de forma constante e regrada, um minúsculo jardim interno, onde mandei plantar rosas e camélias, as flores preferidas das irmãs que tinham ocupado meu coração. As estátuas foram um problema. Rejeitei vários desenhos, porque não queria tolos anjos normais, mas sim que reproduzissem os retratos de Rosa e de Clara com seus rostos, suas mãos e seus tamanhos reais. Um escultor uruguaio dispôs-se a fazê-los, e as estátuas finalmente ficaram como eu as queria. Quando tudo estava pronto, encontrei-me diante de um obstáculo inesperado: não pude transportar Rosa para o novo mausoléu, porque a família del Valle se opôs. Tentei convencê-los com toda espécie de argumentos, com presentes e pressões, fazendo valer até o poder político, mas foi inútil. Meus cunhados mantiveram-se inflexíveis. Suponho que tinham tomado ciência do assunto da cabeça de Nívea e estavam ofendidos comigo por tê-la tido no sótão durante todo aquele tempo. Em face de sua casmurrice, chamei Jaime e disse-lhe que se preparasse para me acompanhar ao cemitério, a fim de roubarmos o cadáver de Rosa. Não demonstrou nenhuma surpresa.

— Se não pôde ser por bem, será por mal — expliquei a meu filho.

Como é habitual nesses casos, fomos à noite e subornamos o guarda, como eu fizera havia tanto tempo, para ficar com Rosa na primeira noite que ela passou ali. Entramos com nossas ferramentas pela avenida dos ciprestes, procuramos o jazigo da família del Valle e demo-nos ao lúgubre trabalho de abri-lo. Deslocamos cuidadosamente a lápide que guardava o descanso de Rosa e tentamos tirar do nicho o ataúde branco, que, no entanto, era muito mais pesado do que supúnhamos, de modo que tivemos de pedir ao guarda para nos ajudar. Trabalhamos com dificuldade no estreito recinto, esbarrando-nos em nossas ferramentas, mal iluminados por uma lanterna de carboneto. Depois voltamos a colocar a lápide no nicho, para que ninguém suspeitasse de que estava vazio. Terminamos suados. Jaime tivera a precaução de levar um cantil com aguardente, e pudemos beber um trago para dar-nos ânimo. Apesar de nenhum de nós ser supersticioso, aquela necrópole de cruzes, cúpulas e lápides nos abalava os nervos. Sentei-me nos degraus do jazigo para recuperar o fôlego e pensei que de fato já não era mais um jovem, pois mover um caixão fizera-me perder o ritmo do coração e ver pontinhos brilhantes na escuridão. Fechei os olhos e recordei-me de Rosa, de seu rosto perfeito, sua pele de leite, seu oceânico cabelo de sereia, seus olhos de mel que causavam tumultos, suas mãos entrelaçadas com o rosário de madrepérola e sua coroa de noiva. Suspirei, evocando aquela belíssima virgem que me escapara das mãos e que estivera ali, esperando todos aqueles anos que eu fosse buscá-la e a levasse para o lugar em que deveria estar.

— Filho, vamos abrir isto. Quero ver Rosa — disse a Jaime.

Não tentou dissuadir-me, porque conhecia muito bem meu tom de voz quando a decisão era irrevogável. Ajeitamos a luz da lanterna, ele afrouxou com paciência os parafusos de bronze que o tempo escurecera, e pudemos levantar a tampa, que pesava como se fosse de chumbo. À luz branca do carboneto, vi Rosa, a bela, com seus adornos de noiva, seu cabelo verde, sua imperturbável beleza, tal como a vira muitos anos antes, deitada em seu féretro branco sobre a mesa da sala de jantar de meus sogros. Fiquei olhando--a, fascinado, sem estranhar que o tempo não a tivesse atingido, porque era a mesma de meus sonhos. Inclinei-me e, através do vidro que cobria seu rosto, depositei um beijo nos lábios pálidos da eterna amada. Nesse momento, uma brisa ergueu-se em meio aos ciprestes, entrou à traição por alguma fenda do caixão, que, até então, tinha permanecido hermético, e, num instante, a noiva imutável desfez-se, como por encanto, desintegrando-se num pó tênue e cinzento. Quando levantei a cabeça e abri os olhos, com o beijo frio ainda nos lábios, lá não mais se encontrava Rosa, a bela. Em seu lugar, havia uma caveira com as órbitas vazias, umas tiras de pele cor de marfim grudadas nos molares e umas mechas de crina bolorenta na nuca.

Jaime e o guarda fecharam a tampa precipitadamente, colocaram Rosa numa carreta e levaram-na para o lugar que lhe estava reservado junto de Clara, no mausoléu cor de salmão. Fiquei sentado sobre uma campa na avenida dos ciprestes, olhando a lua.

"Férula tinha razão", pensei. "Fiquei sozinho, e meu corpo e minha alma estão mirrando. Só me falta morrer como um cão."

O SENADOR TRUEBA lutava contra seus inimigos políticos, que dia após dia avançavam na conquista do poder. Enquanto outros dirigentes do Partido Conservador engordavam, envelheciam e perdiam tempo em intermináveis discussões bizantinas, ele se dedicava a trabalhar, estudar e percorrer o país de norte a sul, numa incessante campanha pessoal, desconsiderando o peso dos anos e o surdo ranger dos ossos. Reelegiam-no senador a cada eleição parlamentar, mas ele não estava interessado em poder, riqueza ou prestígio. Sua obsessão era destruir o que ele denominava "câncer marxista", que pouco a pouco se infiltrava no povo.

— Levanta-se uma pedra, e aparece um comunista! — dizia.

Ninguém mais acreditava nele. Nem os próprios comunistas. Zombavam dele por seus repentes de mau humor, a aparência de corvo enlutado, a anacrônica bengala e os prognósticos apocalípticos. Quando brandia diante de seus narizes as estatísticas e os resultados reais das últimas votações, seus correligionários temiam que fossem caduquices de velho.

— No dia em que não pudermos pôr a mão nas urnas antes que contem os votos, vamos todos para o caralho! — assegurava-lhes Trueba.

— Em lugar nenhum os marxistas ganharam por votação popular. É necessário pelo menos uma revolução, e neste país essas coisas não acontecem — respondiam-lhe.

— Até que comecem a acontecer — alegava Trueba, frenético.

— Acalme-se, homem. Não vamos permitir que isso aconteça — consolavam-no. — O marxismo não tem a mínima possibilidade na América Latina. Não vê que não contempla o lado mágico das coisas? É uma doutrina ateia, prática e funcional. Não pode ter êxito aqui!

Nem o próprio coronel Hurtado, que via inimigos da pátria por todos os lados, considerava os comunistas um perigo. Fez-lhe ver mais de uma vez que o Partido Comunista era composto de quatro pobres-diabos que nada significavam estatisticamente e que se regiam por ordens de Moscou, com uma beatice digna de uma causa melhor.

— Moscou fica onde o diabo perdeu as botas, Esteban. Lá, eles não têm ideia do que se passa neste país — dizia-lhe o coronel Hurtado. — Não lhes interessam absolutamente as condições de nosso país, e a prova é que andam mais perdidos do que Chapeuzinho Vermelho. Há pouco tempo publicaram um manifesto exortando os camponeses, os marinheiros e os nativos a participar do primeiro soviete nacional, o que, sob todos os pontos de vista, é uma palhaçada. Como podem os camponeses saber o que é um soviete! E os marinheiros? Estão sempre em alto-mar e se interessam muito mais pelos bordéis de outros portos do que pela política. E os indígenas! Restam-nos uns duzentos ao todo. Não creio que tenham sobrevivido muitos mais aos massacres do século passado, mas, se querem formar um soviete em suas reservas, é lá com eles — ironizava o coronel.

— Sim, mas, além dos comunistas, há os socialistas, os radicais e outros grupelhos! São todos mais ou menos a mesma coisa — respondia Trueba.

No entender do senador Trueba, todos os partidos políticos, exceto o seu, eram potencialmente marxistas, e não era possível distinguir nitidamente a ideologia de uns e de outros. Não hesitava em expor sua posição em público sempre que surgia uma oportunidade; por isso, para todos, à exceção de seus correligionários, o senador Trueba passou a ser uma espécie de louco reacionário e oligarca, meramente pitoresco. O Partido Conservador tinha de freá-lo, no sentido de controlar sua língua, para que não os expusesse a todos. Era o furibundo paladino, disposto a travar combate em todos os foros, nos círculos da imprensa, nas universidades; onde ninguém mais se atrevia a aparecer, lá estava ele, inalterável, com seu terno preto, sua melena de leão e sua bengala de prata. Era alvo dos caricaturistas, que, de tanto o escarnecerem, conseguiram torná-lo popular, a ponto de arrasar em todas as eleições, beneficiado pelos votos dos conservadores. Era fanático, violento e antiquado, mas representava melhor do que ninguém os valores da família, da tradição, da propriedade e da ordem. Todo mundo o reconhecia na rua, inventavam-se piadas à sua custa, e corriam de boca em boca histórias a ele atribuídas. Dizia-se que, por ocasião de seu ataque cardíaco, quando seu filho se despiu diante do

Congresso, o presidente da República o teria chamado a seu gabinete para lhe oferecer a embaixada da Suíça, onde poderia ter um cargo apropriado à sua idade e que lhe permitisse restabelecer a saúde, ao que o senador Trueba teria respondido com um murro na secretária do primeiro mandatário, derrubando a bandeira nacional e o busto do Pai da Pátria.

— Daqui não saio nem morto, Excelência — rugira. — Porque basta eu me descuidar, e os marxistas tiram-lhe a cadeira em que está sentado.

Foi seu o talento de denominar pioneiramente a esquerda de "inimiga da democracia", sem suspeitar de que, anos depois, esse seria o lema da ditadura. Na luta política ocupava quase todo o seu tempo e boa parte de sua fortuna, que, ele percebeu, apesar de estar sempre tramando novos negócios, parecia minguar desde a morte de Clara; entretanto, não se alarmou, supondo que, na ordem natural das coisas, estava o fato irrefutável de que em sua vida ela fora um sopro de boa sorte, mas que não poderia continuar a beneficiá-lo após a sua morte. Além disso, calculou que o que possuía lhe permitiria manter-se como um homem rico pelo tempo que lhe restava neste mundo. Sentia-se velho, tinha a ideia de que nenhum de seus três filhos merecia sua herança e que deixaria sua neta amparada com Las Tres Marías, apesar de o campo já não ser mais tão próspero quanto antes. Graças às novas estradas e aos automóveis, o que antes era um safári de trem reduzira-se a apenas seis horas da capital a Las Tres Marías, mas ele estava sempre ocupado e nunca achava tempo de fazer a viagem. Chamava de vez em quando o administrador para lhe prestar contas, mas essas visitas deixavam-no com a ressaca do mau humor por vários dias. Seu administrador era um homem derrotado por seu próprio pessimismo. Suas notícias eram uma série de circunstâncias infelizes: as geadas tinham queimado os morangos, as galinhas haviam contraído gosma, a uva empesteara. Assim, o campo, que tinha sido a fonte de sua riqueza, chegou a ser um fardo, e o senador Trueba teve muitas vezes de tirar dinheiro de outros negócios para sustentar aquela terra insaciável, que parecia ter vontade de voltar aos tempos do abandono, antes de ele tê-la resgatado da miséria.

— Tenho que ir botar ordem naquilo. Ali faz falta o olho do dono — murmurava.

— As coisas estão muito agitadas no campo, patrão — advertiu-o muitas vezes o administrador. — Os camponeses estão exaltados. A cada dia fazem novas exigências. Parece que querem viver como os patrões. O melhor é vender a propriedade.

Trueba, porém, não queria ouvir falar em vender. "A terra é a única coisa que fica quando o resto se acaba", repetia ele o que dizia quando tinha 25 anos e sua mãe e sua irmã o pressionavam pelo mesmo motivo. Com o peso da idade e o trabalho político, contudo, Las Tres Marías, como muitas outras coisas que antes lhe pareciam fundamentais, deixara de lhe interessar, restando-lhe apenas o valor simbólico.

O administrador tinha razão: as coisas estavam muito agitadas naqueles anos. Era o que apregoava a aveludada voz de Pedro Terceiro García, que, graças ao milagre do rádio, chegava aos lugares mais afastados do país. Aos trinta e tantos anos, continuava a ter o aspecto de um rude camponês, por uma questão de estilo, já que o conhecimento da vida e o êxito lhe haviam suavizado as asperezas e afinado as ideias. Usava uma barba de montanhês e uma cabeleira de profeta, que ele mesmo aparava, sem espelho, com a navalha que fora de seu pai, adiantando-se em vários anos à moda que mais tarde faria furor entre os cantores de protesto. Vestia-se com calças de tecido rústico, alpargatas artesanais e, no inverno, um poncho de lã crua. Era seu traje de batalha. Apresentava-se assim nos palcos e aparecia dessa forma nas capas dos discos. Desiludido com as organizações políticas, acabou por destilar três ou quatro ideias primárias com as quais montou sua filosofia. Era um anarquista. Das galinhas e raposas, evoluiu para o canto da vida, da amizade, do amor e também da revolução. Sua música era muito popular, e só alguém tão cabeçudo quanto o senador Trueba pôde ignorar sua existência. O velho proibira o uso do rádio em sua casa para evitar que sua neta ouvisse as comédias e as novelas em que as mães perdem os filhos e os recuperam anos depois, bem como para evitar a possibilidade de que as canções subversivas de seu inimigo lhe perturbassem a digestão. Em seu quarto, havia um rádio moderno, mas as notícias eram as únicas coisas que ouvia. Não suspeitava de que Pedro Terceiro García fosse o melhor amigo de seu filho Jaime nem de que se encontrasse com Blanca cada vez que ela saía com sua maleta de palhaço, gaguejando pretextos. Tampouco sabia que, em alguns domingos ensolarados, ele subia as colinas com Alba e se sentava lá em cima com ela, observando a cidade e comendo pão com queijo, nem que, antes de rolarem ladeiras abaixo, gargalhando como cães felizes, ele lhe falava a respeito dos pobres, dos oprimidos, dos desesperados e de outros assuntos que Trueba preferia que sua neta ignorasse.

Pedro Terceiro via Alba crescer e procurou estar perto dela, mas não chegou a considerá-la realmente sua filha, porque nesse ponto Blanca foi inflexível. Argumentava que Alba tivera de suportar muitos sobressaltos e era um milagre que fosse uma criança relativamente normal; por isso não havia necessidade de mais uma vez confundi-la a respeito de sua origem. Era melhor que continuasse a acreditar na versão oficial, e, por outro lado, não queria correr o risco de ela falar a respeito do assunto com seu avô, provocando uma catástrofe. De qualquer maneira, o espírito livre e contestador da menina agradava a Pedro Terceiro.

— Se não é minha filha, merece sê-lo — dizia, orgulhoso.

Durante todos aqueles anos, Pedro Terceiro nunca se habituou à sua vida de solteiro, apesar de seu êxito com as mulheres, especialmente as adolescentes esplendorosas, que os queixumes de seu violão incendiavam de amor. Algumas se introduziam à força em sua vida. Ele necessitava do frescor desses amores. Procurava fazê-las felizes durante um brevíssimo tempo, mas, desde o primeiro instante de ilusão, começava a despedir-se, até que finalmente as abandonava com delicadeza. Frequentemente, quando tinha uma delas em sua cama, suspirando adormecida a seu lado, fechava os olhos e pensava em Blanca, em seu amplo corpo maduro, em seus seios fartos e mornos, nas rugas finas de sua boca, nas sombras de seus olhos árabes, e sentia um grito oprimindo-lhe o peito. Tentou ficar junto de outras mulheres, percorreu muitos caminhos e muitos corpos para se afastar dela, mas no momento mais íntimo, no ponto preciso da solidão e do presságio da morte, Blanca era sempre a única. Na manhã seguinte, começava o suave processo de se desligar da nova namorada e, logo que se encontrava livre, regressava para Blanca, mais magro, com mais olheiras, mais culpado, com uma nova canção no violão e outras inesgotáveis carícias para ela.

Blanca, por seu lado, acostumara-se a viver sozinha. Conseguira encontrar paz nos afazeres do casarão da esquina, em sua oficina de cerâmica e em seus presépios de animais inventados, nos quais os únicos seres que correspondiam às leis da biologia eram os membros da Sagrada Família, perdidos em meio a uma multidão de monstros. O único homem de sua vida era Pedro Terceiro, porque tinha vocação para um só amor. A força desse sentimento imutável salvou-a da mediocridade e da tristeza de seu destino. Permanecia fiel mesmo nos momentos em que ele se perdia atrás de algumas ninfas de cabelo escorrido e ossos grandes, sem o amar menos por isso. A princípio, acreditava morrer cada vez que ele se afastava, mas logo se deu conta de que suas ausências duravam o tempo de um suspiro e que, invariavelmente, ele regressava mais apaixonado e mais meigo. Blanca preferia aqueles furtivos encontros com seu amante em hospedarias à rotina de uma vida em comum, ao cansaço de um casamento e ao pesadelo de envelhecer juntos, compartilhando as penúrias do final do mês, o mau hálito da boca ao acordar, o tédio dos domingos e os achaques da idade. Era uma romântica incurável. Algumas vezes quase sucumbiu à tentação de pegar sua maleta de palhaço e o que restava das joias da meia de lã, e ir com sua filha viver com ele, mas sempre se acovardava. Talvez temesse que aquele grandioso amor, que a tantas provações resistira, não sobrevivesse à mais terrível de todas: a convivência. Alba estava crescendo muito rapidamente, e Blanca compreendia que não teria por muito tempo o bom pretexto de velar por sua filha para resistir às exigências de seu amante, mas preferia sempre adiar a decisão. Na verdade, tanto quanto temia a rotina, horrorizava-a o estilo de vida de Pedro Terceiro, seu modesto casebre de tábuas e folhas de zinco numa vila operária, em meio a centenas de outros, tão pobres quanto o seu, com chão de terra batida, sem água e com apenas uma lâmpada pendurada no teto. Por Blanca, ele saiu da vila e mudou-se para um apartamento no Centro, ascendendo assim, sem a isso se propor, a uma classe média a que nunca teve aspirações de pertencer. Isso tampouco foi suficiente para Blanca. O apartamento pareceu-lhe sórdido, escuro, estreito, e o edifício, promíscuo. Afirmava que não poderia permitir que Alba crescesse ali, brincando com outras crianças na rua e nas escadas, educando--se numa escola pública. Assim passou sua juventude e entrou na maturidade, conformada com o fato de que seus únicos momentos de prazer eram quando saía, dissimuladamente, com sua melhor roupa, seu perfume e as combinações de puta que cativavam Pedro Terceiro e que ela escondia, corada de vergonha, no mais secreto de seu guarda-roupas, pensando nas explicações que teria de dar se alguém as descobrisse. Aquela mulher prática e terrena para todos os aspectos da existência sublimou sua paixão de infância, vivendo-a tragicamente. Alimentou-a de fantasias, idealizou-a, defendeu-a com orgulho, depurou-a das verdades prosaicas e pôde transformá-la num amor de novela.

Alba, por sua vez, aprendeu a não mencionar Pedro Terceiro García, porque conhecia o efeito que aquele nome provocava na família. Intuía que algo muito grave envolvera seu avô e o homem dos dedos cortados que beijava sua mãe na boca, mas todos, até o próprio Pedro Terceiro, respondiam às suas perguntas com evasivas. Na intimidade do quarto, às vezes Blanca contava-lhe histórias a seu respeito e ensinava-lhe suas canções, com a recomendação de que não as cantarolasse em casa. Não lhe contou, porém, que ele era seu pai, e até ela parecia ter-se esquecido disso. Recordava o passado como uma sucessão de violências, abandonos e tristezas, e não estava segura de que as coisas tivessem sido como pensava. Desvaneceram-se o episódio das múmias, os retratos e o imberbe nativo com sapatos Luís XV, que lhe determinaram a fuga da casa do marido. Tantas vezes repetiu a história de que o conde morrera de febre no deserto que chegou a acreditar nela. Anos depois, no dia em que a filha lhe anunciou que o cadáver de Jean de Satigny jazia na geladeira do necrotério, não se alegrou, porque fazia muito tempo que se sentia viúva. Também não tentou justificar sua mentira. Tirou do armário seu *tailleur* preto, prendeu com grampos seu coque e acompanhou Alba ao enterro do francês no Cemitério Geral, numa sepultura do município, destinada a indigentes, porque o senador Trueba negou-se a ceder-lhe um lugar em seu mausoléu cor de salmão. Mãe e filha caminharam sozinhas atrás do caixão negro que puderam comprar graças à generosidade de Jaime. Sentiam-se um pouco ridículas naquele abafado meio-dia estival, com um ramo de flores murchas nas mãos e nenhuma lágrima para o cadáver solitário que iam enterrar.

— Vejo que meu pai não tinha sequer amigos — comentou Alba.

Nem nessa ocasião Blanca revelou a verdade à sua filha.

DEPOIS QUE TIVE Clara e Rosa instaladas em meu mausoléu, senti-me um pouco mais tranquilo, porque sabia que, mais cedo ou mais tarde, estaríamos os três reunidos ali, perto de outros seres queridos, como minha mãe, a Nana e até Férula, que espero ter-me perdoado. Não imaginei que viveria tanto como tenho vivido e que elas teriam de esperar tanto tempo por mim.

O quarto de Clara permaneceu trancado à chave. Não queria que ninguém entrasse, para que não mexessem em nada e eu pudesse encontrar seu espírito ali presente sempre que o desejasse. Comecei a ter insônias, o mal de todos os velhos. Durante a noite, deambulava pela casa, sem conseguir adormecer, arrastando os chinelos, agora grandes para meus pés, envolto no velho roupão cor de vinho, que ainda guardo por razões sentimentais, resmungando contra o destino, como um ancião acabado. Com a luz do sol, no entanto, recuperava o desejo de viver. Aparecia à hora do desjejum com a camisa engomada e meu terno de luto, barbeado e tranquilo, lia o jornal na companhia de minha neta, punha em dia meus assuntos de negócios e a correspondência, e saía logo depois pelo resto do dia. Deixei de comer em casa, até nos sábados e domingos, porque, sem a presença catalisadora de Clara, não havia nenhuma razão para suportar as discussões com meus filhos.

Meus únicos dois amigos procuravam tirar-me o luto da alma. Almoçavam comigo, jogávamos golfe, desafiavam-me no dominó. Discutia com eles meus negócios, falava-lhes a respeito de política e, às vezes, da família. Uma tarde em que me viram mais animado, convidaram-me para ir ao Cristóbal Colón, com a esperança de que uma mulher complacente me fizesse recuperar o bom humor. Nenhum de nós três tinha idade para essas aventuras, mas bebemos duas doses e partimos.

Havia estado no Cristóbal Colón fazia alguns anos, mas quase o tinha esquecido. Nos últimos tempos, o hotel adquirira prestígio turístico, e os provincianos viajavam até a capital só para visitá-lo e depois contar aos amigos. Chegamos ao antiquado casarão, que por fora se mantinha igual havia muitos anos. Recebeu-nos um porteiro, que nos levou ao salão principal, onde eu me lembrava de ter estado antes, na época da matrona francesa ou, melhor, com sotaque francês. Uma mocinha, vestida como estudante, ofereceu-nos um copo de vinho por conta da casa. Um de meus amigos tentou agarrá-la pela cintura, mas ela o advertiu de que pertencia ao pessoal de serviço e informou que deveríamos esperar as profissionais. Momentos depois, abriu-se uma cortina e apareceu uma visão das antigas cortes árabes: um negro enorme, tão negro que parecia azul, com os músculos oleados, vestindo bombacha de seda cor de cenoura, colete, turbante de lamê roxo, babuchas de turco e um anel de ouro preso no nariz. Quando sorriu, vimos que tinha todos os dentes de chumbo. Apresentou-se como Mustafá e nos entregou um álbum de fotos, para que escolhêssemos a mercadoria. Pela primeira vez em muito tempo, ri com vontade, porque a ideia de um catálogo de prostitutas me pareceu muito divertida. Folheamos o álbum, que reunia mulheres gordas, magras, de cabelo comprido, de cabelo curto, vestidas como ninfas, como amazonas, como noviças, como cortesãs, sem que me fosse possível escolher uma, porque todas tinham a expressão pisada de flores de banquete. As últimas três páginas do álbum tinham sido destinadas a rapazes com túnicas gregas e coroas de louro, posando em meio a falsas ruínas helênicas, com suas nádegas gorduchas e suas pálpebras de grossas pestanas, repugnantes. Eu jamais vira de perto um pederasta confesso, exceto Carmelo, o que se vestia de japonesa no Farolito Rojo; por isso, espantou-me o fato de um de meus amigos, pai de família e corretor da Bolsa de Comércio, escolher um daqueles adolescentes rabudos das fotos. O rapaz surgiu como por arte de magia por detrás das cortinas e levou meu amigo pela mão, entre risinhos e saracoteios femininos. Meu outro amigo preferiu uma gordíssima odalisca, com quem duvido que tenha podido realizar alguma proeza, devido à sua idade avançada e ao seu frágil esqueleto, mas, em todo caso, saiu com ela, também tragados pela cortina.

— Vejo que o senhor custa a se decidir — observou Mustafá cordialmente. — Permita-me oferecer-lhe o melhor da casa. Vou apresentá-lo a Afrodite.

E entrou Afrodite no salão, com três camadas de cachos na cabeça mal coberta por tules drapeados e uvas artificiais descendo-lhe do ombro até os joelhos. Era Tránsito Soto, que adquirira definitivamente um aspecto mitológico, apesar das uvas de mau gosto e dos tules de circo.

— Alegro-me por vê-lo, patrão — saudou-me.

Transpôs comigo a cortina, e alcançamos um pequeno pátio interno, o coração daquela construção labiríntica. O Cristóbal Colón era formado por duas ou três casas antigas, estrategicamente unidas por pátios traseiros, corredores e pontes feitos com esse objetivo. Tránsito Soto levou-me para um quarto anódino, mas limpo, cuja única extravagância eram uns afrescos eróticos, mal copiados dos de Pompeia, que algum pintor medíocre reproduzira nas paredes, e uma banheira grande, antiga, um pouco oxidada, com água corrente. Assobiei, admirado.

— Fizemos algumas mudanças na decoração — justificou a mulher.

Tránsito despiu-se das uvas e dos tules, e voltou a ser a mulher que eu recordava, apenas mais apetitosa e menos vulnerável, mas com a mesma expressão ambiciosa nos olhos que me cativara quando a conheci. Contou-me sobre a cooperativa de prostitutas e pederastas, que era um sucesso. Juntos, haviam erguido o Cristóbal Colón da ruína em que o deixava a falsa *madame* francesa de antigamente e trabalhado para transformá-lo num acontecimento social e num monumento histórico, que andava na boca de marinheiros dos mais remotos mares. Os figurinos eram a maior contribuição para o êxito, porque mexiam com a fantasia erótica dos clientes, bem como o catálogo de putas, que haviam reproduzido e distribuído em algumas províncias, a fim de despertar nos homens o desejo de conhecer um dia o famoso bordel.

— É bastante desagradável andar com estes trapos e estas uvas falsas, patrão, mas os homens gostam. Saem daqui contando tudo lá fora, e isso atrai outros clientes. Vamos muito bem, temos um bom negócio, e ninguém aqui se sente explorado; somos todos sócios. Esta é a única casa de putas do país que tem seu próprio negro autêntico. Outros que você vê por aí são pintados; Mustafá, porém, mesmo que o esfregue com lixa, fica sempre negro. E o lugar é limpo. Aqui pode-se beber água da privada porque faxinamos até o inimaginável e estamos todos controlados pela Saúde Pública. Não há doenças venéreas.

Tránsito retirou o último véu, e sua magnífica nudez esmagou-me a tal ponto que senti imediatamente um cansaço mortal. Tinha o coração oprimido pela tristeza, e o sexo flácido como uma flor murcha e perdida entre as pernas.

— Ai, Tránsito! Creio que estou muito velho para isso — balbuciei.

Tránsito Soto, porém, começou a ondular a serpente tatuada em torno de seu umbigo, hipnotizando-me com o suave contorno de seu ventre, enquanto arrulhava sua voz de pássaro rouco, falando sobre os benefícios da cooperativa e as vantagens do catálogo. Tive de rir, apesar de tudo, e, pouco a pouco, percebi que meu próprio riso era um bálsamo. Com o dedo, tentei seguir o contorno da serpente, que, entretanto, deslizou, ziguezagueando. Encantou-me a constatação de que aquela mulher, que não estava na primeira nem na segunda juventude, tivesse a pele tão firme e os músculos tão duros, capazes de mover aquele réptil como se ele tivesse vida própria. Inclinei-me para lhe beijar a tatuagem e comprovei, satisfeito, que não estava perfumada. O odor cálido e natural de seu ventre entrou-me pelas narinas e invadiu-me por completo, despertando em meu sangue um calor que eu julgava arrefecido. Sem parar de falar, Tránsito abriu as pernas, separando as suaves colunas de suas coxas, num gesto casual, como se ajeitasse a postura. Comecei a percorrê-la com os lábios, aspirando, explorando, lambendo, até que esqueci o luto e o peso dos anos, e o desejo voltou-me com a força de outros tempos e, sem deixar de acariciá-la e beijá-la, fui arrancando minha roupa, com desespero, comprovando, feliz, a firmeza de minha masculinidade, enquanto me afundava no animal quente e misericordioso que se me oferecia, arrulhando sua voz de pássaro rouco, enlaçado pelos braços da deusa, sacudido pela força daquelas ancas, até perder a noção das coisas e explodir em gozo.

Depois descansamos na banheira de água morna, até que a alma me voltou ao corpo e eu me senti quase curado. Por um instante, alimentei a fantasia de que Tránsito Soto era a mulher de que eu sempre tinha necessitado e que, a seu lado, poderia voltar à época em que era capaz de levantar do chão uma robusta camponesa, aninhá-la na garupa de meu cavalo e levá-la para os matagais à sua revelia.

— Clara... — murmurei sem pensar e, então, senti que me caía uma lágrima pela face e logo outra, e outra mais, até que foi uma torrente de pranto, um tumulto de soluços, um sufocar de nostalgias e tristezas, que Tránsito Soto reconheceu sem dificuldade, porque tinha uma grande experiência com as tristezas dos homens. Deixou-me chorar todas as misérias e a solidão dos últimos anos, e depois me tirou da banheira com cuidados de mãe, secou-me, fez-me massagens até eu relaxar como um pão embebido e cobriu-me quando fechei os olhos na cama. Beijou-me na testa e saiu na ponta dos pés.

— Quem será Clara? — ouvi-a murmurar ao sair.

XI

O Despertar

Por volta dos 18 anos, Alba definitivamente abandonou a infância. No exato momento em que se sentiu mulher, fechou-se em seu antigo quarto, onde ainda estava o mural que começara muitos anos antes. Procurou nos velhos potes de pintura até encontrar um pouco de tinta vermelha e alguma branca ainda frescas, misturou-as com cuidado e começou a pintar um grande coração rosado no último espaço livre das paredes. Estava apaixonada. Depois jogou no lixo os potes e os pincéis, e sentou-se durante um bom tempo para contemplar os desenhos, revendo a história de suas tristezas e alegrias. Concluiu que tinha sido feliz e, com um suspiro, despediu-se da meninice.

Naquele ano, muitas coisas mudaram em sua vida. Terminou o colegial e decidiu estudar filosofia, por gosto pessoal, e música, para contrariar o avô, que considerava a arte uma perda de tempo e apregoava incansavelmente as vantagens das profissões liberais ou científicas. Ele também a prevenia contra o amor e o casamento, afirmando as mesmas tolices com que insistia para que Jaime procurasse uma noiva decente e se casasse, porque estava se tornando um solteirão. Afirmava ser bom para os homens ter uma mulher e que, ao contrário, as mulheres como Alba só saíam perdendo com o casamento. Os discursos do avô evaporaram-se quando Alba viu pela primeira vez Miguel, numa inesquecível tarde chuvosa e fria, no café da universidade.

Miguel era um estudante pálido, de olhos febris, calças desbotadas e botas de mineiro, do último ano de Direito. Era dirigente esquerdista. Estava inflamado pela paixão mais incontrolável: buscar justiça. Isso, contudo, não o impediu de notar que Alba o observava. Ergueu seu olhar e encontrou o dela. Fixaram-se, deslumbrados, e a partir daquele momento se proporcionaram todas as oportunidades de se encontrar nas alamedas do parque, por onde passeavam, carregados de livros ou arrastando o pesado violoncelo de Alba. Desde o primeiro encontro, viu que ele usava uma pequena insígnia na manga: uma mão erguida, com o punho cerrado. Resolveu não lhe contar que era neta de Esteban Trueba e, pela primeira vez na vida, usou o sobrenome que constava de sua carteira de identidade: Satigny. Logo também se deu conta de que era melhor também não dizer a seus demais colegas. Em troca, pôde gabar-se de ser amiga de Pedro Terceiro García, muito popular em meio aos estudantes, e do Poeta, em cujos joelhos se sentara quando menina e que naquela época era conhecido em todos os idiomas, com seus versos frequentando a boca dos jovens e as pichações dos muros.

Miguel falava em revolução. Dizia que à violência do sistema havia que se opor a violência da revolução. Alba, no entanto, não tinha nenhum interesse pela política e só queria falar em amor. Estava farta de ouvir os discursos do avô, assistir a suas discussões com seu tio Jaime e viver as campanhas eleitorais. A única participação política de sua vida tinha sido sair com outros estudantes para apedrejar a Embaixada dos Estados Unidos, sem ter motivos muito claros para isso, em consequência do que a suspenderam do colégio por uma semana e seu avô quase sofreu outro infarto. Na universidade, porém, a política era inevitável. Como todos os jovens que entraram naquele ano, descobriu o fascínio das noites insones num café, discutindo a respeito das mudanças de que o mundo necessitava e contagiando uns aos outros com a paixão das ideias. Voltava para casa já tarde da noite com a boca amarga e a roupa impregnada do cheiro rançoso de cigarro, a cabeça quente de heroísmos, certa de que, chegado o momento, seria capaz de dar sua vida por uma causa justa. Por amor a Miguel, e não por convicção ideológica, Alba entrincheirou-se na universidade junto com os estudantes que tomaram o edifício em apoio a uma greve de trabalhadores. Foram dias de acampamento, de discursos inflamados, de gritar insultos à polícia do alto das janelas até ficar afônicos. Fizeram barricadas com sacos de terra e paralelepípedos arrancados do pátio principal, fecharam portas e janelas, com a intenção de transformar o prédio numa fortaleza, e o resultado foi a criação de uma masmorra, da qual era muito mais difícil para os estudantes sair do que para a polícia entrar. Foi a primeira vez que Alba passou a noite fora de sua casa, aconchegada nos braços de Miguel, em meio a pilhas de jornais e garrafas vazias de cerveja, na cálida promiscuidade dos companheiros, todos jovens, suados, com os olhos avermelhados pelo sono atrasado e pelo fumo, um pouco famintos e completamente sem medo, porque aquilo parecia mais uma brincadeira do que uma guerra. Passaram o primeiro dia tão ocupados, fazendo barricadas e mobilizando suas fracas defesas, pintando cartazes e falando ao telefone, que não tiveram tempo para se preocupar quando a polícia lhes cortou a água e a eletricidade.

Desde o primeiro momento, Miguel tornou-se o líder da ocupação, secundado pelo professor Sebastián Gómez, que, apesar de suas pernas paralíticas, se manteve com eles até o fim. Naquela noite, cantaram para estimular o ânimo e, quando se cansaram dos discursos, das discussões e dos cantos, acomodaram-se em grupos para passar a noite o melhor que pudessem. O último a descansar foi Miguel, que parecia ser o único a saber como agir. Encarregou-se da distribuição de água, juntando em recipientes até a que estava armazenada nos banheiros, improvisou uma cozinha e trouxe, não se sabe de onde, café instantâneo, biscoitos e algumas latas de cerveja. No dia seguinte, o fedor dos sanitários sem água era terrível, mas Miguel organizou a limpeza e ordenou que não os utilizassem: tinham de fazer suas necessidades no pátio, num buraco cavado ao lado da estátua de pedra do fundador da universidade. Miguel dividiu os rapazes em grupos e manteve-os o dia inteiro ocupados com tal habilidade que não se percebia sua autoridade. As decisões pareciam surgir espontaneamente dos grupos.

— Pelo visto, vamos ficar aqui vários meses! — comentou Alba, encantada com a ideia de estarem sitiados. Na rua, cercando o antigo edifício, os carros blindados da polícia foram estrategicamente colocados. Começou uma tensa espera, que se prolongaria por vários dias.

— Vão aderir os estudantes de todo o país, os sindicatos, as escolas profissionalizantes. Talvez o governo caia — opinou Sebastián Gómez.

— Não creio — respondeu Miguel. — De qualquer forma, o que importa é estabelecer o protesto e não sairmos daqui até ser assinado o documento de reivindicações dos trabalhadores.

Começou a chover suavemente, e logo se fez noite dentro do prédio sem luz. Acenderam alguns candeeiros improvisados com gasolina e mechas fumegantes em vasos. Alba supôs que também tivessem cortado o telefone, mas verificou que a linha funcionava. Miguel explicou que a polícia tinha interesse em saber o que eles diziam e preveniu-os a respeito das conversas. Alba, contudo, ligou para casa, a fim de avisar que ficaria junto com seus companheiros até a vitória final ou a morte, o que, tão logo o disse, soou-lhe falso.

Seu avô arrancou o aparelho da mão de Blanca e, com a irada entonação que sua neta conhecia muito bem, disse-lhe que ela dispunha de uma hora para chegar em casa com uma explicação razoável para ter passado a noite fora. Alba respondeu-lhe que não podia sair e, mesmo que pudesse, não pensava em fazê-lo.

— Você não tem nada que fazer aí com esses comunistas! — gritou Esteban Trueba. Em seguida, porém, amaciou a voz e pediu-lhe que saísse antes que a polícia entrasse, porque sua posição lhe possibilitava saber que o governo não iria tolerá-los indefinidamente. — Se não saírem por bem, o Grupo Móvel entrará para tirá-los a cacetadas — concluiu o senador.

Alba olhou por uma fresta da janela, lacrada com tábuas e sacos de terra, e viu os tanques alinhados na rua e uma fila dupla de homens em pé de guerra, com capacetes, cassetetes e máscaras. Compreendeu que seu avô não exagerara. Os outros também os tinham visto, e alguns tremiam. Alguém lembrou que havia um novo tipo de bombas, pior do que as lacrimogêneas, que provocava uma incontrolável caganeira, capaz de dissuadir o mais valente com a pestilência e o ridículo. Alba considerou a ideia aterradora. Precisou de um grande esforço para não chorar. Sentia pontadas no ventre e supôs que eram de medo. Miguel abraçou-a, mas isso não lhe serviu de consolo. Estavam os dois cansados e começavam a sentir a noite maldormida nos ossos e na alma.

— Não creio que se atrevam a entrar — ponderou Sebastián Gómez. — O governo já tem problemas suficientes. Não vai se meter conosco.

— Não seria a primeira vez que atacaria os estudantes — observou alguém.

— A opinião pública não permitirá — respondeu Gómez. — Estamos numa democracia. Isto não é uma ditadura e nunca será.

— Acreditamos sempre que essas coisas só acontecem em outros lugares — disse Miguel. — Até que aconteçam também conosco.

O resto da tarde transcorreu sem incidentes, e à noite todos estavam mais tranquilos, apesar do prolongado desconforto e da fome. Os tanques permaneciam parados a postos. Nos grandes corredores e nas salas de aula, os jovens jogavam a dinheiro ou cartas, descansavam estendidos no chão e preparavam armas defensivas com paus e pedras. A fadiga era perceptível em todos os rostos. Alba sentia cólicas cada vez mais fortes e pensou que, se as coisas não se resolvessem no dia seguinte, não teria outro remédio senão utilizar o buraco no pátio. Na rua, chovia sem parar, e a rotina da cidade continuava imperturbável. Aparentemente, ninguém se importava com mais uma greve de estudantes, e as pessoas passavam diante dos tanques sem parar para ler os cartazes que cobriam a fachada da universidade. Os vizinhos habituaram-se rapidamente à presença dos carabineiros armados, e, quando a chuva parou, as crianças saíram para jogar bola no estacionamento vazio que separava o edifício tomado pelos estudantes dos destacamentos policiais. Em alguns momentos, Alba experimentava a sensação de estar num barco à vela num mar parado, sem brisa, em uma eterna e silenciosa espera, imóvel, explorando o horizonte durante horas. A alegre camaradagem do primeiro dia transformara-se em irritação e constantes discussões à medida que o tempo passava e o desconforto aumentava. Miguel inventariou todo o prédio e confiscou os víveres da cantina.

— Quando isso acabar, pagaremos tudo ao concessionário. É um trabalhador como qualquer outro — justificou.

Fazia frio. O único que não se queixava de nada, nem mesmo da sede, era Sebastián Gómez. Parecia tão incansável quanto Miguel, apesar de ter o dobro da idade e o aspecto de tuberculoso.

Fora o único professor que ficara ao lado dos estudantes quando tomaram o edifício. Dizia-se que suas pernas paralisadas eram consequência de uma rajada de metralhadora na Bolívia. Era o ideólogo que fazia arder em seus alunos a chama que a maioria viu apagar-se quando terminou a universidade e se incorporou ao mundo que, em sua primeira juventude, acreditara poder mudar. Era um homem pequeno, enxuto, de nariz aquilino e cabelo ralo, animado por um fogo interno que não lhe dava tréguas. A ele, Alba devia o apelido de Condessa, porque, no primeiro dia de aula, seu avô tivera a infeliz ideia de mandá-la à universidade em seu automóvel com motorista e o professor assistira à sua chegada. Embora apropriado, o apelido era casual, porque Gómez não teria como saber que, no caso improvável de ela querer fazer isso algum dia, poderia desenterrar o título de nobreza de Jean de Satigny, uma das poucas coisas autênticas do conde francês que lhe dera o sobrenome. Alba não se aborrecera com o irônico apelido; ao contrário, algumas vezes fantasiara a ideia de seduzir o esforçado professor. Sebastián Gómez, porém já encontrara muitas meninas como Alba e sabia detectar a mistura de compaixão e curiosidade que suas muletas provocavam, sustentando-lhe as pobres pernas de trapo.

Assim se passou todo o dia, sem que o Grupo Móvel movimentasse seus tanques e sem que o governo cedesse às reivindicações dos trabalhadores. Alba começou a perguntar-se que diabo estava fazendo naquele lugar, porque a dor no ventre começava a se tornar insuportável e a necessidade de tomar um banho com água corrente já a obcecava. Cada vez que olhava para a rua e via os carabineiros, sua boca salivava. Compreendia, então, que os treinamentos de seu tio Nicolás não eram tão eficazes nos momentos de ação como nos de ficção, com seus sofrimentos imaginários. Duas horas depois, Alba sentiu entre as pernas uma viscosidade morna e viu as calças manchadas de vermelho. Invadiu-a uma sensação de pânico. Durante aqueles dias o temor de que isso acontecesse a atormentara tanto quanto a fome. A mancha em suas calças era como uma bandeira. Não tentou disfarçá-la. Encolheu-se num canto, sentindo-se perdida. Quando era pequena, sua avó tinha-lhe ensinado que as coisas próprias da função humana são naturais e que poderia falar a respeito de menstruação como de poesia; porém, mais tarde, no colégio, aprendeu que todas as secreções do corpo, à exceção das lágrimas, eram indecentes. Miguel, percebendo seu constrangimento e aflição, foi à improvisada enfermaria buscar um pacote de algodão e conseguiu alguns lenços, mas logo se deram conta de que aquilo não era suficiente, e, ao anoitecer, Alba chorava de humilhação e dor, assustada pelas tenazes em suas entranhas e por aquele jorro sangrento, que em nada se parecia com o de outros meses. Parecia-lhe que algo estava arrebentando dentro dela. Ana Díaz, uma estudante que, como Miguel, ostentava a insígnia do punho erguido, observou que aquilo só dói nas mulheres ricas, porque as proletárias não se queixam nem quando estão parindo, mas, ao ver que as calças de Alba eram um charco e que ela estava pálida como um moribundo, foi falar com Sebastián Gómez, que se declarou incapaz de resolver o problema.

— É isso que acontece quando as mulheres se metem em coisas de homens — gracejou.

— Não! Isso acontece quando burgueses se metem nas coisas do povo — respondeu a jovem, indignada.

Sebastián Gómez foi até o canto em que Miguel instalara Alba e escorregou para seu lado com dificuldade, por causa das muletas.

— Condessa, você tem que ir para casa. Aqui não vai contribuir em nada; pelo contrário, será um empecilho — disse-lhe.

Alba sentiu um vago alívio. Estava muito assustada, e aquela era uma saída honrosa, que lhe permitia voltar para casa sem que parecesse covardia. Argumentou um pouco com Sebastián Gómez para salvar sua honra, mas aceitou quase em seguida que Miguel saísse com uma bandeira branca para falar com os carabineiros. Todos o observaram pelas vigias enquanto atravessava o estacionamento vazio. Os carabineiros cerraram fileiras e ordenaram-lhe pelo alto-falante que parasse, deixasse a bandeira no chão e avançasse com as mãos na nuca.

— Isso parece uma guerra! — comentou Gómez.

Pouco depois, Miguel regressou e ajudou Alba a pôr-se de pé. A mesma jovem que criticara o choro de Alba segurou-a por um braço, e saíram os três do prédio, pulando as barricadas e os sacos de terra, iluminados pelos potentes refletores da polícia. Alba mal podia caminhar, sentia-se envergonhada e estava com a cabeça girando. No meio do caminho, uma patrulha foi ao encontro deles, e Alba viu-se a poucos centímetros de um uniforme verde e de uma pistola apontada para seu nariz. Ergueu os olhos e enfrentou um rosto moreno com olhos de roedor. Soube imediatamente que era Esteban García.

— Vejo que se trata da neta do senador Trueba! — exclamou García, irônico.

Assim, Miguel tomou conhecimento de que ela não lhe contara toda a verdade. Sentindo-se traído, deixou-a nas mãos do outro, deu meia-volta e, sem lhe dar nem mesmo um olhar de despedida, retornou arrastando sua bandeira branca pelo chão, acompanhado por Ana Díaz, que seguia tão surpresa e furiosa quanto ele.

— O que está acontecendo com você? — perguntou García, apontando com a pistola as calças de Alba. — Parece um aborto!

Alba ergueu a cabeça e olhou-o nos olhos.

— Isso não é da sua conta. Leve-me para minha casa! — ordenou, reproduzindo o tom autoritário que seu avô empregava com todos os que não considerava de sua classe social.

García hesitou. Fazia muito tempo que não ouvia uma ordem da boca de um civil e foi tomado pela tentação de levá-la para a prisão e deixá-la apodrecer numa cela, banhada por seu próprio sangue, até que lhe pedisse de joelhos, mas em sua profissão aprendera que havia outros muito mais poderosos do que ele e que não poderia se dar ao luxo de agir com impunidade. Além disso, a recordação de Alba com seus vestidos engomados, tomando limonada no terraço de Las Tres Marías, enquanto ele arrastava os pés nus pelo pátio das galinhas, sorvendo o próprio catarro, e o temor que ainda tinha do velho Trueba foram mais fortes do que seu desejo de humilhá-la. Não pôde aguentar o olhar da jovem e, sem perceber, abaixou a cabeça. Deu meia-volta, ladrou uma frase curta, e dois carabineiros levaram Alba pelos braços até um carro da polícia. Assim ela chegou em casa. Ao vê-la, Blanca supôs que se tivessem cumprido as previsões do avô e que a polícia tivesse agredido os estudantes. Começou a soluçar e não parou até Jaime examinar Alba e lhe assegurar de que não estava ferida e que não tinha nada que não pudesse sarar com duas injeções e repouso.

Alba passou dois dias de cama, durante os quais se desfez pacificamente a greve dos estudantes. O ministro da Educação foi demitido do cargo e transferido para o Ministério da Agricultura.

— Se pôde ser ministro da Educação sem ter terminado a escola, também pode ser ministro da Agricultura sem ter visto uma vaca inteira em toda a sua vida — comentou o senador Trueba.

Acamada, Alba teve tempo para lembrar as circunstâncias em que conhecera Esteban García. Vasculhando as imagens da infância, lembrou-se de um rapaz moreno, da biblioteca da casa, da lareira acesa com grandes troncos de pinheiro perfumando o ar, da tarde ou noite e dela, sentada em seus joelhos. Essa visão, contudo, entrava e saía fugazmente de sua memória e chegou a se perguntar se não a teria sonhado. A primeira lembrança precisa que tinha dele era posterior. Sabia a data exata, porque fora no dia em que completara 14 anos, e sua mãe fez um registro no álbum negro que sua avó iniciara quando ela nasceu. Na ocasião, havia encrespado o cabelo e estava no terraço, já com o casaco vestido, esperando que seu tio Jaime chegasse para irem comprar seu presente. Fazia muito frio, mas ela gostava do jardim no inverno. Bafejou as mãos e ergueu a gola do casaco para proteger as orelhas. Dali podia ver a janela da biblioteca, onde seu avô falava com um homem. O vidro estava embaçado, mas pôde reconhecer o uniforme dos carabineiros e perguntou-se o que seu avô poderia estar fazendo com um deles em seu escritório. O homem estava de costas para a janela, rigidamente sentado na ponta da cadeira, com as costas retas e a patética aparência de um soldadinho de chumbo. Alba observou-o por algum tempo; depois, calculando que seu tio estivesse chegando, caminhou pelo jardim até um caramanchão meio destruído, esfregando as mãos para aquecê-las, e sentou-se para esperar. Pouco depois, Esteban García a encontrou ali, quando saiu da casa e teve de atravessar o jardim para se dirigir ao portão. Ao vê-la, parou abruptamente. Olhou para todos os lados, hesitou e aproximou-se.

— Lembra-se de mim? — perguntou García.

— Não...

— Sou Esteban García. Nós nos conhecemos em Las Tres Marías. Alba sorriu mecanicamente. Trazia-lhe uma péssima recordação à memória. Havia qualquer coisa em seus olhos que a inquietava, embora não conseguisse precisar o quê. García varreu as folhas com a mão e sentou-se ao seu lado no banco, tão perto, que suas pernas se tocavam.

— Este jardim parece uma selva — disse respirando muito perto dela.

Tirou o gorro do uniforme, e ela viu que tinha o cabelo muito curto e duro, penteado com brilhantina. Logo em seguida a mão de García pousou em seu ombro. A familiaridade do gesto desconcertou-a, e, por um momento, ela ficou paralisada, mas em seguida inclinou-se para trás, tentando safar-se. A mão do carabineiro apertou-lhe o ombro, e os dedos se enterraram no tecido espesso do casaco. Alba sentiu seu coração bater como uma máquina e o rubor cobrir-lhe as faces.

— Você cresceu, Alba, e é quase uma mulher — sussurrou o homem ao seu ouvido.

— Hoje faço 14 anos — balbuciou ela.

— Então tenho um presente para você — disse Esteban García, sorrindo com a boca retorcida.

Alba tentou desviar o rosto, mas ele a agarrou firmemente com as mãos, obrigando-a a enfrentá-lo. Foi seu primeiro beijo. Sentiu uma sensação quente, brutal, a pele áspera e mal barbeada raspando-lhe a face, o cheiro de cigarro e cebola, sua violência. A língua de García tentou abrir-lhe os lábios enquanto com uma das mãos lhe apertava os maxilares até obrigá-la a separá-los. Ela visualizou aquela língua como um molusco gosmento e morno, a náusea invadiu-a, e um espasmo subiu-lhe do estômago, mas manteve os olhos abertos. Viu o tecido duro do uniforme e sentiu as mãos ferozes que lhe rodeavam o pescoço, e, sem deixar de beijá-la, os dedos começaram apertá-la. Alba sentiu-se afogar e empurrou-o com tanta violência que conseguiu afastá-lo. García levantou-se do banco e sorriu, sarcástico. Tinha manchas vermelhas nas faces e respirava com agitação.

— Gostou do meu presente? — gargalhou.

Alba viu-o afastar-se a passos largos pelo jardim e sentou-se, chorando. Sentia-se suja e humilhada. Depois correu para casa e foi lavar a boca com sabão e escovar os dentes, como se isso pudesse tirar a mancha de sua memória. Quando seu tio Jaime chegou para buscá-la, pendurou-se em seu pescoço, escondeu o rosto em sua camisa e disse que não queria nenhum presente, porque decidira tornar-se freira. Jaime começou a rir, um riso sonoro e fundo que nascia das entranhas e que ela lhe ouvira em muito poucas ocasiões, porque seu tio era um homem taciturno.

— Juro que é verdade! Vou ser freira! — soluçou Alba.

— Seria preciso que nascesse de novo — respondeu Jaime. — E, além disso, teria que passar por cima do meu cadáver.

Alba não voltou a ver Esteban García até que o teve ao seu lado, no estacionamento da universidade, mas nunca conseguiu esquecê-lo. Não contou a ninguém a respeito daquele beijo repugnante nem dos sonhos que teve depois, em que ele aparecia como uma besta verde disposta a estrangulá-la com as patas e asfixiá-la, introduzindo-lhe um tentáculo gosmento na boca.

Recordando tudo isso, Alba descobriu que o pesadelo tinha ficado escondido em seu íntimo todos aqueles anos e que García continuava a ser a besta que a espreitava nas sombras para atacá-la a qualquer momento de sua vida. Não poderia saber que se tratava de uma premonição.

A DECEPÇÃO DE Miguel e a raiva por Alba ser neta do senador Trueba dissolveram-se quando a viu pela segunda vez deambulando como numa alma penada pelos corredores próximos da cantina, onde se haviam conhecido. Compreendeu que era injusto culpar a neta pelas ideias do avô, e voltaram a passear abraçados. Em pouco tempo, os beijos intermináveis eram insuficientes, e começaram a encontrar-se no quarto em que Miguel morava, numa pensão medíocre para estudantes pobres, dirigida por um casal de meia-idade com vocação para a espionagem. Observavam Alba com mal disfarçada hostilidade quando subia de mãos dadas com Miguel a seu quarto, e para ela era um suplício vencer a timidez e enfrentar a crítica desses olhares, que lhe estragavam a felicidade do encontro. A fim de evitá-los, preferia outras opções, mas não aceitava a ideia de irem juntos a um hotel, pela mesma razão que não queria ser vista na pensão de Miguel.

— Você é a pior burguesa que conheço — ria Miguel.

Às vezes ele conseguia uma motocicleta emprestada, e escapavam por algumas horas, viajando numa velocidade suicida, cavalgando a máquina, com as orelhas geladas e o coração ansioso. No inverno gostavam de ir às praias desertas, andar sobre a areia molhada, deixando pegadas que a água lambia, espantar as gaivotas e respirar às golfadas o ar salgado do mar. No verão preferiam os bosques mais densos, em que se podiam amar impunemente, depois de despistar crianças curiosas e excursionistas. Alba logo descobriu que o lugar mais seguro era sua própria casa, porque, no labirinto e no abandono dos quartos dos fundos, onde ninguém entrava, podiam amar-se sem perturbações.

— Se as empregadas ouvirem ruídos, vão pensar que os fantasmas voltaram — justificou Alba, contando-lhe o glorioso passado dos espíritos visitantes e das mesas voadoras do casarão da esquina.

A primeira vez que atravessou com ele a porta dos fundos do jardim, abrindo passagem no matagal e contornando as estátuas manchadas de musgo e cagadas pelos pássaros, o jovem teve um sobressalto ao ver o triste casarão. "Eu já estive aqui", murmurou, mas não conseguiu lembrar, porque aquela selva de pesadelo e a lúgubre mansão tinham apenas uma vaga semelhança com a imagem luminosa que guardava de sua infância.

Os namorados experimentaram um por a os quartos abandonados e terminaram improvisando um ninho para seus amores furtivos nas profundezas do porão. Fazia vários anos que Alba não entrava ali e chegara a esquecer sua existência, mas, no momento em que abriu a porta e respirou o odor inconfundível, voltou a sentir a atração mágica de antes. Usaram os trastes, os caixotes, a edição do livro do tio Nicolás, os móveis e as antigas cortinas para improvisar um surpreendente quarto nupcial. No centro, montaram uma cama com vários colchões que cobriram com pedaços de veludo roído pelas traças. Dos baús, extraíram tesouros incontáveis. Fizeram lençóis com cortinas velhas de adamascado cor de topázio, descosturaram o suntuoso vestido de renda de Chantilly que Clara usou no dia em que Barrabás morreu, para com ele fazer um mosquiteiro iridescente que os preservasse das aranhas que teciam seu bordado a partir do teto. Iluminavam-se com velas e ignoravam os pequenos roedores, o frio e aquele cheiro de além--túmulo. Andavam nus no crepúsculo eterno do porão, desafiando a umidade e as correntes de ar. Bebiam vinho branco em taças de cristal que Alba pegou na sala de jantar e faziam um minucioso inventário de seus corpos e das múltiplas possibilidades do prazer. Brincavam como crianças. Ela quase não reconhecia nesse jovem e doce amante, que ria e brincava numa eterna bacanal, o revolucionário ávido por justiça que aprendia, em segredo, o uso das armas de fogo e as estratégias revolucionárias. Alba inventava irresistíveis truques de sedução, e Miguel criava maravilhosas formas de amá-la. Estavam deslumbrados pela força de sua paixão, que era como um feitiço de insaciável sede. Não havia tempo nem palavras suficientes para dizerem um ao outro seus pensamentos mais íntimos e suas recordações mais remotas, na ambiciosa intenção de se possuírem mútua, completa e absolutamente. Alba descuidou-se do violoncelo, exceto para tocá-lo nua sobre o leito de topázio, e assistia às aulas na universidade com o olhar perdido. Miguel também adiou sua tese e suas reuniões políticas, porque tinham necessidade de estar juntos a toda hora e, aproveitando qualquer descuido dos moradores da casa, deslizavam para o porão. Alba aprendeu a mentir e a dissimular. Sob o pretexto de ter de estudar à noite, deixou o quarto que partilhava com a mãe desde a morte de sua avó e instalou-se num do primeiro andar, que dava para o jardim, a fim de poder abrir a janela para Miguel e levá-lo, na ponta dos pés, ao longo da casa adormecida até seu espaço encantado; mas não só à noite se encontravam. A impaciência do amor era às vezes tão intolerável que Miguel se arriscava a entrar durante o dia, arrastando-se pelo mato, como um gatuno, até a porta do porão, onde Alba o esperava com o coração apertado. Abraçavam-se com o desespero de uma despedida e abrigavam-se em seu refúgio, sufocados de cumplicidade.

Pela primeira vez na vida, Alba sentiu necessidade da beleza e lamentou que nenhuma das esplêndidas mulheres da família lhe tivesse legado seus atributos e que a única que o fez, a bela Rosa, só lhe dera o tom de algas marinhas ao cabelo, que, não sendo acompanhado do resto, mais parecia um erro de cabeleireiro. Quando Miguel adivinhou sua inquietação, levou-a pela mão até o grande espelho veneziano posto a um canto de sua câmara secreta, espanou a poeira do cristal trincado, acendeu todas as velas que tinham e as colocou em volta de Alba. Ela se olhou nos mil pedaços estilhaçados do espelho. Sua pele, iluminada pelas velas, tinha a cor irreal das figuras de cera. Miguel começou a acariciá-la, e, no caleidoscópio do espelho, ela viu seu rosto transformar-se e enfim aceitou que era a mais bela de todo o universo, porque pôde ver a si mesma com os olhos com que Miguel a olhava.

Aquela orgia permanente durou mais de um ano. Por fim, Miguel terminou sua tese, graduou-se e começou a procurar trabalho. Quando passou a premente necessidade do amor insatisfeito, puderam recuperar a compostura e normalizar suas vidas. Alba esforçou-se para se interessar outra vez pelos estudos, e ele se dedicou novamente à sua tarefa política, porque os acontecimentos se precipitavam e o país estava dividido pelas lutas ideológicas. Miguel alugou um pequeno apartamento perto de seu trabalho, onde se encontravam para seus amores, porque, no ano que passaram brincando nus no porão, contraíram uma bronquite crônica que eliminava boa parte do encanto de seu paraíso subterrâneo. Alba ajudou a decorá-lo, enchendo-o de almofadões e cartazes políticos, e até chegou a sugerir que poderia ir viver com ele, mas nesse ponto Miguel foi inflexível.

— Aproximam-se tempos muito cruéis, meu amor — explicou. — Não posso tê-la comigo, porque, quando for necessário, entrarei na guerrilha.

— Irei com você para onde quer que seja — prometeu ela.

— Não se participa de uma guerrilha por amor, mas por convicção política, que você não tem — respondeu Miguel. — Não podemos dar-nos ao luxo de aceitar amadores.

Alba considerou aquilo brutal, e foram necessários alguns anos para que ela o compreendesse em toda a sua magnitude.

O SENADOR TRUEBA já estava em idade de se aposentar, mas essa ideia não lhe passava pela cabeça. Lia o jornal diariamente e resmungava entre dentes. As coisas haviam mudado muito naqueles anos, e ele se dava conta de que os acontecimentos o ultrapassavam; não imaginava viver tanto, a ponto de ter de enfrentá-los. Nascera quando não existia luz elétrica na cidade e fora-lhe dado ver, pela televisão, um homem passeando na lua, mas nenhum dos sobressaltos de sua longa vida o havia preparado para enfrentar a revolução que se gestava em seu país, às suas barbas, e que convulsionava o mundo inteiro.

Jaime era o único que não falava a respeito do que estava acontecendo. Para evitar as discussões com o pai, adquirira o hábito do silêncio e logo descobriu que era mais cômodo calar-se. As poucas vezes que abandonava seu mutismo trapista* era quando Alba ia visitá-lo no túnel de livros. Sua sobrinha chegava de camisola, com o cabelo molhado depois do banho, sentava-se aos pés da cama para conversar sobre assuntos felizes, porque, como ela lhe dizia, Jaime era um ímã para atrair os problemas alheios e as misérias irremediáveis, e era necessário que alguém o atualizasse a respeito da primavera e do amor. Suas boas intenções se estilhaçavam na ânsia de discutir com seu tio tudo o que a preocupava. Nunca estavam de acordo. Partilhavam os mesmos livros, mas, na hora de analisar o que haviam lido, tinham opiniões totalmente opostas. Jaime ironizava suas ideias políticas, seus amigos barbudos, e reclamava de ela se ter apaixonado por um terrorista de bar. Era o único na casa que sabia da existência de Miguel.

---

* Diz-se dos monges da Ordem da Trapa, que fazem voto de silêncio eterno. (N. T.)

— Diga-lhe que venha um dia trabalhar comigo no hospital para ver se depois ainda terá vontade de perder tempo com panfletos e discursos — dizia, provocando Alba.

— É advogado, tio, não é médico — respondia ela.

— Não importa. Lá precisamos de qualquer coisa. Até um encanador nos serve.

Jaime estava certo de que os socialistas finalmente triunfariam, depois de tantos anos de luta. Atribuía essa vitória ao fato de o povo ter tomado consciência de suas necessidades e de sua própria força. Alba repetia as palavras de Miguel, afirmando que só pela guerra seria possível vencer a burguesia. Jaime tinha horror a qualquer forma de extremismo e argumentava que os guerrilheiros só se justificam nas tiranias, em que não há outra solução exceto a luta armada, mas que são uma aberração num país onde as mudanças podem ser alcançadas pelo voto popular.

— Isso nunca aconteceu, tio, não seja ingênuo — replicava Alba. — Jamais deixarão que seus socialistas ganhem!

Ela tentava explicar o ponto de vista de Miguel: que não era possível continuar à espera do passo lento da história, do laborioso processo de educar o povo e organizá-lo, porque o mundo avançava aos saltos, e eles ficavam para trás, que as mudanças radicais nunca se implantavam por bem e sem violências. A história demonstrava isso. A discussão se prolongava, e ambos se perdiam numa oratória confusa, que os deixava esgotados, acusando-se mutuamente de serem mais teimosos do que uma mula, mas, no fim, desejavam-se boa-noite com um beijo e ficavam com a sensação de que o outro era um ser maravilhoso.

Um dia, à hora do jantar, Jaime anunciou que os socialistas ganhariam, mas, como havia vinte anos previa o mesmo, ninguém acreditou nisso.

— Se sua mãe estivesse viva, diria que vão ganhar os de sempre — respondeu-lhe desdenhosamente o senador Trueba.

Jaime sabia por que falava. Estava informado pelo candidato. Havia muitos anos que eram amigos, e Jaime ia à noite jogar xadrez com ele frequentemente. Era o mesmo socialista que pretendia a presidência da República fazia dezoito anos. Jaime vira-o pela primeira vez à revelia de seu pai, quando passava em meio à fumaça dos trens da vitória, durante as campanhas eleitorais de sua adolescência. Naqueles tempos, o candidato era um homem jovem e robusto, com aparência de cachorro perdigueiro, que gritava exaltados discursos em meio às piadas e aos assovios dos patrões e ao silêncio raivoso dos camponeses. Era a época em que os irmãos Sánchez penduraram na encruzilhada dos caminhos o corpo do dirigente socialista e que Esteban Trueba chicoteou Pedro Terceiro García diante de Pedro Segundo, por repetir aos empregados as perturbadoras versões bíblicas do padre Jose Dulce María. Sua amizade com o candidato nasceu por acaso, num domingo à noite em que, de plantão no hospital, mandaram-no atender uma emergência em domicílio. Chegou ao endereço indicado numa ambulância, tocou a campainha, e o candidato abriu pessoalmente a porta. Jaime não teve dificuldade em reconhecê-lo, porque muitas vezes vira seu retrato e porque sua aparência não mudara desde que o vislumbrara, passando no trem.

— Entre, doutor, estamos à sua espera — saudou o candidato.

Levou-o a um quarto de serviço, onde suas filhas tentavam ajudar uma mulher que parecia asfixiar-se e tinha o rosto arroxeado, os olhos esbugalhados e a língua, monstruosamente inchada, saindo da boca.

— Comeu peixe — explicaram-lhe.

— Tragam o oxigênio que está na ambulância — disse Jaime enquanto preparava uma seringa.

Permaneceu ao lado do candidato, sentados ao lado da cama, até que a mulher começou a respirar normalmente e conseguiu repor a língua na boca. Conversaram sobre socialismo e xadrez, e aquele foi o começo de uma boa amizade. Jaime apresentou-se com o sobrenome de sua mãe, que sempre usava, sem imaginar que, no dia seguinte, os serviços de segurança do partido entregariam ao outro a informação de que era filho do senador Trueba, seu pior inimigo político. O candidato, no entanto, jamais mencionou o assunto, e até na hora final, quando apertaram as mãos pela última vez no fragor do incêndio e das balas, Jaime se perguntava se algum dia teria coragem de lhe dizer a verdade.

Sua larga experiência na derrota e seu conhecimento do povo permitiram ao candidato dar-se conta, antes de todos, de que, naquela ocasião, ganharia. Comentou o assunto com Jaime e acrescentou que a palavra de ordem era não divulgar a informação, a fim de que a direita se apresentasse nas eleições segura do triunfo, arrogante e dividida. Jaime respondeu que, mesmo que espalhassem aos quatro cantos, ninguém acreditaria, nem mesmo os próprios socialistas, e, para comprovar sua ideia, comentou com o pai.

Jaime continuou a trabalhar quatorze horas por dia, incluindo os domingos, sem participar da luta política. Estava acovardado pelo rumo violento daquela luta, que polarizava as forças nos dois extremos, deixando no centro apenas um grupo indeciso e volúvel, que esperava ver despontar o vencedor para decidir seu voto. Não se deixou provocar pelo pai, que aproveitava todas as ocasiões em que estavam juntos para adverti-lo sobre as manobras do comunismo internacional e do caos que fustigaria a pátria no caso improvável de a esquerda triunfar. A única vez que Jaime perdeu a paciência foi quando numa manhã encontrou a cidade forrada de cartazes truculentos em que aparecia uma mãe barriguda e desolada, tentando inutilmente resgatar seu filho de um soldado comunista que o levava para Moscou. Era a campanha de terror organizada pelo senador Trueba e seus correligionários, com a ajuda de especialistas estrangeiros, importados especialmente para esse fim. Aquilo foi excessivo para Jaime. Deu-se conta de que não poderia viver sob o mesmo teto que o pai, trancou seu túnel, levou sua roupa e foi dormir no hospital.

Os acontecimentos precipitaram-se nos últimos meses antes das eleições. Em todos os muros havia retratos dos candidatos, aviões lançavam panfletos e cobriam as ruas com lixo impresso, que caía do céu, como neve; os rádios berravam palavras de ordem políticas, e os partidários de cada facção faziam as apostas mais estapafúrdias. À noite, os jovens saíam em grupos para tomar de assalto seus inimigos ideológicos. Organizavam-se concentrações gigantescas para medir a popularidade de cada partido, e cada uma delas lotava a cidade, e as pessoas se apinhavam na mesma medida. Alba estava eufórica, mas Miguel explicou-lhe que as eleições eram uma palhaçada, e pouco importava quem fosse o vencedor, porque se tratava da mesma seringa com cânula diferente e que a revolução não poderia ser feita nas urnas eleitorais, mas com o sangue do povo. A ideia de uma revolução pacífica na democracia e em plena liberdade era um contrassenso.

— Esse pobre rapaz está louco! — exclamou Jaime quando Alba lhe contou. — Vamos ganhar, e ele terá de engolir suas palavras.

Até aquele momento, Jaime conseguira evitar Miguel. Não o queria conhecer. Ciúmes secretos e inconfessáveis atormentavam-no. Ajudara Alba a nascer a tivera mil vezes sentada em seus joelhos, ensinara-a a ler, pagara-lhe o colégio e celebrara todos os seus aniversários; sentia-se como seu pai e não conseguia evitar a inquietação que lhe causava vê-la transformada em mulher. Notara a mudança nos últimos anos e enganava-se com falsos argumentos, apesar de sua experiência de cuidar de outros seres humanos ter-lhe ensinado que só o amor pode produzir aquele esplendor numa mulher. Da noite para o dia, vira Alba amadurecer, abandonando as formas imprecisas da adolescência, para se acomodar em seu novo corpo, de mulher satisfeita e aprazível. Esperava com absurda veemência que a paixão de sua sobrinha fosse um sentimento passageiro, porque no fundo não queria aceitar que ela precisasse de outro homem além dele. Não lhe foi possível, no entanto, continuar a ignorar Miguel. Naqueles dias, Alba contou-lhe que a irmã dele estava doente.

— Quero que você fale com Miguel, tio. Ele lhe contará o que está acontecendo com a irmã. Faria isso por mim? — pediu Alba.

Quando Jaime conheceu Miguel, num café do bairro, nem toda a sua suspeita pôde impedir que uma onda de simpatia o fizesse esquecer seu antagonismo, porque o homem que tinha à frente, mexendo nervosamente o café, não era o extremista petulante e brigão que esperava, mas um jovem comovido e trêmulo, que, enquanto explicava os sintomas da doença da irmã, lutava contra as lágrimas que lhe inundavam os olhos.

— Leve-me até ela — disse Jaime.

Miguel e Alba conduziram-no ao bairro boêmio. Em pleno Centro, a poucos metros dos edifícios modernos de aço e vidro, tinham surgido na encosta de uma colina as ruas íngremes dos pintores, ceramistas e escultores. Tinham feito ali suas tertúlias, dividindo as antigas casas em minúsculos estúdios. As oficinas dos artesãos abriam-se para o céu através dos tetos de vidro, e, nas obscuras pocilgas, os artistas sobreviviam num paraíso de grandezas e misérias. Nas ruelas brincavam crianças satisfeitas, belas mulheres com amplas túnicas carregavam seus filhos às costas ou nas ancas, e os homens, barbudos, sonolentos e indiferentes, viam passar a vida, sentados nas esquinas e nos umbrais das portas. Pararam diante de uma casa de estilo francês, decorada como uma torta de creme com anjos nos frisos. Subiram uma escadaria estreita, construída como saída de emergência em caso de incêndio, e que as numerosas divisões do edifício haviam transformado no único acesso. À medida que subiam, a escada dobrava-se sobre si mesma, e envolvia-os um odor penetrante de alho, maconha e terebintina. Miguel parou no último andar, diante de uma porta estreita pintada de laranja, tirou uma chave e abriu-a. Jaime e Alba julgaram ter entrado numa gaiola de passarinho. O cômodo era redondo, coroado por uma absurda cúpula bizantina e cercado de vidros, através dos quais se podia passear o olhar pelos telhados da cidade e sentir-se muito perto das nuvens. As pombas tinham feito seus ninhos no peitoril da janela, contribuindo com seus excrementos e suas penas para a opacidade dos vidros. Sentada numa cadeira diante da única mesa, estava uma mulher de roupão enfeitado com um triste dragão, já desfiado, bordado na altura do peito. Jaime precisou de alguns segundos para reconhecê-la.

— Amanda... Amanda... — balbuciou.

Não voltara a vê-la em mais de vinte anos, quando o amor que ambos sentiam por Nicolás foi mais forte do que o que tinham um pelo outro. O rapaz atlético e moreno, com o cabelo cheio de brilhantina e sempre úmido, que passeava lendo em voz alta seus tratados de medicina, transformara-se num homem ligeiramente curvado, pelo hábito de se inclinar sobre as camas dos doentes, de cabelo grisalho, rosto grave e pesadas lentes com aros metálicos, mas era basicamente a mesma pessoa. Para reconhecer Amanda, no entanto, era preciso tê-la amado muito. Parecia mais velha do que era, estava muito magra, quase nos ossos, a pele macilenta e amarelada, e as mãos muito descuidadas, com os dedos manchados de nicotina. Seus olhos estavam esbugalhados, sem brilho, aver-melhados, com as pupilas dilatadas, o que lhe dava um aspecto desamparado e aterrorizado. Não viu Jaime nem Alba; só teve olhos para Miguel. Tentou levantar-se, tropeçou e cambaleou. O irmão aproximou-se e segurou-a, apertando-a contra o peito.

— Vocês já se conheciam? — perguntou Miguel, admirado.

— Sim, há muito tempo — disse Jaime.

Considerou ser inútil falar a respeito do passado e que Miguel e Alba eram muito jovens para compreender a sensação de perda irre-mediável que ele sentia naquele momento. De repente, apagou-se a imagem da cigana que guardara todos aqueles anos em seu coração, único amor na solidão de seu destino. Ajudou Miguel a estender a mulher no sofá que lhe servia de cama e ajeitou uma almofada sob sua cabeça. Amanda segurou o roupão com as mãos, defendendo-se debilmente e balbuciando incoerências. Sacudiram-na tremores convulsivos, e respirava como um cachorro cansado. Alba observou- -a, horrorizada, e só depois de Amanda estar deitada, quieta e de olhos fechados, reconheceu a mulher que sorria na pequena fotografia que Miguel guardava em sua carteira. Jaime falou-lhe com uma voz desconhecida e, pouco a pouco, conseguiu tranqui- lizá-la, acariciou-a com gestos ternos e paternais, como às vezes fazia com os animais, até que a doente se descontraiu e permitiu que lhe subissem as mangas do velho roupão chinês. Apareceram seus braços esqueléticos, e Alba viu milhares de minúsculas cica- trizes, nódoas negras, picadas, algumas infectadas e supurando. Descobriu depois suas pernas, e suas coxas também estavam tor- turadas. Jaime observou-a com tristeza, compreendendo naquele instante o abandono, os anos de miséria, os amores frustrados e o terrível caminho que aquela mulher havia percorrido até chegar ao ponto de desesperança em que se encontrava. Lembrou-se dela como era em sua juventude, quando o deslumbrara com o esvo- açar de seu cabelo, o chocalhar de suas miçangas, seu riso como o badalar de um sino e sua pureza para abraçar ideias disparatadas e perseguir ilusões. Amaldiçoou-se por tê-la deixado partir e por todo aquele tempo perdido para ambos.

— Temos que interná-la. Só um tratamento de desintoxicação poderá salvá-la — disse. — Vai sofrer muito — acrescentou.

XII

A Conspiração

Tal como o candidato havia previsto, os socialistas, aliados aos demais partidos de esquerda, ganharam as eleições presidenciais. A votação decorreu sem incidentes numa luminosa manhã de setembro. Os de sempre, acostumados ao poder desde tempos imemoriais, ainda que nos últimos anos tivessem assistido à grave debilitação de suas forças, prepararam-se para celebrar o triunfo com semanas de antecipação. As bebidas acabaram nos bares, os mariscos frescos esgotaram-se nos mercados e nas pastelarias trabalhou-se o dobro, em turnos, para satisfazer a procura de tortas e pastéis. No Bairro Alto não houve preocupação ao se ouvirem os resultados das contagens parciais nas províncias, que favoreciam a esquerda, porque todos sabiam que os votos da capital seriam decisivos. O senador Trueba acompanhou a votação na sede de seu partido, com uma calma absoluta e bom humor, rindo de forma petulante, quando algum de seus homens se mostrava nervoso com o avanço indissimulável do candidato da oposição. Antecipando-se à vitória, rompera seu luto rigoroso, pondo uma rosa vermelha na lapela do paletó. Entrevistaram-no pela televisão, e todo o país pôde escutá-lo: "Ganharemos nós, os de sempre", declarou com sobriedade, e convidou a um brinde ao "defensor da democracia".

No casarão da esquina, Blanca, Alba e os empregados estavam diante da televisão, bebendo chá, comendo torradas e anotando os resultados para acompanhar de perto a corrida final, quando viram Esteban Trueba aparecer na tela, mais velho e teimoso do que nunca.

— Vai ter um faniquito — disse Alba. — Porque desta vez os outros vão ganhar.

Logo se tornou evidente para todos que só um milagre mudaria o resultado que se esboçava ao longo do dia. Nas imponentes residências brancas, azuis e amarelas do Bairro Alto, começou um movimento de fechar janelas, trancar portas e retirar, apressadamente, as bandeiras e os retratos de seu candidato, pendurados antecipadamente nas varandas. Dos povoados da periferia e dos bairros operários, entretanto, saíram para a rua famílias inteiras, pais, filhos, avós, com suas roupas de domingo, caminhando alegremente em direção ao Centro. Levavam rádios portáteis para ouvir os últimos resultados. No Bairro Alto, alguns estudantes, inflamados pelo idealismo, fizeram troça com seus pais, reunidos diante da televisão com uma expressão fúnebre, e foram também para a rua. Dos cinturões industriais, chegaram trabalhadores em colunas ordenadas, punhos erguidos, cantando os versos da campanha. Reuniram-se todos no Centro, gritando, a uma só voz, que o povo unido jamais será vencido. Agitaram seus lenços brancos e esperaram. À meia-noite, soube-se que a esquerda vencera. Num abrir e fechar de olhos, os grupos dispersos engrossaram, incharam, estenderam-se, e as ruas encheram-se de gente eufórica, que pulava, gritava, abraçava-se e ria. Acenderam-se tochas em meio ao alarido das vozes, e o baile de rua transformou-se numa alegre e disciplinada passeata que começou a avançar até as belas avenidas da burguesia. E, então, viu-se o espetáculo inédito da gente do povo — homens com suas rústicas alpargatas, mulheres com os filhos nos braços, estudantes em mangas de camisa — percorrendo tranquilamente a zona reservada e preciosa onde pouquíssimas vezes se tinham aventurado e onde eram estranhos. O clamor de seus cantos, seus passos e o resplendor de suas tochas penetraram o interior das casas fechadas e silenciosas, onde tremiam os que haviam acabado por acreditar em sua própria campanha de terror e estavam convencidos de que a população iria despedaçá-los ou, na melhor das hipóteses, despojá-los de seus bens e mandá-los para a Sibéria. A excitada multidão, contudo, não forçou nenhuma porta nem pisoteou os impecáveis jardins. Passou alegremente sem encostar nos luxuosos veículos estacionados na rua, deu voltas pelas praças e parques que nunca havia pisado, parou, maravilhada, diante das vitrinas do comércio, que brilhavam como no Natal e ofereciam objetos cujo uso sequer poderiam imaginar, e seguiu sua rota pacificamente. Quando as colunas passaram diante de sua casa, Alba saiu correndo e a elas se misturou, cantando a plenos pulmões. O povo entusiasmado desfilou durante toda a noite. Nas mansões, as garrafas de champanha permaneceram fechadas, as lagostas amoleceram em suas bandejas de prata e as tortas encheram-se de moscas.

Ao amanhecer, Alba avistou em meio à multidão que já começava a se dispersar a inconfundível figura de Miguel, que seguia gritando, com uma bandeira nas mãos. Abriu passagem até ele, chamando-o inutilmente, porque ele não conseguiria ouvi-la naquela algazarra. Quando chegou à sua frente e Miguel a viu, passou a bandeira ao que estava mais perto e abraçou-a, levantando-a do chão. Os dois estavam no limite de suas forças e, enquanto se beijavam, choravam de alegria.

— Eu lhe disse que venceríamos por bem, Miguel! — riu Alba.

— Ganhamos, mas agora temos que defender o triunfo — respondeu.

No dia seguinte, os que haviam passado a noite de vigília, aterrorizados em suas casas, saíram como uma avalancha enlouquecida e tomaram de assalto os bancos, exigindo que lhes entregassem seu dinheiro. Quem possuía algo valioso preferiu guardá-lo sob o colchão ou enviá-lo ao exterior. Em vinte e quatro horas, o valor da propriedade diminuiu para menos da metade, e todas as passagens aéreas esgotaram-se na loucura de deixar o país antes que chegassem os soviéticos para cercar a fronteira com arame farpado. O povo, que havia desfilado triunfante, foi ver a burguesia em fila e discutindo às portas dos bancos, e riu às gargalhadas. Em poucas horas, o país dividiu-se em dois grupos irreconciliáveis, e a divisão começou a contaminar todas as famílias.

O senador Trueba passou a noite na sede de seu partido, retido à força por seus seguidores, convictos de que, se ele saísse à rua, a multidão não teria dificuldade em reconhecê-lo e o penduraria num poste. Trueba estava mais aturdido do que furioso. Não podia acreditar no que havia acontecido, apesar de ter passado muitos anos repetindo a cantilena de que o país estava infestado de marxistas. Não se sentia deprimido; pelo contrário. Em seu velho coração de lutador brotava uma emoção exaltada, que não experimentava desde a juventude.

— Uma coisa é ganhar a eleição, e outra, muito distinta, é ser presidente — observou misteriosamente a seus chorosos correligionários.

A ideia de eliminar o novo presidente, no entanto, ainda não se instalara na mente de ninguém, porque os inimigos estavam seguros de que acabariam com ele pela mesma via legal que lhe permitira triunfar. Assim pensava Trueba. No dia seguinte, quando ficou evidente que não havia razão para temer a multidão em festa, saiu de seu refúgio e dirigiu-se a uma casa de campo nos arredores da cidade, em que organizou um almoço secreto, reunindo outros políticos, alguns militares e gringos enviados pelo serviço de inteligência, para traçar o plano que derrubaria o novo governo: a desestabilização econômica, como denominaram a sabotagem.

Era um casarão em estilo colonial, cercado por um pátio de paralelepípedos. Quando o senador Trueba chegou, já havia vários carros estacionados. Receberam-no efusivamente, porque era um dos líderes indiscutíveis da direita e porque ele, prevendo o que se avizinhava, fizera os contatos necessários com meses de antecipação. Depois da refeição — corvina fria com molho de abacate, leitão assado em *brandy* e *mousse* de chocolate —, despacharam os garçons e trancaram as portas do salão. Esboçaram então as grandes linhas de sua estratégia e, depois, de pé, brindaram à pátria. Todos eles, à exceção dos estrangeiros, estavam dispostos a arriscar a metade de sua fortuna pessoal naquela empreitada, mas só o velho Trueba dispunha-se a dar também a própria vida.

— Não o deixaremos em paz nem um só minuto. Será obrigado a renunciar — decretou com firmeza.

— E, se isso não der certo, senador, temos isto — acrescentou o general Hurtado, pondo sua arma do regulamento sobre a toalha.

— Não nos interessa um golpe, general — respondeu o agente da inteligência da embaixada em seu correto castelhano. — Queremos que o marxismo fracasse estrondosamente e caia por si mesmo, para eliminar essa ideia em outros países do continente. Compreende? Vamos conseguir isso com dinheiro. Ainda podemos comprar alguns parlamentares para que não o confirmem como presidente. Está na Constituição: não obtéve a maioria absoluta, e o Parlamento deve decidir.

— Tire essa ideia da cabeça, *mister*! — exclamou o senador Trueba. — Aqui não vai conseguir subornar ninguém. O Congresso e as Forças Armadas são incorruptíveis. É melhor destinar esse dinheiro à compra de todos os meios de comunicação. Assim, poderemos manipular a opinião pública, que, na realidade, é a única coisa que conta.

— Isso é uma loucura! A primeira coisa que os marxistas vão fazer é acabar com a liberdade de imprensa! — disseram várias vozes em uníssono.

— Acreditem, cavalheiros — respondeu o senador Trueba —, conheço este país. Jamais acabarão com a liberdade de imprensa. Além disso, está em seu programa de governo: jurou respeitar as liberdades democráticas. Nós o pegaremos em sua própria armadilha.

O senador Trueba tinha razão. Não conseguiram subornar os parlamentares, e, no prazo estipulado pela lei, a esquerda assumiu tranquilamente o poder. Então, a direita começou a intensificar seu ódio.

DEPOIS DAS ELEIÇÕES, todos viram sua vida mudar, e quem supôs que poderia continuar como sempre logo verificou que isso era uma ilusão. Para Pedro Terceiro García, a mudança foi brutal. Sempre vivera escapando às armadilhas da rotina, livre e pobre como um trovador errante, sem nunca ter usado sapatos de couro, gravata nem relógio, dando-se ao luxo da ternura, da pureza, da desordem e das sestas, porque não tinha de prestar contas a ninguém. Era-lhe cada vez mais difícil encontrar a inquietação e a dor necessárias para compor uma nova canção, porque, com o passar dos anos, alcançara uma grande paz interior, e a rebeldia que o mobilizara na juventude se havia transformado na mansidão do homem satisfeito consigo mesmo. Era austero como um franciscano. Não tinha nenhuma ambição de dinheiro ou poder. A única nuvem em sua tranquilidade era Blanca. Deixara de lhe interessar o amor sem futuro das adolescentes e adquirira a certeza de que Blanca era a mulher da sua vida. Contabilizando os anos em que a amara clandestinamente, não pôde recordar sequer um momento de sua vida em que ela não estivesse presente. Depois das eleições presidenciais, viu o equilíbrio de sua existência destroçado pela urgência de colaborar com o governo. Não se pôde negar, porque, como lhe explicaram, os partidos de esquerda não tinham homens capacitados em quantidade suficiente para todas as funções a serem desempenhadas.

— Sou um camponês. Não tenho nenhum preparo — disse, tentando desculpar-se.

— Não importa, companheiro. Você, pelo menos, é popular. Mesmo que meta os pés pelas mãos, o povo o perdoará — explicaram-lhe.

Foi assim que se viu sentado a uma mesa de trabalho pela primeira vez na vida, com uma secretária exclusiva e na parede, às suas costas, um enorme retrato dos próceres da pátria em alguma honrosa batalha. Pedro Terceiro García olhava pela janela gradeada de seu luxuoso gabinete e só conseguia enxergar um minúsculo quadrilátero de céu cinzento. Não era um cargo decorativo. Trabalhava das sete da manhã até a noite e, no final do expediente, estava tão cansado que não se sentia capaz de arrancar nem um acorde de seu violão e, muito menos, de amar Blanca com a paixão costumeira. Quando podiam encontrar-se, vencendo todos os habituais obstáculos de Blanca, mais os novos que seu trabalho lhe impunha, enfiavam-se sob os lençóis com mais angústia do que desejo. Faziam amor fatigados, interrompidos pelo telefone, perseguidos pelo tempo, que nunca lhes era suficiente. Blanca parou de usar sua roupa íntima de puta, porque lhe parecia uma provocação inútil que os fazia cair no ridículo. Acabaram por se encontrar para descansar, abraçados, como dois anciões, e para conversar amigavelmente sobre seus problemas cotidianos e sobre os graves assuntos que faziam a nação tremer. Um dia, Pedro Terceiro deu-se conta de que havia quase um mês que não faziam amor e, o que lhe pareceu ainda pior, que nenhum dos dois sentia desejo de fazê-lo. Sobressaltou-se. Supôs que, na sua idade, não havia razão para a impotência e atribuiu o fato à vida que levava e aos hábitos de solteirão que adquirira. Imaginou que, se pudesse ter uma vida normal com Blanca, se ela o estivesse esperando todos os dias na paz de um lar, tudo seria diferente. Exigiu dela que se casassem de uma vez por todas, porque já estava farto daqueles amores furtivos e já não tinha mais idade para viver daquela forma. Blanca deu-lhe a mesma resposta que já lhe dera muitas vezes antes.

— Tenho que pensar, meu amor.

Estava nua, sentada na cama estreita de Pedro Terceiro. Ele a observou sem piedade e viu que o tempo começava a devastá-la com seus estragos: estava mais gorda, mais triste, tinha as mãos deformadas pelo reumatismo, e os maravilhosos seios, que em outras épocas lhe tiravam o sono, estavam-se tornando um amplo regaço de matrona instalada em plena maturidade. No entanto, achava-a tão bela quanto em sua juventude, quando se amavam em meio aos caniços do rio em Las Tres Marías e, justamente por isso, lamentava que a fadiga fosse mais forte do que sua paixão.

— Você vem pensando há quase meio século. Basta, é agora ou nunca — concluiu.

Blanca não se alterou, porque não era a primeira vez que ele a intimava a tomar uma decisão. Sempre que rompia com uma de suas jovens amantes e voltava para seu lado, exigia-lhe o casamento, em desesperada busca de reter o amor e de se fazer perdoar. Quando consentiu em abandonar a vila operária em que fora feliz durante vários anos, para se instalar num apartamento de classe média, repetira-lhe as mesmas palavras.

— Ou se casa comigo agora ou nunca mais nos veremos.

Blanca não percebeu que naquele momento a determinação de Pedro Terceiro era irrevogável.

Separaram-se zangados. Ela se vestiu, apanhando apressadamente a roupa que estava espalhada no chão, e enrolou o cabelo na nuca, prendendo-o com alguns grampos que encontrou na desordem da cama. Pedro Terceiro acendeu um cigarro e dela não afastou os olhos enquanto Blanca se vestia. Ela acabou de calçar os sapatos, pegou sua bolsa e, da porta, fez-lhe um gesto de despedida, certa de que, no dia seguinte, ele lhe telefonaria para uma de suas espetaculares reconciliações. Pedro Terceiro virou-se para a parede. Um ríctus amargo transformava-lhe a boca numa linha apertada. Não se tornariam a ver durante dois anos.

Nos dias que se seguiram, Blanca esperou que ele lhe telefonasse, de acordo com o esquema que se repetia desde sempre, sem jamais ter falhado, nem sequer quando ela se casou, e passaram um ano separados. Também naquela ocasião fora ele quem a procurara. Passado o terceiro dia sem notícias, porém, ela começou a alarmar-se. Rolava na cama, atormentada por uma constante insônia, duplicou a dose de tranquilizantes, tornou a refugiar-se em suas enxaquecas e nevralgias, atordoando-se em sua oficina, botando e tirando do forno centenas de monstros para os presépios, num esforço para se manter ocupada e não pensar, mas não conseguiu sufocar sua impaciência. Finalmente, ligou para o ministério. Uma voz feminina respondeu-lhe que o companheiro García estava numa reunião e que não poderia ser interrompido. No dia seguinte, Blanca tornou a telefonar e continuou a fazê-lo durante o resto da semana, até que se convenceu de que nada conseguiria daquele jeito. Fez um esforço para vencer o monumental orgulho que herdara do pai, pôs seu melhor vestido, sua cinta-liga de renda e foi vê-lo em seu apartamento. Sua chave não entrou na fechadura, e teve de tocar a campainha. Abriu a porta um homenzarrão de bigodes com olhos de colegial.

— O companheiro García não está — disse, sem convidá-la a entrar.

Então compreendeu que o havia perdido. Numa fugaz visualização de seu futuro, viu-se num vasto deserto, dedicada a ocupações sem sentido para consumir o tempo, sem o único homem que amou em toda a sua vida e longe daqueles braços em que dormira desde os memoráveis dias de sua primeira infância. Sentou-se na escada e chorou. O homem de bigodes fechou a porta sem ruído.

A ninguém disse o que acontecera. Alba perguntou por Pedro Terceiro, e ela respondeu com evasivas, explicando-lhe que o novo cargo no governo o mantinha muito ocupado. Continuou dando suas aulas para senhoritas ociosas e para as crianças especiais, e começou a ensinar cerâmica nos povoados da periferia, onde as mulheres se haviam organizado para aprender novos ofícios e participar, pela primeira vez, da atividade política e social do país. A organização era fundamental, porque "o caminho para o socialismo" logo se transformou num campo de batalha. Enquanto o povo celebrava a vitória, deixando crescerem cabelo e barba, chamando-se uns aos outros de companheiros, resgatando o folclore esquecido e o artesanato popular, e exercendo seu novo poder em eternas e inúteis reuniões de trabalhadores, em que todos falavam ao mesmo tempo sem jamais chegar a algum acordo, a direita realizava uma série de ações estratégicas, destinadas a estraçalhar a economia e desprestigiar o governo. Tinha nas mãos os meios de difusão mais poderosos, contava com recursos econômicos quase ilimitados e com a ajuda dos gringos, que destinaram fundos secretos para o plano de sabotagem. Em poucos meses, os resultados foram visíveis. O povo encontrou-se pela primeira vez com dinheiro suficiente para cobrir suas necessidades básicas e comprar algumas coisas que sempre desejara, mas já não podia, porque as lojas estavam quase vazias. Começara o desabastecimento, que veio a se converter num pesadelo coletivo. As mulheres levantavam-se ao amanhecer para tomar seus lugares nas longas filas, a fim de comprar um frango esmirrado, meia dúzia de fraldas ou papel higiênico. A graxa para lustrar sapatos, as agulhas e o café passaram a ser artigos de luxo, que se ofertavam embrulhados em papel de presente por ocasião dos aniversários. Produziu-se a angústia da escassez, o país estava abalado por ondas de rumores contraditórios que alertavam a população sobre os produtos que iriam faltar, e as pessoas compravam em excesso o que houvesse para prevenir o futuro. Entravam em filas sem saber o que estava sendo vendido, só para não deixar passar a oportunidade de comprar qualquer coisa, mesmo que não estivessem precisando. Apareceram os profissionais das filas, que, por uma soma razoável, guardavam o lugar para outras pessoas, os vendedores de guloseimas, que aproveitavam os congestionamentos para expor seus petiscos e os que alugavam mantas para as filas noturnas. O mercado negro alastrou-se. A polícia tentou impedi-lo, mas era como uma peste que se infiltrava por todos os lados, e, por mais que revistassem os carros e detivessem os que transportavam embrulhos suspeitos, não foi possível evitá-lo. Até as crianças traficavam nos pátios das escolas. Na pressa de se apropriar dos produtos, criavam-se confusões, e quem nunca fumara pagava qualquer preço por um maço de cigarros, e quem não tinha filhos disputava um vidro de alimento para bebês. Desapareceram os apetrechos para cozinha, máquinas industriais, veículos. Houve racionamento de gasolina, e as filas de automóveis podiam durar dois dias e uma noite, bloqueando a cidade como uma gigantesca e imóvel jiboia tostando ao sol. Não havia tempo para tantas filas, e os empregados tinham de se deslocar a pé ou de bicicleta. As ruas encheram-se de ciclistas ofegantes, parecendo um delírio holandês. Era essa a situação quando os caminhoneiros se declararam em greve. Na segunda semana ficou evidente que não se tratava de uma questão trabalhista, mas política, e que não pensavam em retornar ao trabalho. O exército quis encarregar-se do problema, porque as hortaliças estavam apodrecendo nos campos, e, nos mercados, não havia nada para vender às donas de casa; os motoristas, porém, haviam desmontado os motores, e era impossível mover os milhares de caminhões que ocupavam as estradas, como carcaças fossilizadas. O presidente apareceu na televisão pedindo paciência. Informou o país de que os caminhoneiros estavam sendo pagos pelo imperialismo e que se manteriam em greve por tempo indeterminado; portanto, o melhor a fazer era cultivar suas próprias verduras nos pátios e varandas, pelo menos até se descobrir outra solução. O povo, que estava habituado à pobreza e antes não comia frango senão nas festas cívicas ou no Natal, não perdeu a euforia do primeiro dia; pelo contrário, organizou-se como para uma guerra, decidido a não permitir que a sabotagem econômica lhe amargasse o triunfo. Continuou a celebrar com espírito festivo e a cantar pelas ruas que o povo unido jamais será vencido, ainda que soasse cada vez mais desafinado, porque a divisão e o ódio aumentavam inexoravelmente.

A vida do senador Trueba, como a de todos os demais, também mudou. O entusiasmo pela luta que empreendera devolveu-lhe as forças anteriores e aliviou um pouco a dor de seus pobres ossos. Trabalhava como em seus melhores tempos. Fazia muitas viagens conspiratórias ao exterior e percorria infatigavelmente as províncias do país, de norte a sul, em avião, automóvel e trem, onde o privilégio dos vagões de primeira classe acabara. Resistia aos suculentos jantares com que o acolhiam seus partidários em cada cidade, povoado ou aldeia que visitava, fingindo o apetite de um preso, apesar de suas tripas de ancião já não suportarem mais aqueles excessos. Vivia em comissões. A princípio, o amplo exercício da democracia o limitava em sua capacidade para montar uma armadilha para o governo, mas logo abandonou a ideia de atacá-lo dentro da lei e aceitou o fato de que a única maneira de vencê-lo seria empregar recursos proibidos. Foi o primeiro a se atrever a afirmar em público que, para deter o avanço do marxismo, só um golpe militar daria resultado, porque o povo não renunciaria ao poder pelo qual havia esperado com ansiedade durante meio século só porque lhe faltavam frangos.

— Deixem de viadagens e peguem nas armas! — dizia quando ouvia falar em sabotagem.

Suas ideias não eram nenhum segredo; ele as divulgava aos quatro cantos e, não satisfeito, ia de vez em quando jogar milho aos cadetes da Escola Militar e gritar-lhes que eram umas galinhas. Precisou contratar dois guarda-costas que o protegessem de seus próprios excessos. Esquecia-se frequentemente de que ele mesmo os contratara e, sentindo-se vigiado, experimentava arrebatamentos de mau humor, insultava-os, ameaçava-os com a bengala e terminava geralmente sufocado pela taquicardia. Estava certo de que, se alguém se dispusesse a assassiná-lo, aqueles dois robustos imbecis não serviriam para evitá-lo, mas confiava no fato de que sua presença pelo menos atemorizaria os insolentes casuais. Também tentou contratar seguranças para sua neta, que, ele acreditava, atuava num antro de comunistas, em que, a qualquer momento, alguém poderia faltar-lhe com o respeito por culpa do parentesco com ele, mas Alba não quis nem ouvir falar a respeito. "Um guarda-costas equivale a uma confissão de culpa. Eu não tenho nada a temer", argumentou. Não se atreveu a insistir, porque já estava cansado de lutar contra todos os membros da família, e, apesar de tudo, sua neta era a única pessoa no mundo com quem partilhava sua ternura e que o fazia rir.

Blanca, entretanto, havia organizado uma cadeia de abastecimento por intermédio do mercado negro e de suas conexões nas comunidades operárias em que ensinava cerâmica às mulheres. Custava-lhe muitas angústias e árduo trabalho escamotear um saco de açúcar ou uma caixa de sabão. Chegou a pôr em prática uma astúcia de que não se sabia capaz para armazenar num dos cômodos vazios da casa toda espécie de gêneros, alguns francamente inúteis, como dois barris de molho de soja que comprara de uns chineses. Vedou a janela do quarto, pôs um cadeado na porta e andava com as chaves na cintura, sem tirá-las nem para tomar banho, porque desconfiava de todos, incluindo Jaime e a própria filha. Não lhe faltavam razões. "Você parece uma carcereira, mamãe", dizia Alba, assustada por aquela mania de prevenir o futuro à custa de amargurar o presente. Alba defendia a ideia de que, se não houvesse carne, comessem batatas e, se não houvesse sapatos, usassem alpargatas, mas Blanca, horrorizada com a simplicidade da filha, sustentava a teoria de que, acontecesse o que acontecesse, não se deveria baixar o nível, com o que justificava o tempo gasto em suas argúcias de contrabandista. Na verdade, nunca tinham vivido melhor, desde a morte de Clara, porque, pela primeira vez, alguém em casa se preocupava com a organização doméstica e dispunha do que fosse para as panelas. De Las Tres Marías, chegavam regularmente caixotes com alimentos, que Blanca escondia. Da primeira remessa, apodreceu quase tudo, e a pestilência emanou dos cômodos fechados, impregnou toda a casa e se espalhou pelo bairro. Jaime sugeriu à irmã que doasse, trocasse ou vendesse os produtos perecíveis, mas Blanca recusou-se a compartilhar seus tesouros. Alba percebeu então que sua mãe, que até então parecia ser a única pessoa equilibrada da família, também tinha suas loucuras. Abriu um buraco na parede da despensa, por onde tirava em igual medida o que Blanca armazenava. Aprendeu a fazê-lo com tanto cuidado para que não se notasse — roubando o açúcar, o arroz e a farinha com xícaras, quebrando os queijos e espalhando algumas frutas secas, para que parecesse obra de ratos —, que Blanca levou mais de quatro meses para desconfiar. Fez então um inventário escrito do que havia na despensa e marcava com cruzes o que tirava para o uso da casa, convencida de que, assim, descobriria o ladrão. Alba, contudo, aproveitava qualquer descuido da mãe para fazer cruzes na lista, de modo que, no final, Blanca se via tão confusa, que não sabia se havia se enganado ao contabilizar, se se comia na casa três vezes mais do que ela calculava ou se era certo que naquele maldito casarão ainda circulavam almas errantes.

O produto dos furtos de Alba ia para as mãos de Miguel, que o distribuía nos bairros populares e nas fábricas, junto com seus panfletos revolucionários, conclamando à luta armada para derrotar a oligarquia. Contudo, ninguém lhe prestava atenção. Estavam convencidos de que, se tinham chegado ao poder por via legal e democrática, ninguém os poderia destituir, pelo menos até as próximas eleições presidenciais.

— São uns imbecis, pois não se dão conta de que a direita está se armando! — desabafou Miguel com Alba.

Alba acreditou nele. Tinha visto serem descarregadas durante a noite grandes caixas de madeira no pátio de sua casa, e, imediata e sigilosamente, o carregamento ser armazenado, sob as ordens de Trueba, num dos cômodos vazios. Seu avô, tal como sua mãe, pôs um cadeado na porta e andava com a chave pendurada ao pescoço, na mesma bolsinha de camurça em que guardava os dentes de Clara. Alba contou a seu tio Jaime, que, depois de estabelecer uma trégua com o pai, voltara para casa. "Tenho quase certeza de que são armas", comentou com ele. Jaime, que nessa época andava com a cabeça no mundo da lua e assim continuou até o dia em que o mataram, não pôde acreditar, mas sua sobrinha tanto insistiu que ele concordou em falar com o pai à hora da refeição. As dúvidas que tinham dissiparam-se com a resposta do velho.

— Em minha casa, eu faço o que bem entendo e trago quantas caixas decidir! Não voltem a meter o nariz em meus assuntos! — rugiu o senador Trueba, dando um murro na mesa que fez dançarem os cristais, e encerrou secamente a conversa.

Naquela noite, Alba procurou seu tio Jaime no túnel de livros e lhe propôs usar com as armas de seu avô o mesmo sistema que ela empregava com os víveres de sua mãe. Assim fizeram. Passaram o resto da noite abrindo um buraco na parede do quarto contíguo ao arsenal, que dissimularam, de um lado, com um armário e, de outro, com as próprias caixas proibidas. Por ali conseguiram entrar no quarto fechado pelo avô, munidos de um martelo e um alicate. Alba, que já tinha experiência nesse ofício, sinalizou que abrissem as caixas mais baixas. Encontraram um armamento de batalha que os deixou boquiabertos, ignorantes que eram da existência de instrumentos tão perfeitos para matar. Nos dias seguintes roubaram tudo o que puderam, deixando as caixas vazias sob as demais, contudo cheias de pedras, para que não se notasse a manobra ao levantá-las. Juntos, pegaram pistolas de combate, metralhadoras curtas, rifles e granadas de mão, que esconderam no túnel de Jaime até que Alba pudesse ir levando tudo no estojo de seu violoncelo para um lugar seguro. O senador Trueba via sua neta passar, arrastando o pesado estojo, sem suspeitar que no interior forrado de pano rolavam as balas que tanto lhe haviam custado passar pela fronteira e esconder em casa. Alba teve a ideia de entregar as armas confiscadas a Miguel, mas seu tio Jaime convenceu-a de que Miguel não era menos terrorista do que o avô e que seria melhor dispor delas de modo que não prejudicassem ninguém. Discutiram várias opções, desde jogá-las no rio até queimá-las numa pira, e finalmente decidiram que era mais prático enterrá-las, dentro de sacos plásticos, em algum lugar seguro e secreto, porque assim, algum dia, poderiam servir para uma causa mais justa. O senador Trueba estranhou ver o filho e a neta planejando uma excursão à montanha, porque nem Jaime nem Alba tinham voltado a praticar qualquer esporte desde os tempos do colégio inglês e nunca haviam manifestado inclinação para os desconfortos do alpinismo. Um sábado pela manhã, partiram num jipe emprestado, equipados com uma barraca, um cesto com provisões e uma misteriosa mala, que tiveram de transportar juntos, porque pesava como um morto. Dentro iam os armamentos de guerra roubados do avô. Entusiasmados, dirigiram-se à montanha; até onde conseguiram, foram pela estrada, depois avançaram por um atalho, procurando um lugar tranquilo em meio à vegetação torturada pelo vento e pelo frio. Depositaram ali seu equipamento, montaram sem qualquer habilidade a pequena tenda, cavaram os buracos e enterraram os sacos, marcando cada lugar com um amontoado de pedras. O resto do fim de semana passaram pescando trutas no rio e assando-as ao fogo de espinheiras, caminhando pelas colinas como crianças exploradoras e recordando o passado. À noite aqueceram vinho tinto com canela e açúcar, e, embrulhados em seus xales, brindaram, chorando de tanto rir, à cara que o avô faria quando descobrisse que o haviam roubado.

— Se não fosse meu tio, eu me casaria com você! — provocou-o Alba.

— E Miguel?

— Seria meu amante.

Jaime não achou graça naquilo e durante o resto do tempo ensimesmou-se. Naquela noite, enfiaram-se cada um em seu saco de dormir, apagaram o candeeiro a querosene e ficaram em silêncio. Alba dormiu rapidamente, mas Jaime permaneceu até o amanhecer de olhos abertos no escuro. Gostava de dizer que Alba era como sua filha, mas naquela noite surpreendeu-se desejando não ser seu pai ou seu tio, mas simplesmente Miguel. Pensou em Amanda e lamentou que já não pudesse comovê-lo, procurando em vão na memória o rescaldo daquela paixão descomedida que um dia experimentara. Tornara-se um solitário. Durante algum tempo, ficara muito próximo de Amanda, porque se encarregara de seu tratamento e via-a quase todos os dias. A enferma passou várias semanas agonizando, até que pôde prescindir das drogas. Abandonou também os cigarros e a bebida, e começou a levar uma vida saudável e regrada, ganhou algum peso, cortou o cabelo e voltou a pintar seus grandes olhos escuros e a usar colares e pulseiras tilintantes, numa patética tentativa de recuperar a imagem desbotada que guardava de si mesma. Estava apaixonada. Da depressão, passou a um estado de euforia permanente, e Jaime era o centro de sua mania. Como prova de amor, ela ofereceu a Jaime seu enorme esforço e obstinada força de vontade para se libertar de seus inúmeros vícios. Ele não a estimulou, mas também não a repudiou, acreditando que a ilusão do amor poderia ajudá-la na recuperação; sabia, porém, que era tarde demais para eles. Assim que pôde, tratou de manter distância dela, tendo como pretexto o fato de ser um solteirão perdido para o amor. Bastavam-lhe os encontros furtivos com algumas enfermeiras complacentes do hospital ou as tristes idas aos bordéis para satisfazer suas ânsias mais incômodas, nos raros momentos livres que seu trabalho lhe deixava. À sua revelia, contudo, viu-se envolvido numa relação com Amanda, que, em sua juventude, desejara com desespero, mas que já não o comovia nem se sentia capaz de manter. Só o inspirava um sentimento de compaixão, que, aliás, era uma das emoções mais fortes que ele conseguia sentir. Em toda uma vida de convivência com a miséria e a dor, sua alma não enrijecera; pelo contrário, era cada vez mais vulnerável à piedade. No dia em que Amanda lhe envolveu o pescoço com os braços e disse que o amava, ele a abraçou instintivamente e beijou-a com uma paixão fingida, para que ela não percebesse que ele não a desejava. Assim, viu-se enredado numa relação absorvente, numa idade em que se julgava incapacitado para os amores tumultuados. "Já não sirvo para essas coisas", pensava, depois daquelas sessões esgotantes em que Amanda, para fasciná-lo, recorria a rebuscadas manifestações amorosas que os deixavam aniquilados.

Sua relação com Amanda e a insistência de Alba puseram-no em contato frequente com Miguel. Não podia evitar encontrá-lo em várias ocasiões. Embora tivesse feito o possível para se manter indiferente, Miguel terminou por cativá-lo. Amadurecera e já não era mais um jovem exaltado, mas não mudara em nada sua linha política e continuava acreditando que, sem uma revolução violenta, seria impossível vencer a direita. Jaime não concordava, mas apreciava-o e admirava seu caráter destemido. No entanto, considerava-o um desses homens fatais, possuídos de um perigoso idealismo e de uma intransigente pureza, que tudo o que toca tingem de desgraça, especialmente as mulheres que têm a pouca sorte de amá-los. Também não gostava de sua posição ideológica, porque estava convencido de que os extremistas de esquerda, como Miguel, causavam mais danos ao presidente do que os de direita. Nada disso, contudo, o impedia de lhe ter simpatia e dobrar-se perante a força de suas convicções, sua alegria natural, sua tendência à ternura e a generosidade com que estava disposto a dar a vida por ideais que Jaime partilhava, ainda que não tivesse coragem de levar a cabo até as últimas consequências.

Naquela noite, Jaime adormeceu preocupado e inquieto, desconfortável em seu saco de dormir, escutando muito próximo a respiração da sobrinha. Quando despertou, ela já se havia levantado e esquentava o café do desjejum. Soprava uma brisa fria, e o sol iluminava com reflexos dourados os cumes das montanhas. Alba dobrou os braços em volta do pescoço do tio e beijou-o, mas ele manteve as mãos nos bolsos e não devolveu o afago. Estava perturbado.

Las Tres Marías foi um dos últimos latifúndios que a Reforma Agrária expropriou no Sul. Os mesmos camponeses que tinham nascido e trabalhado ao longo de gerações naquela terra formaram uma cooperativa e tornaram-se donos da propriedade, porque havia três anos e cinco meses que não viam seu patrão e haviam esquecido o furacão de suas iras. O administrador, atemorizado pelo rumo que tomavam os acontecimentos e pelo tom exaltado das reuniões dos empregados na escola, reuniu seus pertences e foi embora, sem se despedir de ninguém e sem notificar o senador Trueba, porque não queria enfrentar sua fúria e supôs já ter cumprido seu dever advertindo-o várias vezes. Com sua partida, Las Tres Marías ficou algum tempo à deriva. Não havia quem desse ordens nem quem estivesse disposto a cumpri-las, porque os camponeses saboreavam, pela primeira vez na vida, o gosto da liberdade e de serem seus próprios senhores. Dividiram equitativamente os pastos, e cada um cultivou o que quis até que o governo mandasse um técnico que lhes ofereceu sementes a crédito e os atualizou quanto à procura do mercado, às dificuldades de transporte para os produtos e às vantagens dos abonos e desinfetantes. Os camponeses desdenharam do técnico, que lhes pareceu um grã-fino da cidade e, evidentemente, nunca tivera um arado nas mãos; ainda assim, comemoraram sua visita, abrindo as sagradas adegas do antigo patrão, saqueando seus vinhos raros e sacrificando os touros reprodutores para comer os testículos com cebola e coentro. Depois que o técnico partiu, comeram também as vacas importadas e as galinhas poedeiras. Esteban Trueba soube que perdera a terra quando o notificaram de que lhe pagariam com bônus do Estado, ao longo de trinta anos, o mesmo preço que ele mencionara em seu Imposto de Renda. Perdendo o controle, pegou de seu arsenal uma metralhadora, que não sabia usar, e ordenou ao motorista que o levasse de carro numa só estirada até Las Tres Marías, sem avisar a ninguém, nem sequer seus guarda-costas. Viajou por várias horas, cego de raiva, sem nenhum plano concreto na mente.

Ao chegar, tiveram de frear de repente, porque sua passagem estava impedida por uma exagerada tranca no portão. Um dos camponeses montava guarda, armado de um chicote e uma escopeta de caça sem cartuchos. Trueba desceu do carro. Ao ver o patrão, o pobre homem tocou freneticamente o sino da escola, que haviam posto junto dele para dar o alarme, e em seguida jogou-se de bruços no chão. A rajada de balas passou por cima de sua cabeça e cravou-se nas árvores próximas. Trueba não parou para ver se estava morto. Com agilidade inesperada para sua idade, dirigiu-se à propriedade sem olhar para nenhum lado, de maneira que a pancada na nuca pegou-o de surpresa e o jogou de bruços na poeira antes que conseguisse perceber o que acontecera. Despertou na sala de jantar da casa senhorial, deitado sobre a mesa, com as mãos amarradas e um travesseiro sob a cabeça. Uma mulher punha-lhe panos molhados na testa e, à sua volta, estavam quase todos os empregados, olhando-o com curiosidade.

— Como se sente, companheiro? — perguntaram.

— Filhos da puta! Eu não sou companheiro de ninguém! — gritou o velho, tentando levantar-se.

Tanto se debateu e gritou que lhe soltaram as cordas e o ajudaram a pôr-se de pé, mas, quando quis sair, deu-se conta de que as janelas estavam vedadas por fora e a porta, fechada à chave. Tentaram explicar-lhe que a situação mudara e que ele já não era mais o dono, mas não quis ouvir ninguém. Sua boca espumava, e seu coração ameaçava explodir, dizia impropérios como um demente, ameaçando com tais castigos e vinganças que os camponeses acabaram rindo dele. De fato, entediados, deixaram-no trancado sozinho na sala de jantar. Esteban Trueba jogou-se numa cadeira, esgotado pelo enorme esforço. Horas depois foi informado de que era refém e que queriam filmá-lo para a televisão. Avisados pelo motorista, os dois guarda-costas e alguns jovens exaltados de seu partido deslocaram-se até Las Tres Marías, armados com cassetetes, socos-ingleses e correntes, a fim de libertá-lo, mas encontraram a guarda redobrada no portão, sob a mira da mesma metralhadora que o senador Trueba lhes havia proporcionado.

— Ninguém leva o companheiro refém — informaram os camponeses e, para dar ênfase às palavras, correram-nos a tiro.

Apareceu um caminhão da televisão, e os camponeses, que nunca tinham visto nada semelhante, deixaram-no entrar e posaram para as câmeras com largos sorrisos, ao lado do prisioneiro. Naquela noite todo o país pôde ver nas telas da tevê o maior representante da oposição amarrado, espumando de raiva e gritando tantos palavrões que a censura teve de atuar. O presidente também o viu e não achou graça no caso, imaginando que poderia ser o detonador que faria explodir o barril de pólvora em que seu governo precariamente se equilibrava. Mandou os carabineiros resgatarem o senador, mas, quando eles chegaram à fazenda, os camponeses, encorajados pelo apoio da imprensa, não os deixaram entrar. Exigiram uma ordem judicial. O juiz da província, percebendo que poderia meter-se numa encrenca e aparecer também na televisão, achincalhado pelos repórteres de esquerda, foi apressadamente pescar. Os carabineiros tiveram de limitar-se a esperar do lado de fora do portão de Las Tres Marías até mandarem a ordem da capital.

Blanca e Alba tomaram ciência do caso, como toda a população, porque o viram no noticiário. Blanca esperou até o dia seguinte sem fazer comentários, mas, ao ver que nem os carabineiros tinham podido fazer um resgate, decidiu que chegara o momento de voltar a encontrar-se com Pedro Terceiro García.

— Tire essas calças sujas e ponha um vestido decente — ordenou a Alba.

Ambas se apresentaram no ministério sem ter marcado audiência. Um secretário quis detê-las na antessala, mas Blanca afastou-o com um empurrão e entrou com passo firme, levando a filha a reboque. Abriu a porta sem bater e adentrou o gabinete de Pedro Terceiro, que fazia dois anos não via. Esteve a ponto de retirar-se, supondo ter-se equivocado. Naquele curto prazo, o homem de sua vida emagrecera e envelhecera, e parecia muito cansado e triste; tinha o cabelo ainda negro, porém mais ralo e curto, aparara sua bela barba e usava um terno cinzento de funcionário e uma triste gravata da mesma cor. Blanca só o reconheceu pelos seus velhos olhos negros.

— Jesus! Como você mudou...! — balbuciou.

Pedro Terceiro, no entanto, achou-a mais bela do que se recordava, como se a ausência a tivesse rejuvenescido. Naqueles dois anos ele tivera tempo de se arrepender de sua decisão e de descobrir que, sem Blanca, perdera até o gosto pelas jovens que antes o entusiasmavam. Por outro lado, sentado naquele escritório, trabalhando doze horas por dia, longe de seu violão e da inspiração do povo, tinha muito poucas oportunidades de ser feliz. À medida que passava o tempo, sentia cada vez mais saudades do amor tranquilo e reconfortante de Blanca. Assim que a viu entrar com gestos decididos e acompanhada de Alba, compreendeu que não o procurava por razões sentimentais e adivinhou que a causa era o escândalo com o senador Trueba.

— Venho pedir-lhe que nos acompanhe — disse Blanca, sem meias palavras. — Sua filha e eu vamos buscar o velho em Las Tres Marías.

Foi assim que Alba soube que Pedro Terceiro García era seu pai.

— Está bem. Passaremos em minha casa para buscar o violão — respondeu, levantando-se.

Saíram do ministério num automóvel preto como um carro funerário, de placa oficial. Blanca e Alba esperaram na rua enquanto ele subiu ao apartamento. Quando regressou, tinha trocado o terno cinzento pelo macacão e seu velho poncho, calçava alpargatas e trazia o violão pendurado às costas. Blanca sorriu-lhe pela primeira vez, e ele se inclinou e beijou-a levemente na boca. A viagem foi silenciosa durante os primeiros cem quilômetros, até que Alba pôde recuperar-se da surpresa e, num fio de voz, trêmula, perguntou por que não lhe haviam contado antes que Pedro Terceiro era seu pai; teriam-na poupado de tantos pesadelos com um conde vestido de branco, morto de febre no deserto.

— É melhor um pai morto do que um pai ausente — respondeu Blanca, enigmaticamente, e não tornou a falar no assunto.

Chegaram a Las Tres Marías ao anoitecer e encontraram no portão da fazenda um grupo de pessoas conversando amigavelmente em volta de uma fogueira em que se assava um porco. Eram os carabineiros, os jornalistas e os camponeses, dando baixa nas últimas garrafas da adega do senador. Alguns cachorros e várias crianças brincavam iluminados pelo fogo, esperando que o leitão rosado e brilhante ficasse pronto. Os jornalistas logo reconheceram Pedro Terceiro García, porque o haviam entrevistado com frequência, os carabineiros, por sua inconfundível aparência de cantor popular, e os camponeses, porque o tinham visto nascer naquela terra. Receberam-no com afeto.

— O que o traz aqui, companheiro? — perguntaram-lhe os camponeses.

— Venho ver o velho — disse, sorrindo, Pedro Terceiro.

— Você pode entrar, companheiro, mas sozinho. Dona Blanca e a menina Alba vão aceitar um copinho de vinho — disseram.

As duas mulheres sentaram-se em volta da fogueira com os demais, e o aroma suave da carne chamuscada lembrou-lhes que não comiam desde a manhã. Blanca conhecia todos os camponeses e tinha ensinado muitos deles a ler na pequena escola de Las Tres Marías; por isso, começou a recordar tempos passados, quando os irmãos Sánchez impunham a lei na região, quando Pedro García, o velho, acabou com a praga das formigas e quando o presidente recém-eleito era um eterno candidato, que parava na estação, discursando para eles no interior do trem de suas derrotas.

— Quem poderia imaginar que algum dia seria presidente! — alguém observou.

— E que algum dia o patrão mandaria menos do que nós em Las Tres Marías — disseram os demais, rindo.

Conduziram Pedro Terceiro García à casa senhorial, diretamente à cozinha, onde estavam os camponeses mais velhos, vigiando a porta da sala de jantar, na qual o antigo patrão era mantido prisioneiro. Fazia anos que não viam Pedro Terceiro, mas todos se lembravam dele. Sentaram-se à mesa, bebendo vinho e conversando sobre o passado remoto, os tempos em que Pedro Terceiro não era uma lenda na memória das pessoas do campo, mas apenas um rapaz rebelde, apaixonado pela filha do patrão. Depois Pedro Terceiro pegou seu violão, ajeitou-o na perna, fechou os olhos e começou a cantar com sua voz de veludo a história das galinhas e da raposa, acompanhado em coro por todos os velhos.

— Vou levar o patrão, companheiros — informou suavemente Pedro Terceiro numa pausa.

— Nem sonhe, filho — responderam.

— Amanhã virão os carabineiros com uma ordem judicial e vão levá-lo como um herói. É melhor que eu o leve com o rabo entre as pernas — argumentou Pedro Terceiro.

Discutiram o assunto por um bom tempo e, por fim, levaram-no à sala de jantar e deixaram-no só com o refém. Era a primeira vez que estavam frente a frente desde o dia fatídico em que Trueba lhe cobrou a virgindade da filha com uma machadada. Pedro Terceiro lembrava-se dele como um gigante furibundo, armado com um chicote de couro e uma bengala de castão de prata, que fazia tremerem à sua passagem os empregados e que alterava a natureza com sua voz de trovão e sua prepotência de grande senhor. Surpreendeu-se ao perceber que seu rancor, amassado durante tanto tempo, se esvaía na presença daquele ancião curvado e mirrado, que o olhava assustado. O senador Trueba esgotara sua raiva na noite que passara sentado numa cadeira, de mãos amarradas; tinha dores em todos os ossos e, nas costas, um cansaço de mil anos. A princípio, teve dificuldade em reconhecê-lo, porque não o via fazia um quarto de século, mas, ao notar que lhe faltavam três dedos na mão direita, compreendeu que aquilo era o ponto culminante do pesadelo em que se encontrava submerso. Observaram-se em silêncio por longos segundos, pensando cada um que o outro encarnava o que de mais odioso havia no mundo, mas sem encontrar o fogo do antigo ódio em seus corações.

— Vim tirá-lo daqui — informou Pedro Terceiro.

— Por quê? — perguntou o velho.

— Porque Alba me pediu — respondeu Pedro Terceiro.

— Vá para o caralho! — balbuciou Trueba, sem convicção.

— Bem, para lá vamos. Você vem comigo.

Pedro Terceiro começou a desatar-lhe as cordas, que tinham tornado a pôr em seus pulsos, para evitar que desse murros na porta. Trueba desviou os olhos para não lhe ver a mão mutilada.

— Tire-me daqui sem que me vejam. Não quero que os jornalistas saibam — disse o senador Trueba.

— Vou tirá-lo daqui exatamente por onde entrou, pela porta principal — respondeu Pedro Terceiro, começando a andar.

Trueba seguiu-o de cabeça baixa, tinha os olhos avermelhados e, pela primeira vez, desde que se podia recordar, sentia-se derrotado. Passaram pela cozinha sem que o velho erguesse o olhar, atravessaram toda a casa e percorreram o caminho da casa senhorial até o portão de entrada, acompanhados por um grupo de crianças travessas brincando à sua volta e um séquito de camponeses silenciosos caminhando atrás deles. Blanca e Alba estavam sentadas entre os jornalistas e os carabineiros, comendo porco assado com os dedos e bebendo grandes goles de vinho tinto pelo gargalo da garrafa que circulava de mão em mão. Ao ver seu avô, Alba comoveu-se, porque nunca o vira tão abatido desde a morte de Clara. Engoliu o que tinha na boca e correu ao seu encontro. Abraçaram-se estreitamente, e ela lhe sussurrou alguma coisa ao ouvido. Então, o senador Trueba conseguiu recuperar sua dignidade, levantou a cabeça e sorriu com a antiga soberba às luzes das máquinas fotográficas. Os jornalistas fotografaram-nos subindo num automóvel preto com placa oficial, e a opinião pública perguntou-se durante semanas o que significava aquela palhaçada; até que outros acontecimentos muito mais graves apagaram a lembrança do incidente.

Naquela noite, o presidente, que adquirira o hábito de enganar a insônia jogando xadrez com Jaime, comentou o assunto entre duas partidas, enquanto espiava com os olhos astutos, através das grossas lentes em armação escura, algum indício de mal-estar no amigo, mas Jaime continuou a colocar as peças no tabuleiro, sem dizer uma palavra.

— O velho Trueba tem os colhões no lugar — observou o presidente. — Merecia estar do nosso lado.

— É sua vez de começar, presidente — respondeu Jaime, indicando o tabuleiro.

Nos meses que se seguiram, a situação piorou muito, lembrando um país em guerra. Os ânimos estavam extremamente exaltados, sobretudo em meio às mulheres da oposição, que desfilavam pelas ruas batendo suas caçarolas em protesto contra a falta de abastecimento. Metade da população procurava derrubar o governo, outra o defendia, sem que ninguém tivesse tempo para se ocupar do trabalho. Uma noite Alba admirou-se ao ver as ruas do Centro escuras e vazias. O lixo não fora recolhido ao longo de uma semana, e os cães vadios fuçavam os montes de sujeira. Os postes estavam cobertos de propaganda impressa, que a chuva de inverno desbotara, e, em todos os espaços disponíveis, havia palavras de ordem de ambas as facções. A maior parte das lâmpadas das ruas tinha sido apedrejada, e nos edifícios não havia janelas iluminadas, vindo a luz de tristes fogueiras mantidas com jornais e tábuas, onde se aqueciam pequenos grupos que montavam guarda diante dos ministérios, bancos, escritórios, fazendo turnos para impedir que quadrilhas de extrema direita os tomassem de assalto durante a noite. Alba viu parar uma camioneta em frente a um edifício público. Desceram vários jovens com capacetes brancos, baldes de tinta e brochas, que cobriram as paredes com uma base a cor clara. Depois desenharam grandes pombas de muitas cores, borboletas e flores sanguinolentas, versos do Poeta e apelos à unidade popular. Eram as brigadas juvenis, que acreditavam poder salvar sua revolução com murais patrióticos e pombas panfletárias. Alba aproximou-se e apontou-lhes o mural que havia do outro lado da rua em tinta vermelha; tinha só uma palavra escrita com letras enormes: Djakarta.

— O que significa esse nome, companheiros? — perguntou.

— Não sabemos — responderam.

Ninguém sabia por que razão a oposição pintava aquela palavra asiática nos muros; nunca tinham ouvido falar a respeito das pilhas de mortos nas ruas daquela cidade distante. Alba montou em sua bicicleta e pedalou de regresso a casa. Quando começaram o racionamento de gasolina e a greve do transporte público, desenterrara do porão o velho brinquedo de sua infância para se locomover. Ia pensando em Miguel, e um negro pressentimento apertava-lhe a garganta.

Havia bastante tempo que não frequentava as aulas, e começava a sobrar-lhe tempo. Os professores tinham declarado suspensão indefinida, e os estudantes tomaram os edifícios das faculdades. Farta de estudar violoncelo em casa, aproveitava os momentos em que não estava namorando, passeando ou discutindo com Miguel para ir ao hospital do Bairro da Misericórdia ajudar seu tio Jaime e mais alguns médicos, que continuavam atendendo, contrariando a ordem do Colégio Médico no sentido de não trabalhar a fim de sabotar o governo. Era uma tarefa hercúlea. Os corredores atulhavam-se de doentes que esperavam durante dias para ser atendidos, como um lamuriento rebanho. Os enfermeiros não providenciavam coisa alguma. Jaime adormecia com o bisturi na mão, tão ocupado que muitas vezes se esquecia de comer. Emagrecera e estava absolutamente extenuado. Fazia turnos de dezoito horas e, quando se deitava em seu catre, não conseguia conciliar o sono, pensando nos enfermos que esperavam, na falta de anestesia, seringa e algodão, e imaginando que, mesmo que ele se multiplicasse por mil, ainda não seria suficiente, porque aquilo era o mesmo que tentar deter um trem com a mão. Amanda também trabalhava no hospital como voluntária para estar perto de Jaime e manter-se ocupada. Naquelas jornadas esgotantes, cuidando de doentes desconhecidos, recuperou a luz que a iluminava por dentro em sua juventude e, por algum tempo, teve a ilusão de ser feliz. Usava um avental azul e sapatilhas de borracha, mas Jaime julgava ouvir o tilintar de outros tempos sempre que ela estava por perto. Sentia-se acompanhado e teria desejado amá-la.

O presidente aparecia na televisão quase todas as noites para denunciar a guerra sem quartel da oposição. Estava muito cansado, e sua voz falhava com frequência. Espalharam-se boatos de que estava sempre bêbado e de que passava a noite em orgias com mulatas trazidas dos trópicos por via aérea para lhe aquecer os ossos. Denunciou o fato de que os caminhoneiros em greve recebiam cinquenta dólares por dia do exterior para manter o país parado. Responderam que lhe enviavam sorvetes de coco e armas soviéticas nas malas diplomáticas. Afirmou que seus inimigos conspiravam com os militares para provocar um golpe de Estado, porque preferiam ver a democracia morta a vê-la governada por ele. Acusaram-no de inventar mentiras de paranoico e de roubar as obras do Museu Nacional para com elas enfeitar o quarto de sua amante. Advertiu que a direita estava armada e decidida a vender a pátria ao imperialismo, e o contestaram, dizendo que sua despensa estava repleta de peitos de frango, enquanto o povo fazia filas para conseguir comprar pescoços e asas.

No dia em que Luisa Mora tocou a campainha do casarão da esquina, o senador Trueba estava fazendo contas na biblioteca. Era a última das irmãs Mora que ainda restava neste mundo, reduzida ao tamanho de um anjo errante e totalmente lúcida, em plena posse de sua inabalável energia espiritual. Trueba não a via desde a morte de Clara, mas reconheceu-a pela voz, que continuava a soar como uma flauta encantada, e pelo perfume de violetas silvestres, suavizado pelo tempo, mas ainda perceptível a distância. Ao entrar no cômodo, estava acompanhada da presença alada de Clara, que permaneceu flutuando perante os olhos enamorados de seu marido, que fazia vários dias não a via.

— Venho anunciar-lhe desgraças, Esteban — informou Luisa Mora depois de se acomodar na poltrona.

— Ai, querida Luisa! Disso já tive bastante... — suspirou ele.

Luisa contou o que havia descoberto nos planetas. Teve de explicar o método científico empregado para vencer a pragmática resistência do senador. Revelou que passara os últimos dez meses estudando o mapa astral de cada pessoa importante do governo e da oposição, incluindo o próprio Trueba. A comparação dos mapas indicava que naquele exato momento histórico ocorreriam inevitáveis atos de sangue, dor e morte.

— Não tenho a menor dúvida, Esteban — concluiu. — Aproximam-se tempos atrozes. Haverá tantos mortos que não poderão ser contados. Você fará parte do grupo dos vencedores, mas o triunfo não lhe trará mais do que sofrimento e solidão.

Esteban Trueba sentiu-se desconfortável diante daquela pitonisa insólita, que transtornava a paz de sua biblioteca e lhe alvoroçava o fígado com desvarios astrológicos, mas não teve coragem de despachá-la, por causa de Clara, que, de seu canto, tudo observava de rabo de olho.

— Mas não vim aborrecê-lo com notícias que escapam ao seu controle, Esteban. Vim falar com sua neta, Alba, porque tenho uma mensagem de sua avó para ela.

O senador Trueba chamou Alba, que não via Luisa Mora desde os 7 anos, embora dela se recordasse perfeitamente. Abraçou-a com delicadeza, a fim de não lhe desconjuntar o frágil esqueleto de marfim, e aspirou com prazer aquele perfume inconfundível.

— Vim dizer-lhe que se cuide, filhinha — disse Luisa Mora depois de enxugar as lágrimas de emoção. — A morte anda rondando seus calcanhares. Sua avó Clara a protege do Além, mas mandou-me dizer-lhe que os espíritos protetores são ineficazes nos cataclismos maiores. Seria bom que você fizesse uma viagem, indo para o outro lado do mar, onde estará a salvo.

A essa altura da conversa, o senador Trueba tinha perdido a paciência e estava convicto de se encontrar diante de uma anciã demente. Dois meses e onze dias mais tarde, recordaria a profecia de Luisa Mora, quando levaram Alba à noite, durante o toque de recolher.

XIII

O Terror

O dia do golpe militar amanheceu ensolarado, o que era pouco usual na tímida primavera que despontava. Jaime havia trabalhado quase toda a noite e, às sete da manhã, só tinha no corpo duas horas de sono. Despertou-o a campainha do telefone, e uma secretária, com a voz ligeiramente alterada, acabou de lhe espantar a modorra. Telefonavam-lhe do palácio para informá-lo de que deveria apresentar-se no escritório do companheiro presidente o mais depressa possível, não, o companheiro presidente não estava doente, não, não sabia o que estava ocorrendo; apenas tinha ordem de chamar todos os médicos da presidência. Jaime vestiu-se como um sonâmbulo e entrou em seu carro, agradecendo o fato de sua profissão lhe dar direito a uma cota semanal de gasolina, porque, não fosse assim, teria de ir até o Centro de bicicleta. Chegou ao palácio às oito e estranhou ver a praça vazia e um forte destacamento de soldados nos portões da sede do governo, todos equipados com farda de campanha, capacetes e armamentos de guerra. Jaime estacionou seu carro na praça deserta, sem reparar nos gestos que lhe faziam os soldados para não parar ali. Desceu, e imediatamente o cercaram, apontando-lhe as armas.

— O que está acontecendo, companheiros? Estamos em guerra com os chineses? — sorriu Jaime.

— Siga; não pode parar aqui! O tráfego está interrompido! — ordenou um oficial.

— Sinto muito, mas chamaram-me da presidência — alegou Jaime, mostrando sua identificação. — Sou médico.

Acompanharam-no até as pesadas portas de madeira do palácio, onde um grupo de carabineiros montava guarda. Deixaram-no entrar. No interior do edifício reinava uma agitação de naufrágio, os empregados correndo pelas escadas como ratos assustados, e a guarda privada do presidente empurrando os móveis contra as janelas e distribuindo pistolas aos mais próximos. O presidente veio ao seu encontro, usando um capacete de combate incongruente com sua fina roupa esportiva e seus sapatos italianos. Jaime compreendeu então que algo grave estava acontecendo.

— A Marinha sublevou-se, doutor — explicou laconicamente. — Chegou o momento de lutar.

Jaime pegou o telefone e chamou Alba para dizer-lhe que não saísse de casa e pedir-lhe que avisasse a Amanda. Nunca mais voltou a falar com ela, porque os acontecimentos se desencadearam vertiginosamente. No transcurso da hora que se seguiu, chegaram alguns ministros e dirigentes políticos do governo, e começaram as negociações telefônicas com os insurrectos para avaliar a magnitude da sublevação e procurar uma solução pacífica. Às nove e meia da manhã, porém, as unidades armadas do país estavam sob o comando de militares golpistas. Nos quartéis começara o expurgo dos que permaneciam leais à Constituição. O general dos carabineiros ordenou à guarda do palácio que saísse, porque também a polícia acabara de aderir ao golpe.

— Podem ir, companheiros, mas deixem suas armas — orientou o presidente.

Os carabineiros estavam confusos e envergonhados, mas a ordem do general fora categórica. Nenhum deles se atreveu a desafiar o olhar do chefe de Estado, depositaram suas armas no pátio e saíram em fila, cabisbaixos. À porta, um dos carabineiros se voltou.

— Eu fico com você, companheiro presidente — declarou.

Pelo meio da manhã, tornou-se evidente que a situação não se resolveria com o diálogo, e quase todo mundo começou a retirar-se. Só ficaram os amigos mais próximos e a guarda pessoal. As filhas do presidente foram obrigadas pelo pai a sair. Tiveram de ser levadas à força, e seus gritos podiam ser ouvidos, chamando-o da rua. No interior do edifício ficaram cerca de trinta pessoas entrincheiradas nos salões do segundo andar, em meio às quais estava Jaime, imaginando estar sofrendo um pesadelo. Sentou-se numa poltrona de veludo vermelho, com uma pistola na mão, olhando-a idiotizado. Não sabia usá-la. Pareceu-lhe que o tempo passava muito lentamente; em seu relógio só haviam transcorrido três horas daquele pesadelo. Ouviu a voz do presidente, que falava pelo rádio ao país. Era sua despedida.

"Dirijo-me àqueles que serão perseguidos para lhes dizer que não vou renunciar: pagarei com minha vida a lealdade do povo. Estarei sempre junto de vocês. Tenho fé na pátria e em seu destino. Outros homens superarão este momento, e, muito mais cedo do que se pensa, serão abertas as grandes alamedas por onde passará o homem livre, para construir uma sociedade melhor. Viva o povo! Vivam os trabalhadores! Estas serão as minhas últimas palavras. Estou certo de que meu sacrifício não será em vão."

O céu começou a toldar-se. Ouviram-se alguns disparos isolados e distantes. Naquele momento o presidente estava falando por telefone com o chefe dos sublevados, que lhe ofereceu um avião militar para sair do país com toda a sua família. Ele, porém, não estava disposto a exilar-se em algum lugar longínquo, em que poderia passar o resto de sua vida, vegetando com outros governantes depostos, que tivessem abandonado às pressas suas pátrias.

— Equivocaram-se comigo, traidores. Aqui me pôs o povo, e daqui só sairei morto — respondeu, sereno.

Então, ouviram o rugido dos aviões, e começou o bombardeio. Jaime atirou-se ao chão, com os demais, sem poder acreditar no que estava vivendo, porque até a véspera estivera convencido de que em seu país nunca ocorria nada e até os militares respeitavam a lei. Apenas o presidente se manteve de pé, aproximou-se de uma janela com uma bazuca nos braços e disparou contra os tanques na rua. Jaime arrastou-se até ele e agarrou-o pelas pernas, a fim de obrigá-lo a agachar-se, mas o presidente disse um palavrão e se manteve de pé. Quinze minutos depois, ardia todo o edifício, e lá dentro era impossível respirar por causa das bombas e da fumaça. Jaime engatinhava em meio aos móveis quebrados e pedaços de teto que caíam à sua volta, como uma chuva mortífera, procurando prestar ajuda aos feridos, mas só lhes podendo oferecer consolo e fechar os olhos dos mortos. Numa súbita pausa do tiroteio, o presidente reuniu os sobreviventes e disse-lhes que saíssem, que não queria mártires nem sacrifícios inúteis, que todos tinham família e teriam de realizar uma importante tarefa depois. "Vou pedir uma trégua para vocês poderem sair", acrescentou. Ninguém, porém, se retirou. Alguns tremiam, mas todos estavam em aparente posse de sua dignidade. O bombardeio, embora breve, deixou o palácio em ruínas. Às duas da tarde, o incêndio já devorara os antigos salões, que haviam servido desde os tempos coloniais, e só ficara um punhado de homens em volta do presidente. Os militares entraram no edifício e ocuparam tudo o que restara da planta baixa. Em meio ao estrondo, ouviram a voz histérica de um oficial ordenando-lhe que se rendessem e descessem em fila indiana e com as mãos para o alto. O presidente apertou a mão de cada um. "Eu descerei por último", disse. Não voltaram a vê-lo com vida.

Jaime desceu com os demais. Em cada degrau da grande escadaria de pedra, havia soldados a postos. Pareciam ter enlouquecido. Davam pontapés e coronhadas nos que desciam, com um ódio novo, recém-inventado, que havia florescido neles em poucas horas. Alguns disparavam suas armas por cima das cabeças dos que se haviam rendido. Jaime recebeu um golpe no ventre que o dobrou em dois e, quando pôde esticar-se, tinha os olhos cheios de lágrimas e as calças quentes de merda. Continuaram a espancá--los até a rua, onde mandaram que se deitassem de bruços no chão, pisaram-nos e insultaram-nos até esgotarem os palavrões em espanhol; então, fizeram sinais a um tanque. Os prisioneiros ouviram-no aproximar-se, fazendo estremecer o asfalto com seu peso de paquiderme invencível.

— Abram caminho, porque vamos passar com o tanque por cima desses porcos! — gritou um coronel.

Jaime avistou-o do chão e supôs reconhecê-lo, porque ele lhe lembrou um menino com quem brincava em Las Tres Marías quando era garoto. O tanque passou, resfolegando, a dez centímetros de sua cabeça, em meio às gargalhadas dos soldados e ao silvo das sirenes dos bombeiros. Ao longe, ouvia-se o rumor dos aviões de guerra. Muito tempo depois separaram os prisioneiros em dois grupos, de acordo com sua culpa, e levaram Jaime para o Ministério da Defesa, que fora transformado em quartel. Obrigaram-no a avançar agachado, como se estivesse numa trincheira, levaram-no ao longo de uma grande sala, cheia de homens nus, amarrados em filas de dez, com as mãos presas atrás das costas, tão espancados que alguns não conseguiam manter-se de pé, e o sangue corria a jorros sobre o mármore do chão. Conduziram Jaime à sala da caldeira, onde havia outras pessoas de pé contra a parede, vigiadas por um soldado lívido, que caminhava apontando-lhes a metralhadora. Passou ali muito tempo imóvel, de pé, sustentando-se como um sonâmbulo, sem conseguir compreender o que estava acontecendo, atormentado pelos gritos que se ouviam através da parede. Percebeu que o soldado o observava. Pouco depois abaixou a arma e aproximou-se.

— Sente-se para descansar, doutor, mas, se eu o avisar, ponha-se de pé imediatamente — murmurou o soldado, passando-lhe um cigarro aceso. — O senhor operou minha mãe e salvou-lhe a vida.

Jaime não fumava, mas saboreou aquele cigarro aspirando lentamente. Seu relógio estava destroçado, mas, pela fome e pela sede, calculou que já tivesse anoitecido. Estava tão cansado e desconfortável em suas calças manchadas que não questionava o que lhe iria acontecer. Começava a cabecear quando o soldado se aproximou.

— Levante-se, doutor — sussurrou-lhe. — Estão vindo buscá-lo. Boa sorte.

Um instante depois entraram dois homens, algemaram-no e o conduziram ao oficial encarregado de interrogar os prisioneiros. Jaime o vira algumas vezes em companhia do presidente.

— Sabemos que você não tem nada a ver com isso, doutor — justificou. — Só queremos que apareça na televisão e diga que o presidente estava bêbado e se suicidou. Depois, deixo-o ir para casa.

— Faça essa declaração você mesmo. Não contem comigo, cornudos! — respondeu Jaime.

Agarraram-lhe os braços. O primeiro golpe atingiu-lhe o estômago. Depois, levantaram-no, estenderam-no sobre uma mesa, e ele sentiu que lhe tiravam a roupa. Muito depois, retiraram-no, inconsciente, do Ministério da Defesa. Começara a chover, e o frescor da água e do ar o reanimou. Despertou quando o erguiam para um ônibus do Exército, depositando-o no banco traseiro. Através do vidro, observou a noite e, quando o veículo se pôs em marcha, pôde ver as ruas vazias e os edifícios embandeirados. Compreendeu que os inimigos tinham vencido e provavelmente pensou em Miguel. O ônibus deteve-se no pátio de um regimento, e ali o deixaram. Havia outros prisioneiros em tão mau estado quanto o seu. Amarraram-lhe os pés e as mãos com arame farpado e jogaram-no de bruços nas cavalariças. Jaime e os demais passaram ali dois dias — sem água ou alimento, apodrecendo em seu próprio excremento, em seu sangue e em seu espanto —, ao fim dos quais foram todos transportados num caminhão até os arredores do aeroporto. Num descampado, fuzilaram-nos, deitados no chão, porque eles não se sustentavam em pé, e em seguida dinamitaram seus corpos. O assombro da explosão e o fedor dos despojos ficaram pairando no ar por muito tempo.

No CASARÃO DA esquina, o senador Trueba abriu uma garrafa de champanha francês para celebrar a queda do regime contra o qual lutara tão ferozmente, sem suspeitar que naquele momento queimavam os testículos de seu filho Jaime com um cigarro importado. O velho pendurou a bandeira na entrada da casa e não saiu para dançar na rua porque era coxo e havia toque de recolher, mas vontade não lhe faltou, como disse, satisfeito, à filha e à neta. Enquanto isso, Alba, pendurada ao telefone, tentava obter notícias das pessoas cujo paradeiro a preocupava: Miguel, Pedro Terceiro, seu tio Jaime, Amanda, Sebastián Gómez e tantos outros.

— Agora eles vão pagar! — exclamou o senador Trueba, erguendo sua taça.

Alba arrebatou-a de sua mão com um tapa, jogando-a contra a parede e fazendo-a em pedaços. Blanca, que nunca tivera coragem de enfrentar o pai, sorriu, sem ao menos tentar disfarçar.

— Não vamos celebrar a morte do presidente nem a dos outros, vovô! — gritou Alba.

Nas belas casas do Bairro Alto, abriram-se as garrafas que estavam esperando havia três anos e brindou-se à nova ordem. Os helicópteros sobrevoaram as vilas operárias durante toda a noite, zumbindo como moscas de outros mundos.

Muito tarde, quase ao amanhecer, o telefone tocou, e Alba, que não se deitara, correu para atendê-lo. Aliviada, ouviu a voz de Miguel.

— Chegou o momento, meu amor. Não me procure nem me espere. Amo você — disse.

— Miguel! Quero ir com você! — disse Alba, soluçando.

— Não fale a ninguém a meu respeito, Alba. Não procure os amigos. Rasgue as agendas, os papéis, tudo o que possa relacioná-la comigo. Vou amá-la sempre, lembre-se disso, meu amor — disse Miguel, interrompendo a ligação.

O toque de recolher durou dois dias. Para Alba, foram uma eternidade. As rádios transmitiam ininterruptamente hinos marciais, e a televisão só mostrava paisagens do território nacional e desenhos animados. Várias vezes por dia apareciam nas telas os quatro generais da Junta, sentados entre o escudo e a bandeira, para promulgar seus decretos: eram os novos heróis da pátria. Apesar da ordem de disparar contra quem saísse de casa, o senador Trueba atravessou a rua para ir celebrar na casa de um vizinho. A algazarra da festa não chamou a atenção das patrulhas que circulavam na rua, porque aquele era um bairro em que não esperavam encontrar oposição. Blanca anunciou que tinha a pior enxaqueca de sua vida e fechou-se em seu quarto. À noite, sua filha ouviu-a andar pela cozinha e supôs que a fome tivesse sido mais forte do que a dor de cabeça. Alba passou dois dias rondando pela casa, em estado de desespero, revistando os livros do túnel de Jaime e sua própria secretária para destruir o que considerasse comprometedor. Era como cometer um sacrilégio, pois estava certa de que, quando seu tio regressasse, ficaria furioso e lhe retiraria a confiança. Destruiu também suas agendas, que registravam os números de telefone dos amigos, suas mais preciosas cartas de amor e até as fotografias de Miguel. As empregadas da casa, indiferentes e enfadadas, entretiveram-se durante todo o período do toque de recolher fazendo empanadas, menos a cozinheira, que chorava sem parar e esperava com ansiedade o momento de ir ver o marido, com quem não conseguira comunicar-se.

Quando se interrompeu durante algumas horas o toque de recolher, para dar à população a oportunidade de comprar víveres, Blanca comprovou, admirada, que as lojas estavam abarrotadas dos produtos que durante três anos haviam escasseado e que pareciam ter surgido nas vitrinas por obra de magia. Viu montes de frangos preparados e pôde comprar o que quis, apesar de custar tudo o triplo, pois fora decretada a liberdade de preço. Percebeu que muitas pessoas observavam os frangos com curiosidade, como se nunca os tivessem visto, mas que poucas compravam, porque não podiam pagar por eles. Três dias depois, o cheiro de carne podre empestava os armazéns da cidade.

Os soldados patrulhavam as ruas, nervosos, aplaudidos por muita gente que tinha desejado a derrocada do governo. Alguns, estimulados pela violência daqueles dias, detinham os homens de cabelo comprido ou barba, sinais inequívocos de seu espírito rebelde, e mandavam parar na rua as mulheres com calças compridas, para cortá-las a tesouradas, porque se sentiam responsáveis por impor a ordem, a moral e a decência. As novas autoridades afirmaram nada ter a ver com aqueles atos, nunca ter dado ordem para cortar barbas ou calças; tratava-se, provavelmente, de comunistas disfarçados de soldados para desprestigiar as Forças Armadas e torná-las odiosas aos olhos dos cidadãos, porque não estavam proibidas as barbas nem as calças compridas, embora, certamente, preferissem que os homens andassem barbeados e mantivessem o cabelo curto, e as mulheres usassem saias.

Correu o boato de que o presidente morrera, e ninguém acreditou na versão oficial de que se suicidara.

ESPEREI QUE SE normalizasse um pouco a situação. Três dias depois do pronunciamento militar, dirigi-me no automóvel do Congresso ao Ministério da Defesa, estranhando que não houvessem ido me buscar para convidar-me a participar do novo governo. Todo mundo sabe que fui eu o principal inimigo dos marxistas, o primeiro que se opôs à ditadura comunista e se atreveu a dizer em público que só os militares poderiam impedir que o país caísse nas garras da esquerda. Além disso, fui eu quem fez quase todos os contatos com o alto-comando militar, quem serviu de ligação com os gringos e usei meu nome e dinheiro para a compra de armas. Enfim, dediquei-me mais do que ninguém. Na minha idade, o poder político não me interessa absolutamente; mas sou dos poucos que poderiam assessorá-los, porque há muito tempo ocupo cargos e sei melhor do que ninguém o que convém a este país. Sem assessores leais, honestos e capacitados, o que pode fazer meia dúzia de coronéis improvisados? Só asneiras. Ou deixar-se enganar pelos espertos, que se aproveitam das circunstâncias para enriquecer, como de fato está acontecendo. Naquele momento, ninguém sabia que as coisas iam acontecer como aconteceram. Pensávamos que a intervenção militar fosse um passo necessário para a retomada de uma democracia sã; por isso me parecia tão importante colaborar com as autoridades.

Quando cheguei ao Ministério da Defesa, fiquei surpreso ao ver o edifício transformado numa pocilga. As ordenanças limpavam os assoalhos com esfregões, vi algumas paredes perfuradas por balas, e por todos os lados corriam militares agachados, como se estivessem realmente em pleno campo de batalha ou esperassem que caíssem inimigos do teto. Precisei aguardar quase três horas para ser atendido por um oficial. A princípio, supus que, naquele caos, não me tivessem reconhecido e, por isso, me tratavam com tão pouca deferência, mas logo dei-me conta de como as coisas funcionavam. O oficial recebeu-me com as botas sobre a mesa, mastigando um sanduíche gorduroso, mal barbeado, com a farda desabotoada. Sem me dar tempo de lhe perguntar por meu filho Jaime nem de felicitá-lo pela valente ação dos soldados que tinham salvado a pátria, pediu-me as chaves do carro, argumentando que o Congresso estava fechado, e, por isso, também haviam acabado as regalias dos congressistas. Sobressaltei-me. Era evidente, então, que não tinham nenhuma intenção de voltar a abrir as portas do Congresso, como todos esperávamos. Pediu-me, não, ordenou-me que me apresentasse no dia seguinte na catedral, às onze da manhã, para assistir ao Te Deum com que a pátria agradecia a Deus a vitória sobre o comunismo.

— É verdade que o presidente se suicidou? — perguntei.

— Foi embora — corrigiu-me.

— Foi embora? Para onde?

— Foi embora sangrando — disse-me, rindo.

Saí para a rua, desconcertado, apoiado no braço de meu motorista. Não tínhamos como voltar para casa, porque não circulavam táxis nem ônibus, e não estou em idade de caminhar. Felizmente, passou um jipe de carabineiros e me reconheceram. É fácil distinguir-me, como disse minha neta, Alba, porque tenho a inconfundível aparência de um velho corvo irado e ando sempre vestido de luto, com minha bengala de castão de prata.

— Suba, senador — disse um tenente.

Ajudaram-nos a entrar no veículo. Os carabineiros mostravam-se cansados, e pareceu-me evidente que não haviam dormido. Confirmaram que estavam patrulhando a cidade havia três dias, mantendo-se acordados com café puro e comprimidos.

— Encontraram alguma resistência nos subúrbios ou nos cinturões industriais? — perguntei.

— Muito pouca. A população está tranquila — informou o tenente. — Espero que a situação se normalize depressa, senador. Não gostamos disso; é um trabalho sujo.

— Não diga isso, homem. Se vocês não se adiantassem, os comunistas teriam dado o golpe, e a estas horas você, eu e outras cinquenta mil pessoas estaríamos mortos. Não sabia que eles tinham um plano para implantar sua ditadura?

— Foi isso que nos disseram. Mas no bairro em que moro há muitos detidos. Os vizinhos olham-me com receio. Aqui, acontece o mesmo com os rapazes. Mas temos que cumprir ordens. A pátria está em primeiro lugar, não é verdade?

— Com certeza! Eu também lamento o que está acontecendo, tenente, mas não havia outra solução. O regime estava podre. O que teria sido deste país se vocês não empunhassem as armas?

No entanto, no fundo, eu já não estava mais tão certo disso. Tinha o pressentimento de que as coisas não estavam saindo como as tínhamos planejado e que a situação escapava de nossas mãos, mas naquele momento acalmei minhas inquietações, calculando que três dias é pouco tempo para endireitar um país e que, provavelmente, o grosseiro oficial que me atendera no Ministério da Defesa representava uma minoria insignificante dentro das Forças Armadas. A maioria era como aquele tenente escrupuloso que me levou para casa. Supus que em pouco tempo a ordem seria restabelecida, e, quando se aliviasse a tensão dos primeiros dias, entraria em contato com alguém mais bem posicionado na hierarquia militar. Lamentei não ter-me dirigido ao general Hurtado; não o tinha feito por respeito e também, reconheço, por orgulho, porque o correto seria ele me procurar, e não eu a ele.

Não tomei conhecimento da morte de meu filho Jaime senão duas semanas depois, quando, passada a euforia do triunfo, todos contabilizavam os mortos e desaparecidos. Um domingo, apresentou-se no casarão da esquina um discreto soldado, que, na cozinha, contou a Blanca o que vira no Ministério da Defesa e o que sabia a respeito dos corpos dinamitados.

— O doutor del Valle salvou a vida de minha mãe — justificou-se o soldado, olhando para o chão, com o capacete de campanha na mão. — Por isso vim dizer-lhes como o mataram.

Blanca chamou-me para eu ouvir o soldado, mas eu me neguei a acreditar. Argumentei que talvez o homem se tivesse confundido e que provavelmente não era Jaime, mas outra pessoa que ele tinha visto na sala das caldeiras, porque Jaime nada tinha a fazer no palácio presidencial no dia da rebelião militar. Estava certo de que meu filho havia fugido para o exterior por alguma passagem da fronteira ou se asilava em alguma embaixada, supondo que o estivessem perseguindo. Por outro lado, seu nome não aparecia em nenhuma das listas de pessoas procuradas pelas autoridades; por isso deduzi que Jaime não tinha nada a temer.

Seria preciso passar muito tempo, na realidade vários meses, para eu compreender que o soldado havia contado a verdade. Nos desvarios da solidão, eu aguardava meu filho, sentado na poltrona da biblioteca, com os olhos fixos no umbral da porta, chamando-o com o pensamento, tal como chamava Clara. Tanto o chamei que finalmente cheguei a vê-lo, mas apareceu-me coberto de sangue seco e farrapos, arrastando rolos de arame farpado sobre o assoalho encerado. Assim soube que tinha morrido, como nos contara o soldado. Só então comecei a falar em tirania. Minha neta, Alba, por seu lado, viu o ditador esboçar-se muito antes de mim. Viu-o destacar-se dentre os generais e o pessoal de guerra. Reconheceu-o imediatamente, porque herdara a intuição de Clara. É um homem rude e de aparência simples, de poucas palavras, como um camponês. Parecia modesto, e poucos puderam adivinhar que algum dia o veriam envolto numa capa de imperador, com os braços erguidos, pedindo silêncio às multidões carregadas em caminhões para o aplaudirem, seus augustos bigodes agitados pela vaidade, inaugurando o monumento Às Quatro Espadas, em cujo topo uma tocha permanente iluminaria os destinos da pátria, mas do qual, por um erro dos técnicos estrangeiros, nunca se elevou chama alguma; apenas uma espessa fumaceira de cozinha, que ficou flutuando no céu como uma perene tormenta de outros climas.

Comecei a pensar que me havia equivocado no procedimento e que talvez não fosse aquela a melhor solução para derrubar o marxismo. Sentia-me cada vez mais solitário, porque já não necessitavam de mim, não tinha meus filhos, e Clara, com sua mania do mutismo e sua distração, parecia um fantasma. Até Alba afastava-se cada vez mais, dia a dia. Pouco a via em casa. Passava ao meu lado como uma rajada, com suas horrorosas saias fartas de algodão enrugado e seu incrível cabelo verde, como o de Rosa, ocupada em tarefas misteriosas que levava a cabo com a cumplicidade da avó. Tenho certeza de que, às minhas costas, ambas tramavam segredos. Minha neta andava inquieta, como Clara nos tempos do tifo, quando assumiu em seus ombros o fardo da dor alheia.

ALBA TEVE MUITO pouco tempo para lamentar a morte de seu tio Jaime, porque as urgências dos necessitados a absorveram imediatamente; teve, portanto, de guardar sua dor para sofrê-la mais tarde. Só voltou a ver Miguel dois meses depois do golpe militar, quando já chegara a pensar que também tinha morrido. Contudo, não o procurou, porque suas instruções nesse sentido haviam sido muito precisas e, além disso, viu que o citavam nas listas dos que se deviam apresentar às autoridades, o que lhe deu esperanças. "Enquanto o procurarem, estará vivo", deduziu. Atormentava-se com a ideia de que o pegassem vivo e invocava a avó para lhe pedir que não deixasse isso acontecer. "Prefiro vê-lo morto, vovó", suplicava. Sabia o que estava ocorrendo no país; por isso andava dia e noite com o estômago oprimido, as mãos trêmulas e, quando se inteirava da sorte de algum prisioneiro, cobria-se de manchas dos pés à cabeça, como se estivesse infectada pela peste. Porém, não podia falar a respeito disso com ninguém, nem sequer com o avô, porque todos preferiam ignorar o assunto. Depois daquela terrível terça-feira, o mundo mudou de forma brutal para Alba. Teve de adaptar seus sentidos para continuar a viver. Precisou acostumar-se à ideia de que não voltaria a ver quem mais amara: seu tio Jaime,

Miguel e muitos outros. Culpava seu avô pelo que acontecera, mas, tão logo o via, encolhido em sua poltrona, chamando Clara e o filho num interminável murmúrio, recuperava todo o amor pelo velho e corria para abraçá-lo, passar-lhe os dedos pela cabeleira branca e consolá-lo. Alba pensava que as coisas eram de vidro, frágeis como suspiros, e imaginava que a metralha e as bombas daquela terça-feira inesquecível haviam destroçado boa parte do que conhecia, deixando o resto estraçalhado e salpicado de sangue. Com o decorrer dos dias, das semanas e dos meses, o que a princípio parecia ter sido preservado da destruição começou também a mostrar sinais de deterioração. Percebeu que amigos e parentes a evitavam, alguns atravessavam a rua para não cumprimentá-la ou viravam o rosto quando ela se aproximava. Calculou que correra o boato de que ajudava os perseguidos.

E era isso mesmo. Desde os primeiros dias, a maior urgência foi asilar os que poderiam ser mortos. No princípio, aquilo pareceu a Alba uma ocupação quase divertida, que lhe permitia manter a mente em outras coisas e não pensar em Miguel, mas logo verificou que não se tratava de nenhuma brincadeira. Os éditos advertiam os cidadãos de que deveriam denunciar os marxistas e entregar os fugitivos ou seriam considerados traidores da pátria e, como tal, julgados. Alba recuperou milagrosamente o carro de Jaime, que se salvara do bombardeio e esteve uma semana estacionado na mesma praça em que ele o deixara, até que soube e foi buscá-lo. Pintou dois grandes girassóis em suas portas, em amarelo forte, para distingui-lo dos outros carros e, assim, facilitar sua nova tarefa. Teve de memorizar os endereços de todas as embaixadas, os turnos dos carabineiros que as vigiavam, a altura de seus muros e a largura de suas portas. O aviso de que havia alguém para ser asilado chegava-lhe de surpresa, frequentemente por intermédio de um desconhecido que a abordava na rua e que ela supunha ter sido enviado por Miguel. Ia ao lugar do encontro em plena luz do dia e, quando observava alguém fazendo-lhe sinais, avisado pelas flores amarelas pintadas em seu carro, parava brevemente para que subisse. Durante o trajeto, não se falavam, porque ela preferia nem mesmo saber o nome da pessoa. Às vezes tinha de passar todo o dia com ela, escondê-la por uma ou duas noites, antes de encontrar o momento adequado para introduzi-la numa embaixada acessível, pulando um muro às costas dos guardas. Esse sistema demonstrara--se mais ágil do que os trâmites com medrosos embaixadores de democracias estrangeiras. Jamais voltava a saber do exilado, mas guardava para sempre seu comovido agradecimento e, quando tudo terminava, respirava, aliviada, por ter conseguido se salvar daquela vez. Em algumas ocasiões, teve de lidar com mulheres que não queriam afastar-se dos filhos e, apesar de Alba lhes prometer fazer chegar a criança pela porta principal, pois nem o mais covarde embaixador se recusaria a isso, negavam-se a deixá-los, de maneira que, afinal, tinham também de passar as crianças por cima dos muros ou descê-las pelas grades. Em pouco tempo todas as embaixadas estavam cercadas de arame farpado e metralhadoras, e tornou-se impossível continuar a tomá-las de assalto; contudo, outras necessidades mantiveram-na ocupada.

Foi Amanda quem a pôs em contato com os padres. As duas amigas encontravam-se para falar em sussurros a respeito de Miguel, que não haviam voltado a ver, e para recordar Jaime com nostalgia, mas sem lágrimas, pois não havia uma prova oficial de sua morte e o desejo de ambas de tornar a vê-lo era mais forte do que o relato do soldado. Amanda voltara a fumar compulsivamente, tremiam-lhe muito as mãos, e seu olhar vagava, perdido. Algumas vezes, tinha as pupilas dilatadas e se movia pesadamente, mas continuava a trabalhar no hospital. Contou-lhe que, com frequência, atendia pessoas que chegavam desmaiadas de fome.

— As famílias dos presos, dos desaparecidos e dos mortos não têm nada para comer. Os desempregados também não. Apenas um prato de comida de prisão de dois em dois dias. As crianças dormem na escola, estão desnutridas.

Acrescentou que o copo de leite e os biscoitos que antes os alunos recebiam todos os dias tinham sido suprimidos e que as mães mitigavam a fome de seus filhos com chá ralo.

— Só os padres fazem alguma coisa para ajudar — explicou Amanda. — As pessoas não querem saber a verdade. A Igreja organizou refeitórios para dar um prato diário de comida seis vezes por semana aos menores de sete anos. Claro que não é suficiente, pois, para cada criança que come uma vez por dia um prato de lentilhas ou de batatas, cinco ficam de fora, olhando, porque não há para todas.

Alba compreendeu que tinham voltado aos tempos antigos, quando sua avó Clara ia ao Bairro da Misericórdia suprir a justiça com a caridade. Agora, entretanto, a caridade era malvista. Verificou que, quando percorria as casas de seus amigos para pedir um pacote de arroz ou uma lata de leite em pó, não se atreviam a negar a primeira vez, mas logo passavam a evitá-la. No início Blanca ajudou-a. Alba não teve dificuldade em obter a chave da despensa da mãe, argumentando que não havia necessidade de estocar farinha comum e feijões de pobre se podiam comer centola do Mar Báltico e chocolate suíço, com o que conseguiu abastecer os refeitórios dos padres por um tempo que, no entanto, lhe pareceu muito curto. Um dia levou a mãe a um dos refeitórios. Ao ver a grande mesa de madeira sem polimento, onde uma fila dupla de crianças com olhos suplicantes esperava que lhes dessem sua ração, Blanca pôs-se a chorar e caiu de cama com enxaqueca por dois dias. Teria continuado a lamentar-se se a filha não a tivesse obrigado a vestir-se, esquecer-se de si mesma e conseguir ajuda, mesmo que fosse roubando o avô no orçamento familiar. O senador Trueba não quis sequer ouvir falar sobre o assunto, como faziam as pessoas da sua classe, e negou a existência da fome com a mesma teimosia com que negava a dos presos e a dos torturados. Alba não pôde, portanto, contar com ele e, mais tarde, quando também não pôde contar com a mãe, teve de recorrer a métodos mais drásticos. O mais distante a que o avô chegava era o clube. Não andava pelo Centro e muito menos se aproximava da periferia da cidade ou dos bairros suburbanos. Não lhe foi difícil, portanto, acreditar que as misérias relatadas por sua neta fossem armadilhas dos marxistas.

— Padres comunistas! — Era a última coisa que me faltava ouvir.

Quando, porém, começaram a chegar a toda hora crianças e mulheres pedintes às portas das casas, não mandou que trancassem o portão nem que fechassem as janelas para não os ver, como faziam os outros, mas, pelo contrário, aumentou a cota mensal de Blanca, recomendando-lhe que sempre houvesse alguma comida quente para lhes dar.

— É uma situação temporária — assegurou. — Assim que os militares puserem ordem no caos em que o marxismo deixou o país, o problema estará resolvido.

Os jornais diziam que os mendigos de rua, que não eram vistos havia tantos anos, eram mandados pelo comunismo internacional para desprestigiar a Junta Militar e sabotar a ordem e o progresso. Fecharam-se com tapumes os bairros pobres, ocultando-os dos olhos dos turistas e dos que não queriam ver. Numa noite surgiram nas avenidas, como que por encanto, jardins tratados e cobertos de flores, plantados pelos desempregados para criar a fantasia de uma primavera pacífica. Cobriram com tinta branca os murais de pombas panfletárias e retiraram para sempre os cartazes políticos. Qualquer tentativa de escrever mensagens políticas em via pública era punida com uma rajada de metralhadora no local. Limpas, ordenadas e silenciosas, as ruas abriram-se ao comércio. Em pouco tempo, desapareceram os meninos mendigos, e Alba notou que não havia cães vadios nem latas de lixo. O mercado negro terminou no instante em que bombardearam o palácio presidencial, porque os especuladores foram ameaçados com lei marcial e fuzilamento. As lojas começaram a vender coisas que não se conheciam nem de nome e outras que antes só os ricos conseguiam graças ao contrabando. A cidade nunca estivera tão bonita nem a alta burguesia fora mais feliz: podia comprar uísque sem impostos e automóveis a crédito.

Na euforia patriótica dos primeiros dias, as mulheres entregavam suas joias nos quartéis para a reconstrução nacional, até as alianças matrimoniais, que eram substituídas por anéis de cobre com o emblema da pátria. Blanca teve de esconder a meia de lã com as joias que Clara lhe dera, para que o senador Trueba não as entregasse às autoridades. Viu-se nascer uma nova e soberba classe social. Senhoras muito importantes, vestidas com roupas de outros lugares, exóticas e brilhantes como pirilampos à noite, pavoneavam-se nos centros de diversão de braços dados com os novos e soberbos economistas. Surgiu uma casta de militares que ocupou rapidamente os postos-chave. As famílias, que antes consideravam uma desgraça ter um militar em meio a seus membros, acionavam suas influências para colocar seus filhos nas academias militares e ofereciam suas filhas aos soldados. O país encheu-se de fardas, máquinas bélicas, bandeiras, hinos e desfiles, porque os militares conheciam a necessidade de o povo ter seus próprios símbolos e ritos. O senador Trueba, que, por princípio, detestava essas coisas, compreendeu o que os amigos do clube tinham querido dizer quando lhe haviam assegurado que o marxismo não tinha a menor oportunidade na América Latina, porque não contemplava o lado mágico das coisas. "Pão, circo e algo para venerar é tudo de que necessitam", concluiu o senador, lamentando no seu íntimo que faltasse o pão.

Orquestrou-se uma campanha destinada a limpar da face da Terra o bom nome do ex-presidente, com a esperança de que o povo deixasse de chorar por ele. Abriram sua casa e convidaram o público a visitar o que denominavam "o palácio do ditador". Era possível ver o conteúdo de seus armários e se espantar com o número e a qualidade de seus casacos de camurça, registrar suas gavetas, vasculhar a despensa para ver o rum cubano e o saco de açúcar que guardava. Circularam fotografias grosseiramente montadas que o mostravam vestido de Baco, com uma grinalda de uvas na cabeça, refestelando-se com matronas opulentas e atletas de seu próprio sexo, numa perpétua orgia, que ninguém, nem o próprio senador Trueba, acreditou serem autênticas. "Isto é excessivo; estão exagerando", resmungou quando foi informado a respeito.

De uma só penada, os militares mudaram a história, apagando os episódios, as ideologias e as personagens que o regime desaprovava. Adequaram os mapas, porque não havia nenhuma razão para pôr o Norte em cima, tão longe da pátria benemérita, quando era possível pôr embaixo, onde ficava mais favorecido, e, de passagem, pintaram com azul da prússia vastas margens de águas territoriais até os limites da Ásia e da África, e se apoderaram de terras longínquas nos livros de geografia, retraçando as fronteiras impunemente, até que os países irmãos perderam a paciência, gritaram nas Nações Unidas e ameaçaram com tanques de guerra e aviões de caça. A censura, que a princípio só atingiu os meios de comunicação, logo se estendeu aos textos escolares, às letras das canções, aos roteiros dos filmes e às conversas privadas. Havia palavras proibidas por decreto militar, como "companheiro", e outras que não se diziam por precaução, apesar de nenhum decreto tê-las eliminado do dicionário, como liberdade, justiça e sindicato. Alba perguntava-se de onde teriam saído tantos fascistas de um dia para o outro, porque, na longa trajetória democrática de seu país, nunca os havia notado, exceto alguns exaltados durante a guerra, que, por macaquice, vestiam camisas negras e desfilavam com o braço para o alto, em meio às gargalhadas e às vaias dos transeuntes, sem que tivessem qualquer papel relevante na vida nacional. Tampouco se explicava a atitude das Forças Armadas, cujos membros em sua maioria provinham das classes média e operária, e que, historicamente, tinham estado mais perto da esquerda do que da extrema direita. Não compreendeu o estado de sítio nem percebeu que a guerra é a obra de arte dos militares, o ponto culminante de seus treinamentos, o broche dourado de sua profissão. Não são feitos para brilhar na paz. O golpe deu-lhes a oportunidade de pôr em prática o que tinham aprendido nos quartéis, a obediência cega, o manejo das armas e outras artes que os soldados podem dominar quando aplacam os escrúpulos do coração.

Alba abandonou os estudos, porque a Faculdade de Filosofia, como muitas outras que abrem as portas do pensamento, foi fechada. Também não continuou com a música, porque o violoncelo lhe pareceu uma frivolidade naquelas circunstâncias. Muitos professores foram despedidos, presos ou desapareceram, de acordo com uma lista negra que a polícia política manipulava. Sebastián Gómez foi morto na primeira limpeza, denunciado por seus próprios alunos. A universidade encheu-se de espiões.

A ALTA BURGUESIA e a direita econômica, que haviam propiciado o golpe militar, estavam eufóricas. No começo, assustaram-se um pouco, ao ver as consequências de sua ação, porque nunca lhes coubera viver sob uma ditadura e não sabiam o que era. Pensaram que a perda da democracia seria transitória e poderiam viver durante algum tempo sem liberdades individuais ou coletivas, desde que o regime respeitasse a liberdade de ação. Tampouco lhes importou o desprestígio internacional, que os colocou na mesma categoria de outras tiranias regionais, porque lhes pareceu um preço baixo pela derrocada do marxismo. Quando chegaram capitais estrangeiros para fazer investimentos bancários no país, atribuíram o fato, naturalmente, à estabilidade do novo regime, desconsiderando a prática de, a cada peso que entrava, levarem dois de lucro. Quando, a curto prazo, se foram fechando as indústrias nacionais e os comerciantes começaram a falir, derrotados pela importação em massa de bens de consumo, disseram que as cozinhas brasileiras, os tecidos de Taiwan e as motocicletas japonesas eram muito melhores do que qualquer outra coisa jamais fabricada no país. Só quando devolveram as concessões das minas às companhias norte-americanas, depois de três anos de nacionalização, é que algumas vozes se ergueram para retrucar que isso era o mesmo que oferecer a pátria embrulhada em celofane. Contudo, quando começaram a devolver aos antigos latifundiários as terras que a Reforma Agrária dividira, tranquilizaram-se: tinham voltado aos bons tempos. Compreenderam que só uma ditadura militar poderia agir com o peso da força e sem prestar contas a ninguém, para garantir seus privilégios, e, assim, deixaram de falar em política e aceitaram a ideia de que teriam o poder econômico, mas que os militares governariam. O único trabalho da direita foi assessorá-los na elaboração dos novos decretos e leis. Em poucos dias eliminaram os sindicatos, os dirigentes operários estavam presos ou mortos, os partidos políticos, declarados em recesso por tempo indetermi-nado, e todas as organizações de trabalhadores e estudantes, até as escolas profissionalizantes, desmanteladas. Era proibido formar grupos. O único local em que as pessoas podiam reunir-se era a igreja, de forma que, em pouco tempo, a religião se tornou moda, e os padres e as freiras tiveram de adiar seus trabalhos espirituais, a fim de socorrer as necessidades terrenas daquele rebanho perdido. O governo e os empresários começaram a considerá-los inimigos potenciais, e alguns sonharam resolver o problema assassinando o cardeal, uma vez que, de Roma, o papa recusou-se a tirá-lo de seu posto e mandá-lo para um asilo de frades alienados.

Grande parte da classe média alegrou-se com o golpe militar, porque significava o retorno da ordem, da pureza dos costumes, das saias nas mulheres e do cabelo curto nos homens, mas logo começou a sofrer o tormento dos preços altos e da falta de trabalho. O salário não era suficiente para a alimentação. Em todas as famílias, havia alguém a quem lamentar e já não puderam dizer, como no princípio, que, se estava preso, morto ou exilado, era porque merecia. Também não puderam continuar a negar a tortura.

Enquanto floresciam os negócios luxuosos, as milagrosas financiadoras, os restaurantes exóticos e as importadoras, às portas das fábricas os desempregados faziam fila à espera da oportunidade de se empregar por um salário mínimo. A mão de obra desceu a níveis escravocratas, e os patrões puderam, pela primeira vez em muitas décadas, despedir os trabalhadores à vontade, sem lhes pagar indenização, e mandar prendê-los ao menor protesto.

Nos primeiros meses, o senador Trueba participou do oportunismo dos membros de sua classe. Estava convencido de que era necessário um período de ditadura para o país voltar ao redil do qual nunca deveria ter saído. Foi um dos primeiros latifundiários a recuperar sua propriedade. Devolveram-lhe Las Tres Marías em ruínas, mas inteira, até o último metro quadrado. Havia quase dois anos que estava à espera daquele momento, ruminando sua raiva. Sem pensar duas vezes, foi ao campo com meia dúzia de valentões contratados e pôde vingar-se a seu bel-prazer dos camponeses que se tinham atrevido a desafiá-lo e a tirar-lhe o que era seu. Chegaram lá numa luminosa manhã de domingo, pouco antes do Natal. Adentraram a propriedade com um alvoroço de piratas. Os valentões entraram por todos os cantos, apressando as pessoas aos gritos, com golpes e pontapés, reuniram-nas, bem como os animais, no pátio e regaram imediatamente com gasolina as casinhas de tijolo, que antes tinham sido o orgulho de Trueba, e nelas atearam fogo com tudo o que continham. Mataram os animais a tiro. Queimaram os arados, os galinheiros, as bicicletas e até os berços dos recém-nascidos, numa confusão dos diabos que pouco faltou para matar o velho Trueba de alegria. Despediu todos os camponeses, advertindo-os de que, se voltasse a vê-los nos arredores da fazenda, sofreriam sorte igual à dos animais. Viu-os partir mais pobres do que nunca, em grande e triste procissão, levando suas crianças, seus velhos, os poucos cães que sobreviveram ao tiroteio e uma ou outra galinha salva do inferno, arrastando os pés pelo caminho poeirento que os afastava da terra em que tinham vivido por várias gerações. No portão de Las Tres Marías, havia um grupo de gente miserável, esperando com olhos ansiosos. Eram outros camponeses desocupados, expulsos de outras propriedades, que chegavam tão humildes quanto seus antepassados de séculos atrás, implorando ao patrão que os empregasse na próxima colheita.

Naquela noite Esteban Trueba deitou-se na cama de ferro que tinha sido de seus pais, na velha casa senhorial aonde fazia muito tempo que não ia. Estava cansado e tinha no nariz o cheiro do incêndio e dos corpos dos animais que também tiveram de queimar, para a podridão não infectar o ar. Ainda ardiam os restos das casinhas de tijolo, e à sua volta tudo era destruição e morte. Sabia, contudo, que poderia voltar a recuperar o campo, tal como fizera uma vez, porque os prados estavam intactos e suas forças também. Apesar do prazer de sua vingança, não conseguiu dormir. Sentia-se como um pai que tivesse castigado os filhos com demasiada severidade. Durante toda a noite vislumbrou os rostos dos camponeses, que tinha visto nascer em sua propriedade, afastando-se pela estrada. Amaldiçoou seu mau gênio. Tampouco conseguiu dormir pelo resto da semana, e, quando logrou fazê-lo, sonhou com Rosa. Resolveu não contar a ninguém o que fizera e jurou que Las Tres Marías tornaria a ser a fazenda-modelo que fora um dia. Divulgou a informação de que estava disposto a aceitar os empregados de volta, evidentemente que sob certas condições, mas nenhum deles regressou. Haviam-se espalhado pelo campo, pelas montanhas, pela costa; alguns tinham ido a pé para as minas, outros para as ilhas do Sul, cada qual procurando o pão para a família em qualquer ofício. Enojado, o patrão regressou à capital, sentindo-se mais velho do que nunca. Pesava-lhe a alma.

O Poeta agonizou em sua casa junto ao mar. Estava doente, e os acontecimentos dos últimos tempos haviam esgotado seu desejo de continuar vivendo. A tropa revirou-lhe a casa, suas coleções de búzios, suas conchas, suas borboletas, suas garrafas, suas carrancas resgatadas de tantos mares, seus livros, seus quadros, seus versos inacabados, à procura de armas subversivas e de comunistas escondidos, até que seu velho coração de bardo começou a falhar. Levaram-no para a capital. Morreu quatro dias depois, e as últimas palavras do homem que cantou a vida foram: vão fuzilá-los! Vão fuzilá-los! Nenhum de seus amigos pôde se aproximar na hora da morte, porque estavam fora da lei, fugitivos, exilados ou mortos. Sua casa azul da colina estava quase em ruínas, o assoalho queimado e os vidros quebrados, sem que se pudesse saber se era obra dos militares, como diziam os vizinhos, ou dos vizinhos, como diziam os militares. Ali o velaram alguns poucos que se atreveram a chegar e jornalistas de todas as partes do mundo, enviados para fazer a cobertura de seu enterro. O senador Trueba era seu inimigo ideológico, mas tivera-o muitas vezes em casa e sabia seus versos de cor. Apresentou-se no velório rigorosamente vestido de negro, com a neta Alba. Ambos montaram guarda junto do singelo ataúde de madeira e o acompanharam até o cemitério numa triste manhã. Alba levava na mão um ramo dos primeiros cravos da temporada, vermelhos como o sangue. O pequeno cortejo percorreu a pé, lentamente, o caminho para o cemitério, entre duas filas de soldados que formavam nas ruas um cordão de isolamento.

As pessoas caminhavam em silêncio. Subitamente, alguém gritou, rouco, o nome do Poeta, e uma só voz, saída de todas as gargantas, respondeu: "Presente! Agora e sempre!". Foi como se tivessem aberto uma válvula, e toda a dor, o medo e a raiva daqueles dias saíssem dos peitos e rodassem pela rua, e subissem num terrível clamor até as nuvens negras do céu. Outro gritou: "Companheiro presidente!". E responderam todos num só lamento, pranto de homem: "Presente!". Pouco a pouco, o funeral do Poeta transformou-se no ato simbólico de enterrar a liberdade.

Muito perto de Alba e seu avô, os operadores de câmera da televisão sueca filmavam para enviar ao gelado país de Nobel a terrível imagem das metralhadoras perfiladas em ambos os lados da rua, os rostos das pessoas, o ataúde coberto de flores, o grupo de mulheres silenciosas, que se apinhavam às portas do necrotério, a dois quarteirões do cemitério, para ler as listas dos mortos. A voz coletiva elevou-se num canto, e o ar encheu-se com as palavras de ordem proibidas, gritando que o povo unido jamais será vencido, fazendo frente às armas que tremiam nas mãos dos soldados. O cortejo passou diante de uma construção, e os operários, abandonando as ferramentas, tiraram os capacetes e fizeram fila, cabisbaixos. Um homem caminhava com a camisa gasta nos punhos, sem colete e com os sapatos rotos, recitando os versos mais revolucionários do Poeta, as lágrimas descendo-lhe pelas faces. Seguia-o o olhar atônito do senador Trueba, que caminhava ao seu lado.

— Pena que fosse comunista — disse o senador à neta. — Tão bom poeta e com as ideias tão confusas. Se tivesse morrido antes da rebelião militar, suponho que teria recebido uma homenagem nacional.

— Soube morrer como soube viver, vovô — respondeu Alba.

Estava convencida de que ele morrera no devido tempo, porque nenhuma homenagem poderia ter sido maior do que aquele modesto desfile de alguns homens e mulheres que o enterraram numa campa emprestada, gritando pela última vez seus versos de justiça e liberdade. Dois dias depois apareceu no jornal um anúncio da Junta Militar decretando luto nacional pelo Poeta e autorizando o hasteamento de bandeiras a meio mastro nas casas particulares que o desejassem. A autorização vigorava desde o dia de sua morte até o dia da publicação do anúncio.

Do mesmo modo que não pôde sentar-se para chorar a morte de seu tio Jaime, Alba também não pôde perder a cabeça pensando em Miguel ou lamentando o Poeta. Estava mergulhada em sua tarefa de perguntar pelos desaparecidos, consolar os torturados que regressavam com as costas em carne viva e os olhos transtornados, e procurar alimentos para os refeitórios dos padres. No entanto, no silêncio da noite, quando a cidade perdia seu cenário de normalidade e sua paz de opereta, ela se sentia acossada pelos atormentados pensamentos que aplacava durante o dia. Àquela hora, só circulavam nas ruas os furgões cheios de cadáveres e detidos, e os automóveis da polícia, como lobos perdidos, uivando na escuridão do toque de recolher. Alba tremia em sua cama. Apareciam-lhe os fantasmas desgarrados de tantos mortos desconhecidos, ouvia o casarão da esquina respirando como um arquejo de anciã, apurava o ouvido e sentia nos ossos os temíveis ruídos: uma freada longínqua, um bater de porta, tiroteios, o barulho de passos com botas, um grito surdo. Seguia-se o longo silêncio que durava até o amanhecer, quando a cidade revivia, e o sol parecia apagar os terrores da noite. Não era a única pessoa acordada em casa. Muitas vezes encontrava seu avô, de roupão e chinelos, mais velho e mais triste do que durante o dia, esquentando uma chávena de caldo e resmungando blasfêmias porque lhe doíam os ossos e a alma. Também sua mãe frequentava a cozinha ou vagava, como uma aparição da meia-noite, pelos cômodos vazios.

Assim se passaram os meses, e tornou-se evidente para todos, incluindo para o senador Trueba, que os militares haviam tomado o poder para com ele ficar, e não para entregar o governo aos políticos de direita que tinham propiciado o golpe. Formavam uma raça à parte, irmãos entre si, que falava um idioma diferente daquele usado pelos civis e com quem o diálogo era como uma conversa de surdos, porque a menor dissidência era considerada uma traição em seu rígido código de honra. Trueba deu-se conta de que tinham planos messiânicos que não incluíam os políticos. Um dia, comentou a situação com Blanca e Alba. Lamentou que a ação dos militares, cujo propósito era acabar com o perigo de uma ditadura marxista, tivesse condenado o país a uma ditadura mais severa e, pelo visto, destinada a durar um século. Pela primeira vez na vida, o senador Trueba admitiu que se equivocara. Afundado em sua poltrona, como um velho acabado, viram-no chorar em silêncio. Não chorava a perda do poder. Estava chorando por sua pátria.

Então, Blanca ajoelhou-se a seu lado, tomou-lhe a mão e confessou que mantinha Pedro Terceiro García vivendo como um anacoreta, escondido num dos cômodos abandonados que Clara fizera construir no tempo dos espíritos. No dia seguinte ao do golpe, tinham sido publicadas listas de pessoas que deveriam apresentar-se às autoridades. O nome de Pedro Terceiro García estava contido nelas. Alguns, que continuavam pensando que naquele país nunca ocorria nada, foram pelos próprios pés entregar-se ao Ministério da Defesa e pagaram com a própria vida. Pedro Terceiro, entretanto, pressentiu antes dos demais a ferocidade do novo regime, talvez porque durante aqueles três anos tivesse aprendido a conhecer as Forças Armadas e não acreditasse na história de serem diferentes das de outros lugares. Naquela mesma noite, durante o toque de recolher, arrastou-se até o casarão da esquina e chamou à janela de Blanca. Quando ela assomou, com a visão turva pela enxaqueca, não o reconheceu, porque ele se barbeara e estava de óculos.

— Mataram o presidente — disse Pedro Terceiro.

Ela o escondeu nos quartos vazios. Adaptou um refúgio de emergência, sem suspeitar que teria de mantê-lo oculto por vários meses, enquanto os soldados vasculhavam meticulosamente o país à procura dele.

Blanca pensou que ninguém iria supor que Pedro Terceiro García estivesse na casa do senador Trueba no exato momento em que ele escutava de pé o Te Deum solene na catedral. Para Blanca, foi o período mais feliz de sua vida.

Para ele, no entanto, as horas transcorriam com a mesma lentidão que teria experimentado se estivesse preso. Passava o dia entre quatro paredes, com a porta trancada à chave, para que ninguém tivesse a iniciativa de ali entrar para fazer uma limpeza, e a janela fechada com as cortinas corridas. Não entrava a luz do dia, embora pudesse adivinhá-la pela tênue mudança das frestas da veneziana. À noite abria a janela de par em par, a fim de arejar o quarto — onde conservava um balde com tampa para fazer suas necessidades — e respirar a plenos pulmões o ar da liberdade. Ocupava seu tempo lendo os livros de Jaime, que Blanca lhe ia levando às escondidas, ouvindo os ruídos da rua, os sussurros do rádio ligado com o volume baixo. Blanca conseguiu-lhe um violão em que pôs trapos de lã sob as cordas, para ninguém o ouvir compor em surdina suas canções de viúvas, órfãos, prisioneiros e desaparecidos. Tratou de organizar um horário sistemático para preencher o dia, fazia ginástica, lia, estudava inglês, fazia a sesta, escrevia música e tornava a fazer ginástica, mas, com tudo isso, sobravam-lhe intermináveis horas de ócio, até que finalmente ouvia a chave na fechadura da porta e via entrar Blanca, que lhe levava os jornais, a comida e água limpa para se lavar. Faziam amor com desespero, inventando novas fórmulas proibidas que o medo e a paixão transformavam em alucinadas viagens às estrelas. Blanca já se conformara com a castidade, a idade e seus variados achaques, mas o sobressalto do amor deu-lhe uma nova juventude. Acentuaram-se a luz de sua pele, o ritmo de seu andar e a cadência de sua voz. Sorria para dentro e andava como que adormecida. Nunca tinha sido tão bela. Até seu pai se deu conta disso, atribuindo-o à paz da abundância. "Depois que Blanca não precisou mais entrar em fila, parece mais nova", dizia o senador Trueba. Alba também percebera. Observava a mãe.

Seu estranho sonambulismo parecia-lhe suspeito, bem como sua nova mania de levar comida para seu quarto. Em mais de uma ocasião, teve a intenção de espiá-la durante a noite, mas vencia-a o cansaço de suas múltiplas ocupações que a consolavam e, quando tinha insônias, temia aventurar-se pelos cômodos vazios onde sussurravam os fantasmas.

Pedro Terceiro enfraquecera e perdera o bom humor e a doçura que o tinham caracterizado até então. Entediava-se, amaldiçoava sua prisão voluntária e rosnava de impaciência por saber notícias dos amigos. Só a presença de Blanca o apaziguava. Quando ela entrava no quarto, abraçava-a como um alienado, para acalmar os terrores do dia e o tédio das semanas. Começou a obcecá-lo a ideia de que era traidor e covarde, por não haver compartilhado a sorte de tantos outros, e questionou-se se não seria mais honroso entregar-se e enfrentar seu destino. Blanca procurava dissuadi-lo com seus melhores argumentos, mas ele parecia não ouvir. Tentava retê-lo com a força do amor recuperado, dava-lhe comida na boca, banhava-o, esfregando-o com um pano úmido, e punha-lhe talco, como numa criança, cortava-lhe o cabelo e as unhas, barbeava-o. Finalmente, não pôde evitar pôr comprimidos tranquilizantes em sua comida e soníferos na água, para fazê-lo cair num sono profundo e atormentado, do qual despertava com a boca seca e o coração mais triste. Em poucos meses, Blanca deu-se conta de que não poderia mantê-lo prisioneiro indefinidamente e abandonou os planos de lhe reduzir o espírito para convertê-lo em seu amante perpétuo. Compreendeu que estava morrendo em vida, porque, para ele, a liberdade era mais importante do que o amor, e que não havia pílulas milagrosas capazes de fazê-lo mudar de atitude.

— Ajude-me, papai! — suplicou Blanca ao senador Trueba. — Tenho que fazê-lo sair do país.

O velho ficou paralisado pelo desconcerto e compreendeu quanto estava desgastado ao buscar sua ira e seu ódio sem os encontrar em lugar algum. Pensou no camponês que tinha partilhado um amor de meio século com sua filha e não pôde descobrir nenhuma razão para detestá-lo, nem sequer seu poncho, sua barba socialista, sua tenacidade ou suas malditas galinhas perseguidoras de raposas.

— Caramba! Temos que asilá-lo, porque, se for encontrado nesta casa, nos fodemos todos — foi tudo que lhe ocorreu dizer.

Blanca ergueu os braços em torno do pescoço do pai e cobriu-o de beijos, chorando como uma menina. Era a primeira carícia espontânea que lhe fazia desde a sua mais remota infância.

— Posso colocá-lo numa embaixada — prontificou-se Alba —, mas temos de esperar o momento propício, e terá de pular um muro.

— Não será necessário, filhinha — respondeu o senador Trueba. — Ainda tenho amigos influentes neste país.

Quarenta e oito horas depois, abriu-se a porta do quarto de Pedro Terceiro García, mas, em vez de Blanca, apareceu o senador Trueba no umbral. O fugitivo pensou que sua hora finalmente havia chegado e, de certo modo, alegrou-se.

— Venho tirá-lo daqui — disse Trueba.

— Por quê? — perguntou Pedro Terceiro.

— Porque Blanca me pediu — respondeu o outro.

— Vá para o caralho — balbuciou Pedro Terceiro.

— Bem, para lá vamos. Você vem comigo.

Os dois sorriram simultaneamente. No pátio da casa, a limusine prateada de um embaixador nórdico estava à espera. Enfiaram Pedro Terceiro no porta-malas do veículo, encolhido como um fardo, e cobriram-no com sacolas de mercado, cheias de hortaliças. Nos bancos, instalaram-se Blanca, Alba, o senador Trueba e seu amigo embaixador. O motorista levou-os à Nunciatura Apostólica, passando diante de uma barreira de carabineiros, sem que ninguém os detivesse. No portão da Nunciatura, havia uma guarda reforçada, mas, ao reconhecer o senador Trueba e ver a placa diplomática do automóvel, deixaram-nos passar com uma saudação. Ultrapassado o portão, a salvo na representação do Vaticano, libertaram Pedro Terceiro, retirando de cima dele uma montanha de folhas de alface e tomates arrebentados. Levaram-no ao gabinete do núncio, que o esperava vestido com a sotaina episcopal e segurando um salvo-conduto recém-assinado, a fim de mandá-lo para o exterior com Blanca, que decidira viver no exílio o amor adiado desde a meninice. O núncio deu-lhes a bênção. Era um admirador de Pedro Terceiro García e tinha todos os seus discos.

Enquanto o sacerdote e o embaixador nórdico discutiam sobre a situação internacional, a família despediu-se. Blanca e Alba choraram de angústia. Nunca se haviam separado. Esteban Trueba abraçou longamente a filha, sem lágrimas, mas com a boca apertada, trêmula, esforçando-se por conter os soluços.

— Não fui um bom pai para você, filha — disse. — É possível perdoar-me e esquecer o passado?

— Gosto muito de você, papai! — disse Blanca, jogando os braços em volta de seu pescoço, abraçando-o desesperadamente e cobrindo-o de beijos.

Depois o velho virou-se para Pedro Terceiro e olhou-o nos olhos. Estendeu-lhe a mão, mas não conseguiu apertar a do outro, porque lhe faltavam alguns dedos. Então abriu os braços, e os dois homens, num nó apertado, despediram-se, por fim livres dos ódios e dos rancores que durante tantos anos lhes haviam manchado a existência.

— Cuidarei de sua filha e tentarei fazê-la feliz, senhor — disse Pedro Terceiro García com a voz embargada.

— Não tenho dúvidas. Vão em paz, meus filhos — murmurou o velho.

Sabia que não voltaria a vê-los.

O SENADOR TRUEBA ficou sozinho no casarão da esquina com a neta e alguns empregados. Pelo menos assim pensava. Alba, porém, decidira adotar a ideia da mãe e usava a parte abandonada da casa para esconder pessoas por uma ou duas noites, até encontrar outro lugar mais seguro ou a forma de tirá-las do país. Ajudava os que viviam nas sombras, fugindo durante o dia, em meio ao bulício da cidade, mas que, ao cair da noite, precisavam estar ocultos, cada vez em um lugar diferente. As horas mais perigosas eram durante o toque de recolher, quando os fugitivos não podiam sair à rua e a polícia podia caçá-los à vontade. Alba supôs que a casa do avô fosse o último lugar que vasculhariam. Pouco a pouco, transformou os quartos vazios num labirinto de cantos secretos onde escondia seus protegidos, às vezes famílias completas. O senador Trueba só ocupava a biblioteca, o banheiro e seu quarto. Vivia ali, em meio a seus móveis de acaju, suas estantes vitorianas e seus tapetes persas. Mesmo para um homem tão pouco propenso aos impulsos do sentimento, aquela mansão sombria era inquietante: parecia conter um monstro oculto. Trueba não compreendia a causa de sua mágoa, porque sabia que os estranhos ruídos que os empregados diziam ouvir provinham de Clara, que vagava pela casa na companhia de seus espíritos amigos. Surpreendera muitas vezes a mulher deslizando pelos salões com sua túnica branca e seu riso alegre. Fingia não vê-la, ficava imóvel, suspendendo até mesmo a respiração, para não assustá-la. Fechava os olhos, fingindo dormir, e podia sentir o roçar suave de seus dedos na testa, seu hálito fresco passar como um sopro, seu cabelo ao alcance da mão. Não tinha motivo para suspeitar de algo anormal, mas não se aventurava na região encantada que era o reino de sua mulher; o mais longe que ia era o território neutro da cozinha. A antiga cozinheira fora embora, porque, num tiroteio, mataram por engano seu marido, e seu único filho, que estava fazendo o recrutamento numa aldeia do Sul, fora pendurado num poste com as tripas enroladas no pescoço, como vingança do povo por ter cumprido ordens de seus superiores. A pobre mulher perdeu a razão, e, em pouco tempo, Trueba perdeu a paciência, farto de encontrar na comida os cabelos que ela arrancava em seu permanente lamento. Durante algum tempo, Alba arriscou-se com as panelas, valendo-se de um livro de receitas, mas, apesar de sua boa disposição, Trueba acabou jantando quase todas as noites no clube, para fazer uma refeição decente pelo menos uma vez por dia. Isso deu a Alba mais liberdade para seu tráfico de fugitivos e mais segurança para introduzir e retirar pessoas de casa antes do toque de recolher, sem que o avô suspeitasse.

Um dia apareceu Miguel. Ela estava entrando em casa, em plena luz da hora da sesta, quando ele apareceu à sua frente. Tinha estado à sua espera, escondido nas touceiras do jardim. Pintara o cabelo de amarelo-pálido e vestia um pesado terno azul. Parecia um simples bancário, mas Alba reconheceu-o imediatamente e não pôde calar o grito de júbilo que lhe subiu das entranhas. Abraçaram-se no jardim, à vista dos transeuntes e de quem quisesse ver, até que, recobrando o juízo, se deram conta do perigo. Alba levou-o para dentro de casa, para seu quarto. Caíram na cama num enlaçamento de braços e pernas, chamando um ao outro pelos nomes secretos que usavam nos tempos do porão, amaram-se com desespero, até que sentiram a vida escapando-se-lhes e a alma explodindo, e tiveram de aquietar-se, ouvindo as estrepitosas batidas de seus corações, para se acalmar um pouco. Alba olhou-o então pela primeira vez e viu que estivera amando um absoluto desconhecido, que não só tinha o cabelo de um viquingue, mas que também não tinha a barba de Miguel, nem seus pequenos óculos redondos de preceptor e parecia muito mais magro. "Você está horrível!", soprou-lhe ao ouvido. Miguel transformara-se num dos chefes da guerrilha, cumprindo assim o destino que ele próprio se havia traçado desde a adolescência. Para descobrir seu paradeiro, tinham interrogado muitos homens e mulheres, o que pesava no espírito de Alba como uma pedra de moinho. Para ele, porém, aquilo não era mais do que uma parte do horror da guerra, e estava disposto a se submeter a igual risco quando chegasse o momento de encobrir outros. Entrementes, lutava na clandestinidade, fiel à teoria de que a violência dos ricos havia que opor a violência do povo. Alba, que, mil vezes, o imaginara preso ou morto de alguma maneira horrível, chorava de alegria, saboreando seu cheiro, sua textura, sua voz, seu calor, o afagar de suas mãos calejadas pelo uso das armas e o hábito de desafiar, rezando e amaldiçoando, e beijando-o e odiando-o por tanto sofrimento acumulado e desejando morrer ali mesmo, para não voltar a sofrer sua ausência.

— Você tinha razão, Miguel. Aconteceu tudo o que dizia que iria acontecer — admitiu Alba, soluçando em seu ombro.

Contou-lhe depois a respeito das armas que roubara do avô e que escondera com seu tio Jaime, oferecendo-se para ir com ele buscá-las. Teria gostado de lhe dar também as que não pudera roubar e tinham ficado na adega da casa, mas, poucos dias depois do golpe militar, fora ordenada à população civil a entrega de tudo o que se pudesse considerar arma, até as facas de mato e os canivetes das crianças. As pessoas deixavam seus pacotinhos embrulhados em jornal à porta das igrejas, porque não se atreviam a levá-los aos quartéis, mas o senador Trueba, que possuía armas de guerra, não sentiu nenhum temor, porque as suas estavam destinadas a matar comunistas, como todos sabiam. Telefonou para seu amigo, o general Hurtado, que mandou um caminhão do Exército para resgatá-las. Trueba levou os soldados até o quarto das armas e verificou, então, mudo de surpresa, que metade das caixas estava cheia de pedras e palha, mas compreendeu que, se admitisse a falta, incriminaria alguém da própria família ou se meteria pessoalmente numa complicação. Começou a dar desculpas que ninguém lhe pedia, uma vez que os soldados não poderiam saber o número de armas que ele havia comprado. Suspeitava de Blanca e Pedro Terceiro García, mas as faces ruborizadas da neta também o fizeram desconfiar. Depois de os soldados levarem as caixas assinando um recibo, pegou Alba por um braço e sacudiu-a como nunca havia feito, para ela confessar se tinha alguma coisa a ver com as metralhadoras e as espingardas que faltavam. "Não me pergunte sobre o que não quer que eu lhe conteste, vovô", retrucou Alba, olhando-o nos olhos. Não voltaram a falar sobre o assunto.

— Seu avô é um desgraçado, Alba. Alguém o matará como ele merece — suspirou Miguel.

— Morrerá em sua cama. Já está muito velho — disse Alba.

— Quem com ferro mata não pode morrer com chapeladas. Talvez eu mesmo o mate um dia.

— Que Deus não o permita, Miguel, porque eu seria obrigada a fazer o mesmo com você — respondeu Alba, ferozmente.

Miguel comunicou-lhe que não poderiam ver-se durante muito tempo; talvez nunca mais. Tentou explicar-lhe o perigo que significava ser companheira de um guerrilheiro, mesmo que estivesse protegida pelo sobrenome do avô, mas ela chorou tanto e abraçou-o com tanta angústia que ele teve de lhe prometer que, embora com o risco de suas vidas, procurariam oportunidades de se ver algumas vezes. Miguel também aceitou ir com ela buscar as armas e as munições enterradas na montanha, porque era do que mais necessitava em sua luta temerária.

— Espero que não estejam transformadas em sucata — murmurou Alba. — E que eu consiga lembrar o local exato, porque já faz mais de um ano.

Duas semanas depois, Alba organizou um passeio com as crianças de seu refeitório popular numa camioneta emprestada pelos padres da paróquia. Levava cestos com a merenda, um saco de laranjas, bolas e um violão. Nenhuma das crianças estranhou o fato de ela recolher no transcurso um homem louro. Alba dirigiu a pesada camioneta com sua carga de crianças pelo caminho da montanha que percorrera antes com seu tio Jaime. Duas patrulhas os detiveram, mandando-os abrir os cestos da merenda, mas a alegria contagiante das crianças e o inocente conteúdo das sacolas afastaram toda a suspeita dos soldados. Conseguiram chegar tranquilos ao local em que as armas estavam escondidas. As crianças brincaram de esconde-esconde. Miguel organizou com elas um jogo de futebol, sentou-as à sua volta, contou-lhes histórias, e depois todos cantaram até ficar roucos. Rapidamente esboçou a planta do local para retornar com seus companheiros, protegidos pelas sombras da noite. Foi um agradável dia no campo em que durante algumas horas puderam esquecer a tensão do estado de sítio e gozar o morno sol da montanha, ouvindo a gritaria das crianças que corriam por entre as pedras com o estômago cheio pela primeira vez em muitos meses.

— Miguel, tenho medo — murmurou Alba. — Será que jamais poderemos ter uma vida normal? Por que não vamos para o exterior? Por que não fugimos agora, que ainda é possível?

Miguel apontou as crianças, e Alba compreendeu.

— Então, deixe-me ir com você! — suplicou ela, como tantas vezes fizera.

— Não podemos ter uma pessoa sem treinamento neste momento. Muito menos uma mulher apaixonada — disse Miguel, sorrindo. — É melhor que você continue cumprindo sua tarefa. É preciso ajudar essas pobres crianças até virem tempos melhores.

— Pelo menos, diga-me como posso encontrá-lo.

— Se a polícia prendê-la, o melhor é que nada saiba — respondeu Miguel.

Ela estremeceu.

Nos meses seguintes, Alba começou a vender o mobiliário da casa. Inicialmente só se atreveu a tirar as coisas dos cômodos abandonados e do porão, mas, quando vendeu tudo o que continham, começou a levar, uma a uma, as cadeiras antigas do salão, os aparadores barrocos, as arcas coloniais, os biombos entalhados, até as toalhas de mesa. Trueba percebeu, mas nada disse. Supunha que a neta estivesse dando ao dinheiro um objetivo proibido, como acreditava que tivesse feito com as armas que lhe roubara, mas preferiu não ficar sabendo, a fim de poder continuar a manter-se em precária estabilidade num mundo que se fazia em pedaços. Dava-se conta de que os acontecimentos escapavam ao seu controle. Compreendeu que a única coisa que realmente lhe importava era não perder a neta, porque era o único laço que o unia à vida. Por isso também não comentou quando ela foi tirando, um a um, os quadros das paredes e as tapeçarias antigas para vender aos novos-ricos. Sentia-se muito velho e muito cansado, sem forças para lutar. Já não tinha as ideias tão claras, e se lhe havia apagado a fronteira entre o que lhe parecia bom e o que considerava mau. À noite, quando o sono o surpreendia, tinha pesadelos com casinhas de tijolo incendiadas. Imaginou que, se sua única herdeira decidira jogar a casa pela janela, ele não a impediria, porque lhe faltava muito pouco para estar na tumba, e, então, não precisaria senão da mortalha. Alba quis conversar com ele para lhe dar uma explicação, mas o velho negou-se a ouvir a história dos meninos famintos que recebiam por esmola um prato com o produto de sua tapeçaria de Aubusson ou dos desempregados que sobreviviam, mais uma semana, com seu dragão chinês de pedra dura. Tudo isso, ele continuava a argumentar, era uma monstruosa tapeação do comunismo internacional, mas, no caso remoto de ser verdade, não cabia a Alba assumir essa responsabilidade, mas ao governo ou, em última instância, à Igreja. No entanto, no dia em que chegou em casa e não viu o retrato de Clara pendurado à entrada, considerou que o caso estava ultrapassando os limites de sua paciência e enfrentou a neta.

— Onde diabo está o retrato de sua avó? — bradou.

— Eu o vendi ao cônsul inglês, vovô. Disse-me que o levaria para um museu de Londres.

— Proíbo-a de tirar seja o que for desta casa! A partir de amanhã, terá uma conta no banco para suas despesas pessoais — respondeu.

Esteban Trueba logo se deu conta de que Alba era a mulher mais cara de sua vida e que um harém de cortesãs não teria custado tanto quanto aquela neta de cabeleira verde. Não a repreendeu, porque haviam voltado os tempos da boa sorte, e, quanto mais gastava, mais tinha. Dado que a atividade política estava proibida, sobrava-lhe tempo para seus negócios e calculou que, contra todos os seus prognósticos, iria morrer muito rico. Aplicava seu dinheiro nas novas financiadoras, que proporcionavam aos investidores espantosa multiplicação de seu capital da noite para o dia. Descobriu que a riqueza lhe provocava um enorme tédio, porque se tornara fácil ganhá-la, sem encontrar maior atrativo para gastá-la, e nem sequer o prodigioso talento da neta para o esbanjamento conseguia esvaziar-lhe as algibeiras. Com entusiasmo, reconstruiu e melhorou Las Tres Marías, mas depois perdeu o interesse por qualquer outro empreendimento, porque percebeu que, graças ao novo sistema econômico, não era necessário esforçar-se e produzir, uma vez que o dinheiro atraía mais dinheiro, e, sem a sua participação direta, as contas bancárias engrossavam dia a dia. Assim, refazendo as contas, deu um passo que nunca imaginou dar em sua vida: passou a mandar todos os meses um cheque para Pedro Terceiro García, que vivia com Blanca, exilados no Canadá. Ali, ambos se sentiam plenamente realizados na paz do amor satisfeito. Ele escrevia canções revolucionárias para os trabalhadores, os estudantes e, sobretudo, a alta burguesia, que as adotara como moda, traduzidas para o inglês e o francês com grande sucesso, apesar de galinhas e raposas serem criaturas subdesenvolvidas, sem o esplendor zoológico das águias e dos lobos daquele gelado país do Norte. Blanca, por sua vez, plácida e feliz, desfrutava pela primeira vez na vida de uma saúde de ferro. Instalou um grande forno em sua casa para queimar os presépios de monstros, que conseguia vender muito bem, por se tratar de um artesanato indígena, como previra Jean de Satigny vinte e cinco anos antes, quando quis exportá-los. Com esses negócios, os cheques de Trueba e a ajuda canadense, tinham o suficiente, e Blanca, por precaução, escondeu no canto mais secreto a meia de lã com as inesgotáveis joias de Clara. Esperava não ter de vendê-las nunca para que um dia Alba as ostentasse.

Esteban Trueba não soube que a polícia política vigiava sua casa até a noite em que levaram Alba. Estava dormindo, e, por acaso, não havia ninguém escondido no labirinto dos quartos abandonados. As coronhadas na porta da casa tiraram o velho do sono com o nítido pressentimento da fatalidade. Alba, porém, despertara antes, quando ouviu as freadas dos automóveis, o ruído dos passos, as ordens a meia-voz, e começou a vestir-se, porque não teve dúvidas de que chegara a sua hora.

Naqueles meses, o senador aprendera que nem mesmo sua idônea trajetória de golpista era garantia contra o terror. Nunca imaginara, porém, que veria entrar em sua casa, ao amparo do toque de recolher, uma dúzia de homens à paisana, armados até os dentes, que o tiraram da cama sem a mínima consideração e o levaram pelo braço até o salão, sem lhe permitir calçar os chinelos ou agasalhar-se com um xale. Viu outros, abrindo a pontapés a porta do quarto de Alba e entrando com as metralhadoras na mão; viu a neta, completamente vestida, pálida, mas serena, esperando-os de pé, viu-os levando-as aos empurrões, com as armas apontadas, até o salão onde lhe ordenaram que ficasse junto do velho sem fazer o menor movimento. Ela obedeceu sem pronunciar uma só palavra, alheia à raiva de seu avô e à violência dos homens que percorriam a casa, arrebentando as portas, esvaziando os armários à coronhada, derrubando os móveis, rasgando os colchões, revolvendo o conteúdo dos armários, chutando paredes e gritando ordens, em busca de guerrilheiros escondidos, armas clandestinas e outras evidências. Arrancaram de suas camas as empregadas e trancaram-nas num quarto, vigiadas por um homem armado. Circularam pelas estantes da biblioteca, e os adornos e as obras de arte do senador rolaram pelo chão com estrépito. Os livros do túnel de Jaime foram empilhados no pátio, regados com gasolina e queimados numa pira infame, alimentada com os livros mágicos dos baús encantados do tio-bisavô Marcos, a edição esotérica de Nicolás, as obras de Marx em encadernação de couro e até as partituras das óperas do avô, numa fogueira escandalosa que encheu de fumaça todo o bairro e que, em tempos normais, teria atraído os bombeiros.

— Entreguem todas as agendas, livros com endereços, livros de cheques e todos os documentos pessoais que tenham! — ordenou o que parecia ser o chefe.

— Sou o senador Trueba! Por Deus, não me reconhece, homem? — gritou o avô, desesperado. — Não podem fazer isso comigo! É uma agressão. Sou amigo do general Hurtado!

— Cale-se, velho de merda! Enquanto eu não autorizar, não tem o direito de abrir a boca! — respondeu o outro com brutalidade.

Obrigaram-no a entregar o conteúdo de sua secretária e ensacaram tudo o que lhes pareceu interessante. Enquanto um grupo acabava de revistar a casa, outro continuava a atirar livros pela janela. No salão permaneceram quatro homens sorridentes, irônicos, ameaçadores, que puseram os pés nos móveis, beberam o uísque escocês na própria garrafa e quebraram, um a um, os discos da coleção de clássicos do senador Trueba. Alba calculou que se haviam passado pelo menos duas horas. Tremia, não de frio, mas de medo. Imaginava que aquele momento chegaria um dia, mas tinha conservado sempre a esperança irracional de que a influência de seu avô pudesse protegê-la. Ao vê-lo, contudo, encolhido num sofá, pequeno e miserável como um velho enfermo, compreendeu que não deveria esperar ajuda.

— Assine aqui! — ordenou o chefe a Trueba, pondo-lhe um papel diante do nariz. — É uma declaração de que entramos com ordem judicial, que lhe mostramos nossas identificações, que foi tudo de acordo com a lei, que procedemos com todo o respeito e boa educação, e que não tem nenhuma queixa a fazer. Assine!

— Jamais assinarei isso! — exclamou o velho, furioso.

O homem deu uma rápida meia-volta e esbofeteou Alba. O golpe lançou-a ao chão. O senador Trueba, paralisado de surpresa e espanto, enfim compreendeu que havia chegado a hora da verdade, depois de viver quase 90 anos sob sua própria lei.

— Sabe que sua neta é a puta de um guerrilheiro? — perguntou o homem.

Abatido, o senador Trueba assinou o papel. Depois, aproximou-se penosamente de sua neta e abraçou-a, acariciando-lhe o cabelo com uma ternura nele desconhecida.

— Não se preocupe, filhinha. Tudo se vai arranjar, não lhe podem fazer nada, isto é um erro, fique tranquila — murmurava.

O homem, porém, afastou-o rispidamente e gritou aos demais que tinham de partir. Dois brutamontes levaram Alba pelos braços, quase no ar. A última coisa que ela viu foi a figura patética do avô, pálido como cera, trêmulo, em roupa de dormir e descalço, que, do umbral da porta, lhe assegurava que, no dia seguinte, iria resgatá-la, falaria diretamente com o general Hurtado, iria com seus advogados buscá-la onde quer que ela estivesse para trazê-la de volta a casa.

Fizeram-na subir numa camioneta ao lado do homem que a esbofeteara e de outro, que dirigia, assobiando. Antes de lhe fixarem tiras de papel gomado nas pálpebras, olhou pela última vez a rua vazia e silenciosa, admirada de que, apesar do escândalo e do incêndio dos livros, nenhum vizinho tivesse assomado para olhar. Supôs que, do mesmo modo que muitas vezes ela própria fizera, estariam espreitando pelas frestas das janelas e pelas pregas das cortinas ou que tivessem enfiado a cabeça sob o travesseiro para não tomar conhecimento. A camioneta pôs-se em movimento, e ela, cega pela primeira vez, perdeu a noção do espaço e do tempo. Sentiu uma mão úmida e grande em sua perna, apertando, beliscando, subindo, explorando, um hálito pesado em seu rosto, sussurrando, vou aquecer você, puta, logo, logo, e ouviu outras vozes e risos, enquanto o veículo dava voltas e voltas, no que lhe pareceu uma viagem interminável. Não soube aonde a levavam até que ouviu ruído de água e sentiu as rodas da camioneta passarem sobre madeira. Então adivinhou seu destino. Invocou os espíritos dos tempos da mesa de três pés e do inquieto açucareiro da avó, invocou os fantasmas capazes de desviar o rumo dos acontecimentos, mas eles pareciam tê-la abandonado, porque a camioneta seguiu pelo mesmo caminho. Sentiu uma freada, ouviu uma pesada porteira chiando ao se abrirem, depois se fechando. Então Alba entrou em seu pesadelo, aquele que sua avó havia visto em seu mapa astrológico ao nascer, e Luisa Mora, num momento de premonição. Os homens ajudaram-na a descer. Não chegou a dar dois passos. Recebeu o primeiro golpe nas costelas e caiu de joelhos, sem poder respirar. Dois levantaram-na pelas axilas e arrastaram-na por um longo trecho. Sentiu os pés sobre a terra e depois sobre a superfície áspera de um chão de cimento. Detiveram-se.

— Esta é a neta do senador Trueba, coronel — ouviu dizer.

— Já vi — respondeu outra voz.

Alba reconheceu sem hesitar a voz de Esteban García e compreendeu naquele momento que ele a esperava desde o remoto dia em que a sentara em seus joelhos, quando ela era uma criança.

XIV

A Hora da Verdade

Alba estava encolhida no escuro. Tinham-lhe tirado com um puxão o papel gomado dos olhos e, em seu lugar, puseram uma venda apertada. Sentia medo. Recordou o treinamento do tio Nicolás, que a prevenia contra o perigo de ter medo do medo, e concentrou-se para dominar o tremor de seu corpo e fechar os ouvidos aos pavorosos ruídos que lhe chegavam do exterior. Tentou evocar os momentos felizes com Miguel, procurando ajuda no sentido de enganar o tempo e encontrar forças para o que viria, estimulando-se a suportar algumas horas sem que seus nervos a traíssem, até que seu avô conseguisse movimentar a pesada maquinaria de seu poder e suas influências para tirá-la dali. Pinçou da memória um passeio com Miguel pela costa, no outono, muito antes de o furacão dos acontecimentos virar o mundo de pernas para o ar, na época em que as coisas ainda eram denominadas por nomes conhecidos e as palavras tinham um único significado, quando povo, liberdade e companheiro eram apenas isto, povo, liberdade e companheiro, e não se haviam ainda transformado em contrassenhas. Tentou reviver aquele momento, a terra vermelha e úmida, o intenso odor das matas de pinheiros e eucaliptos, cujo tapete de folhas secas amaciava, depois do longo e cálido verão, e onde a luz acobreada do sol se filtrava nas copas das árvores. Tentou resgatar o frio, o silêncio e a preciosa sensação de serem os donos da terra, de ter 20 anos e a vida pela frente, de se amarem tranquilos, inebriados pelo aroma do bosque e pelo amor, sem passado, sem suspeitar do futuro, com a única e incrível riqueza daquele instante presente, em que se olhavam, se ouviam, se beijavam, se exploravam, envolvidos pelo murmúrio do vento entre as árvores e pelo rumor próximo das ondas batendo nas rochas ao pé da falésia, estalando num fragor de espuma perfumada, e eles dois, abraçados dentro do mesmo poncho, como siameses na mesma pele, rindo e jurando que seria para sempre, convencidos de que eram os únicos em todo o universo a ter descoberto o amor.

Alba ouvia os gritos, os longos gemidos e o rádio no volume máximo. O bosque, Miguel e o amor perderam-se no túnel profundo de seu terror, e ela se resignou a enfrentar seu destino sem subterfúgios.

Calculou que teriam passado toda a noite e uma boa parte do dia seguinte quando a porta se abriu pela primeira vez e dois homens a retiraram de sua cela. Levaram-na, em meio a insultos e ameaças, à presença do coronel García, que ela reconheceria de olhos fechados, pelo hábito de sua maldade, mesmo antes de lhe ouvir a voz. Sentiu-lhe as mãos segurando o rosto, os dedos grossos em seu pescoço e orelhas.

— Agora vai dizer-me onde está seu amante. Isso nos evitará muito desconforto aos dois.

Alba respirou aliviada. Então, não haviam detido Miguel!

— Quero ir ao banheiro — respondeu Alba com a voz mais firme que lhe foi possível articular.

— Vejo que não pretende cooperar, Alba. É uma pena — suspirou García. — Os rapazes terão que cumprir seu dever; eu não posso impedir.

Houve um breve silêncio à sua volta, e ela fez um esforço desmesurado para recordar a mata de pinheiros e o amor de Miguel, mas suas ideias se embaralharam, e ela já não sabia se estava sonhando nem de onde provinham aquela pestilência de suor, excremento, sangue e urina, e a voz do locutor de futebol, que anunciava uns golpes finlandeses que nada tinham a ver com ela, entre outros berros próximos e exatos. Um bofetão brutal jogou-a ao chão, mãos violentas recolocaram-na de pé, dedos ferozes incrustaram-lhe nos seios, triturando-lhe os mamilos, e o medo venceu-a por completo. Vozes desconhecidas pressionavam-na, ouvia o nome de Miguel, mas não sabia o que lhe perguntavam e só repetia, incansavelmente, um não monumental enquanto lhe batiam, lhe mexiam, lhe arrancavam a blusa, e ela não conseguia pensar, só repetir não e não, e não, calculando quanto poderia resistir antes de se esgotarem suas forças, sem saber que aquilo era apenas o começo, até que se sentiu desfalecer, e os homens a deixaram tranquila, esticada no chão, por um tempo que lhe pareceu muito curto.

Logo ouviu novamente a voz de García e adivinhou que eram deles as mãos que a ajudavam a levantar-se, levaram-na até uma cadeira, ajeitaram-lhe a roupa e vestiram-lhe a blusa.

— Oh, Deus! — exclamou. — Como a deixaram! Eu a adverti, Alba. Agora tente acalmar-se; vou-lhe dar uma xícara de café.

Alba começou a chorar. O líquido morno reanimou-a, mas não lhe sentiu o sabor, porque o bebia misturado com sangue. García segurava a xícara, aproximando-a com cuidado, como um enfermeiro.

— Quer fumar?

— Quero ir ao banheiro — murmurou ela, pronunciando cada sílaba com dificuldade por causa dos lábios inchados.

— Com certeza, Alba. Vão levá-la ao banheiro e depois poderá descansar. Eu sou seu amigo e compreendo perfeitamente sua situação. Está apaixonada e por isso o protege. Sei que você não tem nada a ver com a guerrilha, mas os rapazes não acreditam em mim quando lhes digo; não vão conformar-se até que você lhes conte onde está Miguel. Na verdade, já o cercaram, sabem onde está, vão prendê-lo, mas querem ter certeza de que você não tem nada a ver com a guerrilha, compreende? Se o protege, recusando-se a falar, eles vão continuar a suspeitar de você. Diga-lhes o que querem saber, e, então, eu mesmo a levarei para casa. Vai falar, não é verdade?

— Quero ir ao banheiro — repetiu Alba.

— Vejo que é teimosa, como o seu avô. Está bem. Irá ao banheiro. Vou dar-lhe a oportunidade de pensar um pouco — disse García.

Levaram-na ao banheiro, e teve de ignorar o homem que estava ao seu lado, segurando-a pelo braço. Depois, levaram-na para a cela. No cubículo solitário da prisão, tentou organizar suas ideias, mas estava atormentada pela dor das pancadas, pela sede, pela venda apertada nas têmporas, pelo ruído atordoante do rádio, pelo terror dos passos que se aproximavam e pelo alívio quando eles se afastavam, pelos gritos e pelas ordens. Encolheu-se como um feto no chão e abandonou-se aos seus sofrimentos. Assim permaneceu durante várias horas, talvez dias. Por duas vezes, um homem foi tirá-la dali e guiou-a até uma latrina fétida, onde não conseguiu lavar-se porque não tinha água. Dava-lhe um minuto, punha-a sentada na privada com outra pessoa, tão silenciosa e trôpega quanto ela, sem que lhe fosse possível adivinhar se era outra mulher ou um homem. A princípio, chorou, lamentando que seu tio Nicolás não a tivesse submetido a um treinamento especial para suportar a humilhação, que lhe parecia pior do que a dor, mas por fim conformou-se com sua própria imundície e parou de pensar na insuportável necessidade de se lavar. Deram-lhe para comer milho tenro, um pedaço de frango e um pouco de sorvete, que ela adivinhou pelo sabor, pelo cheiro e pela temperatura, e que devorou apressadamente com a mão, estranhando aquele jantar de luxo e inesperado naquele lugar. Depois soube que a comida para os prisioneiros daquele recinto vinha da nova sede do governo, que se instalara num prédio improvisado, porque o antigo Palácio dos Presidentes não era mais do que um monte de escombros.

Tentou contar os dias passados desde a sua detenção, mas a solidão, a escuridão e o medo lhe transtornaram o tempo e lhe deslocaram o espaço; acreditava ver cavernas povoadas de monstros, imaginava que fora drogada e, por isso, sentia todos os ossos frouxos e as ideias loucas; dispunha-se a não comer nem beber, mas a fome e a sede eram mais fortes do que a sua decisão. Perguntava-se por que seu avô ainda não teria ido resgatá-la. Nos momentos de lucidez, conseguia compreender que não se tratava de um pesadelo e que não estava ali por equívoco. Dispôs-se a esquecer até o nome de Miguel.

Na terceira vez que a levaram até Esteban García, Alba estava mais preparada, porque, pela parede de sua cela, conseguiu ouvir os sons da sala vizinha, onde interrogavam prisioneiros, e não teve ilusões. Nem sequer tentou invocar os bosques de seus amores.

— Você teve tempo para pensar, Alba. Agora, nós dois vamos conversar calmamente, você vai me dizer onde está Miguel, e, assim, sairemos disto rapidamente — propôs García.

— Quero ir ao banheiro — respondeu Alba.

— Estou vendo que você está brincando comigo — disse ele. — Sinto muito, mas aqui não podemos perder tempo.

Alba não respondeu.

— Tire a roupa! — ordenou García num tom de voz bem diferente.

Ela não obedeceu. Despiram-na com violência, arrancando-lhe as calças apesar de seus pontapés. A recordação nítida de sua adolescência e do beijo de García no jardim deu-lhe a força do ódio. Lutou contra ele, gritou, chorou, urinou, vomitou, até que se cansaram de agredi-la e lhe deram uma curta trégua, que ela aproveitou para invocar os espíritos compreensivos da avó, pedindo-lhes que a ajudassem a morrer. Contudo, ninguém veio em seu auxílio, e duas mãos ergueram-na, quatro a deitaram num catre metálico gelado, duro, cheio de porcas que lhe feriam as costas, e amarraram seus tornozelos e pulsos com correias de couro.

— Pela última vez, Alba, onde está Miguel? — perguntou García.

Ela negou, silenciosamente. Tinham amarrado outra correia em sua cabeça.

— Quando estiver disposta a falar, levante um dedo — orientou García, e Alba ouviu outra voz.

— Eu manipulo a máquina.

Então ela sentiu a dor atroz que lhe percorreu o corpo e a dominou completamente, e que pelo resto da vida não poderia esquecer. Mergulhou na escuridão.

— Eu lhes disse para terem cuidado com ela, seus cornos! — ouviu a voz de Esteban García, que lhe chegava de muito longe, sentiu que lhe abriam as pálpebras, mas não viu mais do que um difuso fulgor, sentiu em seguida uma picada no braço e tornou a perder-se na inconsciência.

Um século depois, Alba despertou, molhada e despida, sem saber se estava coberta de suor, água ou urina; não conseguia mover-se, de nada se recordava, não identificava o lugar em que estava nem a causa do mal-estar intenso que a havia reduzido a um farrapo. Sentiu a sede do Saara e pediu água.

— Aguente, companheira — sugeriu alguém a seu lado. — Aguente até amanhã. Se beber água, terá convulsões e poderá morrer.

Abriu os olhos. Não os tinha vendados. Um rosto vagamente familiar estava inclinado sobre ela, e mãos cobriram-na com uma manta.

— Lembra-se de mim? Sou Ana Díaz. Fomos companheiras na universidade. Não me reconhece?

Alba negou com a cabeça, fechou os olhos e abandonou-se à doce ilusão da morte. Algumas horas mais tarde, porém, despertou e, ao mexer-se, deu-se conta de que lhe doía até a última fibra de seu corpo.

— Logo se sentirá melhor — consolou-a uma mulher que lhe acariciava o rosto e afastava as madeixas úmidas que lhe cobriam os olhos. — Não se mexa e tente relaxar. Estarei ao seu lado; descanse.

— O que aconteceu? — balbuciou Alba.

— Maltrataram-na muito, companheira — explicou a outra com tristeza.

— Quem é você? — perguntou Alba.

— Ana Díaz. Estou aqui há uma semana. Pegaram também meu companheiro, mas ele ainda está vivo. Vejo-o passar uma vez por dia, quando o levam ao banheiro.

— Ana Díaz? — murmurou Alba.

— Eu mesma. Não éramos muito amigas na universidade, mas nunca é tarde para começar. A verdade é que a última pessoa que eu imaginaria encontrar aqui seria você, condessa — disse a mulher com doçura. — Não fale e tente dormir, para que o tempo lhe seja mais curto. A memória voltará aos poucos; não se preocupe. É por causa da eletricidade.

Alba, porém, não conseguiu dormir, porque a porta da cela se abriu, e um homem entrou.

— Ponha-lhe a venda! — ordenou a Ana Díaz.

— Por favor...! Não vê que está muito fraca? Deixe-a descansar um pouco...

— Faça o que lhe digo!

Ana inclinou-se sobre o catre e pôs-lhe a venda nos olhos. Retirou a manta que cobria Alba para enrolá-la em seu corpo, mas o guarda afastou-a com um empurrão, ergueu a prisioneira pelos braços e sentou-a. Entrou outro para ajudá-lo, e os dois levaram-na pendurada, porque não conseguia caminhar. Alba estava certa de que estava morrendo, se é que já não estaria morta. Ouviu que avançavam por um corredor em que o ruído das passadas era devolvido pelo eco. Sentiu uma mão em seu rosto, erguendo-lhe a cabeça.

— Podem dar-lhe água. Lavem-na e deem-lhe outra injeção. Vejam se pode engolir um pouco de café e tragam-na — disse García.

— Devemos vesti-la, coronel?

— Não.

ALBA ESTEVE NAS mãos de García por muito tempo. Em poucos dias, o coronel percebeu que ela o havia reconhecido, mas não abandonou a precaução de mantê-la com os olhos vendados, mesmo quando estavam sozinhos. Traziam e levavam diariamente novos prisioneiros. Alba escutava os veículos, os gritos, o portão que se fechava, e procurava contabilizar os presos, mas era quase impossível. Ana Díaz calculava que haveria cerca de duzentos. Embora García estivesse muito ocupado, não deixou passar um dia sem ver Alba, alternando a violência desenfreada com sua comédia de bom amigo. Às vezes parecia sinceramente comovido e, com a própria mão, dava-lhe colheradas de sopa, mas, no dia em que ele enfiou sua cabeça num balde cheio de excremento até ela desmaiar de nojo, Alba compreendeu que ele não estava de fato tentando averiguar o paradeiro de Miguel, mas, sim, vingando-se das ofensas que lhe haviam infligido desde o nascimento e que nada que pudesse confessar modificaria sua sorte como prisioneira particular do coronel García. Então foi pouco a pouco saindo do círculo privado de seu terror, e seu medo começou a diminuir; pôde então ter compaixão pelos demais, pelos que eram pendurados pelos braços, pelos recém-chegados e pelo homem sobre cujos pés agrilhoados passaram com uma camioneta. Ao amanhecer, todos os prisioneiros foram levados para o pátio e obrigados a olhar porque aquele era também um assunto pessoal entre o coronel e seu prisioneiro. Foi a primeira vez que Alba abriu os olhos fora da penumbra de sua cela, e a suave claridade da madrugada e o orvalho que brilhava entre as pedras, onde se tinham juntado charcos de chuva da noite, pareceram-lhe insuportavelmente luminosos. Arrastaram o homem, que não opôs resistência, mas tampouco conseguia manter-se de pé, e deixaram-no no centro do pátio. Os guardas tinham o rosto coberto por lenços, para que nunca pudessem ser reconhecidos no caso improvável de as circunstâncias mudarem. Alba fechou os olhos quando ouviu o motor da camioneta, mas não pôde fechar os ouvidos ao berro que lhe ficou para sempre vibrando na memória.

Ana Díaz ajudou-a a resistir durante o tempo em que estiveram juntas. Era uma mulher inquebrantável. Suportara todas as brutalidades, tinham-na violado diante de seu companheiro, tinham-nos torturado juntos, mas ela não perdera a capacidade de sorrir nem a esperança. Nem as perdeu quando a levaram para uma clínica secreta da polícia política, porque, em decorrência de um espancamento, perdera a criança que esperava e começara a esvair-se em sangue.

— Não importa; um dia terei outro — disse a Alba quando voltou à sua cela.

Naquela noite, Alba ouviu-a chorar pela primeira vez, cobrindo o rosto com o cobertor para afogar a tristeza. Aproximou-se dela, abraçou-a, embalou-a, limpou-lhe as lágrimas, murmurou-lhe todas as palavras ternas que foi capaz de lembrar, mas, naquela noite, não havia consolo possível para Ana Díaz, de modo que Alba limitou-se a aconchegá-la nos braços, sussurrando-lhe como se faz com os bebês e desejando poder arrancar-lhe aquela dor para aliviá-la. A manhã surpreendeu-as dormindo enroscadas como dois animaizinhos. Durante o dia esperavam, ansiosas, o momento de passar a longa fila de homens para o banheiro. Iam com os olhos vendados, e, para se guiar, cada um apoiava a mão no ombro do que seguia à sua frente, vigiados por guardas armados. Entre eles ia André. Pela minúscula janela gradeada da cela, elas os viam, tão perto que, se pudessem estender as mãos, os tocariam. Sempre que passavam, Ana e Alba cantavam com a força do desespero, e de outras celas também ecoavam vozes femininas. Então, os prisioneiros endireitavam-se, erguiam os ombros, viravam a cabeça em sua direção, e André sorria. Tinha a camisa rasgada e manchada de sangue seco.

Um guarda deixou-se comover pelo hino das mulheres. Uma noite, levou-lhes três cravos num pote com água, para que ornamentassem a janela. Em outra, disse a Ana Díaz que precisava de uma voluntária para lavar a roupa de um preso e limpar-lhe a cela. Levou-a até André e deixou-os a sós por alguns minutos. Quando Ana Díaz retornou, estava transfigurada, e Alba não se atreveu a falar para não interromper sua felicidade.

Um dia, o coronel García percebeu-se acariciando Alba, como que apaixonado, e lhe falando sobre sua infância no campo, quando a via passar ao longe, pela mão do avô, com seus aventais engomados e o halo verde de suas tranças, enquanto ele, descalço na lama, jurava a si mesmo que um dia lhe faria pagar caro pela arrogância e se vingaria de seu próprio maldito destino de bastardo. Enrijecida e ausente, nua e tremendo de asco e frio, Alba não o ouvia nem o sentia, mas aquela fenda em sua ânsia de atormentá-la soou ao coronel como uma campainha de alarme. Ordenou que pusessem Alba no canil e dispôs-se, furioso, a esquecê-la.

O canil era uma cela pequena e hermética como um túmulo, sem ar, escura e gelada. Havia seis ao todo, construídas, como um espaço de castigo, numa cisterna vazia. Eram ocupadas por períodos mais ou menos curtos, porque nelas ninguém resistiria muito tempo, no máximo poucos dias, antes de começar a divagar, perder a noção das coisas e o significado das palavras, e sofrer a angústia do tempo ou, simplesmente, começar a morrer. No início, encolhida em sua sepultura, sem poder sentar nem deitar, apesar de seu pequeno tamanho, Alba defendeu-se da loucura. Na solidão, compreendeu quanto necessitava de Ana Díaz. Supunha ouvir pancadinhas imperceptíveis e longínquas, como se, de outras celas, lhe mandassem mensagens em código, mas logo parou de lhes prestar atenção, porque verificou ser inútil qualquer forma de comunicação. Abandonou-se, decidida a encerrar de vez seu suplício, recusou-se comer e só bebia um gole de água quando era vencida pela própria fraqueza. Tentou não respirar, não se mover e pôs-se à espera da morte com impaciência. Passou muito tempo assim. Quando quase alcançara seu propósito, viu aparecer sua avó Clara, que tantas vezes havia invocado para ajudá-la a morrer, informando-a de que a graça não estava em morrer, porque isso aconteceria de qualquer maneira, mas, sim, em sobreviver, o que era um milagre. Viu-a tal como sempre a tinha visto em sua infância, com sua bata de linho branco, suas luvas de inverno, seu dulcíssimo sorriso desdentado e o brilho travesso de seus olhos de avelã. Clara trouxe-lhe a ideia salvadora de escrever com o pensamento, sem lápis nem papel, para manter a mente ocupada, a fim de se evadir do canil e viver. Sugeriu-lhe até que escrevesse um testemunho que algum dia poderia servir para trazer à luz o terrível segredo que estava vivendo e, assim, possibilitar ao mundo conhecer o horror que ocorria paralelamente à existência pacífica e ordenada dos que não queriam saber, dos que podiam manter a ilusão de uma vida normal, dos que se permitiam negar que estivessem flutuando numa balsa em meio a um mar de lamentos, ignorando, apesar de todas as evidências, que, a poucos quarteirões de seu mundo feliz, estavam os outros, os que sobrevivem ou morrem no lado escuro. "Você tem muito a fazer; por isso, deixe de se lamentar, beba água e comece a escrever", disse Clara à neta antes de desaparecer tal como havia chegado.

Alba tentou obedecer à sua avó, mas, assim que começou a anotar com o pensamento, o canil encheu-se com as personagens de sua história, que entraram atropelando-se e a envolveram em suas próprias histórias, em seus vícios e virtudes, esmagando seus propósitos documentais e inviabilizando seu testemunho, intoxicando-a, exigindo-lhe, apressando-a, e ela anotava às pressas, desesperada, porque, à medida que escrevia uma nova página, ia-se apagando a anterior. Essa atividade mantinha-a ocupada. No começo, perdia o fio com facilidade e esquecia na mesma proporção que recordava novos fatos. A menor distração ou um pouco mais de medo ou de dor emaranhavam sua história como um novelo. Logo, porém, inventou um código para recordar ordenadamente e, então, pôde mergulhar em seu próprio relato de uma forma tão profunda que deixou de comer, de se coçar, de se cheirar, de se queixar, e chegou a vencer, uma por uma, suas inúmeras dores.

Correu o boato de que estava agonizando. Os guardas abriram o postigo do canil e tiraram-na sem nenhum esforço, porque estava muito leve. Levaram-na de novo ao coronel García, que durante aqueles dias renovara seu ódio, mas Alba não o reconheceu. Estava além de seu poder.

POR FORA, o Hotel Cristóbal Colón tinha o mesmo aspecto anódino de uma escola primária, tal como eu o recordava. Perdera a conta dos anos que se haviam passado desde a última vez que ali estivera e imaginei que poderia vir receber-me o mesmo Mustafá de outros tempos, aquele negro azul, vestido como uma aparição oriental com a sua dupla fileira de dentes de chumbo e sua cortesia de vizir, o único negro autêntico do país, sendo todos os demais pintados, como havia assegurado Tránsito Soto. Não foi assim, entretanto. Um porteiro levou-me a um cubículo muito pequeno, apontou-me um assento e sinalizou que eu esperasse. Pouco tempo depois, apareceu, em vez do espetacular Mustafá, uma senhora com a aparência triste e bonita de uma tia provinciana, uniformizada de azul, com uma gola branca engomada, que, ao me ver tão velho e fraco, fez um gesto de enfado. Tinha uma rosa vermelha na mão.

— O cavalheiro está sozinho? — perguntou.

— Claro que estou! — exclamei.

A mulher entregou-me a rosa e perguntou-me que quarto eu desejava ocupar.

— Qualquer um — respondi, surpreso.

— Estão livres o Estábulo, o Templo e As Mil e Uma Noites. Qual prefere?

— As Mil e Uma Noites — disse, escolhendo ao acaso.

Levou-me por um longo corredor sinalizado com luzes verdes e flechas vermelhas. Apoiado em minha bengala, arrastando os pés, segui-a com dificuldade. Chegamos a um pequeno pátio onde se erguia uma mesquita em miniatura, com absurdas ogivas de vidros coloridos.

— É aqui. Se desejar beber alguma coisa, peça por telefone — informou.

— Quero falar com Tránsito Soto. Foi para isso que vim.

— Sinto muito, mas a senhora não atende particulares. Só os abastecedores.

— Eu tenho que falar com ela! Diga-lhe que sou o senador Trueba. Ela me conhece.

— Ela não recebe ninguém, já lhe disse — respondeu a mulher, cruzando os braços.

Erguendo a bengala, disse-lhe que, se dentro de dez minutos não aparecesse Tránsito Soto em pessoa, quebraria os vidros e tudo o que estava dentro daquela caixa de Pandora. A mulher uniformizada recuou, espantada. Abri a porta da mesquita e encontrei-me

483

dentro da uma Alhambra de meia-tigela. Uma escada curta de azulejos, coberta por falsos tapetes persas, levava a um quarto hexagonal com uma cúpula no teto, onde alguém havia posto tudo o que pensava existir num harém da Arábia, sem nunca lá ter estado: almofadões adamascados, perfumadores de vidro, campainhas e todo tipo de quinquilharias de bazar. Em meio às colunas, multiplicadas ao infinito por uma sábia disposição de espelhos, vi um banheiro de mosaico azul, maior do que o quarto, com um grande tanque, no qual, calculei, seria possível lavar uma vaca e, com mais motivos, poderiam refestelar-se dois amantes inspirados. Não se parecia nada com o Cristóbal Colón que eu conhecera. Sentei-me com dificuldade na cama redonda, sentindo-me de repente muito cansado. Doíam-me os velhos ossos. Ergui os olhos, e um espelho no teto devolveu a minha imagem: um pobre corpo mirrado, um rosto triste de patriarca bíblico, sulcado de rugas amargas, e os restos de uma melena branca. "Como o tempo passou!", suspirei.

Tránsito Soto entrou sem bater.

— Alegro-me de vê-lo, patrão — saudou, como sempre.

Era então uma senhora madura, magra, com um coque severo, apertada num vestido preto de lã e com duas voltas de esplêndidas pérolas no pescoço, majestosa e serena, mais parecendo uma pianista de concerto do que uma dona de prostíbulo. Não me foi fácil relacioná-la com a mulher de outros tempos, possuidora de uma serpente tatuada em volta do umbigo. Pus-me de pé para cumprimentá-la e não consegui provocá-la como fazia antes.

— Está muito bem, Tránsito — disse, calculando que já teria ultrapassado os 65 anos.

— Tenho me dado bem, patrão. Lembra-se de que, quando nos conhecemos, eu lhe disse que um dia seria rica? — disse ela, com um sorriso.

— Alegro-me de que tenha conseguido.

Sentamo-nos lado a lado na cama redonda. Tránsito serviu um conhaque para cada um e contou-me que a cooperativa de putas e pederastas tinha sido um negócio estupendo durante dez longos anos, mas que os tempos haviam mudado, e tiveram de lhe dar outro rumo, pois, por culpa da liberdade de costumes, do amor livre, da pílula e de outras inovações, ninguém precisava de prostitutas, exceto os marinheiros e os velhos. "As meninas decentes deitam-se de graça; imagine a concorrência", observou. Explicou-me que a cooperativa começou a decair e que os sócios tiveram de ir trabalhar em outros ofícios, mais bem remunerados, e que até Mustafá partira, de regresso à sua pátria. Então, ocorreu-lhe que o que se estava fazendo necessário era um hotel de encontros, um lugar agradável onde os casais clandestinos pudessem fazer amor e um homem não tivesse vergonha de levar uma noiva pela primeira vez. Nada de mulheres; essas, o cliente traz. Ela própria o decorara, segundo os impulsos de sua fantasia e considerando o gosto da clientela, e, assim, graças à sua visão comercial, que a levara a criar um ambiente diferente em cada canto disponível, o Hotel Cristóbal Colón se convertera no paraíso das almas perdidas e dos amantes furtivos. Tránsito Soto criou salões franceses com móveis *capitoné*, berços com feno fresco e cavalos de papelão duro, que observavam os enamorados com seus imutáveis olhos de vidro pintado, cavernas pré-históricas, com estalactites e telefones forrados de pele de puma.

— Vejo que não veio fazer amor, patrão; portanto, vamos conversar em meu escritório e disponibilizar este quarto para a clientela — sugeriu Tránsito Soto.

Ao longo do caminho, contou-me que, depois do golpe, a polícia política tinha arrasado o hotel duas vezes, mas, sempre que tiravam os casais da cama e os levavam à ponta de pistola até o salão principal, encontravam um ou dois generais em meio aos clientes e, por isso, deixaram de incomodar. Tinha muito boas relações com o novo governo, como tivera com todos os governos anteriores. Revelou-me que o Cristóbal Colón era um negócio florescente e que todos os anos ela renovava algumas decorações, substituindo naufrágios em ilhas polinésias por severos claustros de convento e balanços barrocos por potros de tortura, de acordo com a moda, podendo introduzir tanta coisa numa residência de proporções relativamente normais, graças ao artifício dos espelhos e das luzes, que multiplicavam o espaço, enganavam o clima, criavam o infinito e eliminavam o tempo.

Chegando a seu escritório, decorado como uma cabina de aeronave, de onde dirigia sua incrível organização com a eficiência de um banqueiro, pôs-me a par de sua contabilidade: quantos lençóis se lavavam, quanto papel higiênico se gastava, quantas bebidas se consumiam, quantos ovos de codorna se cozinhavam diariamente — são afrodisíacos —, quanto pessoal era necessário e a quanto montavam as contas de luz, água e telefone, para manter navegando aquele descomunal porta-aviões de amores proibidos.

— E agora, patrão, diga-me o que posso fazer por você — disse finalmente Tránsito Soto, acomodando-se em sua cadeira reclinável de piloto aéreo, enquanto brincava com as pérolas do colar. — Suponho que tenha vindo para eu devolver o favor que lhe devo há meio século, não é verdade?

Eu, que estivera à espera de que ela me perguntasse, abri então a torrente de minha ansiedade e contei-lhe tudo, sem nada esconder, sem uma só pausa, do princípio ao fim. Disse-lhe que Alba é minha única neta, que eu fora ficando só no mundo, que me haviam encolhido o corpo e a alma, tal como Férula ameaçara quando me amaldiçoou, e que só me faltava morrer como um cão, que aquela neta de cabelo verde é a última coisa que me resta, o único ser que realmente me importa, que por desgraça saiu idealista, um mal de família, é uma dessas pessoas destinadas a se meter em problemas e a fazer sofrer quem está próximo, resolveu asilar fugitivos nas embaixadas, fazia-o sem pensar, estou certo, sem se dar conta de que o país está em guerra, em guerra contra o comunismo internacional ou contra o povo, já não sei mais, mas em guerra, afinal de contas, e que essas coisas são punidas pela lei, mas Alba anda sempre com a cabeça na lua e não se dá conta do perigo, não faz por maldade; pelo contrário, faz porque tem o coração desenfreado, como o da avó, que ainda anda socorrendo os pobres às minhas costas, nos quartos abandonados da casa, minha Clara, clarividente, e qualquer um que se aproxime de Alba contando a história de que o persegue consegue que ela arrisque a pele para ajudá-lo, ainda que seja totalmente desconhecido, eu já lhe disse, já a adverti muitas vezes de que poderiam preparar--lhe uma armadilha e que um dia poderia acontecer de o suposto marxista ser um agente da polícia política, mas ela não me deu atenção, nunca me deu atenção na vida, é mais teimosa do que eu, mas, mesmo que seja assim, dar asilo a um pobre-diabo de vez em quando não é uma ação tão reprovável, não é algo tão grave que mereça que a levem presa, sem considerar que é minha neta, neta de um senador da República, membro destacado do Partido Conservador, não podem fazer isso com alguém de minha própria família, na minha própria casa, porque, então, que diabo fica para os outros, se pessoas como nós são presas, isso significa que ninguém está a salvo, que não valeram nada mais de vinte anos no Congresso e ter todas as relações que tenho, eu conheço todo mundo neste país, pelo menos todas as pessoas importantes, até o general Hurtado, que é meu amigo, mas nesse caso não me serviu de nada, nem sequer o cardeal pôde ajudar-me a encontrar minha neta, não é possível que ela desapareça como por obra de magia, que a levem uma noite, e eu não volte a saber nada a seu respeito, passei um mês à sua procura, e a situação já está me enlouque-cendo, são essas coisas que desprestigiam a Junta Militar no exterior e dão oportunidade para que as Nações Unidas comecem a nos foder com os direitos humanos, eu a princípio não queria ouvir falar sobre mortos, torturados, desaparecidos, mas agora não posso continuar pensando que são calúnias dos comunistas, se até os próprios gringos, que foram os primeiros a ajudar os militares e mandaram seus pilotos de guerra para bombardear o Palácio dos Presidentes, estão agora escandalizados pela matança, e não é que eu esteja contra a repressão, compreendo que no princípio é necessário ter firmeza para impor a ordem, mas passaram da conta, estão exagerando as coisas e, com a história da segurança interna e de que é preciso acabar com os inimigos ideológicos, estão liquidando todo mundo, ninguém pode estar de acordo com isso, nem eu próprio, que fui o primeiro a chamar de galinha os cadetes e a ajudar o golpe, antes que os outros o idealizassem, fui o primeiro a aplaudi-lo, estive presente no Te Deum da catedral, e por isso mesmo não posso aceitar que estejam acontecendo essas coisas em minha pátria, que as pessoas desapareçam, que levem minha neta de casa à força sem que eu possa impedir, nunca haviam ocorrido coisas assim aqui; por isso, justamente por isso, é que tive de vir falar com você, Tránsito, nunca imaginei, há cinquenta anos, quando você era uma garota raquítica do Farolito Rojo, que um dia teria de vir suplicar-lhe de joelhos que me faça este favor, que me ajude a encontrar minha neta, atrevo-me a pedir-lhe porque sei que tem boas relações com o governo, me falaram sobre você, estou certo de que ninguém conhece melhor as pessoas importantes das Forças Armadas, sei que você organiza suas festas e pode chegar aonde eu nunca teria acesso; por isso, peço-lhe que faça alguma coisa por minha neta antes que seja tarde, porque já passei semanas sem dormir, corri todos os gabinetes, todos os ministérios, todos os velhos amigos, sem que ninguém pudesse ajudar-me, já não querem receber-me, obrigam-me a ficar na sala de espera durante horas, a mim, que fiz tantos favores a essa mesma gente, por favor, Tránsito, peça-me o que quiser, ainda sou um homem rico, apesar de nos tempos do comunismo as coisas terem ficado difíceis para mim, expropriaram-me a terra, certamente você soube, deve ter visto na televisão e nos jornais, foi um escândalo, aqueles camponeses ignorantes comeram meus touros reprodutores e puseram minhas éguas de corrida para puxar o arado, e em menos de um ano Las Tres Marías estava em ruínas, mas agora eu enchi a fazenda de tratores e a estou reerguendo novamente, como já fiz uma vez, quando era jovem, estou fazendo o mesmo agora que estou velho, mas não acabado, enquanto esses desgraçados que tinham o título de proprietários da minha propriedade, minha, estão morrendo de fome, como uma cambada de pobres-diabos, à procura de algum trabalhinho miserável para subsistir, pobre gente, eles não tiveram culpa, deixaram-se enganar pela maldita Reforma Agrária, no fundo eu já lhes perdoei e gostaria que voltassem a Las Tres Marías, cheguei mesmo a pôr anúncios nos jornais para chamá-los, hão de voltar um dia e não terei remédio senão estender-lhes a mão, são como crianças, bem, mas não é disso que lhe vim falar, Tránsito, não quero tomar seu tempo, o importante é que tenho boa situação e meus negócios vão de vento em popa; por isso, posso dar-lhe tudo o que me pedir, qualquer coisa, contanto que encontre minha neta, Alba, antes que algum demente continue a mandar-me mais dedos cortados ou comece a mandar-me orelhas e acabe me enlouquecendo ou me matando de um infarto, desculpe-me que fique dessa maneira, que me tremam as mãos, estou muito nervoso, não sei explicar o que aconteceu, um pacote pelo correio e lá dentro só três dedos humanos, cortados rente, uma piada macabra que me traz recordações, mas essas recordações não têm nada a ver com Alba, minha neta nem sequer era nascida na ocasião, tenho, sem dúvida, muitos inimigos, todos os políticos têm inimigos, não seria difícil haver um anormal disposto a me atormentar, enviando-me dedos pelo correio, justamente no momento em que estou desesperado com a prisão de Alba, para me pôr ideias cruéis na cabeça, e, se não fosse por estar no limite de minhas forças depois de ter esgotado todos os recursos, não teria vindo incomodar você, por favor, Tránsito, em nome de nossa velha amizade, tenha piedade de mim, sou um pobre velho destroçado, tenha piedade e procure minha neta, Alba, antes que acabem por mandá-la em pedacinhos pelo correio, solucei.

Tránsito Soto chegou à posição que tem, entre outras coisas, porque soube pagar as suas dívidas. Suponho que usou o conhecimento do lado mais secreto dos homens que estão no poder para me devolver os cinquenta pesos que uma vez lhe emprestei. Dois dias depois, chamou-me pelo telefone.

— Tránsito Soto, patrão. Atendi a seu pedido — informou.

Epílogo

Ontem à noite morreu meu avô. Não morreu como um cão, como receava, mas calmamente em meus braços, confundindo-me com Clara e, às vezes, com Rosa, sem dor, sem angústia, consciente e sereno, mais lúcido do que nunca, e feliz. Agora repousa no veleiro de água mansa, sorridente e tranquilo, enquanto eu escrevo sobre a mesa de madeira dourada que era da minha avó. Abri as cortinas de seda azul para que a manhã entre e alegre este quarto. Na gaiola antiga, junto da janela, há um canário novo, cantando, e, no centro do quarto, os olhos de vidro de Barrabás olham para mim. Meu avô contou-me que Clara desmaiara no dia em que ele, para agradá-la, colocou a pele do animal como tapete. Rimos às lágrimas e decidimos ir ao porão buscar os despojos do pobre Barrabás, soberbo em sua indefinível constituição biológica, apesar da passagem do tempo e do abandono, e colocá-lo no mesmo lugar em que, meio século antes, meu avô o pusera, em homenagem à mulher que mais amou na vida.

— Vamos deixá-lo aqui, que é onde sempre deveria ter ficado — disse.

Cheguei em casa numa brilhante manhã de inverno, numa carroça puxada por um cavalo magro. A rua, com sua dupla fila de castanheiros centenários e suas mansões imponentes, parecia um cenário impróprio para aquele modesto veículo, mas, quando parou em frente à casa de meu avô, combinava muito bem com o estilo. O casarão da esquina estava mais triste e velho do que eu o recordava, absurdo em suas excentricidades arquitetônicas e suas pretensões de estilo francês, com a fachada coberta de hera empestada. O jardim era um emaranhado de mato, e quase todos os postigos estavam pendurados pelos gonzos. O portão estava aberto, como sempre. Toquei a campainha e, passado algum tempo, ouvi alpargatas aproximando-se, e uma empregada desconhecida abriu-me a porta. Olhou-me sem me conhecer, e senti entrar-me pelo nariz o maravilhoso perfume de madeira e recolhimento da casa em que nasci. Meus olhos encheram-se de lágrimas. Corri à biblioteca, pressentindo que meu avô estaria à minha espera, onde sempre costumava sentar-se, e ali estava, encolhido em sua poltrona. Espantou-me vê-lo tão velho, tão minúsculo e trêmulo, conservando do passado apenas sua branca melena leonina e a pesada bengala de castão de prata. Abraçamo-nos estreitamente por muito tempo, sussurrando avô, Alba, Alba, avô, beijamo-nos e, quando ele viu minha mão, explodiu em pranto, amaldiçoando e dando bengaladas nos móveis, como fazia antes, e eu ri, porque, afinal, não estava tão velho e acabado quanto me pareceu a princípio.

Nesse mesmo dia, meu avô propôs que fôssemos embora do país. Temia por mim. Mas expliquei-lhe que não podia ir embora, porque, longe daquela terra, eu seria como as árvores que se cortam para o Natal, esses pobres pinheiros que duram algum tempo e depois morrem.

— Não sou tonto, Alba — replicou, olhando-me fixamente.— A verdadeira razão pela qual quer ficar é Miguel, não é verdade? Sobressaltei-me. Nunca lhe falara a respeito de Miguel.

— Desde que o conheci, soube que não conseguiria tirá-la daqui, filhinha — revelou com tristeza.

— Você o conheceu? Está vivo, vovô? — Sacudi-o, agarrando-o pela roupa.

— Estava na semana passada, quando nos vimos pela última vez.

Contou-me que, depois de me terem levado, Miguel apareceu uma noite no casarão da esquina. Meu avô esteve a ponto de sofrer uma apoplexia de susto, mas, em poucos minutos, compreendeu que os dois tinham uma meta em comum: libertar-me. Depois, Miguel voltou a vê-lo frequentemente, fazia-lhe companhia, e juntavam seus esforços para me procurar. Foi Miguel quem teve a ideia de ir falar com Tránsito Soto; isso nunca teria ocorrido ao meu avô.

— Escute-me, senhor. Eu sei quem tem o poder neste país. Meu pessoal está infiltrado em toda parte. Se há alguém que possa ajudar Alba neste momento, essa pessoa é Tránsito Soto — asseguro-lhe.

— Se conseguirmos tirá-la das garras da polícia política, meu filho, terá que ir embora daqui. Vão vocês dois. Posso conseguir salvo-condutos, e não lhes faltará dinheiro — ofereceu meu avô.

Miguel, porém, olhou-o como se ele fosse um velhinho ensandecido e começou a explicar-lhe que tinha uma missão a cumprir e não sairia fugindo.

— Tive que resignar-me à ideia de que você ficará aqui, apesar de tudo — suspirou meu avô, abraçando-me. — E, agora, conte-me tudo. Quero saber até o último detalhe.

Então, eu lhe contei tudo. Relatei-lhe que, depois de minha mão infectar, tinham-me levado para uma clínica secreta, que recebe os prisioneiros que eles não têm interesse em deixar morrer. Lá, fui atendida por um médico alto, de maneiras elegantes, que parecia me odiar tanto quanto o coronel García e se negava a dar-me calmantes. Aproveitava cada curativo para me expor sua teoria pessoal a respeito da forma de acabar com o comunismo no país e, se possível, no mundo. Fora isso, contudo, deixava-me em paz.

Pela primeira vez em várias semanas, eu tinha lençóis limpos, comida suficiente e luz natural. Quem cuidava de mim era Rojas, um enfermeiro de tronco forte e rosto redondo, vestido com um jaleco azul-celeste sempre sujo e provido de uma grande bondade. Dava-me de comer na boca, contava-me intermináveis histórias de remotas partidas de futebol disputadas por equipes que eu desconhecia e conseguia calmantes para me injetar às escondidas, até conseguir interromper meu delírio. Rojas ajudara, nessa clínica, um desfile interminável de desgraçados. Comprovara que, em sua maioria, não eram assassinos nem traidores da pátria; por isso tinha boa vontade com os prisioneiros. Muitas vezes acabava de suturar alguém, e o levavam novamente. "Isto é como encher o mar de areia", comentava com tristeza. Soube que alguns lhe pediram para ajudá-los a morrer e, pelo menos num caso, suponho que concordou. Rojas registrava rigorosamente todos os que entravam e saíam, e lembrava-se sem hesitar dos nomes, das datas e das circunstâncias. Jurou-me que nunca tinha ouvido falar em Miguel, e isso me devolveu a coragem para continuar vivendo, ainda que às vezes caísse num abismo negro de depressão e começasse a recitar a cantilena de que queria morrer. Ele me falou sobre Amanda. Prenderam-na na mesma época em que eu fora presa. Quando a encaminharam a Rojas, já não havia nada a fazer. Morreu sem delatar seu irmão, cumprindo a promessa que lhe fizera muito tempo atrás, no dia em que o levou à escola pela primeira vez. O único consolo foi tudo ter sido muito mais rápido do que eles talvez desejassem, porque seu organismo estava completamente debilitado pelas drogas e pela infinita desolação que a morte de Jaime lhe deixara. Rojas tratou de mim até a febre ceder, minha mão começar a cicatrizar e eu recobrar o alento, e, então, acabaram seus pretextos para continuar me retendo; mas não me mandaram de volta às mãos de Esteban García, como eu receava. Suponho que naquele momento tenha atuado a benéfica influência da mulher do colar de pérolas, que fomos visitar com meu avô, para lhe agradecer ter-me salvo a vida. Quatro homens foram buscar-me à noite. Rojas acordou-me, ajudou a vestir-me e desejou-me boa sorte. Beijei-o, agradecida.

— Adeus, menina! Troque o curativo, não o molhe e, se a febre voltar, é porque infectou outra vez — orientou-me da porta.

Levaram-me para uma cela estreita, onde passei o resto da noite, sentada numa cadeira. No dia seguinte, transferiram-me para um campo de concentração para mulheres. Nunca esquecerei quando me tiraram a venda dos olhos e me encontrei num pátio quadrado e luminoso, cercada de mulheres que cantavam, para mim, o Hino à Alegria. Minha amiga Ana Díaz também estava lá e correu para abraçar-me. Instalaram-me imediatamente num beliche e me informaram as regras da comunidade e minhas responsabilidades.

— Até ficar curada, não tem que lavar nem cozinhar, mas tem de cuidar das crianças — decidiram.

Eu resistira ao inferno com certa integridade, mas, quando me senti acompanhada, fraquejei. Qualquer palavra de carinho provocava-me uma crise de choro, passava a noite com os olhos abertos na escuridão em meio àquela quantidade de mulheres, que se revezavam para cuidar de mim, mantendo-se acordadas, sem nunca me deixar sozinha. Ajudaram-me quando as más recordações começavam a me atormentar ou me aparecia pela frente o coronel García, submetendo-me ao terror, ou quando Miguel me ficava preso num soluço.

— Não pense em Miguel — diziam-me, insistindo. — Não se deve pensar nos seres queridos nem no mundo existente do outro lado destes muros. É a única maneira de sobreviver.

Ana Díaz conseguiu um caderno escolar e me ofereceu.

— Para você escrever e ver se tira de dentro o que está apodrecendo, se melhora de uma vez, canta conosco e nos ajuda a cozinhar — disse-me.

Mostrei-lhe a mão e recusei com a cabeça, mas ela pôs-me o lápis na outra mão e mandou-me escrever com a esquerda. Pouco a pouco, comecei a fazê-lo. Tratei de ordenar a história que começara no canil. Minhas companheiras me ajudavam quando me faltava a paciência e o lápis me tremia na mão. Em algumas ocasiões, atirava tudo para longe, mas em seguida apanhava o caderno, alisava-o amorosamente, arrependida, porque não sabia quando poderia conseguir outro. Outras vezes acordava triste e cheia de pensamentos, virava-me para a parede e não queria falar com ninguém, mas elas não me deixavam, sacudiam-me, obrigavam-me a trabalhar e a contar histórias para as crianças. Mudavam minha atadura com cuidado e punham o caderno diante de mim.

"Se quiser, conto-lhe o meu caso, para que o escreva", diziam-me e riam, zombando, alegando que todos os casos eram iguais e que era melhor escrever histórias de amor, porque agradavam a todos. Também me obrigavam a comer. Repartiam as rações com exata justiça, a cada qual segundo sua necessidade, mas a mim davam um pouco mais, argumentando que eu estava nos ossos e, dessa maneira, nem o homem mais necessitado iria olhar para mim. Estremecia, mas Ana Díaz lembrava-me que eu não era a única mulher violada e que eu deveria ignorar aquilo e tantas outras coisas. As mulheres passavam o dia cantando alto. Os carabineiros batiam na parede.

— Calem-se, suas putas!

— Façam-nos calar vocês, se puderem, seus cornos; vejamos se se atrevem! — E continuavam a cantar mais forte, e eles não entravam, porque tinham aprendido que não se pode evitar o inevitável.

Tratei de escrever os pequenos acontecimentos da seção de mulheres, que tinham prendido a irmã do presidente, que nos tiraram os cigarros, que tinham chegado novas prisioneiras, que Adriana tivera outro de seus ataques e se lançara sobre os filhos para matá-los, que tivemos de tirá-los de suas mãos e que me sentei com um menino em cada braço para lhes contar as histórias mágicas dos baús encantados do meu tio-bisavô Marcos, até adormecerem, enquanto eu pensava nos destinos daquelas crianças, crescendo naquele lugar, com a mãe transtornada, cuidadas por outras mães desconhecidas, que não haviam perdido a voz para uma canção de ninar nem o gesto para um consolo, e me perguntava, escrevia, de que maneira os filhos de Adriana poderiam devolver a canção e o gesto aos filhos ou aos netos dessas mesmas mulheres que os acalentavam.

Estive no campo de concentração durante poucos dias. Numa quarta-feira à tarde, os carabineiros foram me buscar. Tive um momento de pânico, pensando que me levariam a Esteban García, mas minhas companheiras me disseram que, se usavam farda, não eram da polícia política, e isso me tranquilizou um pouco. Deixei-lhes meu casaco de lã, para o desmancharem e fazerem qualquer coisa quente para os meninos de Adriana, e todo o dinheiro que tinha quando me detiveram e que, com a escrupulosa honestidade dos militares para o intranscendente, me haviam devolvido. Enfiei o caderno nas calças e abracei todas elas, uma por uma. A última coisa que ouvi ao sair foi o coro de minhas companheiras, cantando para me dar ânimo, como faziam com todas as prisioneiras que chegavam ou deixavam o acampamento. Saí chorando. Ali tinha sido feliz.

Contei ao meu avô que me haviam levado num camburão, com os olhos vendados, durante o toque de recolher. Tremia tanto que chegava a ouvir o castanholar de meus dentes. Um dos homens, que estava comigo na parte traseira do veículo, pôs um caramelo em minha mão e deu-me umas palmadinhas no ombro.

— Não se preocupe, senhorita. Não lhe vai acontecer nada. Vamos soltá-la, e dentro de algumas horas estará com sua família — murmurou.

Deixaram-me numa lixeira perto do Bairro da Misericórdia.

O mesmo que me dera a bala ajudou-me a descer.

— Cuidado com o toque de recolher — segredou-me ao ouvido. — Não se mova até que amanheça.

Ouvi o motor e pensei que iam esmagar-me e que, depois, apareceria na imprensa a notícia de que eu morrera por atropelamento num acidente de trânsito, mas o veículo se afastou sem me tocar. Esperei algum tempo, paralisada de frio e medo, até que por fim resolvi tirar a venda para saber onde me encontrava. Olhei em volta. Era um terreno baldio, um descampado cheio de lixo, onde corriam algumas ratazanas sobre os detritos. Brilhava uma lua tênue que me permitiu ver ao longe o perfil de uma miserável comunidade de papelão, zinco e tábuas. Compreendi que deveria levar em consideração a recomendação do guarda e ficar ali até amanhecer. Teria passado a noite na lixeira se não chegasse um menino agachado nas sombras, fazendo-me discretos sinais. Como já não tinha muito a perder, caminhei em sua direção, cambaleando. Ao aproximar-me, vi sua carinha ansiosa. Colocou-me uma manta sobre os ombros, pegou minha mão e levou-me à comunidade sem dizer uma palavra. Caminhamos agachados, evitando a rua e os poucos candeeiros que estavam acesos; alguns cães ladraram, mas ninguém assomou a cabeça para saber o que era. Atravessamos um pátio de terra, onde umas poucas roupas estavam penduradas, como pendões, num arame, e entramos num barracão desconjuntado, como todos os outros dali. Havia uma única lâmpada iluminando tristemente o interior. Comoveu-me a extrema pobreza: os únicos móveis eram uma mesa de pinho, duas cadeiras toscas e uma cama, em que dormiam várias crianças amontoadas. Veio receber-me uma mulher baixa, de pele escura, com as pernas riscadas de varizes e os olhos afundados numa rede de rugas bondosas, que não conseguiam dar-lhe um aspecto de velhice. Sorriu e vi que lhe faltavam alguns dentes. Aproximou-se e ajeitou-me a manta, com um gesto brusco e tímido, que substituiu o abraço que não se atreveu a me dar.

— Vou-lhe dar um chazinho. Não tenho açúcar, mas vai fazer-lhe bem tomar alguma coisa quente.

Contou-me que tinham ouvido o camburão e sabiam o que significava um veículo circulando à noite durante o toque de recolher naqueles ermos. Esperaram até ter certeza de que se haviam afastado, e depois o menino saiu para ver o que tinham deixado. Pensavam encontrar um morto.

— Às vezes vêm jogar aqui algum fuzilado, para termos respeito — explicou-me.

Ficamos conversando o resto da noite. Era uma daquelas mulheres estoicas e práticas de nosso país, que têm um filho de cada homem que passa por suas vidas e que, além disso, recolhem em seu lar as crianças que outros abandonam, os parentes mais pobres e qualquer pessoa que necessite de uma mãe, uma irmã, uma tia, mulheres que são o pilar central de muitas vidas alheias, que criam filhos para vê-los ir embora depois e que também veem seus homens partirem, sem se permitir um queixume, porque têm outras urgências maiores com que se ocupar. Pareceu-me igual a tantas outras que conheci nos refeitórios populares, no hospital de meu tio Jaime, no vicariato, onde iam perguntar por seus desaparecidos, no necrotério, onde iam buscar seus mortos. Disse-lhe que se tinha arriscado muito ao ajudar-me, e ela sorriu. Então, eu soube que o coronel García e outros como ele têm seus dias contados, porque não tinham conseguido destruir o espírito dessas mulheres.

De manhã, levou-me a um compadre que tinha uma carroça de aluguel com um cavalo. Pediu-lhe que me trouxesse para casa e foi assim que cheguei aqui. Ao longo do caminho, pude perceber a cidade em seu terrível contraste, os barracos cercados com tapumes para dar a ilusão de não existirem, o Centro, compacto e cinzento, e o Bairro Alto, com seus jardins ingleses, seus parques, seus arranha-céus de vidro e suas crianças louras passeando de bicicleta. Até os cães me pareceram felizes, tudo em ordem, tudo limpo, tudo tranquilo e aquela sólida paz das consciências sem memória. Esse bairro é como outro país.

O meu avô ouviu-me com tristeza. Acabava de desmoronar-se um mundo que ele tinha acreditado ser bom.

— Já que ficaremos aqui à espera de Miguel, vamos arrumar um pouco esta casa — disse por último.

Foi o que fizemos. Nos primeiros dias passávamos todo o tempo na biblioteca, inquietos, pensando que poderiam voltar para levar-me outra vez a García, mas depois decidimos que o pior é ter medo do medo, como dizia meu tio Nicolás, e que era preciso ocupar a casa inteiramente e começar a levar uma vida normal. Meu avô contratou uma empresa especializada que a percorreu do telhado ao porão, polindo, limpando vidraças, pintando e desinfetando, até se tornar habitável. Meia dúzia de jardineiros e um trator acabaram com o matagal, trouxeram grama enrolada como um tapete, um invento prodigioso dos gringos, e, em menos de uma semana, tínhamos até álamos crescidos, a água voltara a brotar nas fontes cantantes, e mais uma vez se erguiam, arrogantes, as estátuas do Olimpo, finalmente limpas de tanta caca de pombo e de tanto esquecimento. Fomos juntos comprar pássaros para as gaiolas, que estavam vazias desde que minha avó, pressentindo a morte, abrira suas portas. Pus flores frescas nos jarrões e bandejas com frutas sobre as mesas, como no tempo dos espíritos, e o ar impregnou-se com seu aroma. Depois demos o braço, meu avô e eu, e percorremos a casa, parando em cada lugar para recordar o passado e saudar os imperceptíveis fantasmas de outras épocas, que, apesar de tantos altos e baixos, persistem em seus postos.

Foi o meu avô quem teve a ideia de escrevermos esta história.

— Assim poderá levar as raízes com você se algum dia tiver de ir embora daqui, filhinha — justificou.

Desenterramos dos cantos secretos e esquecidos os velhos álbuns, e tenho aqui, sobre a mesa de minha avó, um monte de retratos: a bela Rosa junto de um balanço descolorido; minha mãe e Pedro Terceiro García aos quatro anos, dando milho às galinhas no pátio de Las Tres Marías; meu avô quando era jovem e media um metro e oitenta, prova irrefutável de que se cumpriu a maldição de Férula e de que seu corpo foi encolhendo na mesma medida que sua alma; meus tios Jaime e Nicolás, um taciturno e sombrio, gigantesco e vulnerável, e o outro delgado e gracioso, volátil e sorridente; também a Nana e os bisavós del Valle, antes de morrerem em um acidente, enfim, todos, menos o nobre Jean de Satigny, de quem não resta nenhum testemunho científico e de cuja existência cheguei a duvidar.

Comecei a escrever com a ajuda de meu avô, cuja memória permaneceu intacta até o último instante de seus 90 anos. Com seu punho e letra, escreveu várias páginas e, quando considerou que dissera tudo, deitou-se na cama de Clara. Eu me sentei ao seu lado, esperando com ele, e a morte não tardou a chegar-lhe suavemente, surpreendendo-o no sono. Talvez sonhasse que era sua mulher quem lhe acariciava a mão e o beijava na testa, porque, nos últimos dias, ela não o abandonou um instante sequer, seguindo-o pela casa, espreitando-o por cima do ombro quando lia na biblioteca e deitando-se com ele à noite, com sua bela cabeça coroada de cachos apoiada em seu ombro. A princípio, era apenas um halo misterioso, mas, à medida que meu avô foi perdendo para sempre a raiva que o atormentou durante toda a existência, ela apareceu tal como era em seus melhores tempos, rindo com todos os dentes e alvoroçando os espíritos com seu voo fugaz. Também nos ajudou a escrever, e, graças à sua presença, Esteban Trueba pôde morrer feliz, murmurando seu nome, Clara, claríssima, clarividente.

No canil, escrevi com o pensamento que um dia teria o coronel García vencido à minha frente e poderia vingar todos os que têm de ser vingados. Agora, porém, duvido de meu ódio. Em poucas semanas, desde que estou nesta casa, parece ter-se diluído, ter perdido seus nítidos contornos. Desconfio de que tudo que aconteceu não seja fortuito, mas que corresponda a um destino traçado antes de meu nascimento e que Esteban García seja parte desse desenho. É um traço rude e torcido, mas nenhuma pincelada é inútil. No dia em que meu avô derrubou sua avó, Pancha García, nos matagais do rio, acrescentou outro degrau a uma cadeia de fatos que deveriam ser cumpridos. Depois, o neto da mulher violada repete o gesto com a neta do violador, e, dentro de quarenta anos, talvez meu neto derrube a neta dele entre as matas do rio, e, assim, pelos séculos vindouros, numa história infindável de dor, sangue e amor. No canil, tive a ideia de que estava armando um quebra-cabeças em que cada peça tinha uma localização precisa. Antes de colocá-las todas, parecia-me incompreensível, mas estava certa de que, se conseguisse terminá-lo, daria um sentido a cada uma, e o resultado seria harmonioso. Cada peça tem uma razão de ser tal como é, incluindo o coronel García. Em alguns momentos tenho a impressão de que já vivi isto e que já escrevi estas mesmas palavras, mas compreendo que não sou eu, mas outra mulher, que anotou em seus cadernos para que eu deles me servisse. Escrevo, ela escreveu, que a memória é frágil, e o transcurso de uma vida, muito breve, e tudo acontece tão depressa que não conseguimos ver a relação entre os acontecimentos, não podemos medir a consequência dos atos, acreditamos na ficção do tempo, no presente, no passado e no futuro, mas também pode ser que tudo aconteça simultaneamente, como diziam as três irmãs Mora, que eram capazes de ver no espaço os espíritos de todas as épocas. Por isso, minha avó Clara escrevia em seus cadernos para ver as coisas em sua dimensão real e driblar a sua péssima memória. E, agora, procuro meu ódio e não posso encontrá-lo. Sinto que ele se apaga, na medida em que explico a mim mesma a presença do coronel García e de outros como ele, que compreendo meu avô e tomo conhecimento das coisas por intermédio dos cadernos de Clara, das cartas de minha mãe, dos livros de administração de Las Tres Marías e de tantos outros documentos que estão agora sobre a mesa, ao alcance da minha mão. Será para mim muito difícil vingar todos os que têm de ser vingados, porque minha vingança não seria senão outra parte do mesmo rito inexorável. Quero pensar que meu ofício é a vida e que minha missão não é prolongar o ódio, mas apenas encher estas páginas enquanto espero o regresso de Miguel, enquanto enterro meu avô, que descansa agora ao meu lado neste quarto, enquanto aguardo que cheguem tempos melhores, gerando a criança que trago no ventre, filha de tantas violações ou, talvez, filha de Miguel, mas sobretudo minha filha.

Minha avó escreveu durante cinquenta anos em seus cadernos de anotar a vida. Escamoteados por alguns espíritos cúmplices, salvaram-se por milagre da pira infame em que pereceram tantos outros papéis da família. Tenho-os aqui, aos meus pés, amarrados com fitas coloridas, separados por acontecimentos, e não por ordem cronológica, tal como ela os deixou antes de partir. Clara escreveu-os, a fim de que agora me servissem para resgatar as coisas do passado e sobreviver ao meu próprio espanto. O primeiro é um caderno escolar de vinte folhas, escrito com uma delicada caligrafia infantil. Começa assim: "Barrabás chegou à família por via marítima..."

Impresso no Brasil pela
Geográfica.